चन्ना

[उपन्यास]

चन्ना

कृष्णा सोबती

राजकमल प्रकाशन

ISBN : 978-93-88753-34-0

मूल्य : ₹895

पहला संस्करण : 2019

प्रकाशक : राजकमल प्रकाशन प्रा. लि.
1-बी, नेताजी सुभाष मार्ग, दरियागंज
नई दिल्ली-110 002

शाखाएँ : अशोक राजपथ, साइंस कॉलेज के सामने, पटना-800 006
पहली मंज़िल, दरबारी बिल्डिंग, महात्मा गांधी मार्ग, इलाहाबाद-211 001
36 ए, शेक्सपियर सरणी, कोलकाता-700 017

वेबसाइट : www.rajkamalprakashan.com
ई-मेल : info@rajkamalprakashan.com

मुद्रक : यश प्रिंटोग्राफिक्स
नोएडा-201301 (उत्तर प्रदेश)

CHANNA
Novel by Krishna Sobti

भूमिका

मेरा यह पहला उपन्यास 'चन्ना' विभाजन के बाद लिखा गया। लेखक का पहला उपन्यास साधारणतया ज़रूरत से ज़्यादा ही लम्बा होता है। यह भी था और लैटर-हैड पर लिखा गया था। लैटर-हैड पर लिखने का सुझाव पिताजी का था। चन्ना लिखते हुए मैं अपने को सचमुच 'लेखक' मानती थी। मुझमें कुछ ऐसा जज़्बा था कि जैसे कोई ग्रन्थ लिखा जा रहा हो।

हालात भी कुछ ज़्यादा ही अच्छे थे। अपनी बड़ी राज दीदी के यहाँ शाहजहाँपुर आर्म्स आर्मी क्लोडिंग फैक्टरी इस्टेट के बँगले में। सुबह देर से उठती। शाम टेनिस खेलती और फिर क्लब में तम्बोला। फिर रात ताज़ातरीन हो चन्ना की सोहबत में।

मैंने भगवतीचरण वर्मा जी के कहने पर पांडुलिपि ही भारती भंडार, इलाहाबाद को भेज दी। पत्र मिला कि हम उपन्यास छापना चाहेंगे, आप कृपया इसे टाइप करवाकर भेजें। मैंने टाइप करवाया। क्षेमचन्द्र सुमन जी ने इसे टाइप किया था। लगभग एक हज़ार पन्ने।

उपन्यास छपना शुरू हुआ। प्रूफ़ देख रहे थे नागरी प्रचारिणी सभा के श्री लल्लू लाल जी। यहाँ यह याद करना भी दिलचस्प होगा कि मैंने शिमला मॉल पर स्थित नागरी प्रचारिणी सभा से उत्साहित होकर ही हिन्दी पत्रिकाएँ पढ़नी शुरू की थीं। लल्लू लाल जी को लेखक की अहिन्दीप्रदेशी भाषा को सुधारना ज़रूरी लगा। छपे हुए कुछ फ़ार्म मुझे मिले तो मेरे लिए एक चुनौती लाए जिसका हल आज भी मुझसे नहीं निकल सका। श्री लल्लू लाल जी ने शाहजी को तो 'शाहजी' ही रहने दिया, मगर शाहनी को शाहपत्नी में बदल दिया। काका को लल्लू, मसीत को मस्जिद, पैड़ियों को सीढ़ियाँ और इसी तरह के देशज शब्दों के कुछ और भी बदलाव किए गए।

ज़ाहिर है मेरी ओर से प्रतिक्रिया होनी ही थी। यह मेरा पहला उपन्यास था। उनका तर्क था कि उपन्यास अहिन्दीप्रदेश के लेखक द्वारा प्रस्तुत किया गया है, ऐसे शब्दों को समझने में हिन्दी पाठक को दिक़्क़त होगी।

गम्भीरता से इन मुद्दों पर सोचने पर मैंने प्रकाशक को टेलीग्राम किया "कृपया छपाई रोक दें। इलाहाबाद पहुँच रही हूँ।"

इलाहाबाद में पाठक जी और बिन्दा प्रसाद ठाकुर साहिब से दो-तीन मीटिंग हुईं। मेरा कहना था कि मैं इन शब्दों के इन बदलावों के साथ उपन्यास को देख नहीं सकती। वहाँ के खेतिहर वाचन और वृत्तान्त में जो शब्द आपको भदेस लग रहे हैं वहीं परिवर्तित शब्द मुझे अटपटे लग रहे हैं। विभाजन के साथ अन्तिम नियति के फलस्वरूप जो उस धरती और कालखंड से विलग हो चुके हैं, उस शोर को अंकित करने को ही खेतीहर समाज की भाषा और स्थानीय शब्दों के तेवर इस्तेमाल किए गए हैं। मूल लिखित के अनुसार ही इसे छपना चाहिए। कुछ ऐसी शाब्दिक ध्वनियाँ हैं जो उस धरती के भाषायी रूढ़ को सजीव करती हैं।

प्रकाशक भारती भंडार लीडर प्रेस लगभग तीन सौ से अधिक पृष्ठ छाप चुके थे। उनका लगातार यही कहना था कि काग़ज़ और छपाई बेकार करने में हम असमर्थ हैं। मैंने बहुत ही संजीदगी से एक बार फिर इबारत पढ़ी। बदले हुए शब्दों पर ग़ौर किया। अविभाजित पंजाब, खेतीहर समाज, मोटी गाढ़ी भाषा और इस्तेमाल किए गए मूल शब्द अपने समय-काल और समाज को प्रतिबिम्बित करते थे। अगले दिन की बैठक में मुझे कहा गया कि उपन्यास अच्छा है। इसे ऐसे ही चलने दीजिए। अगले संस्करण में हम आपके मूल के अनुसार इसे प्रकाशित कर देंगे।

मुझे यह स्वीकार नहीं हुआ। मैंने लीडर प्रेस को काग़ज़ और छपाई की क़ीमत चुका देने के प्रस्ताव के साथ उपन्यास वापिस लेने का फ़ैसला कर लिया। क़िस्सा-कोताह यह कि मैंने अपने पहले उपन्यास के काग़ज़, छपाई की क़ीमत चुकाई और उपन्यास वापिस ले लिया जिसकी टाइप प्रतिलिपि अब तक मेरे पास रखी रही। इसकी प्रेस कॉपी कमलेश्वर ने बनाई थी। प्रकाशक ने इतनी कृपा की कि उपन्यास मुझे इंश्योर्ड पार्सल से भेजा गया जिसे मैंने बॉक्स में बन्द कर दिया। यह बॉक्स बरसों बॉक्सरूम में पड़ा रहा। आख़िर 70 के दशक में खुला, वह भी मेरे प्रकाशक राजकमल के बहुत ज़ोर देने पर। दुबारा खुलने का मुहूर्त्त निकला आधी रात। अलग-अलग जगह से चार-छह टुकड़े पढ़े और उपन्यास दुबारा वहीं पहुँच गया जहाँ पहले बन्द था। पन्ने पढ़कर अहसास ज़रूर हुआ कि यह नौसिखिया लिखित तो है मगर इसमें अच्छे उपन्यास की सभी सम्भावनाएँ हैं।

'चन्ना' के सन्दर्भ में सारे वाद-विवाद की बात सोचते हुए मैं आज भी विश्वास करती हूँ कि भाषा की जड़ों को हरियानेवाला रसायन जो उसे ज़िन्दा रखता है, उसे सम्पन्न करता है, वह 'लोक' का स्रोत है। भाषाओं के साथ-साथ भाषाएँ और बोलियाँ विकसित होती हैं और आपसी टकराहट से समृद्ध होती हैं। और समय में हो रहे परिवर्तनों को भी साधती हैं। अब और तब की हिन्दी में बहुत अन्तर है। आज की हिन्दी ने दूसरी भारतीय भाषाओं और बोलियों से शब्द लेने शुरू कर दिए हैं जिससे उसका कोष समृद्ध हुआ है। हम कृतज्ञ हैं रेणुजी के

जिन्होंने देश के खेतिहर संवाद को 'मैला आँचल' में प्रस्तुत किया और बोलियों की संक्षिप्तता को साहित्यिक स्वरूप दे दिया।

भाषायी माध्यम से ही इतिहास का समय लोकमानस की भागीरथी के साथ बहता है। शब्द की सत्ता सर्वोत्तम है। हर शब्द का एक जिस्म, एक रूह और एक संस्कारी पोशाक होती है। इसीलिए लेखक समाज अपनी पंक्तियों को विचार से गूँथता हुआ—सावधान रहता है।

'चन्ना' की यह देर आयद प्रस्तुति कितनी दुरुस्त है, यह पाठक तय करेंगे; मुझे न बहुत प्रसन्नता है, न असहमति, बस प्रकाशक के कहने पर यह ज़रूर लगता है कि पाठक मेरी इस पहली कृति से भी रू-ब-रू हैं, जिसका उस समय अप्रकाशित रहना 'ज़िन्दगीनामा' के लेखन का भी कारण बना।

—कृष्णा सोबती

पुनश्च: वर्षों बाद फिर ये भी हुआ कि लीडर प्रेस के वाचस्पति पाठक जी का एक पत्र मिला जिसमें उन्होंने उपन्यास को दुबारा छापने की इच्छा जाहिर की। पर मैं अपनी तरफ़ से फिर यह न कर सकी।

—कृष्णा सोबती

कई वर्ष पहले :
पाँच रोबीले ज़मींदार अपनी ज़मीनों का दौरा करके घर लौटे तो ड्योढ़ी पर आसामियों की भीड़ थी। घोड़े से उतरकर गम्भीर आवाज़ में पूछा, "कुशल तो है?"

"जी शाहजी, अल्लाह ख़ैर, बेल बढ़े..."

शाहजी शीघ्रता से पैड़ियाँ चढ़ गए। ऊपर देखा। बेचैन सी ख़ामोशी। दास-दासियों की हल्की आवाज़ें। आँगन में रखी बतासों और मिठाइयों की चंगेरें मानो किसी नन्ही-सी आवाज़ की प्रतीक्षा में हों। बड़े घर की मालकिन कहीं दिख नहीं रहीं। शाहजी को कुछ घबराहट ही न थी। भगवान भला करे।

बन्द किवाड़ों से निकलकर एक नन्हा-सा, पहला-पहला स्वर आँगन में फैल गया। शाहजी विभोर हो उठे। यह मीठी आवाज़! अब उनके घर में किलकारियाँ बह-बह जाएँगी। दास-दासियों के स्वर गूँज उठे—

"बधाइयाँ...बधाइयाँ...बड़ा-बड़ा इकबाल..."

शाहनी अन्दर से निकलीं। चेहरे पर घबराहट थी, आँखों में निराशा। हाथ के संकेत से सबको चुप करती हुई घूमीं तो शाहजी का स्वर सुनकर ठिठक गईं, "सुनो तो।" चिन्तित-सी बोलीं, "शीला की तबियत कुछ अच्छी नहीं..." फिर अनचाहे शब्दों को सँभालकर कहा, "लड़की है।"

"लड़की!" शाहजी पल-भर को जड़वत खड़े रह गए। एक सम्बल मिलते-मिलते छूट गया। वह तो लड़का चाहते थे। नाती चाहते थे, जो उनकी यह बड़ी ज़मींदारी सँभालता। विश्वास नहीं हो रहा। आँगन में मिठाइयों के थाल उसी तरह पड़े थे। नौकर इधर-उधर हो गए। और बड़े-बड़े दाँव-पेंच की बातें सुलझानेवाले शाहजी कुछ देर के लिए स्तब्ध रह गए। पर नहीं, यह तो नियति है। जो लेख हो, उसे कौन मिटा सकता है।

शाहजी को कुछ सूझ गया। नौकर को आवाज़ दी और स्थिर स्वर में बोले, "मिठाइयाँ बाँटो, कोई ख़ाली न जाए।"

हाथ बाँधे खड़ा बंता शाहजी की ओर देखता रहा। जैसे पूछता हो—क्या लड़का है? शाहजी सब समझे और ख़ास बोली में बोले, "घर में देवी आई है। लड़कों-सी लड़की..." और क़दमों को सँभाल, बैठक की ओर चल दिए।

शाहजी के घर लड़कों-सी नातिन हुई। मिठाइयाँ बँटीं। गाँव-भर को खाना दिया गया। असामियों को रुपयों की थामियाँ दी गईं, लेकिन दस दिन की नन्हीं बच्ची को नानी की गोद में डाल जब शाहजी की लड़की—शीला चल बसी तो शाहजी को किसी तरह विश्वास नहीं हुआ कि यह लड़की-सी लड़की है। न ननिहाल का कुल बढ़ा, न पिता का। शाहनी दुख में डूब गई।

शाहजी ने अच्छे धनी परिवार में शीला को ब्याहा था। स्यालकोट के प्रसिद्ध व्यापारी लाला दीवानचन्द के इकलौते बेटे धर्मपाल को सोने के साज से सजी घोड़ी पर चढ़ा देख शाहनी की आँखें सुख से भीग गई थीं। सुन्दर-स्वस्थ दामाद। ख़ुशी-ख़ुशी विवाह हुआ। लाला दीवानचन्द को सुन्दर कुलीन पुत्रवधू मिली और उसके साथ मिला क़ीमती दहेज। शाहजी ने सोचा—लड़की अच्छे घर गई। शाहनी परमात्मा का शुक्र करती, जिसने उसे चाँद-सा जमाई और उसकी बच्ची को राजकुमार-सा पति दिया। शीला ने नए घर में पाँव रखा। इस सम्पन्न घराने की मालकिन अब वह होगी। सास के बिना सूना घर उसके सुघड़ हाथों से सजीव हो उठेगा। वह होगी और उसके देवता-से पति। शीला अपने से शरमा-शरमा गई। बाँहों में लाल चूड़ा छन-छन कर उठा। हाथों में लगी मेंहदी मुस्करा दी। धर्मपाल ने दुल्हन देखी—बाजी जीत जानेवाली मुस्कान ओठों पर फैल गई। यह आँखें, यह रंग, खिलती हँसी...

धर्मपाल अब स्वप्न देखने के लिए आँखें बन्द नहीं करेगा। वे मुस्कराएँगी। दिल लजाएँगे। सुगन्ध धर्मपाल की आँखों में महीनों तैरती रही। लाला दीवानचन्द थे। शीला उनसे परदा करती थी, लेकिन पुत्र की आँखें पढ़कर उनकी अनुभवी सूझ यह जाँच गई थी कि जो उनके अस्थिर चित्त बेटे को बाँध सके, वह कोई साधारण रूप नहीं होगा। फिर शीला उन शाहजी की बेटी थी, जिनकी कुलीनता, जिनके धनमान की बराबरी उनके सिवा इलाक़े-भर में और कोई न कर सकता था। धर्मपाल की बारात के बाराती शाहजी द्वारा दिए गए रेशमी रूमाल की जगह कश्मीरी शाल की चर्चा अब भी करते हैं और लाला दीवानचन्द पंचों में सिर ऊँचा किए खड़े रहते हैं, जैसे विवाह में लेन-देन की बड़ाई शाहजी की ही नहीं, उनकी और उनके बेटे की थी।

लालाजी का कारोबार अच्छा था। रुपया-पैसा था। नाम था। अपने अनुभवी जीवन में उन्होंने लाखों कमाए और लाखों लगाए। कुछ ऐसी ही बरकत थी उनके हाथ में। जिसे छूते, सोना हो जाता। परिवार उनका बड़ा नहीं था। चार बच्चों में से यही एक धर्मपाल बचे थे, जिन्हें साल-भर का छोड़कर उनकी पत्नी चल बसी थीं। नौकरों से बच्चों की परवरिश हुई, पिता के लाड़-प्यार में आदतें बनीं और विपुल धन-वैभव के ख़याल में पक्की हो गईं। लालाजी ने धर्मपाल के लिए कभी अधिक चिन्ता नहीं की। उन्हें अपने दिन भूले नहीं। खुला ख़र्च, खुली दुनिया और

खुली राह। धर्मपाल जब लाहौर से पढ़कर लौटे तो लालाजी ने जल्द-से जल्द ब्याह कर डाला।

लालाजी की उम्र काफ़ी हो चुकी थी। वह काम करते-करते थक गए हों, ऐसी बात नहीं। उन्हें धन बढ़ाने में मजा आता था। वह उनके लिए कला थी, जिसमें वह दिन-पर-दिन निपुण होते जा रहे थे। पर बेटे के ब्याह के बाद अक्सर सोचते कि अब कारोबार का भार उन पर नहीं, धर्मपाल पर होना चाहिए।

आजकल उनकी दिनचर्या बदल गई थी। पहले की तरह सुबह काम पर न जाकर अपनी बैठक में पड़े-पड़े आराम किया करते। शाम को कुछ काम-काज के काग़ज़ देखते और मोटर छोड़ टहलते हुए घर लौट आते। धर्मपाल से वह सन्तुष्ट थे। काम में वह इतनी लगन और तत्परता दिखाएँगे, उन्हें आशा न थी। अक्सर रात को लेटे-लेटे सोचते—उन्हें और क्या चाहिए ? बुद्धिमान पुत्र, सुन्दर-सुशील पुत्रवधू। भगवान पोते-पोतियों से घर भरेगा। उन्हें अपनी वीरों की याद हो आती आज होती तो बेटे को देखती, बहू को देखती।

उस दिन सुबह-सुबह धर्मपाल पिता के पास आए। कारोबार की बात आरम्भ की। कलकत्ता, बम्बई और मद्रास में शाखाएँ खोलने के सम्बन्ध से बोले, ''पिताजी, वहाँ की व्यवस्था के लिए मेरा जाना आवश्यक है। कहें तो महीने लगाकर ठीक-ठाक कर आएँ।''

लालाजी ने सोचा-समझा और धर्मपाल की बात पर हामी भर दी। तैयारी शुरू हुई। लालाजी ने एक बार फिर काम की देखभाल शुरू की और धर्मपाल पिता तथा पत्नी से बिदा लेकर बम्बई के लिए रवाना हो गए।

लालाजी स्टेशन पर आए। यह पहली बार नहीं कि उनका बेटा बाहर जा रहा है। बार-बार व्यापार सम्बन्धी हिदायतें, यात्रा में बरतनेवाली सावधानी। पिता के स्नेह सने दिल के नीचे कहाँ और क्यों अधीरता छिपी पड़ी है, उसे वह स्वयं नहीं जान पा रहे थे। कुछ कहने को ऐसा भी है, जिसे वह शब्दों में नहीं बाँच पा रहे थे। गाड़ी चलने को हुई। धर्मपाल ने झुककर पिता के पाँव छुए। लालाजी ने बेटे के कन्धे पर हाथ रखा, मुँह से किसी आशीर्वाद को रूप नहीं दे सके। दो-एक बार थपथपाते हुए बोले, ''चढ़ो बेटा, चढ़ो...''

गाड़ी चली गई। लालाजी ने प्लेटफ़ार्म से पीठ मोड़ी तो उन्हें लगा, वह तो पुत्र से कहना चाहते थे, 'बेटा जल्दी लौटना।'—क्यों ? लालाजी की आँखों से धुंध हट गई। आँखों से दो बूँद आँसू ढुलककर जैसे उनसे कह गए कि बेटे के लौटने तक वह नहीं रहेंगे। मोटर में आकर बैठे तो भरे गले से उठकर कुछ शब्द उनके होठों पर रुक गए। ड्राइवर ने सुना, लालाजी बेटे को आशीर्वाद दे रहे थे—''जियो बेटा, जियो...''

शीला दिन-भर भरी-भरी आँखों से पति के कपड़े सहेजती रही थी। उनके चले जाने पर इतने बड़े सूने घर में क्या करेगी। पति को देखते ही जी होता था कि एक बार पति की बाँहों में सिमटकर जी भर रोए। धर्मपाल स्वयं शीला को देख नहीं पाते थे। मोहक मुस्कान, मीठा इनकार करती भरी-भरी आँखें। रात को गाड़ी में लेटते-लेटते सोचा—वह शीला को साथ क्यों नहीं ले आए? पहले सूझता तो क्या पिता उनकी बात टालते। अब, अब तो जा ही रहे हैं, कुछ काम देखेंगे, कुछ भ्रमण करेंगे...

गाड़ी उन्हें लिए जा रही थी दूर...दूर...

2

धर्मपाल को गए एक महीना होने को आया। उन्हें लौटने में अभी कुछ देर लगेगी। यहाँ सब पूर्ववत् चल रहा है। वही नियमित-सी दिनचर्या। लालाजी का अधिकांश समय दफ़्तर में बीत जाता है और शीला अक्सर लेटी-लेटी आराम किया करती है। सोचती—पति के बिना घर में रौनक नहीं। न खाने-पीने का नियम, न उठने-बैठने का। सुबह उठने की जल्दी नहीं होती और न रात गए जागने की। एक ही व्यक्ति की अनुपस्थिति से घर की सारी व्यवस्था का क्रम जैसे बिखर-सा जाता है। दुपहर बीत गई थी। शीला ने हौले से करवट ली और आँखें खोल दीं। तकिए के सहारे बैठे-बैठे गुँथे बालों को खोला और मायके से साथ आई महरी को आवाज़ दी। किन्हीं भारी पैरों की आवाज़ से चौंककर सिर पर दुपट्टा खींच, आगे आए बालों को हाथ से सँवारकर पीछे किया तो महरी आ पहुँची।

"बच्ची, डॉक्टर साहब ऊपर हैं। लालाजी की तबीयत अच्छी नहीं। रब्ब ख़ैर करे, पका शरीर ठहरा..."

"चाची तुम ऊपर जाओ, लालाजी से मेरा प्रणाम कहना और उनका हाल पूछती आना..."

महरी ने ऊपर जाने की आज्ञा पाकर भी बच्ची को सलाह देना अनावश्यक नहीं समझा, "जाती हूँ बच्ची, पर तुम बैठे-बैठे दो अक्खर (अक्षर) जमाई को लिखो, भगवान तुम्हारे ससुर को सुखी रखें, फिर भी लड़के को..."

"चाची..."

इस बार चाची रुकी नहीं। तेवर चढ़ाकर बाहर निकल गईं। बच्ची को अच्छी बात जाने क्यों मन नहीं लगती। लालाजी के कमरे के सामने नन्दू मिला। सिर पर ऊँचा अकड़ा शमला। "आओ चाची महरी" कहकर नन्दू ने सिर हिलाया, जैसे किसी प्रतिद्वन्द्वी से कह रहा हो—'आओ, आओ, एक बार तुम्हें भी देख लें।' लालाजी के अगणित नौकरों में महरी और नन्दू को विशेष स्थान प्राप्त है। नन्दू इस

घर में पिछले बीस साल से रहते-रहते अपने को यहाँ के सुख-दुख का साझीदार समझता है। धर्मपाल के विवाह में उसे सबसे बढ़िया जोड़ा मिला। घर की कोई बूढ़ी ताई शाहजी के यहाँ से भी उसे जोड़ा दिलवाने से चूकी नहीं। यह केवल ब्याह की ख़ुशी और समधियों की कृपा ही नहीं थी, यह तो परिवार के दायरे में नन्दू को मिले अधिकार का प्रमाण थी।

महरी का शीला के ब्याह में स्यालकोट आने का प्रस्ताव और शाहजी द्वारा उसकी स्वीकृति भी कोई कम महत्त्वपूर्ण बात नहीं। शाहजी ने बहुत-से विश्वसनीय लोगों में से बच्ची के साथ भेजने के लिए क्यों चाची महरी का ही चुनाव किया, इसे और कोई नहीं तो चाची महरी अवश्य समझती है। बच्ची के प्रति उसकी जो जिम्मेदारी है, उसे तो वह हर हालत में निभाएगी। लालाजी के घर में ससुरालवाला वातावरण नहीं, न सास न जिठानी। यही बात चाची महरी को खटकती है। न तो उसे किसी के ताने पढ़ने हैं, न किसी के व्यंग्य सुन-सुनकर जवाब गढ़ने हैं। लालाजी को तो वह देवताओं-सा ससुर मानती है।

सिर का कपड़ा ज़रा माथे तक खींचती हुई बोली, ''नन्दू, लालाजी का जी कैसा है? क्या कुछ ज़्यादा तक़लीफ़ है...''

''हाँ, अभी-अभी डॉक्टर देखकर गए हैं। कहते थे, सरदी हो गई है। मुझे तो फिकर है कहीं...''

महरी ने बात पूरी नहीं होने दी, ''फिकर क्यों न होगी, कल से फिकर कर-करके तो बच्ची भी आधी नहीं रही...''

छोटे मालिक की ससुराल की नीति-निपुण चाची महरी से नन्दू कभी नहीं जीत सकता। लालाजी की तबीयत आज बिगड़ी है और बच्ची कल से फिकर में क्यों है, यह बात वह किसी भी तरह चाची महरी से नहीं पूछ सका।

''छोटे मालिक यहाँ नहीं। बहूजी ठीक समझें तो ज़रा ऊपर हो आएँ, ज़रा लालाजी का जी बहल जाएगा।''

महरी हाथ हिलाकर बोली, ''हाँ, हाँ, क्यों नहीं, इसीलिए तो आई हूँ। मेरी बच्ची तो बड़े-बूढ़ों की आज्ञा बिना कमरे की देहरी नहीं लाँघती। बोली, लालाजी से पूछकर आओ चाची, तभी ऊपर चलूँगी।''

नन्दू मन-ही-मन हँसा। बहूरानी पर नहीं, महरी की वाक्‌चातुरी पर। किसी से क्या कहना है, क्यों कहना है और कैसे कहना है, इसमें किसी भी तरह चाची से पार पाना मुश्किल है।

चाची अन्दर पहुँची तो लालाजी आँखें बन्द किए लेटे थे। पाँव की आहट सुनकर आँखें खोल दीं, ''आओ महरी, मेरी बहूरानी कैसी है?''

महरी ने विनीत और नम्र भाव से सिर झुकाया, ''बच्ची ने प्रणाम कह भेजा है और पूछा है कि अब जी कैसा है?''

लालाजी ने प्रणाम के लिए बहू को आशीष दी। ''महरी, बेटी से कहो थोड़ी देर के लिए ऊपर चली आए। कुछ बातें ही करूँगा, धर्मपाल भी यहाँ नहीं...'' कहकर लालाजी किसी विचार में डूब गए। महरी ने कुछ क्षण प्रतीक्षा की और लालाजी को एकटक छत की ओर देखते हुए सिर झुकाकर उठ गई।

महरी नीचे आई। शीला बाल सँवार चुकी थी।

''बच्ची, लालाजी को कुछ सरदी की शिकायत हो गई है। मुझे तो चेहरा फीका-फीका लगा। साँस भी कुछ ठीक नहीं। कह रहे थे, बहू को ऊपर भेज दो।''

शीला व्यस्त हुई, ''चाची, मैं तो उनसे परदा करती हूँ। क्या बात करूँगी उनसे?''

''कैसी बात करती हो बच्ची! तुम वैसी-की-वैसी भोली हो। आज क्या ससुर की आज्ञा टालोगी? जमाई राजा यहाँ नहीं। बीमारी में तुम्हारे सिवा और कौन उन्हें देखेगा?''

''चाची, पता नहीं क्यों झिझक आती है। बड़ों के सामने खुले मुँह...''

महरी ने हाथ झटकाकर कहा, ''शीलो, यह क्या मैं नहीं समझती। मैं भी सात साल ब्याही रही। दो हाथ लम्बा घूँघट निकालती थी यह...''

शीला ने चाची को बीच में ही टोककर कहा, ''चाची, जाना ही होगा। चलकर मेरे कपड़े निकाल दो...''

चाची मन-ही-मन खीज गई। बच्ची उसकी पूरी बात सुन लेती तो क्या था। अपने ससुर की बीमारी में उसे भी झंझट उठाना पड़ा था—यही तो वह कहने जा रही थी।

बच्ची तैयार हुई। सादे से हल्के कपड़े। लालाजी की रुचि वह नहीं पहचानती, पर घर-घराने का चलन वह क्या भूल जाएगी। बड़े सयानों के सामने अधिक चमक-दमक कोई शालीनता की सूचक नहीं। सिर पर ओढ़नी ली और सहेजी-सहेजी ऊपर चली। द्वार पर नन्दू को देखकर बच्ची का हाथ माथे की ओर गया और सिर का कपड़ा नीचे खिंच गया। महरी ने विरक्ति से मुँह फेरा। आख़िर इसकी क्या ज़रूरत थी। नन्दू लाख घर का आदमी हो, घूँघट निकाकर उसे इतना आदर देना कभी उचित नहीं।

शीला ने लाज से झुके-झुके ससुर को प्रणाम किया। लालाजी बहूरानी को देखकर प्रसन्न हुए। आशीर्वाद दिया, ''सुहागवती हो, पुत्रवती हो।'' छोटे-से घूँघट में से शीला का धुला-धुला मुख आरक्त हो आया।

''बहू, मुझमें और शाहजी में कोई फ़र्क़ मत समझो। तुम हमारी बेटी पहले और बहू पीछे।''

शीला ने सिर हिलाया, जैसे कहना चाहती हो—इस दुलार को मैं समझती हूँ।

लालाजी कुछ हँसे और इस बार ऐसे बोले जैसे छोटे बच्चे से कुछ पूछना चाह रहे हों, ''बहू, धर्म को गए डेढ़-दो महीने होने को आए। पत्र देर-देर में लिखता है। उसकी पुरानी आदत है। बेटी के बिना उसका जी तो न लगता होगा।'' कहकर लालाजी ने सिर हिलाया, ''नहीं लग सकता। लग ही नहीं सकता।''

बहूरानी सकुचाई। फिर बात बदलकर विनम्रता से बोली, ''अब जी कैसा है? डॉक्टर दवा भिजवा देंगे न?''

''हाँ बहू, चिन्ता की कोई बात नहीं। आज मन उदास-सा था तो तुम्हें बुला भेजा। बेटा तो अभी जल्दी नहीं लौटेगा। यही सोचता हूँ, और कब तक जिऊँगा।''

शीला कुछ कहना चाहते हुए भी कह नहीं पाई। लगा कि यह जगह सुनने की है, कुछ कहने की नहीं।

''अब तुम आराम करो बेटी, अकेले बैठे-बैठे जी ऊब जाता हो तो ज़रा मोटर में ही घूम आया करो।''

शीला जाने को उठी। एक बार लालाजी के सामने झुकी और तिल्लेदार जूती में सिमटे पाँवों की गम्भीर चाल से बाहर हो गई।

लालाजी लेटे-लेटे सोचते रहे कि शाहजी के यहाँ लड़का ब्याहकर जो सबसे अमूल्य वस्तु उन्होंने पाई है, वह है यह पुत्रवधू। यह रूप और शालीनता क्या सचमुच उनके अस्थिर चित्त बेटे को बाँध सकेंगे।

शीला नीचे पहुँची। हाथ में कशीदा लेकर बैठी तो नन्दू आँगन में आ पहुँचा। साथ मिसरी और कूजों के थाल थे। महरी के हाथ में जड़ाऊ रानीहार देकर बोला, ''चाची, लालाजी ने बहू के लिए भेजा है। मालकिन बहू ने पहली बार उनसे बात की...''

सुनकर शीला नतमस्तक हुई। सोचा—ससुर द्वारा हार भेजने की रीति में प्रचलित रीति निभाने से अधिक लाड़-चाव ही है। महरी भी मौक़े से नहीं चूकी। उत्साह से कहा, ''क्यों न हो बच्ची, शहर का सबसे बड़ा घर है। बड़ों की बड़ी बातें। रब्ब करे, इस घर पर लालाजी की छत्रछाया बनी रहे। तुम दोनों के सदक़े, वह भी पोते-पोती की ख़ुशी देखें।''

शीला को शैया पर करवटें बदलते बहुत रात हो गई। लालाजी के लाड़ ने, स्नेह ने, उसे पति के लिए अधिक व्यग्र कर दिया। आँखों पर हाथ रखे-रखे सोचती रही कि पति के आने पर वह उनसे मान करेगी, रूठ जाएगी।

कमरे में टेबिल लैम्प का नीला प्रकाश, क़ीमती भारी फर्नीचर। पलँग पर लालाजी सो रहे हैं। सिरहाने पड़ी कैबिनेट पर दवाइयाँ और घड़ी की टिक-टिक। परदों को हिलाती सर्दियों की तीख़ी हवा। एक ओर दुशाला ओढ़े घर की बहू बैठी है। पिछले कुछ दिनों से लालाजी की तबीयत अच्छी कहने लायक़ नहीं। सर्दी ने दोनों फेफड़ों

को जकड़ रखा है। दिन में कई बार डॉक्टर आते हैं, पर उनका आश्वासन पहले का-सा नहीं रहा। धर्मपाल को तार भेज दिया गया है। कल रात लालाजी सो नहीं पाए। डॉक्टर आनन्द के अनुभवी हाथ रात-भर लालाजी को प्लास्टर लगाते रहे लेकिन उनकी आँखें रोगी के रोग से दूर कहीं भटकती रहीं। सुबह बहू से बोले, ''बेटी, शाहजी को ख़बर कर दो और बेटे को भी। कोई चिन्ता की बात नहीं, पर सगों का पास होना ही अच्छा है।''

साँझ गए नीचे हलचल जान पड़ी। आँचल ठीक किया तो नन्दू के साथ पिता को आते देख जी भर आया। आज पिता उसके घर में! उठी और प्रणाम कर पिता से लिपट गई। बेटी के सिर पर हाथ फेरते-फेरते शाहजी का गला रुँध गया। आशीर्वाद देकर बोले, ''बेटी, अच्छी तो हो...''

शीला को जैसे बड़प्पन का बोध हुआ। पिता क्या पूछना चाहते हैं, इसका भान हुआ। आँखों में सन्तोष भरकर पिता की ओर देखा, मानो कहती हो—जिस सुखद भविष्य का आयोजन उसके लिए किया गया था, वह सफल हुआ, पूर्ण हुआ।

शाहजी समधी के पास आए तो लालाजी अचेत से पड़े थे। चेहरे की रंगत फीकी हो गई थी। काफ़ी देर बाद लालाजी ने जब आँखें खोलीं तो शाहजी ने आगे बढ़कर समधी का अभिवादन किया। उनकी अनुभवी दृष्टि यह पहचानने से नहीं चूकी कि लालाजी की आँखों में अब जीने की चमक नहीं।

आधी रात गए डॉक्टर ने इंजेक्शन दिया और आँखों-ही-आँखों में शाहजी को समझा दिया कि अब सब असर बेअसर हो जाएँगे।

शाहजी शैया के पास झुके और धीमे-से पूछा, ''लालाजी, कोई इच्छा हो तो कहिए...''

लालाजी ने बेजान-सी बाँह फैलाई और शाहजी का हाथ छूकर बोले, ''धर्मपाल से नहीं मिल सकूँगा शाहजी...'' और आँखें झपका लीं। शाहजी ने देखा, नाड़ी धीमे-धीमे चल रही थी, जैसे दीर्घ काल से बुने जीवन के जाल से छूटना न चाहती हो।

उस रात अँधियारे में लालाजी की रंगीनियाँ देखनेवाली दो आँखें हमेशा के लिए बुझ गईं। प्राणों की ज्योति किसी शून्य में विलीन हो गई और दुपहर होते-होते साठ वर्षों की कहानी लकड़ियों में ओझल हो गई।

3

लालाजी को मरे हुए महीना होने को आया। उनकी अपनी पसन्द का बनवाया ऊँचा भवन उसी तरह खड़ा है। उनकी बड़ी नई कार वैसी-की-वैसी खड़ी रहती।

दाहक्रिया के अगले दिन सुबह नियमानुसार ड्राइवर भगतराम ने जब कार लाकर पोर्च में खड़ी कर दी तो सुक्खू माली झटपट गुलाब की क्यारी के पास आ खड़ा हुआ। सीढ़ियों में खड़ा नन्दू भी यंत्रचालित-सा नीचे उतर आया। तीनों ने विस्मय से एक-दूसरे को देखा। बन्द गले का क़ीमती कोट पहने सीढ़ियों से क्या मालिक नीचे उतरेंगे? सहसा विस्मृति छूट गई। अब मालिक कहाँ हैं? दो दिन में उनके फूल चुन लिये जाएँगे और पुण्यमयी गंगा में प्रवाहित कर दिए जाएँगे, जहाँ इस परिवार की पीढ़ियों की गर्म राख शान्त होती आई है।

नन्दू ने साफे से आँखें पोंछ लीं। भगतराम ने जी को समझाया—यही तो दुनिया का चक्र है। छोटे मालिक अब मालिक हो जाएँगे। उसे तो नौकरी ही बजानी है, सो बजाएगा ही। सुक्खू अपने काम में लगा। बड़े मालिक को गुलाब पसन्द था। वह उन्हें अच्छी-से-अच्छी क़लम लगाकर ख़ुश करता था। इनाम पाता था। बड़े मालिक तो गए, अब जो छोटे मालिक को अच्छा लगेगा, वह उस पर मेहनत करेगा।

नन्दू अपने जी को समझा नहीं पा रहा। वर्षों वह लालाजी के सुख-दुख में, हँसी-ख़ुशी में साझीदार रहा। लालाजी के चौथेवाले दिन जब धर्मपाल घर पहुँचे तो नन्दू ने रो-रोकर ऊँचे स्वर में कहा, ''छोटे मालिक, अब आए हो? पिता को आग भी नहीं दे पाए। मरते दम तक उनकी आँखें ढूँढ़ती रहीं, बहुत देर कर दी तुमने...''

पुत्र की आँखें बरस पड़ीं। पिता के निकट जो उसका कर्तव्य था, वह उसे नहीं निभा पाया। नाते-रिश्तेदारों से घर भरा है। सभी सम्बन्धी अलग-अलग से याद दिलाते हैं—''बेटा, तुम जल्दी नहीं पहुँच सके। आदमी पुत्र माँगता ही क्यों है? पर प्रारब्ध की बात...''

अन्त्येष्टि के दिन पूजा-दान समाप्त हुआ। श्वसुर ने दामाद को साफा बाँधा। चालीस वर्षों का परिवार का अधिकार, कुल की सत्ता एक पीढ़ी से दूसरी को—पिता से पुत्र को—सौंप दी गई। गम्भीर स्वर में शाहजी बोले, ''बेटा, अब कुल की सरदारी तुम पर है। धीरज धरो और कुल की पुरानी परम्परा को जीवित रखो।''

पंडित ने कुछ श्लोक पढ़े। क्रियाकर्म पूरा हुआ और बिरादरी उठ गई। दिन-भर के बाद धर्मपाल ऊपर गए तो शीला नाते-सम्बन्धियों की स्त्रियों के साथ अभी भी शोक में बैठी थी। रोना-धोना तो सुबह हो चुका था। औरतों की छोटी-छोटी टोलियाँ हाथ हिला-हिलाकर बातें कर रही थीं। बातों का विषय लालाजी, उनकी बीमारी और उनकी मौत तक ही सीमित न था; अमुक की पत्नी के मर जाने के बाद बच्चों को पालने-पोसने के लिए सगाई की व्यवस्था, किसी की सयानी लड़की के लिए नाते की ख़बर, सास-बहू की लड़ाई, किसी के पेट न खुलने की चतुराई का पता, यह भी कारगर न होने पर पंडित, देवर-भौजाई का झगड़ा और न जाने क्या-क्या। विषय-परिवर्तन सुविधानुसार हो रहा है। एक ओर अनुभवी नाइन बैठी है। किसी भी निकट सम्बन्धी के आने पर वह आँख के संकेत से सबको तैयार होने के

लिए कहकर 'लाहणी' डालती है। पल्ले नीचे खिंच जाते हैं और फिर हृदय-विदारक 'बैण' जिनमें हर एक को अपने मृत प्रियजनों को सम्बोधन कर रोने की सुविधा है। आगे खिंचे हुए दुपट्टों में से यह जानना सचमुच कठिन है कि कौन-सा चेहरा गीला है।

जिस दिन शाहनी के साथ शीला की मायकेवाली स्त्रियाँ शोक प्रकट करने आईं तो उसे झेल लेने की पूरी तैयारी थी। बरामदे में से ही पल्ले नीचे खिंच गए और फिर दोनों ओर हृदय-विदारक ऊँचे स्वर।

लालाजी के पोते-पोतियाँ होतीं तो यह नौबत न आती। उन्हें ख़ुशी-ख़ुशी बिदा किया जाता। उन पर रेशमी दुशाला पड़ता। अर्थी पर बादामों और पैसों की बरखा होती। ग़रीब-गुरबों में पूरी-हलवा बँटता। नाते-रिश्तेदारों को कपड़े मिलते। दान-पुण्य अब भी कम नहीं किया गया, लेकिन जिसके पोता नहीं, उसे वृद्ध नहीं कहा जा सकता। दो पीढ़ियों के सुरक्षित हो जाने की आशा हो तो आँखें बन्द करते भी मन को सन्तोष होता है।

शाम हो आई। शीला लगातार घंटों नीचे एक ही मुद्रा में बैठे-बैठे थक गई। नई बहू है। अभी करने और दिखाने के भिन्न-भिन्न अर्थ वह समझ नहीं पाई। रात को अक्सर चाची महरी समझाती—"बच्ची, यह क्या एक दिन की बात है। एक-दो बार बहाने से उठ आया करो। अभी तो महीनों यह आना-जाना लगा रहेगा। अपनी जान तोड़कर क्या बिरादरियाँ झेली जाती हैं।" चाची महरी दो बार बरामदे में आ गई, फिर अन्दर आई। काम कुछ न था। संकेत था कि देर हो चुकी है। इशारे से नाइन को बुलाया—"जैना बीबी, दिन ढलनेवाला है, अब 'उठाली' दो।" जैना ने 'उठाली' देने में देर नहीं की। शीला कुछ बड़ी-बूढ़ियों के पाँव लगी। आशीष के साथ-साथ ही आदेश पाया, "बहू, जाकर कुछ मुँह लगाओ, सुबह से बैठी हो।"

महरी ने कपड़े निकाले। बोली, "बच्ची, झटपट मुँह-हाथ धो डालो, जमाई राजा ऊपर बैठे हैं।" श्वसुर की मृत्यु के कारण वर्ष-भर बहू गहरे रंगीन रंग नहीं पहनती। महरी ने हल्के सफ़ेद सिल्क का सूट निकाला। शीला का उतारा हुआ मैला दुपट्टा तह लगाकर अलमारी में रख दिया। कल सुबह उसे ओढ़ना होगा। जात-बिरादरी कब जीने देती है। छह-आठ महीने तक तो किसी के सामने उजला कपड़ा तन से छुआया नहीं जा सकता।

शीला अन्दर आई। पति लेटे थे। चौड़ा उन्नत मस्तक और चेहरे पर स्वर्गवासी पिता की स्मृतियों की मौन छाया। धर्मपाल कुछ क्षण तक सोचते रहे। भरपूर आँखों से पत्नी को देखा। यह रूप, यह सिल्क में लिपटा तन—पर किसी और श्वाँस की सुगन्धि ने जैसे एकबारगी सब कुछ फीका कर दिया। श्यामा की दो रस-भरी, तीख़ी आँखें उनकी आँखों में घूम-फिरकर दिल पर उतर गईं।

शीला ने पति की निगाहों में उदासीनता देखी। सोचा—पति चिन्तित हैं। लालाजी के बाद घर-बाहर, व्यापार और रिश्तेदारी, सारी जिम्मेदारी उन पर आ गई है। मृदु कंठ से बोली, ''जी, आप चिन्ता न करें। लालाजी की छाया इतने दिन ही रहनी थी हम लोगों पर। मौत के आगे किसी का वश नहीं।'' कहते-कहते शीला का गला भर आया। उसमें कुछ श्वसुर की याद थी, कुछ पति के दुख की कातरता। दुपट्टे के छोर से आँसू पोंछे और लम्बी साँस ली। दिल में सोचा—पति की उदासीनता को वह दुलारकर, बहलाकर अवश्य दूर कर देगी।

धर्मपाल कुछ बोले नहीं। एक संक्षिप्त-सी 'हूँ' और बस। उनकी आँखें कहीं और देख रही हैं, कान किन्हीं मीठे मधुर शब्दों को सुन रहे हैं...

'पाल, तुम कब आओगे, तुम्हारे बिना इतने दिन कैसे रहूँगी, कैसे रहूँगी पाल...'

तड़पा देनेवाली आहत आँखें और लम्बा गहरा आलिंगन। उसमें जकड़ी दो नर्म-नर्म बाँहें...

शीला पति की चिन्ता में लेटी सोचती रही—पिता का प्यार बहुत बड़ी चीज़ है। कुछ दिनों में चेहरा कैसा उतर गया है...और धर्मपाल आज रात बहुत प्रयत्न करने पर भी श्यामा की उस मोहनी को नहीं भूल पा रहे, नहीं भूल पा रहे...

श्यामा धर्मपाल को बम्बई में मिली। पहली बार नहीं। वे लाहौर में एक-दूसरे से परिचित थे। परिचय में निकटता थी। रावी के किनारे मीठी सुहावनी रातें, शालीमार में सुनहले सपनों की साँझें और आँखों की मूक भाषा में मोह-भरी बातें। फिर एक दिन देखते-देखते अविनाश और श्यामा की मित्रता धर्मपाल को पीछे छोड़ गई थी। उनके अच्छे क़ीमती सूटों से अविनाश के सादे साधारण वस्त्र, उसका बँधा-बँधा गम्भीर चेहरा, श्यामा की आँखों में क्यों उतर-सा गया, यह वह नहीं जान पाया।

और अब वर्षों बाद बम्बई में एक बार फिर श्यामा से मिलकर धर्मपाल उन पुरानी स्मृतियों में बह गए, चंचल आँखों में झाँकता पुराना अनुराग जैसे उनकी बाँहों को खींच-खींच लाता है। श्यामा अब मचलती नहीं, खिंचती है और बँधी-बँधी उमड़न को थामकर कहती है—''नहीं पाल, ऐसे नहीं।''

धर्मपाल क्षण-भर को रुकते हैं और फिर घेर-घेर लेते हैं उस मीठे पतले तन को।

बम्बई की हलचल में वे भीगे-भीगे उड़ते दिन-रात। श्यामा के घर से लौटते-लौटते अक्सर ठिठककर वह सोचते रह जाते। उनका विवाह हो चुका। घर में शीला-सी पत्नी है, पर श्यामा...श्यामा की घिर-घिर आनेवाली देह, खुमार में डूबी आँखें—उनका क्या होगा, क्या होगा? उनके प्यार का—जो पल-भर को भी उनके मन पर से, तन पर से नहीं उतरता।

4

परिवार की बहू की वही दिनचर्या। सब कुछ पूर्ववत् चल रहा है। वही घर है, वही बहू है, वही चाची महरी। घर के मालिक भी वही हैं। गोरा स्वस्थ रंग, चाल में हकड़, चढ़े हुए तेवर और तीख़ा मिज़ाज। नन्दू छोटे मालिक की गम्भीरता में पिता का दुख देखता है। चाची महरी को जमाई के रौबीले स्वभाव पर विशेष भक्ति है और शीला सब तरह से तटस्थ है। दिन-भर काम न होने पर भी व्यस्त रहती है। रात को नींद न आने पर भी सोई पड़ी रहती है। पति को उसने ग़लत नहीं समझा। आँखों के जिस फीकेपन में उसने पति की उदासीनता देखी है, उसकी खोज करने की इच्छा उसकी नहीं हुई। वह क्या कहे, कैसे कहे? कभी शैया पर मौन पड़े-पड़े वह सोचती है—एक दिन पति अवश्य उसकी ओर लौटेंगे। उसे अपनी ओर खींचकर कहेंगे—इधर आओ शीला, ऐसी क्यों होती जा रही हो तुम...और वह खुलकर रो देगी।

पर महीने होने को आए। कई रातें बीत गईं। पूनम, अमावस, फिर पूनम। खिड़की में से चाँदनी छन-छनकर लौट जाती। रात भोर बन जाती। सितारे चमक-चमककर धुँधला जाते और चाची महरी के अनुभवी हाथों के निकले कपड़े पहन शीला अनछुई सिरहाने पर सिर डाले पड़ी रहती। पति किसी दिन भी उसकी ओर खिंचे नहीं। कुछ कहा नहीं। कुछ पूछा नहीं।

और धर्मपाल अपनी ही बन्द आँखों में श्यामा को ढूँढ़ते। क्यों वह उनके पास नहीं—मन से दूर नहीं तो क्यों आँखों के पास नहीं...

रात देर तक धर्मपाल जागते रहे। क्या है जो उनके वश में नहीं, और जो उनके वश में है, उससे वह पीछे हटें। सुबह उठे तो श्यामा की ओर पहुँचनेवाली राह खुली-खुली दीखने लगी थी। रात की गाड़ी से बम्बई चल दिए। शीला ने कुछ पूछा नहीं। कमरे में बैठी कुछ-न-कुछ करती रही। महरी की तेज़ निगाहों ने देखा, बच्ची के ठहरेपन में कहीं अधीरता नहीं थी और जमाई के गम्भीर चेहरे पर पत्नी को छोड़ जाने की व्याकुलता नहीं थी। शाम को इधर-उधर हो गई। शायद जमाई इधर आएँगे। बाहर से दो-एक बार परदे की ओट से झाँककर देखा। बच्ची उसी मुद्रा में बैठी अनावश्यक कपड़ों में बटन टाँक रही थी। उधर जमाई तैयार हो रहे थे। बात क्या है...महरी अन्दर गई। कुछ क्षण शीला को देखती रही। चेहरे पर लज्जा नहीं थी, न कोई प्रत्यक्ष चिन्ता। कुछ कहने से पहले ही निरुत्तर-सी हो गई। फिर भी नाप-तौल कर बोली, "बच्ची, जमाई तैयार हो रहे हैं। उठो, ज़रा उधर हो आओ।"

शीला ने कपड़े में से सुई खींची, "चाची, अँधेरा हो आया। ज़रा रोशनी तो कर दो।"

महरी ने बत्ती जलाई। नीचे से कार स्टार्ट होने की आवाज़ आई। महरी ने सोचा—भ्रम नहीं हुआ। पति से मान कर, अधिकार से रूठी हुई वह नहीं। यह

मन-मुटाव तो आज का नहीं लगता। विवाह हुए साल-भर से अधिक नहीं हुआ और ऐसी विदाई।

बम्बई से धर्मपाल का कोई पत्र शीला को नहीं मिला। पत्र की बात जैसे उसने सोची ही नहीं। जाती बार पति की फीकी निगाहें और उनसे कहीं अधिक फीका उसका अपना मन। इस बार पति के लिए बेचैनी नहीं हुई, न जी भर आया। केवल चाची की टटोल लेनेवाली दृष्टि का ठीक-ठीक जवाब वह नहीं दे सकी।

कशीदा काढ़ने और पड़े-पड़े आराम करने में दिन बीत जाता है और रात में भी कोई असुविधा नहीं होती। लेटती है और सो जाती है। दिल की आँखें कोई महल खड़ा नहीं करतीं। अक्सर शीला के सो जाने पर चाची महरी किसी-न-किसी काम के बहाने अन्दर आकर बच्ची को देख जाती हैं। सोते देख सोचती है—यह बेख़बरी, यह बेफिकरी अच्छी नहीं। मैंने भी दुनिया देखी है, पर यह अभिमान...अचानक चाची को लगता है कि बच्ची के मुँह पर उतनी मिठास नहीं रह गई। शायद...पर नहीं, पहली बार मुँह पर रौनक़ होती है, निखार होता है। ऐसी बात होती तो क्या उससे छिपी रहती।

चाची महरी को आज देर तक चिन्ताएँ घेरे रहीं। उसकी जान में तो जमाई का ख़त भी नहीं आया, पर हो सकता है उसके इधर-उधर हो जाने पर बच्ची ने पढ़कर रख दिया हो।

सुबह उठ चाची ने बच्ची को स्नान करवाया, बाल गूँथे, इधर-उधर फैले कपड़े सहेजे और नीचे चली। नन्दू से ही कुछ कहे-सुने। आज चाची ने नन्दू से कोई दिखावे की बात नहीं की। चिन्तित स्वर में बोली, "भाई मेरे, जमाई राजा ने बम्बई जाकर बच्ची को कोई ख़त-पत्तर नहीं भेजा। बच्ची की तो एक ही चुप है। तुमसे क्या छिपाऊँ...जाती बार आपस में कोई बातचीत भी नहीं की..."

नन्दू महरी के लिए इस अकिंचन विश्वास पर पूरा उतरना चाहता है। बोला, "फिकर की तो कोई बात नहीं महरी, बड़े मालिक के गुज़र जाने पर मालिक कुछ गम्भीर हो गए हैं..."

"यह तो सच है, पर जाती बार की रुखाई और दूर-दूर रहने की बात तो सोचो..."

"आज दफ़्तर हो आऊँगा चाची, शायद कोई चिट्ठी-पत्री आई हो।"

चाची लौटी तो शीला से घुमा-फिराकर जमाई की बात करने से चूकी नहीं। जमाई को यह पसन्द है, यह नापसन्द है। जमाई कितने अच्छे हैं, किसी का भला-बुरा नहीं, फिर भी घर-भर में कितना रोब है, क्यों न हो...

महरी शायद कुल का बखान करती जा रही थी कि शीला सहज स्वर में बोली, "चाची, अपने-अपने घर-घराने का क़ायदा है, अपने यहाँ क्या तुम पिताजी को

नहीं जानती, रोब है, गम्भीरता है। निगाहों से कुछ भी छिपा नहीं रहता, फिर भी दिल कितना साफ़ है। किसी के लिए मन में मलाल नहीं...''

महरी की पकड़ कम तेज़ नहीं थी। झट सोचा—यह तो बच्ची का उलाहना है। पर बच्ची से कुछ कहलवाए कैसे। जितनी बात उसे कहनी है, वह उतनी ही कहेगी, कोई लाख कोशिश करे...

चाची महरी कुछ-न-कुछ पूछ लेने की फिकर में ही थी कि सुना, मालिक का तार आया है। ''जल्दी पहुँच रहे हैं, ऊपरवाली मंज़िल ठीक-ठाक होनी चाहिए।''

घर-भर में हलचल मची। नौकर-चाकर सफ़ाई और सजावट में व्यस्त। महरी शीला की ओर देखती है कि वह तटस्थ है। नन्दू ने कहलवाया, ''बहू जी से कहो, एक बार कमरे तो देख लेतीं...''

शीला ने कुछ दूरी जताकर मीठेपन से कहा, ''चाची, सब ठीक है। देखने की ऐसी कोई बात नहीं। कहाँ क्या लगेगा, यह सब तो नौकर जानते ही हैं।''

झाड़-पोंछ हो गई। सजावट हो गई। बलखाती सीढ़ियों पर कार्पेट बिछ गया। नौकर चौकन्ने हो गए। मेहमान आनेवाले हैं। मेहमानों के सामने मालिक का मिज़ाज उनसे भूला नहीं।

रात होने को थी। बिजली के प्रकाश में घर जगमगा रहा था। शीला ने कपड़े बदले और बैठे-बैठे महरी से बाल बँधवाए। ख़ाली बैठे रहना अच्छा नहीं लगता। ऊन और सलाइयाँ हाथ में ले लीं। महरी अन्दर आई। दरवाज़े पर से देखा, लक्ष्मी-सी लगती है बच्ची। नज़र न लगे। भगवान भाग लगाए। आज तो जमाई आ ही रहे हैं।

जमाई आ गए। नीचे मोटर आकर रुकी। घर के मालिक उतरे और अतिथि उतरे। नन्दू ने अभिवादन को हाथ उठाए और ठिठककर रह गया।

ड्राइवर ने विस्मय से नन्दू की आँखों में देखा। नन्दू ने मालिक को देखा और मालिक ने अपने सुन्दर सुकुमार अतिथि की ओर देखा। पतले, महीन कपड़ों में सुगन्धि उड़ेलती रमणी मुस्कराकर लजा दी। मालिक ने पतली-सी बाँह थामकर लाड़ के-से स्वर में कहा, ''आओ न श्यामा, यह है तुम्हारा घर...''

महरी ने आवाज़ सुनी तो सीढ़ियों के पास आँगन में आ खड़ी हुई। जमाई ऊपर आए और उनके साथ...महरी खड़ी-की-खड़ी रह गई। श्यामा और धर्मपाल इठलाते-से सीढ़ियाँ चढ़ गए। ''चाची, ज़रा नीचे तो आओ।'' नन्दू का धीमा-सा संकेत सुनकर चाची चौंकी।

''चाची,'' नन्दू की आवाज़ जैसे, फिर सूखे गले से निकली, ''साथ कौन है...''

''होगी कोई नाते-रिश्ते की...''

''चाची,'' ड्राइवर धनीराम कहता है, ''मालिक नई बहू कर लाए हैं...देखा नहीं, कैसे हाथ-में हाथ डाले...''

''बस करो नन्दू, मेरी देवी-सी लक्ष्मी शीलो, और यह लिपी-पुती डायन...''

''चाची, तुम बहूजी के पास जाओ...''

महरी झटपट ऊपर चढ़ आई। बच्ची बैठी-बैठी ऊन के तागे में उँगलियाँ चला रही हैं। सिर पर गुलाबी ओढ़नी और कश्मीरी रेशम-सा बच्ची का मुँह। ''बच्ची, मेरी बच्ची...''

''कहो चाची, क्या बात है?'' शीला के स्वर में कहीं कोई चिन्ता नहीं थी।

क्या बात है, चाची नहीं कह सकी। अपने दुपट्टे से आँखें छिपाकर फफक—फफककर रो दी।

''चाची, कुछ बोलो भी, कुशल तो है...'' स्वर में इस बार विस्मय था।

चाची रोते-रोते बोली, ''सब कुशल है बच्ची, सब कुशल है। सिर्फ़ मुझे ही मौत नहीं आती। मैं शाहनी को क्या जवाब दूँगी...''

आँसुओं का एक और पूर बह गया।

''चाची, वो तो अच्छे हैं। ठीक तो हैं वो...''

चाची ने रोते-रोते एक बार ओठों पर हाथ की रोक की, फिर रुक-रुककर बोली, ''जिसकी तुम्हें इतनी चिन्ता है मेरी बच्ची, वह नई बहू कर लाया है...''

''चाची...''

आवाज़ गले से नहीं जैसे दिल को चीर कर निकली थी, ''चाची,'' और बस।

चाची को नश्तर-सा लगा। आँखों पर से दुपट्टा हटाकर बच्ची की ओर दौड़ी। ऊन और सलाइयाँ नीचे गिर पड़ी थीं। सिर सिरहाने तले जा लगा था। आँखें फट गई थीं और गले से छूटती-सी आवाज़ निकलकर रह गई—'चाची!'

चाची ने बच्ची के सिर पर हाथ रखा और देखा कि आँखों में नमी नहीं। शुष्क और फटी आँखों वह छत को टकटकी लगाए जड़ हो गई थी। पत्थर हो गई थी।

5

श्यामा को यहाँ आए कई दिन हो गए। अब तो उसे यहीं रहना है। वह ब्याहता और पति की प्यारी है। पहले दिनों का आकस्मिक-सा वातावरण खुल गया है। सुबह-शाम रसोई पर और सीढ़ियों के आसपास की फुसफुसाहट मौन हो गई है। सन्देहशील नज़रों में एक अनचाही स्वीकृति आ गई है। मालिक जिसे ब्याह

लाए हैं, उसे अब नई मालकिन कहना ही है। केवल नन्दू और महरी की तीख़ी नज़रें किसी गहरी अवज्ञा की बात कह जाती हैं।

श्यामा ख़ुश है। धर्मपाल ख़ुश हैं। श्यामा की मादक आँखें मुस्करा-मुस्करा जाती हैं। जैसे सोचती हों, वह जीवन को जय कर लाई हैं। कैसा ख़ुमार था इस देह में, जिसने एक बार धर्मपाल को छूकर हमेशा के लिए जकड़ लिया।

इस बार बम्बई जाकर धर्मपाल ने जब श्यामा से अपने साथ चलने का आग्रह किया तो श्यामा मानी नहीं। सावधानी से बोली, ''माता-पिता मेरे नहीं, एक भाई हैं। उनके निकट तो उत्तरदायी अवश्य हूँ। मुझे तुम कुछ भी अनुचित करने को नहीं कहोगे पाल...''

धर्मपाल कई क्षण देखते रह गए थे। श्यामा को चूम-चूम लेने से अलग भी कुछ है, जो है। इस रस-भरे माधुर्य से अलग भी कुछ है, जिसे उन्हें अनदेखा नहीं करना है। और दूसरे दिन जब वह श्यामा के निकट पहुँचे तो आलिंगन में अधिकार की माँग नहीं, अधिकार था। आँखों में विवशता नहीं, विवशता को पार कर लेनेवाला आयोजन था।

धर्मपाल के नए-नए मित्रों और उनकी पत्नियों की खिलखिलाहट में विवाह सम्पन्न हो गया। जगदीश को श्यामा की पसन्द बुरी नहीं लगी। धनी-मानी पति। यही तो वह चाहती थी।

और अब श्यामा यहाँ ख़ुश है। इससे अधिक सुख की कल्पना वह नहीं कर पाई। अपने से बँधे पति हैं और पति के हाथ में लाखों की क़लम है। सुन्दर, सुसज्जित घर-बाहर। क़ीमती वस्त्रों में लिपटी पति में डूबी रहती है। कभी श्रृंगार करते दर्पण में अपने को देख, वह सोचकर मुस्करा उठती है कि जीवन के एकमात्र क्रय-विक्रय में वह हारी नहीं। पिता उसके धनी नहीं थे। माँ के सिर पर क़र्ज़ छोड़कर मरे थे। माँ ऐसी बुद्धिमती और सजग नहीं थी कि उधार उतारती। पहले अंकों के आगे कुछ अंक बढ़ा ही गई। माँ की मृत्यु के बाद कोई दूर के मामू उसे और भाई को अपने साथ ले गए। मामू खाते-पीते थे, पर मामी को पराए बच्चों से अधिक लाड़-प्यार नहीं था। बचपन में छोटी-छोटी चीज़ों का अभाव अनदेखा बोझ बनकर उन्हें दबाता रहा और बड़े हो जाने पर प्यार की आशा में विद्रोह बनकर फूटता रहा। जब मामू नहीं रहे तो श्यामा स्वतंत्र थी। कभी मामी रौब में बैठे-बैठे उसे ताने दिया करती थी, ''कहाँ गुज़र होगी तुम्हारी, कौन लेगा तुम्हें...''

और अब श्यामा सोचती है, कभी देखे मामी उसका यह घर-बाहर। सौत की फिकर उसे नहीं। जब से वह आई है, उसकी झलक तक नहीं देख पाई। कभी उसकी आवाज़ नहीं सुनी। केवल महरी को देख पाई है, जिसके चढ़े तेवर और घूरती निगाहों को देखकर वह उपेक्षा से मुस्करा नहीं पाती। लगता है, उन दो ग्रामीण आँखों के पीछे किसी और की दो असभ्य आँखें उसे घूरती हैं।

कल शाम सज-धजकर पति का सहारा लिये श्यामा जब नीचे उतरी तो आँगन में चाची महरी आ खड़ी हुई। क्षण-भर को धर्मपाल ठिठके और फिर जल्दी-जल्दी सीढ़ियाँ उतर गए थे।

महरी शीला से बोली, "बच्ची, बड़ी बन-ठनकर निकलती है। किसी ओछे घर की है। लिपा-पुता मुँह, कोई सूरत है, न मुँह न मत्था..." बच्ची प्रत्यक्ष कुछ बोली नहीं। जैसे दिल में कहती हो—चाची, जिसने पति को मोह लिया हो, वह केवल लिपी-पुती नहीं हो सकती।

शीला एक लम्बा निःश्वास खींचकर पड़ी रह गई। कभी रात को लेट-लेटे सोचती है, वह क्यों इस घर में अपमानित-सी पड़ी है। पीछे उसके पिता का घर है। वहाँ कोई कमी नहीं। अकेली वही तो है। कोई भाई नहीं, बहन नहीं, पर माँ की आज्ञा। कैसी निठुर हो गई माँ। महरी के ख़त लिखवाने पर कि जहाँ उसकी क़द्र नहीं, बच्ची वहाँ रहकर क्या करेगी—शाहनी ने जवाब लिखवाया था कि बच्ची, तुम्हारा घर वहाँ है, यहाँ नहीं। हो सका तो शाहजी मिलने आएँगे।

शीला सोचती थी, पत्र पहुँचते ही पिता रुकेंगे नहीं, उसे लिवाने आ जाएँगे। पर कई महीने होने को आए। क्या वह सचमुच पराई हो गई है। आज वह अपनी है किसकी। जो उसका हाथ पकड़कर एक दिन उसे ब्याह लाए थे, आज वह, उनकी प्रतिज्ञाएँ, उनके वायदे सब छूट गए हैं। श्यामा को ब्याह लाने के बाद उसने एक बार भी पति को नहीं देखा। सब कुछ सुनकर, देखकर, रो लेने की इच्छा भी नहीं हुई। शिकायत की, विरोध की बात मन में उठती नहीं। जो कुछ हुआ है, वह नहीं हुआ और वह टूट गई है। सन्तोष यदि नहीं है तो चाची महरी को।

"बच्ची, उसे करनी का फल मिलेगा। जमाई रीझे तो इस पर, न सूरत न सीरत। न नक़्श-नैन..."

शीला जवाब नहीं देती। उसकी सूरत, नक़्श, नैन कैसे होंगे, उससे शीला बेख़बर नहीं—जो किसी को बाँध सके, ऐसी सूरत का असर कम नहीं होता। वह रूप क्या, जिसके हाथ में दिल की पकड़ न हो। आज उसकी अपनी सुन्दरता सब व्यर्थ हो गई—सब...महरी यह न समझती हो, ऐसा नहीं। बच्ची को दिलासा देने को उसके पास कुछ भी नहीं। अभी तो बाँहों से लाल चूड़ा भी नहीं उतरा। ब्याह के कई क़ीमती जोड़ों की तह भी अभी नहीं खुली। हँसने-खेलने के दिन थे मेरी बच्ची के, बेदर्दी ने छाती पर सौत लाकर, महल-से घर को घर नहीं रहने दिया।

सुबह आकाश पर बादल घिर आए थे। चाची महरी नहा-धोकर अन्दर आई तो शीला अभी जगी नहीं थी। बिना आहट किए परदे ऊपर उठाए और ढेर-से कपड़े सहेजकर बाहर आँगन में ले आई। धोबी आया, कपड़ों की गिनती की। "महरी, क्या नए कपड़े धुलवा रही हो? पहनने की सिलवट भी तो नहीं इन पर।"

"क्या कहा, कपड़े मैले नहीं! बच्ची मेरी एक बार से अधिक छुआती नहीं तन से, कोई छोटे-मोटे घर की नहीं, समझे। छोटे हों उसके दुश्मन।"

सीढ़ियों से उतरते-उतरते नन्दू घूम पड़ा, "महरी, क्यों सुबह-सुबह बोल रही हो—ऊपर जग गई हैं, सुनेंगी तो..." महरी ऊपर का नाम सुनते ही तड़पी—"जाग गई है तो सौ बार सुने। एक वही तो नहीं जिसे जमाई डोले में डालकर लाए थे। समझ रखना, इस घर की नौकर नहीं हूँ जो डरती फिरूँ..."

नन्दू निरुत्तर होकर नीचे उतर गया। धोबी ने कपड़े उठाकर जाते-जाते पूछा—"बहू जी को ज़रूरत हो तो जल्दी ले आऊँ।"

महरी ने तेवर चढ़ाए—"कोई जल्दी नहीं, यहाँ कपड़ों की कमी नहीं।"

धोबी ऊपर गया। कपड़े गिनवाने को हुआ तो श्यामा ने पास पड़े कपड़ों की ओर संकेत कर पूछा, "क्या तह बिठाने को कपड़े लिए जा रहे हो?"

धोबी को मौक़ा अच्छा जान पड़ा, कपड़ों को फैलाकर दिखाते हुए बोला, "मालकिन, यह कपड़े धुलवाने लायक हैं...मगर यह बुढ़िया—कुछ सुनती नहीं। बहू जी के मायके की है, तभी सिर चढ़ी है..."

श्यामा कुछ बोली नहीं, पर मन में छिपी उत्सुकता जाग आई। जिसके यह कपड़े हैं, वह कैसी होगी। उसे कभी आँगन में नहीं देखा। कभी नाते-रिश्ते और जात—बिरादरी के लोग मिलने के बहाने उसे देखने आते हैं तो वह नपी-तुली बात करते-करते उनके चेहरे को पढ़ लेने का प्रयत्न करती है कि उसे देखकर उन्हें निराशा तो नहीं हो रही। पर अक्सर देखती है—आँखों में प्रशंसा नहीं, संशय होता है।

शीला आज देर से उठी। महरी ने बात शुरू करने के अभिप्राय से कहा, "बच्ची, यह नन्दू हर घड़ी ऊपर क्या किया करता है। जब देखो ऊपर। ज़रूर यहाँ की बातें लगाता होगा..."

"चाची, क्यों सोचती हो यह सब बातें। हमें किसी से कुछ बाँटना नहीं।"
"बाँटना नहीं! बच्ची, क्या तुम यहाँ कोई नहीं! तुम क्यों दिल छोड़ बैठी हो? इनके सिर पर चढ़कर रहो। स्वर्गों में वास हो तुम्हारे ससुर का, जिसने लड़केवाला होकर भी शाहजी के यहाँ सौ चक्कर लगाए। पंचों के सामने, लोक-जहान के सामने, उसका बेटा तुम्हें ब्याह के लाया था। कोई सब्र की भी हद होती है। आज उस पल्ला पकड़ूँ जमाई से पूछोगी न, दूसरी ब्याह लाया है तो क्या दो सीढ़ियाँ उतरने में उसकी टाँगें..."

महरी कहने जा रही थी कि 'टाँगें टूटती हैं' पर सँभल गई। सोचा—बच्ची बुरा मान जाएगी। लाख हो, पति तो पति ही है। उसे अपने दिन भूले नहीं, घरवाले से झगड़ा कर गली-मुहल्ले में बैठने जाती तो कोई पड़ोसिन कहती—"महरी, तुम्हारा घरवाला दिन-रात बोलता ही रहता है, बात-बात पर झगड़ा, जाने कैसे गुज़र होती है तुम्हारी..."

महरी सुनते ही जल जाती—''वाह री, आज तुम बातें बनाने लगीं! पहले अपने मालिक को तो देख, हल्के कुत्ते की तरह रात-दिन पीछे पड़ा रहता है। मेरे यहाँ की बात की तो अगले-पिछले गिन डालूँगी।''

आज महरी ने सोचा कि दुपहर में ऊपर जाएगी और जमाई को खरी-खरी सुनाकर आएगी। कर ही लाया है तो दोनों का मुँह रखे। सोचता होगा, बच्ची मायके चली जाएगी। लेकिन मुँह धो रखे। शाहनी कम सयानी नहीं। शाहजी ने भी सारे क़ानून पढ़ रखे हैं। इतने कच्चे नहीं कि जमाई को बलैया लेकर छोड़ दें और लड़की को यहाँ घुलने दें।

दुपहर में बच्ची लेटी। महरी तब तक व्यस्त रही। मलमल का उजला दुपट्टा निकाला और फूलदार जूती पहनकर ऊपर चली।

द्वार पर रक्खी बैठी थी। चौंकी। आज जमाई से क्या काम पड़ गया बुढ़िया को!

''रक्खी, जमाई क्या काम से लौट आए हैं?''

''हाँ, खाना खाकर आराम कर रहे हैं।''

''तो जाओ, मेरा नाम लेकर कहना महरी कुछ कहने आई है...'' रक्खी अन्दर जाकर दबे स्वर में बोली, ''मालिक, नीचे से महरी आई है।''

जमाई पलँग पर लेटे थे। कुछ अप्रतिभ-से हो गए। श्यामा चौंकी। इसके पहले कि कुछ कहे, महरी अन्दर आ खड़ी हुई। दृष्टि में अवज्ञा थी, उलाहना था और गहरा तिरस्कार था। जलती निगाह से श्यामा को देखकर बोली, ''जमाई राजा, सोचा—तुम्हें बधाई दे आऊँ। एक साथ दो-दो ब्याहताएँ किसी भागवान को ही नसीब होती हैं। किसी की एक कुरूप, बाँझ होती है तो वह दूसरी कर लाता है। यहाँ तो एक से एक सुहावनी हैं।''

धर्मपाल का जी जल रहा था। रुखाई से बोले, ''कुछ काम हो तो कहो...''

महरी ने तीर छोड़ा—''हाँ-हाँ बच्चा, काम ही कर रही हूँ। बच्ची का चूड़ा बदलना है। परसों पूर्णमासी का दिन अच्छा है। ब्राह्मण आकर पूजा करवा जाएगा। चूड़ा बँधकर हाथों में कंगन डालने की रस्म है, सो आज ही सुनार को बुलवा लो। बड़ी-बड़ी उम्र हो तुम्हारी। सगुन तो पूरे करने ही हैं, बच्चा।''

श्यामा ईर्ष्या से जल उठी। महरी ने सुख की साँस ली। अब छाती ठंडी होगी बहूरानी की। धर्मपाल ने चिढ़कर सोचा—कितनी खुर्राट है। यह सब इसकी बातें हैं, पर कंगनों को मना कर कौन मुसीबत ले। प्रत्यक्ष बोले, ''ठीक है महरी। सुनार शाम तक आ जाएगा।''

''बड़े भाग लगें बच्चा, फलो-फूलो...आज लालाजी होते तो सौ-सौ सगुन करते। बच्ची को देख वह फूले न समाते थे।''

महरी ने तीख़ी निगाहों से एक बार श्यामा की ओर देखा, एक बार जमाई की ओर देखा और नीचे उतर गई।

6

शाहनी और शाहजी कन्या के हाथ पीले कर निश्चिन्त हुए थे। लाड़ से पाल-पोस कर फूल-सी लड़की दूसरे को सौंप दी थी। लड़की पराई धरोहर है। आज तक किसकी लड़की घर बैठी है। लेकिन शाहनी ने तो जल्दी की। अभी कल तक ही तो वह आँगन में गुड़िया खेलती थी। ससुराल के लिए बिदा होते हुए शीला ने रो-रोककर कहा था—"माँ, मेरी सहेलियाँ घर आएँ तो उनसे नाराज़ न होना।" सुनकर माँ का आँचल भीग गया था। जाने की तैयारियाँ हो रही हैं। लेना-देना, जमाई पर रुपए न्यौछावर किए जा रहे हैं। शीला की सखी-सहेलियाँ घेरे बैठी हैं। सोने-चाँदी से लेकर सुई-तागे तक दिया हुआ दहेज सहेज लिया गया है। शाहजी समधी के पास आए। क्षण-भर जैसे कुछ सोचते रहे, फिर हाथ जोड़कर विनीत स्वर में बोले, "लाला जी, आपके लायक मेरे पास कुछ भी नहीं, जो थोड़ा-बहुत जुड़-बन पाया..."

लाला जी ने आदर से शाहजी के हाथ अपने हाथ में लेकर कहा, "शाहजी, आपने जो दिया, हमारे सिर-माथे पर। अब क्या हमारी कुछ दो बातें रह गई हैं!"

लाल सालू का घूँघट निकाले शाहनी पास आईं और बोलीं, "भगवान करे ठंडी छाँह-सा यह रिश्ता ठंडी हवाएँ लाता रहे। लाला जी, आज मेरी समधिन होतीं तो आपसे न कहतीं, शीला को अपनी लड़की ही समझना, अनजाने में कोई भूल-चूक..." कहते-कहते शाहनी का गला भर आया और आँखों से आँसू गिरने लगे। शाहजी का दिल छोटा हो रहा था, पर किसी तरह अपने को रोके हुए थे। पत्नी को रोता देख न रह सके। लालाजी का हाथ थाम भर्राए गले से कहा, "लाला जी, अब वह मेरी नहीं, आपकी बच्ची है। अब आपका घर उसका घर है। आज से यह घर तो उसके लिए पराया हो गया।"

लाला जी ने आश्वासन दिया, "शाहजी, बहू को बेटे से कम नहीं समझूँगा, बड़ी-बड़ी उमर हो मेरी बिटिया की, जिसके पैरों का सदका मेरा घर भी फले-फूलेगा।"

शाहनी का दुपट्टा भीग गया है। लड़की क्या बेटे से कम प्यारी होती है। अपनी जाई पाल-पोसकर दूसरे को सौंप देना, यही दस्तूर है। पर माँ का दिल-रोना रुकता नहीं। मामू ने बेटी को थामकर डोले में बिठा दिया। बच्ची के हाथ में धान और चावल दिए। पीछे हाथ कर आँगन में डाल दिए। "पिता का घर छोड़ रही हूँ—कोई बस नहीं—भगवान करे यह घर सदा अन्न-धन से भरा रहे।"

बच्ची ने पिता के घर से बिछुड़ते हुए यह कामना की। कई साल पहले शाहनी ने भी भाइयों से बिछुड़ते-बिछुड़ते यह कामना की थी और माँ के गले लगकर रो पड़ी थी। उसके तो भाई थे, भाभियाँ थीं, पर शीला बिदा होते सोचती है—अब कौन

माँ का काम करेगा? कौन पिता का स्वागत करेगा? कौन पिता के कपड़ों में बटन टोकेगा, अन्दर-बाहर आते-जाते अब कौन पुकारेगा—माँ...!

शीला की आँखों में से झड़ी लगी है। सखी-सहेलियाँ गले मिल रही हैं। औरतों का समूह सरस कंठ से गा रहा है—"सखी-सहेली बाबुल बिछुड़ी, मेरा देश हुआ परदेश रे..." यह सखी-सहेलियाँ, बचपन के दिन, झोलियों में बेरों की बरखा, दरिया के किनारे सुबह-शाम, दिन-भर चरखों की क़तारें—लम्बे सूत के तार...दियों के प्रकाश में 'भौंरा' और ऊँची खिलखिलाहट...

वह सहेलियाँ, वह सखियाँ सब छूट रही हैं। बाजा बज रहा है। स्त्रियों का समूह आँखों में आँसू भर-भरकर गा रहा है—"आज की रात रख, बाबूल तेरा पुण्य होव..."

बिदा तो केवल शीला हो रही है, लेकिन यह बहुत-सी औरतें घर-बाहरवाली, परिवारवाली, अपने-अपने बिदाई के दिन की याद करके रो रही हैं। लड़की का है ही क्या? किसी दिन वे भी पिता के घर में खेलती-कूदती बड़ी हो गई थीं। कहीं जन्मीं, कहीं पलीं और आज वे उस घर से कितनी दूर हैं। बन पड़ता है तो किसी ब्याह-शादी में चली जाती हैं, नहीं तो मायके का कुशल संवाद मिल जाना ही बहुत है। पीछा हरा-भरा रहे, इस कामना के सिवाय क्या है जो उस घर का वह बाँट सकती हैं। सुख-दुख कुछ भी नहीं। बाबुल ने ऐसा घर से भेजा कि घर ही दूसरा हो गया। नियम ही ऐसा है...

पंडित ने दूल्हे का मुँह मीठा करवाया। कहारों ने डोले की बहियाँ पकड़ीं। पंडित बोला, "लाला जी, डोले पर हाथ दीजिए।" ससुर ने बहू के डोले को हाथ दिया...पिता का दावा ससुर के पास चला गया। लड़की पराया धन है—अब क्या दावा है बाबुल तेरा...ओ पिताजी, मुझ पर अब तुम्हारा क्या दावा रह गया है...डोला तो दूल्हे का पिता लिए जा रहा है।

धनी परिवार की इकलौती बेटी ससुराल चल पड़ी। भगवान करे, बच्ची का भाग जागे। हँसती-खेलती की ख़बर आए, अपने घर सुख पाए।

सचमुच बच्ची की ख़बर मीठी आई। चाची महरी का लिखवाया रुक्का आया कि मालकिन को बड़ी-बड़ी बधाइयाँ हैं। बच्ची बड़ी ख़ुश है। घर-वर अच्छा मिला है। बेटी रानी बनकर राज करेगी।

पढ़कर शाहनी ने सुख की साँस ली। जो काज किया, वह बन आया। यह क्या कम है। फिर लड़की तो अपना भाग साथ लाती है।

शाहनी की तीन बहनें थीं। पिता अच्छे बड़े ज़मींदार थे। सबको अच्छे घर ब्याहा था पर शाहनी के सिवा और किसने सुख पाया। बड़ी बहन गुज़रात के बड़े धनी परिवार में ब्याही थी। वर्ष-भर में विधवा हो गई तो फिर कभी सास के मन भाई नहीं। जो सबसे तेज़ थी, उसे क़िस्मत ने पानी की तरह ठंडा कर दिया। दूसरी बहन

सुन्दर थी, सुघड़ थी। घर-वर भी अच्छा था, पर गोद नहीं खिल पाई। आख़िर बहनोई दूसरी ब्याह लाया। सबसे छोटी शाहनी है, तो वह भी इस इम्तिहान में पूरी नहीं उतर पाई। कोई लड़का-बाला नहीं...बस, एक शीला ही शीला है। कभी शाहनी अपने अभाग्य को ले बैठती है तो शाहजी यही कहते हैं—''लिखे को कोई नहीं मेट सकता। इस पर मेरा और तुम्हारा बस नहीं। तुम क्यों घुला करती हो। भगवान ने किया, शीला की गोद भरेगी तो तुम नाती गोद ले लेना।''

शाहनी हँसती—''कैसी बात करते हो शाहजी, अभी तो मेरी लड़की गुड़िया खेलती है।''

''लड़की को बड़ी होते क्या देर लगती है? भूल गईं, सगाई हुई थी तो कितनी छोटी थीं तुम और ब्याहने गया था तो मुटियार हो गई थीं।''

शाहनी लजाकर हँस देती है, ''सच कहते हो, मैं तो सयानी हो आई थी, पर तुम अभी बच्चे ही थे।''

अब शाहनी सोचती है, उसके पोते नहीं तो धेवते तो होंगे ही। उन्हें वह अपने पास रखेगी। पाल-पोसकर बड़ा करेगी। फिर ज़मींदारी सँभालेंगे।

और शाहनी ने यह सब सुना। बार-बार यह कहते हुए कि मुझे यह सब सुनना था, सुना। निगोड़े को सूझी क्या? चाँद-सी लड़की मेरी कुरूप नहीं, बाँझ नहीं। उन बुरों ने मेरी लड़की का अभी देखा ही क्या है। मेरी लाडली, अभी तो उसके चाव भी पूरे नहीं हुए।

दिन ढले, किसी मामले की तारीख़ भुगतकर शाहजी घर लौटे। हवेली में न ठहर, ऊपर चले आए। तिल्लेदार जूती की आवाज़ सुनकर भी शाहनी आज पीढ़ी से उठी नहीं।

''भागो, क्या वह घर में नहीं...''

''हैं जी, छोटी बैठक में।'' शाहजी आँगन पार गए।

शाहनी पीढ़ी पर बैठी-बैठी रो रही थी। देखकर शाहजी ठिठके। फिर गहरे-गम्भीर स्वर में पूछा—''कुशल तो है, आज ऐसे क्यों बैठी हो...'' पत्नी ने मेहरी के हाथ की लिखी चिट्ठी शाहजी की ओर बढ़ा दी। शाहजी ने पढ़ी और धक से रह गए। उन टेढ़े-मेढ़े शब्दों पर विश्वास नहीं आया। कड़े स्वर में कहा, ''कौन लाया है यह चिट्ठी?''

पत्नी ने हिचकी ली।

''यह झूठ हुआ तो मैं...''

उसने झटपट आँखों से कपड़ा उठाया—''मगतू कहार सूखे मुँह लौट आया है जी। यह चिट्ठी महरी ने उसी के हाथ भिजवाई है। बच्ची के नसीब में यही दिन थे...''

शाहनी एक बार फिर रो दी।

शाहजी घड़ी-भर माथे पर हाथ रखे रहे, फिर जैसे सँभलकर रोबीले स्वर में बोले, ''रोओ नहीं, जिसने मेरी बेटी को रुलाया है, उससे मैं समझ लूँगा। जमाई जानकर लिहाज करनेवाला नहीं हूँ। उठो, अब मुँह धो डालो।''

पत्नी ने आँखों पर से कपड़ा उठाया तो शाहजी वहाँ नहीं थे। हवेली जाकर बागे को बोले, ''खड़े-खड़े फ़तेह अली को बुला लाओ।''

बागा फ़तेह अली के यहाँ पहुँचा तो चौधरी आँगन में चारपाई पर अधलेटे हुक्के के लम्बे-लम्बे कश खींच रहे थे। पास खड़ी गाय जुगाली कर रही थी। सामने दो बैल सुस्ता रहे थे। हाथ-भर की दूरी पर मांशा बीबी मिट्‌टी की कनाली में आटा सान रही थी।

''चौधरी, शाह ने तुम्हें जल्दी बुला भेजा है।''

चौधरी को हुक्का छोड़ उठते देखा तो आंशा बीबी हँसी और हाथ हिलाकर बोली, ''शाहजी के लिए क्या कहूँ, बागे! हाँ, चौधरी के जिम्मे शाह के जो काम हैं, वह मैं सब जानती हूँ। रुको चौधरी, झटपट दो रोटियाँ देती हूँ...''

''अब खाने बैठा तो लौटूँगा कब ? तुम जब तक चूल्हा जलाओ...मैं आता हूँ।''

''क्यों नहीं चौधरी, तुम मेरा चूल्हा जलने तक लौट आओगे, यही देखते तो इतनी उम्र बीत गई। न शाह की हवेली में चिलम ठंडी होगी, न बत्ती की लौ हल्की होगी, न तड़के तक मेरे चूल्हे की आग ही धीमी होगी।''

लम्बे-लम्बे डग उठा चौधरी हवेली पहुँचे तो शाहजी तकिए के सहारे माथे पर हाथ रखे चिन्ता में डूबे थे।

''ख़ैर तो है शाहजी...आज किस फिकर में हैं...''

''चौधरी, ख़ैर ही तो नहीं...''

''अल्लाह न करे शाहजी...''

''जो होना था सो हो गया चौधरी! किसी जुग के बदले हैं, नहीं तो नई ब्याही लड़की पर सौत कर लाता...''

चौधरी की आँखें फैल गईं, ''शाह किसकी बात करते हो...''

''किसकी बात करूँगा चौधरी...'' शाहजी की आवाज़ में दर्द भर आया। कितनी साध से बच्ची का ब्याह रचाया था, कितने चावों से उसे डोली में डाला था...

चौधरी सिर नीचा किए देर तक बैठे रहे। दो-एक बार देखा तो शाहजी आँखें मूँदे पड़े थे। चौधरी उठे और ऊपर की सीढ़ियाँ चढ़ गए। दहलीज पर रुककर ज़रा खाँसे और आवाज़ दी, ''मालकिन पैरीपौना।''

''आओ चौधरी!'' मालकिन बाहर निकली। आँखें सूज आई थीं। गला भारी था। सिर का पल्ला आगे किया और पीढ़ी पर बैठ गई। चौधरी ने चारपाई निकट खींची, ''मालकिन, क्या यह सच है।''

"सच है चौधरी!" मालकिन रुक-रुककर बोली, मानो सच को सच न कहना चाहती हो—"महरी ने लिखा है, बच्ची को लिवा ले जाओ। जाने किन कुकर्मों का फल है, नहीं तो बरखुरदार यह कर जाता।"

"तो बच्ची को यहाँ बुला लो। जाने वह अन्दर-ही-अन्दर कितना गम कर रही होगी।"

शाहनी कुछ सोचती रही—"चौधरी, इस घर में मेरी बच्ची के लिए कोई कमी नहीं। पर उस नाशुक्रे का क्या बिगड़ेगा। यही तो वह चाहता होगा। जाए और लड़ छूटे।"

"तो लड़की क्या अकेले पड़े-पड़े वहाँ घुलती रहेगी?"

"चौधरी, इतनी भोली नहीं हूँ कि न समझूँ, पर तुम्हीं सोचो, जिन राहों से मेरी बच्ची दुलहिन बनकर गई थी, अभी तो वे राहें भी मैली नहीं हुईं। लौटा लाने के लिए किस मुँह से कहूँ... ?"

"वहाँ अकेली शीलो क्या करती होगी? यह तो सोचो।"

"सोचती हूँ चौधरी, वही तो सोचती हूँ। भरी बिरादरी में ब्याह किया, ले-देकर बिदा किया, अब किस मुँह से कहूँ उसे लौटा लाने के लिए। चौधरी, अपने यहाँ कोई दूसरी राह नहीं, किन ख़ुशियों की याद में लड़की सारी उम्र काटेगी?"

चौधरी फ़तेह अली समझे, शाहनी ग़लत नहीं कहती। पर शाहजी के मन का पार कौन पाए। जाने क्या बात उनके मन में बैठेगी।

चौधरी घर लौटे तो देर तक बैठे आंशा से बातें करते रहे।

"घोड़ी पर बैठा राजा लगता था, चौधरी, दिल का इतना काला निकला। रंग, रूप, माया—शाह की बेटी को कमी क्या थी।"

"नसीब समझो आंशा, नहीं तो अम्बरवाल के शाह का घर बच्ची के लिए कम बड़ा नहीं था।"

सुबह शाहजी ऊपर आए तो धीमी उदास आवाज़ में शाहनी से पूछा, "कुछ सोचा है?"

पत्नी ने उनींदी आँखों पर हाथ फेरा और लम्बा साँस भरकर बोली, "शाहजी, कोख किसे प्यारी नहीं होती, पर बच्ची उम्र-भर यहाँ करेगी क्या? यह घर भी उसे भाएगा नहीं। लाला को लिख दो, बच्ची का घर वहाँ है। जिसने मेरी बच्ची का अन्दर-बाहर दुखाया है, उसे रब्ब समझेगा।"

"और हाँ"—महरी ने दुपट्टे के छोर से रुपए निकालकर मंगतू के सामने किए थे—"मंगतू बच्ची का चित्त अच्छा नहीं, नहीं तो तुम्हारे बाल-बच्चों के लिए कपड़े लत्ते भेजती।"

मंगतू ने सचमुच के तिरस्कार से चाची को देखा—"चाची, इतना छोटा जिगरा न समझो कि आज लेन-देन की बात सोचूँगा।" फिर झुककर कहा, "पाँव लगता

हूँ चाची, बच्ची का ख़याल रखना। बाक़ी तो मालिकों के सोचने की बात है। मैं तो सोचता हूँ किस मुँह से जाकर कहूँगा...''

महरी ऊपर गई तो बच्ची से पूछा, ''बच्ची, बहुत-सी मिठाई-फल हैं...''

बच्ची ने चाची की बात को आगे नहीं बढ़ने दिया—''बँटवा दो चाची...''

चाची ने बेदिली से मिठाइयाँ नौकर-चाकरों में बाँट दीं। लेते हुए कुछ कहने की हिम्मत किसी को नहीं हुई। आज मीठा कौर निगलने को मन नहीं हो रहा। बहू है कि हाथ लगे मैली हो। सच ही कहा है किसी ने—रूप रोवे और कर्म हँसे।

7

शाहजी का मौन है जो कहता है कि उनकी अनुमति है, फिर भी उस अनुमति से शाहजी सहमत नहीं—यदि हैं तो कह सकने की क्षमता उनमें नहीं। शाहनी सोचती है—'हाँ कहते तो अच्छा था। कल को सौ बातें हैं, फिर मेरे सिर होंगे। पर बच्ची रहेगी तो वहीं।' शाहनी ने पत्र भिजवा दिया। धर्मपाल ने पत्र पढ़ा और खीझकर एक ओर फेंक दिया—''यही घर उसका है तो पड़ी रहे।''

बच्ची ने पढ़ा तो निढाल होकर शैया पर गिर पड़ी और जब चाची महरी ने सुना तो सोचा—यह मालकिन की सलाह है, शाहजी की नहीं। पर मालकिन को हो क्या गया? उस दिन जब बच्ची का चूड़ा 'बँधाने' के बहाने वह जमाई के पास गई थी तो उसने पहली बार सोचा था कि शाहनी के ऐसा लिखने में कुछ-न-कुछ भेद ज़रूर होगा। धर्मपाल के कहने के अनुसार सुनार आया और कंगन बन गए। चाची महरी के मुख पर गर्व की मुस्कान थी। मखमल का डिब्बा पकड़े हुए बच्ची के पास आई और बोली, ''बच्ची, कंगन तो बन गए हैं। अब पूजा हो जाने के बाद चूड़ा बँधाकर यह पहन लेना।'' जिस उत्साह से चाची महरी कंगनों को देख रही थी, बच्ची नहीं देख सकी। उसकी आँखों के आगे अपनी बाँहों में पहने हुए लाल चूड़े का रंग कंगनों के पीलेपन में डूबता नज़र आया। महरी इसे भाँपी न हो, यह बात नहीं, पर वह तो सोचती है कि यह अलगाव बच्ची को अन्दर-ही-अन्दर खा जाएगा। मालिक नहीं पूछता न पूछे, वह अपने आप इस घर में रहे।

वह न चाहते हुए भी धर्मपाल के पास गई और यह कंगनों की बात की जो जमाई के दूसरा विवाह कर लेने पर कितनी अर्थहीन-सी हो गई है। ग़म किसी तरह से बाहर तो निकले? बच्ची कहीं आती-जाती नहीं। मेल-जोल नहीं। होता किससे? अभी तो जात-बिरादरी में उसका इतना घनिष्ठ परिचय ही कहाँ है?

आज सुबह लालाजी के मौसेरे भाई के यहाँ से बहू को न्यौता-बुलावा आया। लड़के के मुंडन थे। शाम को बारात चढ़नी है। माँ रूठकर मायके चली जाएगी। फिर लड़का और उसका पिता घोड़े पर चढ़कर मनाने जाएँगे। माँ आएगी और लड़के का मुंडन हो जाएगा। चाची महरी बच्ची से बोली, ''बच्ची, आज तो तुम्हारा वहाँ जाना ही सोभता है। सगे-सम्बन्धियों का घर है।''

''नहीं चाची, यह भीड़-भाड़ अच्छी नहीं लगती।''

''बच्ची यह तो न कहो, नाते-रिश्ते की बात ठहरी। आज न जाओगी तो पूछ होगी? किसी के मुँह में आना क्या अच्छा है? घड़ी-भर को हो आना। सगुण डाल आना, ऊपरवाली का क्या पता, जाए न जाए।''

शीला अधिक विरोध नहीं कर सकी। शाम को तैयार हुई। चाची ने हलके-हलके सलमे जड़े गुलाबी रंग के कपड़े निकाले। मोतियों के जड़ाऊ गहने और पैरों में पिंडी की तिल्लेदार क़ीमती जूती। शीलो के मुँह पर सब रंग खिलते हैं। चाची महरी सोचती है, नज़र न लगे। चलते-चलते बोला, ''बच्ची ज़रा ठहरो, यह काजल का छोटा-सा टीका कहीं लगा छोड़ो। औरतों का कुछ पता नहीं। कइयों की नज़र अच्छी नहीं होती।''

शीला आज महीनों के बाद नीचे उतरी। महीने तो क्या, साल-भर होने को आया। लालाजी की मोटर में बैठी तो सोचा—किसी-किसी का पैर ही भागवाला होता है। श्वशुर की आँखें मुँदते ही उसकी क़िस्मत ही सो गई। यह कार अक्सर उसी के लिए नीचे खड़ी रहती है। जाने क्यों बम्बई से लौटकर धर्मपाल हमेशा नई कार इस्तेमाल करते हैं और यह कार उसकी। श्वशुर की होने के नाते मानो तब से उसी के लिए पड़ी है। शीला को ऐसा लगा जैसे श्वशुर उसे निकट से देख रहे हैं और कहते हैं—''चिन्ता मत करो बहूरानी, मैं सब समझ लूँगा।'' पर शीला सोचती है—क्या रह गया है जो लालाजी को अब समझना है। जाने किसके बुरे बोल उसे लगे हैं।

मुंडनवाले घर शीला पहुँची। सचमुच भीड़ थी। चाची महरी ने बड़े घर की बहू को जतन से बिठाया। स्त्रियाँ घेरकर खड़ी हो गईं। जिस पर दूसरा ब्याह कर लिया गया हो, उसे देखने की जिज्ञासा छिपाई नहीं जा सकती। जिन्होंने अब तक नहीं देखा था, वह देखती रह गईं और जिन्होंने ब्याह में देखा था, वह सोच रही थीं—सिंगार वैसा का वैसा है, पर कुछ सयानी आँखों से यह नहीं छिप सका कि मुस्कराती हुई, शरमाती हुई आँखें मलिन हो गई हैं। चाची महरी के इशारों पर शीला कुछ बड़ी-बूढ़ियों के पाँव लगी। उन्होंने आशीर्वाद दिए—''ठंडी रहो, साईं जीवे—रब्ब बच्चा देवे।'' चाची महरी ने मन-ही-मन कामना की—भगवान करे यह तीसरा आशीष सच हो जाए। पर दोनों के बिना यह कितना निरर्थक है। इस ओर गाना-बजाना हो रहा है। लड़के की घोड़ियाँ गाई जा रही हैं, बाहर पिता के हाथ में अपनी-अपनी हैसियत मुताबिक़ 'तमोल' दिया जा रहा है। अभी अन्दर भी लेन-देन शुरू होगा।

लड़के की माँ लाल दुपट्टा ओढ़े छोटा-सा घूँघट निकाले, इधर-उधर व्यस्त-सी घूम रही है।

आज के दिन पर वारी-वारी। कितनी मनौतियों के बाद आज पहली बार आई है। यह कहते-कहते उन्होंने बच्ची की गोद में सगुण के कुछ रुपए डाल दिए। इस मामले में बहू को बोलने की ज़्यादा ज़रूरत नहीं पड़ी। चाची महरी बोली, ''ले लो बच्ची, यह तो तुम्हारी लेने की जगह है। मौसी तुम्हें सौ बार देती रहें और तुम सौ बार लेती रहो।''

मौसी ने ज़रा हँसकर प्रशंसात्मक दृष्टि से महरी को देखा, फिर ज़रा एक ओर होकर बड़े धीरे-से कान में बोली, ''मैंने कहा, क्या बम्बईवाली नहीं आई।''

महरी चाची ने मटककर जवाब दिया, ''हम क्या जानें, वह जाने और...'' कहते-कहते रुक गई कि उसका 'घरवाला' जाने। 'घरवाला' तो वह बच्ची का भी है।

मौसी समझ गई कि चाची चतुराई से बचा गई, फिर कुछ और लेने की गरज से बोली, ''कहलवा तो मैंने भेजा था, महरी इसके बिना नहीं बन आती। नहीं तो तुम जानती ही हो, धर्मपाल के इस काम में हमारी कितनी मर्जी थी?''

शीला, जो क्षण-भर के लिए इस भीड़ में भूल गई थी, सुनकर कुछ संकुचित-सी हुई। देखकर महरी ने आँख के इशारे से मौसी को समझाकर कहा, ''मैंने कहा, काके के मुंडन का मुहूर्त कब का है?'' विषय-परिवर्तन का कारण मौसी समझ गई। शीलो से बोली, ''बहू, यहाँ तुम आराम से नहीं बैठी, दूसरे कमरे में जा बैठो। महरी, यहाँ अभी औरतों का शोर होगा, पूजा शुरू होगी तो बहू को बाहर ले आना।''

बच्ची चाची महरी के साथ उठ गई। अन्दर जाकर खुली साँस ली। चाची ने बच्ची को पलँग पर न बिठाकर नीचे कालीन पर गद्दियाँ रख के बिठा दिया। साफ़-सुथरा फ़र्श बिछा था। फिर ससुराल के क़ायदे चाची महरी से अच्छे और कौन जानेगा। सम्बन्धी स्त्रियों में से कोई चाची सास है, कोई मौसी सास है, कोई जिठानी है। और इनको ख़ुश करने के सब गुर चाची जानती है। वैसे भी यह ठीक ही है। कहते हैं, ससुराल में लड़की जितनी नम्र रहेगी, लोग उसे उतना ही ऊँचा समझेंगे। शीला बैठी थी और चाची महरी कभी उसके कानों के झुमके ठीक करती, कभी हाथों की चूड़ियाँ जो कंगनों से छोटी होने के कारण उनके बीच में से निकल आती थीं। कभी जड़ाऊ गुलबन्द की ओर ध्यान जाता। कभी किसी और के आ जाने पर बच्ची से पूछती, ''बच्ची, थक तो नहीं गई।''

अब तक बाहर औरतों के लेन-देन की बारी आ चुकी थी। बुरी तरह शोर हो रहा था। औरतें सगुण डालने में जल्दी कर रही थीं, और लड़के की माँ हाथ में रुपए लेते-लेते कहती जा रही थी, ''क्या ज़रूरत है जी तक़लीफ़ करने की। अच्छा देने हैं तो फिर इतने न दो।'' और पास बैठी उसकी देवरानी एकाग्र होकर सुनती जा रही थी। किसी वक़्त ग़लती न हो जाय, यह तो लेने का देना है। जिनसे लिया जा रहा

है, कल उनको देना भी तो है। कुछ औरतों का जिनके साथ किन्हीं कारणों से अब अधिक सम्बन्ध रखना नहीं चाहते, एक-एक रुपया सगुण का रखकर बाक़ी रुपए वापस किए जा रहे हैं। कोलाहल अधिक बढ़ रहा था। देनेवाली औरतें हाथ हिला-हिलाकर झूठे स्वरों में कह रही थीं, "बहिन, अब रहने दो। मीढ़ो न..."

महरी को बैठे-बैठे ख़याल आया—जरा देख तो आऊँ। बोली, "बच्ची, तुम ज़रा बैठो, मैं देख आऊँ।" बच्ची अन्दर अकेली तो नहीं थी। तीन-चार और स्त्रियाँ थीं जो एक ओर बैठी बातें कर रही थीं। महरी के जाते ही शीला के पास उठ आईं। अभी बात ससुराल से मायके तक ही पहुँची थी कि मौसी की कोई विधवा बहिन, एक नव विवाहिता के साथ अन्दर आईं। आनेवाली को सबने एक साथ देखा। नक़्शा-नैन बुरे न थे, वेश-भूषा भी किसी बड़े शहर की-सी मालूम देती थी। रेशमी महीन साड़ी पहनी थी, और हीलदार जूती। चेहरे पर सुर्ख़ी अधिक नज़र आती थी, सबकी आँखों ने मानो बिना बोले कहा, फ़ैशनदार तो है, पर बहुत सुन्दर नहीं। और नंगा सिर—यह तो सरासर बेपर्दगी है जी! अपना तन भी ठीक तरह ढककर न रक्खा तो क्या रक्खा?

और कोई अपनी तरह की औरत आती तो उससे कहा जाता, 'आओ जी, बैठो जी', पर यह तो कुछ अलग जँच रही है। कोई बोली नहीं, और वह आनेवाली इस मौन से कुछ अचम्भित-सी रह गई। शीला को अच्छा नहीं लगा। आख़िर शिष्टाचार तो होना ही चाहिए। आनेवाली बेचारी कहीं दूर से आई है। शीला अपनी कमर के पीछे ली हुई गद्दी उठा के सहज गम्भीर स्वर में बोली, "आओ जी, बैठो न।" और कहते-कहते अपने साथ ही एक गद्दी रख दी। एक क्षण शीला की ओर देखकर आगंतुका बैठ गई। सोचा—कितनी सुन्दर है। पढ़ी-लिखी मालूम देती है। किसी धनी घराने की है। हँसकर बोली, "देखिए, बाहर तो बड़ा शोर हो रहा है। अभी तो लेन-देन ही ख़त्म नहीं हुआ।"

शीला मुस्करा दी।

"मैं वहाँ कुछ ही देर बैठी, पर दम घुटने लगा था। मैं तो खड़ी नहीं रह सकी।"

"शादी-ब्याह में अक्सर ऐसे ही होता है।" कहकर शीला ज़रा हँस दी। सुन्दर दन्त-पंक्ति और मीठी हँसी और भी निखर गई।

"इधर तो मैं देखती हूँ औरतें बहुत ही शोर करती हैं।"

"जी, इस लेन-देन में तो सिर घूम जाता है। कहीं सगुण, कहीं सिरवारना और न जाने क्या-क्या?"

तभी पास बैठी एक महिला ने पूछा, "क्या आप सगुण डाल चुकीं?"

शीला ने सिर हिलाया—"जी नहीं, अभी तो यहीं बैठी हूँ।"

"तो वह जो आपके साथ यहाँ बैठी थीं—आपकी सास लगती हैं?"

"नहीं-नहीं," शीला हँसी। बोली, "वह तो मेरे मायके की है।"

''ब्याह हुए कितनी देर हुई, कोई बाल-बच्चा...''

शीला की हँसी रुक गई, चेहरे पर जैसे कोई अनचाही छाया घूम गई। जल्दी से व्यस्त होकर बोली, ''साल होने लगा है।''

पूछनेवाली को ज़रा हैरानी हुई—''साल? बड़ी जल्दी चूड़ा 'बँधा' दिया! आजकल तो फ़ैशन-सा हो गया है। अभी पिछले दिनों यहाँ लड़की की शादी थी, चूड़ा तो अलग रहा, हाथों पर मेंहदी तक नहीं लगाई।''

शीला जाने क्यों खुलकर साथ नहीं दे सकी। सोचा—उसके लिए यह कोई सरल विषय नहीं है। नई आई हुई महिला शीला से बोली, ''क्या आप रात तक यहीं रुकेंगी?''

''जी हाँ, बच्चे के मुंडनों तक तो ज़रूरी है।'' और फिर सिलसिला ठीक करके बोली, ''बाद में तो कोई ख़ास बात नहीं। सब रस्में पूरी हो जाएँगी। ज़रा रिश्तेदारी है।''

''अच्छा!'' सुननेवाली कुछ हैरान हुई, ''क्या कोई नातेदार हैं?''

''जी हाँ,'' शीला कुछ और कहने जा रही थी कि दरवाज़े पर चाची महरी दिखाई पड़ी। कमर पर हाथ रखे आ रही थी। बच्ची वहीं बैठी थी और उसके पास...उसके पास बैठी औरत...महरी जैसे आसमान से गिर पड़ी। यही साथ-साथ...बच्ची के साथ बम्बईवाली। बम्बईवाली को देखकर महरी की नज़र लौटी नहीं। वह जैसे वहीं बँध गई। और वह महिला आश्चर्यान्वित-सी रह गई। यह बुढ़िया और यहाँ? विरक्ति से, क्रोध से चेहरा भर गया। शीला को लगा जैसे उनकी आँखें दोनों एक-दूसरे को केवल पहचानती ही नहीं, जानती भी हैं, पर कुछ समझ नहीं सकी। गम्भीर लेकिन मीठी आवाज़ से बोली, ''चाची, क्या बात है? अभी पूजा में कितनी देर है?'' फिर साथवाली महिला से मुड़कर बोली, ''चलिए ज़रा इधर हो जाते हैं। जो सगुण-वगुण डालना है, डाल आएँ।''

महिला निरुत्तर-सी रह गई। कुछ ठीक-ठीक उत्तर नहीं दे सकी। क्यों? इसे केवल चाची महरी ने समझा, पर इस पराए घर में दूसरी औरतों के बीच वह बच्ची को कैसे बताए? तेवर चढ़ाकर बोली, ''बच्ची, अभी कौन-सा वक़्त है सगुण देने का। सगुण भी दे लेंगे।''

शीला बीच में ही बोली, ''नहीं चाची, अब ज़्यादा देर तक यहाँ रुकना नहीं...'' फिर उसी महिला को संबोधित करके, ''आइए जी, इकट्ठे ही दे आते हैं।'' शीला जाने क्यों उसके साथ हिली-मिली जा रही है। अभी तक उसको देखकर सोच रही थी, अच्छी मिलनसार लगती है, और मिलनसार लगनेवाली सोच रही थी, कितनी सभ्य है और सुन्दर भी, पर यह बुढ़िया। धक्का-सा लगा है। क्या यही है वह? वह तो नहीं हो सकती। पर चाची महरी के साथ और कौन आएगी? नहीं, यह नहीं हो सकता। पर क्या उसने सोचा था कि यहाँ बुढ़िया मिलेगी? और वह बुढ़िया की बच्ची...एक बार फिर उसने शीला की ओर देखा—क्या यही है वह? चाहा कि घृणा

से आँखें फेर ले, पर नहीं—वह तो हँसते-हँसते कह रही थी, "चलिए न, इकट्ठे ही सगुण दे आते हैं।"

महरी ने देखा, अब बच्ची जाएगी ज़रूर। अपनी बात की कम पक्की नहीं। पास आकर कहा, "बच्ची, ज़रा कपड़ा ठीक कर लो।" कहकर जाने क्यों उसकी आँखें श्यामा की ओर उठ गईं।

"अरे चाची, ठीक तो है। तुम्हारा बस चले तो दो हाथ लम्बा घूँघट निकलवाओ!" कहकर शीला अपनी साथिन की ओर देखकर मुस्करा दी। मानो कह रही हो—अजीब झंझट है!

और महरी ने नुकीला उत्तर दिया, "क्यों नहीं बच्ची, बड़े घरों का क़ायदा है। सौ बुजुर्ग हैं, सयाने हैं। यह तो आँखों की शरम है।"

शीला आज बहुत दिनों के बाद खिलखिला कर हँस पड़ी। "चाची, इन्हें देखो। कितनी अच्छी लगती हैं, न परदे का झंझट, न घूँघट की मुसीबत..." उठते-उठते प्रशंसात्मक दृष्टि से उसने श्यामा की ओर देखा। चाची क्षण-भर घूरकर श्यामा की ओर देखती रही। शीला को बुरा लगा। सोचा—चाची की यह आदत जाएगी नहीं। प्रकट बोली, "जाओ चाची, देखकर आओ, उधर मर्द तो नहीं हैं।"

चाची शरीर को नजाकत से हिलाती बाहर चली गई। श्यामा विमूढ़-सी खड़ी थी, जैसे विश्वास न आ रहा हो कि यह क्या हो गया। यह बुढ़िया...जी होता है, इसकी यह घाघ-सी आँखें...पर यह मृदुभाषिणी उसकी बच्ची, जिसे उसने आज से पहले कभी देखा नहीं। वह तो समझती थी, कोई कुरूप और असभ्य होगी। और घर के किसी कोने में पड़ी रहती होगी। पर यह रूप! पति को धोखा तो नहीं हुआ? नहीं तो क्या वह स्वयं कुछ कम है? इसका आशाजनक उत्तर श्यामा बहुत जल्दी अपने दिल में नहीं ढूँढ़ सकी। अचानक चौंकी। शीला अपना दुपट्टा सहेजकर ओढ़ चुकी थी। माथे पर ज़रा-सा कपड़ा नीचा कर लिया था।

"आइए जी, जाने महरी क्यों लौटकर नहीं आई? शायद कहीं बातों में लगी होगी..." और सचमुच चाची मौसी को एक ओर बुलाकर कह रही थी, "मैंने कहा, उस हूर परी को तुमने क्यों जाकर बच्ची के साथ बिठा दिया? वह तो आज तक इसके माथे नहीं लगी। बच्ची तो भोली है, जानती ही नहीं। उसे तो अब तक नहीं पता। उसके साथ बातें किए जा रही है।"

मौसी ने हाथ मले, "उसे वहाँ कौन बिठा आया? मैंने तो उसे आते हुए भी नहीं देखा।" कुछ और कहने जा रही थी कि शीला और श्यामा दोनों साथ-साथ चलती हुई अन्दर आ गईं। मौसी ने दाँतों तले जबान दबाई। छिपी नज़र से महरी की ओर देखा, फिर श्यामा से बोली, "जुग-जुग जिओ।"

श्यामा ने बे-मन से हाथ जोड़े। जाने अब तक महरी क्या कुछ सिखा चुकी होगी।

''मौसी, लल्ला को नहीं देखा। ज़रा बुलाओ तो।'' शीला का मतलब मौसी समझ गई। कुछ देना होगा, पर कितनी बुद्धिमती है। मान रखना तो आता है। यह नहीं कि सीधे झोली में डाल दे।

लल्ला अन्दर आया। मामू के घर के कपड़े पहने थे। कोरे लट्ठे का पजामा और फलदार रेशमी कोट। सिर पर सलमे जड़ी लाल मखमल की टोपी थी। आज अपने को कुछ समझ रहा था। यह सब उत्सव-आयोजन उसी की ख़ातिर तो है। मौसी बोली, ''बेटा, अपनी भाभियों को पैरी-पौना करो।'' बच्चे ने हाथ जोड़कर पैरी-पौना किया। शीला ने चाची महरी के हाथ से रूमाल लेकर इक्यावन रुपए बच्चे के हाथ पर रख दिए। मौसी ने उलाहने और मीठे विरोध के स्वर में कहा, ''नहीं-नहीं, बहू इतने नहीं।''

शीला की जगह महरी ने उत्तर दिया—''क्यों नहीं मौसी, जो बात बनी हुई है, उसके लिए क्यों मना करती हो? भगवान लल्ला की बड़ी उमर करे। घर आएगा तो भाभी जोड़े बनवा के देगी। उसे क्या, इन रुपयों की परवाह है।''

''लो, परवाह क्यों नहीं? सौ बार परवाह है।'' फिर श्यामा को रुपए निकालते देख उसका हाथ थामकर बोली, ''नहीं बहू, बस, अब हो चुका। तुम दोनों के रुपए दो नहीं। एक ही घर से मैं कितनी बार रुपए रखवाती जाऊँगी। अभी धर्मपाल पाँच सों का तमौल डाल के गए हैं। कोई राह की बात होनी चाहिए, नहीं-नहीं बहू...''

शीला समझ नहीं सकी। किसे नई बहू कहती है मौसी, और पल-भर में पति का नाम सुनकर सब कुछ साफ़ हो गया। यह सब एक ही घर है, पर उसके घर के कितने अलग-अलग हिस्से हो गए हैं, और वह जानती तक नहीं थी। वह तो इसे अपरिचिता समझ रही थी। शीला ने नई आँखों से एक बार श्यामा की ओर देखा, क्या इसकी सुन्दरता परखने में पति ने भूल नहीं की? और उसके रूप-रंग से अपना मिलान करते-करते शीला ने सुना—''श्यामा कह रही थी, ''जी नहीं, इसे तो आप ज़रूर रखें।''

मौसी ने हाथ घुमाकर अर्थ-भरे शब्दों में कहा, ''वाह नई बहू, एक घर में देवरानियाँ-जिठानियाँ भी रहती हैं तो सगुण उनके अलग-अलग नहीं होते, फिर तुम तो एक घर की दो आँखें हो।''

शीला को लगा अब वह श्यामा की ओर नहीं देख पाएगी। उसे तो उसने अन्धा कर डाला है।

''तुम बड़ी बहू से ही पूछ देखो, क्या तुम्हारे अलग रुपए देने बनते हैं।''

शीला ने देखा, उसके जवाब की प्रतीक्षा श्यामा को नहीं, मौसी को है।

चाची महरी ने झट भाँपा कि मौसी तमाशा देखना चाहती है, और बच्ची क्या ठीक जवाब दे सकेगी! इन बुढ़ियों का क्या—यह तो इधर-उधर की टोह लेना

चाहती हैं। महरी भूल गई कि कुछ देर पहले वह स्वयं मौसी से कह रही थी कि तुमने नई को शीलो के पास क्यों बिठा दिया है? शीला नाप-तौलकर स्वाभाविक स्वर बनाने के प्रयत्न में बोली, ''ठीक है मौसी, जो यह दे रही है, उसे तुम सगुण के रूप में न लो, यह हम दोनों का सरवारना है।''

हम दोनों...मौसी निरुत्तर हो गई। श्यामा कुछ हैरान हुई, कुछ संकुचित और महरी को धक्का लगा—हम दोनों...इसके साथ बच्ची ने अपना मिलान कर दिया! बच्ची ने दुनिया नहीं देखी...और सचमुच कहकर शीला ने सोचा, यह वह कह कैसे गई। जिसने उसे कहीं का नहीं रखा, उसे वह अपना कहने चली है। मौसी ने रुपए रख लिये। वह तो उसे रखने ही थे।

लल्ला का मुंडन हो गया। लोग अपने-अपने घर लौट रहे हैं। श्यामा अब भी शीला के साथ बैठी थी। बीच-बीच में कुछ औरतें किसी-न-किसी बहाने दोनों को देख-देखकर चली जा रही थीं। श्यामा को घर चले जाने की अधिक जल्दी थी, जैसे उसके विश्वास को किसी ने हिला दिया हो। धर्मपाल की प्रतीक्षा थी, पर पता लगा कि वह कार लेकर कहीं और चले गए हैं, मालूम नहीं कब तक लौटेंगे।

शीला थक गई थी। सोच रही थी, नाहक आई। भरी बिरादरी ने देखा होगा। श्यामा ने उससे कुछ कहा नहीं, सुना नहीं। पर सौत किसे अच्छी लगती है? और वह भी तो उसकी सौत ही है। पर उसकी सौत होने में मेरा क्या कसूर? मैं तो किसी की माँग छीनने नहीं गई थी। और वह? अचानक शीला ने श्यामा की ओर देखा, विचारमग्न, एकटक, एक ही तरफ़ देखे जा रही थी। चेहरे पर कुछ घबराहट-सी थी। कुछ चिन्ता थी और चिन्ता के नीचे छिपा कोई असुन्दर-सा बोध था। शीला ने सोचा—क्या यह भी मूढ़-सी ही विवश नहीं। और, विवाह करने में क्या उसी का अधिक दोष था? अपनी चीज़ अच्छी हो तो दूसरा क्या कर सकता है! और इसका क्या—वह इससे ब्याह न करते तो किसी और से करते, फिर उसकी अपनी क़िस्मत को कौन बदल सकता है?

देर काफ़ी हो चुकी थी। चाची महरी बाहर से इस घर की पुरानी दासी धनदेई के साथ बातचीत करके आई तो शीला बोली, ''चाची, ड्राइवर को कार के लिए कहो। अब काफ़ी देर हो चुकी है।'' महरी वापस लौटी। शीला सहज-सहज उठी, ''मौसी को बुला लाओ, मिल के जाऊँगी।'' मौसी आई, बोली, बहू खाना खा के जाती तो अच्छा था।

''मौसी वहाँ भी तुम्हारा ही है।'' और उसने नीचे झुककर मौसी के पैर छू लिये।

''ठंडी रहो, रब्ब बच्चा दे।''

''श्यामा जड़वत बैठी थी। वह कितनी तेज़ मिज़ाज है पर आज उसे क्या हो गया? शीला ने मौसी का आशीष सुनकर सोचा—यह शब्द श्यामा को कैसे लगते

होंगे? अपने आप जी घुल आया। इसका क्या अपराध है? पास जाकर धीरे-से बोली "उठो बहन, यहाँ कब तक इन्तज़ार करती रहोगी? मोटर न जाने कब आएगी।"

श्यामा ने देखा और सुना नहीं, उसने सुना और देखा नहीं। यह कहनेवाली उसकी सौत नहीं हो सकती—और उसकी सौत यह नहीं कह सकती। पर वह पास खड़ी है। चेहरे पर घृणा नहीं, विरक्ति नहीं, जैसे एक बड़प्पन-सा छा गया है। श्यामा चुपचाप उठी, साड़ी का पल्ला कन्धों से नीचे खिसक गया था और पाँवों में चलने का नहीं, खड़े रह सकने भर का प्रयास था। वह मुंडन वाला घर, औरतों का शोर, आदमियों की भीड़, बच्चों का मचलना, कुछ भी तो नहीं जो उसके कानों से टकरा रहा हो। उसकी आँखें मानो अपलक उस शाम को देख रही हैं जब चाय पीते-पीते वह जगदीश से—'भैया उस अनपढ़ देहातिन की जिम्मेवार मैं नहीं' कहकर वह हँस दी थी। उसकी कल्पना में किसी अनपढ़ देहातिन की आँखें घूम गई थीं। और आज इतने महीनों बाद उसने कहीं वो आँखें देखी हैं, लेकिन वह उसकी कल्पना से कितनी भिन्न हैं!

कार का दरवाज़ा खुला। शीला और श्यामा साथ-साथ बैठीं और महरी आगे ड्राइवर के साथ। ड्राइवर आगे देख रहा है और महरी पीछे। उसकी नज़र आगे है, लेकिन आँखें पीछे। उसके कान जैसे चौकन्ने हैं, जैसे कानों के रास्ते आज वह सब जान लेगी, सब देख लेगी, और शीला सामने सीधी सड़क पर देख रही है जो घर की ओर भागती जा रही है। घर...कैसा घर है, जहाँ उसका कोई अधिकार नहीं, प्यार नहीं, फिर भी...फिर भी वह उस घर की बहू है, और बहू के ऊपर...बहू से अलग आज उसका अस्तित्व ही क्या रह गया है? पत्नीत्व का नाता तो आज अर्थहीन-सा हो गया है।

कार कोठी के सामने आ खड़ी हुई। महरी उतरी, शीला उतरी और श्यामा उतरी। तीनों एक साथ। नौकर-चाकर कुछ समझ नहीं पाए। सीढ़ियाँ चढ़ते-चढ़ते जाने शीला ने क्या सोचा? अपने आँगन के पास पहुँचकर धीरे-से बोली, "जरा रुक के जाओ बहन, दो पल साँस लेकर ऊपर चली जाना।" साँस लेकर! श्यामा विरोध नहीं कर सकी। शायद किसी आकस्मिक धक्के से उसकी जबान नहीं हिली। शीला के साथ हो ली।

"महरी, जाओ कुछ जल-पान का इन्तज़ाम करो..." बैठते ही चाची को काम बताने का मतलब वहाँ न ठहरने की आज्ञा थी, इसे महरी ने समझा। पर वह क्या अपने लिए बैठना चाहती है। बच्ची को पता नहीं—कभी सौत भी सगी होती है? दुनिया मैंने भी देखी-भाली है। एक ही माँ की दो बेटियाँ भी सौत बनकर ख़ून के रिश्ते को नहीं निभा पातीं—यह तो जाने किस घर की है। "चाची, ज़रा जल्दी जाओ।" बच्ची ने दुहराया और चाची बाहर हो गई। शीला ने ओढ़ा हुआ भारी दुपट्टा उतारकर हल्का दुपट्टा लिया और श्यामा के पास आकर बैठ गई। कुछ

क्षण सोचकर बोली, ''बहन, एक ही घर में रहते हुए हम एक-दूसरे से न मिलें, क्या अच्छा है? वहाँ तो मैं तुम्हें पहचान ही नहीं पाई।''

श्यामा ने कुछ झिझकते हुए कहा, ''मैं ही कब जानती थी। महरी को देखकर कुछ-कुछ लगा था...''

''महरी की बातों का बुरा मत मानना बहन, तुम्हें मुझ से कोई शिकायत नहीं होगी...'' कहकर न जाने क्यों शीला की नज़र श्यामा की कलाइयों पर रुक गई। रुकी और कुछ लेकर लौटी—मानो क्षण-भर में कोई फ़ैसला कर लिया हो।

श्यामा चाहती है वह भी कुछ बोले, कुछ भी बोले, अच्छा नहीं तो बुरा, बुरा नहीं तो अच्छा। शीला-सा संयम उसमें नहीं है, इसे वह स्वयं जानती है। पर वह कहे क्या? महरी दबे पाँव परदे की ओट में कुछ सुन लेने के अभिप्राय से खड़ी होकर लौट रही थी कि शीला ने आवाज़ दी। ''चाची!'' चाची अन्दर आई। शीला ने कुछ ज़ोर देकर आज्ञा के स्वर में कहा, ''जरा आलमारी में से सन्दूकची ले जाओ।'' महरी के पाँव उठे नहीं—बच्ची पागल तो नहीं हो गई। जेवरों से क्या काम है इसे? ''जाओ चाची!'' शीला के स्वर में आज्ञा थी, कुछ मिन्नत थी, कुछ जिद थी, मानो कह रही हो—चाची, तुम नहीं समझोगी, पर जाओ तो सही। चाची ने अनिच्छापूर्वक सन्दूकची लाकर शीला के सामने रख दी। सन्दूकची खोलते-खोलते उसने कहा, ''चाची, सगुण के लिए रुपए और नारियल ले आओ।'' चाची का जी तो हुआ कि अपना माथा पीट ले, पर कुछ कर नहीं सकी। रुपए निकालते-निकालते सोचा कि कितने रुपए निकाले। उसका बस चले तो एक नारियल के साथ रुपल्ली सगुण डाल दे। पर जब बच्ची ने उस पर बात छोड़ दी तो इक्यावन रुपए गिनकर महरी का हाथ अपने आप थम गया। लेकर उठने लगी, फिर रुकी। इक्यावन तो बच्ची बेगानों को दे आती है। लाख सौत हो, पर क्या अपने घर की चाल, रिवाज उसे इसलिए भूल जाना है? वह किसी छोटे घर की है तो शीलो तो नहीं। चाची ने एक सौ एक रुपए गिने और मन में बोली, 'रुपए न्यौछावर करें बच्ची के सिर से। क्या रुपए की कमी है उसे?' थाल में रुपए और सात नारियल रखे और जाकर शीला के हाथों में थमा दिया। शीला ने सन्दूकची में से रानी हार निकालकर श्यामा के हाथों में देते हुए कहा, ''बहन, इसके लिए मना मत करना। तुम आईं इस घर में तो सास-ससुर नहीं थे। जिठानी नहीं थी। मैं थी सो तुम्हारा कुछ कर नहीं सकी। कुछ लाड़-चाव। यह तो कुछ भी नहीं—बस सगुण-भर है।''

हाथों में पड़ा हार श्यामा को रानी हार नहीं लगा। लगा कि कोई बहुत बड़ा बोझ उसके मन को ही नहीं, तन को भी तोड़ रहा है। जी में आया कि हार उठाकर फ़र्श पर फेंक दे। वह क्या इस हार की भूखी है? पर शीला की आँखों में व्यंग्य नहीं, कड़ुआहट नहीं, केवल सगुण-भर है। श्यामा सोचती है, जाने किस दिल से वह सगुण की बात कर रही है। क्या कभी सौत भी सौत का सगुण करती है? और

शीला उसे दुविधा में देखकर फिर बोली, ''देखो बहन, कुछ और मत सोचो। मैं तुमसे बड़ी हूँ। मेरा देना बनता है, तुम्हारा लेना।'' कुछ रुककर, ''और वैसे क्या हम दोनों के दो घर हैं? यह तो बात बनी आई है,'' कहकर शीला ने महरी से कहा, ''चाची, यह थाल ऊपर रख आओ।'' और महरी के आगे बढ़ते ही श्यामा ने जाने क्या सोचकर हार थाल में रख दिया। महरी एक हाथ कमर पर रख थाल कन्धे पर टिकाए ऊपर चली गई। जाते-जाते सोचा—यह भी उसे ही करना था? एक दिन यही हार लेकर नन्दू शीलो को लालाजी की ओर से मुँह-दिखाई देने आया था, और उसे देखकर सोचा था कि बच्ची कितनी भाग्यवती है! और आज यही हार लौटाते हुए बच्ची के दिल पर क्या गुज़रती होगी, और ऊपरवाली मुँह सुजाए बैठी रही, जैसे उसके देनदार हों। बच्ची कितना कम बोलती है, पर कितना मीठा।

रक्खी कमरे के बाहर बैठी थी। महरी को देख झटपट उठी। महरी ने थाल आगे करके कहा, ''लो रक्खी, यह अन्दर रखवा लो।'' रक्खी चकरा गई, लेकिन कुछ पूछने की हिम्मत नहीं हुई। पर आज महरी स्वयं बोली, ''रक्खी, कभी नीचे उतर आया करो। उनकी बातें उनके साथ रहें। हमें क्या किसी से बाँटना है।'' रक्खो को विश्वास नहीं आया। चाची महरी और यह कहे? रक्खी को तो कुछ आदत-सी है कि दिन-भर की बातें उसके अन्दर घटती-सी रहती हैं। किसी से बोल-चालकर धुआँ तो निकले। और यहाँ तो महरी के सिवाय और है कौन? ख़ुश होकर बोली, ''क्यों नहीं, क्यों नहीं...आपस में बातें करने में क्या किसी का कुछ घिस जाता है चाची! मैं तो कई बार सोचती थी, पर मालकिन के तेवर भी तो उतरें।''

चाची ने सोचा कितनी ओछी है। पल-भर में उसकी बुराई पर उतर आई। ''अच्छा, अब चलूँ।'' कहकर नीचे उतरी तो श्यामा ऊपर जाने को तैयार खड़ी थी।

''अच्छा बहन,'' शीला उसे कहने जा रही थी कि कभी-कभी आ जाया करो, पर कहते-कहते रुक गई। श्यामा ने हाथ जोड़े, शीला ने हाथ जोड़े और एक घर के फिर दो हिस्से हो गए। शीला के कपड़े बदलवाते-बदलवाते महरी बोली, ''बच्ची कुछ भी कहो, तुमने उसका मुँह रखा, मगर जाती बार झुककर पैर भी न छू सकी।''

''चाची, आजकल कौन पैर छूता है? सास-जिठानी के पाँव छूने का रिवाज नहीं रहा, तो...''

''यह न कहो बच्ची, ज़माने बदल जाएँ पर यह चीज़ें पुरानी नहीं होतीं।'' फिर ज़रा ठहरकर, ''बच्ची, तुमसे कुछ कहूँगी तो नहीं, पर श्वसुर का दिया हुआ रानी हार देकर तुमने अच्छा नहीं किया।''

''ठीक है चाची, दिया है तो अच्छा है। एक ही घर है।''

''एक घर? पर वह तो एक घर नहीं समझती।''

''चाची, उसकी बात उसके साथ रहने दो। हम किसी से क्यों बैर कमाएँ।''

"ऐरी मेरी बच्ची, तुम क्या बैर कमाओगी? नहीं तो आज सौत को सगुण डालने की नौबत आती?"

महरी झूठ तो नहीं कह रही, पर अब ऐसा हो ही गया तो एक-दूसरे की अवज्ञा और खींचातानी कैसी! —शीला ने सोचा।

और श्यामा ने ऊपर जाकर मेज़ पर पड़े थाल को देखा। सात नारियलों के बीच जड़ाऊ हार रोशनी में चमचम कर रहा था और उसकी चमक में मानो श्यामा का दिल हलके-हलके बुझा जा रहा था। खड़ी देखती रही...और फिर औंधी होकर शैया पर गिर पड़ी। रात को जब धर्मपाल काम से लौटे तो श्यामा को लेटा देख चिन्तित हुए। पास जाकर सिर पर हाथ फेरा, आँखों पर रखी बाँहों को उठाकर देखा—रोते-रोते श्यामा की आँखें सूज गई थीं, तकिया भीग गया था और धीमी-धीमी सिसकियों में दिल अपने को विवश होकर खींच रहा था।

8

धर्मपाल ने सोचा था कि अब शीला से उसका मोह उठ गया है, और मोह के साथ-साथ उसका अधिकार भी। पर आज श्यामा से शीला की सब बात जानकर उसे लगा था कि श्यामा की जो दीवार उसने अपने और शीला के बीच लाकर खड़ी कर दी थी, वह शीला को शायद हिला नहीं सकी। नहीं तो श्यामा को देखकर वह उसके साथ ऐसा व्यवहार करती! मगर नहीं, यह सब बुढ़िया की चाल थी। उस दिन कंगन बनवाने को कह गई थी और जब वह बन गए थे तो हार लौटा दिया।

धर्मपाल को रात-भर नींद नहीं आई। पास पड़ी श्यामा को देखकर, महसूस कर, वह जैसे आज शीला की सूरत से ही नहीं, उसके नाम से भी दूर हट जाना चाहते हैं, पर आज तो जैसे शीला की छाया अकेली श्यामा पर ही नहीं, उसकी शैया के आसपास घूम रही है। उसे वह पहली रात याद आ रही है जब महरी ने हाथ जोड़े बिनती की थी, और आगे कुछ न कहकर समझ लेने का भार उन पर छोड़ दिया था। उन्होंने कुछ समझा था कुछ नहीं भी और पत्नी से बिना मिले वापस अपने कमरे में लौट गए थे। बड़े कठिन थे वह रात के लम्बे प्रहर। कितनी बड़ी सजा थी और दूसरा दिन बरस-सा लम्बा लगता था। वह उस अँधेरे में श्यामा के चेहरे पर आँखें गड़ा देना चाहते थे, पर अँधेरे में वह देख नहीं सकते, कुछ पा सकते हैं। आज तो श्यामा अलग-सी पड़ी है। और वह स्वयं क्या श्यामा से दूर नहीं? पड़े-पड़े रात बीत गई। सुबह श्यामा मौन थी। उसकी आँखें पति को अपराधी नहीं, पर जैसे हृदयहीन समझ रही हों। चाय का प्याला बनाते-बनाते आज

उसने मुस्कराकर पति की आँखों में नहीं देखा। चाय पीते-पीते धर्मपाल बोले, "श्यामा...कल की बातों को जी में मत लाओ। वह तो कुछ सीधी-सी है पर वह महरी, उससे तुम्हें क्या लेना है?"

श्यामा ने धर्मपाल की आशा के विपरीत कोई उत्तर नहीं दिया, जैसे सोच रही हो कि बुढ़िया मेरा क्या बिगाड़ेगी? पर शीला अगर सचमुच ही देहातिन होती! उस दिन शीला को देखकर मानो श्यामा ने अपने आप को देख लिया हो। वह क्या अब तक अपने को कम सुन्दर और बुद्धिमती समझती थी, पर उस दिन वह उससे ठीक-ठीक बोल भी नहीं पाई और शीला जैसे अपने संयत शब्दों में ही उसे छोटा करती रही। सगुण स्वीकार करते-करते उसने सौत को एकटक देखा था। मुँह पर हल्की-सी मुस्कान थी पर अवज्ञा नहीं थी, उदासी और छिपी हुई वेदना की रेखाएँ थीं, शोखी नहीं थी, फिर भी कितनी भली लग रही थी! जी नहीं मानता कि श्यामा अपने को कम समझे। दर्पण के सामने खड़ी हुई। बाल सँवारे। बहुत दिनों के बाद। आज नीले-से रंग की साड़ी पहनी और कपड़ों में नशीली-सी सुगन्धि बिखरा दी। श्रृंगार और सौन्दर्य ने कल की शिथिलता को आज फिर जगा दिया और साँझ गए पति के लौटने पर आँखों में इतनी खुमारी छा गई थी जिसे चूमकर बेहोशी रात-भर करवट नहीं लेती।

उस दिन श्यामा से मिलने के बाद शीला कुछ सन्तुष्ट-सी हुई थी। लगा पति को एक बार फिर वह जीत लेगी। पर वह क्या था, जिससे बाध्य होकर उसने श्यामा से स्नेह जताने की कोशिश की थी। बड़प्पन होगा कहीं छिपे हुए मान का, अधिकार का प्रदर्शन होगा, पर वह ममता तो सचमुच ही नहीं थी। दूसरे दिन सुबह उठकर उसने एक अरसे के बाद स्वस्थ मन से माता को पत्र लिखा—"माँ मेरी, सोच मत करना। मैं ठीक हूँ। माँ के घर को पराया समझने लगूँ, ऐसी तो अभी नहीं हो सकी हूँ। हाँ, इस घर को अब अपना समझने लगूँगी। सेहत अच्छी ही रहती है। और माँ, मेरा कोई भी तीज-त्यौहार भेजने पर, घर की 'नई' बहू को न भूल जाना। पिताजी को फिकर न करने देना। तुम दोनों की सीख को भूलूँगी नहीं। चाची महरी अच्छी है। उस दिन 'नई' मिली थी तो उसे सगुण डाल दिया था।" —यह शीला केवल इसलिए लिख गई कि माँ को दुबारा नई के लिए कुछ करने की याद न दिलानी पड़े।

महरी दिन में पास बैठी-बैठी बोली थी, "बच्ची, वह जमाई से न कहेगी और जान रखो, जमाई ज़रूर सोचेंगे। आख़िर घरानों की लड़कियाँ छिपी नहीं रहतीं।" फिर स्वर को कुछ और गम्भीर करके बोली, "मैंने कहा न था, शक्ल-सूरत कुछ भी नहीं। तुम्हें नहीं पता, ऐसी-ऐसी औरतें काबू करने के लिए कुछ-न-कुछ खिला डालती हैं। अपने यहाँ की रामदेई का नहीं पता? ऐसे डोरे डाले थे उस गणेशी ब्राह्मण पर कि सालों बहू घर में बैठी रोती रही। आख़िर किसी ने

बेगोबाल के चिरागे-पीर से ताबीज मँगाकर दिया, फिर ब्राह्मण ने आँख उठाकर उस ओर देखा तक नहीं।''

शीला मन-ही-मन हँसती रही।

9

इस घर पर से होकर सर्दियाँ गईं, फिर गर्मियाँ आईं, फिर सर्दियाँ, बहार, और फिर गर्मियाँ। सावन शुरू हो गया था। काले-कजरारे मेघों की आपस में होड़ होती, बलखाती बिजली चमकती और छम, छम, छम...बरखा से धरती भीग जाती। जाने कहाँ से बादल घिरते, कहाँ पर छाते और कहाँ पर बरस जाते।

दो दिन से धूप नहीं निकली। दिन-भर आकाश घिरा रहता है और रात को चाँद-तारों के बिना दुनिया अन्धी हो गई लगती है। आज शाम को धर्मपाल काम से लौटे तो चिन्तित-से लग रहे थे। कुर्सी पर बैठते हुए श्यामा से गम्भीर स्वर में बोले, ''लो श्यामा, जगदीश का तार आया है। बीमार अधिक है...''

श्यामा का जी धक से रह गया।

धर्मपाल फिर बोले, ''है भी तो अकेला, तुम्हें भेजने को लिखा है।''

श्यामा एक हाथ से साड़ी का छोर पकड़े थी और दूसरे में तार। एक बार पढ़ा, दो बार पढ़ा और फिर कुछ सोचा कि कौन जगदीश के पास बैठा है। भाई नहीं, बहन नहीं, माँ नहीं। और माँ पर विचार रुकते ही आँखें भर आईं। इतनी देर हो गई उसे ससुराल आए, पर भाई के सिवाय और कौन है जिसने उसकी खोज-ख़बर ली हो। अपने घर में वह दुखी नहीं, पर अपना सुख सुनाए किसे? आँसू टप-टप निकल पड़े।

''इधर आओ श्यामा! घबराओ मत, कोई फिकर की बात नहीं होगी। अकेला है...''

श्यामा पति के पास जाकर और भी ज़ोर से रो दी, जैसे कहना चाहती हो—भाई का प्यार तुम नहीं समझते, मायके में और कोई नहीं...

रात तो किसी भी तरह कटने में नहीं आई। धर्मपाल बोले, ''श्यामा, कल नन्दू को साथ लेकर जगदीश को देख आओ। सफ़र लम्बा है। साथ किसी का होना ज़रूरी है।'' श्यामा को सहारा मिला। लेकिन उसकी समस्या क्या इतनी सहज है? सोचा—पति को अकेला छोड़ जाएगी? अकेला...नहीं। शीला...वह इस घर से बाहर तो नहीं। पर पति को तो उसने उस ओर मुँह करते भी नहीं देखा। पर...पर वह अटक जाती है। क्या वह पति को पहचानती नहीं। ब्याह हुए कितना समय तो हुआ, लेकिन कभी उसने अपने को अलग नहीं पाया। कभी-कभी तो जैसे वह खीझ भी उठती है...लेकिन उस खीझ में खिंचाव कहाँ होता है। यहीं तो वह विकल है, बेबस

है। असहाय-सी समझ, अपने को श्यामा ने पति की बाँहों में डाल दिया और एक बार फिर भाई की बीमारी को याद करके रो पड़ी।

दूसरे दिन सुबह से दुपहर तक वह व्यस्त रही। कपड़े सहेजे, पति के कपड़ों को अलग छाँटा, उसके जाने के बाद उन्हें दिक़्क़त न हो। नौकर-चाकरों को हिदायतें दीं। रक्खी को बहू के भाई की फिकर न हो, ऐसी बात नहीं, पर कुछ दिन तो आराम वह भी चाहती है। स्नेह जताकर बोली, ''बहूजी, कुछ देर लेट जाओ, लम्बा सफ़र तय करना है।'' श्यामा लेटी। सोचा—गृहस्थी के लम्बे धन्धे हैं। अभी तो कोई बाल-बच्चा नहीं, फिर भी सुबह से लगी हूँ। ज़रा आँख लगी ही थी कि चौंककर उठ बैठी। रक्खो अपनी कर्कश आवाज़ में कह रही थी, ''आइए, आइए जी,...'' श्यामा को महरी के आने का संशय-सा हुआ, पर यह क्या? सामने तो शीला खड़ी थी। उसे देखकर खिल तो नहीं पाई, हैरान-सी रह गई, पर शिष्टाचार...खड़ी होकर—''आइए न, आइए!'' और पास पड़े सोफ़े की ओर इशारा कर बोली, ''बैठिए।''

शीला बैठी तो ज़रूर, लेकिन उस शिष्टाचार में रुखाई की मात्रा जानने में देर नहीं लगी। हाथ के संकेत से महरी और रक्खो को बाहर बैठे रहने को कहा। नौकर-चाकरों को ऐसी ढील अच्छी नहीं। रक्खो और महरी बाहर चली गईं, लेकिन मर्जी से नहीं। महरी तो ज़रूर अपना हक़ अधिक समझती है, पर शीला कम सयानी नहीं। श्यामा के सामने महरी को अपना सगा जताएगी? श्यामा के चेहरे पर ज़रा संकोच और छिपी पड़ी खिन्नता का-सा भाव देखकर भी शीला बोली, ''बहन, नन्दू ने बताया है कि वीर की तबियत अच्छी नहीं? क्या पहले कोई आया था?''

श्यामा ने शीला की आँखों को पढ़ सकने का प्रयत्न करते हुए कहा, ''नहीं, कल ही तार आया है। पता नहीं कैसा है। कोई पास भी नहीं।'' कहते-कहते बोल भारी से हो गए।

''बहन, घबराना मत, सँभलकर ही जाना। नन्दू साथ रहेगा तो ठीक रहेगा।'' फिर बाँहों में पड़ी ढेर-सी चूड़ियों की ओर देखकर बोली, ''बाँहें ढकी ही अच्छी हैं बहिन, सफ़र में...''

श्यामा को यह सलाह कैसी लगी, शीला ने नहीं जाना। उसे जानकर करना भी क्या है? श्यामा की नज़र न जाने क्यों घड़ी की ओर गई। धर्मपाल के आने का समय हो गया। क्या शीला नहीं जानती, मगर श्यामा कहे किस बहाने? यह तो उसे अपने-आप ही...पर क्या पति से परदा करना है? एकाएक बाहर से जूतों की आहट आई। श्यामा चौकन्नी हुई। शीला ने सिर का दुपट्टा ठीक किया और परदा उठाकर धर्मपाल अन्दर आ गए। आए और देखकर ठिठक गए। श्यामा के तेवर उभर आए और शीला की ऊपर उठी हुई नज़र जैसे धक्का खाकर नीचे उतर गई। धर्मपाल के रुके हुए पैर जब वापस लौटने लगे तो श्यामा सँभली। कुछ खीझ से, कुछ चिढ़कर बोली, ''आओ न, बैठो न जी!''

धर्मपाल ने पत्नी की ओर बिना देखे कुर्सी खींची और बैठ गए, पर सामने की ओर नज़र नहीं उठ सकी। आज यह यहाँ कैसे ? अपने पर जैसे ग़ुस्सा हो आया। वह बाहर महरी और रक्खो को देखकर दूसरे कमरे में जा सकते थे, पर...

''गाड़ी का सब ठीक-ठाक हो गया है न?'' श्यामा ने कुछ छिलती-सी आवाज़ में पूछा।

''हाँ-हाँ, सीट बुक हो गई है।'' कहकर धर्मपाल को मानो स्वयं अपनी आवाज़ अच्छी नहीं लगी। बाहर रक्खो और महरी एक-दूसरे की आँखों में देख रही हैं, जैसे कुछ होनेवाला है। जमाई को देखकर महरी ने विजय की दृष्टि से रक्खो की ओर देखा था। जाने क्यों ? शीला की आँखें नीचे देख रही हैं, और हाथ अशक्त-से होकर जैसे गोदी में गिर पड़े हैं। वह उठ जाए, पर पाँव चल नहीं पाएँगे। वही कमरा है—वही परदे हैं, वही फ़र्श है और खुली आलमारी में पड़े तरतीबवार वही पति के कपड़े...पर वह और उसके पति ? शीला का दिल कुछ ऐसा हुआ जैसे किसी ने छलकते पानी को निर्दयता से ढाँप दिया हो। किसी तरह शुष्क होते गले से आवाज़ निकालकर बोली, ''चाची महरी!''

यह स्वर बाहर तो नहीं पहुँच सकता। श्यामा को दिल में शायद हँसी आ गई थी। शीला पर एहसान-सा करते हुए पुकारा, ''रक्खो, महरी को अन्दर भेजो।'' और श्यामा के बुलाते ही शीला अपने को झकझोरकर उठ गई। दुपट्टा एक तरफ़ से बहुत नीचा हो गया था, जैसे अपनी सुध न रही हो। पर नहीं, चाल वैसी ही जमी हुई थी। महरी अन्दर आई। देखा बच्ची उठकर दरवाज़े तक आ गई थी और साथ-साथ श्यामा भी।

''अच्छा जी!'' श्यामा ने ज़रा-सा मुस्कराकर हाथ जोड़े, जैसे किसी पराजिता को देखती हो। शीला ने उत्तर दिया और सहज कंठ से बोली, ''अच्छा बहन, अपना ख़याल रखना और बीर की सेहत का पता देना।'' और बाहर निकल गई। पीछे से महरी ने फ़र्श पर पड़ता छोर पकड़ लिया और पहली सीढ़ी उतरते ही बच्ची को कन्धे से पकड़कर सहारा दिया। सोचा, जमाई कुछ बात करते तो क्या दृष्टि इतनी जल्दी फिरा लेते।

और धर्मपाल शीला की ओर नहीं देख सके, नहीं देख सके। आँखें जैसे एक बार भूली हुई तस्वीर को देखना नहीं चाहती थीं, पर जब शीला उठकर श्यामा के साथ-साथ चल दी तो उन्होंने सिर ऊँचा किया और एकदम ऐसा लगा, जैसे शीला पहले से लम्बी हो गई थी। लम्बी नहीं, उसका भरा-भरा बदन दुबला हो गया था। तिल्लेदार जूती को रेशमी सलवार नीचे तक छू रही थी, और फ़र्श पर पड़ते हुए शीला के पैरों को देखकर उन्होंने सोचा कि उनमें अब भी ज़मींदाराना अन्दाज़ था जो किसी की उपेक्षा सहकर भी शान से आगे बढ़ता जा रहा था। नीचे-नीचे, दिल के बहुत नीचे किसी परदे से उठकर वह दिन धर्मपाल की आँखों में उतर आया, जब

इसी तरह शीला को तैयार खड़े देख उन्होंने अचानक उसे खींचकर अधीरता से बाँहों में भर लिया था। उसकी आँखें बन्द थीं और उनकी खुली, जैसे नारी की मूर्छित-सी पड़ी सुन्दरता कह रही हो—लो देख लो...लो देख लो...

श्यामा वापस आकर पति के निकट खड़ी हो गई। एक बार परीक्षा की नज़रों से पति की ओर देखा। तब तक धर्मपाल सिगरेट जला चुके थे। सिगरेट के पतले धुएँ ने मानो उनके चेहरे की असली रेखाओं को ढँक लिया।

"आज तो ज़मानों बाद बड़ी बहू को देखा है जी, क्या उससे डर गए थे? कुछ बात ही कर लेते बिचारी से..."

धर्मपाल ने धुआँ छोड़ते हुए सोचा—'उससे क्या डरता। डराने को क्या तुम कम थीं?' प्रत्यक्ष ज़रा हँसकर बोले, "मुझे क्या बात करनी थी, बात तो वह तुमसे करने आई थी।"

"जगदीश का हाल पूछती थी।"

सुनकर पता नहीं धर्मपाल को जी में कैसा लगा, पर कुछ कहा नहीं। बात को बदलकर बोले, "सामान सब बाँध लिया है न?"

"हाँ सब तैयार है।" श्यामा पति के विषय-परिवर्तन का अर्थ नहीं समझी। धर्मपाल ने कलाई पर बँधी घड़ी की ओर देखा और व्यस्त होकर कहा, "और जो कुछ करना है, कर डालो। समय अधिक नहीं।"

श्यामा ने कुछ अनोखे से ढंग से जवाब दिया, "सब कर लिया है, तुम्हारे सब कपड़े इस ओर वाली अलमारी में रख दिए हैं। किसी गर्म कपड़े की ज़रूरत होगी तो उस बड़े बक्स में से निकलवा लेना।" कहकर एक क्षण चुप रही और कुछ अन्दर ही छिपा लेने के प्रयत्न में चूड़ियों को बार-बार हिलाते-हिलाते रो पड़ी। टप-टप..., पति ने देखा, ऐसे आँसू एक बार पहले भी...किसी और आँखों की याद आ रही है। उठकर पत्नी को बाँहों से घेरकर कहा, "श्यामा, पागल हो गई हो क्या? जल्दी लौट आओगी।" फिर लाड़ से थपथपाकर बोले, "इतना छोटा दिल है।" श्यामा पति की गोद में मुँह छिपाकर रो दी, और धर्मपाल उन रेशमी बालों को चूमना चाहते हुए भी सूँघकर रह गए। उन्हें लगा कि उनकी सुगन्धि बहुत तीख़ी थी...और उस तीख़ेपन का आभास उन्हें आज कितनी देर के बाद हुआ।

10

कल बादल फटे थे, आज फिर घिर आए। बादलों के परदों के परदे आसमान पर चढ़े आ रहे थे। दुपहर की कड़कड़ाती सफ़ेदी न जाने कहाँ खो गई थी। कभी हल्की-फुल्की हवाएँ झूमते-झामते पेड़ों को चूमकर परदों को हिला जाती

थीं। शीला सोफ़े पर अध-लेटी थी। महरी ने परदे उठा दिए थे, और फ़र्श पर बैठी-बैठी उलझे ऊन को सुलझा रही थी। उस दिन ऊपर से आकर बच्ची निढाल-सी होकर बिस्तर पर गिर गई थी और घंटों रोती रही थी। चाची ने चुप कराने का कोई प्रयत्न नहीं किया, सिर्फ़ पास बैठी बच्ची के सिर पर हाथ फेरती रही। और उस दिन से बच्ची अनमनी-सी लग रही है। आज सुबह चाची बोली, ''बच्ची, यह ऊन पड़ी हुई है, कुछ शुरू कर लो, सर्दियाँ आ रही हैं। ज़रा जी भी लगा रहता है।''

'हूँ' कर बच्ची चुप रह गई। गद्दियों के सहारे बैठी थी। सिर पर कपड़ा नहीं था। गहरे नीले रंग के कपड़ों में चेहरे का रंग और भी धुला हुआ लगता था। बैठी सोच रही थी, श्यामा कैसे व्यंग्य से मुस्कराई थी, जैसे कह रही हो—तुम्हारा बड़प्पन आज कितना छोटा हो गया है। और वे देखकर ठिठककर रह गए थे। कितने बेदर्दी हैं। बात नहीं की तो क्या आँख उठाकर देख भी नहीं सकते थे? लेकिन क्यों वह चाहती है कि पति उसे एक बार देखते तो...एक बार...वह दया की भूखी है? कि तरस खाकर पति उस पर इतनी-सी कृपा करें, अपनी बेबसी, पति की निर्दयता और सौत की वह उपहासजनक हँसी आँखों में उतर आई और अपने हाथों को आँखों पर रखकर शीला सिसकने लगी। महरी का हाथ रुक गया। वह जानती है, जो दिल पति को देखे बिना दो साल से चुपचाप जब्त किए पड़ा था, उसे निर्मोही पति की एक छाया धकेलकर नीचे बहाए लिए जा रही है।

बच्ची के हाथों को आँखों से अलग कर के बोली, ''ना, बलिहारी जाऊँ, रोएँ तुम्हारे दुश्मन।'' फिर झट क्रोध-भरे लहजे में बोली, ''हाय-हाय, अकल मेरी ही मारी जाती है—कपड़े भी निकाले तो यह? अच्छा-भला जानती हूँ, जब-जब यह पहनती हो, दिन अच्छा नहीं गुज़रता। फिर भी सुबह यह ले आई। बुढ़िया होने को आई पर समझ नहीं।'' कहते-कहते महरी उठ खड़ी हुई। बच्ची ने सब समझा। जब से होश सँभाला है, वह महरी के हाथों पली है। लाड़-चाव, जिद सब करती रही है। आज महरी की बात सुनकर जाने कैसा लगा। कैसे वह उसे दिलासा देती रही है। किसी-न-किसी बहाने जी लगाती रही। एक पल को साथ नहीं छोड़ती। महरी के प्रति कृतज्ञता से उसका जी भर आाया। वह साथ न होती तो अब तक वह इस चारदीवारी में जीवित रहती? महरी वापस लौटी और बच्ची को हाथ से उठाते हुए बोली, ''उठो, मैं सदके जाऊँ। कपड़े बदल डालो। बच्ची, मुझ पर ग़ुस्सा न किया करो। सिर सफ़ेद हो गया है, अब क्या अक्ल ठिकाने रहेगी।'' और बच्ची को कपड़े बदलवाने ले गई। क्या बच्ची नहीं समझती? आज चाची चाहती है—शीलो उस पर ग़ुस्सा करे, जितना चाहे करे, वह बुरा न मानेगी, पर जिस अधिकारहीन आँचल में वह अपने आँसू बहाए जा रही है वहाँ उन्हें झेल लेनेवाला कौन है?

बिना विरोध के कपड़े बदल डाले। यह सूट कभी शीला को कितना पसन्द था, पर आज उसकी पसन्द में जान ही कहाँ है? महरी ने हाथ में लिये दुपट्टे को चूमकर

बच्ची के हाथों पर डाल दिया। बच्ची ने गले में दुपट्टा डाला और फिर कुछ सोचकर बोली, "चाची, सोऊँगी।" चाची ने पलँग पर तकिये लगा दिए और बोली, "ठीक है बच्ची, कुछ देर आराम कर लो। कैसा बरसाती दिन है।" महरी कुछ कहते-कहते रुक गई। बच्ची लेट गई थी। चाची कहने लगी थी, बरसात में बेरियों पर डाले हुए झूलों की बात पर झट ख़याल आया कि सुनकर बच्ची कहीं और ख़याल दौड़ाती रहेगी। चुप ही रहे तो अच्छा।

बच्ची लेटी हुई थी और चाची पास बैठी धीरे-धीरे हाथ सहला रही थी। बच्ची को ऐसे पड़े देख चाची ने ममता-भरे स्वर में पूछा, "बच्ची, क्यों क्या बात है? बोलो, मेरी बच्ची!" शीला क्या बोले, पर इस स्वर की अवज्ञा वह नहीं कर पाएगी। चाची का हाथ पकड़कर बोली, "चाची, जी अच्छा नहीं।"

"यह क्या मैं नहीं जानती, मेरी बच्ची! जी अच्छा रह ही कैसे सकता है? यह उमर और यह दु:ख।" जी हुआ कि वह भी बच्ची के साथ मिलकर रो दे, पर कितनी पागल है वह? बच्ची को थपथपाते हुए बोली, "सो जाओ बच्ची, तबियत हल्की हो जाएगी।"

ऊपर घर की विस्मृता बहू के पति कुर्सी पर पड़े-पड़े जाने क्या-क्या सोच रहे थे। आज धर्मपाल काम से जल्दी आए थे। जानते थे श्यामा नहीं है, पर अधिक देर दफ़्तर में नहीं बैठ सके। श्यामा को गए अभी तीन-चार दिन ही तो हुए हैं। अकेले छोड़नेवाली हालत नहीं। कमरे कैसे सूने लगते हैं, और आज दुपहर को धर्मपाल ठीक से खाना नहीं खा सके। पत्नी से उदास होकर न खाया हो, ऐसी बात तो नहीं, फिर भी नारी की सान्निध्य-छाया जैसे आगे पड़े खाने पर छाई रहती है। अभी-अभी जब सोने के लिए नौकर उन्हें कपड़े दे रहा था तो वह सोच रहे थे—यह ज़रा-जरा से काम औरत के हाथों कितने अच्छे लगते हैं।

बाहर पानी तेज़ हो गया था। बादलों की गर्जन और बिजली की कड़कड़ाहट जैसे कानों को चीरे जा रही थी। धर्मपाल ने हाथ का सिगरेट नीचे फेंका और उठकर पलँग पर जा लेटे। सोचा, आदमी की दिनचर्या में भी औरत का कितना बड़ा हिस्सा है! और श्यामा? उसने तो जैसे उन्हें अपनी बाँहों से बाँध डाला है।

जाती बार कैसे रो रही थी? झट ध्यान आया, उस दिन शीला से कैसे अचानक मिलना हो गया? पर-पर...धर्मपाल नहीं चाहते कि वह इस बात को सोचें। उन्हें जैसे अपने हाथों से किए किसी अन्याय की याद आ जाती है, और अब तकिये पर सिर रखते ही ख़याल में आया कि शीला से क्यों वह इतने दूर हो गए। वह बेचारी तो जानती तक नहीं। और फिर श्यामा को ले आने पर कोई बखेड़ा तक नहीं उठाया, कोई झगड़ा नहीं किया—और वह? उन्होंने एक बार उसे देखा तक नहीं? कैसे रहती है? कहाँ रहती है? इस अर्से में एक बार रुपया तक नहीं मँगवा भेजा।

शायद शाहजी के यहाँ से आता होगा। और अब तक शाहजी अपनी बेटी को ले नहीं गए? ख़याल आया—शीला को बिदा करते समय सास ने उनका माथा चूम-चूमकर कहा था, "बेटा, इसने तुम्हारा पल्ला पकड़ा है। निभाना।" कैसा निभाया है उन्होंने? धर्मपाल ने करवट ली। क्या वह श्यामा से कम सुन्दर थी? पर बम्बई में जाने उन्हें क्या हो गया था? उन्हें लगा, जैसे वह बदल रहे हैं—सोचा, कहीं श्यामा का अभाव तो नहीं? नहीं-नहीं। शीला की वह दुबली देह! मन में हलचल-सी हो गई। अब वह नहीं लेट सकेंगे। अकेली पड़ी होगी...धर्मपाल उठकर खड़े हुए। ढीला कोट पहना और सीढ़ियों से नीचे उतर चले। संकोच ने मानो पैर जकड़ दिए। पर यह तूफ़ान क्या रुक सकेगा? क्या कहेंगे शीला से वह? कुछ नहीं, कहने की ज़रूरत नहीं होगी। नीचे आँगन में आकर देखा, कोई नौकर-चाकर नहीं था। आँगन पार किया। परदे नीचे पड़े थे। परदा उठाया तो सामने फ़र्श पर महरी बैठी कपड़ों की तह लगा रही थी। बच्ची सो रही थी, इसलिए दबे पाँवों बाहर आ के वह काम-धन्धे में लग गई। जमाई को देखते ही आँखें ऊपर नहीं उठीं, मानो कहती हों—रिश्ता कुछ ऐसा है, क्या कहें। पर तुम यहाँ कैसे? धर्मपाल भी महरी की ओर ठीक से देख नहीं पाए। दबी-सी आवाज़ में बोले, "महरी!" शायद कुछ पूछना चाहते थे। पर महरी हाथ के कपड़े हाथ में लिए, बिना कुछ कहे-सुने बाहर हो गई।

धर्मपाल एक क्षण परदे को पकड़े खड़े रहे। सोचा—जाने शीला क्या कर रही होगी, कोई आहट तक नहीं आ रही। अन्दर पहुँचे—सोफ़ा ख़ाली था और सामने पलँग पर सिमटी-सिकुड़ी-सी शीला सोई पड़ी थी। बाँह सिर पर रखी थी। पास महीन दुपट्टा पड़ा था, जैसे भारी लगने पर उतार दिया हो। मुँह पर बिजली की रोशनी पड़ रही थी। वही चेहरा है। वही बाँहें और गोरे स्वच्छ पाँव। शीला! मगर नहीं, यह आवाज़ गले से नहीं, उनके दिल से निकली थी और वहीं फैल गई थी। "शीला!"

शीला बेख़बर पड़ी थी। सोच-सोचकर इतनी थक गई थी कि बन्द पलकों के अन्दर कोई स्वप्न भी नहीं देख पाई। धर्मपाल पास आकर खड़े हो गए। क्या यह उचित है? जैसे किसी ने चेता दिया हो। पर नहीं, धर्मपाल आगे बढ़े—सिर पर रखी बाँह का स्पर्श किया, हल्के से उसे पकड़ अपने सशक्त हाथों की उँगलियाँ शीला के बालों में डुबो दीं। सिर पर पड़ते हुए दबाव से शीला चौंक गई। सोचा—चाची है। आँखें खोलीं और खुली रह गईं। विश्वास नहीं हुआ। शायद वह स्वप्न देख रही है। वहीं...उसका हाथ पति के हाथों में है और वह किसी निर्जीव पत्थर की तरह पड़ी है। धर्मपाल ने काँपती आवाज़ में कहा, "शीला..."

आवाज़ शीला को हिला गई। पति के उदास मलिन मुख की ओर शिकायत-भरी नज़रों से झुके-झुके देखा और विवश होकर रो पड़ी। "शीला..." शीला रोए

जा रही थी, लेकिन आँसू की बूँदें सिरहाने पर नहीं, पति के वक्ष पर पड़ रही थीं। बाहर बादल बरस रहे थे, धरती भीग रही थी और भीगी धरती के वक्ष में एक आलोड़न उठ रहा था। शायद निर्माण की प्यास थी...

वह रात कितनी गीली थी, कितनी गहरी। गरजते हुए बादलों का शोर सुनकर भी बिजली चमकती जा रही थी। एक महीन-सी रेखा किस गति से कजरारे बादलों को उन्मत्त किए जा रही थी, और पति की गोद में पड़ी कल तक की बेबस और दुर्बल शीला आज रोकर भी हँसती जा रही थी, और धर्मपाल पत्नी को हौले से पुकार-भर लेने के सिवाय और कुछ नहीं कह सके।

"शीला...शीला...शीला..." और इस नाम पर से वह सब जुड़ गया जो दो साल पहले किसी अनिश्चित काल के लिए टूट गया था, बिछड़ गया था। लेकिन क्या सचमुच ही संज्ञा का इतना मूल्य है? देह से अलग कौन-सी संज्ञा होती है जो ऐसी रात में किसी की आँखों में नाच जाती है? क्या दोनों इस बात को नहीं जानते? इतने अनजान नहीं वह। फिर भी दो भटके हुए पुराने साथियों की तरह एक-दूसरे को थामे हुए वह सोच रहे हैं कि हमेशा नहीं तो आज तो कम-से-कम इस तूफ़ानी रात में वह इकट्ठे हैं। इन क्षणों में अधीरता ही नहीं, जीवन का उष्ण रक्त भी था, जो स्थिर गति से बहता जा रहा था और बहकर उस चिरन्तन प्यास को बुझा रहा था, जो हाड़-मांस के साथ उसमें जागी थी। रात कैसे आई और कैसे बीत गई। शायद बहुत लम्बी थी, शायद बहुत छोटी थी। शीला नहीं जानती कि रात कैसे कट गई, धर्मपाल नहीं जानते कि रात कैसे कट गई, लेकिन नारी के अन्तर से लिपटी ममता जानती थी कि रात कैसे गुज़र गई। सच है कि वह रात को पकड़ नहीं पाई, लेकिन वह शून्य नहीं थी। उसमें रस था, उसमें जीवन था, जीवन का मोह था, जो आज नहीं तो वर्ष-भर के बाद माँ की गोदी में किलकारियाँ लेगा, और माँ का आँचल उसे ओट किए हुए अँधेरी रातों में अपशकुनों से बचाता लिये चला जाएगा।

सुबह धर्मपाल जब जागे तो शीला नहा-धोकर तैयार हो गई थी। महरी ने बाहरवाले कमरे से ही बच्ची को चाय की ट्रे पकड़ा दी। नहलाते-नहलाते चाची ने बच्ची से कहा था, "जल्दी कर लो बेटी, फिर चाय का इन्तज़ाम करूँ। जमाई तो सुबह-सुबह चाय के आदी हैं।"

शीला सलज्ज हँस दी, "चाची, तुम्हें फिकर है। किसी नौकर से कह दो न?" चाची ने भेद-भरी दृष्टि से बच्ची को देखकर कहा था, "न न बच्ची, तुम इन नौकर-चाकरों को जानती नहीं। चाय रखने आएँगे, बीस बातें बनाएँगे बाहर जाकर। मैं ही जाऊँगी।" फिर तनिक रुककर, "बच्ची, तुम्हें पकड़ा दूँगी। तुम्हीं अन्दर ले जाना..."

''क्यों-क्यों चाची, क्या तुम...,'' बीच ही में चाची बोली, ''तुम भोली हो बच्ची। सुबह-सुबह उठकर क्या जमाई मेरा ही मुँह देखेंगे?'' शीला खुलकर हँसी, ''ओ हो चाची, क्या मैं सोते-जागते तुम्हें नहीं देखती?''

''वह और बात है बच्ची, तुम नहीं समझती। लाओ ज़रा पैरों को मलूँ...'' शीला जानती है कि चाची अन्दर जाकर धर्मपाल को संकोच में नहीं डालना चाहती। मन-ही-मन हँसकर चाची के प्रस्ताव से सहमत हुई। चाची ने ट्रे बच्ची को पकड़ा दी, शीला ने मेज़ पर रखी और पति के सिरहाने ज़रा झुककर धीरे-से पति के बालों को छूती हुई मृदु कंठ से बोली, ''उठो जी, दिन चढ़ आया।''

धर्मपाल ने आँखें खोलीं। शीला बिलकुल पास खड़ी थी, जी भरकर देखा—कैसी निखरी-सी लगती है, जैसे बीती हुई रात उसे रुलाकर हल्का कर गई। खींचकर पास बिठा लिया। आँखों में संकोच नहीं, दूरी नहीं—''शीला...'' शीला लज्जा गई। बैठे-बैठे चाय बनाकर प्याला हाथ में लिये बोली, ''लीजिए न...''

''नहीं, रख दो।'' पति की ओर देखा, देखने में आहत-सा अभिमान था। प्याला मेज़ पर रखकर बोली, ''क्यों, क्या अभी उठोगे नहीं?'' और पति की बाँह पर हाथ रख दिया। धर्मपाल कुछ क्षण देखते रहे और फिर आँखों की कोरों से दो बूँदें ढुलक गईं। शीला ने अपने एक हाथ से आँखें ढँक दीं और दूसरे से पति के बाल सहलाते-सहलाते बोली, ''सुबह-सुबह, यह क्यों? अपने से नाराज़ हो रहे हो?''

''नहीं,'' धर्मपाल रुँधी-सी आवाज़ में बोले, ''तुमसे क्या कहूँ, शीला!''

बीती हुई रात के बाद भी कुछ रहा-सहा मलाल पति के इन दो आँसुओं से धुल गया। स्वयं ही सोचा—नारी इन बातों में कितनी कच्ची होती है। पति के वक्ष पर सिर रखकर बोली, ''कैसी बातें करते हो जी, तुमसे क्या आज तक मैंने कभी शिकायत की?'' इसका जवाब धर्मपाल ने कुछ नहीं दिया, जैसे सोचते थे—एक उपालम्भ ही दिया होता। पर उसने तो जवाब नहीं माँगा और आज भी तो उस बात को कैसे बचाती जा रही है। आज के दिन में वह उन सब बातों को नहीं मिलाना चाहती। शीला ने पल-भर उत्तर की नहीं, कुछ सुनने की प्रतीक्षा के बाद कहा, ''उठो जी, छोड़ो इस सोच को। आज क्या काम पर नहीं जाओगे?''

''नहीं।''

''अच्छा...'' शीला हँस पड़ी। पुरानी बात याद आ गई। जब वह नई ब्याही आई थी तो पति अक्सर सुबह देर तक सोते रहते। उठने के लिए कहती तो कहते, ''शीला, आज काम पर जाने को जी नहीं चाहता।'' वह शरमाकर मुस्करा देती। शरारत से कहती, ''लाला जी तो नहीं कुछ पूछेंगे?'' और धर्मपाल कुछ खीझकर उठ बैठते और वह मन-ही-मन मुस्कराया करती, जैसे कहती हो, ''दिन में तो छोड़ा करो।''

''तो आज भी काम पर नहीं जाओगे?''

धर्मपाल ने सिर हिलाया, ''नहीं।''

"अच्छा तो नहा-धोकर आराम करना। कपड़े ऊपर से मँगवा देती हूँ। रक्खो होगी ऊपर।" शीला ने महरी को आवाज़ दी।

"नहीं, उसे मत भेजो शीला, अपने आप निकाल लाओ।" धर्मपाल के स्वर में अनुरोध था, जैसे पत्नी को उसके अधिकार की याद दिला रहे थे। ऊपर जाने की अनिच्छा, वह भी श्यामा की अनुपस्थिति में—पर न करने में भी शीला को संकोच-सा हुआ। अनमनी-सी होकर उठी। महरी को बुलाकर कहा, "महरी, उनके कपड़े लाने हैं, ऊपर से...चलो तुम्हारे साथ चलती हूँ।" चाची ने एक बार बच्ची को खुली दृष्टि देखा और ज़रा-सा हँसकर बोली, "चलो बच्ची!" दिल में कह रही थी, क्या इस काम के लिए नहीं जाऊँगी?

शीला ने कमरे में प्रवेश किया। उस दिन भी तो यही सब कुछ था। कितना पराया लगा था। शायद श्यामा इसकी मालकिन लग रही थी, और आज? कपड़ों की आलमारी खोलते-खोलते लगा कि वर्षों के बाद फिर अपना अधिकार मिल गया है। वह वर्ष ही कटने में नहीं आते थे, आज कितने छोटे हो गए हैं। कपड़ों को तरतीबवार रखनेवाले हाथों से आज पहली बार शीला को ईर्ष्या-सी हुई। कपड़े निकालकर जब नीचे उतरी तो पाँवों में गति थी, और चाल में घर की स्वामिनी होने का गौरव। बाँह पर रखे कपड़ों को देखकर महरी ने मन-ही-मन कहा, भगवान करे, बड़ी-बड़ी उम्र हो बच्ची की और जमाई की भी। आज क्या वह जमाई को बच्ची से अलग देख सकती है?

शीला कपड़े लिए आकर खड़ी हुई तो धर्मपाल को लगा कि वह पुराने दिन लौट आए हैं और इस बीच के दो साल, इस भूली-सी कड़ी से निकलकर कहीं अलग होकर अदृश्य हो गए हैं, और वह और शीला—टूटा हुआ तार फिर जुड़ गया है...

11

इधर कुछ दिन तो श्यामा जगदीश की बीमारी में बहुत व्यस्त रही। कुछ सोचने की फ़ुर्सत ही नहीं मिलती थी। रोगी की देखभाल में इतनी थक जाती थी कि पड़ते ही सो जाती। सो जाने पर कोई स्वप्न भी नहीं दिखते, केवल सुबह आँखें खोलते-खोलते उसे कभी ऐसा महसूस होता कि वह अपने घर में जाग रही है और सामने बैठे पति अख़बार पढ़ रहे हैं। पर जब आँखें पूरी खुल जातीं तो जगदीश का तीन कमरों का मकान ही उसे दीखता। सामान भी कुछ अधिक न था और अब तो श्यामा को यह मकान कितना तंग लगता है। अपने बड़े खुले भवन से यहाँ आकर उसे अजीब-सी छटपटाहट होती है। आज दुपहर में जगदीश के पास बैठे-बैठे सोच

रही थी कि नारी कितने निकट से पराये को अपना मान लेती है। पराये घर में उसका अपनत्व उपजता है, पराये में पनपता है और पराये को अपना बनाकर ख़त्म हो जाता है। पर नहीं, वह क्या पराया समझकर उसे अपनी मानती है? भाई को देखकर ख़याल आया—कैसे अकेला पड़ा रहता है। आज उसे किन्हीं हाथों की ज़रूरत है जो उसकी देख-रेख कर सकें। सुख-दुख में साथ दें सकें। ज़रा प्यार से बोली, "भैया, अब तुम ब्याह कर लो। औरत के बिना घर-घर नहीं होता। रोग है, बीमारी है और यूँ भी कब तक अकेले पड़े रहोगे?" जगदीश ने बहन की ओर देखा, कैसी बुजुर्गों की-सी बातें कर रही हैं। हँसकर बोले, "श्यामा, कितनी बदल गई हो तुम। अपना ब्याह कर लेने के बाद शायद तुमने यह सब ज्ञान प्राप्त किया है।" श्यामा इस पर हँसी नहीं, गम्भीरता से बोली, "भैया, मैं यहाँ से कितनी दूर हूँ। कुछ ऐसी-वैसी बात हो तो क्या तुम्हें देख सकती हूँ? और घर छोड़ना भी आसान नहीं।"

लड़कियों को अपने घर की कितनी खींच होती है, यह सुनी-सुनाई बात जगदीश को याद आ गई। बोला, "लम्बी-चौड़ी गृहस्थी है तुम्हारी बहन, बाल-बच्चे हैं, सास-ससुर हैं, देवर-देवरानियाँ हैं, क्या घर से तुम्हें फ़ुरसत मिल सकती है?"

"सच कहूँ भैया, कभी-कभी मैं चाहती हूँ कि घर में सास-ससुर ही होते, पर...उस पहली...के सिवाय और कौन है वहाँ?"

"क्या वहीं रहती है वह? कैसी है..." जगदीश अपनी जिज्ञासा नहीं छिपा सके और श्यामा शायद ठीक-ठीक जवाब नहीं दे सकी, "हाँ—वहीं रहती है। बड़े ज़मींदार की बेटी है।"

"कुछ लड़ाई-झगड़ा तो आए दिन नहीं हुआ करता?" श्यामा को लगा कि लड़ाई-झगड़ा न होने की बात वह आज भाई से आसानी से नहीं कर सकेगी। शीला के व्यवहार के पीछे कोई अनखुली गाँठ है, जिसे वह देख नहीं पाती।

"नहीं, अकेली ही रहती है, पर इतनी कच्ची नहीं हो सकती," दिल में सोचा—वह कच्ची हो या न हो, रूप कच्चा नहीं। और रूप की बात सोचते ही जैसे किसी ने झकझोर दिया। क्यों वह सौत से डरने लगी है? पति ने कोई वास्ता नहीं रखा तो क्या इन्हीं दिनों उसकी अनुपस्थिति में सब कुछ हो जाएगा! जी को समझाया—भाई की सेहत कुछ सँभलते ही वह चली जाएगी, कब तक यहाँ बैठी रहेगी। पर इसका एहसान किसके ऊपर है? अपना भाई है, फिर अकेला, और आज भाई-बहन के सिवाय और है ही कौन इस घर में।

पति का एक पत्र आया था, "जगदीश का स्वास्थ्य कैसा है? उसके कुछ ठीक होते ही वापस लौट आना, तुम्हारे बिना घर सूना-सा लगता है।" इसके बाद उसके पत्र का उत्तर अभी तक नहीं आया। शायद पति उसके पहुँच जाने के इन्तज़ार में होंगे। इस सप्ताह तो यहाँ रुकेगी ही। जगदीश बैठने लगेंगे तब तक।

छः-सात दिन बीतते देर नहीं लगी पर श्यामा के लिए यह अवधि कुछ लम्बी थी। जाने को तैयार हुई। भाई से अपना ख़याल रखने का अनुरोध करते-करते उसका कंठ भर आया। यह तो माँ-बहन की ममता बोलती है। सिरहाने के सहारे बैठे-बैठे जगदीश ने स्नेह से बहन का हाथ पकड़ा हल्का, लेकिन गहरा दबाव था और दो हाथों पर जैसे कोई दो अनदेखी गीली आँखें हँस रही थीं, जिन्होंने अपने से, अपने रक्त से, दो बहन-भाइयों का निर्माण किया था। आज वह आँखें नहीं थीं, मगर थीं—आज वह हाथ नहीं थे, मगर थे। जगदीश सोचते हैं—बचपन में संग-संग खेलती हुई बहन में और उनके बीच यौवन का व्यवधान आ गया है। आज उसका अपना घर है। और घर में वह ख़ुश है। श्यामा ने भाई की आँखों में देखा, एक ही आँखें थीं, दो नहीं। एक ही गोदी में लेटी थी, एक ही हाथ में पली थी। दूर होकर भी अपने पराये नहीं होते और उन अपनों से अधिक अपना कौन होता है, जो पराये होकर भी अपने रहते हैं। श्यामा ने भाई के हाथों में सिर रख दिया और उस सगेपन पर मानो माँ का प्यार अपने बच्चे-बच्ची की आँखों से ढुलक आया हो। कहता हो, यह आँखों का पानी नहीं, यह मेरा रक्त है, जिसने तुम्हें बाँध रखा है।

12

श्यामा घर लौट आई। लगा, घर-बाहर सब अस्त-व्यस्त हो गया है। वही कमरे हैं, पर रौनक नहीं, रंगत नहीं। नौकर-चाकर कितने बेपरवा होते हैं। फूलदानों में फूल ऐसे पड़े हैं, जैसे केवल फूलदान भरने के लिए छोटी-बड़ी टहनियाँ लगा डाली हों। इधर-उधर पति के कपड़े बिखरे हैं। देखकर श्यामा खीझ उठी। प्यार-भरी खीझ थी वह।

श्यामा आज दिन-भर कुछ-न-कुछ करती रही। नौकर चुपचाप खड़े झाड़-पोंछ कर रहे हैं। मालकिन ढील देना नहीं जानती। जो नौकर है, उसे नौकरी बजानी ही है और जो मालिक है, उसे ठीक काम लेने के लिए कड़ाई बरतनी ही पड़ती है। जहाँ डर नहीं, वहाँ हुक्म क्या बजेगा। रात को फ़ुरसत पाकर नौकर अक्सर इन्हीं बातों पर टीका-टिप्पणी करते हैं। एक अरसे से एक बड़े घर में औरत नहीं थी, और लालाजी के समय वह मजे में थे। किसी की रोक-टोक नहीं थी। जो करते वह ठीक होता, जो न करते उसे देखनेवाला कोई नहीं था। बड़ी बहू के आने पर भी कोई ख़ास फ़र्क़ नहीं पड़ा था। स्वभाव अच्छा था। फिर मायके में भी तो उसने नौकर देखे हैं। और पुराने नौकरों को तो अपना बनाकर काम करना ही है। फिर बहूरानी को कौन ख़ुश नहीं करना चाहता। तीज-त्यौहार पर इनाम-इकराम...नौकर

नौकरी ज़रूर बजाए पर मालिक भी तो उसे उसी आँख से देखें—यह बात न होती तो क्या बाप–दादा के ज़मानों से अब तक नौकर यहीं पड़े रहते। लालाजी भी सख़्त तो कम न थे, पर उनकी झिड़कियाँ इनाम साथ लातीं। डाँट–फटकार के बाद मालिक दो–तीन दिन में कुछ–न–कुछ देते, और उसके बाद नौकर की आँखें ऊपर नहीं उठतीं पर अब तो घर–भर में छोटी मालकिन का रौब है। यहाँ नहीं थीं तो कितनी सहूलियत थी, कुछ कहना–सुनना नहीं, और कल बाहर ही ठीक–ठाक करने में दिन–रात एक कर दिया।

श्यामा थककर कुर्सी पर बैठ गई। दुपहर काम करते बीत गई, पर आज की थकान में भी श्यामा को सन्तोष है, तृप्ति है, जैसे ठिकाने पर पहुँच जाने से निश्चिन्त हो गई है। अपने घर से बड़ी और क्या चीज़ है? कितनी मौलिकता थी उसमें, जिसने पहले–पहल घर की कल्पना की होगी। शाम को धर्मपाल आए। श्यामा ने हँसते–हँसते पति का स्वागत किया। आँखें पानी–सी तरल और साफ़ थीं। प्यार में बहती–बहती, ऐसी हो श्यामा को लगीं। धर्मपाल बैठे, पर अन्यमनस्क से। चाय पीते–पीते जैसे उन्हें अपनी जानी–पहचानी जगह का भान नहीं हो रहा और पत्नी ज़ोर देकर खिलाना चाह रही है। इतने दिन तो अकेले ही थे। पति सोच रहे हैं कि वह अकेले कब थे? शीला, शीला का कमरा...और दो पतले–पतले हाथों में चाय का प्याला। घूँट लिया, लेकिन नीचे नहीं उतर सका। शीला के हाथ उनके कन्धों पर हैं और वह कह रही है ''जी आप क्यों सोच करते हैं? श्यामा से कुछ भी कहने की ज़रूरत नहीं। मेरी ओर से कोई खींचा–तानी नहीं होगी।''

धर्मपाल सब समझे थे, पर अब क्या यह सम्भव है। शीला कहती है, पर वह क्या ऐसा कर सकेंगे। शाम को घर लौटते ही उनके क़दम शीला के कमरे की ओर उठ जाते हैं और फिर वहाँ से उठकर वह ऊपर कभी नहीं गए; और कल श्यामा के आते ही उन्हें सोच हो रहा है कि अब वह कैसे करेंगे। शीला को छोड़कर जब वह बम्बई गए थे तो क्या उसके ही अव्यक्त अनदेखे डर से उन्होंने ब्याह नहीं किया? लेकिन वह सामने थी कब? और जो सामने नहीं है...उसकी बात उन्होंने आज तक सोची नहीं। लालाजी की बात को काटने की हिम्मत उनकी कभी नहीं थी और उनकी अनुपस्थिति में उनकी बात याद रखने का ध्यान उन्हें कभी नहीं आया, और जो वह बन चुके हैं, अब बन चुके हैं। फिर भी आज श्यामा के सामने शीला की बात करने की शक्ति उनमें कैसे आएगी? जल्दी से चाय ख़त्म करके श्यामा से कोरे–से स्वर में बोले, ''अब ज़रा बाहर जाऊँगा, काम है।'' और पत्नी के उत्तर की प्रतीक्षा किए बिना नीचे उतर गए। श्यामा को अच्छा नहीं लगा।

और कई दिन ऐसे ही चलता रहा। उस दिन जब शीला श्यामा से मिलने आई तो श्यामा अधिक रूखी–रूखी नहीं रह सकी। मन में सोचा, बड़ी होकर भी भाई का पता लेने तो आ जाती है, फिर जब से वह आई है, अपने आप भी कुछ अधिक

ख़ुश नहीं। चाहती है कि कुछ पति की बात करे—पर शीला से? और शीला जो श्यामा दिल में सोच रही है, उसे वह उसकी आँखों में पढ़ रही है। जाने कैसे स्वर में बोली, "बहन, कुछ चिन्तित-सी लग रही हो, वीर तो अच्छे हैं?"

कहने को शीला कह गई, पर कैसे? वह स्वयं संकोच में डूब रही है। उसने कहा भी तो शीला से और शीला जो सुन रही है, उसे वह पहले से जानती है। उसके मन में कहीं कोई छिपा-सा हलकापन था। लगा जैसे आज उसकी भी सुनी गई। श्यामा की ओर देखा, जैसे यह ढूँढ़ लेना चाहती थी कि दिल का दर्द कहाँ तक उभर आया है। मन में हँसी। बोली, "बहन सोच न किया करो। काम-धन्धे काफ़ी हैं। लालाजी थे तो वह सँभाला करते थे..."

श्यामा ने सुना और भरपूर नज़र से शीला की ओर देखा। बात उसने ग़लत नहीं की, पर कहने के ढंग में श्यामा को आज किसी छिपे लगाव का आभास हुआ। सोचा—नाहक कहा। पर अब तो कह चुकी थी। बात को सँभालने की गरज से बोली, "हाँ बहन, काम भी तो बहुत फैला रखा है। इतना भी काम क्या कि अपने तन की सुधि न रहे, फिर कौन कमी है।"

बात इसके आगे नहीं चल सकी। शीला नीचे आई तो ख़ुश थी। सोचा कि कभी वह स्वयं हारी थी, पर आज तो वह किसी को परास्त करके आई है, और यह सब सोच लेने के बाद श्यामा के लिए मन छोटा हो आया। किसी से खिंचे-खिंचे टक्कर लेने की अपेक्षा सहानुभूति जता देना कहीं अधिक आसान है। उसमें बड़प्पन का गर्व तो है। सोचा, जब भी पति मिलेंगे, उनसे ज़रूर कहेगी कि उनको श्यामा से विमुख करने की आकांक्षा उसे बिलकुल नहीं। वह तो यह चाहती ही नहीं। और पति क्या उत्तर देंगे, उसको भी वह अच्छी तरह जानती है।

धर्मपाल काम से लौटे और सीधे शीला के कमरे में पहुँचे तो शीला ने अधिकारपूर्ण स्वर में पूछा, "ऊपर नहीं गए?"

"नहीं," धर्मपाल ने सोफ़े पर आराम से बैठते हुए कहा।

"श्यामा राह देखती होगी। आज-कल कुछ उदास-सी रहती है। उसका जी नहीं दुखाना चाहती हूँ, आप सीधे ऊपर चले जाया करें।" कहते-कहते मीठे उलाहने से आँखें झुकाकर शीला मुस्करा दी।

धर्मपाल ने पत्नी के दोनों हाथ आदर से अपनी ओर खींचे, "क्या उसके डर से यहाँ आना छोड़ दूँगा?"

सुनकर शीला एकाएक ठिठक गई, दिल को जैसे किसी ने झकझोर दिया। आज उसने अपने निकट, बहुत निकट होकर पति और पति के दूसरे विवाह की असलियत देखी और इसके देखने में पति के जिस रूप की झलक उसकी आँखों में घूम गई, वह उसके मन-प्राण को ही नहीं, उसकी समूची देह को रसहीन कर गई। क्षण-भर पहले पति के हाथों में पड़े चंचल हाथ पत्थर हो गए। पल-भर पहले जो

श्यामा की सिफ़ारिश करने जा रही थी, उसे अपनी बात याद हो आई और उसके साथ-साथ नारी की वह छाया आँखों में घूम गई जो पुरुष की इच्छा पर जाग जाती है और सो जाती है। मन पर छाए मोह से छूटकर एक बार फिर मान जाग गया। शीला ने अपने जड़ हो गए हाथ खींचे, हौले से उठा लिए और पति को उस नज़र से देखा जिसमें आहत अभिमान नहीं, अपना सम्मान, अपना मान होता है। पर धर्मपाल इन बारीक़ियों को कभी नहीं जानते और न आज जान पाए। सिगरेट का धुआँ उड़ाते-उड़ाते एक बार भी नहीं सोचा कि पत्नी के चेहरे पर पल-भर में हँसी की जगह उदासी क्यों छाकर रह गई और रात को जब वह अनचाहे मन से ऊपर चले गए तो शीला के लिए चंचलता नहीं छोड़ गए। पति के विवाह को जिस अप्रत्याशित उदासीनता से उसने कभी चुपचाप स्वीकार कर लिया था, वह आज करवट लेकर मानो उसे निर्दयता से झकझोर गई थी। पति के निकट आज तक पत्नी की नहीं, नारी की उपयोगिता रही होगी और नारी से ऊपर वह और कुछ भी नहीं! यदि वह होता...तो आज क्या उसे यही सोचना होता, और उसके बाद श्यामा उन्हें बाँध सकेगी ? चाहते हुए भी पति के साथ श्रद्धा-भाव जोड़ने की इच्छा उसकी नहीं हुई। जिस शिक्षा-दीक्षा में वह पली है, उन सब अमिट संस्कारों के रहते हुए भी विवाह के दिन से पति के साथ लगा आदर-भाव न जाने कहाँ उड़ गया और सिरहाने पर सिर डाले शीला उस बरसाती रात को याद करके तिरस मन से सिकुड़ गई जो अब तक उसके सामने नहीं, उसके अन्दर समा चुकी थी।

13

दिनों के बाद महीने बीतते जा रहे थे। श्यामा के निकट वह आजकल बोझिल हो गए थे और शीला के निकट रूखे और रसहीन। धर्मपाल की बात तो धर्मपाल ही जानते थे। शीला की आँखें उनके निकट होकर भी उनसे दूर-दूर हो रही थीं और श्यामा की आँखें उन्हें जानती हुई भी उनमें कुछ पढ़ लेना चाहती थीं। अक्सर सोचती कि पति की गम्भीरता में रुखाई है या काम का बोझ, जो उसे दीख नहीं पाता। क्या पहले सब ठीक-ठीक न होता था। आदमियों की कमी नहीं, और हो भी तो काम का आधिक्य आपस की बातचीत को तो कम नहीं कर देता ? कभी-कभी उसे शीला पर शक होता है, पर ऐसी कोई बात होती तो रक्खी न उससे कहती ? पर नौकर-चाकर क्या हर वक़्त सामने रहते हैं। वह जल्दी में नीचे चली गई। सोचा—जरा नीचे हो आएगी।

दुपहर हो गई थी। आकाश कुछ खुला-खुला था। बादल कभी छाँह में, कभी धूप में चक्कर लगाते थे। श्यामा जब नीचे उतरी तो शीला लेटी थी। उठकर बैठ गई।

व्यस्त होकर प्यार से बोली, ''आओ बहन, आओ। आज तो तबीयत नहीं लग रही थी। मन हुआ था तुम्हें बुला भेजूँ, फिर न जाने क्यों रुक गई।''

श्यामा पास बैठी। शीला के स्वर में आज उसे पहले से अधिक आत्मीयता का बोध हुआ। बोली, ''रोज़ ही सोचती हूँ। ऊपर भी बैठी ही रहती हूँ।''

''आजकल तो जाने क्यों इतना सूना-सूना लगने लगा है।'' और शीला की इस बात में श्यामा को लगा कि शीला अपने दिल की नहीं, उसके दिल की बात कह रही है। दोनों ने एक-दूसरे की आँखों में देखा।

''श्यामा बहन, अब सोच रही हूँ, कुछ महीनों के लिए गाँव चली जाऊँ। तुम्हारे आने के बाद एक बार माँ को लिखा था बुलाने के लिए, लेकिन माँ ने लिखवाया था कि बच्ची तुम्हारा घर यहाँ नहीं वहाँ है।''

श्यामा केवल सुनती-भर रही, और आज श्यामा को पहली बार सौत से नहीं तो भी सौत के स्वर से सहानुभूति हुई, जिसमें कोई दिखावा नहीं था। पर साथ ही लगा कि इस सबकी तह के नीचे कहीं वही अपराधी ठहराई जा रही है और शीला ने उस संकोच को भाँपकर कहा, ''बहन, तुमसे इसलिए नहीं कह रही हूँ कि तुमसे कुछ शिकायत है। सच कहूँ तो एक दिन के लिए भी तो ऐसा नहीं सोचा।'' फिर कुछ धीमे होकर, ''श्यामा बहन, इनको शायद तुम मुझसे अधिक जानती हो। एक दिन एकाएक ख़याल हो आया था कि यह वह नहीं जो नारी का दिल पहचानते हों, फिर उन पर कैसा दबाव...'' शीला ने एक लम्बा नि:श्वास लिया और चुप हो गई।

बड़ी-बड़ी आँखें कुछ पीली-सी, मलिन-सी लग रही थीं और बैठने के ढंग में श्यामा को ऐसा मालूम हुआ कि शीला को तनिक कठिनाई हो रही है।

श्यामा वातावरण के तनाव को हल्का करने के प्रयत्न में कुछ कहने को हुई, पर कहे क्या? जिस शीला के स्वर से आज उसे व्यथा टकराती-सी लग रही है, उसी स्वर से क्या आज उसका अपना भविष्य नहीं टकरा रहा? कुछ कहकर उसके आँसू पोंछे, इतनी उदारता कहाँ से लाएगी वह? बात बदलकर कहा, ''बहन, दिन-भर क्या किया करती हो? कुछ सिलाई-विलाई शुरू कर लो तो अच्छा है।'' शीला ज़रा-सी हँसी और थकी हुई आवाज़ में बोली, ''आजकल जी अच्छा नहीं रहता। अक्सर पड़ी रहती हूँ। लेटी-लेटी पढ़ लेती हूँ।'' श्यामा को विस्मय हुआ। सौत को उसने कितना भी सभ्य देखा हो, उसे शिक्षिता मानने को जी कभी नहीं माना। कुछ व्यंग्य, कुछ हैरानी से पूछा, ''कैसी किताबें पढ़ा करती हैं आप।''

शीला ने सीधे-सादे ढंग से उत्तर दिया, ''हिन्दी और अंग्रेज़ी तो ज़्यादा नहीं जानती, उर्दू और फारसी ही पढ़ा करती हूँ।''

श्यामा ने नई आँखों से शीला को देखा और अपने से बहुत भिन्न, बहुत अलग पाया। अब अधिक समझौता वह नहीं कर सकेगी। ''अच्छा, अब जाती हूँ।''

कहकर श्यामा उठी और चार हाथ जुड़ गए। अभिवादन हुआ और घर की छोटी बहू शिथिल-से पाँवों से सीढ़ियाँ चढ़ गई, और बड़ी बहू वहीं बैठी-बैठी सोचती रही कि उसने यहाँ पर आकर कितना खोया, कितना पाया।

14

चाची महरी ने मालकिन को पत्र लिख दिया—बच्ची की तबीयत ठीक नहीं रहती। पहली बार है। यहाँ कोई सयानी सास-जिठानी नहीं, और बच्ची का भी माँ के पास ही रहने का मन है।

पत्र शीला की माँ ने सुना, शाहजी ने सुना, मन-ही-मन नतशिर हुए। भगवान ने उनकी लाज रखी, और दूसरे दिन शाहजी ने जमाई को एक अरसे के बाद लिखा—"बेटा, बच्ची को यहाँ भेज दो तो अच्छा है। माँ के पास रहने से उसे हौसला रहेगा।"

धर्मपाल को पत्र मिला, दुपहर को घर आए तो सीधे शीला की ओर गए। जेब से पत्र निकालते-निकालते विनोद से बोले, "शीला, मुझसे कहने में तुम शरमाईं और शाहजी को लिख दिया।" शीला ने निःसंकोच आँखों से पति की ओर भरपूर देखा, जैसे वह जवाब न देकर जवाब तलब कर रही हो। दिल में आया कि कहे—माँ-सा अपना और कौन होगा। और वैसा दावा और किस पर हो सकता है, पर चुप रह गई। आज इस खींचातानी में वह क्यों पड़े? अपने पर पड़े बोझ को कुछ हल्का करने के प्रयत्न में बोली, "क्या सीधे काम से आ रहे हैं जी?"

"हाँ, क्यों?"

"नहीं, कोई ख़ास बात तो नहीं। खाने के लिए श्यामा इन्तज़ार कर रही होगी।"

"हाँ...ओह, भूल ही गया।" उठते हुए एक बार कलाई की घड़ी की ओर देखा, एक बार पत्नी की ओर, और फिर दरवाज़े की ओर बढ़ते हुए हँसते-हँसते बोले, "शाम को आऊँगा शीला!"

शीला ने आज फिर वह पुरानी मनमोहक तसवीर देखी, जिसे विवाह के बाद देखकर वह सुख में भीग गई थी। साफ़ रंग, चेहरे पर मिठास और क़ीमती वस्त्र...शीला के दिल में जैसे कोई कह रहा हो—यह सब था, पर अपना भाग्य ही नहीं...फिर शिकायत किससे?

धर्मपाल सुन्दर और आकर्षक थे। लाहौर कालिज में पढ़ते-पढ़ते वह आए दिन लड़कियों की चर्चा का विषय बना करते थे। नए-नए सूट, नई-नई टाइयाँ और धनी परिवार का इकलौता पुत्र। मनचलों की टोली के वह सदा अगुआ रहा करते थे। कोई नियम-बन्धन अस्वीकार करने में उन्हें आज तक कभी झिझक नहीं हुई। पिता

के कहने, न कहने का कोई असर नहीं हुआ। वह कुछ अपने ही ढंग से, अपनी ही तरह आगे बढ़े चले जा रहे थे।

शीला कितनी देर बैठी-बैठी सोचती रही। महरी अन्दर आई तो देखा, बच्ची के हाथ में किताब थी। चाची ने शीला के हाथ में आज तक किताब की आवश्यकता महसूस नहीं की। इसलिए देखकर उसे कुछ उलझन-सी होती है। "बच्ची, कब तक पढ़ती रहेगी? आँखों पर इतना ज़ोर अच्छा नहीं। उठो कुछ खा-पी लो। दिल चाहता हो तो कुछ खट्टी-मीठी चीज़ बनवा लाऊँ।"

शीला ने किताब बन्द करके कहा, "चाची, अभी कुछ नहीं खाऊँगी। शाम को वह चाय यहीं पीएँगे, किनारेवाला खाने का कमरा खुलवा लो और देखो, ज़रा ऊपर जाकर छोटी-से भी कह आना।"

इस मंज़िल में किनारे पर खाने का बड़ा कमरा है। जब शीला ब्याहकर आई थी और धर्मपाल यहीं रहते थे, तो यही कमरा काम में लाया जाता था। बाद में शीला को यह बहुत सुविधाजनक नहीं लगा। शायद अकेले होने से या पुरानी स्मृतियों के बार-बार जाग आने से।

महरी ने जाकर नौकरों को बड़ी बहू का हुक्म सुनाया। हुक्म ज़रूर बड़ी बहू का था, पर रोब महरी का था, ऐसा नौकरों को लगा। पर क्या चारा है? कमरा ठीक-ठाक हुआ, महीनों से लगे परदे बदल दिए गए, और बहूरानी की पसन्द के फूल वहाँ मुस्कराने लगे। मेज़ पर चाँदी के बर्तन लग गए और नौकरों की हलचल शुरू हुई। आज एक अर्से के बाद इस कमरे में चाय लगी है। लगता है, मालिक अब से यहीं चाय लिया करेंगे। धीरे-धीरे रुख़ बदलता जाता है। सच तो यह है कि बड़ी बहू की कोई तुलना ही नहीं।

चाची बच्ची के पास जाकर बोली, "बच्ची, सब ठीक हो गया है, और होगा क्यों नहीं? मेरी बच्ची हुकम दे और न हो। घर की मालकिन कोन है?" उत्तर को अधिक ज़ोरदार बनाने के लिए ही महरी ने इसे प्रश्नसूचक लहजे में कहा था। बच्ची चाची की यह सब बातें समझती है। उसमें कितनी ठीक हैं, कितनी अभिप्रायहीन हैं, यह तो वह जानती ही है। पर आज इस क्षण मालकिन कहकर महरी ने शीला के अन्दर किसी रुद्ध चेतना को सजग कर दिया।

'मालकिन' नारी के निकट कितना प्रिय शब्द है। यही तो उसका अस्तित्व है। घर की मालकिन, पति के दिल की मालकिन और उसके बाद सबकी। शीला अपने अन्दर झाँके?

बच्ची को मौन देखकर महरी ने पूछा, "बच्ची, कपड़े तैयार करूँ, जमाई आने ही वाले हैं। ऊपरवाली कहती थी कि आऊँगी।"

"हूँ," बच्ची कुछ और सोच रही थी। पल-भर बाद बोली, "चलो चाची ज़रा देख आऊँ चाय का क्या इन्तज़ाम है?" और उठ गई। महरी अचम्भे में आ गई।

बच्ची में बड़प्पन की भावना कितनी भी रही हो, गृहिणीत्व का बोध हमेशा रहा। साथ-साथ महरी भी चल दी। शीला ने जाकर देखा—कमरा वही था। इधर-उधर दृष्टि दौड़ाई, सब कुछ पूर्ववत पड़ा है। "चाची, हेतराम को बुलाओ।" चाची ने पास खड़े मंगतू को इशारा किया और बच्ची के लिए कुर्सी आगे करके बोली, "बच्ची बैठो। वह अभी आया, आता ही होगा..."

हेतराम आया। घर का वह पुराना रसोइया है। दो आदमी उसे सहायता के लिए मिले हुए हैं। वह अधिकतर निरीक्षण ही किया करता है। रसोईघर के द्वार पर बैठा-बैठा तम्बाकू पीता रहता है, या फिर लालाजी के जवानी के दिनों की उन मजलिसों के क़िस्से कहा करता है जो उसके सिवाय और किसी ने नहीं देखीं। आज बड़ी बहू का नाम सुनकर ऊपर दौड़ता आया। आकर हाथ जोड़े।

"हेतराम, जो उन्हें और छोटी बहू को चाय के साथ पसन्द है, वह सब आज बनेगा।" हेतराम ने सिर झुकाया, हाथ जोड़े और नीचे उतर आया। जाते-जाते सोचा—बहूरानी कभी-कभी तो काम के लिए कहती हैं, आज वह बहूरानी को ख़ुश करेगा।

शीला कमरे में लौट आई। महरी ने मुँह-हाथ धुलवाया और जाने क्यों शीला से पूछा, "बच्ची, कौन से कपड़े निकालूँ?" शीला ने सरसरी नज़र से महरी को देखा और उसकी आशा के विरुद्ध सफ़ेद सिल्क के सूट और दुपट्टे के लिए कहा। चाची महरी आजकल बहुत चुस्त रहती है और चाहती रहती है कि भगवान करे, बच्ची को भाग लगें। अब तो वह हर वक़्त बच्ची के मुँह की ओर ताका करती है। जब तक बच्ची अपनी माँ के पास नहीं पहुँच जाती, तब तक तो उसे ही सब देखना है। रात को उठ-उठकर कई बार शीला का कपड़ा ठीक करती है। कभी ढाँप देती है, कभी ज़रा नीचे कर देती है। मौसम का भी कुछ पता नहीं लगता। हल्के कपड़े पहनती है। बच्ची चाहे न कहे, पर उसे तो इन सब बातों का ध्यान रखना है।

शाम को धर्मपाल सीधे काम से वहीं आ गए। महरी बच्ची के कपड़े सहेजकर बाहर ला रही थी। दरवाज़े में जमाई को देखकर ठिठक गई। धर्मपाल को महरी हमेशा मध्यकालीन युग की कुटला-सी लगती है, पर आज उसे देखकर उन्हें पहली बार ख़याल आया कि शीला के प्रति यह कितनी कर्तव्यशीला है। बोले, "कहो चाची महरी, क्या हाल हैं?" महरी की पुरानी वाक्पटुता लौट आई, "जमाईराज सब तुम्हारी दया है। बड़ी-बड़ी उम्र हो, जवानियाँ मानो, लाखों पर क़लम चलाओ..." कहते-कहते महरी बाहर हो गई। धर्मपाल को अच्छा लगा। बुढ़िया कितनी चतुर है। अन्दर पहुँचे तो शीला पास आकर बैठ गई। धर्मपाल ने प्यार से पूछा, "शीला, क्या सचमुच जाना चाहती हो?"

"सचमुच"—शीला ने सोचा—अगर सचमुच ही वह महसूस किया जाता जो पूछा जा रहा है! पर धीर और गम्भीर आवाज़ में बोली, "अब जाना ही चाहती हूँ।"

धर्मपाल नहीं समझ सके कि 'ही' पर इतना ज़ोर पत्नी ने क्यों दिया। लापरवाही और लाड़ से कहा, ''चाहती ही हो तो...जिस दिन कहोगी, इन्तज़ाम हो जाएगा।'' स्वयं शीला की भावनाओं ने विषाद से करवट ली। काश, पति ज़ोर देकर कहते—नहीं शीला, तुम्हें नहीं भेजूँगा। पर वह ज़ोर...शीला ने अपने को रोक दिया, ''चाची, चाची महरी...''

''आई बच्ची!'' चाची ने बाहर से आवाज़ दी और अन्दर आ खड़ी हुई।

''चाची, छोटी बहू को बुला लाओ, कहना, वह नीचे आए हुए हैं।''

धर्मपाल कुछ समझे, कुछ नहीं समझे। पूछा, ''किसे बुलाने भेजा है?'' शीला ने सरलता से कहा, ''श्यामा को...''

''उसे क्यों?''

''ऐसे ही सोचा—आज इकट्ठे चाय पी लेंगे।'' शीला ने पति के चेहरे पर देखा, पहले की-सी स्थिरता नहीं थी। जिससे विवाह ही कर लिया, आज उसके आमने-सामने बैठने में इतनी घबराहट!

श्यामा नीचे उतरी। शीला उठी और कमरे के द्वार से श्यामा को हाथ पकड़कर अन्दर ले आई, ''आओ, आओ छोटी बहू, इधर बैठो न...'' और शीला ने पति के साथ बैठने का संकेत किया। श्यामा बैठी, धर्मपाल बैठे थे, पर पति-पत्नी? शीला ने अधिक सोचने का मौक़ा नहीं दिया। अपने आप बोली, ''छोटी बहू, अब तो कुछ दिनों में चली ही जाऊँगी। जब तक हूँ, खाना इकट्ठा ही हुआ करे। कुछ देर मिलकर बैठेंगे।'' श्यामा को प्रयत्न करने पर भी इन शब्दों में कोई मलाल नज़र नहीं आया। पति की ओर देखकर बोली, ''क्यों नहीं बहन, ऐसे ही कर लिया करेंगे।'' धर्मपाल कुछ बोले नहीं।

''तो चलिए, चाय तैयार होगी।'' कहकर शीला उठी। श्यामा उठी और तीनों जाकर चाय पीने बैठे। श्यामा आज पहली बार इस कमरे में आई है। सामान और सजावट देखकर दंग रह गई। साज-सामान तो ऊपर भी कम न था, पर यहाँ कला थी। सुन्दरता थी। जब शीला नई ब्याही आई थी तो एक बार नए सिरे से अपनी रुचि से अपना घर सजाया था। शीला की शिक्षा-दीक्षा किसी आधुनिक घराने में नहीं हुई थी, फिर भी उसकी रुचि में निखार था। वह रस-रंग से अछूती नहीं रह सकी। शाहजी के मित्रों में अधिकतर पुराने मुसलमान रईस थे, जिनसे उनका अपना नाते-रिश्तों-सा लेन-देन था। पति के कितने अनुरोधों के बाद भी शीला आज तक साड़ी नहीं पहन सकी। बस, वही पुरानी सलवार-कमीज़ और सिर पर दुपट्टा।

शीला ने श्यामा की ओर प्याले करते हुए कहा, ''छोटी बहू, तुम्हीं बनाओ।'' फिर पति की ओर प्लेट सरकाती हुई बोली, ''आप लीजिए न, चुप क्यों हो गए।'' और फिर श्यामा से बोली, ''श्यामा बहन, कभी शाम को इनके साथ घूम आया करो। दिन-भर बैठे-बैठे जी उकता जाता है।''

श्यामा ने कृतज्ञता से शीला की ओर देखा और धर्मपाल चाय-पान में मग्न हो गए। चाय समाप्त हुई। धर्मपाल ने कुछ सोचा—और कुर्सी से उठते हुए बोले, "अच्छा, ज़रा काम पर जाना है मुझे, खाने के वक़्त तक लौट आऊँगा।" कहकर नीचे उतर गए। शीला और श्यामा बहुत देर तक वहाँ बैठी रहीं। आज पहली बार श्यामा ने खुले मन से बातें सुनीं और कहीं। विषय कितने शुरू हुए और बदले। शीला ने श्यामा से कहा, "बहू रानी, गले में कुछ पहने रहा करो। ख़ाली क्या अच्छा लगता है?"

श्यामा ने अनुभव किया, स्वर में लाड़ और प्यार है और दिल में सोचा—वह आज तक शीला को ग़लत समझती रही। आग्रह करती-सी बोली, "बहन, क्या सचमुच जाना चाहती हो?"

शीला कुछ विचलित हुई, फिर भी सँभलकर बोली, "छोटी बहू, अब चली ही जाऊँगी। तुम यहाँ की, उनकी देखभाल करना। कौन जानता है, वापस लौटूँ या न..." और स्वर भारी हो गया।

और श्यामा का दिल चाहा कि कहे—बहन, जैसा चाहोगी वैसा होगा, यहीं रुक जाओ। एक घर है, एक पति है...किन्तु आज तक श्यामा को एक साथ रहना आसान नहीं लगा था, पर अब शीला ने क्या साथ रहकर नहीं दिखा दिया? श्यामा पिघल कर बोली, "बहन, अभी रुक जाओ। मैं तुम्हारे साथ रहूँगी। दिल लगा रहेगा। तुमसे मिलकर क्यों नहीं रह सकी, यही आज सोच रही हूँ।"

शीला ने श्यामा का हाथ छूकर छलछलाती आवाज़ में कहा, "नहीं बहू, अब तो माँ के पास ही जाऊँगी। तुम ठीक से रहना। इन्हें ख़ुश रख सको, इससे बड़ी और कोई सार्थकता नारी की नहीं छोटी बहू!" कहकर अपना पतला-दुबला हाथ सौत के कन्धे पर रख दिया, जैसे आज आशीर्वाद देना चाहती हो, और श्यामा शीला की गोद में मुँह डालकर रो दी...

सब तैयारी हो गई। बड़ी बहू पीहर जा रही है। चाची व्यस्त है। बच्ची के कपड़े-लत्ते सब सँभाल रही है। बच्ची चुपचाप बैठी सब देख रही है। अभी-अभी चाची ने रेशमी कपड़ों का बक्स बन्द किया और बोली, "बच्ची, गर्म कपड़े सब रख दूँ? अगर कहो तो कुछ यहीं छोड़ दूँ?" शीला ने खिड़की से बाहर देखते हुए उत्तर दिया, "चाची, जैसा ठीक समझो, कर लो।" चाची ने ऐसे ही उत्तर की प्रत्याशा की थी, पर स्वर की शून्यता कानों को खटकी। कपड़े छोड़कर पास उठ आई और बच्ची के माथे पर हाथ रखकर बोली, "क्यों बच्ची, ठीक तो हो?"

शीला कुछ बोली नहीं, देखती रह गई। "बच्ची, तबीयत न मानती हो तो परसों चले जाएँगे। जमाई से कहलवा दूँ?"

"नहीं"...शीला ने सिर हिलाया। इस 'नहीं' में कोई गुंजाइश नहीं थी, चाची ने समझ लिया और जाकर अपने काम में लग गई। शाम को बड़ी बहू ने सब दास-

दासियों को बुलाया और बैठे-बैठे कपड़े और रुपए बँटवाए। बड़े-बूढ़ों ने आशीर्वाद दिया और छोटे सिर झुकाकर मन-ही-मन मालकिन के लिए शुभकामनाएँ करते हुए बाहर चले गए। मन का बड़प्पन दिखता नहीं...

रात को शीला गहरी नींद सोई। शाम को धर्मपाल कुछ देर के लिए आए थे। उनके जाते ही शीला लेट गई थी। महरी काफ़ी देर तक काम करती रही। सुबह उठकर बच्ची को जगाने गई तो बच्ची निश्चल लेटी किन्हीं विचारों में खोई ऊपर छत की ओर निहार रही थी। महरी ने देखते ही सोचा कि बच्ची अभी तक वैसी ही दुबली लगती है। कोई फरक नहीं पड़ा।

''चाची,'' बच्ची कुछ कहने जा रही थी, पर रुक गई। महरी के मुँह पर उत्तर की प्रतीक्षा देखकर बात बदलकर बोली, ''चाची, कल माली और ड्राइवर नहीं दिखे...''

चाची भाँप गई कि बात यह वह नहीं जो बच्ची कहना चाहती थी, फिर भी हँसकर कहा, ''अभी उनको रुपए भिजवा देती हूँ। क्या इसी चिन्ता में नींद नहीं आई?''

''नहीं तो। हाँ चाची, तुम चलो, अभी आती हूँ नहाने।'' चाची स्नानादि के प्रबन्ध में जा लगी। शीला कुछ क्षण पूर्ववत् लेटी रही। सोचा—आज के बाद वह फिर कब इस कमरे में आँखें खोलेगी। यह पत्थर की दीवारें...इनसे न चाहते हुए भी मोह हो जाता है, और इनमें रहते हुए आदमियों से...तभी सहसा लगा कि पति से अलग रखकर क्या वह अपने को जाँच सकती है? आज यह घर-बाहर जहाँ वह ब्याह के बाद से निरन्तर रहती आई है, और वह स्वयं भी क्या अनिच्छा से, इस नाते से अपने को अलग खींच सकती है? पर कैसा नाता था वह? और इसका उत्तर शीला को दिल ने नहीं, आँखों ने दिया। कृतघ्नता को झेलकर, अन्दर सहमकर सो गए कुछ आँसुओं ने दिया, जिनकी उष्णता क्रोध और उलाहने से कहीं अधिक थी।

वह नहा-धोकर तैयार हुई। महरी को बच्ची की आँखें पहली की-सी नहीं लगीं, पर चुप रही। तभी धर्मपाल नीचे आए, कुछ खुले से लगते थे। पत्नी की ओर हँसती हुई आँखों से देखकर बोले, ''तो तैयार हो गई।''

शीला ने आँखें ऊपर कीं—वह सचमुच शीला की आँखें थीं, उनमें विनय नहीं थी, विदाई की सजलता नहीं थी, अपने अधिकार की माँग करनेवाला आहत अभिमान नहीं था, उनमें बिना कुछ कहे झेल लेनेवाला दर्द था।

धर्मपाल की आँखों को मानो उन आँखों ने जकड़ दिया। मन में कुछ ऐसा हुआ कि वे समझ नहीं सके और अगर समझे तो उसे कोई रूप नहीं दे सके।

शीला के अन्तर में छिपी अब भी कहीं एक क्षीण-सी आशा थी, जो चाह रही थी, शायद अब भी पति उसे देख लेंगे—उसे पहचान लेंगे, पर कहाँ? धर्मपाल कुछ क्षण मौन बैठे रहे, कुछ सोच रहे थे। क्या, यह जानने की भरसक कोशिश शीला की

आँखें कह रही थीं। सिगरेट को थामे पति की उँगलियाँ देखकर शीला की अनुभवी दूरदृष्टि ने यह ज़रूर समझ लिया कि वह किसी दुर्बल मन की पकड़ है, और दुर्बलता पर रोष कैसा, क्रोध कैसा? पति से सहानुभूति-सी हुई। नर्म पड़कर बोली, "हाँ, शाम तक पहुँच ही जाऊँगी। आपने पिता जी को पत्र तो लिख दिया था न?"

"हाँ, लिख दिया था। दरिया पर किश्ती आ जाएगी।" इस बार शीला रेल से नहीं जा रही। सफ़र लम्बा हो जाता है। यहाँ से दो घंटे का रास्ता और फिर चनाब पार करके कुछ ही मील और, साँझ होने से पहले ही वह माँ के पास होगी।

आज पत्नी अपने घर से विदा होते यह नहीं जानती कि वह पति से क्या कहे, पति यह नहीं जानते कि पत्नी से क्या कहें? दोनों चुप हैं। लेकिन नहीं—शीला के मन पर से कुछ उमड़-घुमड़कर बहा चला आ रहा है।

द्वार पर महरी खाँसी। कुछ संकुचित शीला बोली, "आओ चाची!"

"बच्ची, पंडित पूजा के लिए आ गए हैं। तनिक जमाईराजा के साथ आँगन में आ जाओ तो अच्छा है।" शीला पति की ओर बिना देखे उठी और साथ ही मंत्र-चालित से धर्मपाल भी चले। पंडित ने पूजा शुरू की। चाची ने बच्ची को लाल 'फुलकारी' उढ़ा दी थी। पंडित जी श्लोक पढ़ते जा रहे थे। महरी उनमें बच्ची का सौभाग्य सन्देश सुन रही थी। महरी ने पंडित जी को आँख से संकेत किया, पंडित जी ने जल के अनावश्यक छींटे दिए और गम्भीर स्वर में बोले, "पधारो, बहू रानी! महरी, अन्दर लिवा ले जाओ। घंटे के अन्दर-अन्दर मुहूर्त है, शुभ हो..." और पति-पत्नी अन्दर लौट आए। महरी ने पंडित को दक्षिणा देकर बिदा किया। अन्दर आई तो शीला बोली, "चाची, छोटी बहू को बुला लाओ। मैं ज़रा लालाजी के कमरे तक जाऊँगी।" धर्मपाल इस बात से चौंके तो नहीं, पर हिले। चाची ऊपर चली तो शीला उठी और साथ-साथ पति भी।

पति-पत्नी ने कमरे में प्रवेश किया। सामने लालाजी का बड़ा-सा तैलचित्र था। वही परदे, वही कार्पेट, वही भारी-भारी क़ीमती सोफ़े उन आँखों की याद दिला रहे थे, जिन्होंने जीवन-भर रंगीनियाँ देखी थीं। यह सब निर्जीव चीज़ें जहाँ की तहाँ थीं, लेकिन थे नहीं लालाजी, जिन्होंने अपने हाथों यह सब सामान बनवाया था। शीला ने सोचा कि इन्सान से कहीं अधिक टिकाऊ उसके हाथों से बना सामान होता है। झुककर ससुर के चित्र को प्रणाम किया और क्षण-भर रुककर लौट पड़ी, जैसे कहती हो—जहाँ लाड़-चाव से, मान-प्यार से मुझे तुम ले आए थे, वहाँ से आज मैं लौट चली हूँ। क्यों चली जा रही हूँ, यह तो तुम ज़रूर जानते होगे देवता...शीला और धर्मपाल वापस आए तो श्यामा बैठी थी। शीला आकर श्यामा के पास बैठ गई। धर्मपाल चुपचाप सिगरेट से बोझिल वातावरण को हल्का कर लेने के प्रयत्न में थे। आज शीला को देखकर भी उस रात में कोई तथ्य नहीं लगा, जब वह आवेश में आकर नीचे उतर आए थे; और क्या यही बात नहीं थी जो शीला को अन्दर-ही-

अन्दर तोड़ रही थी। वह यही नहीं जानती थी कि चुपचाप पति के पास रो देने के बदले वह उठकर बैठ जाती और इतने दिनों की सहनशीलता याद करके कठोर हो जाती। लेकिन नारी तो नारी है। उसकी विवशता उसकी दुर्बलता है और उसकी दुर्बलता ही तो उसकी कोमलता है। वह ऐसा नहीं कर पाई, नहीं कर पाई। क्योंकि वह कर भी नहीं सकती थी।

शीला श्यामा के साथ बातें किए जा रही थी। महरी आकर बोली, ''सामान नीचे पहुँचा दिया गया है, बच्ची!'' फिर धर्मपाल की ओर मुड़कर कहा, ''जमाई राजा पधारें।'' कहकर जाते-जाते एक नज़र से श्यामा की ओर देखा, जैसे कहना चाहती हो, ज़रा उन्हें भी अवकाश तो दो। पर महरी नहीं जानती कि यही तो शीला नहीं चाहती। वह इस निर्मम हृदयहीन बिदाई को सहन कर लेना चाहती है। धीरे-से प्राणहीन स्वर में भरसक मृदुलता भरकर बोली, ''बहूरानी, एक बात कहे जाती हूँ, उनमें तुम सदा एक-सी आस्था न रख सको तो भी इस कुल का आदर रखना न भूलना और वह कहीं भी जाएँ, तुम्हारा उनके साथ रहना ही अच्छा है।'' शीला ने श्यामा को आगे बढ़कर बाँहों में भर लिया। उसने आज सौत का नहीं, उस घर-भर का आलिंगन किया, जिसे वह छोड़े जा रही थी और श्यामा आज सौत को सौत नहीं मान सकी।

धर्मपाल अब तक उठकर नीचे जा चुके थे। श्यामा ने आँखें उठाईं तो उनमें धुंध थी। ''आओ बहू!'' शीला और श्यामा द्वार पर आईं। आगे नत्थी हाथ में पानी का लोटा और गुड़ लिए खड़ी थी। शीला बिहँसी, पर उसे देखकर जैसे सचमुच 'बिदाई' सामने आ गई। चली ही तो जा रही है वह। दिल हिल आया। बँधे हुए गले से बोली, ''नत्थी अच्छी तो हो।'' महरी झटपट आगे आई। मीठा आगे करके बोली, ''बच्ची, मुँह लगा लो।'' शीला ने चीनी ली और चाची ने कुछ रुपए नत्थी के लोटे में डाल दिए।

''दूधों नहाओ, पूतों फलो।'' बच्ची आगे बढ़ी, कुछ नौकर-चाकर हाथ बाँधे खड़े थे। महरी ने कुछ पैसे बाँटे और नीचे उतर आई। मोटर तैयार खड़ी थी। मालिक बरामदे में खड़े थे। ड्राइवर ने नई कार का दरवाज़ा खोला।

शीला ने पाँव उठाया, पर रुक गई। बोली, ''महरी, कहो लालाजी की कार में जाऊँगी। उन्हें तो वापस भी आना है।''

महरी के कहने से पहले धर्मपाल यह सुन चुके थे। समझ नहीं सके कि नई कार के लिए पत्नी क्यों मना कर रही है। सोचा, शायद आगे राह कच्ची होने के कारण। ड्राइवर से बोले, ''सामान दूसरी कार में लगवा दो और हम इसमें वापस लौट आएँगे।''

शीला ने एक बार सम्पूर्ण दृष्टि से घर की ओर देखा और सूखी आँखों से जाकर कार में बैठ गई। महरी ने जमाई को देखा, श्यामा को देखा और चतुराई से

बोली, ' आओ जी, बैठो। मैं दूसरी में बैठती हूँ।'' धर्मपाल इसके लिए तैयार नहीं थे। खड़े रह गए। कुछ सूझा और श्यामा से बोले, ''तुम भी चलो न।'' स्वर में अनुरोध था। महरी की चतुराई फिर काम आई। हाथ हिलाकर कहा, ''न न भागवान, घर भरा-भराया रहे...छोटी बहू...आज क्या घर सूना रहेगा? बच्ची के जाने के बाद तो तुम्हें ही घर के सुख और सगुणों का ध्यान रखना है।'' आज पहली बार चाची ने श्यामा को छोटी बहू कहकर सम्बोधित किया। सुनकर श्यामा को सन्तोष हुआ। पति से बोली, ''ठीक है, जो चाची कह रही हैं, घर पर ही रुकूँगी।''

धर्मपाल फिर ज़ोर देकर नहीं कह सके, परन्तु महरी पर क्रोध आया। ड्राइवर ने मालिक की आज्ञा की प्रतीक्षा की। धर्मपाल चुपचाप जाकर शीला के साथ बैठ गए। महरी दूसरी कार की ओर बढ़ी और जाते-जाते श्यामा से बोली, ''अच्छा छोटी बहू, भूल-चूक माफ करना। बेटी का मोह ही ऐसा होता है।''

आज महरी की आवाज़ में पहले की-सी कटुता नहीं थी, ऐसा श्यामा को लगा।

मोटरें स्टार्ट हुईं। शीला ने हाथ जोड़े, श्यामा ने हाथ जोड़े। आज वह बिछुड़ते-बिछुड़ते मिल गई थीं और मिलकर बिछुड़ गई थीं। दास-दासियाँ मौन खड़े रह गए। घर की बहुएँ कब पीहर नहीं गईं? पर यह जाना जाने कैसा फीका-फीका-सा था।

मोटरें फाटक के बाहर जा चुकी थीं। श्यामा खोई-खोई वहीं खड़ी रह गई। आँखें गीली थीं। नौकरों-चाकरों की ओर देखकर संकुचित हुई। एक बार दूर सड़क पर उड़ती हुई धूल की ओर देखा और ऊपर चढ़ गई। जाकर शीला के द्वार पर पाँव रुक गए। सूने-से कमरे की ओर देखा और सोचा—क्या फिर कभी शीला वापस लौटेगी? किसी विचार में डूबी अन्दर चली और जाकर सोफ़े पर बैठ गई। शीला का जाना उसे अच्छा लगा या नहीं, इसका अभी वह फ़ैसला नहीं कर पाई। यहाँ बैठ ऐसा अनुभव हुआ, जैसे कोई एक झिझक थी, एक उलझन थी और अब नहीं है। ऐसा मान लेने को जी नहीं चाहता, पर अन्दर से निश्चिन्तता की साँस आई। सामने खुली खिड़की से नीचे का बगीचा दीख गया। हरी-हरी दूब आँखों को भली लगी। मन कुछ सँभला और सोचा कि अब वह इस घर की एकमात्र स्वामिनी होगी, पर शीला के शब्द याद आए। वे शब्द-भर ही नहीं थे। कहीं अर्थ-भरा संकेत था। क्या कभी ऐसे दिन भी आएँगे, जब उसे पति पर आस्था नहीं रह सकेगी? उस पति पर, जिससे उसने ख़ूब देखभाल कर विवाह की हामी भरी थी। एक बार अविश्वास से जी काँप उठा, लेकिन नहीं—नारी फिर सँभली। रूप ने दिलासा देकर कहा, मैं अब भी उन्हें बाँधकर रखने की क्षमता रखता हूँ। और जब श्यामा उठकर अपने कमरे की सीढ़ियाँ चढ़ी तो गति में विश्वास था और जो आँखें शीला के सामने भीग गई थीं, उनमें विजय का प्रकाश था, और...और घर पर पति पर एकछत्र आधिपत्य हो जाने का उल्लास था।

15

मोटर दौड़ती जा रही थी। दूर-दूर तक बिछी पक्की सड़क पर शीला और धर्मपाल पास-पास बैठे थे, पर दूर-दूर थे। शहर पीछे रह गया था। तारकोल की सड़क छूट चुकी थी और कच्ची राह पर कार भाग रही थी। आसपास सरसों के खेत लहरा रहे थे। कहीं-कहीं खड़े किसान अपने खेतों को निहार रहे थे। कोई-कोई कुआँ चल रहा था और गद्दी पर बैठा-बैठा किशोर बालक ऊँघ रहा था। धर्मपाल सीधे बाहर देख रहे थे और शीला अपने अन्दर। आज वह कितनी सूख गई है? कोई बात ही नहीं कर पा रही। ड्राइवर का ख़याल आया, क्या सोचता होगा? पर उसके सोचने से क्या? क्या यह सब छिपा है? फिर भी—एक बार जी भरकर अपने को समझाया और सम्पूर्ण भाव से पति की ओर देखा। अपने स्वप्नों में पति की छाया और उस छाया में अपनी प्रतिच्छाया। नहीं, सब कुछ घुल-मिलकर एक नहीं हो सका। स्वप्न कहीं दूर बिखरे पड़े थे, उन पर समय की धूलि पड़ी थी। और वह, जिसने पहले दिन बधू वेश में ससुराल की देहरी पर पाँव रखा था, वह कितनी अँधेरी और सूनी रातों में खो गई थी। और अब जो पति के साथ बैठी यह सब कुछ सोच रही है, उसकी अवशेष मात्र ही तो है। जाने किस तरह ओठों पर शब्द आए, ''जी, अब आपको लौटना चाहिए। अब तो छोटा 'बेला' भी आ गया है। भगतराम, ज़रा गाड़ी रोक दो।''

गाड़ी रुकी। धर्मपाल अभी पत्नी को उत्तर नहीं दे सके थे। वह स्वयं सोच रहे थे कि उन्हें अब वापस लौट जाना चाहिए। मुँह पर छुटकारा-सा पा लेने का भाव था। शीला ने सोचा था, जाते-जाते पति से कहेगी, 'अपना ख़याल रखना जी!' पर पति को एकदम उठते देख रुक गई। धर्मपाल नीचे उतरे। शीला ने निःसंकोच आँखों से ऊपर से नीचे तक देखा और हाथ जोड़ दिए। भगतराम ने सोचा था, मालिक आगे के लिए कुछ हिदायतें देंगे। रास्ता ख़राब है, सँभलकर जाना, पर शीला ने क्या सोचा था? जी हुआ चीख़कर कहे—कुछ नहीं, कुछ नहीं। पति ने अभिवादन का क्या उत्तर दिया, शीला नहीं देख सकी। पति की पीठ नज़र आई और वह जा चुके थे। इतनी अवज्ञा? नहीं, नहीं...अब तक चाची उस मोटर में से उतरकर आ गई थी। अन्दर बैठने लगी तो पिछली कार के चलने की आवाज़ आई। घर-घर-घर...और ध्वनि कहीं दूर विलीन हो गई। शीला मौन थी। महरी ने शायद बच्ची की आँखों में आँसुओं की उम्मीद की थी। पर धक्का लगा। आज बच्ची बिलकुल वैसी ही बैठी थी, जैसे जमाई के बम्बई जाने पर। भगतराम ने हाथ से साफा ठीक करते-करते कहा, ''महरी, बहू जी कहें तो चलूँ, मालिक तो दूर निकल गए हैं।''

''हाँ, चलो।'' मालकिन की आवाज़ थी।

कार चल पड़ी। महरी ने चुप रहना ही अच्छा समझा। बच्ची गम्भीर लगती थी और एकटक बाहर देख रही थी। उसके आगे लम्बी राह थी, पीछे छूट गया अपना घर था, और वह इन दोनों के मध्य में अपने स्थान से बिछुड़े हुए पथिक की तरह।'' पर वह तो अपने पिता के घर जा रही थी। ''अपना...अपना घर'' ...अपने ही हृदय से उठे शब्द आ-आकर कानों से टकराए। जिस अपने घर वह जा रही है, वहाँ तो वह अब पराई हो चुकी है। आँखों से नहीं, दूर सामने हरियाली में लिपटी धरती से उठते हुए कुछ आँसू उसकी पलकों से नीचे ढुलक गए। महरी ने बिना कुछ कहे ज़रा सिकुड़कर बच्ची को अपनी गोद में लिटा लिया और एक लम्बी साँस लेकर मौन बैठी रही। चाची सिर पर हाथ रखे रही। बच्ची जी हल्का कर ले तो ठीक है। भगतराम सावधानी बरत रहा था। ऊँची-नीची जगह है, बहू रानी को हिचकोले लगेंगे। वह दूर टालियों के पीछे कोई गाँव दिख रहा है और उसी के आगे चनाब का चौड़ा पाट है—जहाँ से 'बेड़ी' पड़ती है। गाँव के बीचों-बीच जाती राह पर कुछ अधनंगे बच्चे 'गुल्ली-डंडा' खेल रहे थे। दाईं ओर कच्ची-सी बनी मस्जिद की मीनारें नज़र आती थीं। कार की आवाज़ सुनकर बच्चे चिल्ला उठे। सर...सर भागती हुई कार को देखकर इस सुदूर गाँव में देखते-देखते कोई स्फूर्ति का जादू उमड़ आया। पहियों से उठती हुई धूल और मिट्टी के सिवाय और कुछ नहीं रह जाता। गाँव के मोड़ पर कार ज़रा धीमी हुई, फिर तेज़ हो गई और आख़िर एक लम्बी दौड़ के बाद ऊँचे पीपल के पेड़ के नीचे जाकर रुक गई। इस ओर दूर-दूर तक हरे-भरे खेत थे और उनके साथ-साथ बहती हुई धीर गम्भीर चनाब। चनाब के किनारों पर बिछी धूप में चमचमाती रेत। यही तो चनाब है, ठंडी-ठंडी हवा और लहरोंदार पानी की धाराएँ। किन्हीं बीते हुए उदासीन क्षणों के बाद पानी को चूम-चूमकर आती हवा ने खिन्न से मन को ज़रा सहारा-सा दिया। चाची बोली, ''बच्ची, जी चाहता हो तो नीचे उतरकर मुँह-हाथ धो लो।''

शीला कार से नीचे उतरी। आँखों तक लिया हुआ दुपट्टा ज़रा ऊँचा हो गया था। इस किनारे से तो बच्ची का पीहर शुरू हो जाता है। छोटा-बड़ा अपना-पराया, यहाँ तो वह सबकी बेटी है। किनारे पर जाकर खुली तरह दुपट्टा कन्धों पर डालकर मुँह पर पानी के छींटे दिए। कितना भला लगता है यह पानी। वेग से बहते हुए चनाब का स्पर्श जैसे मन-प्राण को गति देता है, और गल-बहियाँ डालकर आगे-आगे अठखेलियाँ करती हुई लहरें संगी-साथियों की तरह लगती हैं। शीला को वह दिन याद आ गए जब वह सहेलियों के साथ घंटों पानी में उछलती-कूदती रहती थी। चनाब ने उसके बचपन को चंचलता और उसके यौवन को गम्भीरता दी है। शीला ने अंजलि-भर जल लेकर आँखों को लगाया और पाँव पानी में डाल दिए। जूती में बँधे पाँव मानो स्वच्छन्द हो गए। बोली, ''चाची, याद है तुम्हें, बचपन में पैर धोने की कितनी होड़ लगा करती थी।''

"हाँ, हाँ बच्ची, क्यों नहीं। लो कुछ पैसे प्रवाह कर दो। मीठा तो है नहीं—ख़ैर।" शीला ने बैठे-बैठे हाथ आगे करके मुट्ठी पानी में छोड़ दी, घम...उछलन-सी हुई और श्रद्धा-भाव से डाले पैसे लहरों में समा गए। महरी ने कहा, "बच्ची, पैर बाहर निकाल लो, सर्दी हो जाएगी। तुम ज़रा बैठो, मैं कुछ खाने को ले आती हूँ।"

महरी को ख़याल था, बच्ची खाने के लिए 'न' करेगी, पर बच्ची ने उत्तर न देकर हामी भरी। जाकर छार में से टोकरी ले आई और एक ओर अनछूती रेत पर कपड़ा फैलाकर खाना लगा दिया। आज शीला की भूख जाग गई लगती थी। इधर हफ़्तों से उसने ठीक से कुछ खाया नहीं था। चाची को सन्तोष हुआ। खा चुकने के बाद शीला बोली, "चाची, भगतराम से पूछ देखो और तुम भी कुछ खा-पी लो। परसों से काम में लगी हो। चाची काम में तुम अपने खाने-पीने का ध्यान नहीं रखतीं, यही बात तुम्हारी मुझे अच्छी नहीं लगती।"

यूँ तो सचमुच महरी काम में कभी थकती नहीं और जो थोड़ी-बहुत उसे थकान हो गई थी, वह बच्ची के यह कह देने से जाने कहाँ उड़ गई। दिल में सोचा—रो लेने से चित्त शान्त हो गया है बच्ची का। अच्छा है, हँसी-ख़ुशी पीहर पाँव रखे। बोली, "बच्ची, बहुत खाया-पिया है। तुम्हें पता नहीं जब ससुराल गई थी तो दिन-भर भूख लगती। कुछ दिन तो सास की शरम से चुप रही, पर यह एक दिन की बात तो नहीं थी। न रहा गया। ज्यों ही सास प्रभावी नहाने-धोने जाती, मैं पीछे से दही, मट्ठा या रोटी पर मक्खन लगाकर खा जाती। बहुतेरा बोलती, लड़के को सिखाती। पर बुढ़िया के सामने मेरा तो एक ही गुर था बच्ची, एक चुप्प और सौ सुख।" कहते-कहते महरी हँस पड़ी। किन्हीं बीती बातों की याद थी, जिनमें कहीं-न-कहीं मधुर स्मृतियाँ भी होंगी। शीला ने देखा, महरी के गोरे रंग पर रेखाएँ कुछ गहरी हो गई थीं। पर यह काया तीस साल पहले क्या रही होगी, उसकी कल्पना करने में शीला को दिक़्क़त नहीं हुई। एक सुन्दर ग्रामीण युवती, अपने रूप से युवकों को पीछे लगाती हुई और अपनी अभिमानपूर्ण आँखों से उन्हें धिक्कारती हुई। "लो बच्ची, मैं ज़रा भगतराम को खाना दे आऊँ। फिर उसे कहूँगी दक्षिण की ओर जाकर देख आए, बेड़ी किनारे लगी है या नहीं?" चाची उठ गई। भगतराम को खाना देते-देते बोली, "वीरा, मालिक से माँगो, इन्हीं राहों से मेरी बच्ची भरी गोद लौटे और तुम्हें ख़ुश होकर रेशमी साफा बँधाए।" अनुभवी भगतराम ने आश्चर्य प्रकट नहीं किया, हँसकर कहा, "क्यों नहीं चाची, हमारी तो दिन-रात यही अर्ज है। भगवान करे इस घर का भी भाग जगे।"

चाची को ख़याल आया, भगतराम ही पहला आदमी है जिसे उसने यह बताया। आदमी बुरा नहीं और ऐसा भी नहीं कि ढिंढोरा पिटवाता फिरे। फिर भी उसे सावधान करके बोली, "वीरा, अभी किसी से बात न करना। रब्ब करे यह वक़्त ठीक-ठीक निकल जाए।"

"चाची, क्या मैं नहीं जानता यहाँ।"

खाना खा-पीकर भगतराम बेड़ी देखने चला। चाची ने कहा, ''वीरा, बेड़ी तो वहाँ एक ही होगी, फिर भी बूढ़े अल्लाह रक्खे को पहचान लेना। गोरा-चिट्टा रंग और बड़ी-सी पकी हुई दाढ़ी।''

भगतराम खेतों के किनारे-किनारे नीचे की ओर चला। पक्की मक्की खड़ी थी। बाजरे में अभी दाने नहीं पड़े थे। पानी से कट-कटकर नदिया के किनारे ऊँचे-ऊँचे हो गए थे और उन पर से गिरती हुई मिट्टी के कगारे। दूर-दूर तक चनाब और चनाब की फैली बाँहें...हरियाली और हरियाली के आँचल को बाँहों से घेरता हुआ चनाब का नीला-नील पानी। वह दूर, सामने भगतराम ने देखा—एक बड़ा-सा निशान दीख पड़ रहा था। जल्दी-जल्दी उधर हो लिया और पास जाकर देखा, सचमुच बेड़ी किनारे से लगी थी और पास एक वृद्ध छाया, मोटे गाढ़े कपड़ों में लिपटी थी। भगतराम ने ज़रा पाँवों की आहट की और भारी स्वर में कहा, ''बाबा, क्या शाहजी के यहाँ से आए हो?'' अल्लाह रक्खा सुनते ही उठ बैठा, ''पैरी-पौना जी, क्या स्यालकोट से आ रहे हो?''

''हाँ, मालकिन की गाड़ी लाया हूँ। उधर खड़ी है। मालकिन अभी आराम कर रही हैं।''

''क्यों नहीं, क्यों नहीं जी!'' अल्लाह रक्खे ने व्यस्तता जताकर हाथ फैलाते हुए कहा, ''जाओ जी, बैठो।'' मानो अपने आँगन में बच्ची के ससुराल के किसी आदमी का स्वागत कर रहा हो। फिर कुछ झेंपकर अपने कन्धों पर रखी चद्दर नीचे बिछाकर बैठने का संकेत किया। भगतराम कुछ रुका, ''नहीं जी नहीं, नीचे ही ठीक है...'' अल्लाह रक्खे ने सिर हिलाते-हिलाते कहा, ''वाह जी वाह, आप हमारे सिर-माथे पर। लड़कीवालों का तो उमर-भर निभना होता है।''

भगतराम बैठ गया।

''सब कुशल है न? जमाई साहब अच्छे हैं? बच्ची को पहुँचाने आए हैं न?''

''छोटे बेले तक आए थे, किसी काम से लौट गए हैं।''

''हूँ!'' अल्लाह रक्खे ने अनुभवपूर्ण आँखों से भगतराम को देखते-देखते एक लम्बी ''हूँ'' भरी।

''बच्ची के साथ महरी है।''

''चलो जी, फिर उधर ही किश्ती ले जाता हूँ। दूसरी बेड़ी सामान के लिए आती ही होगी। उत्तर की ओर ही है न?''

बूढ़े मल्लाह के साथ भगतराम जाकर किश्ती में बैठ गए। अल्लाह रक्खे ने चप्पू सँभाला और ऊपर की ओर हो लिया। हँसकर बोला, ''हमारी तो यही गाड़ी है। बाल पक गए हैं पार आते-जाते। थोड़ी बाक़ी रह गई है, वह भी बीत जाएगी। अब तो शाहजी के सिवाय और किसी के काम पर इधर नहीं आता। मालकिन तो जिस दिन से दुलहिन बनकर किनारे उतरी तो उसके बाद कभी लौटी नहीं।''

भगतराम ने बूढ़े अल्लाह रक्खे के हाथों को देखते-देखते ख़याल किया कि वह उसके अपने हाथों से ज़्यादा कुशल नहीं। यह सीधा-सादा अल्लाह रक्खे चप्पू चलने में सफ़ाई के लिए प्रसिद्ध है। और वह अक्सर अपनी टोली में बैठकर कहा करता है, ''चनाब किसी को धोखा दे, पर मुझे नहीं। भाइयो, मैंने बचपन, जवानी, बुढ़ापा सब इसके पानी में गुज़ारे हैं। बड़ी-बड़ी बाढ़ों में भी चनाब से पार उतरा हूँ।''

नाव किनारे लगी और उसमें से अल्लाह रक्खे और भगतराम नीचे उतरे। शीला और महरी वहीं किनारे पर बैठी थीं। दोनों को उतरते देखा तो बच्ची ने सिर पर दुपट्टा किया। जी हुआ उठकर बूढ़े अल्लाह रक्खे से, जिसे वह हमेशा से चाचा कहती आई है, लिपट जाए, पर भगतराम...ससुराल का क़ायदा क्या उसे भूल जाना चाहिए। वही चाचा है, यही तो वर्षों उसे सुबह-शाम दरिया की सैर कराया करता था। कभी-कभी मालकिन नाराज़ होती—''लड़की सयानी हुई, अब समय-असमय दरिया पर जाना क्या अच्छा है।'' शाहजी हँसते, ''जाओ बच्ची घूम आओ'' और शीला के जाते ही कहते, ''अजी दिन-भर दरिया पर किश्ती डाले अल्लाह रक्खे क्या किया करता है, ऐसी-ऐसी बातों में लड़की को टोका न करो। महरी के साथ ज़रा शाम को घूम आया करे तो क्या हर्ज है?''

मालकिन निरुत्तर हो जाती, पर शीला और महरी के घर लौट आने पर बिना कारण महरी की ही डाँट-फटकार होती। महरी भी मौक़ा पाकर मालकिन को सुनाने में कसर न रखती। शीला को सम्बोधित करके कहती, ''बच्ची, इतनी बड़ी हुई हो, अब बचपन छोड़ो। तुम्हारी जिद तो मुझे भी सुख की साँस नहीं लेने देती।''

किन्हीं अतीत के चित्रों को सँजोते-सँजोते शीला ने कहा, ''आओ चाचा''...स्वर में अपनापन था, और अल्लाह रक्खे ने आगे बढ़कर बच्ची के सिर पर हाथ रखा। थपथपाते हुए कहा, ''अल्लाह तुम्हें सुखी रखे बच्ची, राजी-ख़ुशी हो न? मैं तो कब का यहाँ आया हूँ। तड़के ही चला था। हाँ, सुनाओ चाची महरी, बच्ची की ससुराल में जाकर तो भूल ही गईं?''

चाची ने विनोद से उत्तर दिया, ''सच कहते हो वीरा, और तुम मेरे बिना कितने दुबले हो गए हो?''

अल्लाह रक्खे हँसा। फिर बोला, ''बच्ची, महरी कहीं भी जाए, कहीं भी रहे, इसकी ताने देने की आदत नहीं जाती।'' महरी हाथ फैलाकर बोली, ''लो जी, वीरा, मैंने तुम्हें कौन-सा जोख पहुँचाया है? इतना ही कहा है न कि तुम मुझसे उदास होकर कोई दुबले नहीं हो गए।''

भगतराम जाने क्यों यह सुनकर संकुचित-सा हुआ, पर दोनों की आवाज़ में कहीं झिझक नहीं थी। स्वच्छ स्वर था। शीला भी हँसी, ''लो चाचा, अब तो चाची को ले ही आई हूँ।''

अल्लाह रक्खे ने गम्भीर मुद्रा बनाई। अधरों से मुस्कराहट फूट रही थी। चाची ने तेवर चढ़ाकर कहा, ''आई हूँ तो क्या इसकी रोटियाँ सेंकूँगी?''

अल्लाह रक्खे ने उलाहने के स्वर में कहा, ''उमर गुज़र गई है अपने हाथों सेंकते-सेंकते, अब क्या तुम्हारा एहसान लूँगा महरी!''

आवाज़ ने महरी को छुआ। जी हुआ कहे, क्या नूरी के तन्दूर तक अब तुम्हारी पहुँच नहीं रही? फिर रुक गई। कभी-कभी अल्लाह रखे और नूरी को लेकर गाँव में विनोद हुआ करता था, और तीन-चार साल की मित्रता के बाद नूरी ने जलालू के साथ निकाह पढ़ा लिया था। अब भी कभी नूरी जलालू को खेत पर रोटी देने जाती तो युवक समुदाय व्यंग्य कसता—''नूर बीबी, कहो अल्लाह रक्खे को किसके सहारे छोड़ गई हो?'' नूरी कट जाती, पर तीख़ेपन से कहती, ''छोड़ूँगी क्यों, अपने घर रखकर घी-मक्खन खिलाऊँगी, समझे?''

और सचमुच कभी-कभी अल्लाह रक्खे नूरी के घर की ओर मुड़ता हुआ दिखाई देता। मगर जब भी जाता, जलालू की उपस्थिति में और जिस दिन सरसों का साग बना होता। जलालू कहता, ''भाई, अब तो रोटी खाकर जाओ, तुम्हारे यहाँ कौन बैठा है?'' चूल्हे के पास बैठी मिट्टी की हंडिया में कलछी घुमाते-घुमाते नूरी पल-भर को रुक जाती। ख़याल आता कि उसने अल्लाह रक्खे के साथ निर्दयता की, पर जलालू कितना भला है। मन में मलाल तक नहीं। जलालू कहता, ''नूरी गर्म-गर्म रोटी पर साग डाल के लाओ, घी ऊपर डालना।'' नूरी कभी-कभी यह समझने की कोशिश किया करती कि जलालू के स्वर में कोई छिपा संकेत तो नहीं, पर अल्लाह रक्खे के जाने के बाद जलालू हँसकर कहा करता, ''नूरी, क़िस्मत का खेल है, नहीं तो क्या तुम अल्लाह रक्खे को छोड़ आतीं?'' नूरी को अल्लाह रक्खे के सूने घर का ख़याल आता, पर खुलकर कहती, ''चलो जाने दो इन बातों को। छोड़कर आती या न आती, यह तुम अपने आप से पूछो।'' और कभी मौक़ा मिलने पर भी अल्लाह रक्खे ने नूरी को उलाहना नहीं दिया। कभी रास्ते में मिलती तो कहती, ''ख़ैरियत है या जलालू खेत पर है।''

''हाँ जी!'' और जब तक जलालू वापस लौट न आता, नूरी अनमनी-सी रहती। और एक दिन नूरी ने ही चाची महरी से कहा था, ''चाची, लिखे को कोई नहीं हटा सकता। तुम रक्खे से कहना, ब्याह करके घर बसाए। कोई बाल नहीं, बच्चा नहीं। इस फकीरी में क्या हाथ लगेगा।''

महरी ने तिरस्कार से नूरी को देखा और कहा, ''वाह नूरी, सब कर-कराके अब हज्ज करने चली हो? जाने वह कैसे पी गया है, और कोई होता तो सिर काट लेता।'' नूरी दिल में सहमी न हो, यह बात नहीं, पर ज़ोर लगाकर बोली, ''क्या उसकी ख़रीदी हुई थी जो सिर काट लेता? मेरी बला से, ब्याह करे न करे!''

चाची सब समझी। बोली, ''क्यों नहीं, उसे 'मोहरा' (जहर) खिला आती तो ठंड पड़ती कलेजे में।'' नूरी रोने लगी और चाची महरी समझाकर बोली, ''नूरी, छोड़ इन बातों को। जो हो गया सो हो गया। जलालू लाख अच्छा होकर अब रक्खे के लिए तुम्हारा मन भटकाना ठीक नहीं।''

और उसी दिन शाम को महरी ने अल्लाह रक्खे से कहा, ''वीरा, कब तक अपने आप चूल्हा फूँकते रहोगे? वह कोई हूर-परी नहीं थी, जिसके सिर पर चढ़कर तुम अपनी रोटियाँ ख़राब करते हो।'' अल्लाह रक्खे हँसा, हँसने में दर्द था। बोला, ''महरी, कभी रबाबो ने रोटियाँ पकाई थीं, अल्लाह उसकी रूह को चैन बख़्शे। मैं तो ऐसा लापरवाह था उन दिनों, डोरिये के दुपट्टे पर उसकी चाह थी, सौ बार पार जाता था। यह न हुआ कि कभी लादूँ...'' रबाबो अल्लाह रक्खे की पहली बीवी थी।

महरी अभी-अभी उसे नूरी के तन्दूर की याद दिलाना चाहती थी, पर रुक गई। बोली, ''एहसान की क्या बात वीरा, कोई पराई बात है? तुम चाहो तो सौ बार रोटियाँ लगाकर दूँगी।''

''अच्छा, अच्छा महरी, यह कहो अब चलना कब है?''

''दूसरी बेड़ी आ जाये तो चलें। साँझ से पहले-पहले पहुँच जाएँगे।''

''चाचा, माँ कैसी है? और पिता जी...'' शीला ने पूछा।

''सब ठीक है बच्ची, अब जाकर देख लेना। तुम्हारे ही आने की बाट जोहते होंगे।''

दूर सामने दक्खिन की ओर से लहरों पर नाचता हुआ झूला-सा उधर बढ़ता आ रहा था। महरी की नज़र पड़ी तो बोली—''वीरा, ज़रा देखो तो, अपने यहाँ की नाव तो नहीं।''

अल्लाह रक्खे ने देखा। हाथ को अन्दाज़ से ऊपर उठाकर एक लम्बी-सी आवाज़ दी, ''ओ ममदू...ओ...ओ...''

बेड़ी किनारे लगी। रामू और ममदू ने उतरकर बच्ची को आशीर्वाद दिया। चाची ने क्षेम-कुशल पूछी और ममदू से कहा, ''लो वीरा, सामान ठीक जमा लो, कोई चीज़ इधर-उधर न हो।'' शीला ने चाची को पास बुलाकर धीमे से कहा, ''चाची, भगतराम को रुपए दे दो, कहना बच्चों के लिए हैं।''

यह बात नहीं कि चाची ने नहीं सोचा था। मन में कहा था कि अगर बच्ची को याद न आई तो किसी बहाने से कह दूँगी। उठकर भगतराम की ओर गई और रुपए निकालकर बोली, ''वीरा, बच्चों के लिए मिठाई ले जाना...''

''चाची, इसकी क्या ज़रूरत है...'' भगतराम ने झिझकते हुए कहा।

''वाह,'' चाची ने उत्तर दिया, ''वीरा, तुम्हें 'न' करना नहीं फबता। तुम कोई ग़ैर हो?'' भगतराम ने रुपए लेकर जेब में डाले और मालकिन के निकट आकर विनीत स्वर में बोला, ''हुक्म हो तो जाऊँ?'' फिर कुछ रुककर, ''कुछ कहना हो

तो..." शीला ने सिर उठाया। अब वह सचमुच मालकिन थी। चेहरे पर दया और करुणा की माँग नहीं थी, अधिकार था। गम्भीर होकर कहा, "नहीं भगतराम, अब लौट जाओ। छोटी बहू को आशीष देना..."

भगतराम ने घर की बहू को प्रणाम किया और अल्लाह रक्खे, ममदू और रामू ने पैरी-पौना बुलाया। महरी ने भगतराम के अभिवादन का उत्तर—"बरखुरदार जीते रहो"—कहकर दिया। एक बार सबकी ओर हाथ जोड़कर भगतराम ने कार स्टार्ट की और शीला की ससुराल की ओर लौट चला, जहाँ उसकी कुछ थोड़ी-सी मधुर स्मृतियाँ भटक-भटककर लौट आई थीं।

बच्ची और चाची नाव में बैठीं। अल्लाह रक्खे के पुराने हाथों में पकड़े डाँड लहरों पर प्रहार करते जा रहे थे। कभी-कभी छलककर उड़ती हुई बूँदें हवा के हल्के झोकों के साथ शीला को चूम रही थीं। चनाब अपने किनारों में बँधी आज संयत सी बही जा रही थी और शीला को लग रहा था कि वह अपने उस पुराने खुले जीवन की ओर लौट रही है, जहाँ किसी की उपेक्षा गम्भीरता और मौन बनकर अन्दर-ही-अन्दर घुटन नहीं रहती।

16

धर्मपाल दुपहर होते-होते वापस घर पहुँच गए। सीधे काम पर न जाकर घर गए, और बरामदे में पाँव रखते ही उन्हें लगा कि किसी प्रिय जन को छोड़ आए हैं, पर साथ-ही-साथ हल्कापन-सा भी महसूस हुआ, जैसे कोई बोझ उतर गया हो और उसकी चिन्ता से छुटकारा मिल गया हो। ऊपर आए तो श्यामा सिलाई कर रही थी। शीला के चले जाने पर उन थोड़े-से उखड़े-उखड़े क्षणों के बाद वह काम में लग गई थी। प्रत्यक्ष था कि अब अस्वस्थ नहीं है। पति को देखकर सुई-तागा नीचे रखा और ज़रा-सा हँसकर पूछा, "कहाँ तक पहुँचा आए? जल्दी वापस लौट आए।"

"हाँ।" धर्मपाल कहकर कोट उतारने लगे। श्यामा उठी, हाथ से कोट पकड़ा। कुछ कहने को ही थी कि नौकर ने आकर खाना परोसने की सूचना दी। पति-पत्नी खाने को बैठे। धर्मपाल उदास नहीं लगते थे, पर दृष्टि कुछ ठहरी हुई नहीं थी। श्यामा आज गम्भीर थी, किन्तु आँखों में निश्चिन्तता और सन्तोष की झलक थी। खाना खाकर धर्मपाल लौटे तो कुछ देर कुर्सी पर बैठे-बैठे सिगरेट पीते रहे, फिर हाथ से बालों को सँवारते-सँवारते बोले, "श्यामा, कपड़े निकाल दो, आराम करूँगा।"

"काम पर नहीं जाओगे?"

"नहीं।"

श्यामा ने कपड़े निकाल दिए और धर्मपाल आकर लेट गए। बाल माथे के नीचे आ रहे थे, बलिष्ठ बाँहें पुरुषत्व की परिचायक-सी लग रही थीं, और माथे पर पड़े बल अभिमान का प्रमाण दे रहे थे। नारी के निकट इस चित्र से अधिक अपना कौन था ? जीवन का सन्तोष और सन्तोष में छिपा उल्लास यही तो है। यही तो है जिसकी आँखों में देखकर वह अपनी आँखों को भूल जाती है, यही तो है जिसकी बाँहों के सहारे वह ज़िन्दगी काट देती है।

धर्मपाल सो गए थे। श्यामा बहुत देर तक कुर्सी पर बैठी सिलाई करती रही। उसकी उँगलियाँ अविराम गति से चलती जा रही थीं। दिल की तह के नीचे कहीं सौत के चले जाने की बेफ़िक्री थी। साँझ होने को थी। खिड़की से ठंडी होती हुई दुपहर की पतली चमक कमरे में आ रही थी। श्यामा ने हाथ का कपड़ा एक ओर रखा, उठकर बड़े दर्पण के सामने केश सँवारे, कलाई की घड़ी में समय देखा। चाय का वक़्त हो आया था। मुड़कर देखा तो नौकर चाय की ट्रे लिये खड़ा था। मेज़ की ओर उसने इशारा किया, नौकर ट्रे रखकर बाहर लौट गया और श्यामा ने पति के लिए चाय का प्याला बनाया। पति को हाथ के स्पर्श से जगाकर, मधुर स्वर में बोली, "लो न जी! उठिए अब, शाम हो गई है।" धर्मपाल ने आँखें खोलीं, हाथ के स्पर्श से लगा जैसे शीला जगा रही हो, पर सामने तो श्यामा खड़ी थी और शीला? शीला बहुत दूर जा चुकी थी...बहुत दूर...नहीं, वह वापस लौट आएगी...श्यामा ने प्याला हाथ में थमा दिया। धर्मपाल के कानों में आवाज़ आई, जैसे कोई कह रहा हो—"नहीं-नहीं, मैं अब लौटूँगी नहीं..." हाथ ज़रा-सा काँपा। आँखों में शीला के रेशमी दुपट्टे का आँचल घूम गया और झन-झन करता प्याला नीचे गिरकर बिखर गया। चाय इधर-उधर ढुलक गई थी और प्याले के टुकड़े फ़र्श पर पड़े जैसे कह रहे थे—अब हम जुड़ेंगे नहीं—जुड़ेंगे नहीं...

और शीला माँ के घर पहुँच गई। गाँव-भर ने 'सिरवारना' किया। सखी-सहेलियाँ मिलने आईं। हँसी-ठठोली हुई। धर्मपाल को लेकर कहीं परिहास हुए और बूढ़े श्वसुर के मर जाने की ख़ुशी में ग्रामीण बालाओं ने ऊँचे अट्टहास किए। शीला मुस्कराती रही। बिलकुल पहले की तरह। क्या वह अपनी बचपन की सहेलियों से यह कहलवा लेगी कि बड़े घर जाकर वह बदल गई है? और सचमुच उसकी साथिनें कहतीं, "वैसी की वैसी है।" नहीं तो शहर जाकर तो लड़कियाँ नज़रें बदल लेती हैं। वह रामसिंह पटवारी की लड़की रम्मो ब्याह के बाद कैसे बदल गई है। यह नहीं कि अमीर घर ही गई हो, घरवाला किसी कपड़े की दुकान पर नौकर है, पर पिछले फेरे आई तो चढ़-चढ़कर अपने कपड़े ही दिखाती रही। एक इसे देखो, आगा-पीछा भरा-भराया है, पर सबसे गले मिली है। और सचमुच शीला ने ऐसी टीका-टिप्पणी के लिए कोई अवसर नहीं दिया। कभी-कभी चाची महरी ज़रूर

झुँझला उठती है। किसी लड़की को आता देखती तो रोष से कहती, ''देखो बच्ची राजी नहीं। सफ़र से आई है, थकान हो जाती है।'' सुननेवाली का जी तो होता कि चाची से पूछे—'क्या हफ़्ते-भर के बाद भी अभी शीलो की थकान नहीं उतरी, पर इसके साथ लड़े कौन?'

शीला वहाँ आकर कुछ ख़ुश-सी दिखने लगी थी। सुबह-शाम बाहर निकलती। माता-पिता सन्तुष्ट थे। लड़की का रंग निखरा हुआ लगता था। पर महरी को बच्ची के मुँह पर मलिनता ही दीखती। सुना-सुनाकर कहती, ''कुछ खाती-पीती नहीं।'' सुननेवाले शीला की दुबली-पतली देह देखकर सच मान लेते, हालाँकि चाची की बात में कोरा दिखावा ही लगता। इसकी तो पुरानी आदत है। शीला अच्छी-भली हुआ करती थी तो भी महरी औरतों में बैठकर कभी उसका माथा गर्म बतलाया करती और कभी हाथ, और कभी कमज़ोरी से पाँव सर्द। मालकिन कभी-कभी हँसा करती, ''महरी, लोग भी हँसते होंगे कि कभी लड़की तुम्हारी चंगी भी होती है?'' महरी तेवर चढ़ाकर कहती, ''मालकिन, ज़रा रंग तो देखो। पूनी-सा चिट्ठा। लाली ही नहीं फिरती। और लड़कियों को देखो, अच्छी तगड़ी हैं। इसे तो किसी मुँहजली ने नज़र लगा दी है, क्या मैं नहीं जानती? अब नाम क्या लेना है उसका। उस दिन से लड़की की भूख ही सूख गई है।''

मालकिन जानती थी कि लड़की की भूख बढ़ी है या सूखी है। पर दिल ही दिल मुस्कराकर चुप रह जाती, और अब तो चाची का नियंत्रण और भी अधिक हो गया है। अब शीला बाहर कम निकलती है। चाची की एक फ़िकर कम हुई—बाहर जाना, ऊपर-नीचे कहीं पैर हो जाए तो...केवल साँझ को दरिया पर बच्ची को नाव में घुमा लाती। कभी-कभी महरी लाड़ से हँसती, ''मेरी बच्ची को दो ही काम भाते हैं, पढ़ना या फिर बेड़ी की सैर। बच्ची, मेरा लाड़ला जज या बैरिस्टर बनेगा।''

शीला सकुचाकर शरमा जाती और अपनी गोद में किसी नन्ही-सी आकृति की कल्पना करके आह्लाद में भीग जाती। वह कुछ और-सी हो जाएगी। उसकी बाँहों में नन्हा-सा खिलौना होगा, और...और वह उसे ममता से निहारा करेगी। मीठी-मीठी किलकारियाँ, पतली-सी रोनी आवाज़, और आँगन में फूल-सा बच्चा, लेकिन किस आँगन में? क्या वापस नहीं लौटेगी! शायद नहीं। पर क्यों नहीं? फिर तो उसके पास अधिकार होगा, उस छोटे-से सहारे का सम्बल होगा। ज़रूर होगा, और अभी कुछ दिन ही हुए श्यामा का पत्र आया था। कुशल-समाचार पूछा था और शायद शिष्टाचारवश यह भी लिखा था कि बहन कब तक लौटोगी।

शीला पढ़कर खिन्नता से हँसी थी। उसके लौट जाने की कितनी उत्सुकता श्यामा को होगी, वह जानती है। फिर भी पढ़कर अच्छा लगा। पति के अतिरिक्त वहाँ कोई तो है जो उसके आने की प्रतीक्षा की बात लिखता है, चाहे वह सौत ही हो। पति का उसके पास कोई पत्र नहीं आया। उसने भी तो यहाँ आकर श्यामा को

ही दो शब्द लिखे थे। कभी महरी के पूछने पर वह श्यामा के पत्रों को ही पति के पत्र बता दिया करती है, और चाची महरी सन्तुष्ट हो जाती है।

कभी माता के पूछने पर चाची विश्वास से कहती, ''मालकिन, अब तो सब कुछ ठीक ही समझो। वह तो घड़ी नहीं टिक सकती, नहीं तो जमाई अब भी बच्ची के इशारे पर चलते हैं।''

''लाख-लाख शुक्र है भगवान का महरी, मैंने कम चिन्ता नहीं की और शाहजी तो अन्दर-ही-अन्दर घुलते रहते थे। बच्ची नहा-धो अन्दर से निकले और राजी—ख़ुशी उनकी अमानत ले के अपने घर जाए।''

और अब तो मालकिन तैयारियाँ कर रही हैं। कपड़े बनवाए जा रहे हैं। बेटी के, जमाई के, बेटी की ससुराल के नाते-रिश्तों के, नौकर-चाकरों के जोड़ों का ढेर है। चाची महरी से ससुरालवालों का ब्यौरा लिया जा रहा है। अपनी सास न होने के कारण सास का जोड़ा किसे जाएगा ? ससुर का रेशमी साफ़ा किसे दिया जाएगा और नन्दों का नेग धर्मपाल की किन-किन दूर की बहिनों को मिलना चाहिए, इत्यादि... केवल कपड़े नहीं बन रहे तो उस नन्हें-मुन्ने के, जिसके लिए यह सारा आयोजन किया जा रहा है। इतने वर्षों के बाद मालिक की सीधी नज़र हुई है, इसे शीला की माँ भूलना नहीं चाहती। नाती को अपने घर के कपड़े नहीं पहनाएगी। भगवान की कृपा को वह झुककर स्वीकार करेगी।

आज दुपहर में शीला अलस-सी लेटी थी। जाने कैसी क्लान्ति-सी उस पर छाई जा रही है। कुछ भी करने को जी नहीं चाहता। दिन नज़दीक़ आ रहे हैं। कभी-कभी भय से, आशंका से सिहर-सी जाती है। पर क्या होगा चिन्ता करके ? यह सब तो देह के साथ ही लगा है। चाची बच्ची को लेटा जान किसी काम से मालकिन के पास जा रही थी कि शीला ने बुला लिया।

''चाची, माँ क्या कर रही है ?''

''वही लेन-देन के कपड़े लगाती होंगी।''

''चाची...'' बच्ची के स्वर में झिझक थी।

''कहो बच्ची...''

शीला सँभली—''चाची, क्या छोटी के लिए माँ ने जोड़ा रखा है ?''

शीला का प्रश्न सुनकर नहीं, वह स्वर सुनकर चाची विमूढ़-सी रह गई। रूखे गले से कहा, ''नहीं बच्ची!''

''क्यों ?'' बच्ची ने कुछ अवज्ञा से पूछा, जिसमें छिपा क्रोध था। चाची जल्दी में कोई बात नहीं बना सकी। कृत्रिमता से बोली, ''बच्ची, तुम ठीक समझती हो तो ज़रूर भेजा जाएगा।''

बच्ची ने रूखे गले से कहा, ''चाची, मैं क्या समझूँगी, यह तो माँ को ख़ुद समझना चाहिए था।'' महरी चुप बैठी रही। दिल में सोचा, बच्ची ग़लत नहीं कह

रही, पर अपनी जगह तो मालकिन भी ठीक है। किस माँ का जी चाहता है कि बेटी की सौत के लाड़-चाव करे। अचानक महरी को कोई अशुभ-सा विचार आकर हिला गया। राम-राम! बच्ची जुग-जुग जियो! स्वर को स्वस्थ करके बोली, ''बच्ची, कुछ देर सो जाओ, रात भी जागती रही हो।'' अब वह हौले-हौले शीला का हाथ दबाने लगी, और शीला कुछ देर आँखें मूँदे पड़े रहने के बाद सचमुच सो गई। चाची ने कपड़ा उढ़ाया, सामने की खिड़की बन्द की और बाहर निकल आई। मालकिन बैठी मागो से सिर में तेल डलवा रही थी। महरी को देखकर पूछा—''बच्ची सो गई है?'' ''हाँ, अभी ज़रा आँख लगी है, रात-भर जागती रही है।'' चिन्तित-सी मालकिन बोली, ''महरी, कुछ बेचैनी ज़्यादा है बच्ची को? पहली बार है। मैं तो कहती हूँ डॉक्टर यहीं एक महीना रह जाय। दस कोस से रोज़ आना-जाना, फिर कभी वक़्त-बेवक़्त ज़रूरत पड़ जाय...''

''हाँ मालकिन, यही अच्छा है। पास डॉक्टर हो तो बड़ा भरोसा रहता है।''

''मागो उठ, मैं तेल डालती हूँ। पता नहीं, तुम्हारे हाथ ही नहीं चलते। अच्छी-भली खाती-पीती हो...''

मागो इसके लिए पहले ही तैयार हो रही थी। सोच रही थी, अब महरी आ ही गई है तो इनको ख़ुश करने के लिए ज़रूर दो बातें इधर-उधर करके नुकस निकालेगी। जी तो आया कि रूखा-सा जवाब दे, पर मालकिन के कारण रुक गई। सोचा—चलो छुट्टी मिली। मागो उठी और महरी ने मालकिन के तेल लगाना शुरू किया तो उनको सचमुच आराम मिलने लगा। महरी का तो हाथ ही बहुत अच्छा है। तेल डालने में इतनी निपुण है कि सिरदर्द तक ठीक कर देती है। शाहनी सिर को ऊपर उठाती हुई बोली, ''रब्ब तेरा भला करे महरी, तूने तो ठंड डाल दी है।'' महरी बाल बाँधते-बाँधते बोली, ''मालकिन, सबके कपड़े हो गए हैं न?''

''हाँ, महरी!''

''आप बुरा न मानो तो एक बात कहूँ।''

शाहनी सतर्क हुई। सिर पर दुपट्टा लेते-लेते बोली, ''हाँ-हाँ, कहो महरी!''

''मालकिन,'' एक क्षण के लिए महरी रुकी, फिर गम्भीर होकर बोली, ''वैसे तो तुम सयानी हो, पर छोटी को कुछ न भेजना जँचता नहीं।'' मालकिन ने कोई उत्तर नहीं दिया, मानो अभी कुछ और सुनना चाहती हो। महरी फिर बोली, ''कुछ भी हो, जिससे आपस में रंज बढ़े, वह बात क्यों की जाए? अभी बच्ची भी कह रही थी।''

''क्या कहती थी?''

''यही कि माँ को उसे भूलना न चाहिए था। जो जुड़ गया, वह टूट नहीं सकता।''

मालकिन ने सुनकर अपनी स्वीकृति या अस्वीकृति कुछ नहीं दी। चुप रही, पर मन में कम हैरान नहीं हुई। आज तक तो बच्ची ने कभी अपनी पसन्द-नापसन्द की,

बात नहीं की पर बेटी की सौत...जाने शाहनी क्या कुछ सोचती रही। शाम को महरी को बुलाकर पूछा, "महरी, छोटी कैसे कपड़े पहना करती है? सूट या साड़ी?"

"साड़ियाँ ही पहनती है। पर तुम्हें क्या, तुम सूट ही भेजो न। पहने न पहने, उसकी मरजी।"

शाहनी का फ़ैसला जानकर अब महरी का ख़याल श्यामा के लिए पहले का-सा नहीं रह सका।

मालकिन कुछ सोचती-सी रही और दूसरे दिन जब शाहजी शहर जा रहे थे तो उनसे बोली, "जी साड़ी की ज़रूरत है। आप ला सकें तो ठीक है, नहीं तो आदमी भेजना पड़ेगा।"

"बजाज को कह दूँगा, वह दिखाने ले आएगा। पसन्द कर लेना।"

शाहनी सुखी हुई। शहर से कितनी दूर है यह गाँव, पर शाहजी किसी चीज़ की कमी महसूस नहीं होने देते।

शाहजी शहर से वापस लौटे तो साथ डॉक्टर और नर्स थी। उनके रहने का इन्तज़ाम हवेली के दाहिने भाग में कर दिया था। मालकिन को तसल्ली हुई। ऊपर से बच्ची को कुछ कहती नहीं, पर फिकर तो उसे है ही। बच्ची अनभिज्ञ है। सबसे अधिक जो उसे चिन्ता है तो बच्ची के डर ही की। रात को खाने इत्यादि से निवृत्त होकर डॉक्टर साहब को मालकिन ने अन्दर बुलाया। अभिवादन के बाद बोली, "डॉक्टर साहब, कल आप बच्ची को देख लीजिएगा। पहली बार है, डरती ज़्यादा है। कहती कुछ नहीं, पर मैं तो जानती हूँ। उनकी अमानत है, नहा-धो उठे..."

डॉक्टर धनराज इस घर के पुराने डॉक्टर थे। उनकी शहर में अच्छी प्रैक्टिस चलती थी। पर शाहजी के बहुत ज़ोर देने पर वह यहाँ आने के लिए इनकार नहीं कर सके थे। एक महीना अपने मरीजों को छोड़ना उनके लिए आसान न था, पर वर्षों का सम्बन्ध और धनी-अमीर ज़मींदार का लिहाज उन्हें यहाँ खींच लाया। विनीत स्वर में बोले, "आप फिकर न करें, अब आ गया हूँ। शीला मेरी अपनी लड़की है।"

और दूसरे दिन शीला को देख लेने पर डॉक्टर साहब ने शाहजी और उनकी पत्नी को ढाँढस दिया। बोले, "फिकर की कोई बात नहीं। ज़रा कमज़ोर-भर है।"

शीला डॉक्टर साहब से देर तक इधर-उधर की बातें करती रही। उनके परिवार से शाहजी के परिवार का पुराना परिचय था। डॉ. धनराज लड़के-लड़कियोंवाले थे, पर उन सबसे अधिक दिलचस्पी उन्हें अपनी पत्नी से ही थी, जिसे चार साल पहले वह चम्बा से ब्याह कर लाए थे। सुग्गी को चम्बा के पहाड़ी पानी ने अच्छा निखरा रूप दिया था। चेहरे पर इतनी ताजगी थी, इतनी सादगी थी कि डॉ. धनराज अपनी स्वर्गीय पत्नी के अभाव को पूरा करने के लिए लालायित हो उठे। लड़के-बाले सयाने हो चुके थे और अपनी-अपनी पत्नियों को लेकर प्रसन्न थे। लड़कियाँ

ससुरालवाली थीं और डॉ. धनराज को अपनी व्यस्त ज़िन्दगी में मिलनेवाले कुछ घंटे कितने बोझिल लगते थे, इसे उनके लड़के और बहुएँ नहीं समझ पाईं। एक बार गर्मियों में वह जब चम्बा गए तो वहाँ प्रकृति की गोद में से एक फूल उन्होंने चुन ही लिया। जब सुग्गी उनके साथ बहू-बेटोंवाले परिवार में पहुँची तो वह सुग्गी से सुहागरी बन चुकी थी। बेटों ने पिता के सामने चुपचाप सिर झुकाया और बहुओं ने दाँतों तले जबान दबाई। राम-नाम करके पहली सास से छुट्टी मिली थी और अब एक और सिर पर आ खड़ी हुई। वे तो ससुर को बूढ़ा समझ चुकी थीं, पर यह तो उनकी रसिकता का प्रमाण था। अक्सर जब परिचित शिष्टाचारवश डॉक्टरनी जी का हाल पूछते तो लहजे में दबा परिहास होता, पर आज शीला के पूछने पर डॉक्टर साहब को बुरा नहीं लगा। बोले, "बेटी, तुम लोगों को तो जानती ही हो। वह तो बिचारी किसी से कुछ कहती-सुनती नहीं, पर न जाने क्यों दिन-रात ताने...मैं तो तंग आ जाता हूँ।" शीला ने सहानुभूति जताना आवश्यक समझा। बोली, "चाचाजी, आप और चाची कचहरी रोडवाली कोठी पर अलग क्यों नहीं रहते?"

डॉक्टर साहब ने अपना इज़्ज़तदार सिर हिलाया और कहा, "बेटी, घर परदा अलग-अलग हो जाने से रहता नहीं। अब इस उमर में आकर क्या बेटों से अलग होऊँगा?"

शीला मन-ही-मन हँसी। इस उमर में पहाड़िन युवती को ब्याह लाना सचमुच घर के टुकड़े करने से कहीं अधिक आसान है—"यह तो सच है, चाचाजी!" प्रत्यक्ष इससे अधिक कुछ नहीं बोली।

डॉक्टर साहब जब कमरे से चले गए तो महरी बोली, "बेचारा बहुओं के हाथों तंग है। पर बच्ची, यह भी सठिया गया है। डॉक्टर है तो क्या यह ख़ुद नहीं समझता। कहाँ यह और कहाँ वह बीस-बाईस साल की मुटियार सुहागी। कुछ तो होश रखना चाहिए।"

शीला सुनकर खिलखिला पड़ी। बोली, "चाची, मन की बात है।" चाची को अब तक मर्दों से कोई हमदर्दी न रह गई थी। बोली, "आग लगे ऐसी जवानी को, बेटों वाला, फिर भी जी न भरा। हाँ बच्ची, मैं क्यों यहाँ आ गई थी। मैंने तो उसे उसी दिन मरा समझ लिया था, जब वह नसीबी ललारन के यहाँ डोरे डालने लगा था, और सच कहूँ बच्ची, उसके बाद उस ओर मुँह नहीं किया। पूरा हुआ तो भी नहीं गई। जाना किसके पास था? उसे रोना तो था सो उसे यहीं रो डाला था।" फिर कुछ रुककर कहा, "बच्ची, मैं तो रोई, मेरा कुछ लगता था? पर उस चुड़ैल का क्या था, मरा और दूसरे घर जा बैठी।"

शीला ने महरी की ओर देखा। कितना सच कहा था उसने? पति को छोड़ ज़रूर आई थी, क्योंकि सहन नहीं कर सकी थी, लेकिन रोई भी, क्योंकि वही उसका सबसे अपना था।

महरी की बात शीला को छू गई। और कुछ क्षण मौन रहने के बाद महरी ने देखा—बच्ची पत्र लिखने बैठ गई थी। यहाँ आने के बाद यह पहला पत्र था जो शाहजी की बेटी अपने पति को लिख रही थी।

17

धर्मपाल सुबह आफ़िस जा चुके थे। श्यामा घर के छोटे-मोटे कामों में व्यस्त थी। इधर-उधर फैले कपड़े सहेजे, खिड़की में पड़े गुलदानों को ठीक किया। नौकर फर्नीचर झाड़-पोंछ रहे थे। कुछ डाँट-फटकार बताई और घर-भर का निरीक्षण करते-करते नीचे उतर आई। शीला के कमरे के आगेवाले आँगन में जहाँ कभी महरी की तेज़ आँखें घूरा करती थीं—गमलों की क़तारें लगी थीं। अनछाँटे सूखे पत्ते नौकरों की बेपरवाही का प्रमाण दे रहे थे। झिड़ककर बोली, ''कितने दिन से गमलों में पानी नहीं दिया गया? नौकर क्या आराम से पड़े-पड़े रोटियाँ तोड़ा करते हैं?''

रक्खी जो मालकिन के साथ-साथ नीचे उतर आई थी, भड़काने के लिए बोली, ''यही क़ायदा चलता है मालकिन यहाँ तो, खाया-पीया और पेट पर हाथ फेरकर पड़े रहे।''

''तो अब ऐसे नहीं चलेगा। इतने नौकर किसलिए जुटा रखे हैं?'' श्यामा ने तेवर चढ़ाए। श्यामा ढंग की साड़ी पहने थी, केश-विन्यास सुन्दर था और सर्दियों की बेताप सुबह में भी मुख पर स्वास्थ्य की लालिमा थी। ''काम की ढील और लापरवाही मैं सहन नहीं कर सकती, समझे। जो काम करेगा, वही रहेगा।''

नौकर इधर-उधर झाड़-पोंछ कर रहे थे। चुपचाप खड़े सुनते रहे। रक्खी ने कनखियों से देखा, छोटे बंसी के सिवाय और कोई सामने न दीखा। सोचा—चलो अच्छा हुआ। मालकिन को उकसाने का काम वह बेझिझक करती ही गई है, पर किसी के सामने नहीं। रात को नौकरों की टोली में जाकर बैठने का लोभ वह सँवरण नहीं कर सकती, और एक बार उसकी यह बातें सुन लेने पर कोई उसे मुँह लगाएगा? बंसी का क्या? छोटा है, उसे तो समझा जा सकता है।

श्यामा ने पीठ मोड़ी और रक्खी बंसी के पास जाकर लाड़ जताकर बोली, ''बंसी, किसका मुँह देखकर उठा था? सुबह-सुबह फटकारें मिली हैं। पता नहीं कैसी आदत है। हर वक़्त नौकरों पर बरसती है।'' बंसी ने इस हमदर्दी को समझने का प्रयत्न करते हुए भी दरवाज़े की झाड़-पोंछ जारी रखी, और उपेक्षा से रूखे स्वर में कहा, ''जा-जा, अपना काम कर ठगनी-सी।''

रक्खी फक-सी रह गई, फिर सँभलकर तीख़ी आवाज़ में बोली, ''अरे डूब जाए, जबान सँभालकर बोला कर। तेरी माँ के बराबर हूँ।''

''डूबो तुम या तुम्हारे घरवाले! गाली दी तो फिर ख़ैर नहीं।''

रक्खी ने देखा, सिर्फ़ आवाज़ की ही तेज़ी नहीं थी। बंसी अब बच्चा नहीं रहा था। जवानी फूट रही थी। चेहरे पर कुछ तोड़-फोड़ डालने का भाव था और झाड़न पकड़े हुए हाथ की कलाई मज़बूती की परिचायक थी। अन्दर से डरी, पर कहा, ''अरे कुछ होश कर। आज रोटी मिलने लगी तो दूसरों को तोड़-तोड़कर खाने लगे। अरे ठगनी होगी तेरी माँ-बहन। घरवालों का नाम लिया तो जबान खींच लूँगी।''

''क्या कहा? लल्लो-पच्चो मालकिन के आगे तुम लगाओ और ठगनी मेरी माँ...रक्खी सीधी ऊपर चली जा, नहीं तो याद रखना, पकड़कर...''

रक्खी ने लड़ाई की नजाकत पहचानी और पलक झपकते सीढ़ियाँ चढ़ गई। पाँच-छः सीढ़ियाँ चढ़ जाने पर एक बार फिर मुड़ी और जलकर खाक हुए गले से कहा, ''ओ जवानी में जाय तू, इतनी हिम्मत है तो माँ का झोंटा जाकर खींचना।''

अब तक अन्दर के कमरे से गोविन्दा भी निकल आया था। रक्खी के साथ गोविन्दा की पुरानी चिढ़ थी। रक्खी को ऊपर चढ़ते देखा तो पछताया कि पहले क्यों नहीं आ निकला। उसको पलटकर बोलते देखकर बंसी के कन्धे को थपथपाकर बोला, ''फिकर न कर यार, इसको मैं एक ही बार जाकर 'मड़ियों' (श्मशान) में सुला आऊँगा।'' बंसी सुनकर हँसा और रक्खी के तन-बदन में आग लग गई। सीधी ऊपर चढ़ गई। जाकर देखा, मालकिन नहाने चली गई थी। पलँग पर कपड़े निकले पड़े थे, देखकर जी जला। यह दिन आ गया है नौकरी बजाते, कभी रेशमी लत्ता तन छुआने को नहीं मिला और आज इन दो कौड़ी के छोकरों ने सिर नीचा कर दिया। और उसे अपने घरवाले का ध्यान हो आया। आज वह न हुआ, नहीं तो छल-बल से, मिन्नत-आरजू से, किसी भी तरह उसे तैयार करती। इनकी ऐसी हड्डी-पसली तोड़ता कि महीनों बैठा रोता रहता। मगर आज वह नहीं। सालों बीते उसे मरे हुए। रक्खी के कलेजे में हूक-सी उठी। एक लड़का ही होता तो क्या वह आज चौबीस घंटे की नौकरी बजाते-बजाते अपने झोंटे खिचवाती। आँखों से आँसू बह निकले। उसका आज है कौन? दो बार रोटी खाने को ही तो वह यहाँ पड़ी है, नहीं तो...नहीं तो वह कहीं चली जाती। पर कहाँ जाती? इसी घर में उसके मालिक ने काम किया, उसके ससुर ने और ससुर के पिता ने। बड़े मालिक ज़िन्दा थे तो कभी दिन-त्यौहार लेते-देते पूछ लिया करते थे—''रक्खो, ठीक हो न'' और वह ज़रा-सा कपड़ा नीचे खींचकर, लजाकर सिर हिला दिया करती थी। कभी किसी के तन पर फटा कपड़ा देखते तो मुनीमजी को बुलाकर कहते, ''मुनीम जी, यह घर नौकर-चाकरों का भी है। रहेंगे यहाँ, खाएँगे यहाँ तो

क्या कपड़ा माँगने कहीं और जाएँगे।'' और फिर हफ़्ते के अन्दर-अन्दर सबको नई पोशाकें मिलतीं। और अब? यह बड़े घर की मालकिन दिन-भर उस पर बिगड़ा करती है। क्या बंसी के साथ उसकी लड़ाई अनावश्यक थी। लेकिन नहीं, कितना मुँहजोर है? अपने अपमान की बात एक बार फिर आँसू छलछला लाई। रक्खी ने जाकर सामने की खिड़की बन्द करके परदे नीचे डाल दिए और फिर गले को ज़रा प्रत्याशित रूप से साफ़ करके बोली, ''हवा ठंडी है। गर्म पानी से बाल धोकर एकदम बाहर आना अच्छा नहीं मालकिन!'' श्यामा ने विस्मय से सिर उठाया। रक्खी की आवाज़ और दिनों से कहीं अधिक कोमल थी। गला भारी था और आँखें अभी सूखी न थीं। ज़रा नर्म होकर बोली, ''रक्खी, क्या बात है? रोती क्यों हो?''

''नहीं मालकिन!''

''पर कहो तो।''

''कुछ नहीं मालकिन!'' कहकर रक्खी रुकी पर झट सोचा—कहीं मौक़ा न चूक जाए। बोली, ''मुझसे तो सब जलते हैं मालकिन! ऊपर रहती हूँ। इसीलिए आज मैंने क्या कुछ ग़लत कहा था? आप ऊपर आईं तो बंसी को समझाया—मालकिन का काम ठीक होना चाहिए। बस इसी पर तड़पकर बोला—तुम अपनी सलाह अपने पास रहने दो। बोलोगी तो झोंटा पकड़कर खींच दूँगा...''

और रक्खी की अभी-अभी पोंछी हुई आँखें फिर ताजे आँसुओं से भर गईं।

श्यामा दर्पण के सामने खड़ी थी। सुनकर एकबारगी तमक गई। बोली, ''बंसी को बुलाओ। यहाँ क्या अब अदब-क़ायदा बिलकुल नहीं रहा है?''

और कोई वक़्त होता तो ज़रूर रक्खी श्यामा के इस आक्षेप में कोई गहरा अर्थ ढूँढ़ने की कोशिश करती, पर आज तो उसकी बन आई। उठकर दुपट्टा ठीक किया और नीचे उतर गई। उतरते-उतरते सोचा कि सचमुच वह ऊपर से उतर रही है। आज मालकिन जिसके पक्ष में है, वही अच्छा है और वही भारी है।

श्यामा ने बाल छिटके और कन्धे से सुलझाने लगी। लम्बे बाल, चूड़ियों से भरे हाथ। बार-बार कंघी के साथ ऊपर-नीचे जाते हुए, रंगदार ब्लाउज से लिपटा-लिपटा शरीर उठाकर साड़ी पहनी और गर्व से एक बार मुस्कराकर देखा। श्यामा में आज भी वही सुन्दरता थी जो केवल बाँहों से नहीं, आँखों से भी बाँधने की क्षमता रखती है। कुछ और सोचने को थी कि रक्खी को दरवाज़े पर खड़े देखा। बंसी साथ नहीं था। मुँह पर विस्मय था। लगता था कुछ कहना चाहते हुए भी वह कह नहीं पा रही। ''बंसी आया?'' मालकिन ने मालकिन जैसी आवाज़ में पूछा।

''नहीं मालकिन...'' और बाहर की ओर देखकर बोली, ''नन्दू आया है। कहें तो अन्दर आए।'' नन्दू के आने का प्रयोजन सोचने का मौक़ा श्यामा को नहीं मिला। कहा, ''आने दो।''

नन्दू ने गला साफ़ किया, पल-भर देहरी पर रुका। घर की बहू है, कपड़ा इधर-उधर होता है। पर श्यामा ने सिर पर आँचल लेने का कोई प्रयास नहीं किया।

''ओ नन्दू!'' नन्दू ने हाथ जोड़े। उड़ती दृष्टि से रक्खी की ओर देखा और गम्भीर स्वर में, जिसमें उल्लास छिपाने की भरसक कोशिश थी कहा, ''मालकिन, शाहनी के यहाँ से बधाइयाँ आई हैं, आदमी नीचे खड़े हैं...''

''बधाइयाँ, शाहजी के घर से!'' जाने क्यों श्यामा का मुँह फीका हो आया। बोली, ''कैसी बधाइयाँ नन्दू?''

''मालकिन, घर में देवी आई है—सौ-सौ मनौतियों के बाद यह दिन आया है। दोनों घरों के भाग जागे हैं मालकिन!''

श्यामा न तो हिली-डुली न उसके पलक ही झपके। अन्दर कुछ घूम-घूमकर टकरा गया। सामने से नन्दू और रक्खी दूर खिसक गए और आँखों के परदे पर जल्दी-जल्दी धर्मपाल, शीला...शीला और धर्मपाल घूम गए। आँखों पर धुंध-सी छाने लगी, जैसे किसी चक्कर में वह ऊपर-नीचे फिर रही हो। रंग फीका हो गया। यह तो वह पहले ही जानती थी, नहीं तो यह सूचना देने के लिए नन्दू को आगे न करना पड़ता। श्यामा का ठोड़ी पर रखा हाथ किसी बेजान अंग की तरह कुर्सी पर जा गिरा। रक्खी पास आकर बोली, ''मालकिन, क्या जी अच्छा नहीं? कहती न थी, गर्म पानी से सिर धोकर हवा लगने का डर है।''

श्यामा ने भरसक अपने को सँभालकर कहा, ''नहीं, ठीक है। नन्दू, उन्हें बैठाओ। वह आते ही होंगे।'' नन्दू एक बार फिर झुककर नीचे लौट गया। रक्खी ने झट बात छेड़ दी। आज तो मालकिन उस पर ख़ुश है, नहीं तो उसके सामने बोलने की हिम्मत सचमुच ही उसमें नहीं है। धीरे-से जैसे किसी षड्यंत्र की बात कर रही हो, बोली, ''मालकिन, यह सब क्या है? इसकी भनक तक नहीं पड़ी। फिर बधाइयाँ कैसी? कोई अनोखी लड़की हुई है? आज तक तो लड़कों की ही बधाइयों का चलन है...''

''पर शायद शाहों का बड़ा घर है...'' नौकरों को उसने हमेशा दूरी पर रक्खा है। कठोर स्वर से बोली, ''बस रक्खी, जो पूछूँ उसी का जवाब दिया करो।''

रक्खी का मालकिन की शह पर चमकता हुआ मुख पल-भर में पुत गया। सोचा—शुक्र है रानी की आवाज़ तो निकली। सुनकर कैसे गुम-सुम हो गई थी। इतना छोटा दिल! उसकी गोद भरी तो दम घुटने लगा।

श्यामा जाने क्या सोचती रही। मन में लगा कि नौकरों के सामने वह अपने को सँभालकर ठीक तरह जवाब नहीं दे पाई। यह अच्छा नहीं हुआ, लेकिन जो हो चुका, हो चुका। फिर शीला की व्यवहारकुशलता याद हो आई। बोली, ''रक्खो, नन्दू को बुला लाओ।''

रक्खी चुपचाप नीचे उतर गई। जाकर नन्दू से बोली, ''तुम्हें ऊपर बुलवाया है।''

कुछ नई बात खड़ी होगी। मालकिन सुनकर चुप-सी रह गई थी, इसे नन्दू ने देखा था और यह भी देखा था कि आकस्मिक धक्के से बहूरानी कैसी पीली पड़ गई थी। पहुँचा तो वह बोली, ''नन्दू, उन्हें खाना-वाना खिला दो। क्या सामान साथ है?''

''हाँ, मालकिन सामान बहुत ज़्यादा है।''

''अच्छा तो खाने के बाद उन्हें ऊपर भेज दो।''

श्यामा बैठी-बैठी सोचती रही। क्या उसका सन्देह ग़लत था? जगदीश के पास रहते हुए उसकी चिन्ता, यहाँ लौट आने पर उनकी बेरुखी और शीला की सहानुभूति। शीला सचमुच में उससे जीत गई थी। पति के इस हृदयहीन आघात ने शीला के प्रति क्रोध का सारा तीख़ापन ठंडा कर दिया।

फ़र्श पर अहमदू नाई और शीला की माँ का घरेलू नौकर रामदास बैठे थे। नन्दू देहरी के पास खड़ा था। पर्दा उठाकर श्यामा ने पाँव अन्दर रखा तो दोनों ने बधाइयाँ बुलाईं। आज उसे ही बधाइयाँ हैं। अहमदू नाई और रामदास ने एक-दूसरे की आँखों में देखा। चारों आँखें एक ही बात कर रही थीं—''बच्ची क्या इससे कम है?'' अहमदू को तो नई बहू का नंगे सिर आना भी खटका, पर चतुराई से बोला, ''शाहनी-शाहजी ने आशीष भेजी है और यह नाते-रिश्तों के जोड़े।'' अहमदू ने चाबी से बक्स का ताला खोला और रामदास के हाथ में एक-एक जोड़ा पकड़ता गया। नाम वह स्वयं बोलता जा रहा था। इसमें अहमदू नाई कभी ग़लती नहीं कर सकता। इस कार्य में वह सिद्धहस्त है। नौकर-चाकरों के कपड़ों की बारी आई। कपड़ों का ढेर लगा और नन्दू ने जाना कि उसका स्थान आज भी सुरक्षित है। सबसे अच्छा जोड़ा उसका था। महरी की अनुभवी छाप स्पष्ट थी। अन्त में अहमदू ने विशेष यत्न से दामाद के कपड़े उठाकर बहू के हाथों पर रख दिए और अर्थ-भरी दृष्टि से रामदास और नन्दू की ओर देखकर जरी की चमकती क़ीमती साड़ी और उसके साथ सोने के कंगनों का लाल रंग का डिब्बा श्यामा की ओर बढ़ा दिया और रामदास से बोला, ''मालकिन का रुक्का भी देना।''

श्यामा ने चिट्ठी खोली—शाहनी ने दामाद और (बेटी) को प्यार भेजा था और लिखा था—''बेटी, लड़की आठ दिन की हो गई है। कल साहब के अस्पताल का बड़ा डॉक्टर देख गया है। कमज़ोर ज़्यादा है। रब्ब ने किया तो ठीक हो तुम्हें जल्दी ही आ मिलेगी। धर्मपाल जी ठीक होंगे। उन्हें बड़ी-बड़ी बधाइयाँ। मौक़ा लगे तो आकर बच्ची और लड़की को देख जाएँ।'' श्यामा ने पढ़कर एक लम्बी साँस ली। अन्त में लिखा था—''बेटी, नातेदारों में किसी के कपड़े देना-लेना छूट गया हो तो लिख भेजना। पराई बात न समझना। भगवान करे तुम्हारी भी गोद भरे... और बस। तुम्हारी माँ।'' श्यामा ने पत्र पढ़कर आँखें ऊँची कीं तो चमकती हुई दो बूँदें

आँखों में घिर आईं। आज उसे कितनी भी व्यथा हो, कितनी भी वेदना हो, शाहनी के 'तुम्हारी माँ' लिख देने पर वह इन सबको झेल लेगी। अन्त में शीला की माँ ने आशीर्वाद दिया था, "भगवान तुम्हारी गोद भरे" और न जाने कैसे अनायास ही उसकी आँखें भर-भर आई थीं। पूछा, "अब बहन कैसी है?"

अहमदू कुछ हैरान-सा हो गया था। इन शहरियों की बातें कुछ समझ नहीं आतीं। बधाई लेते-देते नैन टपकाने की क्या ज़रूरत थी!

प्रश्न सुनकर अहमदू कुछ खुला। साफे का लड़ ठीक करते-करते बोला, "बच्ची का जी कुछ राजी नहीं, ताप रहता है। डॉक्टर तो एक महीने से वहीं रुका हुआ है। हाँ, हमारी ध्यानी अच्छी है, कुछ-कुछ माँ पर पड़ी है।" फिर ज़रा मजा लेने के लिए बोला, "कुछ-कुछ जमाई की तरह भी है, पर नक़्श-नैन तो सच जाने बिलकुल आप पर हैं।" कहकर हँस पड़ा। रामदास ने भी योग दिया। नन्दू शहर का आदमी है, इस तरह के हास-परिहास की सरलता नहीं समझ सका और श्यामा के लिए तो यह नई चीज़ थी। दिल में सोचा—कितना प्रगल्भ है।

सीढ़ियों पर अधिकारयुक्त पाँवों की आहट सुनकर नन्दू चौकन्ना हुआ। शायद मालिक ऊपर आ रहे हैं। श्यामा की उपस्थिति में जो शब्द उसके कंठ तक आ-आकर रुक रहे थे, वह फूट निकले, "मालिक बधाइयाँ हों, बड़ा-बड़ा इक़बाल हो..." मालिक सीधे अन्दर आ गए। श्यामा कुर्सी पर निश्चल बैठी थी, घुटनों पर कपड़े रखे थे। अहमदू और रामदास ने झुककर अभिवादन किया, और जेब से चिट्ठी निकालकर धर्मपाल के हाथ पर रख दी। श्यामा ने जैसे ठोकर खाई हो। संशय से मन भर उठा। शाहनी के लिखे मीठे शब्दों की कल्पना को धक्का लगा, पर क्या दामाद को पत्र लिखने का अधिकार उन्हें नहीं? पत्र पर केसर के छींटे थे। शाहजी की ओर से छोटा-सा पत्र था। पढ़कर धर्मपाल कुछ बोले नहीं। श्यामा ने कुछ देर बाद नन्दू से कहा, "नन्दू, इन्हें नीचे ले जाओ और जाने के लिए अभी इनसे पूछकर कहला भेजूँगी।"

श्यामा ने पति की आँखों से कुछ जानने का प्रयत्न ज़रूर किया लेकिन मुख पर न जाने कैसी बँधी-बँधी गम्भीरता थी; न घबराहट थी, न उद्वेग था। केवल मस्तक की रेखाएँ उभर आई थीं, जैसे अन्तर में कुछ मथ रहा हो, कुछ उठ रहा हो, कुछ जग रहा हो और धर्मपाल ने जब स्वयं अपने को टटोला तो वहाँ ममता में लिपटा पितृ-हृदय पाया, जिससे आज तक वह अनजान थे, बेख़बर थे।

दूसरे दिन सुबह से दोपहर तक दफ़्तर में काम करने के बाद धर्मपाल जब घर लौटे तो पत्नी से बोले, "आज शीला को देखने गाँव जाऊँगा।" और जब साँझ को उनकी कार कोठी के बाहर निकली तो श्यामा खिड़की में खड़ी दूर-दूर तक निर्निमेष नेत्रों से देखती रह गई, जैसे आसपास छाए मौन से भागती हुई कार का स्वर टकरा रहा हो—टकरा रहा हो...

18

गहरे अन्धकार की बाँहें रात को घेरे जा रही थीं और आलिंगन में बँधी रात मोह में भीगकर किसी की याद में आँसू बहा रही थी। सितारे ढिठाई से चमक रहे थे, जैसे किसी नेत्रहीन अभागे पर हँस रहे हों, और शाहजी की बड़ी हवेली में शैया पर शीला नींद की मूर्छना में पड़ी थी। लैम्प के हल्के प्रकाश में नवजात शिशु के तन का नया-नया मानवीय रक्त चमक रहा था और माँ का रक्तहीन श्वेत चेहरा, जैसे इसी रक्त से किसी का निर्माण कर बेजान-सा पड़ा था। पास पीढ़ी पर चाची महरी सिर ढँपे चिन्तित मुद्रा में बैठी थी। आज दिन तक तो बच्ची की तबीयत बहुत ख़राब रही है। डॉक्टर यहीं बैठे रहे। बड़ा डॉक्टर भी देख गया था। शाम को बच्ची कुछ अच्छी थी। दुपहर को कुछ हालत ठीक नहीं थी, पर साँझ होते-होते तबीयत फिर सँभली। शीला ने दवा ली और आँखें मूँदे निश्चल-सी, शिथिल-सी पड़ी रही। मालकिन सिरहाने बैठी सिर सहलाती रही। साथवाले कमरे से बार-बार शाहजी आकर बेटी को देख जाते थे और डॉक्टर धनराज उन्हें ढाँढ़स बँधाते जा रहे थे। कुछ देर हुई, बच्ची को सोया देखकर महरी मालकिन से बोली, ''आप जाओ, शाहजी को कुछ खिला-पिला दो। डॉक्टर ने भी सुबह से कुछ नहीं खाया।''

मालकिन गई तो महरी ने लड़की के मुँह में शहद चटाया और आकर शीला के पास बैठ गई। बालों को सस्नेह हटाया और हौले-हौले बच्ची के हाथ मलती रही। कुछ क्षण बाद बच्ची ज़रा हिली और आँखें खोलीं। एक बार सामने बिछौने पर पड़ी नन्हीं बालिका की ओर देखा—फिर चाची से क्षीण स्वर में पूछा, ''चाची, बच्ची को दूध पिलाया?''

''हाँ बच्ची, अभी-अभी शहद चटाई है।'' बच्ची ने पलकें झपकीं और मौन हो रही। महरी पूर्ववत हाथ दबाती रही।

''चाची!''

''हाँ, बच्ची!''

''चाची, क्या रात बहुत बीत गई?''

''नहीं तो बच्ची!'' चाची ने चाहा कि बच्ची से पूछे, यह क्यों पूछ रही है, पर चुप रही।

''चाची!'' इस बार बच्ची का स्वर धीमा था।

''बच्ची, कहो।''

''चाची, नन्हीं को मेरे पास लिटा दो।'' यह सुनकर चाची के अधरों पर मुस्कराहट नाच गई। झटपट उठकर लड़की को उठाकर बच्ची के पास लिटा दिया। बोली, ''बच्ची, अपने ननिहालवालों पर ही पड़ी है। पर शीलो, माथा तुम-सा नहीं।''

बच्ची ने अपने ही हाड़-मांस से बनी उस छोटी-सी काया को भरी आँखों से निहारा और पलकें मूँद लीं। चाची ने पास खड़े-खड़े सोचा कि बच्ची के सो जाने पर लड़की को दूसरी शैया पर लिटा देगी। बच्ची के साथ रहने से कष्ट होगा। दिल में आया—ममता बड़ी चीज़ है।

दबे पाँव मालकिन जब अन्दर आई तो बच्ची के आगे लड़की को लेटा देख आँखें भर आईं। सोचा, एक दिन बच्ची को लिये वह इसी तरह लेटा करती थी। महरी आगे बढ़ आई और मालकिन ने संकेत करके धीरे-से पूछा, "कब से आँख लगी है बच्ची की?"

"अभी-अभी सोई है। लड़की के लिए कहा तो मैं पास लिटा आई।"

मालकिन बोली, "महरी जाओ, कुछ खा-पी लो। अभी बच्ची सोई हुई है..." खाने को महरी का मन नहीं हुआ, पर मालकिन से कुछ कह नहीं सकी। लाख उसने बच्ची को पाला-पोसा हो, पर माँ के लिए भी तो लड़की पराई नहीं। बिना कुछ कहे बाहर निकल गई। मालकिन ने बच्ची के माथे पर हाथ लगाया। ज्वर कुछ कम होने लगा था।

चाची महरी जल्दी ही लौट आई। मालकिन समझ गई कि महरी कुछ खा नहीं सकी। कुछ कहने को थीं कि महरी बोली, "अब कुछ देर लेटकर कमर सीधी कर लो। कल रात का जगराता है। मैं बच्ची को देखती हूँ। पहर गए तुम्हें बुला लूँगी।"

मालकिन ने इसका प्रतिरोध नहीं किया और दबे पाँव साथ के कमरे में जाकर लेट गई। लेटे-लेटे शाहजी से बोली, "मैंने कहा जी, बच्ची की तबीयत कुछ ठीक ही लगती है। आँख लगी रहे तो अच्छा है।"

सोने से पहले डॉक्टर साहब बच्ची को देखने आए। नब्ज देखी, माथा देखा। महरी से गम्भीर स्वर में बोले, "महरी, बच्ची जागे तो मुझे बुला लेना, मेरी नींद का ख़याल न करना।"

डॉक्टर साहब चले गए तो चाची ने छोटी लड़की का कपड़ा ठीक किया और पीढ़ी पर आ बैठी। रात मौन और निस्तब्ध थी। घर में कोई आवाज़ न थी। आज कितने दिनों बाद मालकिन और शाहजी ज़रा लेटे हैं। हवेली के सदर दरवाज़े पर खड़ा पहरेदार कभी-कभी फटी-सी आवाज़ निकालता है, और कभी-कभी कुत्तों के भूँकने का स्वर आज न जाने क्यों महरी को शान्ति भंग करता-सा लगा। गाँव की रात तो हमेशा ही ऐसी होती है, पर...क्या? आज तो बच्ची कुछ ठीक है।

महरी ने लैम्प कुछ हल्का कर दिया था। कुछ समय बीता। बैठे-बैठे चाची की आँखें मुँदने लगी थीं कि बच्ची का पतला स्वर सुन हड़बड़ाकर उठ बैठी। चाची बच्ची के सिर पर झुकी, लाड़ से कहा, "बच्ची!"

"चाची!" आवाज़ कहीं दूर से आई लगती थी, "सुबह कब होगी चाची?"

"अभी देर है बच्ची! पीपलवाला कुआँ नहीं चला अभी।"

"हूँ। चाची, दरिया पर कब चलोगी?"

महरी का माथा ठनका, पर सिर पर हाथ फेरते-फेरते बोली, ''तुम्हारे ठीक होते ही बच्ची, नहा-धो लो तो...''

''नहीं चाची!''

चाची ने नब्ज देखने के बहाने हाथ बच्ची की बाँह पर रखा। बाँह ठंडी थी और बच्ची ने आँखें खोलीं तो उनमें जैसे जीवन-भर का मोह उतर आया था। नीचे बैठते हुए श्वाँस से गला रुद्ध हो गया था।

''नहीं चाची, यह बच गई तो इसे...''

''मालकिन...मालकिन!'' महरी की ऐसी पुकार शाहनी ने कभी नहीं सुनी। जाने कैसे यह आवाज़ उनके कानों में नहीं, दिल में जा पहुँची। बेतहाशा भागती हुई आई। महरी की आँखें और बच्ची की सफ़ेद होती जा रही काया ने सब समझा दिया। बच्ची का मुँह दोनों हाथों में लेकर मालकिन फफक-फफककर रो पड़ी।

महरी शाहजी को जगाकर रुँधे कंठ से बोली, ''बच्ची जा रही है।'' जब वापस लौटी तो हाथ में दिया-बत्ती थी। रोती हुई शाहजी से बोली, ''लड़कपन छोड़ो, गंगाजल लाओ।'' महरी के हाथ में दीया देखा तो मालकिन का कलेजा फट गया। शाहजी और उनकी पत्नी ने उठाकर नीचे लिटाया और महरी ने हाथ पर दीपक रख दिया। मालकिन पछाड़ खाकर पति के पैरों के पास गिर पड़ी। शाहजी की अन्धी आँखों में पूरा-का-पूरा घर लपटों में घूम गया और चाची महरी बच्ची के बेजान हाथ पर दीपक थमाकर दूसरे हाथ से सिर पर हाथ फेरती रही...फेरती रही, जैसे कह रही हो—कोई डर नहीं, कोई डर नहीं मेरी बच्ची...और बच्ची का एक लम्बा श्वाँस ऊपर आया पर नीचे नहीं जा सका...छटपटाते-छटपटाते एक हिचकी ली और बस...चाची ने चीख़ मारी और बच्ची का माथा चूमकर आर्त स्वर में उसकी वाणी फूटी, ''कहाँ चली गई मेरी बच्ची!''

शाहजी ने कन्धों से पकड़कर ऊपर उठाया तो द्वार पर डॉक्टर खड़े दीखे। तड़प कर बोली, ''अब आए हो, वह तो चली गई...चली गई...''

और सचमुच वह जा चुकी थी। जो रह गई थी वह केवल चिता में जलने के लिए। पास शैया पर माँ की नवजात बच्ची ख़ामोश बेहोश पड़ी थी, नई ज़िन्दगी की मीठी मूर्च्छना में, मौत की निर्दयता और बेरहमी से बेख़बर।

19

धर्मपाल जब अपनी बच्ची और उसकी माँ से मिलने ससुराल पहुँचे तो माँ बच्ची से बिछुड़ चुकी थी। हवेली पर आदमियों की भीड़ थी। शाहजी की इकलौती बेटी और फिर जवानी की मौत! गाँव-के-गाँव इकट्ठे हो रहे थे। ऐसा

जुल्म! ऊपर औरतों का हा-हाकार मचा है। सात बेगाने रो रहे हैं। फिर यह तो अपने हाथों में पली-खेली, और अभी उस दिन ही तो डोली में डालकर ससुराल बिदा की। न दुनिया देखी, न पहना-ओढ़ा। अभी उम्र ही क्या थी? सुबह से लोग जुट रहे हैं। दूर-दूर गाँवों में भी आदमी भेज दिए गए हैं। अभी ससुराल से कोई नहीं आया। वहाँ है भी कौन? सास नहीं, ससुर नहीं। दामाद की राह देखी जा रही है। अभी परसों, तो मालकिन ने बधाइयाँ भेजी थीं। लड़की को लड़का करके माना, पर होनी कौन टाल सकता है। मालकिन को बार-बार गश पड़ती है। शाहजी नीचे हवेली में रो रहे हैं। ऊपर से आता हुआ मालकिन का चीत्कार जैसे उनके दिल के आर-पार हो रहा है। चाची महरी कोने में चुपचाप बैठी है। रात को बच्ची को चूमते हुए जब मालकिन ने उसे पकड़कर कहा था—"महरी, सब्र करो" तो सुनकर मानो उसे होश नहीं रहा। आँखों को किसी ने जबरदस्ती भींच दिया था। उसके बाद वह रोई नहीं, कुछ बोली नहीं। मालकिन ने होश आने पर उससे गले लगना चाहा था तो उसने मालकिन का सिर अपने कन्धे से उठाकर अलग कर दिया था और तब से वह एक ही मुद्रा में बैठी है। आज तो लोक-जहान टूट पड़ा है। औरतों का समूह रो-रोकर बोल रहा है—वे बेगम तूने रोते-बिलकते घरवाले छोड़े। अभी तो तेरे हाथों से लाल चूड़ियाँ भी न उतरी थीं, बेगम तूने...

पर महरी चुप है। अभी मागो इधर आ रही थी तो चबूतरे से जमाई को देखा। आकर रोते-रोते बोली, "जमाई आ गए हैं। हाय-हाय, अब पहुँचे। दर्शन-मेला नहीं था, नहीं तो वे दिन पहले ही आ जाते।"

धर्मपाल ने हवेली के दरवाज़े पर क़दम रखा, तो सब कुछ सामने आ गया था। यह भीड़, गीली आँखें और सामने शाहजी। रंग जैसे किसी ने निचोड़ लिया हो, और चेहरे की सफ़ेदी बाक़ी रह गई हो। दहलीज से पाँव आगे नहीं बढ़े और शाहजी की आँखें देखती रह गईं, देखती रह गईं। लड़की का ब्याह, दूल्हा और...शाहजी ने हाथ से ऊपर की ओर संकेत कर दिया। धर्मपाल ने पीठ मोड़ी। ऊपर आए तो जिस आँगन में खड़े होकर हँसी-ठठोली के बीच इस घर की लड़की को वह ब्याह के गए थे, वहीं नीचे उनकी शीला पड़ी थी...दिल रो पड़ा...चादर उठाकर देखा—वही चेहरा था, वही मुँह था सिर्फ़ आँखें खुली नहीं थीं। चाची देर तक जमाई को रोता देखती रही। फिर जाने क्यों मन हुआ कि जाकर जमाई का हाथ झटक दे। मालकिन उठकर पास आई, रोकर बोली, "बेटा, तुम देर करके आए। जाने के पहले उससे मिल लिया होता...हाय मेरी बच्ची—आँखें तो खोलो—देखो..."

सास का विकल स्वर सुनकर धर्मपाल ही नहीं, समूह-का-समूह रो पड़ा। देर हो गई थी। जिसकी प्रतीक्षा में अब तक बच्ची को रोक रखा था, वह अब पहुँच गया था। आज सुबह ही आदमी स्यालकोट भेज दिया था, वह दरियावाले रास्ते से जाने के कारण धर्मपाल जी को नहीं मिला। वह तो बच्ची और पत्नी से मिलने आए थे।

जब गाँव की सीमा पर पहुँचे तो कुछ ग्रामीण बच्चे उनके कपड़े देखकर ''साहब आया, साहब आया'' चिल्ला दिए थे। सर्दियों की दुपहर न जाने क्यों आज उदास-सी लगती थी। राह में शाहजी के कुओं पर भी कोई आदमी नज़र नहीं आया और जब अनमने-से वह हवेली की राह पर आए तो भीड़ देखकर जी बैठ गया। खुल-खुलकर हँसनेवाले किसानों के झुंड चुपचाप बैठे थे और जब वह हवेली के द्वार पर ठिठक गए तो सब कुछ सामने आ गया। ऊपर से आवाज़ आ रही थी, ''हाय-हाय मेरी बच्ची!'' शीला...शीला...शीला...अब वह कहाँ थी? पर जब थी तो...इसका जवाब शाहजी की उन आँखों ने दिया, जिनकी ओर धर्मपाल ठीक से देख नहीं पाए।

बच्ची को नहला दिया गया। चाची ने एक बार फिर उसके शरीर पर पानी डाला, एक बार फिर उसे कपड़े पहनाए। जो जोड़ा मालकिन को बच्ची को वापस अपने घर जाते हुए देना था, उसी जोड़े में शीला लिपट गई। चाची ने माँग भरी, सुहागिन के सब श्रृंगार कर दिए और आसपास बैठी स्त्रियाँ रो दीं। किसी ने हाथ की चूड़ियों और गले के हार की तरफ़ इशारा किया। चाची ने तिरस्कार से देखा। आँखें सूखी थीं। गला सूखा था और चेहरे पर कठोर-सी रेखाएँ उभर आई थीं। मालकिन से जाकर बोली, ''उठो, देखो बच्ची का रंग कैसा खिला है।'' औरतों ने चाची की ओर देखा—पागल तो नहीं हो गई? यह सब कुछ माँ से कहने का वक़्त है? पर महरी की बात की अवज्ञा नहीं कर सकी। सचमुच बच्ची को रूप चढ़ा था। लगती थी, जैसे दुलहिन हो।

दुपहर बीती। अब देर ठीक नहीं। कोई नाते-रिश्ते साथ नहीं देते। यही क़ायदा है दुनिया का। शाम होते-होते दरिया के किनारे, जहाँ बचपन में कभी बच्ची अपने नन्हे-नन्हे पैरों से खेला करती थी, रेत पर पड़े निशान की तरह मिट गई। लहरें लहरों से टकरा रही थीं। रेत रोज़ की तरह चमक रही थी और दूर सामने अल्लाह रक्खे की किश्ती किनारे से बँधी खड़ी थी, जिससे शीला दरिया के पार जाया करती थी। आज तो वह किश्ती के बिना ही पार उतर गई थी।

20

धर्मपाल ससुराल से वापस लौटने लगे तो सास गम्भीरता से बोली, ''बेटा, एक बार लड़की को देख लो, तुम दोनों की निशानी है...'' फिर आँखों में पानी आया—''बेटा, अब जीना कोई जीना नहीं। इसके मुँह को देखकर शायद दो-चार साल कट जाएँ। बारी तो मेरी थी और चली बेटी गई।'' सास ने आँचल से आँसू पोंछे और धर्मपाल मुँह नीचा किये रोते रहे, और जब उन्होंने बच्ची को देखा तो दिल

में सोचा कि पत्नी की इस अन्तिम अमानत को, उसके प्रति कर्तव्य को भूलेंगे नहीं। सास के पाँव छुए, आज उनके लिए सास के मुँह से कोई आशीर्वाद नहीं निकला। पीठ पर हाथ फेरते-फेरते वह रोती रही, और जब धर्मपाल सीढ़ियाँ उतर गए तो दिल हाहाकार कर उठा। यह जमाई का जाना है? न बिदा न बिदाई। पर बिदा किसे करेगी? बेटी के बिना जमाई को? और नीचे शाहजी दामाद से कुछ भी नहीं कह सके। एकटक धर्मपाल की ओर देखते रहे, जैसे विश्वास न हो रहा हो कि यही है वह धर्मपाल, जिससे उन्होंने अपनी बेटी ब्याही थी। धर्मपाल ने पाँव छुए और कहा, "जाता हूँ।" ससुर अब भी मौन थे। उनका मौन ही तो धर्मपाल को हिला रहा है। एक बार शीला को याद करके रो पड़े। शाहजी के मुख का भाव अब भी नहीं बदला। वह शायद दामाद की आँखों से बहते आँसुओं की तह में कुछ देखना चाहते थे। उनकी बेटी शीला, शीला की बिदाई का दिन, महरी की चिट्ठी...शाहजी कठोर हो आए। बच्ची को मरना ही तो था—आज दामाद के सिर पर हाथ रखते-रखते वह अपने आप यह कहते, "बेटा, बच्ची तो चली गई पर क्या किसी की अकेली ज़िन्दगी कटी है?"

शाहजी ने विरक्ति से दामाद की ओर देखा और रूखी आवाज़ में कहा, "कभी चाहो तो बेटा, लड़की को आकर देख जाना।"

शाहजी को उम्मीद थी कि धर्मपाल इसके उत्तर में लड़की को अपने पास ले जाने या यहाँ रखने की बात ज़रूर कहेंगे। पर धर्मपाल कुछ बोले नहीं, चुपचाप रोते रहे।

शाहजी कैसे इतने निठुर हो गए। लड़का जाने को खड़ा था और वह उसे आशीष तक नहीं दे पा रहे। यही दामाद दो दिन पहले आता तो खातिरदारी के लिए सब सामान जुटाते।

एकाएक शाहजी को अपनी बेटी दीख गई। कह रही थी, "पिताजी, क्या इतनी जल्दी बदल जाएँगे।"

शाहजी उठ खड़े हुए। रुँधे कंठ से बोले, "चलो बेटा, तुम्हें बेले तक छोड़ आता हूँ।"

दामाद और ससुर साथ-साथ जा रहे थे, पर दोनों के बीच की कड़ी टूट गई थी। आज वह क्या बात करें? क्या कहें? अन्दर का आवेग गले तक आ-आकर रुकता और आँखों से बह-बह जाता। शाहजी रोते थे, उनकी एकमात्र लड़की न रही थी, और धर्मपाल रोते थे शायद पत्नी के लिए, शीला के लिए या अपनी हृदयहीनता के लिए...शाहजी लौटने को हुए। भीगे गले से बोले, "बेटा, वह तो लौटके नहीं आएगी, उसकी एक निशानी रह गई है। उसे यहीं रहने दो, जब चाहेंगे..."

कहते-कहते शाहजी रुक गए। धर्मपाल समझ गए। नतमस्तक होकर बोले, "जैसा आप चाहेंगे, वैसा ही होगा।"

दामाद ने ससुर के चरण छुए, ससुर ने दामाद को प्यार फेरा और धर्मपाल ससुराल से बिदा हो गए। जहाँ वह अपनी बिना माँ की बिटिया छोड़े जा रहे थे...।

शीला को बिछड़े कई महीने हो गए। माँ नहीं है, फिर भी छोटी लड़की बड़ी हो रही है। नानी ने उसे चाची महरी की देख-रेख में रखना चाहा था, जिसे चाची ने माना नहीं। बच्ची के मरने के बाद महरी को बच्ची की लड़की से स्नेह नहीं, विरक्ति-सी हो गई है। पहले-पहले दिनों में जब शाहनी लोगों के आने-जाने से रोती ही रहती थी, चाची एक ओर बैठी लड़की का रोना सुना करती और संकेत देने पर भी उठने का नाम नहीं लेती। सोचती, लड़की के काम-काज में लगेगी तो मन कुछ और होगा, पर महरी को लड़की सुहाती ही नहीं। हारकर मालकिन ने लड़की सईदा बीबी को सौंप दी।

सईदा बीबी के कश्मीरी निखार पर सफ़ेदी शरमा जाती थी। मालकिन कहती, ''सईदा बीबी, लड़की को अपने से मला करो। कहीं काली रह गई तो कोई लेगा नहीं।''

''मालकिन ऐसा न कहो, मेरी लड़की के लिए तो सौ-सौ रिश्ते आएँगे।'' पास बैठी महरी मुँह सिकोड़ लेती। लड़की या उसके ब्याह की बात में उसे कोई रस नहीं आता। जिस बच्ची को उसने अपनी जाई से अधिक समझा, वही नहीं रही तो क्या वह इस अभागिन को अपना समझेगी, जिसकी आँखें खुलते ही माँ चल बसी। कई बार मालकिन समझाती है, ''महरी, सब्र करो। मुझे ही देखो, पाल-पोसकर बड़ी की और जब मेरे जाने के दिन थे, वह चल दी।''

महरी की कठोर दृष्टि तिरस्कार से शाहनी की ओर उठ जाती। उसमें विरोध होता, अवज्ञा होती, जैसे कहती हो—'तुमने पाला-पोसा?' महरी की आँखों में वह दिन-रात घूम जाते जब वह बच्ची को लिये-लिये घूमती थी और ज़रा छींक भी आ जाने से उसकी रातों की नींद उड़ जाती थी।

आज महीनों के बाद चाची सुबह-सुबह उठकर दरिया नहाने गई। आई तो झूले पर पड़ी लड़की हँस रही थी। महरी ने देखा, पर ख़ुश नहीं हो सकी। शक्ल तो बच्ची पर कुछ-कुछ पड़ी है, पर उसे क्या?

महरी अन्दर चली गई। जाकर सिरहाने के नीचे पड़ी बच्ची की चाबियाँ निकालीं। सोचा, गर्मियाँ आ रही हैं, एक बार धूप तो लगा दूँ कपड़ों को। बक्स खोले और चारपाई पर कपड़े फैला दिए। महीनों से बन्द रंग-बिरंगे सूट धूप में चमकने लगे। मालकिन कुटिया से पाठ करके आई थी। देखकर ठिठक गई। महरी यत्न से कपड़े रख रही थी। दिल में छौंक-सी लगी। यह कपड़े वैसे-के-वैसे पड़े हैं और पहननेवाली...वह नहीं है। जी भर आया। अब तक महरी का जी ठिकाने नहीं आया। पास आकर कन्धे पर हाथ रखकर बोली, ''महरी, बच्ची के कपड़े...''

फिर रुकी, "उसे जन्मा मैंने महरी, पर माँ तो उसकी मैं नहीं, तुम हो, और उसने भी हमेशा तुम्हें ही अपना सगा समझा। जो बात मुझसे न कहती थी, वह तुम्हें बतला देती..."

महरी ने सिर ऊपर किया। मालकिन जब बच्ची के कपड़ों की बात शुरू करने लगी थी तो उसका जी जल गया था, लेकिन आज कहती है कि माँ उसकी तुम्हीं हो। मैं माँ और वह मेरी बच्ची...छाती पर पड़ा पत्थर-सा बोझ पिघल गया और आँखें बरसने लगीं। महरी ने सईदा बीबी की ओर देखा, जैसे कुछ जानना चाहती हो, और सईदा बीबी वहाँ रुकी नहीं। जाकर झटपट लड़की को उठा लाई और महरी की गोद में डालकर बोली। "चाची, देखो तो बिलकुल माँ पर पड़ी है।"

चाची रोती-रोती हँस पड़ी। बोली, "माँ पर ? अरे मेरी लड़की तो बहुत गोरी-चिट्ठी थी, सईदा बीबी!"

"चाची, यह भी निखर आएगी।"

चाची ने लड़की को चूमते हुए कहा, "सईदा बीबी, इसे दूध से नहलाया करो। ख़ुशकी नहीं होती। मैं तो बच्ची के सिर में भी दूध हमेशा डालती रही।"

मालकिन ने अपने आँचल से प्यार के आँसू पोंछ डाले। आज महरी उठकर काम-धन्धे में जा लगी। दुपहर में मालकिन ज़रा लेटी तो बोली, "आओ, सिर में घी डलवा लो, महीनों से रूखा रहा है। फिर रो-रोकर क्या सिर में कुछ रह जाता है। मालकिन अब तो सब्र करो। लड़की जीती रही—उसी का मुँह है अब देखने को।"

शाहनी आश्चर्यचकित रह गई—यह क्या महरी कह सकती है ? सचमुच वह महरी थी, पर आज ममता ने शोक के आवरण को छिन्न-भिन्न करके उसे एक बार फिर अपने पुराने रूप में ला दिया था, जिसका हर क्षण बच्ची से सम्बन्धित था।

21

श्यामा ने बहुत बार सोचा—जाकर शीला की माँ को देख आएँ, पर शाहनी और उसके नाते में एक ऐसा संकोच है जो बार-बार याद हो आता है। शीला को मरे साल होने को आया, माता-पिता के लिए तो बेटी की याद कभी पुरानी नहीं होगी, पर जात-बिरादरी का चलन तो इतना ही है।

हर साल की तरह इस वर्ष भी बैसाखी आई। पिछली बार तो शोक था। शीला की माँ ने इसे ही लड़की की पहली बैसाखी करके माना और चनाब का पवित्र जल लड़की के मुँह में लगाया। ठाकुरद्वारे में पूजा हुई, गुरुद्वारे में पाठ हुआ और लड़की का नाम 'चन्ना' रख दिया गया। शाहजी ने पत्नी के कहने के

अनुसार धर्मपाल और श्यामा को पत्र लिख दिया। श्यामा ने पढ़ा तो नाम उसे अच्छा लगा।

श्यामा ने शीला की माँ को पत्र लिखा और चन्ना के लिए कुछ कपड़े भिजवाए। देखकर नानी या चाची महरी कोई भी खुले मन से स्वीकार नहीं कर सकी। कुछ दिनों के बाद पत्र का उत्तर देते हुए लिखा—"बेटी, तुमने चन्ना के लिए कपड़े भेजे, तुम्हारा जी चाहा होगा, मैं जानती हूँ, पर माँ के रहते तो तुम्हें इस बात की फ़िक्र न होनी चाहिए।" पढ़कर श्यामा को बुरा नहीं लगा, पर कुछ जँचा भी नहीं। सोचा, क्या अपनी लड़की को वह लिखतीं, पर वह भी तो उसकी अपनी बेटी नहीं। आज शीला नहीं, पर उसका अभाव क्या कभी उसे खलता है? इतनी कृतघ्न और हृदयहीन वह सचमुच ही नहीं कि शीला के न रहने पर ख़ुश हुआ करे, पर ग़मी भी क्या है? इतना ज़रूर है, अगर ननिहालवाले लड़की यहाँ भेज दें तो वह उसे अच्छी तरह रखेगी। कभी-कभी श्यामा बैठे-बैठे सोचा करती है तो बाँहें शिथिल-सी होकर नीचे गिर जाती हैं। उसे लगता है कि वह कुछ ढूँढ़ती है, कुछ पाना चाहती है।

उस दिन विशम्भर की पत्नी मिलने आई तो गोद में बच्चा था। देखकर श्यामा को लगा कि यह वही चित्र है जो उसकी आँखों में बार-बार घूमता है। उसकी बाँहें पति को बाँध सकती हैं। लेकिन स्वयं बँध जाने के लिए क्या उनमें नन्हें से बच्चे को आलिंगन करने की प्यास नहीं उठती? रात को श्यामा गम्भीर थी। पति से बोली, "शीला की माँ मानेगी नहीं, नहीं तो चन्ना को यहाँ बुला लीजिए।" श्यामा के मुँह से धर्मपाल को बात नई लगी। "अकेले जी नहीं लगता। बच्चा घर में होगा तो व्यस्त रहूँगी।" धर्मपाल सदा की तरह एकाएक कोई जवाब नहीं दे सके। पर पत्नी के स्वर में छिपे विषाद को ज़रूर समझे। यह आवाज़ ख़ुशी की नहीं थी।

"किसी दिन जाकर उसे ले आओ तो अच्छा है।"

धर्मपाल ज़रा चुप रहकर बोले, "श्यामा, वह भेजेंगे नहीं। मैं जानता हूँ। फिर कुछ ही दिनों में तुम उकता जाओगी।" श्यामा इसका प्रतिवाद करना चाहती थी, लेकिन नहीं कर सकी। वह अपने पास कोई बच्चा चाहती है, यह सच है, और यह भी सच है कि दूसरों के बच्चों से उसे कोई स्नेह नहीं रहा। आज अपने अभाव की पूर्णता के लिए एक यही राह नज़र आई थी, पर पति के चेता देने पर वह कुछ कह नहीं सकी।

अब तक वह पति में व्यस्त थी, पर इधर उसे ऐसा जान पड़ता है कि वह कुछ और चाहती है जो पति का हो, लेकिन पति से कुछ भिन्न, कुछ अलग। कुछ अगला। और वह लड़की—उसने उसे देखा नहीं। शायद अपनी माँ की तरह होगी।

धर्मपाल कुछ सुस्त-से रहते हैं। घर में कुछ हलचल नहीं, कुछ बदलता नहीं। वही दिनचर्या, वही घर, वही पत्नी। व्यापार ठीक चल रहा है। लालाजी की मृत्यु के बाद कुछ दिन तक जो ढील-सी आ गई थी। वह सुधर गई है। कर्मचारी तो लालाजी के समय कहीं अधिक सन्तुष्ट थे पर लालाजी के सख़्त होने पर भी काम-काज में काफ़ी ढील थी। वह कहा करते थे—"भाई चलते जाओ, कुछ भी करो पर करो ज़रूर।" और धर्मपाल कहते कुछ नहीं। उनकी गम्भीरता जो किसी हद तक कठोरता होती है, दूसरों को नियमपूर्वक काम करने पर विवश करती है।

सुबह धर्मपाल जल्दी चले गए। नीचे उतरे तो माली ने गुलाब का फूल भेंट किया। फूल देखकर पिता की याद हो आई। उन्हें यह कितना पसन्द था। हाथ में लिया, एक बार सूँघा और बटन-होल में लगा लिया। दफ़्तर में काम करते-करते भी आज उनका ख़याल न जाने क्यों पिता की ओर उड़ा। पहली बार उस कमरे में बैठे-बैठे सोचा कि यहीं तो कभी लालाजी बैठा करते थे। शरीर रौबीला था और चेहरा भी। वह बचपन में उनसे कितना डरा करते थे, पर बाद में लाड़-प्यार से मिली हुई सख़्ती को देख-देखकर वह ढीठ हो गए थे।

कुछ काम-काज देखा और दुपहर को घर लौट आए। सीढ़ियों पर नन्दू मिला। शायद कुछ कहना चाहता था, पर मालिक सीधे पैड़ियाँ चढ़ गए। कमरे में पाँव रखा तो झिझककर वापस लौटने लगे। एक अधेड़ स्त्री एक युवती के साथ फ़र्श पर बैठी थी और श्यामा तीख़ी और संदेहशील नज़रों से इस तरह देख रही थी, जैसे अँधेरे में से उठकर कोई रहस्य अचानक सामने आ गया हो। पति को लौटता देख हड़बड़ा कर बोली, "आ जाओ न जी, आओ न..." धर्मपाल अन्दर आए। श्यामा के मुँह पर असमंजस का भाव था, रुक-रुककर कहा, "आप पूछिए न इनसे, यह क्या कहती हैं?"

"बेटा, जीते रहो"—फिर युवती की ओर मुड़कर कहा, "बेटी, भाई को राम-राम कहो। बेटा, लालाजी क्या मरे कि मेरा तो सुहाग लुट गया। उन्हीं के..." वह कुछ और कह ही रही थी कि धर्मपाल सन्नाटे में आ गए। श्यामा ने भर्त्सना से दोनों की ओर देखा और जैसे पति से आँखों-ही-आँखों में प्रश्न किया।

"उन्हीं के आसरे उम्र गुज़ार दी थी, बेटा, उनके जाने के बाद एक भाई था, उसने सँभाला और अब तो वह भी नहीं...गरमियाँ उनकी हर बार वहीं कटती थीं।" धर्मपाल स्तब्ध रह गए। वह और क्या कहेगी, यह सामने आ गया। आज ही तो वह पिता को याद कर रहे थे। उनके स्वर्गवासी पिता और प्रौढ़ा कोई दबा पड़ा इतिहास उखाड़ रही है, और श्यामा के सामने! आज वह पहली बार पत्नी से संकुचित हुए।

प्रौढ़ा के चेहरे पर बीत गई उम्र न चढ़ जाती तो वह सुन्दर होती। साफ़ रंग, सुडौल नक़्श-नैन। कम रूप न होगा, और साथवाली युवती—बड़ी-बड़ी आँखें। अशिक्षित लग रही थी पर भोली भी। तंग पजामी, खुली कमीज़, गले पर लगे चाँदी

के बटन, नाक में बड़ी-सी लौंग और गूँथा हुआ सिर। तो यह क्या...धर्मपाल को धक्का लगा...नहीं...यह नहीं...

''बेटा, पूछ के यहाँ आई हूँ। उन्होंने कभी यहाँ की कोई बात ही न बताई थी। मैं तो बहुत बार कहती थी मुझे वहाँ ले चलो, पर उनके होते तो क़िस्मत में ही नहीं था...''

फिर संकोचहीन स्वर में बोली, ''बेटा, मेरा यहाँ आना कितना बनता है! मैं जानती हूँ, नहीं बनता, लेकिन बेटा, और कहाँ जाऊँ। यह बड़ा घर है, पड़ी रहूँगी—जिसके आसरे अपनी जवानी गुज़ारी हो, उसके घर में काम करने में भी सुख है। यह बहन की लड़की है, मेरे सिवाय कोई और इसका नहीं।''

वह बोलते-बोलते रुक गई—कुछ कहें तो! पर धर्मपाल मौन था। यह सब उनके लिए कितना आकस्मिक था, उसे श्यामा भी नहीं समझ पा रही। श्यामा के लिए उन स्वर्गवासी ससुर की कहानी थी, जिन्हें उसने देखा नहीं, जाना नहीं; और धर्मपाल के लिए? उनके निकट, उनके निकट यह क्या था...उनका मातृविहीन बचपन। मुँह पर ऐसा भाव है, जैसे आँखें भींच लेना चाहते हैं, और श्यामा अब उस युवती को ग़ौर से देख रही है, जिसकी अपढ़ आँखों में भी सुन्दरता है।

''बेटा, तुम लोग चुप हो। जानती हूँ क्यों, कोई जबरदस्ती नहीं। यह हक़ मेरा है नहीं। फिर भी बच्चा, आज वह होते तो मुझे लौटा नहीं पाते।''

श्यामा प्रभावित हुई। कहने का ढंग कितना भला है। जिस बात पर उसे लज्जा से सिर झुका लेना चाहिए, उसको कितनी सरलता से कहती जा रही है। श्यामा ने एक बार पूरी तरह उसकी आँखों में देखा तो वहाँ वर्षों से छूटे हुए दिनों पर सन्तोष की घनी छाया नज़र आई। धर्मपाल यह सुनकर भी नहीं सुन रहे थे। उन्हें वह दिन याद आ रहे हैं, जब लालाजी उन्हें स्यालकोट छोड़कर ख़ुद काश्मीर चले जाया करते थे, और आज क्या इसे वह अपने पिता से सम्बन्धित करके इस घर में रख सकते हैं? नहीं-नहीं...श्यामा ने एक बार लड़की की ओर देखा और फिर प्रौढ़ा की ओर। आँखों में विश्वास था, और चेहरे पर वेदना में घुली मुस्कान थी, जो शायद कह रही थी, ''तुम पर कोई अधिकार नहीं—जो अधिकार इस घर पर है, उसका कोई प्रमाण मेरे पास नहीं। अगर होता तो इससे वंचित कर सकने की क्षमता तुम में न होती।'' आज जिसके लड़के से वह आश्रय लेने आई थी, वह उसके कितना निकट होगा, यह जानने की समझ श्यामा रखती है। इस घर में अगर यह पड़ी रहे तो क्या हर्ज है? पति की ओर मुड़कर बोली, ''इन्हें यहीं रहने दीजिए न!'' और इसके आगे जो कुछ कहना चाहती थी, वह उसकी दृष्टि कह रही थी। अपने दिल की हलचल, कुछ न कह सकने की अक्षमता, आगन्तुका को अस्वीकार करने की विवशता और घर में रख सकने की असमर्थता, सबमें से मानो श्यामा के शब्दों ने राह निकाल दी थी। छोटे से लेकर बड़े-से-बड़े फ़ैसले करने में धर्मपाल

कैसे भावनाओं में बह जाते हैं, इसे वह स्वयं नहीं जानते। हल्के से होकर बोले, ''तो ठीक है श्यामा, इन्हें...''

''भगवान तुम्हें बडो-बड़ी उमर दे बेटा, तुमने मेरी बात रख ली। जब तक साँस हो, अपने को ढोना ही पड़ता है। पर आज यहाँ से चले जाने पर मैं आधी मर जाती। बहू, यह कम्मो है। जैसा काम सिखाओगी, करेगी।''

कम्मो ने एक बार असंकुचित ग्रामीण दृष्टि से श्यामा और धर्मपाल की ओर देखा और गुलाबी लाज से सिर झुका लिया। यह शहर, यह घर, और मौसी का लड़का और बहू। मौसी यही तो कहती थी कि उसका लड़का स्यालकोट में रहता है। और मौसी दिल में सोच रही है—बिलकुल पिता की तरह है—चौड़ा माथा, तेज़ निगाह, गोरा रंग। पहचानने में उसे क्या देर लगी। धर्मपाल के सिर से जैसे बोझ उतर गया और उँगलियों में सिगरेट जल उठा। धुआँ इधर-उधर घुमड़ रहा था और उनके बटन-होल में लगा सुबह का गुलाब, जिसकी क़लम लालाजी के ज़माने में लगी थी, मुस्करा रहा था। हल्की-हल्की सुगन्धि बिखेरते हुए—गुलाब, और सिगरेट का मटमैला धुआँ...

22

कम्मो और कम्मो की मौसी ने घर का काम-काज सँभाला। श्यामा को मौसी सुघड़ लगी और कम्मो बिलकुल अनजान। फिर भी मौसी उसे सिखाने की कोशिश में है। श्यामा के कपड़ों की तह, उसके स्नान में छोटा-बड़ा काम, और कभी-कभी मालकिन के थक जाने पर अपने नर्म-नर्म हाथों से दाबना। और कम्मो अनभिज्ञ हाथों से सब कुछ किया करती है। मौसी को आशा है कि एक-न-एक दिन इसे राह पर ले ही आएगी। मौसी कुछ काम न होते हुए भी लगी रहती है। रसोईघर, भंडार, जो हमेशा नौकरों के हाथों में रहता था, अब उसकी निगरानी में है। पहले-पहल नौकरों को अच्छा नहीं लगा, पर क्या कर सकते हैं? छिपे-छिपे सब जान गए हैं कि यह मौसी कौन है, पर उसके परिचय का आनन्द वह लम्बी-लम्बी बातें करके नहीं ले पाए। बड़े मालिक की बात करने में सकोच होता ही है, फिर यह सब कुछ तो मालिक के साथ नया नहीं था। कभी-कभी नई मालकिन की बात होती है तो कहते हैं कि वह सयानी निकली है। नहीं तो क्या छोटे मालिक पिता के क़दमों पर न चलते?

पतझड़ के उदास दिन थे। झड़ते पत्तों को चम-चम कर हवाएँ दुखी मन से लौट रही थीं। ऐसी ही एक शाम को धर्मपाल आँगन में बैठे कोई पुस्तक पढ़ रहे थे। श्यामा किसी निमंत्रण में गई थी मौसी के साथ। कम्मो उनके चले जाने के बाद

नीचे बरामदे में खड़ी रक्खो के साथ बातें कर रही थी। अब रक्खो को नीचे दूध-दही रखने और बिलोने पर लगा दिया है। मालकिन के पास से नीचे उतर आने का दबा-दबा विरोध रक्खो ने किया अवश्य, पर दिल में तो सौ बार भगवान का शुक्र किया। सुबह-शाम डाँट-फटकार खाकर खीझ-खीझकर दिन बिताने से यह नीचे का काम कहीं अच्छा लगा।

रक्खो ने कम्मो के गले का दुपट्टा नीचे तक खींचते हुए कहा, ''शरम किया कर। कपड़ा ठीक-ठाक रखना तुम्हें किसी ने नहीं सिखाया। नौकरों-चाकरोंवाला घर है मरजानी, यह तेरा डोगरी देश नहीं।''

कम्मो ज़रा हँसी। बात उसे समझ आई और नहीं भी आई, पर हँसने में शोख़ी थी। ''अच्छा-अच्छा'' कहकर सिर हिलाया तो कानों की बड़ी-बड़ी बालियाँ झूल गईं। रक्खो को यह सब अच्छा नहीं लगा। इन पहाड़िनों को वह ख़ूब जानती है। पानी ही पहाड़ का ऐसा होता है कि मुटियार हुई नहीं कि यहाँ नज़र, वहाँ नज़र। इनकी करतूतें कौन नहीं जानता। बिगड़कर बोली, ''मुँह-लगी ऊपर जाकर काम-धन्धा कर।'' रक्खो ने हेतराम और किश्ने को कई बार कनखियों से कम्मो को देखते देखा था। सोचा, राँड़ यही बैठ जाएगी तो अभी आ जमा होंगे सारे। पूछना तो कम्मो से वह यह चाहती थी कि मालकिन कहाँ गई है। मालकिन बाहर जाएँ और वह न जाने? और कम्मो के सामने आते उसकी बेशरमी ही उसकी आँखों में आई।

कम्मो ऊपर जाने लगी तो एक बार फिर अकारण हँस पड़ी। वह जानती है कि रक्खो को वह बुरी क्यों लगती है? जिस दिन वह ज़्यादा हँसती-खेलती या अच्छा लांछा पहनती है तो मौसी भी किसी-न-किसी बात पर ज़रूर टोकती है। कोई टप्पा गुनगुनाती ऊपर चढ़ी। यहाँ आकर तो उसकी आवाज़ ही बन्द हो गई। देश में तो उठते-बैठते गाती। हीर और ढोला के गाने उसे कितने पसन्द थे, पर यहाँ क्या मौसी गला खोलने देती है? रात को सोते-सोते कहती है, ''देख कम्मो, ढंग से चला-फिरा कर। बेटा-बहू है, किसी दिन कोई बात सुन ली तो मेरा मरना हो जाएगा।'' और कम्मो की समझ में नहीं आता कि कौन-सी ऐसी बात उससे होगी जो मौसी को अपने मरने की चिन्ता खाए जा रही है।

ऊपर जाकर कमरे में बिखरे हुए कपड़े सँभाले। ऐसा लग रहा है, जैसे वह आज किसी बन्धन से मुक्त हो गई है। ड्रेसिंग टेबिल पर नज़र पड़ी तो चंचल हो उठी। सिलाई की पिटारी जल्दी-जल्दी बन्द करके दर्पण के सामने जा खड़ी हुई। अपने को देखा, अपनी आँखों से देखा—उभरे हुए वक्ष पर चाँदी की बटनोंदार जंज़ीर झूल रही थी, मुँह पर चंचलता थी और अपने से शरमा जानेवाली रंगीन, भोली मुस्कराहट थी। अगर वह बहू जी जैसे कपड़े पहने तो...हाय री मौसी! यह क्या, सामने बड़े दर्पण में धर्मपाल खड़े दीख गए थे। घबराहट से हाथों में मुँह छिपा लिया।

धर्मपाल ठिठक गए—फिर हँस दिए—कितनी भोली है! कम्मो ने हँसी की आवाज़ सुनी तो जैसे साँस रुक गई हो। डरकर झटपट बाहर हो गई। धर्मपाल सिगरेट पीते-पीते कुर्सी पर बैठे सोचते रह गए—पहाड़ी वेश में पहाड़ की कम्मो और आँखों पर सजे हुए कम्मो के हाथ।

23

चन्ना बड़ी हो रही थी। आँगन में इधर-उधर नन्हे-नन्हे पैरों से घूमा करती। नाना-नानी देख-देख ख़ुश होते। सईदा बीबी की आँखें ठंडी होतीं और चाची महरी सूत कातते-कातते लड़की की लीलाएँ देख-देखकर हँसती, और लड़की अपनी चपलता से, चंचलता से सबका मन मोह लेती। अब पाँच साल की हो जाएगी। नानी ने मनौती मनाई थी कि पाँच साल बाद शाहदौला पीर के यहाँ चद्दर और देवीद्वारे देवी का जोड़ा चढ़ाएगी। आजकल तैयारियाँ हो रही हैं। नानी और शाहजी नातिन को देवीद्वारे ले जाएँगे। शाहजी ने धर्मपाल को पत्र लिख दिया है कि वह पूनम को वहाँ से लौटती बार रात-भर स्यालकोट ठहरेंगे। चाची महरी मालकिन के बहुत बार कहने पर भी उनके साथ जाने को तैयार नहीं हुई। मालकिन ने कहा, ''महरी, कुछ धर्म-पुण्य की बात भी सोचो। दर्शन कर लोगी। रोज़-रोज़ घर से कब निकलना होता है।''

''नहीं मालकिन, मेरी तो कमर रह गई है। अब अपने साथ सईदा बीबी को ही ले जाओ।''

सईदा बीबी पास खड़ी थी। हँसकर बोली, ''चाची, मैं क्या वहाँ जाकर नमाज पढ़ूँगी?''

''अरी तुमने कभी यहाँ नमाज नहीं पढ़ी तो वहाँ क्या पढ़ोगी? तुम्हारा क्या मक्का क्या हज्ज?'' मालकिन ने फिर कहा, ''महरी, मैं तो कहती हूँ तुम हो ही आओ।''

''नहीं मालकिन, देवीद्वारे की चढ़ाई चढ़ने की हिम्मत मुझमें नहीं।''

मालकिन ने ज़रा-सी देर के लिए सोचा शायद महरी स्यालकोट जाने के कारण कन्नी काट रही है, पर उसे समझाना तो किसी के बस में नहीं।

नाना-नानी कुछ नौकरों-चाकरों सहित घर से चल पड़े हैं। चौधरी, आंशा बीबी, चाची महरी सभी दरिया तक पहुँचाए जा रहे हैं। मालकिन जब से दुलहिन बनकर इस घर में आई, तब से बाहर नहीं गई। सईदा बीबी हाथ पकड़े चन्ना को लिये चली जा रही है। राह में खेतों के किनारे-किनारे किसान शाहजी से बातचीत कर रहे हैं। चौधरी के हाथ में हुक्का बदस्तूर है। पीछे आंशा बीबी मालकिन से कह

रही है—''स्यालकोट ज़्यादा दिन न ठहरना। लड़की को छोड़ जाने के लिए कहेंगे तो क़तई न मानना। कभी दूसरी भी अपनी हुई है।''

''आंशा, क्या चन्ना को वहाँ छोड़ूँगी? कुछ खींचातानी की तो शाहजी से कहूँगी, लिखा-पढ़ी कर लें।''

आंशा हँसी, ''तो लिखा-पढ़ी पर बात पहुँच गई। मालकिन, यह तो न हुआ कि गोद में एक लड़का खिलाकर दिखातीं।''

मालकिन के कान तक सुर्ख हो गए, ''कस न जाए तेरा, कुछ शरम किया कर। बूढ़ी होने को आई, आज तुझे मसखरी सूझी है?''

''लो तो मैं क्या झूठ कह रही हूँ। जानती नहीं, मेरी दादी सास को पक्की उम्र में लड़का हुआ, तुम तो अभी छोटी हो।'' सईदा बीबी ने चलते-चलते सुना और मुस्कराने लगी। पीछे मुड़कर बोली, ''आंशा, अपनी बात कर। तुझे जो बीस साल हो गए हैं चौधरी की रोटियाँ तोड़ते; कितने लड़के-बाले उसके घर खड़े किए हैं।''

''सईदा बीबी, देखती नहीं हो, मालकिन के लौटने तक गोद में लड़का लिटाकर दूध न पिलाऊँ तो...''

सईदा बीबी और शीला की माँ हँस-हँस जाने लगीं, ''सो तो ठीक है, आंशा, तुम्हारे लिए नया जोड़ा भिजवाऊँगी।''

नाव किनारे लगी थी। सगुणों के बीच शीला की माँ नाव में बैठी। सईदा बीबी ने आगे बढ़कर लड़की को आगे किया और छोटा-मोटा सामान रखवाने लगी। आज शाहनी ने पहली बार चन्ना को गोद में लेकर सोचा कि अगर यह उसका अपना बेटा होता तो...

आंशा बीबी शाहनी के गले मिल चुकी थी। उधर शाहजी के असामी उन्हें झुक-झुककर प्रणाम कर रहे थे। महरी ने आगे आकर छोटी लड़की के सिर पर प्यार भरा हाथ फेरा और शाहनी से अर्थपूर्ण स्वर में कहा, ''जरा ख़याल ही रखना...'' शाहनी को याद आ गई। महरी से सलाह ले ही ले तो अच्छा है। कहा, ''आती बार उन्हें क्या कुछ दे आऊँ?''

''कपड़ों की ज़रूरत नहीं। जाओगी तो फल-मिठाई लेती जाना।'' शाहजी की आवाज़ आई—''सईदा बीबी, बैठो, देर होती है।''

महरी ने रुपए देकर लड़की का सिरवारना किया। शाहनी को झट ख़याल आया। सईदा बीबी से बोली, ''जाकर शाहजी से कहो, इस बार बधाई नहीं ली तो क्या बधाई दोगे भी नहीं?''

शाहजी ने ख़ुशी से मुट्ठी-भर रुपए जेब से निकालकर महरी को पकड़ाते हुए कहा, ''महरी, यह लो और भगवाने से मिसरी जमवाकर बधाइयोंवालों को देती जाना।''

''अच्छा जी!'' महरी ने सिर का कपड़ा ठीक करते हुए झुककर शाहजी और शीला की माँ को हाथ जोड़े और उनके साथ औरों ने भी। किश्तियाँ चल पड़ीं और

पत्नी समेत शाहजी दूर तक सुनते रहे—''ख़ुदा करे इनकी सरदारी बनी रहे—हमारे सिरों पर इनका साया...दूर-दूर तक हमारे मालिक का नाम रहे...''

देवी के दर्शन करके शाहजी स्यालकोट पहुँचे। धर्मपाल लेने आए हुए थे। आगे बढ़कर ससुर के पाँव छुए। शाहजी ने आशीर्वाद दिया। शीला की माँ की ओर झुके तो वह हँसकर बोली, ''सईदा बीबी, बेटी को इधर लाओ, इधर बच्ची।''

सईदा बीबी चन्ना का हाथ थामे हुए थी और चन्ना अपनी उँगली से दूर कहीं इशारा कर रही थी, ''सईदा बीबी, वह क्या है?'' गाड़ी का सिगनल सईदा बीबी ने क्या, उसके पूर्वजों ने भी नहीं देखा। टालने की गरज से बोली—''वह कुछ नहीं बच्ची, इधर आओ, इधर...'' चन्ना ने अपना हाथ खींचते हुए कहा, ''नहीं।''

''वह देखो तुम्हारे पिता जी।''

''आओ बच्ची, आओ''—शाहनी लाड़ से बोली और चन्ना दौड़कर नानी से लिपट गई। धर्मपाल देखते रह गए—कितनी भोली शक्ल है—सुनहरी बाल! ''आओ चन्ना!'' धर्मपाल ने हाथ आगे करते हुए कहा। बच्ची ने एक क्षण देखा और नि:संकोच होकर उनके पास चली गई। पिता ने पुत्री को गोद में ले लिया। बाँहें अवर्णी आनन्द में उन्मत्त नहीं, स्थिर हो गईं। इससे बड़ी, इससे गहरी तृप्ति और कहाँ है जगत में।

मोटरें घर पहुँचीं। शाहनी उतरी। यह ऊँचा बड़ा भवन, पर हाय उसमें उनकी बच्ची नहीं। याद उछली और आँखें छलकीं। दुपट्टा ठीक किया, आँखें ऊपर कीं तो साड़ी में लिपटी शाहनी की बेटी आगे बढ़ी आ रही थी! शाहनी की बेटी...काश, वह एक बार अपनी लड़की को इस घर से निकलती हुई देखती।

श्यामा ने हाथ जोड़े। शाहनी ने बाँहों में भर लिया। धर्मपाल शाहजी के साथ बैठकखाने की ओर जा रहे थे। चन्ना अभी तक उन्हीं की गोदी में थी, तेज़ भागती मोटर में बैठने का उसका पहला मौक़ा था विस्मय से चुपचाप बैठी थी। पर यहाँ आते, नई जगह देखते ही मचल पड़ी। सईदा बीबी ने जमाई से लेकर नीचे उतारा। सामने नानी खड़ी थी। सईदा बीबी बोली—''बच्ची, यह मौसी है, अपनी मौसी के पास जाओ।'' श्यामा ने लड़की को चूमा। लड़की सचमुच ही प्यारी थी।

दुपहर में शाहनी आराम करने को लेटीं तो श्यामा पास बैठी। बच्ची कुछ देर खिलौनों से खेलती रही। फिर सईदा बीबी ने शाहनी को संकेत किया और शाहनी ने बच्ची को पास लिटा लिया। शाहनी सिर पर हाथ फेरती रही। आज कैसे घर में आई है वह, जहाँ इसकी माँ नहीं, और उसकी अपनी बेटी नहीं। जी उदास हो रहा था पर श्यामा सामने बैठी है। क्या बात करे उससे? आख़िर चुप्पी तोड़ने को बोली, ''बेटी, कितने भाई हैं?''

''मैं, और एक भाई है।''

"बेटी, और कौन-कौन है पीछे?"

"माँजी, भाई के सिवाय और कोई भी नहीं।" सुनकर शाहनी को जाने कैसा लगा। बेटी की याद में पहले ही जी उदास हो रहा था, सुनकर कंठ भर आया; और श्यामा को सचमुच आज उस माँ की याद आ गई जो वर्षों पहले मर चुकी थी।

"बेटी, पीछे की बड़ी ठंड होती है लड़की को, रब्ब करे भाई घर बसाए।"

श्यामा की आँखें गीली देखीं तो शाहनी बोली, "बेटी, इधर आओ।" फिर पीठ पर हाथ रखकर कहा, "बेटी, जी छोटा न करो। मुझी को देखो..." पर शाहनी बच्ची की बात कहते-कहते रुक गई, "बेटी, तुम्हारे माँ नहीं, मैं तुम्हारी माँ हूँ। मेरी बेटी नहीं, तुम मेरी बेटी हो।"

श्यामा इस आवाज़ को पहचानती है। व्यथित होकर शाहनी की गोद में सिर रख दिया। शाहनी सिर पर हाथ रखे बच्ची के लिए आँसू बहाती रही।

आज शाहनी के चले जाने की बात थी, पर श्यामा किसी तरह राजी नहीं हुई। धर्मपाल के साथ जब शाहजी ऊपर सलाह लेने आए तो शाहनी बोली, "जी, बेटी आज तो जाने नहीं देगी, कल सही।"

"कल ही सही, पर लड़की के घर रहकर धर्म न चला जाएगा। यहाँ का अन्न-पानी क्योंकर चुकाओगी?"

शाहनी मृदु-मृदु हँसी, "चलो जी, धर्म गया सो गया, बेटी तो मिल गई।" बेटी की याद दिल में लेकर वह सचमुच श्यामा से मिल भी सकेगी, उन्हें शक था। बोले, "जैसा तुम चाहो..."

श्यामा किसी काम से इधर-उधर हुई तो सईदा बीबी ने शाहनी से पूछा—"चन्नो के लिए तो कुछ नहीं कहा?"

"नहीं," शाहनी ने सिर हिलाया, "कहें भी तो क्या? बच्ची यहाँ कैसे रहेगी।" सईदा बीबी कुछ कहने को ही थी कि कम्मो अन्दर आई। कल से दो-चार बार शाहनी कम्मो को देख चुकी है। सोचा, कोई दासी होगी। सईदा बीबी ने भी सोचा था कि लड़की से बात करेगी। जम्मू की तरफ़ की लगती है। लड़की आई तो सीधी जाकर शाहनी के पाँव दबाने लगी। उन्होंने पाँव खींचकर कहा, "नहीं-नहीं, बेटी, मुझे तो बिलकुल आदत नहीं।" सोचा, समधिन समझकर सत्कार किया जा रहा है, पर कम्मो ने उनके पैर नहीं छोड़े।

शाहनी बोली, "अरी लड़की, मुझे नहीं दबवाने पाँव..."

कम्मो ने पाँव छोड़े नहीं। सिर हिलाकर बोली, "मौसी ने कहा है, माँ जी ख़ाली बैठे देखेगी तो डाँटेगी।" शाहनी समझ नहीं पाई, कौन मौसी? शायद कोई रिश्ते में हो बड़ी-बूढ़ी...तभी मौसी अन्दर आई। बूढ़ी नहीं थी, पर सयानी लगती थी। वेश-भूषा में पहाड़ की-सी दीखती थी। नाक में बड़ी-सी क़ीमती लौंग चमक रही थी।

''आओ जी, जुग-जुग आओ, सिर-माथे पर।'' कहकर मौसी ने अभिवादन किया। शाहनी ने समझ लिया कि ज़रूर कोई बच्ची की मौसी सास होगी। उठकर बैठ गई। राज़ी-ख़ुशी पूछी। मौसी बोली, ''शाहनी, लड़का-बहू हँसी-ख़ुशी खेलें, पर आज मेरी बड़ी बहू होती तो...'' यह शोक प्रकट करने की भूमि न थी। शाहनी व्यथित मुद्रा से देखती-भर रह गई।

''बहन, सुबह शाहजी की आवाज़ सुनी तो झट पहचान गई। लालाजी ज़िन्दा थे, उन दिनों समधी जम्मू गए थे। वहीं बेटे के ब्याह की बात चली थी।'' शाहनी ने कुछ समझने का प्रयत्न किया और समझ गई, तो जान गई कि यह कौन है। शाहजी जब जम्मू से शीला के ब्याह की बातचीत कर वापस आए थे तो शाहनी से हँसकर कहा था, ''शाहनी, तुम्हारी समधिन भी देखी थी...''

''मेरी समधिन! वह तो स्वर्ग में बैठी है शाहजी! समधिन की जगह तुम्हीं मुझसे ठिठोली करने लगे।''

''नहीं, शाहनी,'' शाहजी गम्भीर होकर बोले, ''लालाजी गर्मियाँ वहीं काटते हैं, उम्र की भी कोई छोटी नहीं...''

इस पर कुछ दिन शाहनी रिश्ते के लिए ढीली हो गई, पर आख़िर सोचा—यह बातें कहाँ नहीं हैं? फिर बड़े और इज़्ज़तदार घरों में...

''बहन, क्या लालाजी के होते यहाँ आ गई थीं?'' शाहनी ने पूछा।

''नहीं, ऐसी क़िस्मत कहाँ थी शाहनी! भाई था, वह नहीं रहा। फिर अकेले जात-बिरादरी को सह लेना मेरे बस की बात न थी। शाहनी, सिरों की ही सरदारियाँ होती हैं। उनके साथ ही सब कुछ चला गया। यह भाई की जवान लड़की—यही सोचा—बहू-बेटा रख लेंगे तो जो थोड़े दिन हैं, यहीं काट लूँगी।'' शाहनी को जी में जाने कैसी विरक्ति-सी हुई। जो धर्म पुरखे बना गए हैं, वह कुछ सोचकर ही तो। नहीं तो जो औरतें झेलती हैं, जो देती हैं, वह तो ब्याहता और दूसरी के लिए अलग-सा नहीं होता, पर जो उन्हें मिलता है वह कितना भिन्न। एक बैठी पति-पुत्र पर राज करती है और दूसरी जब साथ टूट गया तो टूट गया।

मौसी की ओर देखा। सोचा, अच्छे घर की लगती है। पर मन काबू में नहीं रहता, बड़ों-बड़ों को ले डूबता है।

श्यामा अन्दर आई। मौसी से बोली, ''मौसी बताया नहीं, माँजी की रसोई अलग बनने लगी।''

''बहू,'' मौसी समधिन की ओर देखकर हँसी, ''शाहनी क्या तुम्हारे घर खाएँ-पिएँगी?'' शाहनी श्यामा से बोली, ''बेटी, यह तो कहो कि आना था, बहुत पहले से सोच रखा था कि चन्ना पाँच साल की होगी तो देवीद्वारे जाऊँगी, नहीं तो बेटी के घर का पानी तो सौगन्ध बराबर।''

नीचे लालाजी की बैठक में धर्मपाल और शाहजी बैठे थे। आज सुबह सईदा बीबी चन्ना को नीचे ले आई। हाथ में लट्टू था। धर्मपाल बेटी से खेलने लगे।

धर्मपाल बार-बार लट्टू माँगते थे और चन्ना सिर हिलाते-हिलाते हाथ में लिए लट्टू को पीछे की ओर ले जाकर कहती, "नहीं, नहीं, नहीं दूँगी।" शाहजी हँस रहे थे। सईदा बीबी दरवाज़े पर खड़ी थी। बोली, "चन्ना बेटी, चाची महरी नानी के तेल कैसे डालती है?"

"नहीं, नहीं। लड़की का क्या पता, कहीं इनके सामने सिर ही उघाड़ दे!" बात बन्द कर शाह ने कहा, "अरे यह नहीं। पिता जी को बताओ, नाना घोड़े पर कैसे चढ़ते हैं।"

बच्ची ने एक बार सईदा बीबी और शाहजी की ओर देखा और धर्मपाल की पीठ पर दो-चार थपकियाँ देकर उनकी गोदी में लुढ़क गई, "ऐसे-ऐसे..." धर्मपाल लोट-पोट हो गए।

"शाबाश, शाबाश, चलो तुम्हें खिलौने दिलवाएँगे।" पिता ने पुत्री को गोद में उठा लिया, कार में बिठाया और अपने आप ही ड्राइव करके बाहर चल दिए। मागो बीबी शाहजी से कह रही थी, "तंग करेगी अकेली, अभी हिली-मिली तो है नहीं।"

पर पिता-पुत्री को हिलने-मिलने की क्या ज़रूरत थी। घंटे-भर बाद जब धर्मपाल वापस लौटे तो चन्ना के साथ बहुत-से खिलौने थे और वह उनकी उँगली पकड़े सीढ़ियाँ चढ़कर ऊपर चली जा रही थी।

24

धर्मपाल सुबह-सुबह बिस्तर में बैठे अख़बार पढ़ रहे थे। बच्ची और शाह-दम्पति को गए गई दिन हो गए हैं। विज्ञापन में बच्चे की तसवीर देखते-देखते चन्ना की सूरत आँखों में घूम गई। बड़ी होकर शायद शीला की तरह हो जाएगी। कितनी हिल-मिल गई थी उनसे। जाती बार जब शाहनी श्यामा से गले मिल रही थी तो चन्ना पिता की गोदी में चढ़ी-चढ़ी हँसती हुए नानी का अनुकरण कर रही थी। एक दिन श्यामा ने कहा था, "जी चन्ना को यहाँ बुला लीजिए।" पर शाहजी क्या मानेंगे? मानेंगे नहीं तो क्या उम्र-भर उसे गाँव में रखेंगे—उनकी बेटी है—पढ़-लिखकर बड़ी होगी, ब्याह होगा...

श्यामा आज सुबह उठकर मौसी के साथ नीचे के कमरों की व्यवस्था देख रही थी। एक दिन टहलते-टहलते नीचे उतरी तो इन बन्द से कमरों को देखकर नौकरों पर नाराज़ हुई। भारी, क़ीमती फर्नीचर धूल से सना पड़ा था, और एक बड़े कमरे में अलमारियों में पड़ी किताबों को दीमक खा रही थी। सोचा, इन सबको

ठीक से लगाएगी। लालाजी थे तो पहली मंज़िल इस्तेमाल हुआ करती थी, पर अब तो मर्दाने बैठकखाने के सिवाय जो अक्सर धर्मपाल के मित्र और परिचितों के लिए खुला रहता है, बाक़ी कमरे अधखुले पड़े रहते हैं।

नित्य की तरह कम्मो ने ऊपर के कमरों की सफ़ाई शुरू की और अन्त में हाथ में कपड़ा पकड़े सोने के कमरे में आ गई। आज धर्मपाल को देखकर सकुचाई नहीं, पूरी खुली आँखों से देखती हुई ठीक-ठाक करने लगी। उस दिन के बाद कम्मो में धीरे-धीरे जाने कैसा परिवर्तन हो गया है। पहले कई बार तो उनको देखते-देखते वह लाज से सिकुड़ जाती थी और धर्मपाल कौतुकपूर्ण हँसी हँस दिया करते थे, पर इधर कुछ महीनों से उसकी आँखें भोलेपन से शरमा नहीं जातीं, निःसंकोच सामने देखती रहती है, जैसे किसी प्रश्न का उत्तर पाना चाहती हों। धर्मपाल भी समझने लगे हैं कि उसकी उपस्थिति में उन्हें पता नहीं कैसी असुविधा-सी होने लगी है। कुछ दिन हुए वह काम से लौटे तो श्यामा कम्मो को डाँट रही थी। कम्मो के हाथ में काँटेदार गुलाब की कुछ टहनियाँ थीं और नीचे कालीन पर टूटा हुआ गुलदस्ता पड़ा था। उनके अन्दर आते ही श्यामा और ज़्यादा ज़ोर से बरसने लगी। कम्मो की पल-पल झपकती हुई आँखें कभी श्यामा की ओर, कभी टूटे हुए टुकड़ों की ओर उठती थीं। "कई बार कह चुकी हूँ, पर मौसी ज़रूर इसे ऊपर भेजती है। मैं कहती हूँ मुझे इसकी ज़रूरत नहीं, चीज़ उठाने तक का शऊर नहीं।"

उधर से मौसी जा रही थी, आवाज़ सुनकर अन्दर आ गई। देखकर अग्निमय नेत्रों से कम्मो को धिक्कारकर बोली, "अरी पूरा साल होने को आया, अभी तक चीज़ पकड़नी नहीं आई। मेरी तो तूने ज़िन्दगी तलख कर दी है। पता नहीं कैसे मुहूर्त में बहन मुझे तेरी बाँह पकड़ा गई थी।" कम्मो ने सुना, अच्छी तरह सुना। मौसी के कठोर नियंत्रण में रहते-रहते यह दिन आ गया है। उसने क्या गाँव में कभी गुलदस्ते उठाए थे, दिन-रात फटकार... यहाँ आके सोचा था, गाँव की कड़ाई से छुट्टी होगी, पर मौसी तो पहले से भी सख़्त हो गई है। मौसी का ऐसा स्वभाव है कि आगे से जवाब नहीं दे सकती। वह तंग आ गई है। कम्मो का दम घुटा, फिर जी जला और आँखें रोने लगीं।

श्यामा ने देखा, धर्मपाल ने देखा और मौसी ने देखा। मौसी क्रोधित हो उठी, एक तो कसूर और ऊपर से आँखें मटका रही है! वह भी बेटे और बहू के सामने। उसका इस घर में ज़ोर ही क्या है? निर्दयता से कहा, "रोते शरम नहीं आती? बहू से माफी माँग।"

कम्मो ने रोते-रोते मुँह ऊपर उठाया। चाँदी की बालियाँ। बड़ी-बड़ी दो भोली आँखों से टप-टप आँसू बह रहे थे, पलकें ऊपर कीं। उनमें विवशता थी और धर्मपाल अनदेखा नहीं कर सके। डबडबाते आँसुओं के लिए उनका मन द्रवित

हुआ। मौसी से बोले, ''जाने दो मौसी, सबसे टूट जाता है, तुम तो उसके पीछे पड़ गई हो, जाओ कम्मो...'' कहते-कहते धर्मपाल का स्वर ज़रा-सा काँप गया था।

और उस दिन की सहानुभूति को कम्मो ने जैसे पकड़ लिया था। मौसी और श्यामा की सतर्कता उसमें कुछ भी ढूँढ़ नहीं सकी थी, पर कम्मो की अशिक्षित आँखों ने ज़रूर ऐसा कुछ देखा था जो बार-बार मौसी से बात करते, काम करते पुतलियों के पीछे छिपा रहता था। तब से वह कितनी बदल गई है। डर-डरकर काम करती है। मौसी सन्तुष्ट है कि वह राह पर आई और श्यामा भी काम में कम ग़लतियाँ निकाल पाती है और धर्मपाल अपने अनजाने में कम्मो को देखकर सोचते हैं कि अब उसमें पहले से कहीं अधिक निपुणता आ गई है।

आज कम्मो अन्दर आई तो सहज गति से झाड़-पोंछ करने लगी। धर्मपाल ने चाहा कि वह अख़बार पढ़ते रहें, पर ऐसा नहीं हो सका। कम्मो से कहा, ''कम्मो, क्या मौसी के डर से सुबह-सुबह जाग जाती हो?'' कम्मो कुछ बोली नहीं, मेज़ पोंछती रही।

धर्मपाल ज़रा हँसे, ''पिछले महीने में कितनी चीज़ें तोड़ीं कम्मो?'' कम्मो ने निःसंकोच धर्मपाल की ओर देखा। धर्मपाल चाहते हुए भी अपनी दृष्टि वहाँ से नहीं हटा सके।

आँखों में अनुनय था, जैसे कहती हों, देखो तो? क्या? क्या देखें? यह धर्मपाल नहीं जानते...पर नहीं, वह जानते हैं। सुबह की हल्की हवा कम्मो का आँचल हिला गई, और धर्मपाल के हृदय के नीचे वह दो आँखें बिछा गई।

कम्मो खोई-सी बैठी थी। कपड़ोंवाला हाथ मेज़ पर ऐसे पड़ा था, जैसे वह बेजान हो गया हो। पतली गर्दन पर गुँथा हुआ सिर। सीढ़ियों से मौसी की आवाज़ आई, श्यामा से बातें करती ऊपर आ रही थी। जैसे किसी ने खोए-खोए जगा दिया, कम्मो झटपट उठी। उठते हुए एक नज़र धर्मपाल के हाथ में अख़बार पर डाली और बाहर हो गई।

रात को जब मौसी ने लेखक आँखें बन्द कीं तो छोटी-सी सिसकी का स्वर सुना। चौकन्नी हुई—कम्मो...कम्मो ने कोई जवाब नहीं दिया।

''बिटिया!'' यह मौसी के लाड़ का स्वर है। सुनकर कम्मो फूट-फूटकर रो पड़ी। मौसी उठकर कम्मो के पास आई। प्यार से बोली, ''बिटिया, क्या बात है? क्या बहू ने कुछ कहा?''

कम्मो का जी हुआ, मौसी से कहे बहू को छोड़ो, तुम्हें जो कहना हो कहो—पर हिचकियाँ लेती रही। मौसी बालों पर हाथ फेरती-फेरती बोली, ''बेटी मैं सब जानती हूँ, यहाँ आकर मैं ही तुम्हें डाँटती रहती हूँ। कम्मो, तू नहीं जानती यह बेटे का घर है। पर उसके बाप का नहीं।'' कहकर मौसी स्वयं रो पड़ी। यहाँ रहते उसे साल होने लगा है। दिन-रात वह लगी रहती है, श्यामा के आगे-पीछे रहती है,

उसका मन पहचानती है और धर्मपाल ने किस दिन उसके साथ बैठकर चार बातें कीं। दिन-भर अपने को जोते रखती है। किसी दिन बहू ही कह दे, किसके सिर पर बैठी रोटियाँ तोड़ती हो तो उसका कोई जीना होगा? यह तो वही है कि दुविधाहीन होकर घर में रहती-सी लगती है, नहीं तो नौकरों-चाकरों से क्या कुछ ज़्यादा उसे समझा गया है? सच है, उसकी कोई मान-इज़्ज़त नहीं। इस घर के मालिक उसके इशारों पर चला करते थे—और आज मौसी कम्मो को गोद में लेकर देर तक रोती रही और वहाँ पड़ी-पड़ी कम्मो क्या सोचती रही थी, इसे मौसी नहीं जान सकी।

उस दिन के बाद मौसी की झिड़कियाँ कम हो गईं, इसका कुछ रहस्य कम्मो समझी, पूरा नहीं, पर मौसी की ओर से उसका मन सचमुच साफ़ हो गया था। 'बिटिया'...लाड़ की वह आवाज़ और फिर वह जी भरकर मौसी की झोली में मुँह डालकर रोई थी। वह रात उसे कितनी मुश्किल लग रही थी। उस दिन के बाद कम्मो के पाँव बेझिझक ऊपर नहीं उठते, उठते हैं तो जब, मालकिन इधर-उधर होती है। कभी ऊपर-नीचे जाते सामना हो जाता तो कम्मो सिर झुकाए गुज़र जाती। वह अशिक्षित है, यह धर्मपाल जानते हैं; वह उनकी कुछ नहीं, यह धर्मपाल जानते हैं पर उसका ध्यान आजकल उन्हें क्यों बना रहता है। यह वह नहीं जानते।

आज शाम को वह नीचे उतर रही थी, सहज गति थी, नीचे से धर्मपाल ऊपर आ रहे थे। एक क्षण असमंजस में रुके, फिर ऊपर चढ़ने लगे। सोचा—कम्मो कितनी बदल गई है, पहले कितनी चंचल होती थी। शायद उनकी परखनेवाली आँखें बदल गई थीं। कम्मो ने देखा तो विमूढ़-सी खड़ी रह गई, पाँव जड़ हो गए। धर्मपाल पास आकर रुक गए, अस्फुट स्वर से बोले, "कम्मो..."

कम्मो हिली नहीं—"कम्मो!" कम्मो का जैसे जी फट गया, जैसे आँधी आई हो और उसने धकेलकर उसे धर्मपाल की बाँहों से टकरा दिया हो। पल-भर बाद धर्मपाल के हाथों में कम्मो का भोला चेहरा था और धर्मपाल भूल गए थे कि वह सीढ़ियों में खड़े हैं।

किसी काम से नीचे उतरती मौसी यह देखकर आसमान से गिर पड़ी।

शायद श्यामा उन्हें इतनी निकटता से नहीं पहचान पाई पर मौसी का अनुभव पूरी तरह नहीं तो कुछ ज़रूर पहचान पाया था। उसने लालाजी को अन्धा-धुंध बहते देखा था और फिर एकाएक वहाँ से लौटते देखा था।

उस दिन जो मौसी ने देखा उसे चुपचाप पी गई। चुप रही कि बोल ही नहीं सकती थी। श्यामा से कहती? श्यामा न कहती कि... ? नहीं। दबे पाँव वापिस लौट आई। जब धर्मपाल ऊपर आए तो मौसी नीचे उतर गई। जाकर देखा, कम्मो कमरे की देहरी पर खड़ी थी। एक हाथ ऊपर चौखट पर था और दूसरा नीचे लटक रहा था। मौसी आई थी कि कम्मो को आज समझाएगी। देखकर उसके तन-बदन में आग

लग गई थी। नीचे उतरते-उतरते उसके पैर सीढ़ियों पर नहीं पड़ रहे थे। ऐसा था जैसे कम्मो को कुचल डालेगी। यह निर्लज्ज यहाँ तक पहुँच चुकी है, लेकिन जब मौसी कमरे तक पहुँची तो कम्मो को देखकर खड़ी रह गई। बाहर की ओर उसकी पीठ थी और कन्धों पर पड़ी ओढ़नी बेसुध-सी लगती थी। मौसी सहमी—पर कम्मो है? नहीं-नहीं...ततबी से नहाकर लौटती बार जब तारे ने उसका हाथ पकड़कर कहा था—पाशो मैं तेरे भाई से तेरा हाथ माँगूँगा तो तारे के बोल उसे कँपाते हुए दिल के आर-पार हो गए थे और वह दिन-भर कुछ कर नहीं पाई। शाम होते सहेलियों से बाहर न जाने का बहाना करके वह बिना दिया-बत्ती जलाए कोठरी में बैठी रही थी। अपनी सुधि न रह गई थी, पल-पल तारे का मज़बूत हाथ आँखों में घूम जाता था...वह, वह मौसी थी, यह, यह कम्मो...तारे के साथ फिर पाशो का ब्याह भी हो गया था, पर वैसी शाम फिर कभी नहीं आई और अब आज वह शाम, विधवा हो जाने के बाद सूनी रातें—और फिर वर्षों के बाद लालाजी के आश्रम में बरसातें—सब-की-सब कहीं लोप हो गई हैं, खो गई हैं...मौसी दबे पाँव लौट गई। जो कहने आई थी, वह नहीं कह सकी।

रात को जब काम ख़त्म करके आई तो कम्मो चारपाई पर सोई पड़ी थी। उसकी बन्द आँखें नींद में खोकर भी कहाँ भटक रही थीं, इसे मौसी प्रत्यक्ष देख रही थी। धर्मपाल का ख़याल आया। क्या बहू बुरी है? पर बुरा और अच्छा क्या? एकाएक लगा जैसे वह कम्मो पर सख़्त नहीं और उसे ढील देती जा रही है। पर श्यामा की जलती हुई आँखें...कल को देख-सुनकर लोग क्या कहेंगे? छिनाल जैसी थी वैसी ही निकली न! रात-भर मौसी सो नहीं पाई। बीच-बीच में कम्मो के करवट बदलते ही सन्देहशील आँखें उधर उठ जातीं, पर कम्मो किसी खुमारी में बेहोश पड़ी थी।

सुबह मौसी जगी, कम्मो उठ गई थी। परीक्षा की तेज़ नज़रों से एक बार लड़की की ओर देखा और रूखे स्वर में कहा, "नहा-धोकर नीचे रक्खो के पास जाना। दो चाटियाँ एक बार नहीं बिलोई जा सकतीं और सुन—आज से तू ऊपर न जाया कर, बहू ने मना किया है।" कम्मो का कलेजा धक-सा हो गया। जी हुआ रोकर कहे—मौसी, मुझे ऊपर जाने से मना मत करो, पर शब्द गले से नहीं निकले। खड़ी रही। मौसी ने कहा, तो अब खड़ी क्यों है—जा नीचे और सुन जल्दी उठा कर, मुँह अँधेरे दूध आता है।

कम्मो चली ही थी कि मौसी न जाने क्यों फिर कठोर होकर बोली, "धूप निकलने तक पड़ी रहती है, यह कोई हमारे खसमों का घर नहीं..." कम्मो सुनकर घबराई नहीं, मुड़कर प्रश्नसूचक नज़र से मौसी की ओर देखा। जैसे कह रही हो, बात तुमने भद्दी की है मौसी, पर फिर भी वह मीठी है।

कम्मो जब नीचे चली गई तो मौसी हारी-सी बैठी रह गई। उसने लड़की को ऊपर के लिए मना ज़रूर किया, लेकिन जाते बार जो नज़र उसने उसकी आँखों में

देखी थी, वह झुकी हुई नहीं, उसमें उठाव था, जो किसी के हाथों को याद करके कह रहा था—यह देखें जाएगी कि घर किसका है मौसी!

जिस राह पर मौसी ज़िन्दगी-भर चलती आई है, यही तो वह राह है, वैसा ही एक दाँव वह लड़की का भी लगाएगी? अगले कई दिन कम्मो ऊपर नहीं गई। और मौसी दिल में कोई बोझ छिपाए धर्मपाल जी को समझना नहीं भूली। मौसी के अन्दर आते ही धर्मपाल एक बार सिर ऊँचा करके ज़रूर देखते हैं। उस दिन तक अच्छी-भली सुबह आती थी, अब सोचते हैं, मौसी कोई-न-कोई बात कहेगी। पर मौसी क्या कहेगी? श्यामा के पूछने पर मौसी ने बात टाल दी थी, "बहू, कुछ करती-धरती नहीं है। नीचे रक्खो के साथ हाथ बँटाती है। दूध बिलोने और पानी भरने के सिवाय उसे आता ही क्या है?"

सन्देह की कोई गुंजाइश नहीं थी। फिर श्यामा ने ऐसी बारीक़ियों से कम्मो को देखने की ज़रूरत नहीं समझी। देहातिन-सी तो है। आज बहू की तबियत अच्छी न थी। बिस्तर में लेटी थी। मौसी से बोली—मौसी, बदन-सा टूट रहा है ज़रा कम्मो को तो बुलाओ।"

दुपहर का खाना हो चुका था। मौसी को ख़याल आया, धर्मपाल तो शाम को लौटेंगे। "अच्छा बहू, अभी बुलाती हूँ," कहकर मौसी नीचे उतरी। कम्मो खिड़की के गज पकड़े राह ताक रही थी। पास जाकर कहा, "यहाँ खड़ी क्या कर रही है? जा ऊपर बहू बुलाती है।" कम्मो ने कोई उत्तर नहीं दिया और बाहर निकल गई। मौसी ने झुककर देखा, नीचे हेतराम का जवान लड़का जोगी खड़ा था। वह शायद ऊपर देख रहा था और कम्मो? कम्मो को मौसी ने खड़े देखा था, पर उसकी आँखों को नहीं। वह ऊपर थीं य नीचे, यह नहीं...यह नहीं...

उस दिन-रात को मौसी ने देखा कि जोगी क्या बुरा है? अपनी जात का खत्री है। नन्दू ने एक बार बताया था कि वह लालाजी के वक़्त से यहाँ है। अब तो यहीं उसका घर-बार है। जोगी को लालाजी ने स्कूल भेज दिया था। तेज़ था, पढ़ जाएगा तो अच्छा निकल जाएगा। और दसवीं पास कर लेने के बाद छोटे मालिक ने उसे दफ़्तर में ही किसी काम पर लगा लिया था। हेतराम ने सौ-सौ शुक्र किया था मालिक का। लड़के की ज़िन्दगी बन गई। मौसी ज़रूर कल नन्दू से बात करेगी और फिर आज तो कम्मो को भी उसने देखा था खड़े हुए।

दूसरे दिन मौसी ने नन्दू से जब इस विषय पर बात की तो कोई कारण न समझ पाते हुए भी उसने यह ज़रूर भाँपा कि मौसी को कुछ जल्दी-सी है। फिर भी प्रस्ताव उसे असंगत प्रतीत नहीं हुआ। बोला, "तो हेतराम को टोहूँगा, मौसी, उसे क्या इनकार होगा। और अच्छा हो है, कम्मो तुम्हारे सामने रहेगी।"

ठीक है। लड़का मौसी को पसन्द आया है। हेतराम मान जाएगा। ठीक है। पर मौसी को बाधा तो एक ही सामने आती रही, कम्मो तुम्हारे पास रहेगी। नहीं-नहीं। मौसी आज बहू से भी बात करेगी, जाने क्या कहे? पर वह भी क्या करे?

श्यामा, आज कपड़े सहेज रही थी। "छोड़ो बहू, मैं कर देती हूँ। इतना भी न कर सकूँ तो मैं किस काम की?" श्यामा आकर कुर्सी पर बैठ गई और मौसी तह लगा-लगाकर कपड़े सहेजती रही। कुछ देर सोच-सोचकर मौसी ने बात छेड़ी, "बहू अगर कहो तो कम्मो का कुछ कर डालूँ—इतनी बड़ी होने को आई।"

श्यामा हँसी, "सोलह-सत्रह साल क्या होते हैं, मौसी!" अभी तो उसे अपनी होश भी नहीं। इतनी जल्दी क्या है?" "नहीं बहू—हमारे यहाँ लड़कियाँ सीधी नहीं होतीं, फिर कम्मो..." कम्मो को मौसी चालाक तो सचमुच नहीं कह सकेगी। और जो आज कह सकती है, वह क्या कह पाएगी? ज़रा रुककर फिर कहा, "बहू, यह अपने किनारे लगे तो मैं सुर्खरू हो जाऊँ। दिन-रात चिन्ता घेरे रहती है—जवान-जहान लड़की हैं..." मौसी जितनी सफ़ाई से यह कहकर श्यामा के सामने से निकल जाना चाहती थी, नहीं निकल सकी।

श्यामा को लगा, मौसी बढ़ा-चढ़ाकर बातें कर रही हैं, पर उसे क्या? नौकर—चाकर हैं—हो जाए तो हो जाए, उसका इसमें क्या लेना-देना।

"ठीक है मौसी, जैसा चाहो कर लो।" मौसी ने जान लिया कि कम्मो के ब्याह की बात से मालकिन का ज़्यादा सम्बन्ध नहीं। वह नाहक ही आई ऐसी बातें लेकर। इतने दिनों से वह उसे नहीं पहचान पाई। बहू खुश्क-सी है, इसमें वह बात नहीं। घर-घराने की बातों से परे-परे ही रहती है। शाम को मौसी किसी-न-किसी बहाने ऊपर ही काम करती रही। धर्मपाल जी के आने पर कुछ कह सकी तो कहेगी। धर्मपाल आए तो वह बहू की किसी पुरानी साड़ी का फीता उतार रही थी। धर्मपाल सीधे अन्दर चले गए। श्यामा से कुछ अधिक बातचीत उन्होंने नहीं की, यह उसने बाहर से सुना। उठने ही लगी थी तो नीचे से बंता आया, "मौसी, मालकिन अन्दर हैं? लाला चरणदास के घर से आई हैं। बीच की बैठक में बैठी हैं।" मौसी अन्दर जाकर बोली, "बहू, कोई चरणदास के घर से आई है मिलने। नीचे बैठी है।" श्यामा बैठी-बैठी ऊन लपेट रही थी। मौसी को देखकर बोली—"मौसी, मैं जाती हूँ। इसे अभी-अभी लपेट देना, नहीं तो उलझ जाएगी।"

मौसी ऊन लेकर बाहर निकल आई। श्यामा ने ज़रा साड़ी ठीक-ठाक की, बालों में कंघी घुमाई और नीचे उतर गई।

कुछ देर बाद मौसी अन्दर आई। धर्मपाल सोफ़े पर बैठे किसी किताब के पन्ने उलट रहे थे। मौसी को आया देखा तो दृष्टि ऊपर की। जैसे वह कुछ पूछना चाहते थे। मौसी बच्ची नहीं कि आँखें न पढ़ सके। कालीन पर बैठते-बैठते कहा, "बेटा, तुमसे कुछ बात करनी है, अगर कहो तो..." "कहो न मौसी!" धर्मपाल जब भी कभी पाशो को मौसी पुकारते हैं तो वह स्नेह से झुक जाती है। यूँ उसकी औक़ात ही क्या है? पर यहाँ रहते-रहते मौसी ने सचमुच ऐसा स्थान बना लिया है कि बिना नाते वह बूढ़ी लगने लगी है और धीरे-धीरे धर्मपाल भी तो उसे लालाजी से

अलग करके नहीं देख पाते। हाँ, कोई बात करना चाहने पर उन्हें संकोच ज़रूर होता है। मौसी सावधानी से बोली, ''बेटा, कम्मो के ब्याह के लिए कहती थी। अब बड़ी हुई।''

''मौसी ..'' धर्मपाल इसके सिवाय और कुछ नहीं कह सके। कुछ क्षण किताब पर नज़र जमाए रहे, जिसके अक्षर उन्हें ठीक दिख नहीं रहे थे। फिर सँभलकर बोले, ''मौसी, अभी क्या जल्दी है?'' मौसी अब कैसे बताए कि उसे क्या-क्या जल्दी है? ''बेटा, बड़ी हो गई है, एक-न-एक दिन तो ब्याहना ही है।''

धर्मपाल बोले नहीं, पर आँखों ने मौसी से पूछा, ''तो एक-न-एक दिन उसे ब्याहना ही है?'' मौसी ने देखा, अधीरता के साथ-साथ झुँझलाहट थी बेटे के चेहरे पर। क्या इस चौड़ी छाती के अन्दर उबाल नहीं उठ रहा? मौसी सावधानी से चलेगी। ''बेटा, वह हेतराम का लड़का जोगी जो है, तुम कहो तो...'' ''जोगी? क्या कहती हो मौसी?'' स्वर में रोष और न जाने क्या था। धर्मपाल नहीं जानते कि मौसी समझ रही है।

''हाँ, जोगी ही तो बेटा!'' एक-एक शब्द पर ज़ोर देकर बोली, ''क्या कम्मो के लिए वह ठीक नहीं?''

''नहीं!'' बेटे ने कठोर स्वर में कहा। मौसी को इसकी आशा नहीं थी। यह केवल नहीं नहीं थी। धर्मपाल को यह सब सुनना असह्य हो रहा था। कम्मो के स्वर को वह भूले नहीं। मौसी ने समझा, बात उससे कहीं गहरी हो चुकी थी, जितनी वह समझ रही थी। कुछ और कहना ठीक नहीं समझा। ऊन के गोलों को उठाकर आलमारी में रखा और धीरे-धीरे बाहर निकल गई।

''मौसी!'' पीछे से आवाज़ आई। उसमें स्वाभाविकता का ज़ोर था। मौसी पीछे लौटी। धर्मपाल खिड़की के पास खड़े थे। माथे पर तेवर थे—''मौसी, कम्मो को भेजो ऊपर—अभी...'' मौसी घबराई, ''अभी?''

''हाँ, अभी भेजोगी कम्मो को मौसी ऊपर!'' मौसी को उसका अनुभव कह रहा था कि वह आज ऊपर आकर लौटेगी नहीं!

''जाओ मौसी!'' आँखें तरेरकर धर्मपाल ने आज्ञा दी! यह स्वर लालाजी का था। मौसी को लगा, तो बहू की छाती पर वह कम्मो को बिठाएगी! नहीं-नहीं।

''बेटा, जाती हूँ पर कम्मो ऊपर नहीं आएगी।'' स्वर कोमल था, किन्तु निश्चयपूर्ण। धर्मपाल ने ललकारा—''क्यों नहीं आएगी?''

''तुम्हारा जी अच्छा नहीं बेटा! कुछ और मत सोचो, बैठकर आराम करो।'' कहकर मौसी नीचे उतर गई। बड़ी बहू के कमरे में जो अब श्यामा की इच्छानुसार बैठक बना दिया गया था, श्यामा और चरणदास की पत्नी थीं। मौसी को लगा, वह श्यामा की अपराधिनी है। पर वहाँ से जाते-जाते यह भी ज़रूर सोचा कि यह कैसी पढ़ी-लिखी बहू है, जो आदमी को बाँधकर नहीं रख सकती।

कम्मो दीवार के साथ सिर लगाए बैठी थी। मौसी को अन्दर आते देख रोज़ की तरह उठी नहीं। निर्भय होकर मौसी को देखती-भर रही। ''कम्मो, खाना खाया?''

''नहीं।''

''क्यों?''

''भूख नहीं।'' छिपाने की कोई ज़रूरत नहीं थी। आज कम्मो निःशंक थी।

''मौसी!'' मौसी दुपट्टा उतारकर अर्गली पर टाँग रही थी। सुनकर मुड़ी, ''क्या है कम्मो?''

''मौसी, ऊपर जाऊँगी।'' स्वर शान्त था, पर कोई गुंजाइश न लगती थी।

''क्या बकती है?'' मौसी इतनी ज़ोर से बोलना चाहती थी कि आवाज़ पूरी तरह नहीं खुल सकी। ''कम्मो, क्या शरम-हया कुछ नहीं रह गई तुम्हें?''

''नहीं!'' चेहरे पर ढिठाई थी। इस 'नहीं' के दूसरे प्रहार से एक बार फिर मौसी पराजित हुई और पराजय मान लेने के बाद विजय का बल और हठ जैसे कहीं हार गया हो। बात तो ऐसी थी कि मौसी पकड़कर गला घोंट देती, पर सुनकर निढाल होकर चारपाई पर गिर पड़ी।

''नहीं-नहीं तो मेरी तरफ़ से कुएँ में जा गिर।''

कम्मो का कुआँ नीचे नहीं, ऊपर था। कम्मो स्थिर गति से उठी और मौसी की ओर बिना देखे कमरे के बाहर हो गई। मौसी ने देखा और करवट ली। देह उसकी अवश-सी हो गई थी। लड़की का क्या, उसे एक हाथ से सीधा कर सकती है पर जवानी से टक्कर लेने की शक्ति आज उसकी हड्डियों में शेष नहीं रह गई।

तो धर्मपाल भी लौटे, ऐसा ही मौसी को लगा और उसने बिना देर किए अपने यहाँ के चौधरी धनीराम के लड़के तुलसी से बात ठहरा ली। चौधरी को लड़की की मौसी भले ही पसन्द न हो, वह जानते हैं। हेतराम सोच में पड़ गया था। बोला था, ''नन्दू भाई सोचकर बताऊँगा, जोगी की माँ से पूछ लेने दो।''

नन्दू ने मौसी से आकर कह दिया था। वह जानती थी कि हेतराम यह कहेगा कि मौसी क्यों उथले...पर फिकर कम नहीं हुआ। जिस दिन अचानक चौधरी उसे आकर मिले तो वह मौक़े से चूकी नहीं। चौधरी पुराने खिलाड़ी थे, माप-तौल कर हाँ की। अगले पन्दरवाड़े रस्म करके लड़की विदा हो जाएगी, जात-बिरादरी के खाने-पीने को रुपए दे दिए जाएँगे। यह अपना घर नहीं कि दरवाज़े पर बारात ला खड़ी करे।

कम्मो कुछ नहीं जानती। धर्मपाल जानते हैं, इसका मौसी को ही पता है। हाँ, ज़रूरत के कपड़े, चाँदी के गहने, दूल्हे का साफ़ा, सब मँगवा लिये गए हैं। पुराने मुनीम जी के लिए यह बन्दोबस्त नया नहीं, इस घर में दास-दासियों के, उनके बाल-बच्चों के ब्याह यहीं तो होते रहते हैं। पर इस बार जाने क्या बात थी, मुनीम

जी के हाथ का आया हुआ सामान चुपचाप बिना किसी के देखे मौसी के पास पहुँच रहा था।

ब्याह के चार-पाँच दिन रह गए थे। कम्मो नीचे सुबह-सुबह चाटियाँ साफ़ करके दही डल रही थी कि नन्दू और मौसी की बातचीत की भनक पड़ी। "मौसी, हेतराम मानता है, कहता है कि हमें रिश्ता मंजूर है।" दही से सना हाथ वहीं रुक गया। "मौसी तुम सोच लो, जोग भी कम्मो के लिए बुरा नहीं। कम-से-कम रहेगी तो तुम्हारे सामने।"

इसका उत्तर मौसी ने क्या दिया, कम्मो नहीं सुन सकी। शायद वह बिलकुल धीमे बोल रही थी। कम्मो कब तक वहाँ बैठी रही, पता नहीं। देर बाद जब मौसी उसे नीचे देखने आई तो दही वैसा-का-वैसा पड़ा था। एक हाथ दही से सना दहीवाले बरतन में था और दूसरा चाटी पर। आँखें कहीं और देख रही थीं। "कम्मो बैठी है अभी तक, दूध नहीं बिलोया?" मौसी ने कहा।

आँखें फीकी थीं, सिर हिलाया—"नहीं।" मौसी कुछ कह नहीं सकी, पर दिल में हौल पड़ा। नर्माई से बोली—"उठ कम्मो, मैं बिलो लेती हूँ, तुम जाओ नहा-धो लो।"

कम्मो उठी, जैसे उठ न रही हो, कमरे में गई और जाकर फ़र्श पर औंधी लेट गई। आँखें सूखी थीं और उस सूखेपन में लगा, दूध बिलोते-बिलोते मौसी मर गई है, लेकिन मौसी मरी नहीं थी, ऊपर आई और लाड़ जताकर बोली, "कम्मो नहाई नहीं? हैं? अच्छा ठीक है—तीन-चार दिन हैं, अच्छा रूप चढ़ेगा। कम्मो बेटी, आज मेंहदी लगा लें...।" कम्मो की मुद्रा कह रही थी कि "बस"।

कल चौधरी का बेटा आएगा और कम्मो को ब्याह ले जाएगा। दो-एक दिन से मालिक दफ़्तर में बहुत व्यस्त हैं, दिन में खाना भी वहीं जाता रहा।

आज शाम को धर्मपाल आए, चाय पी, तैयार होकर कहीं जाने को ही थे कि मौसी आन पहुँची। मौसी क्यों बार-बार आकर उन्हें तंग करती है? उन्हें मौसी से अरुचि हो गई है। रुखाई से कहा, "मौसी मैं इस वक़्त बाहर जा रहा हूँ।" मौसी बात बदलकर बोली, "कब तक आओगे बेटा, एक-दो ज़रूरी बातें थीं।"

धर्मपाल का जी जल गया, ज़रूरी बात! बुढ़िया कितनी चालाक है। सोफ़े पर धम से बैठते हुए बोले, "जो कुछ कहना हो, आज ही कह दो। मैं तुम्हारी बातों से तंग आ गया हूँ।" मौसी अप्रतिभ-सी हो गई। बोलने के बिना कोई चारा नहीं—"बेटा, बहू कुछ और न सोचे।" "किसी को कुछ नहीं सोचना है, बहू तुम्हारी कौन लगती है?" धर्मपाल आवेश में थे। मौसी फटकार खाकर जल्दी में कुछ कह नहीं पाई, आँखों में आँसू आए। वह क्यों बुरी बन रही है? उठा के रक्खे कम्मो को अपने हाथों पर, उसे क्या आपत्ति है? बिना ब्याह के लड़की घर न जाएगी? जो उसे ब्याह के करना है, वह उसे बिना ब्याहे करना है।

वह स्वयं जैसी भी है, लालाजी के नाते को निभाना चाहती थी। यह उनका बेटा है और वह उनकी बहू है। यह पूछता है कि बहू तुम्हारी क्या लगती है? दुपट्टा आँखों पर रखा। अपनी हिचकियों के बीच कोई और सिसकी सुनाई दी। दुपट्टा हटाया तो धर्मपाल के पैरों से लिपटी कम्मो फ़र्श पर पड़ी थी। ''मैं ब्याह के बाद यहाँ नहीं रहूँगी।'' फिर सिर ऊँचा करके फूट-फूटकर रोते हुए बोली—''मुझे तुम मार डालो, मौसी मुझे तुम दरिया में बहा दो। ब्याह के बाद मैं यहाँ नहीं रहूँगी।''

मौसी पहले ही रो रही थी, और ज़ोर से रो पड़ी, और धर्मपाल के पैरों पर पड़ी अनपढ़ कम्मो...बाल बिखरे थे—आँखें लाल थीं और मुँह भीगा हुआ। कई क्षण तक धर्मपाल कुछ नहीं कर पाए। फिर उत्तेजना से सारा शरीर काँप गया, जी आया कम्मो को ऊपर उठा लें और...और इसके आगे कुछ नहीं...कुछ नहीं...

हाथ नीचे किए कम्मो की बाँहों पर और उसे ऊपर उठाते-उठाते...कम्मो की आँखें तैरती-सी थीं, आँसुओं की बूँदें गालों पर ढुलक रही थीं और चेहरे पर यातना का भाव था। और यकायक धर्मपाल जी ने महसूस किया कि वह कितनी छोटी, कितनी भोली है। चन्ना सामने आई। कम्मो का सिर उठाकर अपनी गोद में रख लिया, सिसकियाँ और ऊँची हो गईं, कम्मो के बालों को सहलाते रह गए। मौसी से यह सब देखा नहीं गया, उठकर बाहर चली गई और देर बाद जब कम्मो ने मुँह ऊँचा किया तो धर्मपाल बोले, ''कम्मो तुम यहाँ क्यों रहोगी—ज़िमींदार के घर जाओगी। जब आना होगा आदमी भेजेगा कम्मो। इधर देखो और कम्मो ने जब ऊपर देखा तो कुछ बदल गया था, कुछ नया बन गया था। जिन हाथों में उस दिन उसने सिर रख दिया था, यह वह नहीं थे, वह नहीं थे। बूँदों की लड़ियाँ बनती जा रही थीं, बनती जा रही थीं। कम्मो के सिर पर स्नेह का आशीर्वाद था और कम्मो के आँसुओं में उस आशीर्वाद की कृतज्ञता थी।

दूसरे दिन कम्मो जब ससुराल चली तो स्वस्थ स्वर में मौसी से बोली—''मौसी, ज़रा ऊपर जाऊँगी,'' और धीर गति से सीढ़ियाँ चढ़ गई। धर्मपाल के पैरों में झुककर बोली, ''जाती हूँ'' और फफक-फफककर रो दी। धर्मपाल की बाँहें कम्मो को घेरे हुए थीं, जैसे रोते हुए बच्चे को दिलासा बँधा रहे हों...

चौधरी धनीराम ख़ुशी-ख़ुशी दुल्हन लेकर लौट गए। मालिक ने हाथों में सोने की चूड़ियाँ डाली थीं और गले में सोने का हार।

25

चन्ना आँगन में आई। नानी ने बढ़कर माथा चूम लिया। आज लड़की पहले दिन मदरसे गई थी। हाथ में उर्दू का क़ायदा, लकड़ी की तख़्ती और क़लम थी और साथ खड़ी सईदा बीबी के पास काली स्याही की दवात।

"लो शाहनी, धियानी मदरसे हो आई है। रब्ब किया तो एक दिन बलिस्टर बन जाएगी।" सईदा बीबी हँसते-हँसते बोली। चाची महरी कानों पर रुई लपेटकर 'पूनिया' बुन रही थी, उठकर चन्नो के सिर पर हाथ फेरकर बोली—"बनेगी क्यों नहीं? माँ क्या कम लायक थी? हाँ—बच्ची, क्या नानाजी को मिल आई?" चन्नो जो चाची से कभी बिना मुँह चिढ़ाए बात न करती थी, नाक चढ़ाकर बोली, "नहीं-नहीं, नहीं..." तीनों हँस दीं।

शाहजी ऊपर आए तो सईदा बीबी ज़रा-सा पल्ला नीचे खींचकर बोली, "शाहजी, धियानी आज मदरसे होकर आई है बधाई हो..." चाची पास बैठी कोड़ियों की गिनती कर रही थी एक, दो, चार, आठ, नौ। नाना की आवाज़ आई तो लिपट गई, "आज तो मदरसे गई थी, मौलवी जी की दाढ़ी इतनी बड़ी, इतनी बड़ी..."

शाहजी हँस पड़े, "मौलवी जी की कोई बात की तो पिटोगी बच्ची!" चन्ना ने आँखें तरेरीं, "मौलवी जी से पिटूँगी? मौलवी जी को तो मैं..." सईदा बीबी ने बात पूरी नहीं होने दी—"हैं, हैं, यह क्या बच्ची? मौलवी जी की बात नहीं करनी—पढ़ना नहीं आएगा।"

चन्ना ने जवाब न देकर नाक चढ़ाया। नानाजी से बोली, "नानाजी मौलवी जी का हुक्का करता है गुड़-गुड़-गुड़र-गुड़र..." नाना और सईदा बीबी खुली हँसी हँसे।

"तुमने आज पढ़ा क्या बेटी?" शाहजी हँसी रोककर बोले। "अलफ बे—अलफ बे—जीम चे—"

"बहुत अच्छा! बहुत जल्दी सीखा है बेटी! तुम बहुत होशियार हो।" शाहजी ने बेटी से अपनी बाँह छुड़ाते-छुड़ाते कहा, "लो तो अब, मैं शहर जा रहा हूँ—तुम खेलो। क्या लाऊँ शहर से तुम्हारे लिए?"

चन्ना ने आज लड़कों को कंचे खेलते देखा था, बोली, "कंचे, गोल-गोल।"

"अरी वह तो लड़के खेलते हैं।" शाहनी अन्दर से निकली थी।

"मैं लड़का हूँ लड़का! नानाजी, कंचे ज़रूर लाना, नहीं तो बोलूँगी नहीं।" शाहजी हँसी रोकते हुए बोले, "ज़रूर लाऊँगा बेटा। फिर तुम और नानी मिलकर खेलना—समझीं जैसी तुम वैसी तुम्हारी नानी।" शाहजी नीचे उतर गए और शाहनी हँसते-हँसते कृत्रिम क्रोध से बोली—"देखो न सईदा बीबी, इनकी यही बुरी आदत है। लड़की को लाड़ में सिर चढ़ा रखा है। अपने आप इसका मुँह खोलते हैं।"

"शाहनी, नाना-नानी का लाड़ ऐसा ही होता है। तुम क्या कम हो? फिर शाहनी, जाने वह किस पर गई है कि किसी को कुछ पहचानती ही नहीं।" शाहनी ग़ुस्सा होने पर भी लाड़ से मुस्कराई, "सईदा बीबी, शायद मौलवी के काबू आ जाए। मदरसे पढ़ेगी तो कुछ आदत पकड़ेगी।" सईदा बीबी चन्नो को अच्छा पहचानती है। बोली, "शाहनी, प्यार से कुछ ठीक-ठाक कर ले...जोर-जार से तो काबू आने से रही।"

और सचमुच लड़की काबू नहीं आती। कोई बात नहीं जो बिना शरारत के हो। दिन-भर उछल-कूद, मार-पीट, किस-किस की शिकायतें नहीं सुनती शाहनी! सईदा बीबी हँस देती है। कहती है, ''भई तुम ही बताओ, मैं क्या करूँ? सौ बार समझाती हूँ पर माने तब न।''

और चाची महरी कोई शिकायत सुनकर चुप नहीं रह सकती, ''मारा है तुम्हारे लड़के को तो मैं क्या करूँ? क्या लड़की के हाथ बाँध दूँ?'' सईदा बीबी कभी-कभी सोचती है कि लड़की के सामने चाची का यह जवाब ठीक नहीं, पर उससे क्या कहे? एक-दो बार कहने पर चाची को अच्छा नहीं लगा। शाहजी शाहजी हैं तो वह नातिन के लाड़-प्यार में कोई और बात नहीं सोचते। तो फिर ठीक कौन करे?

उस दिन शाम को धन्नेराम और फैजू के साथ ठीकरियाँ खेलते-खेलते लड़की ने झगड़ा किया। सईदा बीबी ऊपर चबारे पर खड़ी सब देख रही थी, नीचे उतरकर बीच-बचाव करने लगी। चन्ना ने विरोध किया, ''सईदा बीबी, मुझे इसने सारी ठीकरियाँ नहीं दीं तो इसे मार डालूँगी।'' सईदा बीबी ने घुड़का, ''यह क्या बात है तुम्हारी चन्नो? वह क्यों दे तुम्हें अपनी ठीकरियाँ? लेनी हैं तो खेल में जीतो। उँगलियाँ न ढीली छोड़ो, जीत जाओगी।'' चन्ना ने वैसा ही किया और सचमुच फैजू ने ठीकरियाँ हार दीं। धन्ने ने ताली बजाई और फैजू का मुँह लटका गया। फैजू स्वभाव से दब्बू है, चुप रहा। ''चन्ना कुट्टी कर दो फैजू से—मैं और तुम खेलेंगे।'' धन्ना ने सुझाया। चन्ना ने एक बार चिढ़ाकर फैजू की ओर देखा। धन्ना के साथ मिल ठीकरियाँ गिनने लगी तो धन्ने ने दाँत निकालकर फैजू को फिर चिढ़ाया। देखते ही चन्ना ने टूटे घड़े की ठीकरियों से भरी मूठ धन्ने के मुँह पर दे मारी और फैजू की ओर मुड़कर बोली, ''अच्छा हुआ...अच्छा हुआ...तुझे चिढ़ाता था न?'' धन्ना और फैजू दोनों में से कोई नहीं समझ सका कि चन्ना की कुट्टी किसके साथ थी। रोते-रोते जब धन्ना घर चला गया तो चन्ना फैजू से बोली—''कल तू सुबह खेलने आएगा न तो मैं और धन्ना तुझे मिलकर मारेंगे!''

फैजू के मुँह पर विवशता का भाव था और घर जाते-जाते सोचा कि एक दिन चतादारे आएँगे तो ज़रूर पीछे से धक्का दूँगा। लेकिन दूसरे दिन डरकर फैजू चता से खेलने नहीं आ सका।

चाची महरी चर्खा कात रही थी। चन्ना पास से निकलकर बाहर भागी तो कहा, ''चन्नो देख के। याद है न उस दिन तकला टेढ़ा कर दिया था और लगी भी थी।''

चन्ना ने उद्दंडता से कहा, ''कहाँ लगी थी? बताओ, नहीं तो चर्खे की माल तोड़ दूँगी।'' ''हैं, हैं, लड़की है कि...'' कहते-कहते रुक गई, ''तेरे पाँव में लगा था। याद नहीं डाकदर से पट्टी करवाई थी।''

"कौन डॉक्टर? वह पतलून-कोटवाला...चाची, इधर देखो, इधर—उसकी एक आँख ऐसी है" चन्ना एक आँख को उलटा कर दिखा रही थी। महरी को हँसी आई, लेकिन क्रोध से कहा, "ऐसा न किया करो चन्नो!"

"क्यों चाची?"

"फिर क्यों?" चाची का जी जल गया, "अरी सईदा बीबी...बुलाओ लड़की को—कोई अकल सिखा, आगे-से-आगे बोलती है।" सईदा बीबी बँटने से मुँह साफ़ कर रही थी, दौड़ी आई। "चन्ना इधर आ मेरे साथ, देख छत पर से कांग आ रही है।"

"कांग!" ...लड़की ने आँखें फाड़कर कहा, "कांग। चलो-चलो, सईदा बीबी ऊपर भागो—ऊपर" कहती-कहती लड़की एक ही साँस में ऊपर चढ़ गई। सईदा बीबी पीछे-पीछे। "तो अब मुझे बताओ कहाँ है कांग?" चन्ना ने सईदा बीबी का पल्ला खींचते-खींचते कहा। सईदा बीबी ने बनेरे पर खड़ा किया और दूर सामने दिखनेवाले दरिया की ओर उँगली करके कहा, "वह देखो बच्ची...वह!"

"कहाँ? कहाँ है? पानी तो सीधा चल रहा है सईदा बीबी।" स्वर में निराशा थी। सईदा बीबी ने गम्भीर मुद्रा बनाकर कहा, "अरे देखो, अभी तो पानी में चक्कियाँ पड़ रही थी—लो अब कांग दक्खिन पहुँची—वह उधर देखो—वह नीचे।"

चन्ना ने उतावली से देखा। दूर दरिया की रेत चमक रही थी। पर कांग यहाँ नहीं थी। बच्ची ने देखा—देखती रही—देखती रही, कुछ ऐसा लगा। नहीं बच्ची अभी नहीं सोच सकती कि उसे कैसा लग रहा है। पर उसे कुछ अच्छा लग रहा है—अच्छा लग रहा है। सईदा बीबी के गले में बाँहें डालकर बोली, "सईदा बीबी, चलो दरिया पर, अभी जल्दी..." लड़की के कहने में उद्दंडता नहीं थी।

सईदा बीबी ने प्यार से माथा चूमकर कहा, "बच्ची, अभी इतनी धूप में नहीं। शाम को चलेंगे।" चन्ना की ओर से कोई प्रतिवाद नहीं हुआ। सईदा बीबी को भी कम आश्चर्य नहीं हुआ। लड़की सहज गति से सईदा बीबी की उँगली पकड़े उतर रही थी, आँखें कुछ फैल गई लगती थीं, जैसे उन्होंने कुछ देखा था—सुन्दर, भव्य और न जाने कैसा।

और अब हर सुबह वही रेत है, वही चनाब का पानी। सईदा बीबी कितना भी कहे, लड़की कुएँ पर नहीं नहाएगी। शाहनी बोली, "तो यह एक नई धुन सवार हुई! अरे किसी दिन बाहर हवा में नहाने से सरदी हो जाएगी। सईदा बीबी नहला-धुलाकर ले जाया करे न!" फिर चाची से कहा, "चाची नई बात नहीं—जानती हो न, बच्ची को भी तो उन दिनों दरिया ही भाता था।" महरी ने सिर हिलाया पर दिल में सोचा—बच्ची की लड़की बच्ची से कितनी भिन्न है। वह कितनी ठहरी हुई थी, और एक यह, कहीं टिकती ही नहीं! इसी विचार की परछाईं शाहनी के मन में आई। वह भी छोटी थी, पर कितनी सिदकवाली थी। कभी खाने-पीने में देर भी हो जाती

तो खेलती रहती और यह...यह तो घर सिर पर उठा लेती है। नीचे हवेली में चन्ना नाना से जिद कर रही थी, नाना पैसे दो न! सईदा बीबी ने हाथ से संकेत किया—बेटी, तुम्हारे पैसे तो शाहजी के पास जमा हो रहे हैं न, अपने पास रखोगी तो खो जाएँगे—आओ चलो ऊपर...लड़की का हाथ नाना की जेब में था—''नहीं, कब खोती हूँ, मैं तो मुट्ठी में सँभालकर रखती हूँ।'' ''तो कल वाले पैसे कहाँ गए?'' ''वह-वह तो...'' नाना साफ़ देख रहे हैं कि लड़की बात बना रही है। वह तो चौधरी बाबा ने मुझसे माँग लिए थे।'' ''अच्छा!'' शाहजी मन-ही-मन मुस्कराए, हाथ पर पैसे रखते-रखते बोले, ''लो बाबा तुम पैसे, और छुट्टी करो।''

''छुट्टी तो नाना मदरसे में होती है। सईदा बीबी, चलो मदरसे—मैं तो मदरसे जाऊँगी—घंटी बोलेगी-टन-टन-टन!'' सईदा बीबी लड़की के साथ-साथ ऊपर आई। बस्ता ढूँढ़ा तो क़ायदा ग़ायब था। ''मेरा क़ायदा!'' इधर-उधर देखा, नहीं मिला। चिल्लाकर कहा, ''सईदा बीबी, मेरा क़ायदा दो, नहीं तो मदरसे नहीं जाऊँगी।'' सईदा बीबी ने शुक्र किया, ''चल न जाओ, कल तख़्ती भी नहीं लिखी।'' लड़की एक क्षण ठहरी। टूटी हुई क़लम चर्खे के पास पड़ी थी, देखते ही कहा, ''मेरी तख़्ती दो सईदा बीबी, मैं पूरी भर दूँगी। लाओ न जल्दी। यह पड़ी दवात।'' लड़की को अकल आई। दरी पर बिठाकर कहा, ''लो बच्ची, यहाँ बैठो, अच्छा-अच्छा लिखना।'' लिखाई शुरू हुई। एक लाइन पूरी 'अलफ' से भर गई। लड़की ने क़लम को स्याही में डुबाते-डुबाते सईदा बीबी को देखा। आज स्याही के धब्बे नीचे छिड़कने के लिए मना क्यों नहीं करती? छोटे-छोटे हाथों से 'बे' लिखा, एक नुक़ता नीचे दिया और क़लम छिनककर कई नुक़ते दरी पर डाले। सईदा बीबी इसके ढीठपन से तंग है। आज सोचा था कि लड़की से कुछ नहीं कहेगी। पर फिर वही।

चन्ना ने सईदा बीबी के दिल की बात जानी नहीं, पता नहीं, पर तख़्ती पर लम्बे-लम्बे अलफ-बे घसीटने के बाद बोली, ''देखो सईदा बीबी, दरी सारी ख़राब हो गई!'' चेहरे पर ढिठाई थी, कुछ विस्मय था।

''तो अच्छा है, रोज़ ऐसा ही किया करो।'' आवाज़ में ग़ुस्सा नहीं था, पर सईदा बीबी के काले दुपट्टे का छोर पकड़कर सिर हिलाकर बोली—''कल से नहीं करूँगी, तुम देख लेना—कल से बिलकुल नहीं करूँगी।'' सईदा बीबी का जी हुआ, लड़की को चूम ले। यही बातें तो उसे अच्छी लगती हैं, पर यही बातें तो उसे बिगाड़ती हैं। ऊपर से कहा, ''चल फिर मदरसे छोड़ आऊँ। मौलवी जी को बता तो आओ तख़्ती।''

''चलो, जाकर घंटी बजाऊँगी! आहा जी-आहा!'' मौलवी जी टाटों पर बैठे लड़कों को पढ़ा रहे थे। पढ़ा रहे थे पर हुक्का पीते-पीते, मुँह से गुड़-गुड़ किए जा रहे थे। हाथ में हुक्के की नड़ी थी, आँखें बन्द थीं और लड़के रट रहे थे—जीम-

चे-पे-ते-अलफ-बे। मौलवी जी की आँखें बन्द थीं, पर अन्दर इल्म की रोशनी थी। सिर्फ़ कानों द्वारा इल्म की आँख से अपने शागिर्दों को देख रहे थे। चन्ना ने आते ही तख़्ती आगे पटक कर कहा, ''मौलवी जी, पूरी तख़्ती लिखी है—हुक्का छोड़ के पहले देखिए न!'' चन्ना के हाथ से हुक्का खींचते हुए दरवाज़े पर से सईदा बीबी ने कहा, ''हैं-हैं—यह क्या? कोई अकल सीख चन्नो।'' तब तक चन्ना मौलवी जी के आगे से उनका प्रिय हुक्का खेंचने की गुस्ताख़ी कर चुकी थी। मौलवी जी ख़ून का घूँट पीकर बोले, ''ला धियानी, तेरी पट्टी देखें।'' अलफ-अलफ सीधा एक डंडा, वह भी उलटी क़लम से! मौलवी जी के तेवर चढ़े। जी हुआ दो-एक लगाएँ पर पता नहीं क्या सोचते चुप रहे। भोले ने जो मौलवी जी का विशेष कृपापात्र था, दूर पड़े हुए हुक्के पर से चिलम उठा के राख झाड़ी और आग लाने को बाहर निकल गया। मौलवी जी ने चन्ना को भोले के आने से पहले-पहले ही छुट्टी दे देना ठीक समझा—''सईदा बीबी धियानी को कल नया सबक मिलेगा। अब इसको छुट्टी...'' चन्ना ने छुट्टी का नाम सुना और ताली बजाई। ''छुट्टी हो गई!'' और जाते-जाते काके के सिर पर चाँटा लगा गई। जाने किस दिन के झगड़े का यह चाँटा चन्ना ने जमा रखा हुआ था, जो आज मौक़ा पाते लगा गई। मौलवी जी ने देखा पर कुछ बोले नहीं। काका उनके प्रिय शिष्यों में से नहीं। एक पढ़ने में नालायक, फिर अक्सर काके की माँ भी उनसे लड़-झगड़ के जाती है। उसे रोता देखा तो चन्ना पर ग़ुस्से में आकर उसी पर क्रोध आया। चन्ना तब तक मदरसे से बाहर जा चुकी थी। सईदा बीबी ने समझाया, ''चन्ना बेटी, देखो तुमने काके को क्यों मारा? चुपचाप बैठा लिख रहा था—अच्छी लड़कियाँ ऐसे करती हैं?'' चन्ना उँगली पकड़े रही। ''अब वह रोएगा और मौलवी जी मारेंगे, उसकी माँ सुनेगी तो घर आएगी उलाहना लेकर।'' काके की माँ उलाहना लेकर आएगी, इसे तो चन्ना सचमुच ही बड़ी बात नहीं समझती। पर जो काके को मार पड़ेगी, यह अच्छा नहीं लगा। संतू हलवाई की दुकान के पास बच्ची की चाल धीमी हो गई और यहीं से सईदा बीबी जल्दी से निकल जाना चाहती थी। लड़की फिर बरफी माँगेगी। लेकिन आज चन्ना ने बरफी नहीं माँगी। उदास स्वर में बोली, ''सईदा बीबी, आगे से काके को नहीं मारूँगी। है न? मैं कल उसे पतरी दूँगी।'' ''अच्छा! हाँ-हाँ ज़रूर देना बच्ची, जल्दी-जल्दी पग उठाओ।'' चन्ना का छोटा-सा मन पूरी तरह काके में उलझा हुआ है। अचानक ख़याल आया कि उसे काके को नहीं, भोले को मारना था, पर भोला है भी तो कितना बड़ा। जब कभी मौलवी जी नहीं होते, सब को छड़ी से पीटता है। एक दिन उसको देखूँगी। ''सईदा बीबी, वह भोला है न—बड़ा ख़राब है, सबको मारता है।'' ''नहीं बेटी, झूँटी-झूँट नहीं बोलते। वह तो सयाना लड़का है, वह क्यों किसी को मारेगा?'' चन्ना को यह सब झूठ लगा। समझ नहीं आया, सईदा बीबी क्यों ऐसा कहती है? हाथ छुड़ाकर बोली, ''वह मारता है। आज काके

को भी तो मारा है?'' सईदा बीबी तंग आ गई थी, बहाना करके बोली, ''बच्ची, जल्द चलो—नहीं तो चाची महरी मुझ पर बोलेगी।'' ''तुम चाची से डरती हो?'' ''हाँ।'' सईदा बीबी हँसी। चन्ना ने सईदा बीबी को अँगूठा दिखा दिया और मुँह बनाकर बोली—''मुझे डाँटती है तो तकली टेढ़ी कर देती हूँ।''

26

आज जुम्मा था। मौलवी जी साथवाले गाँव में निकाह पढ़ाने गए हुए थे और बच्चे मदरसे के आँगन में टूटी हुई चूड़ियों के दाँव लगा रहे थे। भोले की क़लम बराबर अपनी तख़्ती पर चल रही थी। मौलवी जी की ग़ैरहाजिरी में जो-जो बच्चा बाहर खेल रहा है, उसका नाम हो सकता है उसे देर तक याद न रहे, लेकिन यह टोली ऐसी है कि भोले की इस बात से डरती नहीं। बराबर खेल हो रहा है। भोले से न रहा गया तो तैश में बाहर निकला और कतरि के कान खींचकर बोला, ''अन्दर चलता है या नहीं?''

''नहीं,'' कर्तारा अपने को सँभालने की कोशिश में था, पर औरों की शह पाकर बोला, ''नहीं।''

''क्या कहा, नहीं।'' भोले ने ललकारा और तड़ातड़ सिर पर दो-दो हाथ धर दिए। यह टोली पर आतंक जमा लेने की शुरुआत थी। चन्ना ने देखा, चुप रही। कतरि रोता चला जा रहा था, शायद किसी की सहानुभूति जगाने के लिए, पर कतरि की जीती हुई बहुत-सी चूड़ियाँ सबकी आँखों में खटक रही थीं। फैजू और बंसी ने आँखों-ही-आँखों में विचार-विनिमय किया कि ठीक ही हुआ। चन्ना ने भोले को बढ़ावा दिया, ''शाबाश, ख़ूब मारा मेरे शेर!'' चन्ना और रामे को यह बात अच्छी लगी, इसका प्रमाण देने के लिए सबसे पहले ताली पीटी।

कतरि बेचारे को भोले ने पकड़कर मारा। धन्ना पुराना घाघ है। चौदह साल का होने आया, पर अभी तक पहला क़ायदा ख़त्म नहीं किया। दिल में आया कि मौक़ा अच्छा है। कतरि की चूड़ियाँ छीन ली जाएँ। आन-की-आन में उस पर झपटा, एक-दो मुक्के मारे और कतरि की बन्द मुट्ठी खोलने को ज़ोर लगाया। इस प्रकार की सम्भावना शायद पहले ही थी। तीन-चार लड़के और जुट आए। माल में साझीदार होने के लिए कतरि की पीठ और उसका ऊँचा स्वर। चन्ना शायद ख़ुश हो रही थी, पर एकाएक जैसे उसने नहीं, किसी और ने ज़ोर देकर कहा, ''नहीं, नहीं, इसे न मारो।'' कोई रुका नहीं। चन्ना के दिल में कुछ ऐसा हुआ, जिसे वह समझी नहीं और फिर एकबारगी जैसे किसी ने उसे आगे किया, आगे किया और ले जाकर भोले के सामने खड़ा कर दिया—जो विजयी अभिमान से तमाशा देख रहा था। तड़ से

गाल पर पूरे ज़ोर का थप्पड़ जड़ दिया, एक फिर और एक, और कतरि में लगे हुए सबके सब इधर हो आए। पहले कुछ समझ नहीं आया। मदरसे का सरदार भोला, जिसे मौलवी जी के आधे हक़ हासिल हैं, उससे मुँह पर? लेकिन भोले से खाई हुई मारें अपने आप जागीं और आकर चन्ना के साथ मिल गईं। सबसे पहले धन्ने ने हाथ दिया। भोले ने पूरा ज़ोर लगाकर फैज़ू और रामू को हटाया, जिनकी सहानुभूति चन्ना की ओर थी। लल्ला एक ओर चुपचाप खड़ा था। चन्ना ने उसे देखा, फिर भोले की ओर बढ़ता हुआ मंसे का हाथ। तेज़ी से चन्ना ने मंसा का कुर्ता खींचा और बोली, ''उसे मारा तो देखना...''

''क्या कहा? बड़ी आई है मना करनेवाली...''

''हाँ, और क्या नहीं? इधर आया तो—''

''तो क्या मैं भी समझ लूँगा, अपने आपको समझता क्या है?''

मंसे को चिन्ता हुई कि कहीं अकेला न फँस जाए, पर जबान चलती रही, ''फिर बताऊँ तुम्हें, रूँ रूँ करता माँ के पास आएगा।''

''जाऊँगा तो तुम्हें क्या?''

''मुझे क्या?'' चन्ना ने अपने तीख़े नाख़ून से मंसे का हाथ नोचा। बड़ी गड़बड़ हो गई। कभी कतरि, कभी भोला, कभी मंसा। स्वयं चन्ना को कुछ समझ नहीं आई। पर वह क्या करे? मंसा ने चन्ना के गाल पकड़े और पकड़ते ही उसकी बाँह पर चन्ना ने ज़ोर से दाँत से काटा। बीच-बचाव हुआ, लेकिन मंसा की जबान चलती जा रही है, ''याद रखना, आज अपनी माँ को तेरी माँ के पास भेजूँगा।'' चन्ना ने आँखें फैला कर कहा ''मेरी माँ के पास? अरे मेरी नानी के पास। अगर चाची मिल गई तो!''

''गधे, उसकी माँ कहाँ है? उसकी तो नानी है।'' रामू ने कुछ नया कहने का गर्व महसूस किया। चन्ना ने हँसकर अँगूठा दिखाते हुए कहा, ''ले अब कट गया! मेरी तो माँ ही नहीं है, किससे जाकर कहेगा?''

रामू के सिवाय और कोई नहीं हँस सका। माँ का न होना कोई शान की बात नहीं हो सकती। लल्ला ने उस दिन का बदला निकाला। अपनी बारीक़-सी आवाज़ में बोला, ''चन्ना की माँ कहाँ होगी, वह तो मर गई। मेरी बेबे कहती थी...''

चन्ना समझी कि लल्ला ने उसे गाली दी है। माँ है ही नहीं तो मरेगी कैसे? पर इसने तो दे दी गाली। मुक्का दिखाकर बोली, ''लल्ला के बच्चे, किसी दिन लड्डू खिलाऊँगी तुझे मीठे-मीठे...'' साथी हँस पड़े। चन्ना ने दूर से आती सईदा बीबी को देखा तो बोली, ''आ गई सईदा बीबी, मैं तो चली...चली...'' और अँगूठा दिखाते-दिखाते सईदा बीबी के पास दौड़ गई। माँ बलैयाँ ले—''बच्ची, बस्ता किधर है?''

''वह, वह अन्दर। सईदा बीबी, वह कल ले लेना।''

सईदा बीबी ने आँगन में बिखरा पड़ा बस्ता उठाया और भोले को आवाज़ देकर पूछा, ''भोला, मौलवी साहब कहाँ हैं?''

"भागो वाल..." भोले ने पूरी बात नहीं की। चन्ना से उसकी कुट्टी, तो फिर सईदा बीबी से क्यों बोले?

रास्ते में लड़की बोली, "सईदा बीबी, एक दिन मंसे को चुपचाप झूठ-मूठ घर ले जाऊँगी और चाची से पिटवाऊँगी।"

कहाँ से ऐसी बातें सीखती है! पूछा, "क्या लड़ाई हुई उससे?"

"हाँ, मैंने दाँत से काटा। कहता था तेरी माँ मर गई है।"

"क्या कहा," सईदा बीबी के तन-बदन में आग लग गई, "बदी नास होना, क्यों बोलती है ऐसे नासपीटों के साथ।"

"कहाँ बोलती हूँ? भोले को मारता था, मैंने कुरता खींचा..."

"क्यों कूदा करती है हर एक के बीच?"

"कहाँ कूदी थी? मैं तो पास ही खड़ी थी।" सईदा बीबी को हँसी आई पर दिल में मंसे पर कुढ़ी। लड़की पर जाने क्यों तरस आया। लाख नानी हो, नाना हो पर माँ जैसी नियामत दुनिया में नहीं। ऐसी अभागी कि माँ का सुख नहीं जाना। सईदा बीबी हाथ पकड़े आगे चलती गई। घर पहुँचते ही चन्ना सईदा बीबी का हाथ छुड़ाकर इधर-उधर भागती फिरी। शायद चाची महरी की खोज में।

चाची महरी का घर में कितना ज़ोर है, उसे बच्ची भी कुछ-कुछ जानती है। कभी-कभी तो उसके सामने नानी तक भी नहीं बोल सकती। और वह अपने आप चाहे चाची को कितना भी तंग करे, उसकी घुड़की से पल-भर के लिए चौंककर थम ज़रूर जाती है, और आज मंसे की बात तो वह चाची से कहेगी ही। चाची कता हुआ सूत चिरागे जुलाहे को दे रही थी। लड़की ने गले से लिपटते हुए जाकर कहा, "चाची, वह मंसा है न, सईदा बीबी तो उसे कुछ कहती ही नहीं। मुझे आज कहता था कि तेरी माँ मर गई।"

"ए हाय-हाय, अँधेर हो गया!" ग़ुस्से के मारे चाची की समझ में नहीं आ रहा कि क्या करे। जुलाहे की तकड़ी पर जमी नज़र लौटकर चन्ना पर रुक गई। "अरे, यह जात-कुजात, पानी पड़े इनकी सात पीढ़ियों पर। माँ मरे दुश्मनों की। बच्ची, तेरी माँ तो शहर में है।"

"शहर में!" लड़की की आँखें फैल गईं, फिर नाच उठीं—"तो चाची, मंसा झूठ बोलता था।" "और क्या नहीं बच्ची? आज पूछूँगी न उससे..." आगे चाची ने कुछ कहा नहीं, क्षण-भर बाद बोली, "सूत चिरागे, शाम को ले जाना, मैं ज़रा उस कम्बख़्त की ख़बर ले आऊँ।"

चाची महरी किसी की कैसी ख़बर लिया करती है, चिरागे को मालूम है और आज मंसे और मंसे की माँ से कैसी लड़ाई लड़ी जाएगी, यह वह अच्छी तरह जानता है। चुपचाप गले में मोटी-सी चद्दर डाल सीढ़ियों से उतर गया। बच्ची अन्दर नानी के पास भाग गई थी। मंसे की बात तो आई गई। नानी से बोली, "नानी, शहर चलो..." नानी हँसी। बोली, "अरी शहर से क्या लेगी?"

"चाची कहती है, शहर में तो माँ है नानी..." बच्ची की माँ, जो नानी की लड़की थी, वह कहाँ है? आज सचमुच अगर वह होती...बिना कुछ बोले लड़की के सिर पर हाथ फेरती रही। लड़की में इतना धीरज कहाँ? नानी के कान की बालियाँ हिलाती हुई बोली, "नानी ज़रूर जाऊँगी, खिलौने लाऊँगी, पहले भी तो लाई थी बहुत-से खिलौने।"

धर्मपाल के दिए हुए खिलौने अब भी चन्ना के पास हैं। जब वह देवीद्वारे गई थी, उसकी बातें धुँधली हो गई हैं, लेकिन उसे भूली नहीं। पहाड़ी की चोटी का मन्दिर, जिसका कलश उसे अब भी कभी-कभी चमकता हुआ मालूम देता है। अन्दर की गुफा जिसमें आते हुए नानीजी ने उसे उठा लिया था। फिर भभूत रमाये हुए साधु जिससे वह डरकर नानी की गोद में छिप गई थी। घोड़े पर नीचे की उतराई, बड़ा-सा घर, मोटर की घर-घर, मौसी और वह आकृति, जो उसे खिलौने खेलते-खेलते कई बार नज़र आती है; "नानी, कब चलोगी शहर?"

"अभी नहीं बेटी, नानाजी आएँगे तो उनसे पूछना।" और चन्ना बोली, "लो तो मैं नीचे चली, अभी पूछकर आती हूँ।" बच्ची कूदती-फाँदती नीचे उतर गई। सईदा बीबी चाची महरी के पास खड़ी होकर कह रही थी, "चाची, खड़े-खड़ाए लड़ाई मोल लेती हो। उसने जो कहा वह झूठ तो नहीं। फिर अकल होती तो लड़की से कहता ही क्यों? वह तो जैसी माँ है, वैसा उसका लड़का।" जी तो चाची का हुआ कि माँ-बेटे को आड़े हाथों ले, पर बात तो सच थी, जो मर गया उसे कोई क्यों ज़िन्दा कहेगा। यही था न कि लड़की को न कहता, पर लड़की कौन समझती है? उसे तो बताया कि माँ शहर में है। मान गई कि शहर में है। आज चाची ने पहली बार जाना कि जो रिश्ता माँ का है, वह माँ का ही है। जो नाना-नानी हैं, वह नाना-नानी ही रहेंगे, और श्यामा को क्या वह कुछ और कह सकती है। अब वही उसकी माँ है। अब क्या, वह तो चन्ना के होने के पहले ही उसकी माँ बन गई थी। सईदा बीबी ने देखा, चाची जो ग़ुस्से में भरकर मंसे और उसकी माँ के पुरखे तक गिन आती, चुपचाप बैठी थी।

27

श्यामा को जगदीश के ब्याह से लौटे महीने हो गए हैं। ब्याह ठीक-ठाक सम्पन्न हो गया था। ननद को भाभी पसन्द आई। सावित्री बहुत सुन्दर नहीं तो प्यारी तो थी ही। भाई ने अपनी मर्जी से सब ठीक-ठाक किया था। उस पर बहन को कोई एतराज न था। लेने-देने में श्यामा ने कोई कसर नहीं रखी। जी खोलकर ख़र्च किया। भगवान ने जो उसे दिया है तो क्यों न ख़र्च करे। और सावित्री

के माता-पिता को लड़की के लिए दामाद से कहीं ज़्यादा दामाद की बहन पर तसल्ली थी। बड़े अमीर घर की थी वह और सावित्री ने यह झट भाँप लिया था कि भाई पर जो आधिपत्य बहन का था, वह उसे स्वीकार करना ही पड़ेगा।

श्यामा जब धर्मपाल के साथ वापस लौटी तो बहुत ख़ुश थी। जगदीश की ससुरालवालों ने भी श्यामा का आदर-मान करने में कसर नहीं रखी। अच्छा क़ीमती सूट और धर्मपाल को कपड़े, जगदीश को अच्छा लगा। बहन-बहनोई का मान ही उसका मान है। श्यामा घर लौटी तो जहाँ निश्चिंत हुई, वहाँ मन पर अजीब उदासी-सी छा गई। इतने काम-धन्धे से फ़ुरसत पा लेने के बाद जैसे कोई काम बाक़ी नहीं रह गया। धर्मपाल अच्छे थे। पहले की तरह काम में व्यस्त मौसी उसी तरह चल रही थी, घर-भर का काम चुपचाप उसने सँभाल लिया था। कम्मो अपनी ससुराल में थी। कभी-कभी चौधरी का लड़का आता है। बहू और बेटा ठीक हैं।

आज दिन में शाहजी का पत्र आया। धर्मपाल घर आए तो श्यामा के हाथ में पत्र देकर बोले, "लो श्यामा, शायद शाहजी चन्ना को लेकर आएँगे।" श्यामा ने पढ़ा और अच्छा लगा। कुछ दिन घर में रौनक रहेगी। धर्मपाल की ओर देखते हुए कहा, "बहुत अच्छा है जी, मन लगा रहेगा। जबसे आई हूँ, जी नहीं लगता।" पति ने सब समझा, पत्नी के शब्दों में उल्लास था और विषाद था। उल्लास था कि कोई बच्चा घर में आ रहा है और विषाद था कि वह बच्चा श्यामा का अपना नहीं।

आज सुबह शाहजी आ रहे हैं। धर्मपाल तैयार होकर दफ़्तर जा रहे हैं। श्यामा उन्हें रूमाल देते हुए बोली, "लो जी, ज़रा जल्दी आ जाना। बारह बजे तक तो वह पहुँच ही जाएँगे।" धर्मपत्नी की ओर देखा। कुछ साल पहले यही श्यामा क्या उनके इतने निकट खड़ा होकर कहती और वह उसे ठंडे दिल से सुन पाया करते। आज कितने उदासीन हो गए हैं। श्यामा का वह सशक्त खिंचाव तो एक बीती हुई याद मात्र रह गया है। उन आवेश-भरे, मोह-भरे क्षणों के बाद बच्चे उन मीठे और झुला-झुला देनेवाले क्षणों के प्रतीक रह जाते हैं, जिन्हें बीच में रख एक बार फिर आँखें मिलती हैं और अपने से कहती हैं कि वह सब क्षणिक नहीं था।

धर्मपाल कार में बैठे तो दफ़्तर की ओर न जाकर उस लम्बी सड़क पर मुड़ गए, जिस पर से वह चन्ना की माँ को अन्तिम बार छोड़ने गए थे। वही सड़क थी, वह स्वयं वही थे, लेकिन जिसे वह लेने जा रहे थे वह शीला नहीं शीला की बेटी थी। चनाब के किनारे शाहजी मिले। चन्ना के साथ सईदा बीबी थी। शाहजी हँसकर बोले, "बेटा, चन्ना खींच लाई है। शहर की ऐसी रट लगाई कि किसी तरह समझी नहीं। चन्नो बेटी, आओ पिता जी के पास।"

चन्ना ने पल-भर देखा, धुँधला चित्त साफ़ हो गया। बहुत-से खिलौने, मोटर और शाहजी के देखते-देखते चन्ना ने जाकर धर्मपाल का हाथ पकड़ लिया और

बोली, "बहुत से खिलौने लूँगी।" उन बहुत-से कहते हाथों को थामकर वे बोले, "हाँ-हाँ, बहुत-से खिलौने लेकर देंगे, इधर चलो..." और शाहजी और सईदा बीबी के साथ मोटर की ओर चल दिए। लड़की सईदा बीबी के पास बैठना नहीं चाह रही, "मैं, सईदा बीबी, आगे बैठूँगी।"

"देखो बच्ची, फिर जिद्द शुरू की। नानाजी को आगे बैठने दो, हम तुम पीछे बैठेंगे।"

"मैं तो आगे बैठूँगी नानाजी, और..." कहते-कहते चन्नो ने केवल धर्मपाल की ओर देखा और एक नए संकोच से धर्मपाल की ओर संकेत किया। देखकर धर्मपाल हँस पड़े। बोले, "इधर आओ, आगे ही आओ..."

बच्ची ज़रा रुकी, फिर सईदा बीबी को अँगूठा दिखाकर आगे कूद गई। शाहजी और सईदा बीबी हँस दिए, "बड़ी नटखट हो गई है।" रास्ते-भर चन्ना की आँखें अधिक नानाजी की ओर नहीं, धर्मपाल की ओर उठ रही थीं। जिज्ञासा थी, उनके साथ सम्बन्धित खिलौने थे, पर कुछ और भी था जिसे छोटा-सा मन नहीं समझ सका।

घर पहुँचे। यह बरामदा, इसे चन्ना पहचानती है। धर्मपाल नीचे की बैठक की ओर बढ़े। चन्ना उँगली पकड़े थी, जाकर उन्हीं के साथ बैठी। नानाजी धर्मपाल से क्या कह रहे थे, यह शायद उसने नहीं सुना, लेकिन जब नानाजी की ओर देखा तो ऐसा लगा कि शायद नाराज़ हो जाएँगे। कूदकर उनके पास जा बैठी और टाँगें हिलाती, हिलाती बोली, "नानाजी, मैं आपके पास बैठूँगी, उनके पास नहीं।"

तीनों हँसे बिना नहीं रह सके। लड़की का चेहरा कह रहा था कि वह नाना के पास नहीं, पिता के पास बैठना चाहती है। पर यह सोच रही है कि नानाजी के पास न बैठने से नाना नाराज़ होंगे।

शाहजी अर्थपूर्ण दृष्टि से सईदा बीबी की ओर मुड़कर बोले, "सईदा बीबी, जाओ चन्ना को ऊपर ले जाओ। बेटी जाओ, माँ को मिल आओ।"

"माँ ऊपर है?" लड़की के मुख पर विस्मय था। "हाँ-हाँ, बच्ची, ऊपर जाकर शरारत मत करना।" चन्ना ने एक बार धर्मपाल की ओर देखा और चपल गति से बाहर निकल गई।

श्यामा ऊपर अभी ठीक-ठाक करके बैठी थी। नीचे से कार की आवाज़ सुनकर सोचा था कि पति जल्दी आ गए हैं। लेकिन अभी तक ऊपर नहीं आए। द्वार पर देखा तो सईदा बीबी के साथ चन्ना खड़ी थी। देहात का सिला हल्के रंग का गुलाबी-सा फ्रॉक और उड़े-उड़े बाल...श्यामा के कान में जैसे किसी ने कहा, "शीला...नहीं..."

श्यामा ने उठकर बच्ची को बाँहों में भर लिया। चूमकर बोली, "चुपके-चुपके आ गई।" बच्ची ने एक बार खुली आँखों से श्यामा की ओर देखा। वही शीला की नि:संकोच आँखें। फिर माँ की ओर मुड़कर कहा, "माँ कहाँ है? चाची तो कहती थी माँ शहर में है।"

सईदा बीबी ज़रा झिझकी, फिर सँभलकर बोली, ''यही तो है बच्ची!'' श्यामा के निकट शब्द लहरा-लहराकर दिल के नीचे उतर गए—''माँ-माँ कहाँ है?'' और यह लड़की उसकी अपनी होती तो...जी हुआ लड़की को बाँहों से अलग कर दे, पर बच्ची कह रही थी, ''चाची कहती थी, माँ तुम्हें ख़ूब कपड़े और खिलौने देगी।'' ''हाँ-हाँ, चन्ना, जो कहोगी, ले के दूँगी।'' कितना मीठा बड़प्पन है यह। वह सब कुछ लेकर देगी, जो बेटी कहेगी! कितनी खुली हुई है। कोई संकोच नहीं। कोई झिझक नहीं। सईदा बीबी ने परीक्षा की नज़रों से माँ की ओर देखा। मुख पर दूरी नहीं निकटता थी। दिल में सोचा—'ठीक है, बेचारी के अपना कोई बाल-बच्चा नहीं,' और सईदा बीबी स्वयं अनजान रह गई कि वह मन में सोच रही थी, अपना लड़का-बाला न ही हो तो अच्छा है।

''चन्ना ने सुबह ही कुछ खाया होगा...''

''हाँ जी, तड़के ही दूध पिलाया था। मुँह अँधेरे तो चल पड़े।''

''तो नहला-धुला दो तो कुछ खाने को दूँ।''

''चलो बच्ची, जल्दी-जल्दी नहा लो।'' सईदा बीबी ने चन्ना का हाथ पकड़ा और गुसलख़ाने की ओर जाने को तैयार हुई। फिर बोली, ''बच्ची, तुम माँ के पास बैठो, मैं नीचे से कपड़े निकाल लाती हूँ।'' सईदा बीबी के पीठ मोड़ते ही चन्ना बोली, ''माँ, मैं छिपती हूँ, जब ऊपर आएगी तो कहना मैं खो गई!'' पलकों के अन्दर भोली शरारत थी। श्यामा हँसी। चन्ना ने एक बार इधर-उधर देखा और झटपट जाकर पलँग के नीचे छिप गई, ''मैं तुम्हें दिखती हूँ माँ?''

''नहीं चन्ना!'' श्यामा को अच्छा लगा। महसूस हुआ। चन्ना ने माँ कहकर जैसे कुछ बड़ा कर दिया। सईदा बीबी वापस लौटी तो श्यामा मन्द-मन्द मुस्करा रही थी। चन्ना को वहाँ न देखकर झट समझ गई, छिप गई होगी। कम शैतान नहीं, इधर-उधर उछल-कूद। श्यामा के मुख पर विनोद का भाव था। पलँग की ओर संकेत किया। सईदा बीबी भी हँसी, पर झूठ-मूठ बोली, ''बहन, चन्ना कहाँ चली गई? कहीं नीचे तो नहीं उतर गई?''

पलँग के नीचे से चन्ना ने सईदा बीबी के पाँव द्वार की ओर बढ़ते देखे। मुँह के आगे हाथ रखकर हँसती रही और सईदा बीबी के दहलीज पर पहुँचते ही रेंगते-रेंगते बाहर निकली और श्यामा की गोद में मुँह छिपाकर बोली, ''सईदा बीबी, मैं तो यहाँ हूँ! कैसा छकाया! आहा...आहा...''

पतली-पतली बाँहें श्यामा के गले में थीं, और श्यामा का दिल उमड़ा आ रहा था। ममता से भीगकर बच्ची को खींचते हुए गोद में ले लिया और चूमकर अस्फुट स्वर में बोली, ''मेरी बेटी...'' चन्ना को छोटी-सी याद नानी की आई, पर ध्यान तो सईदा बीबी की ओर था, ''सईदा बीबी, तुमने ढूँढ़ा ही नहीं, मैं तो अपने आप बाहर निकल आई! सईदा बीबी हार गई...हार गई...'' श्यामा सोच

रही थी कि वह शीला से नहीं तो उनकी बच्ची से तो हार गई। आज उसे यह लड़की शीला की नहीं, अपनी लग रही थी।

28

माँ-बेटी किसी भी तरह दूर नहीं रह सकीं। सईदा बीबी के समझाने-बुझाने पर भी बार-बार चन्ना श्यामा के आगे-पीछे दौड़ती है और उसे दौड़ाती है। कभी नहाकर माँ से बाल सँवरवाने के लिए, कभी रात को सोते-सोते कहानी सुनने के लिए और कभी धर्मपाल के सामने माँ से लुकन-छिपन खेलने के लिए।

शाहजी गाँव लौट गए हैं। चन्ना को तो उन्हें साथ ले जाना था, पर इस बार धर्मपाल के आग्रह को नहीं टाल सके। बहुत देर सोचते रहे। लड़की को तो सचमुच वह छोड़कर जाना नहीं चाहते, पर लड़की के पिता का अनुरोध कैसे अस्वीकार करें। पत्नी को यह सहन नहीं होगा पर दामाद से क्या कहें? और फिर ज़ोर देकर केवल धर्मपाल ने ही नहीं, श्यामा ने भी कहा था। आख़िर शाहजी सईदा बीबी और चन्ना को महीने-भर के लिए छोड़कर गाँव चले गए। शाहजी को चन्ना के उदास होने की चिन्ता थी, लेकिन चन्ना उदास नहीं हुई। श्यामा के पास वह पहले कभी नहीं रही, फिर भी हिल-मिल गई है। सईदा बीबी देखती है, हँस देती है। किन्तु मन में वह सचमुच ही ख़ुश नहीं हो पाती। जो आज तक उनसे ही बँधी थी, उसे यह लोग अपनी ओर क्यों खींच रहे हैं। शाहनी की चिट्ठियाँ आती रहती हैं, ज़्यादा तो कुछ लिख नहीं सकती, बस इतना ही कि बच्ची बेटी के साथ ख़ुश होगी। पर सईदा बीबी समझती है कि यह केवल शाहनी की व्यवहारकुशलता है, जो उसे यह लिखने को विवश करती है। कल गाँव से आदमी आया था। मक्खन, पनीर और न जाने क्या-क्या भेजा शाहनी ने। रक्खे को देखते ही चन्ना दौड़कर उसके कन्धों पर हाथ रखकर झुक गई। गाँव में चन्ना को रक्खे से ज़्यादा लगाव नहीं, लेकिन खद्दर के मटमैले कपड़ों में यह छाया चन्ना को अपनी लगी। रक्खे ने आदर से धियानी के दोनों हाथ थाम्कर कहा, ''धियानी, रब्ब बड़ी-बड़ी उमर करे।''

''नहीं-नहीं मामू, तुई पैरी-पौना करो...'' चन्ना बोली थी।

''लो धियानी, पैरी पौना!'' रक्खे ने झुककर गम्भीर मुद्रा में कहा।

सईदा बीबी मुस्कराई। श्यामा अन्दर आई। शाहजी का कुशल समाचार पूछा। आँखों से सईदा बीबी झट भाँप गई कि श्यामा को बच्ची का रक्खे से लिपटना अच्छा नहीं लगा।

शाम को धर्मपाल आए। चन्ना ने मोटर की आवाज़ सुनी और सीढ़ियों से उतरते-उतरते पिता से जा मिली। पिता ने उँगली पकड़ी और सीधे ऊपर चढ़ गए।

"बड़ी शैतान हो गई है!" धर्मपाल ने बैठते हुए कहा। श्यामा ने मुस्कराते हुए पति की ओर देखा। जानते हुए भी पूछा, "कब आए?" चन्ना पिता की अँगूठी के साथ खेल रही थी। सुनते ही बोली, "माँ तो हार गई, हार गई! मुझे तो मोटर की आवाज़ पहले सुनाई दी थी, माँ..."

श्यामा न चाहने पर भी हँस पड़ी। दिल में सोचा था कि धीरे-धीरे लड़की को राह पर लाएगी। लड़की पर अब तक कोई रोक-टोक नहीं रही।

चाय पीने छोटा-सा परिवार बैठा है। श्यामा चाय बना रही है और चन्ना बैठी-बैठी टाँगें हिला रही है। खाने का गुण तो सईदा बीबी से कह चुकी है। जो चीज़ देने के लिए मना किया जाएगा, वह बच्ची ज़रूर माँगेगी। इसलिए एक ही राह है—जो देनी हो, उसके लिए मना करना। यूँ अपने मन में श्यामा को बात बिलकुल जँची नहीं। आख़िर बच्ची को इन सब उलटी बातों की आदत क्यों डाली जाए। पर एकदम वह चन्ना के साथ सख़्ती नहीं कर सकती। लड़की किसी हद तक ढीठ है। नाना-नानी के लाड़ में, सईदा बीबी के अच्छे स्वभाव ने चन्ना को अपनी मर्जी का बना दिया है। जो मन में आए बोलती है, जो जी चाहे करती है। श्यामा ने हाथ से संकेत किया, पाँव हिलाने बन्द करो। चन्ना ने समझा, लेकिन कहने पर झटपट बन्द कर दे, यह न होगा। हिलाते-हिलाते सरलता से बोली, "माँ पाँव तो हिलाऊँगी, अगर कहोगी..." धर्मपाल के मन में लड़की के लिए प्यार उमड़ आया—नीला फ्रॉक, बालों में नीला रिबन...

श्यामा चन्ना के आ जाने से कुछ बदल गई है। कुछ गरिमा आ गई है। धर्मपाल कभी उसे चन्ना को समझाते देखते हैं तो उन्हें श्यामा पहले से कहीं बड़ी लगती है। "प्याला ठीक से पकड़ो।" श्यामा ने चन्ना को समझाया।

"क्यों?" चन्ना को "क्यों" की आदत है।

"गिर कर टूट जाता है।"

"तो फिर?" चन्ना को विस्मय हुआ। एकाएक याद आया, टूटकर तो टुकड़े हो जाएँगे। फिर ठीकरी खेलूँगी। श्यामा को इसमें देहात का रंग नज़र आया। अनिच्छा को भरसक छिपाने के प्रयत्न में कहा, "बच्ची को कुछ खेल-वेल ला दें, नहीं तो दिन-भर उछल-कूद।" चन्ना को माँ की बात अच्छी लगी, वह उसे खिलौने दिलवाने के लिए कह रही है। कितनी अच्छी है! धर्मपाल की ओर देखकर उत्सुकता से बोली, "माँ बहुत अच्छी है, आपसे भी अच्छी, आप से नहीं, माँ तो नानी से भी अच्छी हैं।" पति-पत्नी बिना हँसे नहीं रह सके। श्यामा के चेहरे पर ऐसा भाव आया, जैसे चन्ना और उसके बीच की दूरी भर गई और वह उसकी अपनी लड़की हो। और चन्ना बोली थी, "माँ तो बहुत अच्छी है—बहुत अच्छी है।"

उस शाम चन्ना को इतने खिलौने मिले, जितने की उसे आशा नहीं थी। गेंद, गुड़िया, गुड़ियों का पलँग, गुड़िया का घर, काश्मीरी हाथों की बनी नावें, शिकारे, हाउसबोट। रात को खाने के बाद धर्मपाल और श्यामा बैठे। चन्ना पास बैठी खिलौनों में मगन थी। हाथ हिल रहे थे। आँखें खिलौनों पर हैं और मन में खिलौनों के लाल-पीले नीले-रंगों की झिलमिलाहट है। देर से यहाँ बैठे रहने पर भी उसने माँ के स्वभाव के विपरीत कुछ पूछा नहीं। कुछ कहा नहीं। गुड़िया उठाई, रखी, गुड़िया का घर पल-भर देखा और एक ओर हटा दिया। गेंद नहीं, गुड़िया का पलँग—गेंद के साथ हाथ में नाव ली, आँखों में घूम गया, क्या? समझ नहीं सकी। नाव को दोनों हाथों में लेकर देखा। दरिया, सईदा बीबी, अल्लाह रक्खे, नानी, आंशा बीबी, सईदा बीबी...चन्ना ने नाव नीचे फेंकी और सईदा बीबी को पुकारती हुई बाहर निकल गई। श्यामा और धर्मपाल ने चौंककर देखा, चन्ना शायद सीढ़ियाँ उतर रही थी। धीरे-धीरे आवाज़ हल्की पड़ी। धर्मपाल श्यामा से बोले, ''इसके नाना-नानी की मर्जी की बात है, नहीं तो चन्ना को अब स्कूल भेजना ही ठीक है। इतनी चंचल है।'' श्यामा ने देखा कि पति की बात में पिता का बड़प्पन है।

''तो क्या शाहजी दम्पति लड़की को हमेशा गाँव में ही रखेंगे? देहात में वह सीखेगी क्या?'' श्यामा का स्वर कुछ तीव्र था, जैसे कुछ और न कह सकने के कारण किसी तरह जबरदस्ती अपने को ठीक ढंग से ज़ाहिर करना चाहती हो।

''मैं भी यही सोचता हूँ, चन्ना का पढ़ना ज़रूरी है। लेकिन नाना-नानी से एकदम अलग करना भी तो मुश्किल है।'' श्यामा को पति की बात अधिक नहीं जँची। ''मुश्किल क्या है? अब भी तो उनसे अलग रह ही रही है। एक बार भी तो याद नहीं किया।'' श्यामा ज़रा रुकी, सीढ़ियों से चन्ना के रोने की आवाज़ आ रही थी। चौंकी, कहीं चोट न लग गई हो। भागती भी तो अन्धा-धुंध है। पति से कुछ कहने को ही थी कि सईदा बीबी चन्ना का हाथ थामे आ रही थी। गालों पर बह रहे आँसू थे। हिचकियों से गला भर रहा था। ''क्या हुआ, इधर आओ चन्ना!'' श्यामा ने प्यार से बुलाया। धर्मपाल ने उठकर चन्ना को अपनी ओर खींचकर कहा, ''अरे क्या हुआ, क्या गिर गई थी?'' सईदा बीबी के उत्तर देने से पहले चन्ना ने रोते-रोते पिता की ओर देखा और रुक-रुककर विरोध किया, ''नहीं, मैं कब गिरी हूँ? मैं नहीं गिरी।'' फिर सईदा बीबी को चुप देखकर ग़ुस्से बोली, ''तुम माँ से कहती क्यों नहीं!'' और पिता की गोदी में सिर रखकर ऊँचे स्वर से रोने लगी। श्यामा चन्ना की बात पर बोली, ''सईदा बीबी, क्या बात हुई?'' सईदा बीबी चिन्तित-सी लगती थी। गम्भीरता से बोली, ''नानी की याद हो आई है। कहती है, वापस चलो।'' श्यामा ने सुना और हँस दी, जैसे कहती हो, बस इतनी-सी बात और चन्ना ने पिता की गोदी में सिर रखे-रखे माँ का हँसना सुना। कुछ न समझते

हुए भी लगा जैसे माँ नहीं, बंता हँसता हो। पिता का रूमाल, जिससे उन्होंने उसकी आँखें पोंछी थीं, मुँह में डालकर दाँतों से खींचते हुए आँखें तरेर कर बोली, ''मैं नानी को कहाँ याद करती हूँ, मैं तो दरिया देखूँगी!'' —और धर्मपाल भी हँस दिए। सईदा बीबी ने दुपट्टा आगे रखकर हँसी रोकी, ''दरिया तो बेटी हम तुम्हें यहीं दिखा देंगे।''

''नहीं–नहीं, मैं तो वही दरिया देखूँगी, मैं तो अल्लाह रक्खे की किश्ती पर ही बैठूँगी...'' कहते–कहते लड़की की आँखें खिलौनों के ढेर में पड़ी लकड़ी की नाव पर जा पड़ी। श्यामा ने देखा और समझ गई कि लड़की को अल्लाह रक्खे और उसकी किश्ती खिलौनों से खेलते–खलते कैसे याद आ गई। ममता–भरी आवाज़ में कहा, ''चन्ना इधर आओ, मेरे पास।'' चन्ना ने खुली आँखों से माँ की ओर देखा। पिता के पास से उठकर वह माँ के पास नहीं जा सकी, और माँ को लड़की की यह दृष्टि अच्छी नहीं लगी। सोचा, यह बच्चों की–सी नज़र नहीं। चन्ना की आँखों में कुछ ऐसा था जो बच्चों के भोलेपन से कहीं दूर था। तेज़ तीख़ी निगाह, चन्ना की सिसकियाँ कम हो गई थीं। ''मैं तो कल ही जाऊँगी'' नानी के पास कहने में उसे कुछ संकोच हुआ। नानी का नाम पहले लिया था तो सब हँसे थे। ''मैं तो मदरसे जाऊँगी।'' पिता स्नेह से सिर थपथपाकर बोले, ''तुम्हें कल यहाँ बढ़िया मदरसे ले चलेंगे।''

''नहीं वहीं...मैं तो कल नानी के पास ज़रूर जाऊँगी।'' देर तक धर्मपाल लाड़ से चन्ना को दुलराते रहे, लेकिन चन्ना अपनी बात भूली नहीं। सईदा बीबी ने सोने के लिए कहा तो चिढ़कर बोली, ''माँ के साथ चली जाऊँगी, मैं तो कल माँ के साथ चली जाऊँगी।'' सईदा बीबी ने अभिमान से सिर हिलाया और श्यामा के संकेत से नीचे चली गई।

चन्ना की आँखें रोने से लाल हो गई थीं, और नींद से भारी। बचपन के भोलेपन पर जैसे नींद की अलस छाया चुपके–चुपके बिछती जा रही थी। छोटे घने बालों में चमकता गोरा मस्तक। श्यामा उठकर सोने की तैयारी में कपड़े बदलने चली गई थी और धर्मपाल बैठे–बैठे चन्ना को देखते रहे। जब रोते–रोते बच्ची ने उनकी गोदी में सिर रखा तो उसकी नन्हीं–सी बाँह उनसे लिपट गई थी। एकबारगी चौंके थे वह। वह छोटा–सा हाथ, चन्ना का हाथ उन्हें चन्ना का नहीं लगा था। एक बार पहले भी जब सुबह–सुबह चन्ना को जगाने लगे थे तो उसके सिर पर हाथ रखते ही उसने आँखें खोल दी थीं। उठकर कोई बच्चों की–सी बात उसने नहीं की। केवल खुली और बेझिझक आँखों से उनकी ओर देखती रह गई। धर्मपाल उस पर झुके–से खड़े थे। सिर को थपथपाते–थपथपाते चन्ना की ओर देखकर मुस्कराए, लेकिन हाथ रुक गया। चन्ना की पलकों के नीचे चंचलता नहीं थी, बचपन नहीं था, अधरों पर भोलापन नहीं था, मुस्कराहट नहीं थी, क्या था, कैसा था, इसे वह जल्दी–जल्दी रूप

नहीं दे सके। केवल लड़की की ओर देखते रह गए, जिसकी अनझपकी पलकें बराबर उनकी ओर देख रही थीं।

श्यामा कपड़े बदलकर वापस आई तो नौकर कॉफ़ी की ट्रे रख गया था। दो प्याले बनाए। ''चन्ना पीओगी?'' श्यामा ने पूछा। यह मैत्री का निमंत्रण था, पर चन्ना ने सिर हिलाया—''नहीं।'' धर्मपाल ने देखा, श्यामा उनके लिए दूसरा प्याला बना रही थी और उनकी बेटी जल्दी-जल्दी आँखें झपकाकर सो गई थी।

सईदा बीबी लड़की को उठाने को आई तो श्यामा बोली, ''सईदा बीबी, यहीं सोने दो।''

सईदा बीबी चन्ना को आज अपने पास सुलाना चाहती थी। बच्ची रोती है, पर श्यामा को न नहीं कर सकी। श्यामा ने पति के पलँग की ओर संकेत किया। सईदा बीबी ने बच्ची को उठाया और धर्मपाल के बिस्तर पर लिटा दिया।

धर्मपाल आए। श्यामा आँखें बन्द किए पड़ी थी। पति ने बुलाया नहीं और चुपचाप लेट गए। अपने से लगकर सोया पड़ा बच्चा माँ को क्यों इतना मीठा लगता है, इसे उन्होंने आज जाना। किसी अधीर क्षण का प्यार किसी आँधी के नीचे से निकलकर कैसे शुभ हो जाता है। रात को श्यामा ने करवट ली। आँखें खुलीं तो पति सीधे सोए हुए थे, जैसे अनजाने में ही यह समझ न पा रहे हों कि दोनों में से किस ओर करवट लेकर सोएँ, और उनका हाथ चन्ना के सिर पर था।

29

चन्ना और सईदा बीबी दोनों गाँव लौट आईं।

इधर कुछ दिनों से शाहनी का जी अच्छा नहीं था। शाहजी भी किसी काम से बाहर गए हुए थे। शाहनी चाहती थी कि चन्ना को लाने के लिए आदमी भेजें, लेकिन जाने क्यों झिझक जाती। चाची से कहती—''महरी, वह दामाद ठहरा, लड़की उनकी है। कल को कहे मुझे लड़की यहीं रखनी है, तो हमारा क्या ज़ोर... ।''

''ज़ोर नहीं? पाल-पोसकर क्या लड़की उन्हें बक्श दोगी, क्या लड़की और क्या लड़का, जो कुछ भी है यहीं है। शाहजी, उन्हें यह भनक भी न पड़ने दो कि चन्नो वहाँ रह भी सकती है। उससे तो न हुआ कि कोई बाल-बच्चा जन्मे, वैसे बड़ी शौकीनियाँ करती है।''

शाहनी विचारपूर्ण स्वर में बोली, ''फिर भी महरी, रब्ब राजी रखे शाहजी को। महरी, यहाँ की तो आज भी उनकी है और कल भी।''

महरी को अच्छा नहीं लगा, ''मालकिन, उनकी क्यों, बच्ची की है। बच्ची को मिलेगी।''

"महरी बच्ची की हुई तो उनकी हुई।" चाची कुछ नहीं कह सकी। शाहनी ने सोचा—लड़का ही होता, घर सँभालता, लेकिन उसकी दरगाह में किसकी चलती है! शाहनी के यहाँ न हुआ था तो बच्ची के यहाँ हो जाता, उसे गोद ले लेते। घर में दीया जलता रहता—पर लड़की हुई। फिर लड़की का गोद लेना-न-लेना एक बराबर है। उसे तो दूसरे घर जाना ही है।

शाहजी रात को लौटे तो पत्नी के पास आ बैठे। पत्नी बोली, "अब बच्ची को बुला लो, मेरा जी अच्छा नहीं रहता, फिर और कितने दिन वहाँ रहेगी?" शाहजी हँसे, "तुम्हारा जी अच्छा नहीं रहता तो क्या वह आकर तुम्हें कौर खिलाएगी? वह तो दिन-रात एक कर देगी..."

पत्नी इस परिहास का साथ नहीं दे सकी। गम्भीरता से बोली, "नहीं जी, आदमी भेज दो। पता नहीं वह भी क्या हाल करती होगी।" शाहनी की आवाज़ में ज़रूरत से ज़्यादा व्यग्रता थी। चन्ना को वहाँ छोड़ आते समय शाहजी ने साफ़ देखा था कि लड़की उसी घर की रहेगी। सिर पर हाथ फेरते हुए उठे और चलते-चलते पत्नी से बोले, "अच्छा, परसों आदमी भेज दूँगा।" शाहनी की आधी चिन्ता दूर हुई। उत्साहित होकर बोली, "शाहजी मिठाई के लिए कह देना। दो टोकरे मीठे और नमकीन हो जाएँगे।"

शाहजी ने मुड़कर एक बार पत्नी की ओर देखा और 'अच्छा' कहकर नीचे उतर गए। शाहनी कितनी व्यवहारकुशल है! शाहजी सोचते हैं, पत्नी ने अपने में कोई फ़र्क़ नहीं आने दिया। अपने नाते-रिश्ते, सगे-सम्बन्धियों से जो सुलूक पहले था, वह अब भी है। पत्नी पर आज उन्हें फिर ममता हुई। हवेली में पहुँचे तो चौधरी हुक्का लिये बैठे थे। चौधरी की मजलिस रोज़ लगती है। दिन-भर के हाल-चाल, दूर-दूर के कहानी, क़िस्से, शहरों और शहरियों की बातें।

शहरियों की बातों में चौधरी को बड़ी दिलचस्पी है। वह कैसे रहते हैं, कैसे खाते हैं, बाबुओं की पतली-दुबली देह और कोट-पतलून के साथ छोटा नखरा। इन सब बातों की चौधरी को जानकारी है। शाहजी पास आकर बैठे तो कहा, "शाहजी, एक बार शहर ज़रूर देखना है। लाहणे नहीं तो स्यालकोट ही सही। उस लाहौर का लड़का कहता था, फ़ौज के लिए एक और शहर पड़ रहा है। क्या कहने हैं शाहजी सरकार के। उस दिन वह डिप्टी आया था न, कह रहा था 'रंगों वालों' की सारी ज़मीन सरकार ने ले ली है। सुना है, वहाँ हवाई अड्डा बनेगा।" शाहजी ने यह सब ख़बरें कचहरी में सुन ली थीं, और चौधरी ने भी इसे शाहजी की ही जबानी सुना था, पर पूरे गाँव-भर को सुनाते-सुनाते उसे यह याद नहीं रह गया।

शाहजी परिहास के स्वर में बोले, "चौधरी, तुम से कोई नहीं जीत सकता। इस्माइल दर्जी के अख़बार से तुम्हारे पास ज़्यादा ख़बरें हैं। पर हाँ, शाहनी कहती है कि अब चन्ना को बुलवा लो। तुम्हीं जाकर ले आओ तो कैसा रहे। सईदा बीबी साथ हैं।"

चौधरी ने एक लम्बा कश खींचते हुए कहा, ''शाहजी, रहेगा कैसा? यह कोई कहने की बात है। कहो तो अभी चल पड़ूँ।''

''चौधरी, कल नहीं, तुम परसों तड़के चलना और रात वहाँ ठहर के दूसरे दिन लौट आना।''

और दूसरे दिन चौधरी शहर जाने की तैयारियों में थे। सुबह आंशा बीबी से दोनों कुरते धुलवाकर नील लगवाया, सफ़ पर लम्बा तुर्रा छोड़ने के लिए कलफ लगवाया और चरमर-चरमर, कामवाली जूतियाँ बाहर निकलवाईं, जो कभी-कभी शादी-ब्याह या ईद के दिन ही चौधरी जी के पैरों में सज-धज के साथ चमका करती थीं। चौधरी जी गाँव-भर से मिल रहे हैं। शहर जा रहे हैं, इसकी ख़बर देनी है। दूसरे किसी को शहर का कोई काम-काज हो, छोटा-मोटा सौदा लाना हो तो पूछ लेंगे। किसी को बीमार लड़के के लिए फल मँगवाने होते हैं, किसी को डॉक्टर से आँखों में डालनेवाली लाल दवाई, किसी को तीज-त्यौहार पर बहू-बेटियों के लिए कोई रेशमी कपड़ा या गोटा-किनारी, किसी को अपनी नवविवाहिता दुलहिन को ख़ुश करने के लिए फूलदार स्लीपर, डोरिये की चूनरी या दाँतों को चमकाने के लिए दंदासा, और न जाने क्या-क्या।

चौधरी जी जब गाँव-भर का चक्कर लगाकर वापस लौट रहे थे तो सल्लखे के कुएँ पर नवाब को देखा। चौधरी जी को जल्दी-जल्दी जाते देख नवाब ने ऊँची आवाज़ लगाई। चौधरी निकट आए तो नवाब हँसकर बोला, ''बादशाहो, ख़ूब सुथरी हुई है।'' चौधरी कुछ समझे नहीं, पर तभी नवाब फिर बोला, ''चौधरी जी, धियानी आ गई है। जमाई साहब साथ आए हैं...'' कहकर नवाब हँसा। आज चौधरी जी की सलाह रह जाने की उसे दिली ख़ुशी हुई है। ख़ुद उसने कई बार नहरों पर जाना चाहा, शाहजी से कह-सुनकर तैयार भी हुआ, मगर चौधरी ने हमेशा लम्बे कश खींचते हुए शाहजी को आन-की-आन में पट्टी पढ़ाकर उनकी सलाह रख ली, और चौधरी जी के शहर जाने से नवाब का नहरों पर जाना कहीं ज़्यादा ज़रूरी था। उसकी मंगेतर बाबो वहीं तो रहती है, और बाबो के लिए नवाब का क्या हाल हुआ जा रहा है, यह उसके सिवाय और कोई नहीं जानता। कई साल हुए, उसकी मौसी ने बातों-बातों में नवाब को इतना इशारा किया था—वह अपने देवर की लड़की बाबो का निकाह उससे करवा देगी, तब से नवाब की आँखें गाँव-भर की लड़कियों में बाबो की ही सूरत देखती हैं, और बाबो का नाम तो उसे हमेशा याद रहता है। कभी खेत में बैठे-बैठे उसे लगता है कि बाबो सिर पर लस्सी का बरतन रखे उसकी ओर आ रही है—पर बाबो तो नहरों पर है, और किसी सुवर के बच्चे ने तो उससे यहाँ तक कह दिया है कि मंजूरे ने उसके साथ निकाह भी पढ़ा लिया है। कुछ भी हो, नवाब के दिल में टीस-सी उठती है। वह एक बार जाकर देखे तो, बात ठीक हुई तो—नवाब का दिल बैठ जाता है। 'ठीक हुई तो' सोचते-सोचते जैसे गर्मी आ जाती है और खेत से लौटती

बार उसके दिमाग़ में बाबो का सिर और मज़बूत मूठ में पकड़ा हुआ गँडासा घूम जाता है। लेकिन फिर दूसरे दिन बाबो की मीठी याद किसी टप्पे में फूट पड़ती है।

और आज चौधरी से बदला लेने में उसे मजा आया। चौधरी अपने को सँभाल कर रूखी-सी हँसी हँसकर बोले, "अच्छा बच्ची आ गई! जमाई आज तो रहेंगे?"

"आँ हाँ, कल सुबह चलेंगे, अगर शाहजी माने तो।" नवाब कुछ और कहने जा रहा था कि चौधरी जी जल्दी बताकर बोले, "तो मैं फिर चलूँ हवेली, शाहजी को कुछ पूछना-ताछना ही हो तो..." चौधरी जी ने पीठ मोड़ ली। वह जल्दी में थे। यही उन्होंने नवाब से कहा है, लेकिन उनके पैर ऐसा नहीं कह रहे। चाल में तेज़ी नहीं। यह तो उनके सिवाय और कौन समझ सकता है कि ज़िन्दगी में एक बार तो वह शहर के लिए तैयार हुए थे और वह भी...ज़्यादा ग़ुस्सा तो उन्हें नवाब पर आया। रास्ते में रोककर यह सब कहने का क्या मतलब था। उन्हें ख़ुद पता लग जाता। फिर इस तरह बेशरमों की तरह हँस रहा था।

धर्मपाल बेटी को छोड़कर वापस लौट आए हैं। इस बार सास-ससुर उन्हें पहले से अधिक परिचित लगे। चाची महरी भी देर तक बातचीत करती रही। और उनकी बेटी—उसे वहाँ छोड़कर आते हुए सचमुच उन्हें खेद हुआ। जैसे उनमें यह बोध जाग रहा है कि वह शाहजी के घर की नहीं, उनके घर की बेटी है, पर इस विचार को रूप तो अभी वह नहीं दे सके। शाहजी से बच्ची को अलग करना, इसकी कल्पना भी असम्भव-सी लगती है। फिर भी अपने सन्तानहीन घर में बच्ची को रखने की आकांक्षा भी कम सुखद नहीं। उस दिन दरिया के किनारे सैर करते-करते वह कितना हँसे थे। नवाब के साथ देहाती लहजे की बातें, घोड़े को तेज़ चलाने के लिए अजीब-अजीब शब्दों का प्रयोग, जो उसने नवाब से सीखे थे, और ठीक से लगाम न खींच सकने पर नवाब पर शाहजी के से स्वर में बौछार। यह सब धर्मपाल को अच्छा लगा। फिर अल्लाह रक्खे की किश्ती में बैठे-बैठे उन्होंने चंचल-चपल बालिका को एकदम गुमसुम होते देखा। चन्ना की हँसी थम गई थी। इधर-उधर दौड़नेवाली दृष्टि पानी पर जम गई थी। बूढ़ा अल्लाह रक्खे नाव खेता जा रहा था। जमाईराजा को बच्ची की ओर ममता-भरी नज़र से देखते हुए बोला, "जमाईराज, बच्ची को तो मैं रोज़ घुमाता हूँ। एक बार किश्ती में आ बैठती है तो उतरने का नाम नहीं लेती। रब्ब की कुदरत देखिए, शीला बच्ची को सालों यहाँ से पार ले जाता रहा।" अल्लाह रक्खे के स्वर में लगता था कि वह जमाई से बिछुड़ी हुई याद को एक बार फिर उनके पास ले आना चाहता है, जो उनसे वर्षों पहले छूट गई थी। "ब्याह के पहले शीला बेटी ने एक नागा नहीं डाला..." और धर्मपाल ने एक लम्बी साँस ली। पर अल्लाह रक्खे से क्या कहें? चन्ना का छोटा-सा मन कितने गहरे में खो गया है, इसे वह देख रहे हैं, पर समझ नहीं पा रहे।

"क्या कहूँ, जिस रात बच्ची की हालत बिगड़ी उस रात भी चाची महरी से यही कहा, चाची, दरिया पर कब चलोगी..." कहते-कहते अल्लाह रक्खे ने गला साफ़ किया। बच्ची का दिल उसी की किश्ती में था।

धर्मपाल ने चन्ना को उदास आँखों से देखा जो पानी पर पड़ती साँझ की लाल छाया को एकटक देख रही थीं। धर्मपाल सिहरे, यह उनकी बेटी की गुलाबी आँखें थीं। वही आँखें, वही दृष्टि, खोई-खोई। अल्लाह रक्खे को अचानक सोच हुआ कि जो वह कह गया है, वह बहुत है, बहुत है...

चन्ना से बोले, "बच्ची, बच्ची देखो, कोई तारा निकला है या नहीं। देखते हैं पहले कौन ढूँढ़ता है, मैं या तुम।" बच्ची ने आँखें ऊपर कीं। दूर-दूर तक देखकर साँझ का पहला तारा ढूँढ़ निकाला। हाथ जोड़कर सिर नवाया—"पहला तारा नमस्कार।"

उस दिन साँझ जब धर्मपाल बच्ची के साथ वापस घर लौटे तो वर्षों के बाद शीला की याद हो आई। रात-भर सो न सके। रुकने के बाद जब वह सुबह ससुराल से बिदा होने लगे तो शाहजी के साथ खड़ी चन्ना की ओर देखते-देखते उन्हें लगा कि छोटी-सी दो आँखें अभी रो देंगी, अभी रो देंगी। धर्मपाल शाहजी के पैरों पर झुके। चन्ना को जाने कैसा लगा, शाहजी उनकी पीठ पर हाथ फेर रहे थे। चन्ना को सचमुच रुलाई आ गई। डबडबाई आँखों से पिता की ओर देखा। फिर जैसे संकोच हुआ और दूसरे पल बच्ची ने नाना के हाथ को झकझोरते हुए रोते-रोते कहा, "मैं नहीं, माँ ने मेरे खिलौने क्यों नहीं दिए? मैं इनसे नहीं बोलूँगी..."

चन्ना के रोने का कुछ भी कारण हो, पर खिलौने नहीं। फिर भी धर्मपाल बेटी को बहलाते हुए बोले, "रोओ मत। खिलौने और भेज देंगे चन्ना!"

इसके बाद रोती हुई बेटी को वहीं छोड़कर वह गाड़ी में बैठ गए और दूर तक घोड़े पर चढ़कर जाती हुई दो आकृतियों को देखते रहे, जिनमें से एक उनकी बेटी थी और एक वह सन्तानहीन पिता थे, जिनकी बेटी उनकी पत्नी थी।

30

सर्दियों की मीठी-मीठी दुपहरिया! बरियोंवाले कुएँ पर बच्चों की टोली नीले आकाश पर चमकते सूरज की परछाईं, नीचे दूर-दूर तक बिछे खेत, खेतों में पुआल, मिट्टी के कच्चे घर, और गाँव की कच्ची राह पर ढोर, चलते हुए कुओं का मधुर स्वर और इन सबमें से होकर उठती हुई तेल के साथ चलनेवाली आटे की मशीन की आवाज़...भप-भप-भप...मैले-कुचैले बच्चे, कोई-कोई अधनंगे, लेकिन चेहरों पर चमक, हाथ-पैरों में स्फूर्ति। खेतों पर बलैया ले-लेकर बहती हुई हवा उनमें जीवन-भर रही है। आज वह ख़ुश हैं, मगन हैं, खेल-कूद में, पर खेतों की

मुँडेर उन पर हँसकर जैसे कहती हो, ऊँचे हो जाओ मेरे बच्चो, कल तुम्हें अपनी बाँहों से हमें भींचना है।

ज़मानों से बच्चे यहाँ खेलते आ रहे हैं। वही मैले-कुचैले कपड़े, वही हाथ, वही पैर, वही हँसी और वही खेल। कुओं का मीठा पानी वही है जो हाड़-मांस में जीवन भरता रहा है। वही बैल जो कड़कड़ाती धूप में, जाड़े में, धरती के आँचल में फ़सलों की फ़सलें बिछाते रहे। वही हाथ जो मेहनत करके ढेरों अन्न उपजाते रहे।

बच्चे खेलते जा रहे हैं। सटापू-सटापू-सटापू की लकीरें—लकीरों को फाँदते हुए छोटे-बड़े पाँव। कुन्दन ब्राह्मण की लड़की पाखें खेल चुकी, अब फैजू खेला, काका खेला और फिर चन्ना। एक-दो-तीन और लकीर पर पाँव आ गया। चन्ना बाहर निकल गई। जस्सा आया और अचानक—अचानक सबके कान खड़े हो गए—जस्से के पाँवों पर टिकी नज़रें दूसरी ओर देखने लगीं। वह सामने ताँगा चला आ रहा था। शाहजी के यहाँ आनेवाले किसी मेहमान के सिवाय और किसका ताँगा यहाँ आ सकता है। टप-टप—घोड़े के पाँव मिट्टी की कच्ची राह पर बढ़े आ रहे हैं। बच्चों के पास होकर ताँगा निकला, एक साथ कई नज़रें घोड़े पर थीं। उसमें बैठी सवारियों पर थीं, जो केवल दो ही थीं। ताँगा आगे बढ़ गया था। चन्ना ने अपने आप जान लिया कि ताँगा हवेली ही गया है, और इसके बाद कुछ सोचने से पहले जस्से ने अपनी बारी शुरू कर दी। खेल एक बार शुरू हुआ—दो-एक बार जस्से को बेईमानी करने के लिए चन्ना ने टोका, कंकर उठाकर बंते की ओर फेंका, लेकिन खेल में जी नहीं लग रहा। जस्से के निकलते ही बोली, ''अब सटापू नहीं, कुछ और खेलो।''

''क्या, लुकन-छिपन।''

''नहीं, डाकरिया।''

''नहीं-नहीं।''

''तो क्या?'' चन्ना ने चिढ़कर लल्ला काके की पीठ पर पूरे ज़ोर से दो मुक्के लगाए। जस्से ने लल्ला काके की हिमायत की और आगे बढ़कर चन्ना का हाथ नोंचा। चन्ना ने चाहा कि झगड़ा न होने दे, चन्ना को खींच ले लेकिन यह क्या—चन्ना का बढ़ा हुआ हाथ एकदम रुक गया। जस्सा वार के इन्तज़ार में था पर वह तो पीछे हट गई थी। क्यों? यह वह नहीं जानती। सिर्फ़ दिल में कुछ ऐसा हुआ, जैसा पहले कभी नहीं हुआ। मुड़ी। ताँगे की बात याद आई और हवेली की ओर हो ली। फैजू की दोस्ती पक्की है चन्ना के साथ। पीछे-पीछे जाकर कहा, ''जस्से को शाम की कबड्डी में ऐसा पछाड़ूँगा कि याद रखे।'' चन्ना ने कुछ कहा नहीं, फिर तेज़ी से बोली, ''क्यों?''

''मेरी उसके साथ कुट्टी है।'' फैजू की कुट्टी सिर्फ़ इसलिए थी कि चन्ना के साथ जस्से का झगड़ा हुआ था।

चन्ना ने लापरवाही से पत्थर को ठोकर मारते हुए कहा, "मैं तो जस्से के साथ बोलती हूँ, मैंने कब कुट्टी की है उसके साथ।"

फैजू ने चाहा कि चन्ना के बाल पकड़कर खींचे, पर न जाने क्यों, गली के मोड़ पर पहुँचकर दारे की ओर चल दिया। चन्ना ने फैजू की पीठ देखी—फिर वही बात, जैसे वह जस्से को मारती-मारती रुक गई थी। फैजू आगे बढ़ रहा था। चन्ना ने आवाज़ दी, "फैजू शाम को हवेली आएगा न, मेरी जस्से के साथ कुट्टी..."

फैजू ने ख़ुश होकर सिर हिलाया और ख़ुशी-ख़ुशी आगे चल दिया। चन्ना ने सोचा—शाम को फैजू आएगा तो ऊपर के कोठे पर खेलेंगे। तभी ताँगे का ध्यान आया—ताँगे में कौन था? जिज्ञासा से पाँव जल्दी-जल्दी उठे और चन्ना जब हवेली पहुँची तो सीढ़ियों से शाहजी के साथ वह दोनों ताँगेवाले आदमी उतर रहे थे। नानाजी की नज़र नीचे थी। उन्होंने चन्ना को नहीं देखा। पल-भर बाद जब चन्ना ऊपर जा रही थी तो एक अनदेखा भय—नानी बीमार पड़ी है!

चन्ना ऊपर पहुँची तो नित की तरह सईदा बीबी और चाची महरी बाहर बैठी हुई नहीं मिलीं। नानी का रँगीला चर्खा दीवार के साथ लगा था और चाची महरी ने चर्खे के सामने भी पीढ़ नहीं बिछाई थी। दबे पाँव बैठक पार करके शाहजी के पसार की ओर गई। अजीब-सी गन्ध आ रही थी। दरवाज़े पर पहुँची तो आधा दरवाज़ा भिड़ा हुआ था, चाची महरी नानी पर झुकी हुई थी, हाथ में रुई थी और सईदा बीबी पीछे की ओर दुपट्टा डाले अँगीठी पर कुछ गर्म कर रही थी। नानी बीमार है, पर उसकी बीमारी के लिए शोर न किया जाए, सईदा बीबी से जिद न की जाए, पर क्यों? मगर आज तो वह अपने आप धीरे-धीरे सीढ़ियाँ चढ़कर आई है। लेटी हुई नानी का मुँह नहीं दीखता, एक हाथ रजाई के ऊपर है।

"नानी!" छोटी लेकिन गहरी आवाज़। चाची ने तेज़ आँखों से सईदा बीबी की ओर देखा, जैसे चुपचाप ही कुछ कह दिया हो। चन्ना को लगा जैसे चाची कह रही हो—"बच्चो बाहर जाओ—बाहर..." सईदा बीबी ने डिब्बा अँगीठी पर रख दिया और झटपट उठकर बच्ची का हाथ पकड़कर बाहर निकल आई।

"सईदा बीबी..." सईदा बीबी जानती है कि बच्ची क्या पूछना चाहती है। "बच्ची, लाओ हाथ-मुँह धो दूँ। फिर कुछ खा-पी लो।"

"मैं अपने आप धो लूँगी। तुम अन्दर जाओ।" 'नानी के पास' कहने में चन्ना को संकोच हुआ। सईदा बीबी ने बच्ची का चेहरा देखकर बात बदली, "बच्ची, ताजी बर्फ़ी है और सूजी के लड्डू..." बच्ची के मुँह पर कोई उत्साह नज़र नहीं आया।

हाथ-मुँह धुलाते-धुलाते सईदा बीबी चाहने पर भी कुछ अधिक बात नहीं कर सकी। वह जानती है कि चन्ना समझ रही है। रब्ब अच्छी करे! डाकदर ने जब शाहनी को देखा तो मुँह पर तसल्ली नहीं थी। चन्ना के लिए कुछ खाने को लाने के लिए भागो को आवाज़ दी।

चन्ना खा रही है। बरफी उसे अच्छी लगती है, मीठी लगती है, पर आज खाते-खाते वह यह नहीं सोच रही। ''सईदा बीबी!'' बच्ची की आवाज़ में झूलता हुआ प्रश्न क्या है, इसे सईदा बीबी समझ रही है, पर बच्ची से क्या कहे कि नानी की हालत ख़राब है। अल्लाह भली करे, अभी बेचारी ने देखा ही क्या है? ले-देकर एक लड़की थी, वह भी न...यह है तो, इसके सब कुछ भी तो नाना-नानी ही हैं। अपने हाथ से इसका काज सँवारे...

''सईदा बीबी!'' चन्ना ने कुछ खाकर, कुछ छोड़कर कहा।

''आज शोर न करना बच्ची!'' सईदा बीबी ने समझाया।

''आज नानी बीमार हैं?''

''हाँ बच्ची! जाओ थोड़ी देर खेल आओ, किसी से लड़ना-झगड़ना मत...''

चन्ना को अजीब लगा। घर से बाहर खेलने से सईदा बीबी चन्ना को हमेशा मना करती हैं, और कल से यही कहती हैं कि जाओ बाहर खेलो।

सईदा बीबी ने हाथ से मुँह पर आते हुए चन्ना के बाल पीछे किए और थपथपाया, जैसे कहती हो—'अब जाओ।'

चन्ना ने आनाकानी नहीं की, चुपचाप नीचे उतरी। उतरते-उतरते नानाजी ऊपर आ रहे थे। उन्हें देखने में संकोच हुआ, ''बच्ची, कुछ खाया?'' नानाजी का स्वर धीमा था।

चन्ना सिर हिलाकर नीचे उतर गई। थोड़ी देर बाद खेल में जी न लगने और किसी से झगड़ा हो जाने के कारण जब वह घर वापस लौट आई तो आँगन में पैर रखते ही सईदा बीबी रोते-रोते उसे पकड़कर अन्दर ले गई। नानी बिस्तर पर पड़ी थी, पास खड़े नाना रोते थे। वह दो आदमी और चाची महरी शाहनी का हाथ थामकर चन्ना के सिर पर रखकर कह रही थी, ''शाहनी...बच्ची है...''

चन्ना को लगा, नानी बैठी होती तो वह पहले की तरह उसकी चोली में मुँह रखकर रो देती। ऊँची सिसकियाँ और फिर नानाजी के संकेत पर सईदा बीबी का उसे बाहर ले जाना...

नानी-नानी-नानी...

रोते-रोते वह स्वयं सो गई या सईदा बीबी ने सुलाया, पता नहीं। जब रात को नींद से उठकर रोज़ की तरह चन्ना ने नानी को आवाज़ दी तो दूध का कटोरा मुँह के साथ लग गया, ''पीकर उठना बच्ची, पीकर...जल्दी-जल्दी पी लो...'' और नींद में दूध पी लेने के बाद जब आँखें खोलीं तो सामने सईदा बीबी नहीं, भागो खड़ी थी।

बच्ची ने चारपाई से नीचे उतरते हुए पुकारा...''नानी...''

''ठहरो बच्ची, ठहरो...'' भागो की आवाज़ चन्ना ने नहीं सुनी। उसे बैठक पार करके नानी के कमरे में नहीं जाना पड़ा।

ढेर-सी औरतों के बीच, नानी नीचे पड़ी थी...

नानी...वह जब घर में नहीं है पर चन्ना को लगता है कि नानी कहीं-न-कहीं हैं ज़रूर—जाने कहाँ? उस दिन जब नानी पर तिल्लेदार लाल दुशाला डालकर लोग बाहर लिये जा रहे थे तो नानी चुपचाप लेटी थी। शाहजी रोते थे। सईदा बीबी, चाची महरी, सब लोग रोते रहे। चन्ना विस्मय से देखती-भर रह गई। शाम को सोकर उठने के बाद जब वह नानी को पुकारती बाहर निकल आई तो नानी को नीचे पड़े देख कुछ समझ नहीं सकी। कुछ समझी तो जान नहीं सकी। ऊँचे स्वर में रोना-धोना। चाची महरी ने आगे बढ़कर लड़की को गले से लगाया और रो-रोकर ऊँचे स्वर में गाया कि "ओ मेरी बेगम, गाँवों की रानी, उठ ज़रा आँखें तो खोल, यह बिलखते बच्चे तेरे बिना कैसे रहेंगे।" लेकिन बेग़म नहीं उठी। महरी की आवाज़ में अगणित आवाज़ें मिलीं—वही विलाप, रुदन। कुछ क्षण बीते—चन्ना ने चाची महरी से अपने को ढीला किया और सईदा बीबी की ओर देखा, जैसे पूछ रही हो—"यह सब क्या है..."

सईदा बीबी ने चन्ना की आँखें देखीं, सूखी थीं। करतारे की माँ की आवाज़ आई, "सईदा बीबी, लड़की को नानी का मुँह दिखाओ...।"

चाची महरी ने ऊपर से कपड़ा उठाया और बिलखकर बोली, "बच्ची मेरी, अब नानी तुम्हारी कभी नहीं उठेगी।" चन्ना ने नानी की ओर देखा—आँखें बन्द थीं। वह क्या करे? चुपचाप देखती रह गई। सईदा बीबी और महरी को चिन्ता हुई। बिना रोए तो लाड़ली जी को कुछ लगा लेगी। सईदा बीबी गीली आवाज़ में बोली, "बच्ची, कौन तुम्हें प्यार करेगा, कौन तुम्हें रूठने पर मनाएगा, मेरी बच्ची—मेरी बच्ची..."

चन्ना फिर भी रोई नहीं। चाची ने यह देखा तो अपना पल्ला ऊँचा करके सईदा बीबी से कहा, "सईदा बीबी जाओ, बच्ची को कुएँ तक ले जाओ..."

चाची ने यह सब देखा है, आँसू सूखकर कैसे अटक जाते हैं। चाहे बच्चा ही हो पर रोना न आए? उसने चन्ना को सईदा बीबी के साथ बाहर भेजा...सोचा—जब बच्ची लौटकर आएगी तो रोज़ की तरह घर में पाँव रखते नानी के सामने आने का ध्यान आएगा और फिर चाहे कुछ हो, लड़की ज़रूर रो देगी। और सचमुच जब चन्ना कुएँ से लौटी तो चाहा कि ख़ुशी-ख़ुशी नानी से जाकर कहे, "नानी मैं आ गई।" सीढ़ियाँ जल्दी-जल्दी चढ़ी, पर द्वार पर अटक गई। बहुत-सी औरतें और उनके बीच ज़मीन पर पड़ी नानी...

"सईदा बीबी!"

"हाँ बच्ची..."

"सईदा बीबी, मैं नहीं उधर जाती..."

"क्यों बच्ची?"

"नहीं!" चन्ना की आवाज़ में फ़ैसला था।

"नानी के पास नहीं बैठोगी?"

“नहीं!” चन्ना ने चिढ़कर ग़ुस्से में कहा और छोटी बैठक की ओर मुड़ गई। सईदा बीबी पीछे-पीछे गई और कोमल स्वर में बोली, “बच्ची, कुछ खाओगी?”

“नहीं!” सईदा बीबी ने बिना कुछ कहे-सुने खिलौनों की टोकरी लड़की के आगे रख दी और बाहर निकल आई। दरवाज़े के पास बैठी-बैठी रोती रही।

शाहनी को वह अपनी माँ समझती रही है। जब डेढ़ साल के ब्याह के बाद आले ख़ाँ उसे और दो महीने के हैंदू को छोड़कर मागोवाल के किसी दरजी के साथ हिन्दुस्तान भाग गया था तो शाहनी ने ही उसे अपने यहाँ शरण दी थी। वह उस दिन कितना रोई थी। जिस आले ख़ाँ ने अपने सुरीले गले से हीर-राँझा गा-गाकर वायदे किए थे और उसके भाइयों की मर्जी के बिना उससे निकाह करने की ठान ली थी, वही आले ख़ाँ...हाय, उसका जी नहीं होता कि कुछ सोचे। कैसे वह एक काली अँधेरी रात में आले ख़ाँ के पीछे घोड़े पर चढ़ी, उन पहाड़ी रास्तों को पार कर आई थी जहाँ उसका बचपन बीता था। भय के मारे जब उसका गला सूखा जा रहा था तो उसने रुककर बिलकुल धीमे-से आले ख़ाँ से कहा था, “मेरा गला सूखा जा रहा है...।”

आले ख़ाँ ने दिलासा देते हुए कहा, “आगे दरिया पड़ता है—कुछ देर धीरज धरो।” आले ख़ाँ ने घोड़ा तेज़ कर लिया था। बस्ती दूर छूट गई थी, लेकिन गले पर जैसे सईदा बीबी के भाई की वह दो तीख़ी नज़रें अटकी हुई थीं।...

आले ख़ाँ ने घोड़ा रोका, नीचे छलाँग लगाई और सईदा बीबी का हाथ पकड़कर नीचे उतारा। काले-काले पहाड़ों में से होकर बहता हुआ जेहलम।

सईदा बीबी ने मुँह धोया, अंजुली में लेकर पानी पिया। कितना मीठा लगा था वह पानी, पर घूँट नीचे नहीं उतर सका। शाम को रोके हुए आँसुओं की धुंध ऊपर चढ़ आई और घुमड़-घुमड़कर आँखों को अन्धा कर गई।

सईदा बीबी रो दी, ख़ूब रोई। वह अपने भाइयों को सोता छोड़ उसके साथ निकल आई थी, जिसके गाँव का पता नहीं, घर का पता नहीं, पर अब, अब गाँव से कोसों दूर आकर...यह क्या सोचने की बात है? आले ख़ाँ ने सईदा बीबी का हाथ पकड़ा और कहा, “चलो उठो, सुबह तक जम्मू पहुँच जाएँगे और कल शाम को तुम्हें घर जा बिठाऊँगा।”

सईदा बीबी के आँसू थमे नहीं। जेहलम की ओर देखा। भाई-बहनों की ममता की बात नहीं कर सकती। वह उन्हें ख़ुद छोड़कर आई है। गाँव-घर...आले ख़ाँ को इन आँसुओं से कुछ खीझ-सी उठी। यह अपने भाइयों को रोती है और उसने क्या कम जोख़िम उठाया। फिर भी प्यार से बोला, “उठो, सच कहता हूँ तुम्हें माथे पर रखूँगा।” सईदा बीबी ने पूरी आँखों से देखा, जैसे कहती हो, “देखो, भूलना मत।”

आले ख़ाँ का सहारा लेकर घोड़े पर जा बैठी। आले ख़ाँ ने लगाम पकड़ी। सईदा बीबी भर्राए गले से बोली, “यह पानी, जाने फिर कब मुँह लगेगा।”

आले ख़ाँ को अच्छा लगा कि उसने उस पानी के लिए आँसू बहाए हैं। अपने नाते-रिश्तों के लिए नहीं। लाड़ से बोला, "भोली बातें करती हो? यह पानी...यहाँ जेहलम है तो वहाँ भी चनाब है।"

सईदा बीबी ने सोचा—पानी का फ़र्क़ तो कोस-कोस पर है। यह तो चनाब की बात करता है।

दूसरे दिन शाम को सचमुच सईदा बीबी को उसने अपने घर ला बिठाया था और रात-भर के सोच के बाद दूसरे दिन सुबह उसे शाहनी के यहाँ ले गया। शाहनी इसे मंजूर करेगी, यह डर था, पर अगर शाहनी कह दे तो गाँव-भर की औक़ात नहीं कि उँगली उठाए। सईदा बीबी ने आले ख़ाँ के कहने के मुताबिक़ पीढ़ी पर बैठी हुई शाहनी के पैर छुए और अपने आप आँखें नीची किए खड़ा रहा।

शाहनी ने सईदा बीबी को आसीस दी। मुँह ऊँचा किया तो हँस पड़ी, "आले ख़ाँ, तुझे किसने ऐसी बहू दे दी?" फिर एकाएक जल्दी में पूछा, "निकाह पढ़ा लाया है या नहीं..." आले ख़ाँ बच्चा नहीं। सँभलकर बोला, "शाहनी, न पढ़ाकर लाता तो क्या तुम्हें मुँह दिखाता?" सईदा बीबी की आँखें कह रही थीं कि किसे निकाह पढ़ाना था, ख़ुद ही पढ़ लिया है। शाहनी ने गरी-छुहारा झोली में डाला, "रब्ब तेरा भला करे। इाँ री, तेरा नाम क्या है?"

"सईदा बीबी।"

"अच्छा, सईदा बीबी, तेरा सगुण मेरे सिर पर रहा। आले ख़ाँ कल सुबह लाना इसे, और हाँ, अब घरवाली कर ही लाया है तो कोई पागलपन न दिखाना।"

"नहीं शाहनी!" और सईदा बीबी ने इस बार आले ख़ाँ के कहने पर नहीं, अपनी मर्जी से शाहनी को पैरीपौना किया।

"ख़ुश रहो, साईं जीवे।" और दूसरे दिन जोड़ा, चाँदी के गहने सईदा बीबी को मिले। और शाम को मौलवी को बुलाकर शाहनी ने कहा, "मौलवी, आले ख़ाँ निकाह तो पढ़ा लाया है, फिर भी एक बार रस्म पूरी कर ही दो।"

मौलवी ने शाहनी की अर्थपूर्ण दृष्टि पढ़ ली। वहाँ निकाह पढ़ा जाता तो शाहनी को कहने की ज़रूरत न पड़ती, पर वह अपना काम कर देगा...

सईदा बीबी की काली ओढ़नी रोते-रोते भीग रही है। आले ख़ाँ को छोड़े वर्षों बीत गए और उसके जाने के बाद हैंदू भी सिर्फ़ एक महीना उसकी झोली में रहा। वह सब दुःख, ग़म आज शाहनी के बिछुड़ जाने पर बह रहा है। देर बाद बच्ची का ख़याल आया। आँख पोंछकर उठी। लड़की खेलते-खेलते सो गई थी। ठीक करके सुलाया। सुबह रोने-पीटने के बीच शाहनी की अर्थी उठ गई। गाँव-का-गाँव पीछे हो लिया। शाहनी के सूने घर में सिर्फ़ रह गई उसकी बच्ची। बच्ची को देखने के लिए सईदा बीबी और चाची। सईदा बीबी की आँखें सूज गई थीं। और...शाहनी की बेटी की बेटी अभी सोच रही थी कि नानी फिर वापस आएगी।

31

चन्ना को शहर आए आज कई महीने हो गए हैं। शाहनी के जाने के बाद शाहजी ने अच्छी तरह सोचा-समझा और सईदा बीबी के साथ उसे शहर भेज दिया। लड़की पहले से कुछ कमज़ोर हो गई है। सईदा बीबी बहुत प्रयत्न करने पर भी उसके मुँह पर पहली रंगत नहीं ला सकी। और यूँ नानी का न होना चन्ना ने दिल को नहीं लगाया, और सईदा बीबी, चाची और शाहनी की आशा के विपरीत उसने उनके सामने कभी नानी की बात नहीं की। खेल-कूद, घर-मदरसा, दो-तीन महीने तक ठीक वैसे ही चलता रहा। चन्ना वैसे ही बाहर जाती, वैसे ही वापस घर आती। केवल आकर नानी-नानी पुकारने के बदले चाची के पास चली जाती। नानी की अनुपस्थिति में चाची ही उसको घर की मालकिन लगती है। और नानाजी...अब उनके पास चन्ना का जाना कम हो गया है। कभी-कभी उसे लगता है कि नानाजी रात को ऊपर आते हैं, जब वह सो जाती है। चाची महरी उसे थपथपाकर सुला रही थीं। वह आधी सोई थी कि सईदा बीबी का हाथ रुक गया। पाँव की आहट सुनकर उठी, बच्ची ने ज़रा-सी आँख खोलकर देखा तो नाना-नानी के कमरे की ओर चले जा रहे थे और सईदा बीबी आँगनवाली रसोईघर की छोटी-सी दीवार के पीछे खड़ी रह गई। चन्ना कुछ समझी नहीं। देर तक सईदा बीबी और नानाजी में से कोई भी नहीं लौटा। आँखें खोल लेना चाहते हुए भी बच्ची ने पूरी आँखें नहीं खोलीं—ज़रा खोलीं, ज़रा बन्द कीं। उसे अपने आप जैसे समझ आ रही है कि यह उसे नहीं देखना है, और आख़िरकार जब नाना के नीचे उतरने की आवाज़ आई तो सईदा बीबी वापस लौटी। पहले की तरह आकर बिस्तर पर एक ओर बैठ गई और बच्ची को थपथपाने लगी। उसके आ जाने पर चन्ना ने आँखें नहीं खोलीं, पर पलकें मूँदे-मूँदे ही उसने देखा कि सईदा बीबी रो रही है। सईदा बीबी की हिचकी और झटपट चन्ना की समझ में सब कुछ आ गया। रात गए नानाजी का आना, नानी का कमरा और सईदा बीबी का रोना।

और उस दिन के बाद चन्ना जैसे यही जानती है कि उसके सो जाने के बाद नाना ऊपर आएँगे। और सचमुच, शाहजी कभी-कभी हवेली में न सो सकने के कारण ऊपर आते, अँधेरे में ही शाहनी का कमरा देखते और चुपचाप नीचे उतर जाते। कुछ दिनों से वह देखते कि कमरे के आले में हमेशा दिया जलता रहता है, जलता रहता है, इसके आगे कुछ सोचने की ओर उनका ध्यान नहीं जाता। सईदा बीबी के अलावा और कौन करेगा ऐसा? और चाची महरी शाहजी को दुबले पड़ते देख सब कुछ करके हार गई है। खाना उन्हें मानो भाता ही नहीं। अभी तक तो नाते-रिश्तों से उसे फ़ुर्सत ही कहाँ मिली है। आना-जाना लगा है।

शाम को जब औरतें उठ गईं तो सईदा बीबी चाची के पास आ बैठी। बोली ''चाची, कुछ लड़की का करो। महीना होने को आया, मदरसे नहीं गई। सारा-सारा

दिन धूप में लड़कों के साथ गोड़िया और ठीकरियाँ, और चाची...'' और सईदा बीबी का स्वर ज़रा धीमा पड़ गया था, ''तुमने देखा बच्ची को, एक बार भी नानी का नाम नहीं लिया...'' सईदा बीबी की आँखें कह रही थीं कि बच्ची से ऐसी उम्मीद तो नहीं थी। चाची महरी तो कई दिन यही बातें सोचती रही थी। बातों-ही-बातों में उसने बच्ची से कई बार शाहनी का जिक्र किया। लेकिन सुनकर चन्ना ने कुछ और न कहकर किसी-न-किसी बहाने जिद की है। मिट्टी में खेलते रहने से हाथ-पैर फटे गए हैं, नए कपड़े पहनते ही मैले कर लाती है। सईदा बीबी जानती है कि लड़की को कपड़ों की कमी नहीं, पर तरीक़ा कब आएगा? शाहनी के चले जाने के बाद चाची महरी और सईदा बीबी को यह सोच पड़ गया है कि लड़की अब बड़ी हुई, कुछ सीखेगी नहीं? और अब तक शाहनी के लाड़ में तो खेलने-कूदने, लड़ने-झगड़ने के सिवाय कोई काम नहीं किया, न सोचा। शाहनी के चाव तो जैसे बच्ची को बड़ा नहीं होने दे रहे थे, और अब?

''सईदा बीबी, लड़की मदरसे में क्या पढ़ेगी? मौलवी से डरती ही नहीं।''

''तो चाची, शाहजी से बात करो। पराई लड़की है, कब तक फैजू, करतारे और किन-किन मुहजलों के साथ खेलती रहेगी।''

साँझ गए शाहजी जब ऊपर आए तो चाची महरी शाहजी से देर तक बातें करती रही। शाहजी उसकी बात न समझते हों, यह बात नहीं। पर शाहनी की सलाह के बिना अब तक क्या उन्होंने कुछ सोचा है या किया है? हवेली में गए तो लड़की के बारे में सोचते रहे। आज शाहनी और शीला दोनों सामने आईं। देर बाद कुछ सोचा और दूसरे दिन चन्ना को नीचे बुला भेजा। चन्ना को ख़ुशी हुई। हवेली की ओर जाते-जाते लगा कि यह तो पहले जैसे ही नानाजी ने बुलाया। यह सब तो तभी होता है, जब नानी यहाँ होती है, अब नानी आ जाएगी। चन्ना शाहजी के पास पहुँची।

''आज क्या घोड़े पर नहीं जाओगी?''

''नहीं नानाजी!''

''क्यों?'

''मैं तो दरे में खेलूँगी।''

''हूँ!'' नानाजी गम्भीर थे। आज शाहजी को भी चन्ना इन सब चीज़ों के लिए बहुत बड़ी लगी। शाहनी की स्नेहिल छाया ने जैसे इन सबको ढाँप रखा था।

''बच्ची, शहर जाओगी?'' शाहजी का चेहरा उदास और स्वर भारी था। और चन्ना को नानी के मरने के बाद घर में बिलकुल अच्छा नहीं लगता। नानाजी ऊपर नहीं आते। वह हवेली जाती है तो वे अक्सर माथे पर हाथ रखे डूबे-डूबे बैठे होते हैं। चाची महरी बहुत टोकती हैं। सईदा बीबी दरिया पर नहलाकर झट वापस ले आती है। झूमकर ख़ुशी से बोली, ''हाँ नानाजी, मैं तो शहर जाऊँगी।''

शाहजी ने बहुत बड़ी आँखों से बच्ची की ओर देखा, ''बच्ची, यहाँ क्या तुम्हें अब अच्छा नहीं लगता?'' शाहजी के स्वर में ममता थी। चन्नो ने यह जैसे सब समझा, ''नहीं—नानी तो यहाँ है ही नहीं?'' कहकर बच्ची को पता नहीं लगा कि कब और कैसे उसकी आँखें बरसने लगीं। देर तक शाहजी की गोदी में पड़ी बच्ची रोती रही, पर नानी यह नहीं कहने आईं कि बच्ची अब रो मत। तू रोएगी तो भी मेरा ही सिर दुखेगा रात को। यही तो नानी बच्ची को रोता देखकर कहा करती थी, और चन्ना इस पर सचमुच विश्वास करती थी।

तीन-चार दिन की तैयारी के बाद शाहजी ने बच्ची को शहर भेज दिया। साथ सईदा बीबी थी। जब चलने लगी तो चाची महरी गले मिली—''सईदा बीबी, बच्ची का ख़याल रखना। जिस घड़ी यहाँ आना चाहे वापस ले आना। इसका दिल बदल जाएगा वहाँ जाने से, और हमें क्या चाहिए?'' कहकर चाची का जी छोटा हो आया। शाहजी ने लड़की को बिदा किया तो शाहनी की याद में एक बार फिर उनके गले का दुपट्टा भीग गया और वापस हवेली जाकर अकेले आहत-से लेट गए। घर में अब शाहनी नहीं, चन्ना नहीं। और कौन? क्या इसी दिन के लिए शाहनी उन्हें सुझाया करती थी? आज उनका लड़का होता...ऐसे समय में उनकी बाँह थामता और शाहजी को वह दिन याद आया जब शीला के लड़की होने की ख़बर सुनकर उन्होंने कहा था कि यह लड़कों-सी लड़की है। पर यह क्या ठीक है? आज शाहजी को लगा कि लाख हो, लड़का लड़का ही है और लड़की-लड़की ही है।

32

चन्ना स्कूल से लौटी तो कुछ अनमनी-सी थी। मोटर से उतरी, सईदा बीबी ने बस्ता पकड़ा और हँसकर बोली, ''बच्ची, आज देर हो गई...'' बच्ची ने चिढ़कर कहा, ''कुछ खाने को दो।''

''हाँ-हाँ, बच्ची, ऊपर चलो...''

''सईदा बीबी, माँ घर में है?''

''नहीं बच्ची...''

बच्ची सीढ़ियों पर ज़ोर से पैर मारते-मारते ऊपर चढ़ गई। सईदा बीबी जान गई कि ग़ुस्से में है। झटपट खाने-पीने के लिए नौकर से कहा।

''सईदा बीबी, मैं कल स्कूल नहीं जाऊँगी।'' सईदा बीबी ने इसका जवाब न देना ही ठीक समझा। चन्ना को और ग़ुस्सा आया। जूती समेत पाँव मेज़ पर रख दिया, जहाँ अभी-अभी नौकर खाने की प्लेटें रख गया था। इस आदत से सईदा बीबी तंग आ गई है, पर मना करने से क्या मानती है? चन्ना ने लापरवाही से खाना

शुरू किया। खाते-खाते दरवाज़े पर खड़े जग्गू पर नज़र पड़ी। बोली, ''यहाँ क्यों खड़े हो?'' जग्गू हँसता हुआ-सा दरवाज़े के पीछे खड़ा रहा। चन्ना को स्कूल की बात याद आ गई। क्रोध आया, ''जग्गू जाओ नीचे, तुम यहाँ न आया करो।'' सईदा बीबी ने जग्गू को चले जाने के लिए हाथ से संकेत किया और चन्ना से बोली, ''बच्ची, यह बुरी बात है।''

चन्ना और तड़पी, ''क्यों?'' और चन्ना ने प्लेट पाँव से छुई और नीचे पटक दी।

सईदा बीबी का जी जला। बचपन में जो बातें उसे अच्छी लगती थीं, वही बुरी लगने लगी हैं। कोई अक्ल की बात सीखती ही नहीं। जी आया आज दो-एक लगाकर ठीक कर दूँ, पर फिर पी गई।

स्कूल में सजा मिलने के बाद सईदा बीबी के सामने यह सब करने में उसे बुरा नहीं लगा। उल्टा ऐसा मन हो रहा है कि सईदा बीबी को और चिढ़ाए।

सईदा बीबी ने प्लेट के टूटे हुए टुकड़ों को उठाया, उठकर जाने ही लगी थी तो श्यामा आ गई। पल-भर में सब कुछ समझा। कितनी ढीठ है। तेवर चढ़ाकर बोली, ''सईदा बीबी, तुमसे प्लेट टूटी है?''

सईदा बीबी श्यामा के तेवर देखकर सोच रही थी कि अपना नाम ही ले दूँ कि चन्ना ने सिर हिलाया और कहा, ''माँ, मैंने तोड़ी है।'' मुँह पर भय का चिन्ह तक नहीं था।

''क्यों?'' श्यामा ने चाहा तो यह कि पूछने के साथ-साथ ज़रा कान भी खींचे।

''ऐसे ही...'' कुछ रुककर चन्ना बोली, ''मर्जी मेरी!'' सईदा बीबी के देखते-देखते श्यामा ने आगे बढ़कर चन्ना के मुँह पर चाँटा जमा दिया। सईदा बीबी की आँखें यक़ीन नहीं कर सकीं। चन्ना ने आज पहली बार मार खाई। लड़के-लड़कों में खेलकर भी उसने अधिक बार दूसरों को मारा ही है और जब-जब किसी से खाई है तो दुगने ज़ोर से लौटाई है। सजा और उस पर यह चाँटा—आँसू ऊपर आते-आते अटक गए। मन हुआ कि चीख़कर कहे, ''नानी-नानी!'' पर नानी तो सामने नहीं। माँ की ओर देखा, उसके मुँह पर पश्चाताप था या नहीं—यह सब नहीं समझी। आग्नेय नेत्रों से सईदा बीबी की ओर देखा, ऐसे जैसे कहती हो—आज चाची होती तो क्या मुझे मारने देती? और पूरे ज़ोर से मेज़ को लात मारी। एक साथ कई प्लेटें टूट गईं। सईदा बीबी ने ऐसा नहीं सोचा था और यह सब तूफ़ान देखकर श्यामा ने जाना कि क्रोध के आवेश में आकर चन्ना को मारने से अच्छा नहीं हुआ। यह बहुत-सी प्लेटें...प्लेटों की कोई बात नहीं, पर इतनी जिद्द, इतनी असभ्यता। ग़ुस्से से कहा, ''सईदा बीबी, ले जाओ इसे नीचे। खाने के कमरे में ले जाया करो इसे।'' चन्ना को मारते देख सईदा बीबी के तन-बदन में आग लग गई थी। आख़िर यह कौन राह है लड़की को ठीक करने की? मतलब क्या था लड़की पर इस तरह बरसने का? और जब दूसरी बार बच्ची ने मेज़ का मेज़ उलटा दिया था तो पता नहीं क्यों,

सईदा बीबी को बुरा नहीं लगा। और सोचा था कि श्यामा लाख पढ़ी-लिखी हो, पर क्या इतना ही होने से पराई माँ अपनी हो जाएगी?

सईदा बीबी ने ऐसी शक्ल बनाई, जैसी श्यामा ने कभी नहीं देखी और बच्ची की ओर होकर बोली, "चलो बच्ची, नीचे।"

बच्ची को मार खाने के बाद सईदा बीबी का वात्सल्य-भरा हाथ सहारा-सा लगा। जाते-जाते चाँटा फिर याद आ गया और माँ को अँगूठा दिखाकर बोली, "मैं कभी भी नहीं बोलूँगी—कभी भी नहीं।" आवाज़ में रुके हुए आँसू मिले हुए थे। सईदा बीबी के साथ जब नीचेवाले कमरे में पहुँची तो इतनी देर का धीरज सब ढल गया, और अपना छोटा-सा हाथ गाल पर धरकर बोली, "सईदा बीबी, मुझे दर्द होता है..." सईदा बीबी को लड़की की बात पर हँसी आ गई।

"मैं नहीं माँ से बोलती..." चन्नो बोलती थी और सईदा बीबी ध्यान बदलने के लिए बोली, "बच्ची, झटपट कपड़े बदल डालो। फिर झूला झूलने चलना। मैं भी चलूँगी।"

"सच, सईदा बीबी, तुम मेरे साथ झूलोगी?"

सईदा बीबी ने अपनी बात के हुए असर पर ख़ुश होकर कहा, "हाँ-हाँ, बच्ची!" चन्ना ने मुँह-हाथ धोया, कपड़े बदले और सईदा बीबी कन्धे से बाल सँवारने लगी। देखा, चन्ना की आँखों में पानी घिरता आ रहा है। सिर पर प्यार का हाथ फेरकर बोली—"माँ बलिहारी जाए, रोएँ तुम्हारे दुश्मन..." और अपनी ओढ़नी से आँखें पोंछने लगी। चन्ना को देर में पता लगा कि वह तो रो रही है और जब सईदा बीबी बोली तो रोते-रोते वहीं अटक आ गई। सईदा बीबी का हाथ छिटकाकर बोली, "मुझे साबुन लग गया है, मैं नहीं..." और सुबक-सुबककर रो पड़ी। सईदा बीबी सब समझी, पर जो समझी वह बच्ची से कहा नहीं। उसे देर तक गोदी में लिए बैठी रही। चन्ना ने जब सईदा बीबी की काली ओढ़नी में मुँह छिपा ऊपर किया तो एक बार फिर रोकर बोली, "सईदा बीबी, मैं तो नानी के पास जाऊँगी..." सईदा बीबी ने बच्ची के मुँह पर हाथ रखा, "शुभ हो बच्ची, तुम क्यों जाओ नानी के पास..."

"नहीं-नहीं। सईदा बीबी, मैं तो नानी के ही पास जाऊँगी।"

"नहीं बच्ची, नानी तो पूरी हो गई।"

"पूरी?" चन्ना ने विस्मय से आँखें फैलाईं।

"बच्ची, नानी तो ऊपर गई।" सईदा बीबी ने समझा कि लड़की को पूरी बात जाननी चाहिए, पर क्या जानती नहीं? शाहनी का सब कुछ लड़की के सामने हुआ—"बेटी, नानी को मरे तो कई महीने हो गए हैं।"

चन्ना ने अपनी आँखों से नानी को मरते देखा था, अपनी आँखों से उसे घर से जाते देखा था, पर आज तक उसकी बचपन की कल्पनाओं ने उसे कभी इस विश्वास से अलग नहीं किया कि गई नानी फिर आएगी ज़रूर। और अब सईदा

बीबी कहती है कि नानी मर गई, मर गई, मर गई...चन्ना की आँखों ने जो कुछ नानी का देखा था, सब खुलकर सामने आ गया, नए मानी के साथ, नए अर्थ के साथ। आज इतने महीनों के बाद आँखें बन्द किए पड़ी हुई और उसके सिरहाने बैठी हुई बहुत-सी औरतें और रोते हुए नाना...

"नानी मर गई, सईदा बीबी!"

"हाँ बच्ची!" कहते-कहते सईदा बीबी ने देखा कि बच्ची की आँखों में आँसू बहे आ रहे थे। "नानी अब नहीं मिलेगी...नहीं मिलेगी...सईदा बीबी..." और चन्ना ने अपनी दोनों बाँहें फैला दीं, और जब सईदा बीबी ने बच्ची को गोदी में ले लिया तो महीनों के जमे आँसू सईदा बीबी की ममता से उसकी आँखों में उमड़ आए।

नानी आज हमेशा के लिए मर गई थी।

33

स्कूल का बड़ा-चौड़ा लॉन। अगणित बच्चे। सुबह की घंटी के बाद खेल-कूद। चन्ना ने आगे बढ़कर सबसे ऊँचे लड़के का हाथ पकड़ा और ज़रा हौले से बोली, "इधर आओ, हम इकट्ठे खेलेंगे। आओ न!" लड़के ने अपना हाथ छुड़ाते हुए रूखे से स्वर में कहा, "नहीं, मैं नहीं खेलूँगा।" और दूर से आती हुई 'मिस' की ओर संकेत करके कहा, "वह फिर कान खींचेगी।"

"क्यों?"

"उस दिन सजा मिली थी या नहीं?"

"तो क्या हुआ?"

"नहीं।" और लड़का हाथ छुड़ाकर भाग गया।

चन्ना को उस दिन की सजा और सतीश के साथ खेलने में कोई सामंजस्य नज़र नहीं आया। सजा मिली तो इसलिए नहीं कि चन्ना और सतीश ऊँच-नीच क्यों खेल रहे थे, बल्कि इसलिए कि खेल-खेल में झगड़ा शुरू हो गया था और फिर चन्ना ने सतीश को दाँत से काटा था। सतीश की नर्म गोरी बाँह पर चन्ना के दाँतों के निशान थे और सतीश ने रो-रोकर मिस से शिकायत की थी, और मिस ने चन्ना को दो घंटे तक कान पकड़वाकर कोनेवाले छोटे से कमरे में खड़ा कर रखा था। चन्ना चाहने पर भी मिस की आज्ञा का उल्लंघन नहीं कर सकी। मिस के चेहरे पर कठोरता का भाव था और उससे भी अधिक कठोर शब्दों में वह खड़े होने का हुक्म।

चन्ना देर तक खड़ी रही। दरवाज़ा बाहर से बन्द हो गया था। एक छोटी खिड़की चन्ना की लम्बाई से काफ़ी ऊँची थी। शीशे से देखने पर लॉन की हरियाली, स्कूल का फाटक और कभी-कभी अन्दर-बाहर जाती हुई श्वेत-सी आकृति।

उसको मिस पर ग़ुस्सा आ रहा हो, ऐसी बात नहीं। पता नहीं क्यों मिस के कहने के ढंग ने उसे एकबारगी शान्त कर दिया था। सतीश का ध्यान आया और उसके साथ ही यह भी कि शायद सतीश आकर चुपके से दरवाज़ा खोल देगा और वह बाहर जाकर मिस से कहेगी कि दरवाज़ा तो अपने आप ही खुल गया। ''खुल, सिम-सिम...'' वह कहानी ''अली बाबा चालीस चोर...'' शहर आने के बाद जो कहानी चन्ना को सबसे अच्छी लगी, वह यही थी। स्कूल में यह कहानी सुनने के बाद चन्ना जब घर गई तो सईदा बीबी को अली बाबा की कहानी सुना-सुनाकर तंग कर दिया। दरवाज़ा बन्द होने पर खोलने के लिए क्या कहना पड़ता था और बन्द करने के लिए क्या, यह दोनों बातें चन्ना को नहीं याद आ रहीं। भागती-भागती ऊपर गई धर्मपाल के पास और उन्होंने अपने बचपन में सुनी यही कहानी जब अपनी बेटी को सुना दी तो चन्ना को चैन पड़ी।

कमरे में खड़ी-खड़ी चन्ना यह सोचती रही—सोचती रही, पर खुल सिम-सिम कहने पर भी दरवाज़ा नहीं खुला, और न सतीश ही आया। दूसरी घंटी हुई, बच्चे बाहर निकले। चन्ना ने खिड़की से बाहर झाँका। बच्चे अपने-अपने पक्के दोस्तों का हाथ थामे बाहर आ रहे थे और उन्हीं में सतीश और मीरा। चन्ना ने चाहा कि सतीश को आवाज़ दे—'सतीश-सतीश', और बाहर सतीश ने खिड़की की ओर नज़र की और चन्ना खिड़की की चौखट पर ऊपर की चिटकनी के सहारे खड़ी हो गई थी। देखकर मीरा ने इशारा करके अँगूठा दिखाया कि अच्छा हुआ जो सजा मिली। चन्ना समझती थी कि सतीश आकर चुपके से दरवाज़ा खोल देगा। पर अब उस छोटी-सी चौखट पर पैर टिकाए खड़ी चन्ना का मन हुआ कि बाहर जाकर सतीश को पटक दे। शीशे पर ज़ोर से मुक्का मारा। शीशा टूटा, लेकिन खिड़की तो अब भी बन्द थी। जाने किस प्रतिशोध के बल से चिटकनी खुली और ऊँचाई की ओर बिना ध्यान दिए चन्ना ने बाहर छलाँग मार दी और गिरने पर सतीश और मीरा चन्ना के नीचे थे। इसके बाद सतीश, मीरा और चन्ना के बहुत देर तक बयान होते रहे। चन्ना के बयान के अनुसार सतीश ने आकर बाहर से पत्थर फेंका और शीशा टूटा। उसके बाद उसने नीचे छलाँग मार दी। मिस ने सतीश के कान खींचे थे कि वह बिना इजाज़त के उधर क्यों गया। और शीशा तोड़नेवाली बात की सफ़ाई वह मीरा के साथ होते भी नहीं दे सका। चन्ना सज़ा भुगत चुकी थी और जो सज़ा अब भी चन्ना के हिस्से पड़नी थी, उसे मिस ने न देना ही ठीक समझा। बाहर इतनी ऊँचाई से छलाँग मारने पर उसे ताज्जुब हो रहा है, और आज से वह जान गई कि इस क़िस्म की सज़ा इस लड़की को नहीं देनी है।

और आज सतीश के हाथ छुड़ाकर भाग जाने पर चन्ना को बुरा लगा। चन्ना अकेली खड़ी थी कि मिस पास आ गई। मिस अपने मनोविज्ञान के सहारे यह ज़रूर समझने लगी है कि लड़की अक्खड़ है। नासमझ हो, ऐसी बात नहीं, पर कुछ ढीठ

हो गई लगती है। चन्ना ने अभिवादन किया और हँसकर कहा, "मिस, सतीश मुझसे नहीं खेलता। कहता है कि मिस कान खींचेगी।" मिस ने सोचा कि लड़की से बात उसे कम ही करनी चाहिए।

मिस क्या जवाब दे? मिस...चन्ना ने देखा, आज गम्भीर होने पर भी उसे अच्छी लगी। दिल में ऐसा लगा कि मिस मारेगी नहीं। "मिस, एक बात बताऊँ आपसे..." चन्ना के मुँह पर बड़ों की-सी गम्भीरता थी।

"हाँ—कहो..."

"मिस, उस दिन शीशा मैंने तोड़ा था, सतीश ने नहीं..."

मिस का भाव बदली हुई आँखें कह रही थीं कि मेरी तेज़ निगाह को भी तुमने धोखा दिया, पर पल-भर के बाद आँखों में प्रशंसा और स्नेह का भाव उमड़ आया। पूछा, "सच कहती हो?"

"हाँ...सच मिस!"

"तो उस दिन सतीश का नाम क्यों लिया था चन्ना?"

चन्ना कुछ देर चुप रही, जैसे अपने आप इसका कारण ढूँढ़ रही हो। फिर निष्कपट आँखों से मिस की ओर देखा और जवाब दिया, "पता नहीं मिस!" और मिस ने लड़की की मुद्रा देखकर भी यही समझा कि शायद चन्ना सच नहीं कह रही। और उस दिन दुपहर में—चन्ना सतीश के साथ अपनी पेन्सिल बदल रही है। मैत्री आरम्भ हुई है, लेकिन सुबह सतीश ने चन्ना के साथ खेलने से इनकार किया था, इसे वह शायद भूली नहीं। "सतीश, कल से मेरे साथ बैठोगे।"

"हाँ।" चन्ना को इस 'हाँ' में संशय लगा, "ज़रूर बैठोगे न?"

"हाँ-हाँ।"

चन्ना ने देखा, हाँ कह देने पर भी सतीश की नज़र अपने साथ बैठे अमर पर थी। चन्ना ने पेन्सिल ली और अपनी जगह जा बैठी। दो-एक बार सतीश की ओर देखा। आज उसे अमर पर क्रोध आ रहा है। आधी छुट्टी के बाद सतीश चन्ना के पास आया। चन्ना की किताब में पड़ी एक घोड़े की तस्वीर पर उसकी नज़र थी। पास आकर बैठा और आत्मीयता जताकर बोला, "चन्ना, मेरे साथ रबर बदलोगी?" "नहीं।" चन्ना ने समझ लिया कि जो रबर वह सुबह उससे नहीं बदल रहा था, वह इस वक़्त वह ज़रूर किसी और अच्छी चीज़ के बदले में माँगेगा। "तुम्हें तसवीर लेनी है?" चन्ना ने अधिकार के गर्व से पूछा। "हाँ।" सतीश की आँखों में तसवीर का लालच साफ़ झाँक रहा था। चन्ना ने सावधानी से किताब के पन्ने पलटते हुए तसवीर निकाली और बिना किसी शर्त के सतीश के हाथ पर रख दी। सतीश ने तसवीर को चाव से देखा और जल्दी से जाकर अपनी जगह बैठ गया। अपनी किताब में तसवीर रखकर वह यह सोचेगा कि यह अब उसकी हो गई है। चन्ना ने तसवीर दे दी। यह उसने पिता जी की किताब में से चुपके-चुपके काटी थी, पर

सतीश को दे देने के बाद उसे देने का दु:ख नहीं हुआ। पर जब सतीश जल्दी से अपनी जगह पर लौट गया तो चन्ना को ग़ुस्सा आया। जी हुआ, जाकर ख़ूब मरम्मत करे। उठी और सामने जाकर खड़ी हो गई। सतीश ने समझा वह वापस माँगने आई है, लेकिन चन्ना ने कोई बात नहीं चलाई और ज़ोर से मुँह पर चाँटा जमाया। सतीश चीख़ा और चन्ना अपनी जगह लौटने को हुई कि मिस दरवाज़े से अन्दर आ चुकी थी। चन्ना ने आगे बढ़कर निर्भय होकर मिस से शिकायत की, ''मिस, सतीश ने मेरे घोड़े की तस्वीर छीन ली है।''

''और उसके बाद ?'' मिस ने चन्ना को सतीश को मारते देखा था।

''मैंने इसे मारा है।'' और मिस ने समझा शायद डर है जो चन्ना से सच कहलवा रहा है। सतीश के रोने की आवाज़ ऊँची हो रही थी। मिस ने जाकर चुप करवाया और चन्ना से बोली, ''कोई बच्चा चार दिन तक तुमसे नहीं बोलेगा, समझीं।'' चन्ना ने सिर हिलाया और बच्चों के पतले कानों में यह बात पहुँचते देर नहीं लगी। चन्ना ने चुपचाप सुना और जाकर अपनी जगह बैठ गई। चार दिन बच्चों से न बोलने की कोई परवाह नहीं। सतीश को उसने पीटा तो! और बच्चों को पढ़ाते-पढ़ाते मिस ने दो-एक बार चन्ना की ओर देखा। वह कुछ सोच रही थी, और घंटा बजने पर जब मिस बाहर जा रही थी तो चन्ना पीछे-पीछे बरामदे में गई। हाथ पकड़कर बोली, ''आप तो मुझसे बोलेंगी ?'' इसके सामने चन्ना को पहली सज़ा बिलकुल मामूली लगी। सब बच्चों की निगाहें उसकी ओर थीं। सब ख़ुश नज़र आते थे। क्यों ? चन्ना जान गई, उसे सज़ा जो मिली है। जी जल गया। बस्ते में से छोटी-सी डिब्बी निकाली और उसकी चीज़ों का प्रदर्शन शुरू किया। लाल-पीले मोती, सुनहरी लड़ियाँ, काँच के टूटे हुए टुकड़े, दरिया के किनारे से जमा किए हुए गोल-गोल पत्थर...।

बच्चे लालच-भरी आँखों से देख रहे हैं। जो डिब्बी किसी के सामने नहीं खुलती थी, वह और उसका सामान डेस्क पर सजा हुआ था। चन्ना ने शान से बच्चों की ओर देखा और आँखों-ही-आँखों में—जिसे केवल बच्चे ही समझ सकते थे, अपने पास आने का निमंत्रण दिया। लीला और सेमुअल आकर डेस्क के पास खड़े हो गए। चन्ना ने अँगूठा दिखाया और कुट्टी करके एक बार फिर ज़ाहिर कर दिया कि उसे उनके बोलने की बिलकुल परवाह नहीं। घर पहुँची तो स्कूल में चार दिन के लिए मिली सजा का ख़याल दिमाग़ में बिलकुल ताज़ा था। सईदा बीबी ने जब कपड़े बदले तो बोली, ''सईदा बीबी, मिस ने बच्चों से कहा है कि वह मुझसे चार दिन तक न बोलें।''

''अरे कख न जाए उसका, बच्चे तुमसे क्यों न बोलें।''

सईदा बीबी के अज्ञान पर बच्ची हँसी, ''सईदा बीबी, मैंने एक लड़के को मारा था।''

"कुछ ढंग सीखो बच्ची, अब तुम बड़ी हुई, हाथापाई न किया करो।" बच्ची को यह सब अच्छा नहीं लगा, "तुम्हें कुछ नहीं पता सईदा बीबी! एक दिन तुम स्कूल आना, तुम्हें अपनी मिस बताऊँगी।" अगले दिन बच्ची के साथ सईदा बीबी स्कूल गई। आज उसने सबसे अच्छा लावा पहना था और सबसे महीन मलमल का दुपट्टा। नीचे तिल्लेदार जूती, जो उसे बच्ची के मदरसे जाने के दिन मिली थी। बच्ची के साथ जब वह मोटर में से निकली तो बच्ची की चाल में आज शान थी। चन्ना ने एक-एक करके अपने मित्रों का नाम लिया। उँगली से बताया कि यह अमुक है, इसने उस दिन उसे एक कापी दी थी। वह लड़की—उसने किताब बदली थी और वह लम्बा लड़का सतीश—उसके साथ हमेशा उसकी लड़ाई रहती है। वह बोली, "वह देखो सईदा बीबी, वह हमारी मिस। वही है जो कहती थी तुमसे कोई नहीं बोलेगा।"

और सईदा बीबी ने देखा, उसी की तरह काले-काले कपड़ों में एक मेम चली आ रही थीं। मिस ने चन्ना के साथ सईदा बीबी को खड़े देखा। सोचा—माँ तो नहीं लगती। यह पहनावा, रंग चन्ना से कहीं अधिक साफ़ था। "यह तुम्हारी माँ हैं?" मिस ने चन्ना से पूछा। "हाँ," चन्ना ने सिर हिलाया, "यह सईदा बीबी हैं।" मिस को माँ और सईदा बीबी में कोई फ़र्क़ नहीं लगा। सईदा बीबी का जी हुआ, चन्ना को चूम ले। लड़की कहती है कि मैं उसकी माँ हूँ। और चन्ना को लगा कि सईदा बीबी मिस से किसी बात में कम नहीं, और उस दिन जब सईदा बीबी घर आई तो ख़ुश थी। लड़की के सिवाय और उसका है ही कौन? और इतने बच्चों में उसकी लड़की कितनी प्यारी लगती है।

34

चन्ना को स्कूल और स्कूल के काम से फ़ुर्सत नहीं मिलती। स्कूल में पढ़ना—लिखना, मार-पीट, लेने-देने और घर में सईदा बीबी के साथ जिद, माँ के साथ झगड़ा और धर्मपाल के साथ लाड़। श्यामा लड़की को ठीक-ठाक पहचानती है, ऐसा ही वह समझती है, लेकिन हर बार चन्ना के झगड़े के साथ पहचान नई करनी पड़ती है। श्यामा सोचती है कि अगर सईदा बीबी सामने न हो तो वह बच्ची को राह पर ला सकती है। लाड़-चाव से किसके बच्चे सुधरे हैं? पहले वह नाना-नानी के लाड़ में बिगड़ी और अब धर्मपाल जी की ढील में। और अकेली श्यामा अगर कहे तो क्या बात बन सकती है? उल्टे ग़लतफ़हमी होती है। समझाने पर चन्ना कैसा बखेड़ा डालती है, यह उससे भूला नहीं।

और चन्ना बड़ी हो रही है। बड़ी तो वह पहले भी हो रही थी, लेकिन वह अपने आप यह न जानती थी और न सईदा बीबी की ममता-भरी आँखें जानती थीं,

जिन्होंने हमेशा बच्ची का नन्हा-सा रूप देखा था। और अब चन्ना को अपने आप लगता है कि वह बड़ी हो रही है। अपने बड़े फ्रॉक, बड़े जूते...सईदा बीबी जब बाल सँवारती है तो सोचती है कि अब तो वह सईदा बीबी से ज़रा ही छोटी है, और शीशे में अपनी छाया...उसका जी होता है कि उसे देखती ही रहे। और कभी-कभी नहाते-नहाते चाहती है कि सईदा बीबी से कहे—"सईदा बीबी, तुम अन्दर आओ।" पर जाने कैसा संकोच उसे रोक लेता है और फिर पास खड़ी सईदा बीबी पर किसी-न-किसी बहाने ज़रूर ग़ुस्सा निकलता है।

सुबह नहाने के वक़्त सईदा बीबी साबुन लगाकर बाल मल रही थी, "बच्ची, आँखें बन्द कर लो, साबुन लगेगा।" चन्ना ने आँखें बन्द रखीं, पर बड़ी मुश्किल से, और बाल धुल जाने पर जब चन्ना ने आँखें खोलीं, रोज़ की तरह गरदन पर हाथ फेरा, नीचे देखा—तो झटपट समझ नहीं पाई—कुछ हो गया? नहीं, फिर ऐसा लगा जैसे किसी अपराध पर पकड़ी गई हो और वह भी सईदा बीबी के सामने। कई क्षण आँखें ऊपर नहीं हो सकीं। वह आज बचपन के कई भोले वर्षों के बाद पहली बार शरमाई। थोड़े-से क्षण गहरे, गीले, चिन्तित।

सईदा बीबी ने चौंका दिया, "बच्ची, पानी डालूँ।"

"पूछती क्यों हो? डालो न, देर करवाती हो।" सईदा बीबी ने पानी डाला, तौलिये से बाल झाड़े और झाड़ते-झाड़ते बच्ची ने सईदा बीबी का हाथ छुड़ाकर कहा, "जाओ तुम..." बच्ची चाहने पर भी 'बाहर' नहीं कह सकी, "मैं अपने आप कपड़े पहन लूँगी।"

सईदा बीबी इस क्रोध का कोई कारण न समझते हुए बाहर चली गई। बच्ची ने देर बाद कपड़े पहने और द्वार पर खड़ी सईदा बीबी की ओर देखे बिना श्यामा के कमरे की ओर चली गई। सईदा बीबी ने हैरान होकर बच्ची को देखा और यह भी देखा कि बच्ची के पाँव जल्दी-जल्दी चलते हुए भी, दौड़े नहीं। चन्ना जब माँ के कमरे में पहुँची तो माँ बैठी-बैठी उसकी जर्सी बना रही थी। पिता बिस्तर पर लेटे अख़बार पढ़ रहे थे।

"माँ!"

"हाँ चन्ना..."

"माँ..."

"कहो बेटी..."

"माँ, वह..." कहते-कहते देखा कि पिता उसकी ओर देख रहे थे। रुक गई। फिर लजा गई।

"कहो बेटी, क्या बात है?" श्यामा प्यार से बोली, "समझी...आज शायद स्कूल जाने की मरजी नहीं।" और अक्सर चन्ना सुबह-सुबह माँ के पास तभी आती है, जब माँ से कहना हो—'आज तो माँ, जी नहीं करता, स्कूल नहीं जाऊँगी।' श्यामा

ने कभी यह सब ठीक नहीं समझा। बच्चा क्यों स्कूल से छुट्टी ले? पर सुनने पर धर्मपाल हमेशा यही कहते आए हैं—'तो क्या हुआ बिटिया आज न जाओ।' उन्हें शायद अपने दिन याद आ जाते हैं, जब वह भी कोई-न-कोई बहाना बना लिया करते थे। पर श्यामा को ऐसा कोई दिन याद नहीं, जब वह कहीं दर्द होने पर भी पिता के डर के कारण घर रुक पाई हो? पर चन्ना से वह क्या कहे? उसे नहीं जाना तो वह नहीं जाएगी। चन्ना कुछ कहना चाहते हुए भी झिझक रही थी, तो देखकर श्यामा ने प्यार से कहा, "बेटी कहो, इधर आओ...।"

"नहीं।" कहकर बच्ची ने धर्मपाल की ओर देखा। श्यामा ने सोचा, पिता से कोई बात कहनी होगी और साथ ही यह भी कि वही इसे बिगाड़ रहे हैं, चेहरा ज़रा खिंच-सा गया। चन्ना एक पल चुपचाप रहकर श्यामा के पास आई, हाथ पकड़कर बोली, "माँ, इधर आओ।"

"क्यों चन्ना..."

"हाँ, पिता जी के सामने नहीं..." कहकर चन्ना ने एक बार फिर पिता की ओर देखा।

श्यामा बेटी के साथ बाहर की ओर आई। समझ गई कि उनकी कोई चीज़ छिपाई होगी, पर चन्ना आज हँस नहीं रही।

"माँ, मैं अब सईदा बीबी से नहीं नहाऊँगी। उससे कह दो, वह अन्दर न आया करे।"

"बस इतनी-सी बात? वह नहीं आएगी।" श्यामा हँसी। इतनी-सी बात के लिए उसे बाहर खींच लाई? पर हँसते-हँसते देखा, बच्ची जो कह रही थी, वह तो मामूली-सी बात थी, पर आँखों का भाव बड़ा लगता था। चन्ना के वापस लौट जाने पर श्यामा को यह सोच-सोचकर और हँसी आई कि यह पहली बार थी, जब चन्ना ने माँ के साथ पिता से अलग बात की थी। इसके आगे श्यामा नहीं जान सकी कि यह छोटी-सी बात पिता के सामने करने में चन्ना क्यों रुकी और सईदा बीबी के ही नहलाने पर चन्ना को आज ही क्यों सोच हुआ। चन्ना जो कहना चाहती थी, शायद यह वह नहीं था। किसी नई अपरिचित चिन्ता ने उसे जकड़ लिया, और सईदा बीबी के सामने होने पर जो बोध उसे हुआ, उसे उसने समझा तो नहीं, पर जाना और जानकर माँ से कहा कि सईदा बीबी अन्दर न आए और कह देने पर भी तो उस भावना से छुटकारा नहीं मिला।

आज चन्ना का दिल स्कूल में भी नहीं लग सका। रह-रहकर वही बात सामने आती है। ऐसा क्यों है, पता नहीं? उसे वर्षों से सईदा बीबी नहलाती आ रही है—फिर आज क्या था? था कुछ, इसे चन्ना जानती है। शाम को घर लौटी। खा-पीकर मेज़ पर पड़ी किताबों को इधर-उधर किया, नई-पुरानी कापियाँ देखीं, पकड़ी हुई तितलियों की अलबम देखी, दरिया के किनारे से इकट्ठे किए हुए गोल-गोल पत्थर

देखे। नहीं, कुछ नहीं। सईदा बीबी दो-एक बार झाँक गई है। मौक़ा पाकर वह सुबह के झगड़े के बाद मैत्री स्थापित कर लेगी और चन्ना को समझाएगी कि जो कुछ कहना हो, सीधे माँ के पास जाकर कहना बहुत ठीक नहीं, विशेषकर झगड़े की बात। पर सईदा बीबी ने आज उसे हर बार किताबों को इधर-उधर करते देखा। आज लड़की खेलने भी नहीं गई। आजकल चन्ना और सईदा बीबी उन्हीं कमरों में रहती हैं, जहाँ कभी शीला रहा करती थी।

कुछ दिन बाद श्यामा ने किस तरह बातों ही बातों में धर्मपाल को सुझाया कि बच्ची के लिए दूसरी मंज़िल में रहना ठीक होगा। बहुत दूर नहीं होगी। और ये खेलने के लिए भी काफ़ी खुली जगह रहेगी। सईदा बीबी को इस पर कोई ऐतरात न था। नीचे आकर उसने सुख की साँस ली। वह तो चाची महरी नहीं जो इन कमरों के साथ कोई बीती हुई कहानियाँ टटोलती। एक दिन नन्दू ने ज़रूर कहा था, ''सईदा बीबी, यहाँ रहने के लिए क्या तुमने बहूजी से कहा था?''

''नहीं तो, क्यों क्या बात है?''

नन्दू ने सोचा, कुछ पहली मालकिन की बात कहे पर फिर चुप हो रहा। श्यामा जब बच्ची को नीचे देखने आती है तो कभी-कभी चन्ना को देखकर शीला की याद हो आती है।

धर्मपाल शाम को लौटे। देर हो गई उन्हें बैठे, लेकिन चन्ना ऊपर नहीं आई। मौसी बहू को बुलाने ऊपर आई तो बोले, ''मौसी, ज़रा बच्ची को भेजो। आज देखा नहीं।''

मौसी बहू को नीचे आने के लिए कहकर सईदा बीबी के पास गई और कहा कि धर्मपाल बच्ची को बुला रहे हैं।

सईदा बीबी हँसकर मौसी से बोली, ''मौसी, सुबह से मुझसे रूठी हुई है। नहलाते-नहलाते ही ग़ुस्सा हो गई। मौसी, बड़े लाड़ों में रखा था शाहनी ने। उस मरनेवाली ने तो कुछ देखा ही नहीं।''

''लाड़ में क्यों न हो सईदा बीबी, दो घरों में एक मुँह इसे ही देखना है न। वहाँ शाहजी के पास भी अब कौन है?''

''कोई नहीं मौसी, शाहजी हैं तो उनका जी तो शाहनी के साथ चला गया। रंग फीका पड़ गया है, शाहजी ने तो दिल को लगा ली।''

मौसी सहानुभूति से बोली, ''सईदा बीबी, अब इसका भी लाड़ न करेंगे तो और किसका करेंगे?''

''जमाई तो बच्ची को देखे बिना नहीं रहते।'' और इस बात पर सईदा बीबी ने भेद-भरे स्वर में कहा, ''जमाई तो नहीं रहते, पर...बहू...''

बहू का व्यवहार चन्ना के साथ कैसा है, इसे जाँचा तो जाता है, लेकिन अभी तक कहा नहीं जाता। मौसी सोचती है, उसका बहू की बात करना क्या

ठीक है? रब्ब न करे, उसके मुँह से कभी बात निकले और सईदा बीबी तो इन चीज़ों में सबरवाली है। वह यह कभी नहीं भूली कि वह पराए घर में है। सोचकर बोली, ''उसका अपना पेट नहीं। फिर भी लाख शुक्र है, नई तो बहुत ही बेधड़क होती हैं।''

''हाँ मौसी, इससे किसी को भला क्या बैर करना? इसी के यहाँ लड़का-बाला हो जाए तो भी भला, बच्ची के लिए तो ननिहाल में भी कमी नहीं है।''

मौसी गम्भीर और अनुभवी आवाज़ में, जिसमें कुछ उदासी भी थी, बोली, ''अब क्या होना है लड़का-बाला, सईदा बीबी इतने साल हो गए हैं। कई इलाज करवा चुकी हैं। कोई-न-कोई दवा खाती रहती है।''

''कुछ हो जाए तो लाख शुक्र मौसी, पर...''

मौसी 'पर' के आगेवाली बात को न समझती हो, ऐसी बात नहीं। उठती हुई बोली, ''सईदा बीबी, बेटी को ऊपर भेज दो। बहू तो नीचे ठेकेदार की बहू को मिलने उतरी है।'' सईदा बीबी ने अन्दर जाकर बच्ची को बुलाया, ''बच्ची, आज ऊपर नहीं जाना? जमाई बुला रहे हैं।'' बच्ची को शायद अब तक ख़याल भी न आया था। आया भी था तो आज उछलते-कूदते ऊपर जाने को जी न चाहा था। ''चलो सईदा बीबी,'' और बच्ची सईदा बीबी के साथ ऊपर चढ़ गई। धर्मपाल बैठे-बैठे कोई किताब देख रहे थे। बच्ची ने जाते ही कहा, ''पिताजी, आज सैर करने चलिए।'' निकट आकर खड़ी होकर जल्द-जल्द पलकें झपककर बोली, ''पर माँ के साथ नहीं, अकेले मैं और आप।'' धर्मपाल लड़की की मुद्रा देखकर हँस पड़े।

''अकेले? अच्छा तो ज़ल्दी से तैयार हो जाओ, कपड़े बदलकर आ जाओ।'' कपड़े बदलकर फिर सुबहवाली बात। चन्ना चिन्तित-सी खड़ी रही। फिर कुछ भी न समझते हुए पिता से पूछा, ''माँ ने सुबहवाली बात आपसे कही थी?''

''नहीं-नहीं, बिलकुल नहीं। जाओ बेटी, देर होती है।'' चन्ना को जाते-जाते विश्वास हो गया कि माँ ने वह बात पिताजी से नहीं की, और धर्मपाल बैठे-बैठे मुस्कराते रहे। चन्ना के चले जाने पर श्यामा ने वह बात पति से कही थी और देर तक दोनों हँसते रहे थे। इतनी-सी बात...धर्मपाल कुछ देर चन्ना की प्रतीक्षा करते रहे, फिर स्वयं नीचे उतर गए। सईदा बीबी दरवाज़े पर खड़ी थी। दुपट्टा ठीक करती हुई बोली, ''जमाईराज, आज तो बच्ची सुबह से रूठी हुई है।''

धर्मपाल अन्दर गए तो खिड़की में चन्ना खड़ी थी। नीचे बगीचे की ओर उसकी आँखें थीं। यह नई गम्भीरता...बच्ची तो पल-भर भी उछल-कूद से फ़ुरसत नहीं पाती। आगे बढ़कर घेर लिया और लाड़ से कहा, ''चलो चन्ना...'' चन्ना ने विचारपूर्ण नेत्रों से पिता की ओर देखा, दिल में ऐसा हुआ कि वह किसी बात से

रोना चाहती है और चन्ना ने पिता का हाथ पकड़ लिया। धर्मपाल के थपथपाने पर जब आँखें ऊपर कीं तो पिता को चन्ना ने नए रूप से देखा।

श्यामा ठेकेदार साहब की पत्नी को बिदा कर ऊपर जा रही थी। चन्ना को देखने के लिए कमरे में आई तो पति की बाँहों में बच्ची को देखकर ईर्ष्या हुई।

35

चन्ना को पता है कि छुट्टियाँ होंगी तो नाना को देखने जाएगी, पर छुट्टियों को तो अभी बहुत देर है। शाहजी का ख़त-पत्र आता रहता है। बच्ची के पढ़ने पर वह ख़ुश हैं और हर बार चिट्ठी के आख़िर में शाबाशी भेजते हैं। मदरसे में पढ़नेवाले सब बच्चों के नाम, जो चन्ना के साथ खेला करते थे, उनका सलाम चन्ना को हमेशा मिलता है और चाची महरी का आशीष भी। चन्ना शहर में आकर गाँव भूल गई हो, ऐसी बात नहीं। पहले-पहले यहाँ आकर उसे बिजली अच्छी लगती थी, पर अब कभी-कभी रात को उसका जी चाहता है कि यहाँ लालटेन हो या दीया हो...

सईदा बीबी किसी काम में नीचे लगी थी, ऊपर आई तो चन्ना अँधेरे ही में बैठी मोती गिन रही थी। ''बच्ची, बिजली नहीं जलाई? किसी नौकर से कह दिया होता।''

''नहीं सईदा बीबी, यहाँ लालटेन क्यों नहीं जलाते? बिलकुल अपना गाँव का घर लगेगा। दीया जलाओ सईदा बीबी!'' सईदा बीबी ने कितना समझाया, पर लड़की मानी नहीं।

''नहीं-नहीं, बच्ची, माँ ग़ुस्सा होंगी।'' चन्ना को इसमें माँ के ग़ुस्सा होने का कोई कारण नज़र नहीं आया। और आख़िर माँ की अनिच्छा होते हुए भी दीया जलाकर छोड़ा। श्यामा को इन सब बातों में देहातीपन दीखता है और धर्मपाल केवल हँस-भर देते हैं। कभी दरिया पर जाने की जिद होती है और दूर होने पर भी चन्ना धर्मपाल को मना लेती है। वहाँ जाकर सरदी होने पर भी उसे नहाने से कोई नहीं रोक सकता। एक बार बहुत मना करने पर चन्ना ने भय दिखाया था कि न नहाने दिया तो वह नानाजी से मिलने के लिए रोएगी और फिर जाकर अपने दरिया में नहाएगी। धर्मपाल कभी-कभी समझाते हैं कि बेटी, यही तो दरिया है जो वहाँ भी जाता है। चन्ना को विश्वास नहीं आता। ''नहीं...नहीं...यह झूठ है। इसमें बेड़ी कहाँ पड़ती है? इसके पार तो बेला भी नहीं और इसमें कांग कब आती है? कांग आती है तो कोई अपनी छत से नज़र आती है?'' धर्मपाल बच्ची को कैसे समझाएँ कि यह वही दरिया है, वही पानी है। पर चन्ना के निकट जो दरिया का नक़्शा है,

वह उस छोटे-से गाँव के बिना और कहीं भी पूरा नहीं उतर सकता। चन्ना रेत में लोट-पोट हो जाती है, फिर पानी में और आख़िर सईदा बीबी बड़ी मुश्किल से मनाती है। दुबारा आने का वायदा करके नहीं, बल्कि यह कहकर कि बच्ची, यहाँ का तो पानी मटमैला है...''हाँ-हाँ, सईदा बीबी, अपना दरिया इससे बहुत अच्छा है।'' और फिर चाची जी को अँगूठा दिखाकर, ''हमारा दरिया अच्छा, आपका अच्छा नहीं।'' पिता इस सादगी पर हँसते हैं। कभी-कभी छुट्टीवाले दिन श्यामा भी साथ आती है। नदी का किनारा उसे भला लगता है, पर यह सोचे बिना वह नहीं रह सकती कि यहाँ पर वह पति के साथ अकेले होना चाहती है। वह रावी के किनारे लम्बे किन्तु छोटे दिन अब तो पुरानी कहानी लगती है। कोई दिन वापस नहीं लौटता। कभी शायद उन दिनों से सम्बन्धित स्मृतियाँ लौटती हैं। कभी-कभी श्यामा आश्चर्य करती है, क्या पति भी पुरानी बातें सोचते हैं? पर उनकी आँखें श्यामा की तरह आगे-पीछे नहीं भटकतीं। जो सामने है, वही उनके लिए सब कुछ है। यह श्यामा जानती है, पर यह उसके हाथ में नहीं और भविष्य की सामर्थ्य नहीं तो फिर कैसे चला करे। कुछ महीने चन्ना के साथ उसका दिल लगा रहा, पर यह तो हमेशा नहीं रह सकता। बार-बार चन्ना को प्यार करने के साथ अपना, जो बिलकुल उसका अपना अभाव है, खटकता है। और पति का अधिक समय दफ़्तर में और चन्ना के साथ गुज़रता है। कभी-कभी मौसी से बात करना चाहती है, पर रुक जाती है। जाने क्या सोचेगी? जो वह पाना चाहती है, उसी के मिलने से तो उसे सोचना पड़ता है कि क्या-क्या वह नहीं चाहती?

चन्ना का दिल अब स्कूल में लगता है। पढ़ाई में जो उसे नहीं आता था, वह अब आने लगा है। लड़कियों से ज़्यादा नहीं बनती और लड़कों से झगड़ा रहता है। अध्यापिकाएँ उसकी शरारत रहते भी उससे ख़ुश रहती हैं। सईदा बीबी बातें सुन-सुनकर हँसती है। लड़की कितनी बातें करती है। आज शाहनी होती तो सिर की बलैया लेती। आज दुपहर में शाहजी का ख़त आया है कि चाची महरी बच्ची को देखने आएगी। सईदा बीबी ने लाख शुक्र किया। किसी से सुख-दुख तो कहे? फिर चाची का खटका भी कितना है? जहाँ खड़ी हो जाए...शाहजी के घर में आज सबसे अधिक उसी का रौब है।

स्कूल से लौटकर चन्ना ने चाची महरी के आने की बात सुनी तो तालियाँ बजाकर बोली, ''अब देखना तुम, सईदा बीबी, चाची से तुम्हारी सब शिकायतें करूँगी और माँ की भी।'' सईदा बीबी चाची को ख़ूब जानती है, ''न न बच्ची, माँ की कोई बात चाची से न करना...''

''क्यों सईदा बीबी!''

''नहीं बच्ची, यह ठीक नहीं। हाँ बच्ची, चाची के सामने शरारतें न करना, नहीं तो जानती है न चाची को।''

''हाँ-हाँ, ख़ूब जानती हूँ। मुँह ऐसा है—देखो ना सईदा बीबी, चाची का मुँह ऐसा है...'' और बच्ची ने अपना मुँह सिकोड़कर यह बता दिया कि चाची के मुँह पर झुर्रियाँ हैं।

श्यामा आज नीचे उतरी तो चन्ना के कमरे में जो सब अस्त-व्यस्त पड़ा था, ठीक किया। फिर सईदा बीबी से बोली, ''चन्ना के स्कूल चले जाने पर सब ठीक-ठाक कर दिया करो। इस तरह बच्चे की भी आदत रहती है।'' फिर चन्ना को बुलाकर कहा, ''चन्ना, जिस चीज़ की जो जगह हो उसे वहीं रखना चाहिए, ऐसे बिखरी हुई चीज़ें अच्छी नहीं लगतीं।''

माँ का कहना चन्ना को बुरा नहीं लगा। ख़ुश होकर बोली, ''मैं कहाँ करती हूँ ऐसे, यह तो सईदा बीबी करती है।''

श्यामा ऊपर चली गई तो चन्ना ने चाची के आने की कई तैयारियाँ कीं। तसवीरें, दूध पकरी, रंग-बिरंगे मोती, सिगरेट की डिब्बियाँ, अपने बाग से पकड़ी हुई तितलियाँ यह सब चाची महरी को दिखाई जाएँगी, और बिस्तर में लेटते-लेटते सईदा बीबी से बोली, ''सईदा बीबी, चाची की बातें करें। सुना, कल वापस चली जाएगी।'' चन्ना की आधी ख़ुशी उड़ गई थी। कुछ सोचकर बोली, ''तो हम दोनों भी साथ ही जाएँगे।''

सईदा बीबी ने कुछ कहना ठीक नहीं समझा। थपथपाती हुई बोली, ''बच्ची, सो जाओ, फिर सुबह उठना है।'' चन्ना ने आँखें बन्द कीं, खोलीं, बन्द कीं, फिर खोलीं और देर बाद गम्भीरता से बोली, ''सईदा बीबी, चाची आ जाएगी तो क्या नानी जी अकेले रह जाएँगी?''

''हाँ-हाँ बच्ची, तभी तो वह जल्दी वापस लौटेगी।''

''हम भी चले जाएँगे चाची के साथ।'' चन्ना ने निश्चयपूर्ण स्वर में कहा और यहाँ से चले जाने के बाद ननिहाल पहुँचने की, मदरसे की, लड़कों की और न जाने क्या कुछ देखने की प्रतीक्षा में सो गई।

दूसरे दिन साँझ होते-होते चाची आई, चन्ना ने ऊपर से सुना। मौसी सईदा बीबी से कह रही थी। चन्ना जल्दी-जल्दी सीढ़ियाँ उतर गई और बरामदे में खड़ी चाची दिखाई दी। नन्दू पैरी पौना कह रहा था। दूर से ही बोली, ''चाची, मैं आ गई...'' और चाची ने बाँहें फैला दीं, सिर चूमकर बोली, ''माँ बलिहारी जाए, बच्ची राजी हो न?''

''हाँ चाची, ऊपर चलो मेरे कमरे में...''

चन्ना ने चाची का हाथ थाम लिया था और उसके साथ-साथ सीढ़ियाँ चढ़ रही थी, ''चाची, किश्ती में आई हो? छोटे बेले में कितना पानी था...?''

आँगन आ गया। वही आँगन, वही सीढ़ियाँ और जब तक चाची कुछ और सोचे, बच्ची चाची का हाथ खींचकर कह रही थी, ''ओ ओ जी न, चाची अन्दर

आओ...'' लेकिन चाची के पाँव दहलीज पर ही रुक गए थे—वही शीलो का कमरा, बिलकुल वही—लेकिन साथ उसकी बच्ची! अभी तो वह बच्ची के साथ यहाँ थी और बीच के साल...अब तक सईदा बीबी बाहर निकल आई थी। चाची ने बच्ची का हाथ छोड़ दिया और आगे बढ़कर सईदा बीबी के गले लगी, जैसे पूछ रही थी कि यह वही घर है, वही कमरे हैं, पर मेरी बच्ची नहीं है—यह कैसे—सईदा बीबी ने क्या इसे समझा नहीं? गले मिलकर अपने को अलग करती बोली, ''आओ बच्ची, चाची से मिलो।''

चाची ने गीली आँखों से फिर एक बार लड़की को देखा—उस दिन से लेकर आज तक सालों बीत गए थे। और आज वे वर्ष जैसे सामने खड़े थे—शीलो बच्ची कहाँ थी, उसे तो वह गाँव ले गई थी और आज अकेली वहाँ से लौटी थी। पर नहीं, यह बच्ची का घर था और उसके घर में उसकी बेटी। चाची ने एक बार फिर चन्ना को बाँहों में भरकर प्यार किया और भर्राये गले से ज़रा-सा हँसकर बोली, ''आओ बच्ची, अन्दर—'' और लड़की के साथ दहलीज लाँघ गई, जहाँ पर से वह अनेक-अनेक सगुण कर लेने पर शीला के साथ निकली थी।

बच्ची ने अपनी किताबें, कापियाँ, कपड़े और जमा की हुई चीज़ें सब-की-सब दिखाईं और चाची की तीखी नज़र केवल यह सब कुछ ही नहीं, और भी बहुत भाँप रही थी। सबसे पहले तो उसे श्यामा को देखना है। चन्ना ज़रा इधर-उधर हुई तो सईदा बीबी ने चाची से पूछा, ''चाची, शाहजी कैसे हैं? कुछ जी ठिकाने लगा?'' चाची चिन्तित स्वर में बोली, ''अच्छे हैं। काम-धन्धा देखते हैं, पर सईदा बीबी अब वह बात नहीं। इस उमर में तो अकेला आदमी टूट जाता है...''

''हाँ,'' ज़रा स्वर धीमा करके चाची बोली, ''वह—ऊपरवाली का क्या हाल है?''

''ऊपरवाली कौन चाची?''

''अरे छोटी बहू...।''

''ठीक-ठाक है चाची, मैं तो किसी से भली-बुरी नहीं कहती।''

चाची ने इन नपे-तुले शब्दों का मतलब निकाला और भेद-भरे स्वर से पूछा, ''पर लड़की के साथ कैसी है?''

सईदा बीबी एकाएक जवाब नहीं दे सकी। अपनी माँ जैसी होती है, वह वैसी नहीं; और पराई जो होती हैं, वह वैसी बुरी भी नहीं—फिर चाची से क्या कहें? नाप-तौलकर कहा, ''चाची, किसी के दिल का क्या पता, पर ऊपर से तो अच्छी ही है, और जमाई तो लड़की को एक पल ओझल नहीं करते।''

''हूँ!'' चाची ने एक लम्बी 'हूँ' की। ऊपर से अच्छी है, लाख हो—पर क्या? दिल का पता लगाना मुश्किल है।

सईदा बीबी ने जाँचने की कोशिश की कि चाची को उसकी बात कैसी लगी

है। चाची कुछ देर सोच में बैठी रही, और फिर बोली, ''चलूँ सईदा बीबी, ज़रा ऊपर मिल आऊँ, जमाई भी होंगे...'' और चिरपरिचित सीढ़ियों पर चढ़ गई।

श्यामा बैठी हुई किताब पढ़ रही थी। चाची को आते देख किताब बन्द कर दी। ''सुनाओ चाची!'' चाची ने आगे बढ़कर सिर पर हाथ फेरा, ''अच्छी हो बेटी!''

''शाहजी कैसे हैं चाची?'' श्यामा ने पूछा था।

''इस उमर का उखड़ा हुआ मन ठिकाने नहीं लगता। शाहजी ने शाहनी को राज करवाया था बेटी और शाहनी ने भी जितनी देर वह रही, शाहजी का हुक्म बजाया।''

श्यामा ने 'बेटी' शब्द पर विशेष ध्यान दिया। चाची अब बदल गई थी। पर नहीं, चाची बदली नहीं थी। श्यामा को बच्ची के साथ खेलते देख चाची महरी कभी उसे बेटी कहकर न पुकार सकती। उसके हाथ में किताब देखकर चाची ने सोचा कि अभागिन है, नहीं तो ब्याह के इतने साल बाद भी क्या किसी को पढ़ना सूझता है? ''जमाई किधर हैं बेटी?'' चाची ने पूछा।

''अभी कुछ देर हुई, चन्ना के साथ नीचे उतरे थे। बगीचे में होंगे...।''

चन्ना की बात चाची शुरू करना चाहती थी, और श्यामा भी जानती है कि लड़की की बात के सिवाय और क्या बात चाची से उसे करनी है, ''चाची, चन्ना मिली?''

''हाँ बेटी...'' चाची ने श्यामा को अच्छी तरह देखा और श्यामा ने चाची को देख लेने के बाद समझ लिया कि अब चाची शीला की देख-रेख करनेवाली ही नहीं लगती, शाहनी के न रहने पर शाहजी के परिवार की कोई बड़ी सयानी लगती है।

जितने दिन भी चाची वहाँ रही, श्यामा घर की मालकिन होते हुए भी कुछ-कुछ बँधी रही। सईदा बीबी चाची से सीख लेती रही और बच्ची को तो चाची को बहुत-सी बातें सुनानी थीं और बहुत-सी उससे सुननी थीं। अपने दरिया पर क्या अब भी बेड़ी बँधी रहती है? ठाकुरद्वारे वाले कुएँ की सफ़ाई हो गई है या नहीं? मौलवी जी के लिए अब छाछ किसके घर से जाती है? अपनी नई बिआई गाय ने बच्छा दिया है या बच्छी? रबाबो मरासन का लड़का क्या शहर से लौट आया है? नवाब के कितने दाँत टूट गए हैं और हाँ, अपने सरकारे घोड़े का क्या हाल है?

''चाची, फैजू अब भी मदरसे जाता है?''

''बंता, करतारा सब जाते हैं बच्ची, पर यह बताओ खाती-पीती कुछ नहीं हो? कैसा रंग कर लिया है...''

चन्ना यही बात बचपन से सुनती आई है। जब चाची को प्यार आता है तो उसकी सेहत उसे कमज़ोर लगती है।

आज चाची जब श्यामा के पास दुपहर में बैठी तो बोली, ''बेटी, चन्ना बड़ी

हुई, यह मेनोवाले कपड़े छोड़, सलवार-कमीज़ बनवा दो उसे, और ऊपर के लिए ओढ़नियाँ।''

श्यामा ने 'अच्छा' कहकर छुट्टी पाई, लेकिन मन में सोचा, अभी क्या लड़की यह सब झंझट सँभाल सकती है?

सईदा बीबी से पूछताछ करने के बाद चाची उसे समझाती रही, ''उछलती-कूदती बहुत है लड़की, ध्यान ही रखना।''

चाची के जाने के दिन आ गए। चार-पाँच दिन क्या होते हैं? आज चाची मौसी से बैठी बातें करती रही। मौसी ने चाची से कुछ छिपाया नहीं। वह क्यों यहाँ आ गई, और फिर क्यों जाना चाहा था? कम्मो की बात में चाची को इस बुढ़ापे में भी उतना ही रस आया, जितना बीस साल पहले आता। साथ-ही-साथ जमाई का बच्ची के रहते श्यामा को ब्याह लाना भी दीख पाया। मौसी ने देखा कि उसके साथ लालाजी के पुराने सम्बन्ध को जानकर भी चाची के मुँह पर सहानुभूति थी। वह दूरी की रेखा नहीं खिंची जो शायद शाहनी से बात करते-करते देखी थी। चाची बोली, ''बहन मेरी, अच्छा किया तुमने। उम्र अकेले नहीं कटती, फिर कौन तुम्हारा अपना बैठा था। मर्दों की बात समझो, नहीं तो यहाँ कौन जमाई की माँ बैठी थी।''

चन्ना शाम को पढ़कर आई तो चाची ने पास बिठा लिया। प्यार से बोली, ''बच्ची अब तो बड़ी हो गई है। समझ से रहा करो बेटी! नानाजी तुम्हारी फिकर करते थे। उनसे जाकर क्या कहूँ?''

''चाची, तुम क्यों कहोगी? मैं तो तुम्हारे साथ जाऊँगी?''

''नहीं, मेरी बच्ची, फिर यहाँ पढ़ेगा कौन? स्कूल कौन जाएगा?''

''स्कूल? मैं वो मदरसे में ही पढ़ लूँगी।''

''पागल हुई है बच्ची! शाहजी तो वह दिन देख रहे हैं कि कब तुम अगली जमातें चढ़ो।''

''मैं तो जाऊँगी चाची...!''

चाची को चिन्ता हुई कि लड़की बिगड़ गई तो फिर मुश्किल होगी। बोली, ''छुट्टियाँ होते ही नवाब और सरकारे को भेज दूँगी—अपने सरकारे के साथ आना।''

''चाची, जाते ही घोड़ा भेजना, भेजोगी न?''

''हाँ-हाँ बच्ची, क्या तुमने झूठ बोलूँगी?''

बच्ची सो गई तो चाची महरी और सईदा बीबी बातें करती रहीं। सुबह बच्ची पूरी तरह जगी भी नहीं थी कि चाची जाने को तैयार हो गई। शाहजी की तरफ़ से लड़की-जमाई को रुपए दिए, सईदा बीबी को बच्ची के लिए अलग कुछ रकम दी

और चन्ना के सिर पर हाथ फेरकर बोली, ''बड़ी-बड़ी उमर हो मेरी लाडो की, छुट्टियाँ होते ही आना... ।''

''बच्ची, चाची जा रही है, कुछ कहलाना है नानाजी से?'' बच्ची ने चाची की ओर देखा। आँसुओं से भरी आँखों को छेड़ने-भर की ज़रूरत थी। चन्ना बोली, ''सरकारे को कब भेजोगी चाची!''

चाची ने अधिक देर खड़ा रहना ठीक नहीं समझा। द्वार की ओर मुड़ते-मुड़ते बोली, ''पहुँचते ही भेज दूँगी बच्ची... !''

जब तक चन्ना जिद के लिए कोई दूसरी बात पकड़े, चाची जा चुकी थी। सईदा बीबी द्वार से ही चाची के साथ राम-सत कर लौट आई। चन्ना तकिये में मुँह छिपाए रो रही थी।

''उठो बच्ची, ऊपर पिता जी बुला रहे हैं।'' सईदा बीबी ने बातों में लगाना चाहा पर चन्ना रोकर बोली, ''मैं नहीं ऊपर जाती। पहले यह बताओ, सरकारा कब आएगा?''

''कल सुबह, बच्ची, अभी चाची कहकर गई है न। और सरकारे के साथ नवाब भी आएगा।''

''फिर वह यहीं रहेगा?''

सईदा बीबी के पास और कोई चारा नहीं था, ''हाँ-हाँ बच्ची, तुम कहोगी तो वह रहेगा क्यों नहीं?''

''मैं नहीं, अभी आए सरकारा यहाँ...'' और चन्ना का रोना तेज़ हुआ। सईदा बीबी समझ गई, सरकारे का तो बहाना है। जी तो उसका उदास चाची से हुआ है और गाँव की याद से, जहाँ अब तक उसका बचपन बीता था। उदास तो आज सईदा बीबी भी हो रही थी, जिसका इस शहर में कोई संगी-साथी नहीं था।

चाची महरी बच्ची को देखकर वापस लौट आई। शाहजी ने सब बातें सुनीं। श्यामा की ओर से निश्चिन्त हुए, पर चन्ना की ओर से नहीं। लड़की बड़ी हो रही है। कल शादी-ब्याह करना होगा। जमाई हैं तो क्या लड़की का काज न करेंगे। फिर भी न जाने क्यों शाहजी को लगता है कि यह उनकी जिम्मेदारी है।

कभी शाहनी को लड़का न होने का रंज करते देखकर वह हँस दिया करते थे और अब स्वयं यह सोचा करते हैं कि कोई लड़का होता तो आज उन्हें आसरा देता। और यह भी कि यह सब ज़मीनें, कुएँ, हवेलियाँ—यह कौन सँभालेगा। इसके जवाब में चन्ना की सूरत सचमुच उनके सामने नहीं आती, और अब चाची के लौटने पर एक बार फिर यह उलझन उठी। बातों-बातों में शाहजी से बोली, ''दोनों घरों में एक ही लड़की है और शाहजी, फिर लड़की कोई सारी उमर घर नहीं बैठी रहेगी। आज नहीं तो कल जाएगी...'' इसके बाद चाची क्या कहे? शाहजी लेटे-

लेटे चुपचाप सुनते रहे। पास ही चाची पीढ़ी पर बैठी थी। शाहजी के मरने के बाद अक्सर चाची घंटा दो घंटा शाहजी के पास बैठ जाती है। नीचे हवेली में अब भी पहले की तरह असामियों की भीड़ लगी रहती है, पर अब शाहजी का मन वहाँ नहीं रहता। चौधरी बहुतेरी कोशिश करता है मन लगाने की, पर उन्हें बहुत गहरी लगी है। चाची मन-ही-मन सोचती—चन्नो ही होती तो शाहजी के लिए घर में कोई खींच रहती, पर उसे यहाँ रखकर भी क्या सुधरता? लड़की वहाँ रहेगी, कुछ लिख-पढ़ जाएगी...।

कल आते ही चाची ने शाहजी से नवाब के संग सरकारे के भेजने की बात की। चाची को कुछ-कुछ ख्याल था कि शायद शाहजी मानेंगे नहीं, पर शाहजी सहमत हो गए और नवाब को आज सुबह जाने के लिए कह दिया। सुबह दिन चढ़ने से पहले नवाब और सरकारा पीरो का टिब्बा पार कर गए। आज चाची से बच्ची की बातें सुनकर शाहजी को बच्ची का शहर भेज देना निर्दयता मालूम देता है। बोले, "कहाँ इस खुले गाँव में रहती हुई बच्ची बँधे-बँधे शहर में जा पड़ी। वह भी क्या सोचती होगी? चाची महरी, कोई पिछली बात तो करती होगी बच्ची?" शाहजी के स्वर में जिज्ञासा थी।

"क्यों नहीं शाहजी, उसकी होश में यहाँ का नक़्शा बदला है। अभी नानी को भूली नहीं। कुछ और जोर देकर चाची बोली, "मुझसे पूछती रही—नानाजी क्या अकेले हैं वहाँ पर चाची? और तो और, शाहजी, आनेवाले दिन सोई-सोई उठ बैठी कि अब क्या वहाँ नानी नहीं है? मुश्किल से थपथपाकर सुलाया..."

चाची कुछ और कहने जा रही थी तो देखा कि शाहजी की आँखों में आँसू घिर आए थे। दूर बैठी बच्ची की याद उन्हें रुला गई थी।

36

अपने स्कूल की मिस पाल चन्ना को बहुत अच्छी लगने लगी है। पहले भी उसे अच्छी लगती होंगी। पर उस अच्छे लगने को वह अब तक जानती नहीं थी। बरामदे में मिस पाल हाथ में कुछ किताबें और अपनी घड़ी की ओर देखती हुई खड़ी थी। चन्ना ने देखा, मिस पाल उसे बिलकुल बदली हुई लगी। मन जाने कैसा हुआ और आज तक बेझिझक देखनेवाली आँखें बिना कारण शरमा गईं। चन्ना भागकर अपनी कक्षा में चली गई, पर अपनी जगह पर बैठे-बैठे दिल नहीं लगा। मन यही चाहता कि मिस पाल फिर अन्दर आए, फिर अन्दर आए और जब अन्तिम घंटे में मिस पाल अन्दर आईं तो चन्ना की दृष्टि पहले की तरह उधर नहीं उठ सकी, और मिस पाल यह देखकर हैरान हुई कि चन्ना आज बिना शरारत के चुपचाप अपनी

जगह पर बैठी है। उसके बाद मिस पाल का सबक चन्ना को रोज़ याद होता। घर के कामवाली कापी अब भरी चली जा रही थी और मिस पाल की बातें सुन-सुनकर धर्मपाल और श्यामा का जी उकता गया। आख़िर एक दिन श्यामा ने मिस पाल को निमंत्रण देकर बुलाने की सोची। पति से बोली, ''एक दिन चन्ना की मिस पाल को बुला ही लो। दिन-रात उसी की लगन लगी रहती है उसे...।''

और जिस दिन मिस पाल ने निमंत्रण स्वीकार करने का पत्र श्यामा को भेजा तो चन्ना की ख़ुशी का कोई ठिकाना नहीं रहा। कल मिस पाल घर आएँगी। चन्ना सईदा बीबी के पास जाकर बोली, ''अच्छा सईदा बीबी, तुम बताओ कि कल कौन आ रहा है घर में?'' लड़की की आँखें हँसती थीं और शरमाती थीं, ''बच्ची, मुझे कुछ नहीं पता, तुम्हीं बताओ। मैं क्या यहाँ आनेवालों के नाम जानती हूँ?''

''अच्छा-अच्छा, कान में कहूँगी सईदा बीबी!'' और सईदा बीबी के कान की ओर मुँह करते हुए धीमे से कहा, ''मिस पाल...जानती हो सईदा बीबी...''

''हैं, मिस फाल कौन बच्ची? यह अंग्रेज़ी नाम समझ नहीं आते।'' चन्ना को सईदा बीबी पर ग़ुस्सा भी आया और हँसी भी। कैसे नाम बिगाड़ती है, और वह भी मिस पाल का। चन्ना कुछ देर हँसती रही। फिर बोली, ''तुम्हें बोलना नहीं आता, मिस पाल बोलो...मिस पाल—पाल—''

''मीस फोल—''

''नहीं-नहीं सईदा बीबी,'' चन्ना ने सईदा बीबी के मुँह पर हाथ रखते हुए कहा, ''कुछ मत बोलो। तुम तो जान-बूझकर नाम बिगाड़ती हो, सईदा बीबी! माँ कितनी अच्छी तरह कहती है, 'मिस पाल'।'' चन्ना को एक बार फिर रस आया।

''ओहो छोड़ो बच्ची, मेरा और माँ का क्या मुकाबला। वह तो बेटी, पढ़ी-लिखी है और मैं तो अनपढ़ हूँ।''

चन्ना ने आश्चर्य से सईदा बीबी की ओर देखा। उसमें और माँ में क्या फ़र्क़ है? सईदा बीबी क्या माँ से कम गोरी है? माँ कपड़े अच्छे पहनती है—और सईदा बीबी... नहीं सईदा बीबी के कपड़े क्या कम अच्छे होते हैं? लम्बा लाचा और चाँदी के बटनोंवाली कमीज़, कानों की बालियाँ, माँ के चमकते गहने और सईदा बीबी—सईदा बीबी—माँ से कम अच्छी है? नहीं-नहीं...

''नहीं-नहीं, सईदा बीबी तुम्हें आता है। तुम मुझे तख़्ती लिखना नहीं सिखाती थीं!''

''बच्ची, किसी ने लिखाया-पढ़ाया ही नहीं, तो आता कहाँ से...''

चन्ना को लगा, सईदा बीबी झूठ कहती है, ''सईदा बीबी, मौलवी जी कहते थे तुम भी उनके मदरसे में पढ़ती थीं। जब तुम छोटी थीं।'' चन्ना अपनी बात पर क्यों अड़ी हुई है, यह सईदा बीबी नहीं जानती। बात बदलने की गरज से बोली, ''बच्ची, मैं तो बूढ़े मौलवी इल्मदीन से पढ़ती थी...।''

''सच कहती हो सईदा बीबी!''

"हाँ-हाँ," सईदा बीबी हँसते-हँसते बोली, "मैं जब तुम्हारे जितनी थी तो सारे कुरान शरीफ के सपारे सीख गई थी।"

चन्ना का मुँह खिल गया। वह पहले ही जानती थी कि सईदा बीबी पढ़ना-लिखना जानती है।

श्यामा को अपना और पराया समझकर परखने की समझ अब तक न चन्ना में थी और न किसी ने उसे सिखाई। उसे इस बात का ज्ञान ही नहीं है। फिर भी माँ को उसने कभी सईदा बीबी से अधिक नहीं जाना। माँ की रंग-बिरंगी रेशमी साड़ियाँ उसे पसन्द आती हैं, वह और बात है। सईदा बीबी का ग़ुस्सा उसे झट भूल जाता है। पर माँ की झिड़कियाँ अक्सर कई दिन तक याद रहती हैं। कभी-कभी वह सोचती है कि माँ और चाची महरी एक-सी हैं। चाची महरी के स्वर की कठोरता और माँ का मौन उसे कभी अच्छा नहीं लगा। कभी पास बैठे हुए जब माँ उसकी ओर कई क्षण एकटक देखती रहती है तो चन्ना उससे कुछ कहते-कहते रुक जाती है। उसका अर्थ नहीं समझती, पर इतना ज़रूर उसे पता लगता है कि वह नज़र न सईदा बीबी की नज़र की तरह होती है न पिता की तरह ही।

आज शाम को मिस पाल आ रही हैं। स्कूल से आते ही चन्ना ने कपड़े बदले। सईदा बीबी ने बाल सँवारे। माँ के पास जाकर बोली, "माँ, तुम भी कपड़े बदल डालो न?" श्यामा को बच्ची का यह अनुरोध अच्छा लगा। अतिथि का ध्यान आया, मुस्कराकर बोली, "तुम्हारी मिस आ रही है, इसलिए न?"

चन्ना ने सिर हिलाया, "हाँ माँ..."

श्यामा तैयार होने चली गई, लेकिन मिस पाल के आने की जो उत्सुकता और प्रतीक्षा चन्ना को है, वह क्या माँ जान सकती है? चन्ना खिड़की में खड़ी प्रतीक्षा कर रही है। दिल में सईदा बीबी पर ग़ुस्सा आ रहा है, कितनी ख़राब है कि मिस पाल पर हँसती है। अभी जब वह उससे कहने गई थी कि सईदा बीबी तुम भी अच्छे कपड़े पहनो तो सईदा बीबी ने हँस-हँसकर चन्ना से कहा था, "बच्ची, मैं ऐसे ही ठीक हूँ। कौन-सी वह मेम मुझसे रिश्ता जोड़ने आएगी।"

धर्मपाल की मोटर फाटक के अन्दर आई। वह उतरे और साथ ही मिस पाल। चन्ना की साँस तेज़ हो गई. जी में आया कहीं छिप जाए। पर यह क्या, जल्दी-जल्दी सीढ़ियाँ उतर गई। पिता मिस पाल को साथ लिए ऊपर आ रहे थे। देखकर दोनों मुस्कराए। रास्ते में धर्मपाल मिस पाल से कहते आए थे कि चन्ना के लिए ममता उमड़ आई थी। मिस पाल ने चन्ना का हाथ पकड़ा और धर्मपाल के साथ ऊपर चली। ऊपरवाले आँगन में सईदा बीबी धुले कपड़ों की तह लगा रही थी। धर्मपाल को देखा तो कपड़ा ज़रा नीचे खींच लिया और चन्ना के साथ मेम को देखकर मीठे स्वर में बोली, "आओ जी, जुग-जुग आओ, सदके जाऊँ आपके आने पर।" चन्ना

ने ग़ुस्से में सईदा बीबी की ओर देखा, लेकिन मिस पाल वाली बात याद करके हँसी नहीं रुकी। खिलखिलाकर हँसती रही। फिर जैसे सईदा बीबी की ओर से बोली, "मिस, सईदा बीबी तो उर्दू जानती है..."

"हाँ-हाँ बच्ची, उर्दू और फारसी भी..." सईदा बीबी ने ऐसे अन्दाज़ से कहा जो चन्ना को सब से अच्छा लगता है। चन्ना मिस का हाथ छुड़ाकर सईदा बीबी के गले से लिपट गई।

"सईदा बीबी, कल तो तुम कहती थीं कि सिर्फ़ उर्दू आती है।" पता नहीं मिस के सामने सईदा बीबी क्यों शरमाई। प्यार से लड़की को अलग करते हुए बोली, "जाओ बच्ची, मेम साब के साथ ऊपर जाओ।"

चन्ना और हँसी और मिस पाल का हाथ पकड़ माँ के कमरे में चली गई। श्यामा मिस पाल से मिली ज़रूर, लेकिन क्षण-भर के लिए यह नहीं भूल सकी कि वह स्वयं इस घर की स्वामिनी है। श्यामा को वे दिन अब याद नहीं रह गए, जब वह स्वयं भी शिक्षिका थी, क्योंकि आज वह उस निराश्रय भूली हुई राह से ठिकाने पर आ लगी थी। अब वह शिक्षिका नहीं थी, आज वह सुन्दर धनी पति के आश्रय में बैठी इस विशाल गृह की स्वामिनी है। धर्मपाल मिस पाल से बातचीत करते रहे थे।

आज शाम को लौटते हुए जब वह स्कूल से मिस पाल को अपने साथ लिए जा रहे थे तो सोच रहे थे कि बड़ी अजीब ज़िन्दगी है, इन इतने बहुत-से बच्चों को सँभालती है, फिर भी जिसे अपना कह सकें, वह कोई नहीं होता। मिस पाल की पतली-दुबली देह की ओर, सुन्दर किन्तु पीले मुख की ओर देखा तो लगा कि परिस्थितियों के चक्र ने बहुत कुछ से वंचित कर दिया है।

चाय के बाद चन्ना काफ़ी देर मिस पाल से बातें करती रही, खेलती रही। स्कूलवाली झिझक अब मिट गई थी। आख़िर मिस पाल ने आज्ञा माँगी—श्यामा ने बैठे-बैठे अभिवादन का उत्तर दिया और रूखी आँखों से पति और चन्नो को नीचे जाते देखा।

राह में मिस पाल कुछ अधिक नहीं बोली। चन्ना कुछ देर बातें करती रही, पर धर्मपाल किसी आकस्मिक कोमलता से पीछे की सीट पर बैठी शिक्षिका की बात सोचते रह गए। स्कूल आ गया। अभिवादन हुआ, कार मुड़ी और मुख अपने-अपने घर की ओर हो गए। मिस पाल दूर तक जाती हुई कार की पिछली बत्ती देखती रही। अपने घर की ओर देखा, ताला पड़ा था। अन्दर अँधेरा, बाहर अँधेरा था, सिर्फ़ ताले की चाबी उसके पास थी। दरवाज़ा खोला, बुझते-बुझते दिल से बिजली जलाई और आहत होकर बिस्तर पर गिर पड़ी। घंटी की आवाज़ ने जैसे उसे फिर अपनी जगह पर वापस ला दिया। झटपट उठी और देखा कि सिरहाने पर उसी की आँखों के कुछ बूँद आँसू पड़े थे। क्यों आए थे, कैसे आए थे, यह सब कुछ समझने की क्षमता रखते हुए भी उसने समझने का कोई प्रयत्न नहीं किया और

बालों को ठीक करती हुई कमरे के बाहर हो गई और जाते-जाते यह भी नहीं भूली कि वह बच्चों में जा रही है, जो उसके पहुँचते हो डरकर चुप हो जाएँगे। वह चन्ना की माँ नहीं, शिक्षिका है।

37

छुट्टियाँ बिताकर चन्ना शहर लौट आई थी। सुबह नौ बजने को आए। बच्ची अभी उठी नहीं। सईदा बीबी दो-एक बार बाहर से झाँक गई है। सोचा—स्कूल में थक गई होगी, आराम से बैठती होगी, पर अब तो काफ़ी देर हो गई। दस बजे का स्कूल है, कहीं सर्दी-वर्दी तो नहीं हो गई। सईदा बीबी अन्दर आई, बच्ची के सिर पर हाथ रखा। माथा तो गर्म नहीं? ठीक ही है। ''उठो बेटी, कितना दिन चढ़ आया है।'' बच्ची ने कुछ जवाब नहीं दिया, न आँखें खोलीं। ''बच्ची, स्कूल नहीं जाना? नवाब घोड़ा लिए तैयार खड़ा है।''

''नहीं, आज नहीं जाऊँगी...'' चन्ना ने चिढ़कर कहा।

''सुबह-सुबह यह क्या बच्ची? क्या कल किसी से झगड़ा किया था?''

''नहीं-नहीं-नहीं,'' चन्ना ने आँखें खोलीं और रोष से सईदा बीबी की ओर देखा, ''मुझे स्कूल नहीं जाना...''

''क्यों बच्ची? माँ कहेगी...''

''कहने दो...'' चन्ना ने ढिठाई से जवाब दिया।

सईदा बीबी ने सिर हिलाया, ''नहीं-नहीं बच्ची, ऐसे नहीं कहते, स्कूल में मेम ग़ुस्सा करेगी तो...''

''नहीं करेगी, तुम बस जाओ यहाँ से...''

''हैं-हैं, यह क्या?'' सईदा बीबी को भी ग़ुस्सा आ गया, ''दिन-ब-दिन सिर चढ़ती जा रही है। कोई पूछे—स्कूल क्यों न जाए बच्चा? मुझे क्या, अपने आप आकर माँ ठीक करेगी...'' कहते-कहते सईदा बीबी बाहर निकल गई। पीछे से चन्ना ने मुँह चिढ़ाया और खींचकर रजाई में मुँह ढँक लिया—नहीं जाएगी वह स्कूल, जो मरजी हो कर ले। आने दो माँ को नीचे, हर बार स्कूल के नाम से डाँटती है। आज मुझे जाना ही नहीं...

चन्ना ने करवट ली। टाँगें कैसी दुख रही हैं और यह कहती है कि स्कूल जाओ। सचमुच कल शाम से चन्ना की टाँगों में दर्द हो रहा है। रात को ठीक से नींद नहीं आई। दो-एक बार उठी, पर सईदा बीबी को आवाज़ नहीं दी। आज पहली बार है कि उसके उठने पर सईदा बीबी नहीं उठी और उसने भी उटते ही उसे नहीं बुलाया, और सुबह उठा ही नहीं गया और सईदा बीबी है कि आते ही बड़बड़ाना शुरू कर दिया।

फ़र्श पर ऐड़ी की आवाज़। मुँह ढके-ढके देखा कि माँ आ रही है। बोलूँगी ही नहीं। चाहे कितना बुलाए। पर ज्यों ही माँ ने रजाई पर हाथ धरा, चन्ना ने तेज़ी से मुँह उघाड़ा और क्रोध से सईदा बीबी की ओर देखा, जैसे कहती हो—तो तुम ले आई हो माँ को, मगर याद रखना...

"चन्ना, देर हो गई है, तैयार होकर स्कूल जाओ, आज छुट्टी तो नहीं?"

श्यामा के स्वर में आज्ञा थी और कठोरता भी। चन्ना को अच्छा नहीं लगा। कुछ बोली भी नहीं। आँखों को पढ़ना तो श्यामा भी जानती है। "सईदा बीबी, जाओ कपड़े तैयार करो—बच्ची अभी आती है।"

सईदा बीबी ने जाते-जाते मन-ही-मन हँसते हुए चन्ना की ओर देखा और बाहर निकल गई। चन्ना ने चाहा, पीछे से जाकर सईदा बीबी का दुपट्टा खींच ले, पर उठना...दुखती हुई टाँगें...

श्यामा पास आई, चन्ना के बिखरे बाल ठीक किए, "उठो बेटी..."

"नहीं।"

"क्यों?" श्यामा ने तरेरा।

"मैं आज नहीं जाऊँगी, चाहे माँ तुम कितना ही कहो..."

"ऐसी जिद।"

माँ नाराज़ हो गई है, यह चन्ना जानती है, पर क्या सईदा बीबी कभी उससे ग़ुस्सा नहीं होती?

श्यामा ने हौले से चन्ना की बाँह झँझोड़ी और तीख़ी आवाज़ से कहा, "चलो उठो। मुझे यह सब पसन्द नहीं, स्कूल तो तुम्हें जाना ही है।"

श्यामा की आशा के प्रतिकूल चन्ना उठी और उसके साथ-साथ ही बाहर निकल आई। सामनह्य गुसलख़ाने के दरवाज़े पर सईदा बीबी खड़ी थी, "आओ बच्ची, जल्दी-जल्दी नहा डालो..."

श्यामा ऊपर चली गई थी। चन्ना अन्दर आई। तिरस्कार से सईदा बीबी की ओर देखा और कहा, "कपड़े लाओ सईदा बीबी, मुझे नहीं नहाना है।"

सईदा बीबी ने मुँह-हाथ धुलाते-धुलाते सोचा—जिद की पक्की है। चन्ना तैयार होकर ऊपर गई। सीढ़ियाँ चढ़ते-चढ़ते पैरों में जाने कैसी पीड़ा हो रही थी।

धर्मपाल और श्यामा सुबह के नाश्ते के लिए बैठे थे। चन्ना सहजता से कुर्सी खींचकर बैठ गई। माँ के माथे पर तेवर थे और आँखों में अध्यापिकाओं का-सा रौब था।

चन्ना ने कुछ ठीक से खाया नहीं। "बेटी, आज नवाब के साथ जाओगी या मेरे साथ..."

चन्ना चुप है। श्यामा ने अभिमान से कहा, "देर हो गई है जी! आप ही साथ ले जाइए।"

श्यामा ने कड़कर बच्ची की ओर देखा। बच्ची उठी और पिता के साथ नीचे चल दी। जाते-जाते धर्मपाल ने मुस्कराकर पत्नी की ओर देखा, "अच्छा!"

आज चन्ना ने इसे अनदेखा नहीं किया। पिता की उस मुस्कराहट में चन्ना को कुछ अलग रस-सा दीख पड़ा। वह मुस्कराहट जैसे केवल माँ के लिए ही थी।

मोटर स्कूल के फाटक पर रुकी। हमेशा की तरह चन्ना नीचे नहीं उतरी। धर्मपाल ने पीछे की ओर मुड़कर देखा तो चन्ना का मुँह उसके अपने हाथों में था।

अचम्भित-से उतरकर पीछे आए, "क्या बात है, बिटिया!"

"घर चलिए, मैं स्कूल नहीं जाऊँगी।" और उसकी आँखों में आँसू बह आए थे।

"बस, इतनी-सी बात, घर ही कह दिया होता।" धर्मपाल ने थपथपाया और कार वापस मोड़ ली।

चन्ना घर पहुँची। सईदा बीबी मौसी के पास नीचे आ रही थी, "हैं, यह क्या बच्ची..." चन्ना ने बात पूरी नहीं होने दी। आकुलता से बोली, "सईदा बीबी, क्या हो गया है, क्यों हो गया है..." भय के मारे लड़की की आवाज़ नहीं निकल रही थी। सईदा बीबी ने देखा, कपड़ों पर दाग़ थे। झटपट समझ गई। धीरज देती हुई बोली, "कोई बात नहीं बच्ची! चलो, आओ। अभी सब ठीक हुआ जाता है।"

शब्द सईदा बीबी के थे, पर उसका देखना, सईदा बीबी की यह नज़र...ऐसा लगा जैसे उससे कोई अपराध हुआ है, जिसकी सफ़ाई वह नहीं दे सकती। घंटे-भर बाद जब सईदा बीबी ठीक-ठाक करके बच्ची को बिस्तर पर लिटाकर बाहर जाने लगी तो चन्ना ने सईदा बीबी का हाथ पकड़ लिया और रुलाई रोककर बोली, "सईदा बीबी, माँ से नहीं कहोगी और पिताजी से भी नहीं..."

सईदा बीबी हँसी—"नहीं बच्ची, मैं क्या पागल हूँ।" और बाहर चली गई। पल-भर न टिकनेवाली चन्ना आज चुपचाप शैया पर लेटी रही। दुपहर को धर्मपाल कमरे में आए। बेटी के पास बैठकर हँसते हुए बोले, "तो आज बिटिया आराम कर रही है।"

चन्ना लजाई, कुछ बोली नहीं। पास खड़ी सईदा बीबी ने धर्मपाल को आँखों-ही-आँखों में संकेत किया तो धर्मपाल बेटी को गहरे प्यार से थपथपाकर हँसते हुए ऊपर चले गए।

अब चन्ना बड़ी हो रही थी। उस दिन से जैसे किसी ने अपरिचित लज्जा से बाँध दिया है। वह सोचती है कि कहीं कुछ ठीक नहीं रह गया। ठीक होता तो क्या उसे छिपाने की ज़रूरत पड़ती। जो चाहता है कि आँखों को छिपा ले, और सईदा बीबी सब जानती है। उस दिन पता नहीं क्या-क्या कह रही थी। "इन दिनों में कूदना नहीं, भागना नहीं।" चन्ना का जी चाहा कि रोकर कहे—"तो और क्या करना है।" और अब इधर कई महीनों से इसने जो परिवर्तन स्वीकार कर लिया है, उसने उसे बचपन के आँगन से खींचकर कहीं और ला खड़ा किया है। पहले से कितनी भिन्न हो गई

है। बात-बात में पिता और सईदा बीबी से लिपट जाने में उसे अब हिचक होती है, और स्कूल में जिन सहपाठियों से मारपीट करने से उसे फ़ुर्सत नहीं मिलती थी, उनसे उसका व्यवहार कुछ-कुछ बदल गया है। एकबारगी ही मारपीट छूट जाए, सम्भव नहीं...लेकिन बच्चों से खेलते-खेलते अक्सर लगता है कि वह उनसे बड़ी है और उसे उनके झगड़ों का फ़ैसला करना है। अध्यापिकाओं की रोबीले स्वर की आज्ञाएँ जो उसे मौलवी जी की सुस्त आवाज़ के बाद अच्छी लगने लगीं थीं, अब फिर बुरी लगती हैं। अपने बढ़ते हुए क़द को महसूस करके लगता है कि वह क्या इनसे कम है? एक दिन शाम को मिस पाल के कमरे से लौटती बार चन्ना का जी चाहा कि वह यदि आज यहीं रह सके तो...बाहर आते-आते 'मिस' से कहा, "मिस, आप अकेली रहती हैं?"

मिस पाल ने विचित्र गम्भीरता से मुस्कराकर चन्ना की ओर देखा, "हाँ चन्ना!" स्वर में आत्मीयता थी। क्लासवाला रौब नहीं। बोली, "मिस पाल, आप हमारे घर चलिए न।"

मिस पाल फिर हँस पड़ी! चन्ना के अनुरोध का जवाब केवल हँसी थी, और कुछ नहीं। चन्ना उस दिन जब लौटी तो बार-बार सोचा कि मिस पाल क्यों अकेली रहती है। क्या मिस पाल के बच्चे नहीं? नहीं-नहीं...मिस तो अकेली होती हैं, और माँ?

माँ के बच्चे तो हैं नहीं। चन्ना के निकट माँ के बच्चों की कल्पना। माँ को माँ कहने पर भी चन्ना ने अपने को माँ का बच्चा नहीं समझा, और आज उसने अपने से भिन्न किन्हीं और बच्चों की कल्पना की, और अपने आप, बिल्कुल अपने आप उसे आज पता लगा कि वह इस घर की बच्ची नहीं, गाँव से यहाँ पढ़ने आई हुई है। यही नानाजी ने उसे शहर भेजते हुए कहा था। रात को खाने के बाद धर्मपाल से बोली, "पिताजी, मिस पाल को आप घर क्यों नहीं बुला लेते?" धर्मपाल खाते-खाते अटक गए।

धर्मपाल का यह भाव-परिवर्तन श्यामा ने कहाँ तक परखा, पता नहीं। बोली, "मिस पाल, मिस पाल! रात-दिन एक ही नाम! क्या एक ही टीचर है तुम्हारे स्कूल में?"

धर्मपाल को बच्ची के साथ श्यामा की यह रुखाई अच्छी नहीं लगी। उन्हें लगा कि इसमें कुछ ग़ुस्सा उनकी ओर भी था।

चन्ना को यह सहन नहीं हुआ। फिर पिता के सामने,...निडर-सी होकर बोली, "हाँ बस वही हैं, मिस पाल, मिस पाल, मिस पाल...और माँ, वह जो एक तुम्हारी सहेली हैं, वैसी हैं वह..." और चन्ना ने मुँह बनाया। धर्मपाल ने चाहा वह हँस दें, लेकिन पत्नी की मुद्रा देखकर रुक गए। चन्ना ने सहायता के लिए पिता की ओर देखा। धर्मपाल ने चाहा कि वह तटस्थ रहें। आज पत्नी और पुत्री के बीच बैठकर वह स्वयं महसूस कर रहे हैं कि वे किसी की ओर नहीं हो सकते।

चन्ना नीचे उतर आई। कैसी है माँ ? बात करते ही बिगड़ जाती है। उसकी डाँट भी जाने कैसी होती है ? डाँटती तो सईदा बीबी भी हैं, लेकिन उस डाँट के नीचे छिपी ममता को चन्ना न जानते हुए भी जान जाती है। माँ की फटकार उसे इतनी बुरी नहीं लगती, जितना माँ के कहने का ढंग। कोई बात सुनाने जब-जब वह माँ के पास आई है, उसने कभी ध्यान नहीं दिया। किताब पढ़ते-पढ़ते हाथ का संकेत कि जाओ। अब वह बड़ी हो गई है। क्या सब कुछ समझती नहीं ? गाँव की बात पर माँ का मिज़ाज ही बिगड़ जाता है।

चन्ना ने तसवीरोंवाली कहानी की किताब ली और बिस्तर पर बैठकर पन्ने पलटने लगी। जी नहीं लगा और लेटी-लेटी स्कूल की बातें सोचने लगी। ध्यान चला गया गाँव के मदरसे की ओर।

यह इतना बड़ा घर, अच्छी-अच्छी चीज़ें। पर नहीं, फिर भी आँखों में गाँव की कच्ची राह ही आ बैठती है।

सईदा बीबी पास आ बैठी। आज उसे नीचे कुछ देर हो गई थी। नन्दू और मौसी के साथ बातों में लगी रही, "बच्ची, अभी नींद नहीं आई।" चन्ना ने कोई जवाब नहीं दिया, पर कुछ सोच में पड़ गई थी। फिर बोली थी, "सईदा बीबी, माँ के बच्चे नहीं ?" प्रश्न सुनकर सईदा बीबी चकित-सी रह गई। "हैं क्यों नहीं बेटी, तुम जो हो।"

"तुम झूठ कहती हो..."

"नहीं बच्ची!" सईदा बीबी निरुत्तर हो गई थी, लेकिन सम्बन्ध का आश्रय लिया, "बच्ची, तुम उनकी बेटी और वह तुम्हारी माँ है।"

"नहीं, सईदा बीबी, तुम झूठ कहती हो..." सईदा बीबी झुककर बच्ची के सिर पर हाथ फेरती रही। मन में आया, कहे, "सच कहती हो बच्ची, तुम उसकी नहीं, मेरी बेटी हो।"

38

चन्ना इस बार जब ननिहाल गई तो शाहजी के घर में एक बार फिर चहल-पहल हो गई। बच्चे मिलने आए, धियानी को असामी मिलने आईं, चौधरी चाचा, आंशा चाची और कस्सोकीवाली नूर बीबी, बेरियों और जूतोंवाला बूढ़ा बाबा, और नौशेर ज्वाला, लाहणा सभी आए। रबाबो मरासिन भी पीछे नहीं रही। अपनी तेज़ आवाज से गा-गाकर घर गूँजा दिया। चन्ना हँसती हुई बोली, "रबाबो चाची, तुम तो 'घोड़िया' गा रही हो ? मैं क्या लड़का हूँ ?"

रबाबो की मिरासिन पुगलाम्ता को मौक़ा मिला, "क्यों नहीं, मेरी रानी, मेरी लाडो, सौ लड़कों-सी तुम एक लड़की, तुम पर सौ-सौ वारी-वारी जाऊँ। आज तो

गाँव-भर में नया चाँद चढ़ आया। मेरी धियानी गिट-पिट पढ़कर शहर से लौटी है? इस घड़ी पर मीठा न्यौछावर करूँ...'' कहकर रबाबो ने एक और लम्बी तान छेड़ दी।

चाची महरी ने कृत्रिम क्रोध से पास आकर कहा, ''रबाबो, ज़रा आराम से। बच्ची से बातचीत तो पूछने दे। अभी आकर कुछ खाया-पिया भी नहीं।''

''बड़ा-बड़ा इकबाल, दूर-दूर तक शाहजी के ढोल, ठंडी हवाएँ चलें...'' कहते-कहते रबाबो ने अपना सबसे बढ़िया गाना बन्द कर दिया, जिसकी तुक उसने कुछ ही दिन हुए ख़ास शहरियों के लिए मिलाई थी। रबाबो की अनुभवी आँखें यह ज़रूर पहचान गईं कि शुरू-शुरू में धियानी के लिए घोड़ी गाकर उसने चाची महरी को ख़ुश कर लिया है। आज वह रेशमी ओढ़नी माँगेगी। कुछ देर बाद जब चन्ना खा-पीकर हवेली चली तो रबाबो ने फिर स्वर उठाया, ''बेल बढ़े-बधाइयाँ हों...'' चाची महरी ने आँचल में गुड़ डाला और बोली, ''जाओ, नीचे से गेहूँ डलवा लो।'' पर रबाबो इतनी कच्ची नहीं, ''सदके जाऊँ—सदके जाऊँ चाची, आज धियानी पढ़कर आई है। कहे देती हूँ बिना रेशमी दुपट्टे के मैं उठने की नहीं।'' अब रबाबो इतमीनान से बैठी और कान पर हाथ रखकर बड़े-बड़े गवइयों की तरह एक और तान छेड़ दी। बैठने की मुद्रा से साफ़ ज़ाहिर था कि उसे घंटों बैठने में भी मुश्किल नहीं होगी। उसका क्या है? गाती रहेगी। उसे क्या गाने कम आते हैं? उसने बड़ी-बड़ी बारातें गुँगता दी हैं। एक बार किसी बरात के साथ कुआँ वाली ताज बीबी भी नाचने आई थी, लेकिन इसकी आवाज़ के सामने उसका रंग नहीं जमा। हारकर रह गई थी। फिर रेशमी दुपट्टा लेना क्या मुश्किल है? उसे शाहजी के यहाँ से बढ़िया-से-बढ़िया जोड़ा मिला हुआ है।

चन्ना हवेली में नानाजी से बातचीत कर तबेले में चली। अपनी गायें, भैंसें, बछड़े और घोड़े सबको बारी-बारी से थपथपाकर हाथ फेरा। भूरी गाय की आँखें कितनी प्यारी हैं और नानाजी का सुलताना घोड़ा कितना ऊँचा है। नूरी ने कुछ ही दिन हुए, बछड़ा दिया था, हाथ लगाते ही चमका। चन्ना ने गले से पकड़कर दो-एक चपत लगाकर टाँगें उठा लीं। चन्ना ने दीने से कहा, ''दीने मामा, इसे खोल दो।''

''धियानी, दूध पी जाएगा।''

''क्या हुआ, पीने दो न उसे। लो, मैं ही खोल देती हूँ।'' कहकर चन्ना ने रस्सा निकाल दिया। फिर सुलताने के पास गई। हिनहिनाकर सुलताने ने धियानी का स्वागत किया। दीने मामू की ओर देखकर बोली, ''सुलताने चाचा, अब मैं बड़ी हो रही हूँ, तुम्हीं पर बैठा करूँगी।'' दीनू हँसा। बोला, ''धियानी, तुम्हारे पीछे शाहपुरवाले शाह ने एक घोड़ा भेजा था। पला हुआ तो ऐसा कि क्या कहूँ, पर एक ही था ऐसा कि ज्यों ही कोई बैठा कि वह चमका। शाहजी के बैठने के पहले मैं उसे नानोवाल तक ले गया था। राह में मुझे दो बार गिराया। इतना शुक्र हुआ धियानी कि कच्चे

टिब्बे पर गिरा, नहीं तो ज़रूर उस दिन हड्डी-पसली टूटती।'' चन्ना के लिए उस घोड़े का ख़याल काफ़ी था। ''तो कहाँ है वह आजकल मामू?''

''धियानी, वह मौजोकी के कुएँ पर है लद्दे के पास। कुछ करता ही है—ठीक हो जाए तो कोई अचरज भी नहीं।'' और चन्नो जब लेटी तो दिल में दो ही ख़याल थे—घोड़े का और शहरवाले घर का। मन जैसे तुलना करना चाहता था कि गाँव की हवेली अच्छी है या शहर की बड़ी कोठी।

दूसरे दिन गाँव-भर घूमी। मनोहर की आटे की मशीन, पीरे का कोल्हू, काली हसैना की चक्की, दारा और मदरसा।

आज मदरसे में मौलवी न थे। लड़के ऊधम मचा रहे थे। चन्ना ने अन्दर क़दम रखा तो जैसी उसे उम्मीद थी, वैसा स्वागत नहीं मिला। कोई दौड़कर उसकी तरफ़नहीं आया। उल्टे एक ओर गुट बनाकर खड़े हो गए। फैजू, बंते, करतारे और सभी ने उसे देखा था और देखते ही आगे बढ़ने को हुए, लेकिन पीछे लौट गए। क्या चन्ना उनके लिए अपरिचित है? नहीं, लेकिन यह वह चन्ना नहीं जो गुल्ली-डंडे से लेकर ठीकरियाँ तक उनके साथ खेलती थी। आज तो चमकदार शहर के कपड़े पहने है। नीचे फौजी जूते और बाल कैसे कटवा रखे हैं—यह तो वह चन्ना सचमुच ही नहीं। बच्चों को पहले संकोच हुआ, फिर झिझक और फिर उपेक्षा। आज तक ज़मींदार के घर की लड़की होने पर भी तुलना का मौक़ा नहीं आया था। औरों से उसके कपड़े अच्छे होते हों, साफ़ होते हों, पर अलग क़िस्म के नहीं। भोले से न रहा गया, ''वाह ओ वाह, लो यह शहरन आई है।'' ग्रामीण के इन शब्दों में कितनी उपेक्षा और अवज्ञा होती है, यह वह समझती है। रुआती हो गई। फैजू को अच्छा नहीं लगा। एक भोले से उसकी लड़ाई, दूसरे चन्ना से दोस्ती। झगड़ा करने की उतावली में बोला, ''जा ओ जा, बहुत न बन। तुम्हारे जैसे बहुत देखे हैं। शहर गई थी तो क्यों न वैसे कपड़े पहने? तेरे घर से कोई माँगता है?'' भोले ने लाल आँखों से फैजू की ओर देखा। लड़कों ने फैजू का साथ देना ही ठीक समझा। उनकी हँसी ने भोले को और भड़काया। आगे बढ़कर फैजू के एक लगाया। चन्ना को बुरा लगा। ''फैजू, तुम मत मारो, तुम मत मारो। हम इससे बोलेंगे ही नहीं...झगड़ा टला।'' और देर तक टूटी चूड़ियों की बारियाँ लगती रहीं। पहले की दूरी नहीं थी, पहले की झिझक मिट गई थी और बच्चों की टोली के लिए वही पुराने दिन लौट आए थे। इसके बाद कई दिन तक चन्ना से शहर की बातें सुनने में बीते थे। वहाँ मदरसा कैसा है? क्या वहाँ भी मौलवी पढ़ाते हैं और वहाँ के लड़के क्या खेलते हैं? इस पर चन्ना हँसती, ज़रा गर्व से कहती, ''अरे वह तो मदरसा नहीं, स्कूल है। जितनी हमारी हवेली है न, उससे भी बड़ा...'' यह नक़्शा उनके अन्दाज़ से इतना बड़ा था कि चन्ना के कहने के ढंग से जिसमें अभिमान अधिक था, बच्चों को ईर्ष्या नहीं हुई और मौलवी जी की जगह मिसों के पढ़ाने की बात जब चन्ना ने की तो बच्चों की कल्पना

उनका साथ नहीं दे सकी। जो चीज़ उन्होंने देखी ही नहीं, वह उसे किसी भी रूप में नहीं देख सकते। लेकिन जो बात उन्हें अच्छी लगी, वह यह थी कि शहर के स्कूल में मार कम पड़ती थी। फिर चन्ना ने अपने सहपाठियों के नाम बताए, जिन्हें सुनकर साथियों को अच्छा नहीं लगा। लेकिन जब दोस्ती से अधिक लड़ाई-झगड़ों की ही बातें चन्ना ने बताईं तो ख़ुशी हुई, विशेषकर फैजू को। उत्साह से बोला, "चन्ना, उन्हें तुम पीट दिया करो। शहरियों में कोई ज़ोर नहीं होता।" चन्ना की दृष्टि में सन्देह था, लेकिन अपने सब पुराने साथियों की सद्‌भावना खो देना ठीक नहीं जँचा।

आज शाहजी और चन्ना दोनों संग-संग मौजोकी आए। आज मौजोकी वाले कुएँ में चक्कर पड़ेगा। सुबह-सुबह चन्ना को साथ लिए शाहजी पहुँच गए। मुनीम गुड़-तिल आदि लिए पहले ही पहुँच गए थे। पंडित जी छोटी-मोटी पूजा के लिए तैयार खड़े थे। मजदूरों के चेहरे ताजी धूप में चमक रहे थे। आसपास के किसानों की भीड़ जमा है। स्त्रियों के हाथों में मौली है। शाहजी की आज्ञा हुई, पंडित जी ने श्लोक पढ़े और शाहजी के हाथ से छुआ कर मौली चक्कर को बाँध दी। शाहजी के बाद धियानी की बारी आई, और फिर औरतों की और मर्दों की। पंडित जी ने चक्कर पर केसर का टीका करके चावल छिड़के, एक मंत्र पढ़ा और शाहजी से कहा, पूजा हो गई, उन्हें हुकम हो। शाहजी ने संकेत किया। मजदूरों के उठाते-उठाते एक बार छुआ और दिल में कहा, तुम पर कुआँ खड़ा होगा। कुएँ से पानी निकलेगा, निकलता आएगा, लेकिन तुम्हें आज के बाद हम कभी नहीं देखेंगे, कभी नहीं। कुछ स्त्रियों का कंठ भर आया, बढ़कर हाथों से छूआ और ख़ुदा को याद करके कहा, यह सब तेरी ही बरकतें हैं। सचमुच उसकी बरकतें थीं। आज चक्कर नीचे जाएगा, कल को उस पर कुआँ चुना जाएगा, माल पड़ेगी और माल नीचे जाएगी। ऊपर आएगी। फिर नीचे जाएगी। वापस पानी लाएगी, खेत-के-खेत सिंच जाएँगे, पीढ़ियों के बाद पीढ़ियाँ आएँगी, कुआँ चलता रहेगा, पानी निकलता रहेगा। चक्कर नीचे चला गया। रस्सियाँ मजदूरों के हाथों में थीं, लेकिन चक्कर नीचे जाकर थम गया था। सबको मुँह मीठा करवाया गया। अब जब पानी निकलेगा, भगवान करे मीठा हो, मीठा ही होगा। यह ज़मीन मीठी है। यहाँ का पानी मीठा है तो घी-शक्कर बाँटी जाएगी और शाहजी की ओर इस ज़मीन को जोतनेवाली पाली आसामियों को बधाइयाँ मिलेंगी। कुएँ के मालिक शाहजी हैं, लाख हों, लेकिन जिनके पैरों का सदका अन्ना उपजता है, धरती बीज उभारती है, उनका भी उतना ही हक़ है इस पर, उतना ही मोह है।

चलते-चलते शाहजी रहमू से बोले, "तो भई रहमू, रब्ब ने चाहा तो कुछ दिनों तक तुम्हारी ज़मीन नर्म हो जाएगी। जो मर्जी चाहे बोना..."

रहमू ने ख़ुशी और कृतज्ञता से सिर झुकाया। शाहजी और चन्ना घर लौट आए। चाची महरी ही शक्कर बँटवा रही है और चन्ना की आँखों में वह सब कुछ बार-

बार घूम रहा है जो वह अभी-अभी देख के आई है। कभी छुटपन में वह नानी से पूछा करती थी, ''नानी, कुआँ रोज़ चलता है। पानी निकलता आता है, निकलता आता है। क्या पानी ख़त्म नहीं हो जाता?''

''नहीं बच्ची, सब रब्ब की कुदरतें हैं। किसी भागवाले के कुएँ होते हैं, इनसे ही दुनिया पलती है।''

और चन्ना सोच रही है, सचमुच ऐसी बात न होती तो क्या सिर्फ़ चक्कर डाल देने पर ही गाँव-भर में घी-शक्कर बँटती। एक और कुआँ...इस भावना ने चन्ना का छोटा-सा जी भर दिया। अपनी ज़मीनों में चलते हुए और कुँओं से जिनको देखने पर, जिनकी बात सोचने पर वही नहीं, उसके नाना, नाना की आसामियाँ किसी अवर्चनीय सुख में भीग जाती हैं।

श्यामा घर में न थी। चन्ना शाम को खा-पीकर बगीचे में खेलने जाते-जाते रुक गई। पता नहीं क्यों, ऊपर की ओर पाँव उठ गए। माँ का तीख़ा स्वभाव, नई जिज्ञासा, नया परिवर्तन। उसे कुछ दिनों से अक्सर यह ख़याल रहता है कि कभी माँ की अनुपस्थिति में माँ का कमरा देखूँ। ऊपर आई। वही कमरा है। खिड़कियों में फूल-परदे, बड़े-बड़े पलँग, छोटे मेज़, अलमारी सब वही हैं। फिर क्या है वह नई चीज़, जिसे चन्ना आज ढूँढ़ना चाहती है। कुछ नहीं, सब वही है। नहीं, चन्ना का मन नहीं माना। कुछ और भी है जिसे वह जानती नहीं। सामने एक ओर शृंगार का सामान पड़ा है। पास जाके देखा, दर्पण में अपने को भी देखा। कुछ नहीं...चन्ना नीचे उतर गई, पर उतरते-उतरते यह ज़रूर सोचा कि कोई देख न ले। दबे पाँव आँगन में आई। सईदा बीबी और मौसी की आवाज़ आ रही थी। जाने क्यों रुक गई। आज उसे ऐसा लगता है कि छिपकर उसे कुछ सुनना है। वह कुछ जानना चाहती है, क्या वह नहीं जानती। सईदा बीबी कह रही थी, ''मौसी, मैं तो लड़की को बातों-बातों में समझाती रहती हूँ। कभी-कभी उसके आगे से बोल पड़ती है। पर उसके दिल में कुछ नहीं। पर उससे तो स्वभाव की कोई थाह नहीं मिलती। वह किस बात से ख़ुश होती है, किससे नाराज़—बच्ची को तो पता ही नहीं कि यह दूसरी है। उसने कोई अपनी देखी है जो पराई को सगा न माने। दस-बारह दिन की थी तो जननेवाली माँ मर गई थी। मौसी, दो महीने की को शाहजी ने मेरी झोली में डाला था। तब से जिन यत्नों यह पली है मौसी, अहंकार नहीं करनी—बच्ची को मैंने पेट जाए 'हैंदू' से कम नहीं समझा। वह गया था तो शाहजी ने मुझे यह सौंपी थी। रब्ब न करे कभी मेरे मन में भरम उठे।''

चन्ना दरवाज़े पर खड़ी-खड़ी यह सब सुन रही है। अन्दर से सईदा बीबी की आवाज़ आ रही है। क्या यही है जो वह जानना चाहती थी। चन्ना के कान सुन रहे हैं, दिल धड़क रहा है। यह क्या है? माँ—वह—अपनी पराई—अपनी तो मर गई थी, और यह माँ—शब्द चन्ना के अन्तर को कुरेद रहे हैं और उसके साथ-साथ एक

नया बोझ—नया अर्थ उबल रहा है। अपनी तो छोड़कर मर गई और यह...उसे लगा जैसे उसे कोई धकेल रहा है—नीचे यह घर—यह माँ और उससे यह बात छिपा कर रखनेवाली सईदा बीबी—सब पराए हैं—सब! सईदा बीबी अब कोई और बात कर रही थी। चन्ना होले-हौले नीचे उतरी, लेकिन आज पैरों की धीमी चाल में भी पहले से कहीं अधिक ज़ोर था जैसे वह किसी उठती हुई निर्दयता को दबा देना चाहते थे। नीचे आई। नौकर-चाकर अपने-अपने काम में लगे थे। एक ओर नन्दू और नवाब बैठे-बैठे बातें कर रहे थे। नवाब हाथ में हुक्का पकड़े किसी बात पर हँस रहा था। मन में आया जाकर एक धक्का मारे—नवाब आज तक उसे इतना बुरा कभी नहीं लगा। सब झूठे हैं! याद आया, एक बार मैंने मदरसे में कहा था कि बेबे कहती थी चन्नो की माँ तो मर गई। उसने घर आकर चाची महरी से कहा था तो बोली थी कि तुम्हारी माँ तो बच्ची शहर में है। झूठी बुढ़िया—न हो तो जी हुआ चाची के कानों में लटकती हुई वह बड़ी-बड़ी सोने की बालियाँ, जिनके भारी होने की वजह से कानों के छेद नीचे लटक आए थे, जाकर ज़ोर से खींच दे। चन्ना ने अनजाने में मुँह चिढ़ाया। पिछवाड़े की ओर गई। फूलों की क्यारियों से हटकर तुलसी का चौंतरा है। इसके निकट मौसी जूता यहाँ तक कि कम्बोज नहीं ले जाने देती। साँझ होते बाहर बैठकर ही दीप जलाती है और जाने क्या-क्या बोलती है, "साँझ उतारनी, दिन को दोष निबारनी। दिया जले, दुश्मन टलें। रिजक का छींटा अन्दर करें, दीये में तेल, बिछड़े मेल।" चन्ना ने एक बार इधर-उधर देखा और कल के रखे हुए दीये के पास पाँव रख दिया। मौसी भी तो सईदा बीबी के साथ बैठी-बैठी बात कर रही थी, ले अब! मौसी से प्रतिशोध लेने की और कौन-सी राह थी? और सईदा बीबी...क्रोध से गले में धुआँ उठने लगा। कहती है कि लड़की के दिल में कुछ नहीं—मैं सब समझती हूँ—सब समझती हूँ—यही नहीं जो माँ है—जो माँ है। अगले शब्द चन्ना से सोचे नहीं गए। आँसू छलकना चाह रहे हैं। जल्दी-जल्दी आवेश में वापस लौट गई। नीचे की बैठक में पड़ी मेज़ को टक्कर लगाई। चीनी का फूलदान चकनाचूर हो गया और सीढ़ियों की ओर निकलते-निकलते पूरे ज़ोर से परदा खींचा। सईदा बीबी कहती है—"माँ के आगे से न बोला कर..." पर माँ ने उस दिन कितनी ज़ोर से मुँह पर मारा था, फिर उसका जी अच्छा न था तो बाँह खींची थी। माँ से वह कैसा बदला लेना चाहती थी, वह समझ नहीं सकी। सिर्फ़ गले में धुआँ-सा उठता रहा। कमरे में पहुँची तो सईदा बीबी उसके कपड़े-लत्ते टाँक रही थी। क्षण-भर दहलीज में खड़ी रही, फिर आगे बढ़कर बीबी के हाथ से ज़ोर से कपड़ा खींचकर दूर फेंक दिया। यह सब कितना आकस्मिक था। चन्ना का वापस लौटना सईदा बीबी ने नहीं देखा था, चिल्लाकर बोली, "चन्नो, कुछ सीख, मुँह से बात कर...कोई ढंग हो, कोई राह हो। वहाँ उस्तानियाँ तुम्हें क्या यही सिखाती हैं?" सईदा बीबी क्रोध में भरी खिड़की की ओर बढ़ी, जहाँ चन्ना के हाथ से फेंकी

हुई कमीज़ गिरी थी। चन्ना खिड़की के साथ लगकर खड़ी थी और जलती हुई आँखों से, जिनमें आहत अभिमान था, सईदा बीबी की ओर देखती रही। सईदा बीबी को इस ढिठाई ने दूना क्रोध आया। पिटारी में कपड़े और सुई-तागा डाल बाहर निकल गई। चन्ना देर तक खड़ी रही—खड़ी रही। सोचती रही कि खाने पर ऊपर जाऊँगी तो माँ को भी समझ लूँगी, क्या कहेगी? आज पिताजी...पिताजी की तो बात ही नहीं सोची थी। चन्ना का जी हुआ कि कहे झूठे...

धर्मपाल और श्यामा लाला जीवनदास जी की लड़की की सगाई के उत्सव से वापस लौट आए तो खाने के समय चन्ना की पुकार हुई। मौसी जब चन्ना को नीचे बुलाने आई तब चन्ना बिस्तर पर भरी दावात रखे कापी में लकीरों पर लकीरें मारती चली जा रही थी और हर बार होल्डर दावात में डालने पर चद्दर पर छिड़क रही थी। दूध-सी सफ़ेद चद्दर पर नीचे धब्बे! माँ मौसी सुन चुकी है कि आज लड़की बिगड़ी हुई है। "बेटी, ऊपर खाने को बुला रहे हैं।" चन्ना ने सुनते ही होल्डर नीचे रख दिया। मौसी की ओर देखा कि उसकी नज़र चद्दर पर पड़े धब्बों पर थी। गड़बड़-सी करके इतने ज़ोर से उठी कि दावात चद्दर पर लुढ़क गई। "हैं-हैं—बेटी, ध्यान से..."

"मैंने तो गिरा ही दी मौसी, अब तुम साफ़ कर लो..." कहती अकड़कर सीढ़ियाँ चढ़ गई। धर्मपाल आज कुछ अधिक प्रसन्न थे और श्यामा कुछ सुस्त। सगाई के उत्सव में शायद कुछ औरतों ने बाल-बच्चे के सम्बन्ध में प्रश्न करके उसे कुछ अजीब-सा कर दिया था।

चन्ना आई तो माता-पिता दोनों में से किसी को अभिवादन नहीं किया। पिता की ओर ऐसे देखा जैसे नई पहचान कर रही हो कि यह तो अपने ही हैं, और माँ के विषय में तो वह जानती ही है। धर्मपाल मन-ही-मन मुस्कराए कि आज किसी-न-किसी से ज़रूर झगड़ी होगी। पर श्यामा को खीज उठी। पहले ही जी बुरा हो रहा था। चन्ना को देखकर बोली, 'क्या है यह रोज़-रोज का झगड़ा और जिद्द...तुम अब छोटी नहीं हो..." चन्ना की यही इच्छा थी कि माँ को आज ग़ुस्सा आए। बेझिझक आँखों से माँ की ओर देखा। श्यामा को उनमें मुकाबला नज़र आया। सतर्कता से लड़की की ओर ताकती रही। चन्ना जानती है कि माँ उसकी ओर देख रही है—क्यों देख रही है यह भी जानती है। खाते-खाते प्लेट में ज़ोर से चम्मच मारा। धर्मपाल चौंके और श्यामा के तेवर बदले। कुछ देर बाद हाथ से लगकर गिलास नीचे गिर गया। चन्ना जानती है कि यह उसने गिराया है, लेकिन माँ की तीख़ी दृष्टि का जवाब देकर बोली, "मैं क्या करूँ माँ, हाथ से गिर गया।" श्यामा ने पति की ओर देखा। हाथ लगकर गिलास गिरने की कोई सूरत नहीं थी। उसके देखते-देखते चन्ना ने हाथ मारा था। फिर किन्हीं मीठे क्षणों में श्यामा का उलाहना

याद आया, ''आप लड़की के सामने किसी को कुछ समझते नहीं, तो मैं इसीलिए कुछ कहती नहीं हूँ।'' और सचमुच उन्हें लगा कि अब तक वह लड़की के मोह में पत्नी को भूले हुए थे। क्रोध को भरसक गम्भीरता में बदलते हुए बोले, ''देखो चन्ना, अब तुम छोटी नहीं, उठने-बैठने का ढंग सीखो...'' चन्ना ने पिता की ओर अजीब तरह से देखा। पिता भी माँ का पक्ष ले रहे हैं...आज तक कभी धर्मपाल लड़की से ऊँचा न बोले थे। चन्ना को कितना बुरा लगा, वह एकाएक नहीं जान सके। उसने निर्भीकता से पिता की ओर देखा, और उस देखने में जो धर्मपाल ने महसूस किया, वह बता रहा था कि अब समझनेवाली छोटी चन्ना नहीं, बड़ी चन्ना है। और उनसे यह भी छिपा नहीं रहा कि उनसे नाराज़ होने का कारण चन्ना को माँ में ही नज़र आया है।

खाना समाप्त हुआ और बिना कुछ कहे-सुने चन्ना नीचे उतर गई। सईदा बीबी से 'माँ' की बात सुन लेने के बाद जो छोटी-सी आशा शेष रह गई थी, उसे धर्मपाल के कुछ ही शब्दों ने तोड़कर रख दिया। लेकिन पिता के लिए कोई प्रतिशोध की भावना चन्ना के मन में नहीं आ सकी। एक बार फिर सोचकर देखा तो अब न सईदा बीबी पर ग़ुस्सा था, न माँ पर, और अपने कमरे में पाँव रखते-रखते मन में आया कि 'माँ' के अपने न होने पर वह क्या करे। नाहक सईदा बीबी को तंग किया। माँ और पिता के लिए उसे कोई सोच नहीं। शान्त भाव से जाकर कपड़े बदले, हल्के से रजाई उठाई और चुपचाप लेट गई। सोचा—सईदा बीबी आ जाए तो अच्छा है, और देर बाद सईदा बीबी से उसने पूछा, ''सईदा बीबी कहाँ थी तुम? इतनी देर कर दी...''

सईदा बीबी अब क्या अनबन ज़ाहिर करेगी—''बच्ची, मौसी के पास ही देर हो गई।''

''मौसी मेरी शिकायत कर रही होगी?''

''नहीं, नहीं बच्ची...'' सईदा बीबी वह बात फिर से शुरू करना नहीं चाहती। और सईदा बीबी ने सिरहाने पड़ी तिपाई पर पानी को ठीक से ढाँपा, खिड़की बन्द की, बच्ची की नीचे लटकती चद्दर ऊपर की, रजाई अन्दर मोड़ी, सिरहाने ठीक किए, बच्ची के सिर पर हाथ फेरा और बत्ती बुझाकर पास बैठ गई। अँधेरे में चन्ना को सईदा बीबी का चेहरा नहीं दिख रहा और न देखकर भी उसे वह बहुत अच्छी तरह देख रही है। सईदा बीबी बैठी-बैठी बच्ची की बाँह सहलाती रही, और जब समझा कि बच्ची सो गई होगी तो धीरे-से उठी...

चन्ना अब रुकी नहीं, सईदा बीबी का पल्ला खींचकर बोली, ''सईदा बीबी...'' आवाज़ धीमी थी।

''हाँ बच्ची!''

''सईदा बीबी, पास लेटो।'' सईदा बीबी हँसी, ''बच्ची, मैं जाती नहीं हूँ। तुम्हारे ही पास तो बैठी हूँ...''

"नहीं, मैं नहीं, तेरे पास..."

सईदा बीबी ने सोचा—लड़की कहानी के लिए कहेगी। एक-दूसरे से मिलाकर पाँव झाड़े और बच्ची के पास लेट गई, "लो बच्ची, अब बताओ, क्या बात है?" सईदा बीबी ने हँसते हुए कहा।

चन्ना को लगा, सईदा बीबी वही बात पूछ रही है। अब तक बच्ची सईदा बीबी की बाँहों से लिपट गई थी, "सईदा बीबी!"

"हाँ बच्ची!"

"सईदा बीबी, चाची महरी झूठ बोलती थी।"

"क्यों चन्नो?'

"हाँ," चन्ना की आवाज़ बिलकुल धीमी थी, "कहती थी, माँ शहर में है..."

सईदा बीबी का माथा ठनका, पर प्रत्यक्ष बोली, "है तो बच्ची..."

"नहीं, नहीं। मैं सब जानती हूँ।" सईदा बीबी क्या कहे? फिर भी स्वभाववश कहती रही, "नहीं-नहीं, बच्ची!" चन्ना ने यह प्रतिवाद नहीं सुना, "सईदा बीबी, गाँव वापस चलो।"

"नहीं-नहीं बच्ची, वहाँ क्या तुम्हारा पढ़ना-लिखना हो सकता है?" चन्ना के लिए यहाँ रुकने का यह कोई विशेष कारण न था, स्वयं उसे कैसे मौक़े पर याद आ गया, "सईदा बीबी, मैं छोटी थी तो बताओ क्या हुआ था..."

"बच्ची, शाहजी-शाहनी को बधाइयाँ मिली थीं, सात गाँवों में घी-शक्कर, पूरी-हलवा बँटा था, नाते-रिश्ते को, कम्मी-कम्मियों को कपड़े मिले थे।"

"नहीं-नहीं, यह नहीं सईदा बीबी..." चन्ना को कहने में संकोच हुआ कि माँ की कोई बात बताए।

चन्ना क्या पूछना चाहती है, यह कुछ-कुछ सईदा बीबी भी जान रही है। लेकिन समझ नहीं पा रही। बच्ची ने कहे? चन्ना ने फिर पूछा, "सईदा बीबी, यहाँ आने से पहले मैं गाँव में क्यों रहती थी?" किसी-न-किसी तरह चन्ना सईदा बीबी से वह बात निकलवाएगी।

"चन्ना, शाहनी-शाहजी के पास और कौन था..." चन्ना को लगा था, सईदा बीबी बहाना कर रही है। सईदा बीबी क्यों झूठ बोलती चली जा रही है? मौसी से तो यह कुछ और ही कह रही थी।

"सईदा बीबी, माँ को तो गाँव अच्छा नहीं लगता—वह कभी वहाँ गई?"

"बच्ची, सभी शहरियों को गाँव अच्छा नहीं लगता..." इसका जवाब चन्ना सोच कर ज़रूर दे सकती थी, लेकिन सईदा बीबी पर खीज गई—"सईदा बीबी, तुम झूठी हो! मैं सब जानती हूँ जो-जो तुम शाम को मौसी से कह रही थी।"

चन्ना की इस नएपन की निर्दयता को एक बार फिर बार-बार सईदा बीबी ने जी में महसूस किया, और निरुत्तर-सी होकर लड़की को थपथपाती रह गई। जी में

सोचा—आज क्या पड़ी थी जो मौसी से अगली-पिछली उघाड़ने बैठी। जाने छिपकर क्या-क्या सुनती रही है। लड़की पर तरस आया, पीठ पर हाथ फेरते-फेरते धीमे से यही बोल सकी, ''सो जाओ मेरी बच्ची, रात बहुत बीत गई।''

39

लालाजी के ज़माने में बना हुआ यह घर। इस घर पर से न जाने कितने मौसम गुज़र गए हैं। इस बार भी सर्दियों बीत गईं। बसन्त आया, तेज़-तीख़ी हवाएँ हल्की और मीठी हो गईं। चन्ना ने करवट ली। प्यारी-सी हवा सिर को छूती हुई लगी। आँखें खोलीं खिड़की खुली थी और दूर सामने खिड़की के पीछे, भोर के नीलेपन में उठता हुआ लाल सुनहरी गोला। यह, यह क्या है? सुन्दर है, महान है, कुछ और भी है,...एक बार बचपन में चन्द्रग्रहण के दिन वह दरिया पर नहाकर बैठी थी। आसपास स्त्रियों की भीड़ थी। कपड़े पहने तो अन्धकार छँट गया था, काली छाया कहीं लुप्त हो गई थी और चाँद चमका, चाँदी-सा। मन में जैसे कोई रस उछलता आ रहा था, अपलक ऊपर देखती रही, देखती रही और जब उसने आँखें नीचे कीं तो हिलती हुई लहरों पर वही ऊपरवाले चाँद का प्रतिबिम्ब! मन हुआ कि लहरों को हाथों में ले ले, जाकर उसमें लेट जाए, और आज...आज यह दृश्य, लग रहा है कि यह सब भव्यता अपने से दूर है, अपने से ऊँची है...कभी नानी को सूर्य देव को प्रणाम करते देखा था। चन्ना उठकर बैठी, लालिमा में चमक आ गई थी। एक बार और देखा और हाथ जुड़े, आँखें झुकीं और मस्तक नीचे हो गया।

यह बहार के दिन किसी अनदेखी विस्मृति में विभोर कर जाते हैं। पढ़ने में दिल नहीं लगता, हवा का उड़ता-उड़ता आलिंगन उसकी आँखों में सिहरन भर देता है। लिखना-पढ़ना छोड़कर वह बैठी-की-बैठी रह जाती है। माँ से उसका सम्बन्ध पूर्ववत् चल रहा है। श्यामा को अब लगता है कि चन्ना पहले-सी चंचल नहीं रही। उठने-बैठने के ढंग में ठहराव आ गया है, बोलचाल अच्छी हो गई है। न अब वह अधिक समय धर्मपाल को अपने में व्यस्त ही रखती है, अधिकतर नीचे ही रहती है। धर्मपाल के लिए तो वह जैसे-जैसे बड़ी हो रही है, दूर होती जा रही है। वयस्क बेटी से वह क्या बात करे! कभी परीक्षा हो जाने पर परीक्षाफल लिए चन्ना ज़रूर उनके पास आती है, और जैसे वह पढ़ती है, उससे पिता सन्तुष्ट हैं। सहपाठियों में लड़कों से मित्रता उसकी पहले जैसी गहरी नहीं रही और लड़कियों से उसकी कभी बनी नहीं। झगड़ा होने पर उनसे जल्दी फ़ैसला नहीं किया जा सकता। एक-दो हाथ पड़ते ही रोती है। आगे से मार का जवाब मार से देती हो, ऐसी बात भी नहीं और हफ़्तों एक ही बात के पीछे कुट्टी नहीं खुलती। मार खाकर रोना, यह चन्ना को

असह्य था। कोई मार खाने पर आगे से मारने की कोशिश करे, यह तो उसकी समझ में आता है, लेकिन मार खाकर रोना नहीं। स्वयं अपने आप किसी तगड़े लड़के से दो-एक हाथ पड़ जाने पर उसका ऐसा मन होता था कि एक बार ऐसा पीटे, ऐसा पीटे कि महीनों याद रखे। लेकिन मार लेने के बाद दिल में कोई मलाल नहीं रह जाता। पिछली छुट्टियों में आते-आते नानाजी ने कहा था, "बच्ची, अच्छा-अच्छा पढ़ा करो। फिर यहाँ का सारा हिसाब-किताब तुम्हें ही तो रखना है।"

कभी-कभी वह कल्पना किया करती है कि वह गाँव का काम-काज सँभालती है। असामियाँ उसके पास आती हैं। दीन मुद्रा से कोई कहता है, "धियानी, इस बार 'छोट' ज़रूर कर दो।" और वह हवेलीवाले तख़्तपोश पर बैठकर शान से कहेगी, "तुम्हारा कुछ-न-कुछ लगा ही रहता है..." सईदा बीबी को वह रँगीला चर्खा बनवा देगी और वह सामने के आँगन में जहाँ कभी शाहनी चर्खा काता करती थी, बैठकर महीन तार निकालेगी। वह बड़ी हो जाएगी और—और जो कुछ चन्ना सोच रही थी, वह शरमा जाने के कारण नहीं सोच सकी।

कभी छुट्टीवाले दिन वह मिस पाल के यहाँ जाया करती है। अब स्कूल में मिस पाल उसकी कक्षा को कुछ नहीं पढ़ाती। इससे चन्ना को आसानी हो गई है। वह अब स्वतन्त्रता से बातचीत कर सकती है। पहले जैसे कोई संकोच घेर लिया करता था। मिस पाल के एकाकी घर से लौटकर चन्ना को कभी प्रसन्नता नहीं होती। उसे कभी-कभी विचार आता है कि मिस पाल ज़रूर रात को रोया करती होगी। उसके कमरे में पड़ी चीज़ों में वर्षों से कोई फ़र्क़ नहीं आया, कम-से-कम जब से चन्ना देखने लगी है। वही बिस्तर, वही पढ़ने की मेज़, उस पर वही बच्चों की कापियाँ, वही टेबल लैम्प और कभी-कभी तश्तरी में ढँके फल, और वही मिस पाल। उसके सुन्दर पतले चेहरे से लिपटे हुए वर्षों का कोई ठीक अन्दाज़ नहीं लग पाता। एक बार धर्मपाल ने उसे पहचाना था, लेकिन उस पहचान के लिए शायद बहुत देर हो चुकी थी। धर्मपाल कई दिनों तक उस दुबले-दुबले चेहरे को नहीं भूल पाए थे, जिसका वेदनामय सौन्दर्य श्यामा के तीख़ेपन से उन्हें बहुत कोमल लगा था। और इसको मिस पाल भाँपी न हो, यह बात नहीं। जिस दिन धर्मपाल ने उसे चन्ना के लिए घर पर रखने का प्रस्ताव किया था तो उसने धर्मपाल की झिझकती आवाज़ में अपनी विजय साफ़-साफ़ देखी थी। शिक्षिका के गाम्भीर्य को स्वर में भरकर आँखों की मौन चंचलता को वह सचमुच ही छिपा नहीं सकी थी। वह उदास किन्तु निश्चयात्मक होकर बोली थी, "छह-सात वर्षों से इसी स्कूल में काम कर रही हूँ, अब कहाँ छोड़ूँगी।" फिर एक बार उसने धर्मपाल को टटोलना चाहा था—नगर का प्रमुख धनी परिवार।

"आप यहाँ से छोड़ेंगी क्यों? केवल वहाँ रहा करें। दिन में तो चन्ना भी स्कूल चली जाती है। उसका और आपका साथ अच्छा रहेगा..."

"साथ अच्छा रहेगा"—मिस पाल शब्दों की निष्ठुरता पर हँसकर बोली, "निश्चय ही, लेकिन..."

"आपको वहाँ कोई कष्ट नहीं होगा।"

मिस पाल मुस्कराहट से बोली, "वह मैं जानती हूँ—लेकिन दूर बैठे मेरे पिता इसे पसन्द करेंगे, कह नहीं सकती।"

धर्मपाल जब जाने को उठे तो मिस पाल बुझते-से अनुरोध में बोली, "चाय लीजिएगा..." धर्मपाल को लगा, यह चाय का निमंत्रण-भर नहीं, सदा के लिए दूर हो जाने से पहले का अनुरोध था। जाते-जाते रुके। मिस पाल के सधे हाथों ने उन्हें चाय का प्याला दिया तो वह देखते रह गए। नीचे, गहरे कहीं सहानुभूति थी, कुछ न कह सकने की असमर्थता थी।

धर्मपाल को मिस पाल की अस्वीकृति अच्छी नहीं लगी, क्यों? लेकिन वह क्या कह सकते हैं? एक बार न देखते हुए भी देखा—बच्चों को पढ़ाते-पढ़ाते वह स्वयं किसी से पढ़ना भूल चुकी थी। चेहरे पर विवशता थी और आँखों के नीचे बीते दिनों की फीकी रेखाएँ थीं।

चाय ख़त्म हो गई, अब धर्मपाल को उठना है। आँखों से धन्यवाद देते हुए उठे। मिस पाल ने इस बार बैठने का अनुरोध नहीं किया। चाय के अनुरोध के बाहर कोई भी अनुरोध उस व्यवहार का उल्लंघन है जिससे आज वह बँधी है। केवल क्षण-भर को देखकर वह हिली।

धर्मपाल के उठते ही संयत होकर बोली, "आपको कष्ट हुआ। कभी चन्ना को भेजिएगा।" धर्मपाल ने झुककर अभिवादन किया और जाते-जाते सोचा कि नारी अपनी दुर्बलता को पुरुष से कहीं अधिक अच्छी तरह छिपाना जानती है। मिस पाल ने जब अभिवादन का उत्तर दिया तो ओठों पर विजय की मुस्कराहट थी और दिल में निराशा न लगनेवाली सदा की-सी शुष्क निराशा थी।

जेठ की दुपहरी, हाथवाले पंखे के नीचे शाहजी धर्मपाल का पत्र पढ़ रहे हैं। इस बार वह गरमी में काश्मीर जा रहे हैं। पिछली बार बच्ची को गाँव छोड़कर पति-पत्नी शिमला चले गए थे। इस बार चन्ना साथ जाएगी। शाहजी ने पत्र पढ़ा और चाची महरी को बुलाकर कहा कि बच्ची के लिए कुछ रकम भेज देंगे और सईदा बीबी को वहाँ कपड़ों की ज़रूरत पड़ेगी, कुछ बनवा भेजें। शाहजी के कहने के अनुसार चाची महरी ने सईदा बीबी के लिए कुछ लाचे, कुछ कमीज़, दुपट्टों के कपड़े इकट्ठे किए। सफ़ेद तिल्लेवाली जूती भी भूली नहीं, और दूसरे दिन सब कुछ बाँधकर ममदू के हाथों भिजवा दिया।

इधर जाने की तैयारी हो रही है। श्यामा अपने और पति के कपड़े-लत्ते सहेजने में व्यस्त है। आज सुबह उसने सईदा बीबी को बुलाकर कहा था कि चन्ना

का सामान भी सँभाल लो। सईदा बीबी को श्यामा का कहने का ढंग अच्छा नहीं लगा। जिस दिन से बच्ची के जाने की सलाह हुई है, सईदा बीबी को लगता है कि श्यामा ख़ुश नहीं। चन्ना की तो गाँव जाने की बात थी, लेकिन उस दिन शाम को कोई किताब पढ़ते-पढ़ते बच्ची माँ के पास गई। रंगीन तस्वीर दिखाकर बोली, "माँ, यहीं जा रही हो तुम?" श्यामा ने उड़ती-उड़ती नज़र से छोटी-सी तसवीर देखी और सन्देहात्मक स्वर में कहा, "हाँ, यहीं तो, क्या बात है चन्ना?"

"तुम्हारे साथ मैं भी चलूँगी माँ!" चन्ना ने कहा। श्यामा को नई चिन्ता ने घेर लिया। बोली, "बेटी, गाँव में शाहजी इन्तज़ार में होंगे, वह तो मानेंगे नहीं?"

"माँ, मैं तो ज़रूर जाऊँगी। नानाजी को मैं आज अपने आप ख़त लिखूँगी।" उत्तर की प्रतीक्षा किए बिना बच्ची अपने कमरे में चली गई। उसके बाद शाम को उसने अपना निर्णय पिताजी को बताया। धर्मपाल को उसमें कोई उलझन मालूम नहीं दी। सिर्फ़ इस मामले पर बात करते-करते उन्होंने पास बैठी पत्नी की ओर नहीं देखा। स्वयं चाहते थे कि चन्ना को साथ ले जाएँ। चन्ना तैयार हो रही है। सईदा बीबी कपड़े सँभाल रही है। बच्ची के बहुत-से कपड़े अब छोटे हो गए हैं। पिछले दो साल के छोटे कपड़ों का ढेर यह बता रहा है कि दिन-रात बच्ची को बड़ा करते चले जा रहे हैं। काश्मीर जाने की बात पर सईदा बीबी ने अधिक उत्साह नहीं जताया। चन्ना से दो-एक बार ज़रूर कहा कि बच्ची वहाँ जाकर क्या करेंगे? गाँव ही चलते हैं। लेकिन चन्ना की समझ में यह विरोध इतना हल्का था कि सईदा बीबी का कोई असर नहीं हुआ। और सईदा बीबी मन-ही-मन सोचती कि इतने सालों के बाद उसके भाई, उसकी भाभियाँ, भतीजे...लेकिन क्या यह बातें वह समझ सकती है? आज उसे वह रात बच्चों के खेल की तरह कितनी अर्थहीन मालूम होती है, जब आले ख़ाँ की आँखों के सहारे वह घर से निकल आई थी। उसी आले ख़ाँ ने उसे कहीं का न रखा। आज वह क्या अपने भाइयों को मुँह दिखाने लायक है? वह क्या अपने इलाक़ों में जाकर अपना ही गाँव न देखेगी! अचानक सईदा बीबी को लगा कि अब क्या उन दिनोंवाली झिझक उसकी आँखों में रह गई है? बीते वर्षों की एक लम्बी कड़ी...रब्ब करे सब राजी-बाजी हों। बड़े भाई की भौजाई राबियाँ को कितनी मनौतियों के बाद ख़ुशी मिलनेवाली थी, सालों के बाद उसे यह दिन नसीब हुआ था। अब तक उसे कई भाग लगे होंगे। इतने वर्षों बाद जेहलम के किनारे बसे छोटे-से गाँव को सईदा बीबी ने अपनी दिल की आँखों से नज़दीक़ से देखा।

जमाई के शाहजी को चिट्ठी भेजने के तीन दिन बाद जब आदमी कपड़े लेकर आया तो सईदा बीबी को लगा, जैसे उसके सिर पर भी कोई हाथ है। और आले ख़ाँ के छोड़ जाने के बाद का लम्बा अरसा उसने बे-आसरे नहीं गुज़ारा...

पहाड़ों को चीरती हुई बल खाती राह, राह पर मोटर और मोटर में सईदा बीबी की गोदी में मुँह छिपाए चन्ना। मोटर किस ऊँचाई पर है, किन छोटे-बड़े मोड़ों को पार कर आई है, कुछ पता नहीं। जिस रास्ते के चक्करों को वह देख नहीं रही, वही उसके सिर पर चढ़े जा रहे हैं। बार-बार उसे कै हो रही है। सईदा बीबी उस पर गर्म कपड़ा डालने में व्यस्त है। मीठी हवा उसके बाल उड़ाती हुई...

उसकी तबीयत अच्छी न होने के कारण वह रात, पहली रात डाक बँगले में...रजाई में सिकुड़ी हुई...पीर पांजाल से लिपट-लिपटकर आती हुई हवाएँ...हल्का-सा खाना और खाने के बाद नई जगह में अधकच्ची नींद। सोते-सोते चन्ना ने देखा, यह अनजान प्रदेश जैसे एक लम्बी उतराई से जाकर अपने गाँव में मिल गया है, और गाँव दरिया में तैर रहा है, और वह अल्लाह रक्खे की किश्ती में अकेली बैठी है। हवेली के चारों ओर पानी है, दरवाज़े सब खुले हैं और ड्योढ़ी में सफ़ेद कपड़ों में खड़ी नानी...नहीं...चाची महरी? नहीं, सईदा बीबी...नहीं-नहीं-नहीं। चन्ना पहचान नहीं पा रही, इसे चन्ना ने कभी देखा है। नानाजी की तरह गोरा रंग—यह कौन है? किश्ती हिल रही है। अल्लाह रक्खे की आवाज़ आ रही है—"बच्ची ऊपर देखो, ऊपर कांग बढ़ी आ रही है।" और दरिया में उछलती हुई लहरों में बड़े-बड़े पहाड़ तैर रहे हैं, और उसके साथ-साथ ही शहरवाला घर। और उस घर में उसका अपना कमरा। खिड़की में खड़ी माँ—माँ...देखते-देखते माँ पानी में छलाँग मार देती है। माँ डूबती-उतराती सी गोते खा रही है और चन्ना हँस रही है, "माँ, मैं कहती थी न। अब तुम कैसे निकलोगी..." और देखते-देखते माँ कहीं लुप्त हो जाती है। और चन्ना खड़ी है...और एक और पानी का उछाल...चन्ना इसे हाथों से रोक लेगी। चन्ना की बाँहें आगे बढ़ी आ रही हैं—आगे और आगे, पर पानी नहीं—यह तो कमरा है, डाक बँगले का!

"सईदा बीबी, सईदा बीबी!" चन्ना करवट लेती है और फिर कहीं खो जाती है। सईदा बीबी सोई पड़ी है और सोए-सोए वह क्या देख रही है, यह चन्ना कैसे जानेगी?

आज सईदा बीबी ने जिस ज़मीन पर पाँव रखा है, वह उसकी अपनी है, बहुत अपनी। घाटियों में से बहता हुआ जेहलम। जाते-जाते उस रात को आले ख़ाँ ने कहा था—यहाँ जेहलम है तो वहाँ भी चनाब है। लेकिन जो जेहलम है—पहाड़ों में घुल-मिलकर भी उनसे पूछता बहता हुआ, पहाड़ों की ऊँचाई को, गम्भीरता को, अपने वेग में घुला-मिलाकर नीचे की ओर दौड़ता हुआ। यह जेहलम है। यह जेहलम न भी हो तो भी वह जिसके किनारे पर वह पैदा हुई, जिसके किनारे की गीली भूमि पर चावल के खेत बोए, जिसकी हरी-भरी घाटियों में बचपना बीता और जब जवानी के ख़ूबसूरत दिन आए तो वह—वह यहाँ का पानी छोड़ गई, हवा छोड़ गई।

फिर सफ़र शुरू हुआ। श्रीनगर पहुँचकर चन्ना का जी सँभला और तीन-चार दिन इधर-उधर घूमने में। पुलों के नीचे से बहता जेहलम चन्ना को जाने क्यों अच्छा नहीं लगा। बँधा-बँधा-सा। धर्मपाल के समझाने पर भी उसकी समझ में यह बात नहीं आई। दोनों किनारों के आर-पार लकड़ी का-सा बाँध। यह क्या अच्छा लगता है? पर 'डल' में हर साँझ शिकारे की सैर, लहरों पर केवल कश्ती ही नहीं, पूरा घर का घर। फूलों पर मुस्कराता हुआ सौन्दर्य, दूर-दूर तक फैली हुई पहाड़ों की मौन छाया, चिनारों की लम्बी क़तारें और क़तारों में लगे पेड़ों को गिनने का असमर्थ प्रयत्न।

सप्ताह-भर श्रीनगर रुक लेने के बाद गुलमर्ग। फूलों से घिरी वह काटेज, चक्करदार चढ़ाई। फिर पगडंडी-सी छोटी राह...और आकाश को छूती हुई नागा की चोटियाँ। एक दिन शाम को धर्मपाल और श्यामा क्लब चले। चन्ना देर तक बाहर खड़ी देखती रही। पगडंडी पर साथ-साथ उतरते हुए माँ और पिता...माँ, पिता, पिता और माँ...वह नीचे उतरे जा रहे हैं—पहले माँ की चाल चन्ना को हल्की लग रही थी और पिता की तेज़। अब चारों पाँवों में से कोई आगे-पीछे नहीं लगता। शायद दूर हो जाने के कारण। पहले पिता की बाँह में लिपटा माँ का हाथ वह साफ़ देख रही थी और अब दोनों सीधी सड़क पर पहुँच गए हैं। चन्ना की आँखें अपलक देख रही हैं, देखती जा रही हैं। अब उसे वह छोटे नज़र आ रहे हैं—अब, अब दोनों उसे दो नहीं दीख रहे—एक, सिर्फ़ एक...चन्ना की आँखें वहीं गड़ी रहीं और मन में जैसे बाहर के दृश्य को अन्दर खींच लिया। चन्ना की दृष्टि लौट आई, मोड़ के आगे दो छायाएँ विलीन हो गई। सामने देखा, एक के साथ दूसरी जुड़ी ऊँची शृंखला जैसे आपस में बाँहों से बँधी हों और उनके पीछे अँधियारे आकाश का परदा। चन्ना देखती रही, देखती रह गई...

विशाल चोटियों और पगडंडी पर साथ-साथ एकाकार होकर चलती हुई छाया। इसके आगे-पीछे, नीचे-ऊपर इन दोनों के अतिरिक्त कुछ नहीं, कुछ नहीं। यह कुछ क्षण पहाड़ों की ऊँचाई को निहारते हुए और दो आकारों की निकटता को जाँचते हुए। चन्ना को किसी ने हिलाकर वापस लौटा लिया। आकाश तारों से भर गया था, जैसे चाँद के नन्हे-मुन्ने बच्चे हों...बच्चे...और उसके अपने बच्चे...

अकेले में ही मुख लाज से आरक्त हो आया—उसके अपने बच्चे...

रात को कुछ देर गए जब श्यामा और धर्मपाल आए तो चन्ना ने परीक्षा की नज़रों से देखा। माँ आज कितनी प्यारी लग रही थी और माँ की यह सुन्दरता उसे लगा कि पिता के लिए है। खाना खाते-खाते चन्ना ने छिपी-सी आँखों से पिता की ओर देखा। पिता मीठी आँखों से माँ की ओर देख रहे थे और माँ की आँखों में जो था, उसे वह न समझकर भी समझी। आकाश की गोदी में सितारों के ढेर, और माँ की आँखों में घिर-घिरकर आता हुआ नया रंग...

शाम को नीचे उतरते हुए चन्ना ने उन्हें देखा था तो वह दो, दो नहीं थे, एक थे और अब...

40

चन्ना आज माता-पिता के साथ घूमने निकली। चक्कर खाती सड़क, सामने पहाड़ और नीचे गहरे खड्ड। आसपास फूलों के अम्बार। धर्मपाल और श्यामा पीछे धीमी चाल से चले आ रहे हैं और चन्ना आगे-आगे। पैरों से किसी पत्थर को ठकराते-ठकराते। पेड़ों की छाया में सड़क कुछ-कुछ अँधियारी हो गई है। चन्ना मोड़ पर रुककर नीचे देखती है—बेअन्दाज़ गहराई—गहराई और गहराई! वह क्या नीचे उतर सकती है? पहाड़ों की उतराई और चढ़ाई। उतराई-चढ़ाई, उसके पाँव चढ़ना-उतरना जानते हैं। वह नीचे जाकर देखना चाहती है कि बिलकुल नीचे क्या है?

धर्मपाल और श्यामा नज़दीक़ पहुँच गए। पिता स्नेह से बोले, "चलो बेटा, क्या थक गई हो?"

"जी नहीं।"

चन्ना ठीक से विरोध नहीं कर सकी। केवल नीचे आँखें गड़ाए देखती-भर रह गई। श्यामा ने हल्के से क़दम उठाया और चलते-चलते बोली, "आओ, चन्ना आओ।"

चन्ना बिना कुछ कहे आगे बढ़ गई। लेकिन मन में आया कि साथ चलते-चलते माता-पिता से वह कुछ भिन्न है, अलग है।

छोटा-सा परिवार वापस घर लौट आया। चाय पीकर पति-पत्नी क्लब चले गए। चन्ना कुछ देर बैठी अख़बार के पन्ने पलटती रही। आज पता नहीं क्यों, माता-पिता का क्लब जाना अखरा। अक्सर वह उनके साथ नहीं जाती। मन में आया, ऐसी रोक क्यों? यह रोक नहीं तो क्या है? आज से पहले उसने कभी यह बात सोची ही नहीं। यह सब माँ की बातें हैं। वह अच्छी तरह जानती है। चन्ना के जी में कुछ घुटने लगा। सईदा बीबी को तीख़ी आवाज़ दी।

सईदा बीबी हाथ का काम छोड़-छाड़ पास आई, "क्या है बच्ची?"

"मेरे कपड़े निकालो सईदा बीबी, मैं तो क्लब जाऊँगी।"

क्लब क्या बला है, यह सईदा बीबी नहीं जानती। इतना ज़रूर जानती है कि वहाँ जाकर धर्मपाल और श्यामा रात गए देर से लौटते हैं। वहाँ क्या बच्ची का जाना अच्छा है। बोली, "बच्ची, तुम वहाँ जाकर क्या करोगी?"

"मुझे जाना ही है। तुम कपड़े तो निकालो।"

सईदा बीबी की मर्ज़ी नहीं थी, लेकिन कुछ अधिक कहा नहीं। चुपचाप कपड़े निकाल दिए। चन्ना ने कपड़े पहने, सईदा बीबी ने बटन लगाए, बाल ठीक किए और हाथ में कोट देकर बोली, ''बच्ची, जमाई ग़ुस्सा न हों।''

''नहीं।'' चन्ना ने एक बार दर्पण को देखा, बालों को ठीक किया और बाहर निकल गई। सईदा बीबी खड़ी-खड़ी देखती रही कि बच्ची के चलने में अब सावधानी कम है।

क्लब पहुँची। अन्दर गई तो अगणित लोगों में से पिता का कोट और माँ की साड़ी पहचानने में दिक़्क़त नहीं हुई। चाय के प्यालों पर बातें हो रही थीं। श्यामा धर्मपाल से नहीं, उनके साथ बैठे हुए युवक से कुछ कह रही थी। चन्ना ने जाकर पिता के कन्धे पर सस्नेह हाथ रखा और बोली, ''मैं अकेले ही चली आई'' और कहते-कहते ही जैसे उसे किसी ने लज्जित कर दिया। बिलकुल ऐसे ही कुर्सी के पीछे खड़े होकर, कन्धे पर हाथ रखकर यह बात तो वह माँ से भी कह सकती थी। पिता की विस्मयजनक हँसी और माँ की तीख़ी निगाह ने उसे जैसे झिझक में डाल दिया हो। कुछ और सोच सकने के पहले ही धर्मपाल बोले, ''बेटी, सुरेश से मिलो।''

चन्ना ने माँ की ओर से आँखें हटाईं। हाथ जोड़े और भरपूर नज़र से सुरेश की ओर देखा। उसे सुरेश और उसके कपड़ों में से कौन-सा अधिक लगा, वह जल्दी में नहीं सोच पाई।

चन्ना बैठी। श्यामा सुरेश से बातें करती जा रही थी, ''माँ कैसी है और पिता...''

''पिता जी कुछ दिन तक यहाँ पहुँच जाएँगे।''

चन्ना को यह आवाज भली लगी। धर्मपाल ज़रा हँसते हुए बोले, ''चन्ना बेटी, जानती हो सुरेश के पिता मेरे मित्र हैं, हम कालिज में साथ-साथ थे।'' चन्ना ने एक बार फिर पहचानने के लिए सुरेश की ओर देखा। पतला-सा चेहरा, गहरे रंग की टाई। पुरुषत्व का जो बड़प्पन वह सदा से पिता और नाना में देखा करती है, उससे यह कुछ भिन्न है। आँखों में सुरेश की टाई का रंग झलका, अच्छे कट के कपड़े—और एक ओर आगे आते बाल। चाय का प्याला उठाते-उठाते चन्ना ने जाना कि सुरेश की आँखें वह आँखें नहीं जो माँ और पिता को देख रही हैं। कोई और अलग-सी आँखों से जैसे उसके कोट की ओर देख रहा है।

चन्ना ने आज कुछ नया देखा है, निकट से देखा है। और घर पहुँचते-पहुँचते चन्ना को सुरेश की सूरत याद नहीं रही। केवल टाई का फूल और बालों की बनावट आँखों में घूमती रह गई।

चन्ना का परीक्षाफल निकला। अब उसे आगे पढ़ना है। पिता ने माँ से सलाह की और लाहौर भेजने का फ़ैसला किया। श्यामा लाहौर के लिए उत्साहित नहीं। लाहौर में पढ़ने के मतलब वह अच्छी तरह जानती है, और इतनी बुजुर्ग भी वह हो चुकी

है कि माँ की जिम्मेवारी महसूस करे। लेकिन धर्मपाल ज़ोर देते हैं कि जगह नज़दीक़ है और बच्ची को आने-जाने और मिलने-मिलाने में आसानी रहेगी। और चन्ना ने इस बार अपनी कोई राय नहीं दी। सईदा बीबी बातों-बातों में समझाती रही कि बच्ची नज़दीक़ ही ठीक है। सौ सुख-दुख हैं, आदमी वक़्त पर पहुँच तो सकता है। चन्ना इसके उत्तर में ऐसी दृष्टि से सईदा बीबी को देखती है जिसका मतलब होता है, इसमें मैं क्या बोलूँ? जैसी उनकी मर्जी।

अब परिवार नीचे उतर जाएगा। सईदा बीबी सामान सँभालने में व्यस्त है। श्यामा को अपने काम में कभी-कभी सईदा बीबी पर ग़ुस्सा आता है, इतना भी नहीं कि भूले-चूके काम में हाथ बँटा दे। जब देखो बच्ची का काम, और सईदा बीबी इस घर में बच्ची के काम के परे और कोई काम नहीं करती। वह इस घर में है भी तो बच्ची की सदका।

उस दिन चन्ना माता-पिता के साथ बाहर गई थी। सईदा बीबी बच्ची के कपड़े धूप में डाल रही थी कि खाकी वर्दी में तारवाले को देखकर कलेजा धक से हो गया—रब्ब अच्छी करे, शाहजी ठीक हों...।

तारवाला तार नौकर को देकर चला गया, और सईदा बीबी अनमनी-सी अन्दर-बाहर घूमती रही। गाँव में सब राजी-ख़ुशी हों। पर तार तो कोई राजी-ख़ुशी का नहीं भेजता। जी में आया, नौकर से लेकर तार का काग़ज़ खोलकर देखें, पर पढ़ेगा कौन? सईदा बीबी के लिए तो तार अपशकुनों की निशानी है, जो सिर्फ़ बीमारी और मरने-जीने की ख़बरें देने के ही काम आती है।

नीचे चढ़ाई पर बच्ची दीख पड़ी। सईदा बीबी का जी धक्-धक् करने लगा। झटपट नौकर से तारवाला लिफाफा हाथ में ले बाहर आई और बच्ची के फाटक पर पहुँचते ही घबराई हुई-सी बोली, "रब्ब ख़ैर करे, बच्ची यह तार है..."

स्वर में भय था, शंका थी। चन्ना ने झटपट लिफाफा खोला। उड़ती-उड़ती नज़र से कुछ थोड़े-से शब्द पढ़े। इस बीच सईदा बीबी न जाने किन-किन पीर-फकीरों की मनौतियाँ मना रही थी। पढ़कर हँसती-हँसती सईदा बीबी के गले से लिपट गई, "सईदा बीबी..."

"बच्ची, छापे में क्या है? बताओ तो सही!" और चन्ना शरारत से हँसती रही। "इसमें लिखा है, लिखा है कि मैं पास हो गई हूँ..."

सईदा बीबी "रख साईं की, रख साईं की" करते-करते बच्ची की पीठ पर हाथ फेरती रही। यह तो पीर सयानों की दुआ है, नहीं तो तार के मजमून को ही बदल देना किसके बस का है।

धर्मपाल और श्यामा आए तो चन्ना बेहद ख़ुश थी। हँसी-ख़ुशी, खेल-कूद...और शाम को परिवार समेत रामनाथ आ गए। सुरेश अभिमानपूर्ण गर्व से लाहौर की बातें सुनाता रहा। उसे वहाँ पढ़ते-पढ़ते तीन साल होने को आए। चन्ना को किस कालिज

में जाना चाहिए। लड़कियों से कैसा मेल-जोल रखना चाहिए और फिर लाहौर कैसी जगह है...

रामनाथ हँसकर धर्मपाल से बोले, ''कुछ भी कहो पाल, कलकत्ते भी रहा हूँ, बम्बई, करांची भी; पर लाहौर जैसी जगह कोई नहीं। फिर अनारकली तो...''

चन्ना के सिवाय और सबकी आँखों में जगमगाती अनारकली घूम गई। धर्मपाल, श्यामा और रामनाथ अपनी-अपनी आँखों से अनारकली की चमक देखते रहे। वह चमक शायद अनारकली की नहीं, उनकी अपनी जवानी की थी, जो अब उनसे छूट गई है। मगर अनारकली तो अनन्त यौवना है। सामने बैठा सुरेश इसका प्रमाण है। पीढ़ियों के बाद पीढ़ियाँ। कभी श्यामा वहाँ अपनी शोखियाँ बिखेरती चली जाती होगी और आज उसकी लड़की वहीं जाएगी। श्यामा को ईर्ष्या हुई। पर आज वह ईर्ष्या चन्ना से नहीं थी, अपने बीत गए उस जीवन से थी, जो मुस्कानों और रंगीनियों में उसने लाहौर में बिताया था। और सुरेश की आँखें जैसे कहती थीं—जो अनारकली हम देखते हैं, उसे यह बुज़ुर्ग क्या जानते होंगे। इनके ज़माने में इतनी रौनक़, इतनी बहार कहाँ होगी? और चन्ना ने जिस चीज़ को देखा नहीं, उसके रूप की कल्पना वह नहीं कर पाई, लेकिन सुरेश की आज की बातें बहुत अच्छी न लगने पर भी अपने को उसी के साथ ज़रूर समझ रही है। उसे लग रहा है, माता-पिता और चाचा जी, मिलकर तीनों उन दोनों को दूर से देख रहे हैं।

रात को चन्ना लाहौर के स्वप्न देखते-देखते लेटी तो सईदा बीबी क़लम-दावात लिए अन्दर आई, ''बच्ची, शाहजी को ख़त लिख दो, उन्हें जानकर ठंड पड़ेगी।''

चन्ना ने क़लम हाथ में ली। ख़त लिखना शुरू किया। सईदा बीबी ने मेज़ आगे करके दावात रख दी और पल्ले में बँधी मिर्चें निकालीं। चन्ना के सिर से छुआ कर बाहर निकल गई। चन्ना को हमेशा की तरह आज गुस्सा नहीं आया और जब दूर रसोईघर से आग में मिर्चें जलने की गन्ध आई तो समझ गई कि सईदा बीबी नज़र उतार रही है। उसे आज किसकी नज़र लगनी थी।

सुरेश की...

नहीं...नहीं...

41

शाहजी रंगोवाल की असामियों को समझाकर लौटे। शाहजी के विचार में असामियों को सरकार की शह है, नहीं तो पीढ़ियों की लेन-देन...क्या इस तरह कोई आँखें बदल लेता है? और असामियों की समझ में अब शाहजी और सरकार में टक्कर होगी। यह सच है कि वह कुछ भी करें, शाहजी को नहीं हरा

सकते, लेकिन यह भी झूठ नहीं कि शाहजी लाख ज़ोर लगावें सरकार से नहीं जीत सकते। क़ानून की ताक़त और ख़ुदा की ताक़त क्या किसी से झेली जा सकती है? ज़माने गुज़र गए हैं शाहजी को मामले देते हुए, और उनसे, उनके बुजुर्गों से लिए हुए क़र्ज़ का सूद चुकाते हुए। ज़मीनों की ज़मीनें 'धन्धे' डाल दी गई हैं, लेकिन शाहजी का असल वाला खाता नहीं खुलता। सूद बढ़ता जाता है। पीढ़ियों के बाद भी 'असल' असल रहता है और सूद-सूद रहकर भी असल से कई गुना बढ़ जाता है। अब तक यही चलन था। किसी को न शाहजी से शिकायत थी न शाहजी को कोई कठिनाई थी। यह तो व्यवहार की बात थी। विशेषकर शाहजी की व्यवहार-कुशलता पर किसी को सन्देह न था। शाहजी के पिता सख़्त तबीयत के आदमी थे, किन्तु शाहजी ने अपने आप को ऐसा गढ़ा कि पिता की कठोरता उनके स्वभाव में नहीं, उनके व्यवहार में आ गई। वह अच्छे-से-अच्छे शब्दों से बुरी-से-बुरी मार कर सकते थे। अच्छे बोलों पर उन्हें इतनी आस्था नहीं थी जितना अपना प्रयोजन था, और इस प्रयोजन को उन्होंने कभी बुरा नहीं समझा और अपने असामियों के अलावा आसपास के और लोगों को उन्होंने अच्छे-बुरे वक़्त में कभी निराश नहीं किया। बीमारी, शादी-ब्याह, मौत-गमी, सब में ज़रूरतमन्दों का साथ दिया। और अक्सर अपने असली लेन-देन से हटकर उन्होंने अपने इलाक़े के लोगों के शादी-ब्याह झेले। बरातों को रखा, और लड़के-बालों की पालना की। कौन है जो उनके सामने सिर उठावे? असल से अधिक सूद देनेवाले भी शाहजी की नीयत पर शक करना नहीं जानते। वह क्या उनके उपकारों को भूल सकते हैं?

लेकिन इधर कुछ अर्से से न जाने कैसी हवा चल पड़ी है। कहा जा रहा है कि सरकार शाह-साहूकारों की धाँधली बन्द करेगी। जो मामले और लगान की डोरी शाहों के हाथ में है, वह किसानों को खींचकर उनका दम घोंट रही है। यह बात सच है। किसान इस पर विस्मय कर रहा है। यह सब बातें उस पर गुज़रती रही हैं। उसकी रीढ़ इसके ज़ोर से घिस गई है। लेकिन फिर भी, फिर भी ऐसा करनेवाले एक शाहजी ही तो नहीं थे। फिर लेन-देन का हिसाब ऐसा कुछ ज़्यादा नामुनासिब भी नहीं। जाट किसान अपने हाल पर क्यों रोए। उसके हाल को बनाया तो ख़ुदा ने और ख़ुदा का कहना लेकिन आज यह ख़ुदा का क़ानून नहीं लगता, यह क़ानून तो सरकार बना रही है। और क़ानून की जड़ उनके उमर-भर के सूद और असल को काट देगी। उसकी झुकती हुई, टूटती हुई कमर से बोझ उतार देगी।

शाहजी महीनों से यह ख़बर सुन रहे हैं। उस दिन कचहरी में भी डिप्टी देर तक उनसे बातें करते रहे थे। शाहजी को बिल पास हो जाने से कितना नुक़सान होगा, उसे डिप्टी साहब ने काफ़ी हल्के शब्दों में बताया। कुछ देर सोचकर शाहजी बोले, "डिप्टी साहब, अपने लाभ-हानि से अलग एक बात कहता हूँ कि सरकार लाख कहे, जाट को शाह और शाह को जाट नहीं बना सकती।"

डिप्टी साहब हँसे। शाहजी की यह बात उनकी समझ में आई, क्योंकि वह शाहजी नहीं, शाहजी की परम्परा में बोलती थी। लेकिन जो बात सामने आनेवाली है, उसे वह शाहजी को कैसे बताएँ।

यूँ शाहजी को इस बात का खटका न हो, ऐसी बात नहीं। सोच करते हैं, पर इसका फ़ैसला उनके हाथ में नहीं। क़ानून की टक्कर को वह जानते हैं, हालाँकि आज तक के सब मुक़दनों में, फ़ौजदारी हो या दीवानी, क़ानून उनके हक़ में फ़ैसला करता रहा। लेकिन इस बार का काला क़ानून उनको ही नहीं, उनके और सब साथियों को ले डूबेगा, इसकी ख़बर उन्हें है।

शाम हो गई। शाहजी नौशहरे तक घूम-घाम के पैदल ही लौटे। आज कुछ उदास से थे। उन्हें लगता है कि जैसे अब लोगों की आँखें बदल गई हैं। हवेली पहुँचे। मुनीम जी ने लम्बे-लम्बे बहीखाते खोल रखे थे। शाहजी ने देखा और लौटकर ऊपर चले गए। जिन हिसाब-किताबों पर एक ही बार लकीर फिर जाएगी, उनमें आज वह बैठकर माथा-पच्ची करें?

ऊपर पहुँचे तो चाची महरी रसोई से उठ आई और कपड़ा आगे करते हुए बोली, ''चिट्ठी आई है। चन्नो की लगती है।''

शाहजी ने चिट्ठी खोली। उर्दू में लिखी थी। पढ़कर खिल गए। बोले, ''महरी बधाइयाँ! बच्ची पास हुई है। मीठा बाँटो और बधाइयाँ लो।''

महरी ने दो-एक बार सिर हिलाया, जैसे अपने को कुछ समझा रही हो। फिर शाहजी के हाथ से काग़ज़ पकड़कर चूमती हुई बोली, ''लाख-लाख शुक्र है, भगवान बहुत-बहुत भाग लगाए। बधाइयाँ हों लड़की के नाना को, जिनके सिरों पर सरदारियाँ सोहती हैं।'' और रात होने तक चाची ने न जाने कितनी बधाइयाँ ले डालीं। कोई पीछे नहीं रहा। धियानी पास हुई, शाहजी दूना हुआ, और अब है ही कौन? शीला की निशानी रह गई है। रब्ब करे, उस कम्मोवाली के भाग खुलें।

सुबह मुँह अँधेरे चाची उठी और आंशा बीबी को साथ ले, शेख-सधो के यहाँ चद्दर चढ़ा आई। दुनिया बधाई दे रही है। नज़र लगते देर लगती है? किसी के मुँह में न आना चाहिए। पीर-फ़कीरों, सन्त-महात्माओं के पैरों का सदका। बच्ची राजी ख़ुशी रहे। आदमी का क्या ज़ोर? मालिक की नज़र सीधी होनी चाहिए।

42

परिवार स्यालकोट वापस लौट आया। चन्ना की लाहौर जाने की तैयारियाँ हो रही हैं। आज पहली बार श्यामा ने चन्ना के सब कपड़े देखभाल कर कुछ ज़रूरी कपड़े सीने को दे दिए। यह बात सईदा बीबी को कैसी लगी, यह चन्ना ने

उससे नहीं पूछा। लेकिन उसे तो यह सचमुच अच्छा नहीं लगा। पहले कभी-कभी दिल में सोचा करती थी कि माँ उसके बारे में, उसके पहनने-ओढ़ने के विषय में इतनी उदास क्यों रहती है। और आज जब श्यामा ने अपने आप सब पड़ताल की तो चन्ना को यह माँ की अनधिकार चेष्टा लगी। आज तक सईदा बीबी उसे सँभालती आई है तो क्या लाहौर तक जाने में वह उसे तैयार नहीं कर सकती। धर्मपाल के पत्र से चन्ना के जाने की तारीख़ जानकर शाहजी और चाची महरी आज गाँव से आ गए हैं। शाहजी को बच्ची के खाने की फिकर है। फिर बोर्डिंग हाउस में खाना अच्छा मिल सकता है, उन्हें यक़ीन नहीं आता। बहुत देर सोचने के बाद जमाई से कहा कि बोर्डिंग में रहने के बजाय अलग मकान क्यों न ले लिया जाए। नौकर और सईदा बीबी साथ चली जाएँगी।

श्यामा पास बैठी साड़ी में कुछ टाँक रही थी, सुनकर प्रतिरोधी स्वर में बोली, "ऐसा करने में कोई लाभ नहीं शाहजी! क्यों न बच्ची अपने पैरों आप खड़ा होना सीखे। फिर लाहौर में अलग घर की देख-रेख..." कहते-कहते श्यामा ने पति की ओर देखा। धर्मपाल नज़र को भाँप गए। जल्दी से लहजे में बोले, "शाहजी उसमें बड़ी झंझट रहेगी। आप चिन्ता न करें। बोर्डिंग का खाना बुरा नहीं होता।"

शाहजी को सीधे-सादे शब्दों में निर्दयता नज़र आई। सोचा, यह सब धर्मपाल जमाई बनकर ही कह सकते हैं। और यह तो समझ ही रहे हैं कि लड़की पर उसके माता-पिता का उनसे कहीं अधिक हक़ है। रही उनकी बात, सो उन्हें लड़की से ममता है।

चाची महरी कुछ देर बच्ची को अलग ले बैठती है और मालूम नहीं क्या-क्या समझाती रहती है। चन्ना को ग़ुस्सा आता है। यह सब बहकी-बहकी बातें चाची क्यों करती है? जी तो आता है कि चाची के मुँह पर हाथ रख दे, लेकिन चाची का चेहरा जैसे उसका सारा-का-सारा ग़ुस्सा खींच लेता है। चाची की आँखें जैसे पानी की ओट में हों। कमर कुछ-कुछ झुक गई है और चेहरा पहले से कहीं अधिक गहरा दीखता है।

आज सुबह चाची बच्ची के कमरे में बैठी-बैठी सईदा बीबी से बातें करती रही। नीचे पिता और नाना के पास से उठकर चन्ना आई तो चाची धीमे से बोली, "बच्ची, इस कमरे में कभी मेरी सोने-सी बेटी वहाँ लेटा करती थी। वह खिड़की के पास था उसका पलँग...बातें रह गई हैं मेरी बच्ची...अब तुम पढ़ने जाती हो...वह होती तो सौ-सौ ख़ुशियाँ मनाती। अपना ध्यान रखना। मैं तो कहती हूँ, मैं तुम्हारे साथ चलूँ पर पीछे शाहजी की देख-रेख कौन करेगा।"

चन्ना खीझी। चाची महरी के जो-जो मन में आता है, कहती जाती है। रात को कह रही थी कि वहाँ तुम्हें सिर में तेल कौन डालेगा? यह भी कहने की बात है? सईदा बीबी चुप है। शाहजी जब तक न आए थे, उसे उम्मीद थी कि वह बच्ची को

कहीं भी अकेली नहीं भेजेंगे। पर जमाई नहीं माने। उनके न मानने का कारण वह नहीं जानती। वह यह भी नहीं जानती कि बच्ची कहाँ और कैसे रहेगी और इसके लिए उसे सच है या नहीं। यह उसके सिवाय और कोई नहीं समझता। अपने साथ न रहते हुए लड़की को दूर अकेले भेजने की तो कल्पना भी उससे नहीं होती। फिर भी वह चुप है। वह कहे किससे? बच्ची कुछ दिन से अपने आप ही दूर-दूर रहती है। क्यों? इसे सईदा बीबी और बच्ची दोनों ही जानती हैं। एक-दूसरे को बचाती हुई आँखों के पीछे प्यार से भीगी जो उदासी है, उससे कोई भी बेख़बर नहीं। चन्ना कमरे में तब जाती है, जब वहाँ सईदा बीबी नहीं होती और बच्ची के वहाँ होते सईदा बीबी को कमरे में आने की कभी फ़ुर्सत नहीं मिलती।

कल सुबह चन्ना पिता के साथ चली जाएगी। चाची महरी और शाहजी आज वापस गाँव लौट गए हैं। जाते-जाते शाहजी ने चन्ना के सिर पर प्यार से हाथ फेरा और जल्दी-जल्दी पत्र लिखने की ताकीद की। चाची महरी ने बच्ची को बाँहों में भर बार-बार गले लगाया और धीरे-से कहा, ''बच्ची, किसी बात की मुश्किल में न रहना, किसी के कहने में न लगना, जी कभी उदास हो तो ख़त डाल देना, बच्ची!'' चन्ना को इस बार चाची बुरी नहीं लगी, चाची का कहना बुरा लगा। यही बातें तो वह सोचना नहीं चाहती। अकेले वह रहेगी कैसे, फिर पढ़ना क्यों ज़रूरी है? उसे लगता था, नाना लाहौर के लिए तो कभी सहमत न होंगे। पर उन्होंने तो कुछ कहा नहीं। अब वह पहले से गम्भीर हो गए लगते हैं। जाने के एक दिन पहले नीचे की बैठक में वह धर्मपाल के साथ बैठे थे। वह उठकर ज़रा ऊपर गए तो चन्ना से बोले, ''बेटी, पैसे-वैसे के लिए मुश्किल में न रहना। कभी ज़रूरत हो तो लिख भेजना।'' वह कुछ और भी कहना चाहते थे, पर चुप हो गए। उन्हें लगा कि लड़की यह सब बातें समझ नहीं पाएगी।

शाहजी और चाची महरी के चले जाने पर चन्ना जब कमरे में लौटी तो पीछे-पीछे सईदा बीबी आई। कुछ क्षण सईदा बीबी की ओर देखती रही, फिर रूखे से आग्रह-हीन स्वर में बोली, ''सईदा बीबी, क्या लाहौर पढ़ने जाना ज़रूरी है?'' सईदा बीबी ने बच्ची को ठीक-ठीक देखा और स्नेहपूर्ण स्वर में कहा, ''हाँ बच्ची, पढ़ना तो चाहिए ही दोनों घरों में एक हो, नहीं तो हमारे वक़्तों में क्या लड़कियाँ पढ़ा करती थीं?'' चन्ना ने कोई जवाब नहीं दिया। सईदा बीबी समझी कि बात बच्ची को पसन्द नहीं। उसके मन ही कहाँ लग रही है। आज तक कभी लड़की अकेली नहीं रही। अब वहाँ अकेली रहेगी या पढ़ाई करेगी। फिर सामने कोई समझाने-बुझानेवाला न होगा तो वह कौन-कौन-सी किताब हाथ में लेगी। सईदा बीबी कुछ कहने जा रही थी कि बच्ची की भीगी पलकें देखकर ठिठक-सी गई। वह क्या समझाए? उसने कैसे अपने जी को रोक रखा है, जिसको यत्न से पाल-पोसकर बड़ा किया है, जिसे एक रात भी अपने से अलग नहीं किया, उसको अकेले

पढ़ने भेज देने के लिए सईदा बीबी से किसी ने सलाह नहीं ली। सईदा बीबी बच्ची से कुछ न कहकर नीचे चली गई। अपने दिल को तो वह जानती ही है, लेकिन सयानी लड़की के सामने अब क्या कहे? उसका रोना सुहाता है? चन्ना ने सईदा बीबी का जाना भी देखा...आँखों में आए हुए आँसू एकदम रुक गए, और सईदा बीबी के चले जाने पर उसकी उपेक्षा पर जी जल गया।

सुबह-सुबह सब तैयार हो गया तो चन्ना माता-पिता के साथ चाय पीने बैठी। पिता रोज़ की ही तरह थे और माँ...चन्ना ने माँ को सन्देहशील आँखों से देखा। उसके चले जाने पर माँ को प्रसन्नता ही होगी। "चन्ना," माँ ने प्लेट आगे सरकाते हुए कहा, "बोर्डिंग में रहकर सदा उसके नियमों को मानना ही अच्छा है। कहीं बाहर जाना हो तो लड़कियों के साथ जा सकती हो। नई जगह में अकेले आना-जाना ठीक नहीं।" चन्ना ने सुना। सिर्फ़ सुना और खाने में मन लगाया। यह कोई नई बात नहीं सुन पड़ती। माँ और कई सलाहें दे चुकी है—अँधेरा होने से पहले होस्टल वापस आना, कहीं जाना हो तो नाम रजिस्टर में लिखकर जाना। मालूम नहीं, माँ को इतनी चिन्ता किस बात की हो रही है। और श्यामा को अपना अनुभव बार-बार लड़की को नसीहत देने पर विवश करता है। यह बात कितनी गम्भीर, कितनी गुरु, इसे बच्ची नहीं समझती। नाश्ता हो गया। सामान नीचे भिजवा दिया गया। चन्ना माता-पिता के साथ नीचे उतर रही है। अन्यमनस्क-सी इधर-उधर देख रही है। आख़िर सुबह से सईदा बीबी चली कहाँ गई? आज जगने के बाद चन्ना से मिली ही नहीं। नीचे घर-भर के नौकर-चाकर खड़े हैं। बेटी के जाने से तो घर की रौनक ही आधी रह जाएगी। गर्मियों की छुट्टियों में वह गाँव जाया करती थी तो घर सूना हो जाया करता था और वापस आ जाने पर फिर वही नौकरों की भाग-दौड़ शुरू हो जाती थी, ऊपर-नीचे।

सामान मोटर में रख दिया गया। सामने नवाब नज़र आया, "सरकारे को ठीक रखना मामू। उसको कल ही गाँव ले जाना। छुट्टियों में वहीं आऊँगी।" नवाब ने आगे बढ़कर धियानी को थपथपाया, कुछ कहते नहीं बना। सिर्फ़ दाँत निकालकर हँसता रहा।

सईदा बीबी जाने कहाँ से निकल आई और जमाई के पास जाकर बोली, "जमाईराज, मुझे लाहौर तक देख आने दो। मैं अपनी आँखों से सब कुछ देख लूँगी तो सबर रहेगा, नहीं तो..." कहते-कहते सईदा बीबी की आँखें छलक आईं, "नहीं तो जमाईराज बच्ची के बिना एक दिन भी कटेगा नहीं।" धर्मपाल सईदा बीबी को न नहीं कह सके। श्यामा को पति से कुछ कहने का मौक़ा नहीं मिला। सईदा बीबी ने छोटी-सी पोटली हाथ में ली और बच्ची के साथ मोटर में जा बैठी। चन्ना ने माँ को हाथ जोड़े और माँ कुछ-कुछ हँसते-हँसते बोली, "बेटी, पत्र जल्दी-जल्दी लिखना।" धर्मपाल ने संकेत किया और ड्राइवर ने मोटर स्टार्ट कर दी। घर की बेटी आज पढ़ने जा रही है।

श्यामा भागती हुई मोटर को देखती रह गई। ज़िन्दगी की रफ़्तार क्या इससे कम तेज़ होती है। कभी वह इसी तरह पढ़ने के लिए लाहौर गई थी...।

शाम को पिता बेटी को हास्टल में छोड़कर चले गए। जाते-जाते फाटक पर चन्ना ने देखा, सईदा बीबी बराबर रोती जा रही थी। वार्डन के सामने चन्ना को सईदा बीबी के रोने से लाज लगी। सईदा बीबी ने जब उसका सिर हाथों में लेकर चूमा तो चन्ना का जी हुआ, अपने को जल्दी से छुड़ा ले। पिता को उसने हाथ जोड़े और धर्मपाल चाहते हुए भी लड़की की पीठ पर प्यार का हाथ नहीं फेर सके। चन्ना दिन-भर कालिज में रही, फिर उस कमरे में पहली शाम। साथवाली लड़की अभी तक लौटी नहीं थी। चन्ना उसी के पलँग पर बैठी-बैठी न जाने क्या सोचती रही। बीच-बीच में बरामदे में जाते-जाते कोई-कोई लड़की खुली खिड़की से झाँक रही है, जैसे किसी अनाड़ी को बन्धन में देखने की जिज्ञासा हो। चन्ना को लग रहा है कि यह कमरा उसका नहीं, उसका नहीं हो सकता। यह कोने में बिछा किसी अपरिचित लड़की का बिस्तर है। अँधेरा हो चुका था। दो पाँव अन्दर बढ़े। बिजली जली और ठिठककर विस्मय भरी आँखें उसे घूरने लगीं।

आज बिजली जलने पर मौसी की आवाज़ नहीं आई। रोशनी में अपना कमरा नज़र नहीं आया। लाल रंग के क़ीमती कालीन, खिड़कियों में फूलों के सुन्दर गमले, बिस्तर पर चमकती हुई रजाई और द्वार पर खड़ी सईदा बीबी। बरामदे में से ऊँची एड़ियों की खटखट, शोख़ियों से भरी किलकारियों की आवाज़—आज घर कहाँ है...

चन्ना अब होस्टल में है। इस नए स्थान पर उसका पहला सप्ताह। उस दिन-रात को जब वह अपरिचित लड़की के नाम से परिचित होकर अपनी शैया पर लेटी तो गले में ऐसा हुआ कि दम घुट रहा है। साथवाले बिस्तर पर लेटी बाला सोच रही थी कि कितनी असभ्य है। उसके दो-एक बातें पूछने पर भी उत्तर देने की आवश्यकता नहीं समझी। उसने खाने के लिए पूछा तो रूखे से कहा, ''मुझे नहीं खाना।'' और जब वह खाना खाकर लौटी तो वह उसी मुद्रा में उसी जगह बैठी थी जहाँ वह उसे छोड़ गई थी। बाला को यह ढिठाई-सी लगी। ''आपका बिस्तर...'' बाला ने पूछा।

चन्ना ने अपने बन्द सामान की ओर देखा। बाला बिना कुछ कहे जाकर कुर्सी पर बैठी, टेबल लैम्प ठीक किया और किताब पर आँखें गड़ा दीं। बाला ने कितना पढ़ा, यह तो वही जानती होगी। नौ का घंटा बजा, किताब बन्द की। क्षण-भर के लिए चन्ना की ओर देखा और हीलदार स्लीपर पहनकर खट-खट करती कमरे से बाहर निकल गई। चन्ना ने अनदेखा किया और इसके पहले कि वह कुछ सोचे, बाला नौकर को साथ लिए अन्दर आई। चन्ना फिर भी हिली नहीं और नौकर के आने का कोई कारण समझने का प्रयत्न उसने नहीं किया। बाला ने खीझकर कहा,

"धनीराम, बिस्तर खोलकर उस चारपाई पर बिछा दो, और बाक़ी सामान उठाकर अन्दरवाले कमरे में लगा दो।"

चन्ना ने इसका प्रतिरोध नहीं किया। इन सब बातों से उसका सरोकार नहीं। धनीराम ने सामान ड्रेसिंग रूम में रखा और बिस्तर लगाकर कमरे से बाहर चला गया। चन्ना ने अपनी रजाई देखी। देखते ही कुछ बँधा-बँधा सा खुल गया। तो यह कमरा कुछ उसका भी है—उठी। अटैचीकेस में से चाबी निकालकर बाला को देते हुए बोली, "रात के लिए कपड़े निकाल दो बहन!"

बाला को इस बार क्रोध नहीं, आश्चर्य हुआ। उसे भी होस्टल में रहते बहुत साल बीत गए हैं, लेकिन आज तक किसी ने अपनी चाबी उसके हवाले नहीं की। सावधान होकर बोली, "यहाँ पर तो सब काम अपने आप करने होंगे। अपने कपड़े स्वयं निकाल लीजिए।" इसके उत्तर में चन्ना ने जब बाला को देखा तो आकृति सुन्दर लगी। आधुनिक ढंग के बालों पर जाकर नज़र अटक गई। पतला-दुबला शरीर—रेशम की साड़ी में लिपटा हुआ, माथे पर बिन्दी...यह पढ़नेवाली लड़की तो सचमुच ही नहीं लगती।

बाला ने नाजुक अन्दाज़ से क़दम उठाए और एड़ी के उभार पर पाँवों को सँभालती हुई दूसरे कमरे में चली गई। टक-टक-टक की आवाज़ के साथ ही चन्ना की आँखों के आगे से वह छाया दूर हो गई, जिसे वह जानती नहीं, सिर्फ़ देखा-भर है। छत की ओर आँखें उठीं, फिर खिड़कियों और दरवाज़े की ओर लौटी तो चन्ना को एकाएक आभास हुआ कि वह यहाँ इस कमरे में अकेले, बिलकुल अकेले रहने के लिए छोड़ दी गई है। आज कहाँ है सईदा बीबी ? आज दुपहर तक यहाँ थी तो अब कहाँ है ? छत की कड़ियाँ साथ-साथ थीं, मगर अलग-अलग भी तो। टन-टन-टन और साथ ही ऊँची खिलखिलाहट। लड़कियाँ पढ़ाई के बाद अपने-अपने कमरों को लौट रही थीं। लकड़ी की सीढ़ियों पर उतावले पैरों की आहट, और उस आहट में चन्ना के दिल में सईदा बीबी की याद, उसके कमरे की ओर सहज-सहज आते हुए सईदा बीबी के पाँव...उसके बालों में ऊपर-नीचे जाते हुए सईदा बीबी के हाथ और सईदा बीबी की काली ओढ़नी का आँचल, उस आँचल में चन्ना का मुख...

बाला अन्दर से कपड़े बदलकर लौटी। साड़ी में नहीं, सलवार-कमीज़ में। गले पर चमकते हुए बटन। परीक्षा की दृष्टि से एक बार चन्ना की ओर देखा, दरवाज़ा बन्द किया, तकिए के नीचे किताब रखी और चाबियाँ उठाकर चन्ना के सिरहाने पर रख दीं। अपनी चद्दर की सिलवट निकालते हुए बाला को चन्ना ने देखा। एक बार मन हुआ कि ज़ोर से रो दे, लेकिन क्यों ? बाला ने कोमल से स्वर में 'गुड नाइट' की और बिजली बुझाकर लेट गई।

अँधेरा—चुपचाप—बाहर किसी के जल्दी-जल्दी उठते पाँवों की आवाज़ और जाते-जाते टप्पे की लय में गुनगुनाया हुआ मीठा गीत।

इस अपरिचित नए स्थान में एक यही शब्दों की कड़ी तो है जिसे चन्ना जानती है, समझती है। वह गाँव का खुला आकाश, और छतों पर किशोरियों के उन्मुक्त स्वर। कभी-कभी टप्पों की होड़ लगती तो दोनों टोलियों में से कोई एक-दूसरे को जीतने नहीं देता। बैठे-बैठे नई तुकें मिलाई जातीं...चन्ना ने करवट लेकर बाँहें फैलाईं, हाथ से ज़रा बालों को सहेजा, फिर अँधेरे कमरे में नींद की छाया में, दिन-भर की थकावट के बाद चन्ना को सोते देर नहीं लगी।

और जब सुबह चन्ना की आँख खुली तो टन-टन-टन घंटी की तेज़ आवाज़ आ रही थी। बीती रात ने इस कमरे में कोई परिवर्तन नहीं किया। वह सिर पर झुकी हुई सईदा बीबी का गोरा मुख कहाँ था और "उठो बच्ची..."

चन्ना ने रजाई से बाँह बाहर निकाली। उनींदी पलकों से चारों ओर देखा। कहीं से चीनी के बर्तनों की आवाज़ आ रही थी। खिड़की से आती हुई धूप की झलक, और उसमें धूल के पतले-पतले कण।

और यह सामने की खिड़कियाँ। चन्ना ने आँखें मीचकर सिरहाने में मुँह छिपा लिया। अभी आँखें कहाँ खुलती हैं? अभी तो वह और सोएगी।

चन्ना फिर जब उठी तो बाला हाथ में किताबें लिए कालिज जाने को तैयार थी। नई साड़ी, नया ब्लाउज़। पैन में स्याही भरी, फिर उसे बन्द करते-करते चन्ना की शैया की ओर देखा। जगा देखकर कहा, "अब आप उठिए। देर हो गई। मैं तो कालिज जा रही हूँ। मेरा पीरियड है। दो घंटे बाद आऊँगी।" कहते-कहते बाला ने कलाई की घड़ी देखी और बिना किसी उत्तर की प्रतीक्षा किए बाहर हो गई।

चन्ना लेटी हुई थी। बाला ने कोई अनुचित बात नहीं की थी। किन्तु सुनकर चन्ना ने ढीठों की तरह टाँगें पटकीं। वह शायद चाह रही थी कि उसे कोई आकर जगाएगा। कोई भी हो। लेकिन अब वह कमरेवाली लड़की कैसे अकड़कर बाहर निकल गई! माँ पर क्रोध आया। उसे पढ़कर क्या करना था? पर इसमें सबकी मर्जी थी। नानाजी की, चाची महरी की और सईदा बीबी की। सईदा बीबी क्या ज़ोर देकर न कह सकती थी? लेकिन बोली तक नहीं। और फाटक पर खड़ी-खड़ी कैसे रो रही थी। मन में आया कि सामने सईदा बीबी हो तो...चन्ना ने चाहा कि उससे लड़ने की बात सोचे, लेकिन सामने तो सईदा बीबी की गोद नहीं आई। अब क्या वह रोएगी? वह रोएगी, यह तो चन्ना नहीं जानती लेकिन आँखें धुल जाने के लिए बिलकुल तैयार थीं। ग़ुस्से में आकर एक बार हाथ पटका तो भिड़े द्वार पर खटखटाहट हुई। इसका जवाब चन्ना को देना है, इसकी तो उसे ख़बर ही नहीं। मिसेज रुद्रा ने दो-एक बार दरवाज़ा खटखटाने के बाद धीरे-से द्वार खोला और अन्दर आ गईं। नई लड़की कमरे में है, इसकी ख़बर तो उन्हें मिल चुकी थी, लेकिन वह लेटी होगी, इसकी आशा तो उन्हें तनिक नहीं थी। तीख़ी नज़र से देखते हुए प्यार के से स्वर में बोलीं, "बेटी, अभी उठी

नहीं? तबीयत अच्छी नहीं?'' चन्ना ने कोई उत्तर नहीं दिया, केवल सन्देहात्मक दृष्टि से देखती-भर रही।

मिसेज रुद्रा ने अपने अनुभव से सब समझा। घर की उदासी है। दो-चार दिन लगेंगे। लड़कियों में घुल-मिल जाएगी। ''बेटी, चाय पी?''

''नहीं।'' चन्ना ने सिर हिलाया।

''नहीं,'' मिसेज रुद्रा ने आश्चर्य प्रकट किया, ''तो बाला क्या करती रही? तुम्हें अपने साथ लेकर जाती? रात को खाना खाया है?''

''नहीं''...चन्ना का जवाब रूखा था। मिसेज रुद्रा ने क्षण-भर के लिए कुछ सोचा और झुककर लड़की के सिर पर हाथ फेरा। ''उठो बेटा, जल्दी से मुँह धो डालो।''

चन्ना यही तो चाह रही थी। तेज़ी से रजाई हटाकर अलग फेंकी और हँसती हुई उठकर बैठ गई। मिसेज रुद्रा हँसीं। यह बच्चों की-सी बातें हैं। उन्होंने कल लड़की को देखकर कहीं अधिक गम्भीर समझा था, ''बेटी, तुम जब तक तैयार हो जाओ, मैं ज़रा ऊपर का राउंड लेकर आती हूँ...'' कहकर मिसेज रुद्रा हल्के-हल्के पाँव रखती हुई बाहर चली गईं। उनकी ख़ूबी उनके पाँवों में थी। लड़कियों की कोई भी पेचीदा से पेचीदा बात की ख़बर उन्हें कुछ ऐसे ढंग से मिल जाती कि वह अक्सर दबे पाँव चलकर घटनास्थल पर पहुँच जातीं और फिर अच्छी-से-अच्छी निःशंक और शोख लड़की के पास उनको देने के लिए कोई जवाब न रह जाता था।

चन्ना उठी। मुँह-हाथ धोकर जब गुसलख़ाने से निकली तो तौलिए के लिए इधर-उधर नज़र डाली। अभी बन्द बक्स में से तौलिया निकाला ही नहीं तो बाहर कैसे होगा? लेकिन ड्रेसिंग रूम की खूँटी पर एक तौलिया टँगा दीखा। चन्ना ने खड़े-खड़े उसे नीचे की ओर खींचा और मुँह पोंछ कर उसे कुर्सी पर पटक दिया। दर्पण में मुँह देखा, बाल बिलकुल बिखरे पड़े थे। आज बाल सँवारेगा कौन? चन्ना ने कंघा उठाया, आगे-पीछे घुमाया। उलझे बालों में कंघा पड़ते ही दर्द हुआ...फिर ऊपर-ऊपर से बाल ठीक किए, नहीं सँवर सके और दर्पण में अपने को देखते-देखते बाला की परछाईं दिख पड़ी। हाथ में कंघा पकड़े-पकड़े घूमी तो बाला की आँखें उस पर नहीं, उसके हाथ पर थीं।

''आप आ गईं? मेरे बाल सँवार देंगी?'' इसके उत्तर में बाला ने जिस तरह चन्ना को ऊपर से नीचे तक देखा, उसे चन्ना ने समझा, और नहीं भी समझा। बाला तेज़ी से बोली, ''अपना सामान खोल लीजिए और मेहरबानी करके मेरा कंघा और तौलिया इस्तेमाल न करें।''

चन्ना ने क्षण-भर के लिए बाला की ओर देखा। जो उसने चन्ना को कह दिया था, वह इतना बुरा नहीं, लेकिन उसकी आँखों में न जाने कैसा भाव था उपहास भरा, अपमान भरा। जी में आया कि कलाई में बँधी हुई घड़ीवाला हाथ ज़ोर से पकड़कर झटक दे।

चन्ना ने हाथ में पकड़े कंघे को फ़र्श पर दे पटका और दोनों बाँहें नीचे डालकर बाला की ओर तरेरकर देखा, जैसे पूछती हो—लो अब बताओ, तुम्हारा कंघा इस्तेमाल किया करूँ या नहीं?

क्रोध से बाला की आँखें जलने लगीं। होस्टल में रहते उसे कितने साल हो गए, लेकिन यह असभ्यता।

बाला की वेश-भूषा हमेशा सुन्दर और आधुनिक होती। लड़कियों पर उसका रौब था। इस नई लड़की की हरकत पर ग़ुस्सा आया। अपना एड़ीदार पाँव फ़र्श पर पटका और बाहर की ओर घूम गई। चन्ना ने देखा और दूसरे ही पल भागकर बाला की साड़ी का छोर पकड़कर बोली, "सामान खोल दोगी तो क्यों ऐसा करूँगी।" बाला जाते-जाते रुकी, "नौकर नहीं हूँ, समझी!"

चन्ना ने साड़ी छोड़ दी। यह नौकर की बात कहती है, मैं इसे नौकर समझ रही हूँ? चन्ना लपककर सचमुच उसे मित्रता करने आई थी, लेकिन उसने...और बाला कमरे से जा चुकी थी।

और बाला जब ऊपर से आती हुई मिसेज रुद्रा को मिली तो तीख़ी होकर बोली, "मिसेज रुद्रा आप उस नई लड़की को किसी और कमरे में रख दीजिए। मैं अपने कमरे में तो रखने को बिलकुल तैयार नहीं। इस क़दर बदतमीज, ढीठ..."

"क्यों-क्यों, बात क्या है बाला? देखने में ऐसी नहीं लगती।"

"जैसे भी लगती हो मिसेज रुद्रा, मैं उसके साथ नहीं रहूँगी। मेरा कंघा और तौलिया इस्तेमाल हो रहा है।" मिसेज रुद्रा ने ठंडा करने का प्रयत्न करते हुए बाला की पीठ पर हाथ फेरा और मुस्कराकर बोली—"आओ-आओ बेटी, मेरे साथ चलो। मैं देखती हूँ। कुछ देर हुई, मैं गई थी तो अभी सोई पड़ी थी।"

मिसेज रुद्रा और बाला जब वापस कमरे में पहुँचीं तो चन्ना दरवाज़े को थामे खड़ी-खड़ी कुछ सोच रही थी। दोनों को देखकर कुछ चौंकी, पर चुप रही। मिसेज रुद्रा पंडित ने बाला की ओर देखा। शायद इसलिए कि कुछ कहे, फिर पूछे...

लेकिन बाला को कुछ कहने की आवश्यकता नहीं पड़ी। चन्ना इस बार पहले की-सी नहीं लगी। मस्तक पर गम्भीरता की छाया पड़ी लगती थी।

"आप मुझे कहीं अकेला कमरा दें, इनके साथ मेरा रहना नहीं होगा।" मिसेज रुद्रा मन-ही-मन मुस्कराईं। जानकर भी रहना नहीं आएगा, बोली..."देखो बेटी, यह तो होस्टल है। मिल-जुलकर रहना सीखो। पहले साल तो अलग कमरा नहीं मिल सकेगा।"

चन्ना ने अन्तिम वाक्य पर ध्यान दिया "नहीं मिल सकेगा।" उसके गर्दन उठाने का ढंग कह रहा था कि मैं लेकर छोड़ूँगी। किन्तु मिसेज रुद्रा तो सईदा बीबी नहीं, जो लड़की की एक-एक हरकत पहचाने।

"बेटी, बाला को अपनी बहन समझो। प्यार से रहोगी तो दिल भी लगेगा।"

''मैं तो लड़ी नहीं इनसे, पूछ लें। इनसे कपड़े निकालने को ही तो कहा था...'' मिसेज रुद्रा ने अर्थ-पूर्ण दृष्टि से बाला की ओर देखा। फिर कहा, ''यहाँ तो सभी काम अपने आप करने होंगे। तुम छोटी नहीं हो जो इनसे कपड़े निकलवाओ।''

चन्ना ने सिर हिलाया, ''हाँ, इनसे तो छोटी ही हूँ...''

बाला के चेहरे पर से आधी उपेक्षा मिट गई। नर्म होकर बोली, ''चलिए मिसेज रुद्रा, ठीक है। मैं समझ लूँगी।''

मिसेज रुद्रा को गुंजाइश दीख पड़ी। ख़ुश होकर बोली, ''कुछ देर की बात है बेटी—मिल-जुलकर रहो। ऊपरवाले कमरों की मरम्मत हो रही है। ठीक हो जाएँगे तो...''

बाला ने सन्देह से मिसेज रुद्रा की ओर देखा। ऊपर के कमरों के विषय में जो कुछ भी मिसेज रुद्रा ने कहा या कहना चाहा, उसका विश्वास उसे नहीं हुआ। उसके साथ की सब लड़कियाँ ऊपर चली गई हैं। केवल उसके लिए अभी कमरे की व्यवस्था नहीं हो पाई। मिसेज रुद्रा के कई बार कमरों की मरम्मत का कारण दुहरा देने पर भी बाला को यह बात कभी सच नहीं लगी। पिछली सर्दियों में बाला ने एकाएक होस्टल के खाने के विरुद्ध ऐसी आवाज़ उठाई कि कुछ थोड़ी-सी, बहन की कृपा-पात्रों को छोड़कर बहुत-सी लड़कियों ने बाक़ायदा आन्दोलन खड़ा कर दिया। मिसेज रुद्रा ने किस तरह प्यार-प्यार में समझा-बुझाकर लड़कियों को ठंडा किया और कुछ महीने के लिए खाने में पुलाव आदि की इतनी अधिकता करवा दी कि बहुत-सी लड़कियों को अब झगड़े की बात व्यर्थ लगने लगी। नाहक मिसेज रुद्रा की आँखों में चढ़ें। और बाला के विचार में मिसेज रुद्रा ने अभी तक उसे क्षमा नहीं किया। हालाँकि बातचीत में, उनके व्यवहार में बाह्य रूप से कोई परिवर्तन नहीं आया, पर बाला अपनी सीनियरिटी का हवाला देने पर भी अभी तक ऊपर के कमरे में नहीं जा सकी, जहाँ उसकी सहपाठिनें रह रही थीं। इस बीच कभी-कभी नए दाख़िले होने पर मिसेज रुद्रा कुछ दिनों के लिए नई लड़कियों को बाला के यहाँ ठहरा ही देती थीं। पर साथ-साथ बाला को ऊपरवाले कमरों की मरम्मत की बात बताकर जैसे उसे उसके अधिकार की याद दिला दिया करती थीं।

बाला को एक बार फिर उन्होंने अपनी बुद्धिमत्ता से काबू में कर लिया है। यह सोचकर मिसेज रुद्रा मुस्करा दीं। जाते-जाते बोलीं, ''अच्छा बेटी, चन्ना को चाय के लिए ले जाओ। सुबह से अब तक शायद कुछ खाया नहीं।''

मिसेज रुद्रा के जाते ही चन्ना ने कमर पर हाथ रखे एकटक बाला की ओर देखते-देखते मिसेज रुद्रा की-सी मुद्रा बनाई। बाला खिलखिलाकर हँस पड़ी, खुलकर बोली—''क्या नाम है तुम्हारा...चन्ना! अच्छा तो चलो अब चाय पी लो, फिर लौटकर बातें करूँगी।'' चन्ना ने बाला को प्रसन्न देखा तो झूम गई। बोली,

"चलो। पर हाँ, मेरे बाल कौन बाँधेगा?" बाला ने फ़र्श पर से कंघा उठाया और चन्ना के काले घने बालों को हाथ से थाम लिया। चन्ना शरारत से हँसी। बाला के हाथों से अपने बाल छुड़ाकर बोली—फिर वही कंघा! पर चन्ना आगे की ओर सिर झुकाकर बैठी थी और बाला के हाथ, कंघा हाथ में पकड़े सहज-सहज चन्ना के बाल सुलझा रहे थे। उस रात जब चन्ना सोने लगी तो सामान की तालियाँ बाला के गुच्छे में थीं।

43

होस्टल की शाम। लड़कियाँ दिन-भर की पढ़ाई से फ़ुरसत पाकर, कपड़े बदलकर चाय के लिए जा रही हैं। रंग-बिरंगे कपड़े, पतले-पतले दुपट्टे, भीनी-भीनी सुगन्धि और सीढ़ियों से उतरते-उतरते अनगिनत एड़ियों की आवाज़ें। आज बाला बाहर गई है। चन्ना ने कालिज से लौटकर किताबें मेज़ पर रखीं। दुपट्टा उतारकर कुर्सी पर डाल दिया और जाकर खिड़की में खड़ी हो गई। नीचे लॉन में लड़कियाँ घूम रही थीं। खिली-खिली। चन्ना ने सामने आकाश पर देखा, सूरज की तेज़ चमक सुनहरी होती जा रही थी। पक्षियों की डारें एक ही ओर उड़ी जा रही थीं, वापस घर लौटतीं हुईं। वह दूर सामने बड़ा-सा बरगद का पेड़, जिसे देखकर कई बार चन्ना कुछ ऐसा महसूस करती है, जिसे शब्दों में रूप नहीं दे पाती। इतना बड़ा, इतना विशाल बरगद और उसकी असंख्य शाखाएँ...एक बरगद में ही बँधी-बँधाई। अपने द्वार का पीपल याद हो आया। बचपन में कभी वह दित्ते को बकरियों के लिए उसकी टहनियाँ खींचते हुए देखती तो उसके दिल में आता था ज़रूर, टूटने से टहनियों को दर्द होता होगा, और पत्ते रोते होंगे। अब यह सब सोचने के लिए वह बड़ी हो गई। लेकिन फिर भी टूटी टहनियों की बात सोचकर अब भी जी न जाने कैसा हो जाता है।

साँझ नीचे उतर आई थी। चन्ना को वहाँ खिड़की में खड़े देर हो गई थी। उसकी आँखें विचारपूर्ण हैं। यह शाम की उदासी उसके दिल पर घिरती आ रही है। माँ को, पिता को उसने पत्र लिखा था। उनका जवाब भी आ गया था, पर विशेष बात भी उसमें न थी। अब तो उसे नानाजी और सईदा बीबी के पत्र की प्रतीक्षा थी। सईदा बीबी लिखेगी—'बच्ची, अपना ख़याल रखना' और चाची महरी बहुत-बहुत प्यार भेजेगी। कैसी अजीब बात है—दो शब्द लिखवाकर उसे बहुत-सा प्यार भेज देगी, और नानाजी इस बार उसे चुप-चुप लगे थे। कभी चन्ना सोचती है, जब नानाजी चुपचाप बैठे रहते हैं तो नानी की बात सोचते हैं। नानी का चेहरा तो अब धुँधला पड़ता जा रहा है। उनकी रेशम से कढ़ी फुलकारी याद है। तिल्लेदार जूती याद है।

मोटे-मोटे गोखरूवाली बाँहें याद हैं, पर सूरत समय की तरह आकृतिहीन होती जा रही है। और उसके बदले अन्तस्तल के पतले-पतले परदों पर कई और चित्रों का प्रतिरूप बन रहा है। पहाड़ों की गोदी में खेलता जेहलम। क्या वह चनाब से कम सुन्दर है? मन नहीं मानता...पर जेहलम में बहते हाउसबोट में। वह गाँव जाएगी तो ऐसी ही किश्ती नानाजी से बनवाने को कहेगी। फिर हवेली क्या, फिर तो वह दिन-रात चनाब में रहेगी। एक बार वह दिन-भर दरिया पर खेल-खेलकर शाम को घर लौटी थी और राह में उसने सोचा था कि कैसा हो, अगर पानी पर घर बना लिया जाए। आसपास हवेली-सा चबूतरा हो, और वह वहाँ खड़ी-खड़ी बहाव देखे। कांगे आएँगी तो क्या फिर घर से दौड़-दौड़कर यहाँ आना पड़ेगा। पर वह दिन अब नहीं हैं। मदरसे के आसपास दिन बीत जाते थे और नानी के चौड़े लाल पलँग पर रातें।

रात को बाला बाहर से लौटी तो अभी कमरे की बत्ती नहीं जली थी। अँधेरा देखकर सोचा—चन्ना कहीं नीचे होगी। बाला ने कमरे का खुला दरवाज़ा देखा—बेपरवाही। कितनी बार समझा चुकी है कि होस्टल है, दरवाज़ा खुला न छोड़ना चाहिए। बाला कमरे में पहुँची। अँधेरे में हाथ बढ़ाकर टेबल लैम्प टटोला और रोशनी होते ही देखा, खिड़की में चन्ना खड़ी थी। आश्चर्य हुआ।

"चन्ना..." चन्ना ने बाला की ओर देखा। विचारपूर्ण आँखें, "किसी से झगड़ा हुआ?"

"नहीं।" चन्ना ने सिर हिलाया।

"फिर क्या? घर से चिट्ठी आई?"

"हाँ।" चन्ना ने हाँ कहा, लेकिन चिट्ठी तो नहीं आई थी। बाला ने कपड़े बदलते-बदलते पूछा, "तो घर से उदास हो रही हो।"

चन्ना का मन छलका। जी हुआ, बाला का हाथ पकड़कर रो दे। पर दूसरे ही क्षण बाला कह रही थी, "चन्ना, चलो खाने के लिए। मैं तो आज जल्दी सोऊँगी। थकी हूँ।" चन्ना को लगा कि बाला कुछ और सोच रही है। कुछ मधुर। उसकी आँखें किसी रस में डूबी हुई थीं, जैसे वह चन्ना को नहीं, किसी कल्पना को रूप दे रही हों। चुपचाप बाला के साथ नीचे उतर चली। जाते-जाते सोचा—जो मैं कहना चाहती थी, वह क्या बाला समझेगी?

बाला ने आज अधिक कुछ खाया नहीं। कुछ अनमनी थी। लेकिन चन्ना को उस अनमने मन में उदासी नज़र नहीं आई। उसे मालूम दिया जैसे खाते-पीते बाला का हाथ अटक जाता है और वह ठिठककर उसकी ओर देखने लगती है। "जल्दी खाओ चन्ना!" अभी उसने खाया क्या था? वह तो बाला के अनुरोध की प्रतीक्षा कर रही थी। चन्ना ने मुश्किल से दो-चार कौर मुँह में डाले और बोली, "अब चलो।" उठते-उठते बाला ने दूर किसी मेज़ पर बैठी उर्मिल की ओर मुस्कराकर देखा और अनोखेपन से साड़ी का पल्ला ठीक करते-करते बाहर निकल गई।

चन्ना ने कमरे में जाकर किताब पकड़ी और कुर्सी पर बैठ गई। बाला ने कुछ गुनगुनाते हुए दर्पण में अपने को देखा। बालों पर घुँघराले करनेवाले क्लिप लगाए और जाकर बिस्तर पर लेट गई। चन्ना चुपचाप किताब पर आँखें गड़ाए बैठी रही। शब्दों को वह देख कहाँ रही है। वह तो उसे तैरते-से लग रहे हैं। बाहर टन-टन घंटा बज रहा है। टन-टन-टन...कानों में टन-टन-टन।

टेबिल लैम्प जल रहा है। बाला सो रही है। खिड़की में फूल पड़े हैं। दूर कहीं से ताँगे की आवाज़ आ रही है। निकट-निकट और निकट...पर इससे चन्ना को क्या? आवाज़ के सिवाय और...और कुछ नहीं सुन रही। टप-टप-टप—चन्ना ने हाथ से किताब छोड़ दी। उठकर खिड़की में से देखा। वृक्षों की काली छाया के सिवाय और कुछ न था। और नीचे बिलकुल अपने कमरे के सामने वह स्वयं खड़ी थी। पर उसका रूप कहाँ था, सामने लगी लाइट में तो केवल उसका आकार-भर था। माथे से बाल नीचे आ रहे थे। दुपट्टा गले के नीचे खिसक गया था और दुपट्टे के ऊपर उभार था।

खिड़की की चौखट से हाथ उठाए, बिस्तर में लेटने के पहले एक बार बाला को देखा और देखते-देखते ही किन्हीं विस्मृत रेखाओं से बोध हुआ कि शैया पर बेसुध लेटी बाला पहले से कहीं अधिक, बहुत अधिक सुन्दर लगती है। उसकी दुबली-पतली बाँहें, ऊपर-नीचे होता हुआ वक्ष और गले में चमकती हुई सोने की...पतली माला...

बिलकुल ऐसे ही माँ लेटती है। ऐसी ही सोई पड़ी दीखती है...ऐसा ही सब कुछ है, जिससे माँ सुन्दर लगती है। लाहौर आने के बाद आज चन्ना ने बिजली बुझाकर पहली बार सोचा कि माँ ऊपरवाले कमरे में सोई पड़ी होगी और उसके साथ पिता होंगे।

44

आज छुट्टी थी। दुपहर हो चली थी। अधिकतर लड़कियाँ बाहर चली गई थीं। होस्टल में ख़ामोशी थी। चन्ना अकेली कमरे में बैठी है। सुबह बाला जाते-जाते कह गई थी कि आलमारी तुम्हारे कपड़ों से भरी है। धोबी आएगा तो धुलाई लिख लेना। चन्ना सुबह से किताब पढ़ रही है। कितनी लम्बी है, पर चन्ना जैसे उसमें खो गई है। एक गायिका, उसका मधुर स्वर—उस स्वर का गुंजन—उस गुंजन में यौवन के कुछ मधु भरे क्षण। कहानी वह जानती जा रही है कि क्या है, लेकिन कहानी के नीचे बहनेवाली वह क्या चीज़ है जो चन्ना की बुद्धि से दूर है। पर नहीं, दूर कुछ नहीं—वह क्या समझ नहीं पा रही कि क्यों पूरबी ने मधुकर की बाँहों में अपने को डाल दिया...वह जानती है, एक बार उसने माँ से लेकर कोई

कहानी की किताब पढ़ी थी। किसी नववधू की वेषभूषा और सकुचाए-सकुचाए व्यवहार का वर्णन पढ़कर उसने जैसे अपने आप सोचा था कि एक दिन तो वह भी ऐसी ही दुलहिन बनेगी और दर्पण में अपने को देखकर उसने भोलेपन से दुपट्टा आँखों के नीचे खींच लिया था, तो घूँघट निकालकर वह दुलहिन बन गई थी, कहाँ? चन्ना ने आँखें ऊपर कीं। दर्पण में देखा तो उसकी आँखें शरमा रही थीं। जाने अचानक कहाँ से सईदा बीबी आ खड़ी हुई। बच्ची को इस तरह खड़े देखकर हँसी। बोली, ''बच्ची, देर नहीं। रब्ब ने किया तो जल्दी ही वह दिन आएगा—मेरी बच्ची को मेंहदी चढ़ेगी, बरात आएगी, बाजे बजेंगे।''

चन्ना ने पल-भर सईदा बीबी की ओर देखा था। घूँघट निकालते हुए पकड़े जाने पर खीझ और ग़ुस्सा आया, पर बरात आएगी, बाजे बजेंगे...यही तो कह रही है सईदा बीबी। चन्ना की आँखें सईदा बीबी की उन आँखों से नहीं मिल सकीं, जो उसके दुलहिन बनने का स्वप्न देख रही थीं। और सईदा बीबी कह रही थी कि बच्ची, लाल जोड़ा आएगा नाना के घर से। रब्ब उन्हें सलामत रखे—वह दिन देखने के लिए...

लाल जोड़ा आएगा—लाल जोड़ा...चन्ना उठी और अपने हाथों में मुँह छिपाकर सईदा बीबी से लिपट गई, ''कुछ मत कहो सईदा बीबी...''

45

चन्ना वापस होस्टल लौटी तो कमरे में बाला नहीं थी। ड्रेसिंग रूम में पड़े उसके कपड़े बता रहे थे कि वह वापस लौट आई है। चन्ना ने मेज़ पर देखा, उसके नाम के दो पत्र थे। एक माँ का और एक गाँव से आया था। माँ ने क्या लिखा होगा, यह वह जानती है, और गाँववाले पत्र में चाची महरी ने किसी से क्या लिखवाया था, यह भी वह जानती है। पर दोनों के जानने में कितनी भिन्नता है। सजे-सजाए कमरे में कुर्सी पर बैठकर माँ ने किस अन्दाज़ से पत्र शुरू किया होगा, और जल्दी-जल्दी कुछ लाइनें लिखकर चमकती हुई चूड़ियोंवाले हाथ से लिफाफा बन्द कर दिया होगा। और सुबह-सुबह चाची महरी ने मुंशी को बुला भेजा होगा। बरामदे में पीढ़ी पर बैठी चर्खा कातते-कातते चाची ने मुंशी से कहा होगा—'मुखी, बच्ची को ख़त लिखना है। लड़की को लिख दो ख़त-पत्र जल्दी-जल्दी लिखा करे। उदास न होना। तुम्हारे नाना ज़मीनों पर गए हुए हैं। बच्ची, तुम्हारे आने के दिन गिनती रहती हूँ। औसियाँ डालती रहती हूँ। खाने-पीने का ध्यान रखना। सईदा बीबी अच्छी है, बच्ची, उसकी तो तुम में जान प्राण है। हाँ, मुंशी यह भी लड़की को लिख दो कि सिर धुलाकर बालों में तेल अच्छी तरह लगा लिया करे...'

यह क्या चन्ना कौन-सा पत्र पढ़ रही है। उर्दू में क़लम से लिखा हुआ पता। अभी तो चन्ना ने लिफ़ाफा खोला ही नहीं, और उसका मजमून जान गई। मजमून तो उसका वह बिना पढ़े जानती है।

चन्ना ने बिस्तर पर फैलते हुए गाँववाला लिफाफा खोला। लिखाई मुंशी की ही थी। काने की क़लम और काली स्याही—ओम, अज-तारीख़...हूँ—चन्ना ने तकिये पर सिर टिकाया और एकाग्र हो पत्र पढ़ने लगी—"बच्ची को चाची की ओर से बहुत-बहुत प्यार। अपनी राजी-बाजी का पता जल्दी-जल्दी दिया करो। सईदा बीबी कहती है कि बक्स में लिफाफे-कार्ड पता लिखवाकर रखे थे, लिखने का आलस न करना। तुम्हारे नानाजी अच्छे हैं। आजकल कुछ फिकर में हैं बच्ची! सुना है कोई बिल पास होनेवाला है। शाहजी उसके लिए चिन्ता करते हैं। बच्ची, तुम लाहौर की कचहरी से पता लेना। क्या क़ानून है। बड़ा रुपया बाहर बिखरा पड़ा है। रब्ब अच्छा करे। माँ की चिट्ठी-पत्री आती होगी...बच्ची, अपने खाने-पीने का ध्यान रखना। किसी चीज़ की ज़रूरत हो, लिख भेजना। बच्ची पहनने-ओढ़ने में लापरवाही न करना, रात को हवा ठंडी हो जाती है। कपड़ा भारी ही रखना। सईदा बीबी का बहुत-बहुत प्यार। बच्ची, तुम्हारे बिना उसे कुछ आता-जाता ही नहीं। अपनी बड़ी बहन जी को मेरी 'राम-सत' कहना..."

चन्ना हँसी, बड़ी बहन...चाची क्या जानती है बड़ी बहन कौन है, कौन नहीं। सईदा बीबी से सुना होगा, और फिर राम-सत। वह वार्डन से या प्रिंसिपल से चाची महरी की राम-सत करेगी? चन्ना को ख़याल आया—कोई आश्चर्य नहीं, कभी चाची यहाँ आए तो ज़रूर प्रिंसिपल से गले मिलकर राम-सत करेगी। वह झिझकनेवाली नहीं...

माँ का पत्र चाहने पर भी वह उत्साह से नहीं खोल सकी। पढ़ाई का हाल-चाल पूछा था। दिल लगाकर पढ़ने को लिखा था। और क्या माँ ने लिखा है? पिता की कोई बात नहीं पत्र में...चन्ना ने दोनों पत्रों को सिरहाने रख दिया।

लेटी रही, लेटी रही—देर बाद बाला लौटी। चन्ना को ख़ुश लगी। कोई अच्छी सी धुन गुनगुना रही थी। अन्दर आकर पूछा—"आज कहाँ-कहाँ घूमकर आई चन्ना?"

"बहुत दूर गई थी। रावी पर भी घूमती रही।"

"अकेली..." बाला के चेहरे पर जिज्ञासा थी।

"हाँ-हाँ, ताँगेवाला अच्छा था।"

"चन्ना, अकेले जाना अच्छा नहीं। ताँगे वालों को तुम नहीं जानतीं। यह सीधे नहीं होते।" बाला के स्वर में संशय था, सन्देह था।

चन्ना ने सीधे बाला को देखा। उसकी आँखें कुछ जानना चाहती थीं और जो चन्ना कह चुकी है, उस पर शायद विश्वास नहीं कर पा रही थी।

"ताँगेवाले को कितने रुपए दिए?"

“पाँच।”

बाला ने चौंककर चन्ना की ओर देखा—“तुम पागल तो नहीं हो गई चन्ना... पाँच रुपए ताँगेवाले को...”

“अच्छा था। तीन-चार घंटे घुमाता रहा। कुछ बोला ही नहीं।”

बाला ने परखती दृष्टि से चन्ना की ओर देखा और चन्ना के कन्धे पर हाथ रखकर बोली, “चन्ना, अधिक रुपए पास होने से ही क्या अधिक ख़र्च करना ज़रूरी है। यह बुद्धिमत्ता नहीं चन्ना! यहाँ के नौकरों को मैं तो ख़ूब समझती हूँ—तुम छोटे-मोटे कामों पर ख़ुश होकर उन्हें इनाम देने की आदत मत डालो...”

चन्ना ने एक लम्बी 'हूँ' की। चेहरा कह रहा था कि जो तुम कह रही हो, वह मैं ठीक-ठीक समझ नहीं रही हूँ। वैसे तुम कहती रहो मैं बुरा नहीं मानूँगी।

बाला जब रात को सो गई तो चन्ना अभी जग रही थी। कुछ थोड़ा पढ़ लेना ज़रूरी है। कल कोई टैस्ट है। चन्ना ने लेटे-लेटे किताब खोली। पन्ने के बाद पन्ने उलटे, यह तो सब वह जानती ही है। क्लास में वह एकाग्र होकर पढ़ती है। पर इस समय उँगलियाँ केवल पन्नों में चल रही हैं। ध्यान किताब में नहीं। जाने क्यों लगता है कि मन उड़ा-उड़ा है। कौन-सी बात है जो बार-बार ऊपर आ रही है? रुपयों के विषय में बाला की सलाह तो नहीं? शायद साँझ समय रावी का सुन्दर दृश्य...फिर? नहीं...

यह तो घर की याद है जिसमें घुल-मिलकर चाची महरी और सईदा बीबी एक हो रही हैं। उनका चित्र चन्ना की आँखों में नहीं आ रहा, पर वह उन्हें महसूस कर रही है। किन्तु अब महसूस करने को चन्ना के लिए केवल चाची महरी का प्यार और सईदा बीबी की गोद ही नहीं, कुछ और भी, कुछ और भी है। और साँझ को पत्र पढ़ने के बाद जो अनजाने ही मन पर तैर रहा है, वह है चाची के पत्र में शाहजी की चिन्ता—“तुम बड़ी कचहरी से पता लेना...”

चन्ना यह पढ़ते-पढ़ते भी चाहती थी कि चाची की इस बड़ी कचहरीवाली बात पर हँसे, पर नहीं। इसके लिखने के प्रयोजन को वह समझती है। उस प्रयोजन की गुरुता को भी। चन्ना ने चाहे कभी ज़मींदारी के लेन-देन के काम को नहीं जाना, नहीं समझा, पर इन सबसे व्यवहार की बात तो वह बिना जाने भी जान गई है, और बिना समझे भी समझ गई है। जिस चीज़ में वह पली है, जिस चीज़ में वह बनी है, उसे पहचानने के लिए क्या उसे प्रयत्न करना होगा? वह कितनी भी अपरिपक्व हो, ज़मीनों से निकलते हुए रुपयों की क़ीमत जानती है। नाना के लेन-देन के लाभ को समझती है। और जिन बिलों की बाबत आज चाची ने लिखा है, उसने भी तो उनके बारे में पिता से पूछा था और पिता ने कुछ दबे-दबे स्वर में समझाया था कि अगर बिल पास हो ही गए तो शाहजी का नुक़सान कम न होगा। पिता के कहने में चन्ना को नाना के लिए सहानुभूति नहीं, चेतावनी नज़र आई थी। पर यह चेतावनी अकेले

नाना के लिए ही क्यों, उसके लिए भी तो है। नाना और नाना की ज़मीनों से अलग वह और है ही क्या? माँ को माँ और पिता को पिता कहने पर भी वह उनके इतने निकट नहीं हो सकी जितने वह नाना और ननिहाल के निकट है। काले बिल पास होंगे—नाना को नुकसान होगा—कई ज़मीनें हाथ से निकल जाएँगी। नाना की नहीं, उसकी अपनी! कौन है जो चन्ना से कहता है कि नाना के कुएँ और ज़मीनें उसकी हैं, वह मीलों तक फैले हुए खेत, खेतों में चलते हल, और फिर फ़सल बनते हुए बीज उसके हैं, वह उनकी स्वामिनी है।

एक बार स्कूल से लौटते-लौटते उसने गाँव का न जाने एक ऐसा नक़्शा क्यों खींचा था कि एक दिन हवेली में शाहजी न रहेंगे...क्यों न रहेंगे? चन्ना को पता था कि वह सोच रही है कि जब नाना बिलकुल नहीं रहेंगे...पर मानने को जी नहीं होता। शायद कभी वह बाहर दूसरे शहर जाएँगे। गाँवों में ज़मीनों में किसकी बात चलेगी, किसका रौब चलेगा? उसी का तो। फैजू के दादा के ज़माने से शाहजी के यहाँ बँधे रखी ज़मीन वह छोड़ देगी—कालू को कोई छोटा-मोटा घर दे देगी और बंते और उसके पाँचों भाइयों को वह ठीक करेगी कि कभी याद रखें। एक दिन शाहजी के सामने कैसा अकड़ रहा था। शाहजी तख़्तपोश पर बैठे अपने सिर के बालों में उँगलियाँ चलाते-चलाते हँसते रहे। बाद में बोले, जाओ बच्चे, जाकर पानी-वानी पिओ, तुम्हारा चित्त ठिकाने नहीं। बंता और नंता एक बार फिर आँखें तरेरकर हवेली से बाहर हो गए थे। शाहजी ने उनकी बातें—उनकी अपमानपूर्ण मुद्रा क्यों और कैसे सहन की? यही तो चन्ना समझ नहीं पा रही। बन्ते की इतनी मजाल!

"नाना जी..."

"हाँ बच्ची..." शाहजी ने आश्चर्य से लड़की की ओर देखा।

"नानाजी, इस बन्ते को आप कचहरी बुलाकर ठीक करें, अभी साल-भर हुआ चाची कहती थी कि पत्तों की बाले हिसाब में छोटी की है।"

शाहजी ने स्नेह से लड़की की ओर देखा, जैसे कहते हों—ठीक कहती हो बेटी, यही तो मैं करूँगा बेटी, असामी कभी अकड़कर चल सकते हैं? इन्हें तो उम्र-भर झुकना ही है। आज तेवर दिखा रहा था, कल को पिछले बहीखाते खुलेंगे तो पाँव पकड़ेगा।

कहकर शाहजी निश्चिन्ततापूर्वक तकिये के सहारे लेट गए थे। उन्हें अपने पर भरोसा है, अपनी शक्ति पर भरोसा है और भरोसा है किसानों की उस घुंडी पर, जिसकी चाबी उनके हाथ में है। और आज लड़की के मुँह से बंते को सबक़ देने की सलाह ने उन्हें नया विश्वास दिया। चन्ना से तो कुछ अधिक नहीं कहा, लेकिन उन्हें मान हुआ कि चन्ना की आवाज़ में यह उनकी परम्परा है, जो उनके बाद भी जीवित रहेगी।

उन्होंने शीला और शाहनी को भी देखा था। आए दिन किसी-न-किसी की सिफ़ारिश लाती थीं और उन्हें विवश होकर कुछ-न-कुछ ढंग निकालना ही पड़ता था। एक बार नत्थू ने ऐन मौक़े पर आकर शाहनी से अपना दुखड़ा रोया था। शाहनी पसीज गई थी। जाकर पति से बोली, ''शाहजी, उस ग़रीब के सौ सैकड़े से आपको क्या कमी आएगी, क्यों उसे कचहरी में चढ़ाकर मारते हो ? जो पहले ही मरा हुआ है, उसे क्या मारोगे...''

शाहजी की समझ में अपने मतलब की बात आ गई थी। शाहनी ठीक ही तो कहती है, जो मरे हुए हैं उनको क्या मारेंगे। कचहरी में जाएँगे तो उसका कुर्क होगा और उस कुर्क से क्या शाहजी को बहुत कुछ हाथ आएगा ? कुछ नहीं, केवल कुर्क करवाने का अधिकार-भर। और उस अधिकार पर ही तो आज शाह शाह हैं। वह अधिकार उनके पास है, क्योंकि उनके पास पैसा है। वह पैसा है जो सब कुछ हथिया सकता है। पकी-पकाई फ़सलें, ज़मीनें, ज़मीनों में चलते हुए कुएँ, बैल और बैलों की तरह स्वयं पिसनेवाले किसान।

शाहजी ने नत्थू को छोड़ दिया था। शाहनी ने मन-ही-मन सोचा था कि क्या शाहजी मेरी बात टालते! नत्थू ने सौ-सौ आशीष दी थीं और शाहजी के मुंशी ने नत्थू के हाथ में पाँच सौ रुपया रखते हुए कहा था—''भई तुम्हारी तो क़िस्मत पलट गई! कहाँ तो आज कचहरी होते और कहाँ शाह से पाँच सौ रुपया पा रहे हो। यह लो पाँच सौ। तुम्हारी हालत शाहजी से छिपी नहीं है। उनके दिल में दया-धर्म है। कोई और होता तो... ख़ैर...पिछला जितना भी रुपया तुमने लिया, वह सब बिना 'रजिस्ट्री' के है। उसका आधा दो सौ अब दे जाओ, बाक़ी हिसाब चलता रहेगा।'' नत्थू ने पाँच सौ लेकर दो सौ देने में कोई आनाकानी नहीं की। कृतज्ञ होकर बोला—''मुंशी जी, यह सब आपकी मेहरबानी है, नहीं तो आज मैं यहाँ न होता। फिर शाह तो शाह ही हैं।''

नत्थू रुपए लेकर शाहनी के पास गया, ''शाहनी, तुम्हारे पाँवों का सदका। शाहजी के दिल में रहम है। भगवान उन्हें ख़ुश रखे...''

और शाहजी ने शाहनी की बात रखी, नत्थू को कुर्की से बचाया। उसे पाँच सौ देकर बिदा किया। शाहजी के लिए यह सब नया नहीं। अपने व्यवहार में उनकी कभी हार नहीं होती। व्यवहार और अधिकार में वह सदैव विजयी हैं। फिर शाहनी का अनुरोध वह क्यों न रख लें ?

पर चन्ना की ओर से ठीक शाहनी से उल्टी बात सुनकर शाहजी को कम आश्चर्य नहीं हुआ। विस्मय में कहीं छिपा हुआ सन्तोष भी ज़रूर था, जो उनसे बिना शब्दों के कह रहा था कि बेफ़िक्र रहें, तुम्हारे बाद भी कोई तुम्हारी ज़मींदारी देखने योग्य कोई रहेगा। अब जब चन्ना कुछ बड़ी हो गई है तो शाहजी की आशा के विरुद्ध चन्ना उन्हें पहले से अधिक कठोरता की ही सलाह देती है। कभी-कभी तो शाहजी यह भी सोचते हैं कि लड़की में नानी या माँ की तरह दरियादिली नहीं। किसी ने

ग़लत नहीं कहा कि तीन पीढ़ियों के बाद घर का रंग-ढंग बदल जाता है। चाल-ढाल बदल जाती है। पर काम सँभालने में लड़की नासमझ नहीं रहेगी। आज तक वह स्वयं ही अगर सावधानी या कार्यकुशलता न बरतते तो क्या वह इतनी ज़मींदारी के मालिक होते?

पर शाहजी लड़की को जितना निपुण समझते हैं, वह उतनी निपुण न भी हो, पर अपनी ज़मींदारी से उसे शाहजी से कम लगाव नहीं। और आज उन काले बिलों की बात पढ़कर मन में चिन्ता हो गई।

देर गए जब चन्ना ने बिजली बुझाई तो चाची महरी के पत्र ने उसे गाँव के लिए अधीर किया और उन बिलों की चिन्ता ने उसे अस्थिर किया। आज की नींद सहज रूप से आँखों पर छा नहीं सकी, और जब चन्ना ने बाहर घंटों की टन-टन आवाज़ सुनकर सोने के लिए करवट ली तो दूर किन्हीं ऊँची-ऊँची पहाड़ियों पर से उतरकर सुरेश का चित्र आँखों में उलझ गया...

46

धर्मपाल और श्यामा अपने शिशुविहीन घर में पूर्ववत् रहते हैं। कोई परिवर्तन नहीं। सब कुछ वैसा है। केवल धीरे-धीरे फ़र्नीचर बदलता जा रहा है। जो बदले नहीं, वह हैं घर के मालिक-मालकिन। समय की गति यदि उन्हें आगे खींचती भी है तो उस परिवर्तन को वह एक-दूसरे में नहीं देख पाते। श्यामा के लिए पति का आज भी वही स्वरूप है जो उसने इस घर में पहली बार देखा था और धर्मपाल के लिए श्यामा वही है, बिल्कुल वैसी है, जैसी उन्होंने उसे पहले दिन जाना था। इस जानने में यदि कुछ बदल पाता, उनका परिचय बदलता और उस बदलने के क्रम में कोई नई उत्कंठा, नई आकांक्षा उपजती। पर ऐसा कहाँ हुआ? ब्याहे जीवन के बीते हुए वह वर्ष जैसे उन दोनों के बीच मौन पड़े हैं। उनमें जो सौन्दर्य था, जो मृदुलता थी, वह जागी नहीं।

श्यामा सोचती है कि पति की छाया तले पड़े-पड़े भी वह किसी और नन्हें-नन्हें मस्तक को पुचकारना चाहती है। दिल को समझाने पर भी उसे लगता है कि चन्ना उस अभाव को पूरा नहीं कर पाई। अपने बच्चों की तरह कभी वह कोई अनुरोध लेकर उसके पास नहीं आई। अनुरोध नहीं, आग्रह नहीं। अपनी जान में वह आज तक चन्ना को ढील देती रही है, पर उसे लड़की ने समझा कब? इतना तो वह भी जानती है कि कभी चन्ना को दुलारना चाहते हुए भी उसको देखते ही कठोर हो जाती है और उस कठोरता में कटुता नहीं, तो विरक्ति होती है। और उसका उत्तर उसे लड़की की उदासीनता से मिलता है। उसका मन इस घर में नहीं। इस घर के साथ

उसने अपने को ढाला नहीं। धर्मपाल अपने व्यापार को निपुणता के साथ चलाते जा रहे हैं। व्यापार और उसके पेचीदा मामले उनमें ऐसे रच गए हैं कि उनके लिए उनको सोचना नहीं पड़ता। वह जैसे स्वयं ही उनसे सुलझते जाते हैं। बड़े-बड़े शहरों में उनकी शाखाएँ हैं और उन शाखाओं से उभरता हुआ बैंक का रुपया है। फिर उन्हें आज कमी है किसी चीज़ की?

इस बार जब वह चन्ना को पहुँचाकर लौटे तो उन्हें भान हुआ कि किसी कर्तव्य ने उन्हें खींचकर कह दिया है कि अब वह युवा नहीं रहे। एक सीमा आ गई है, विराम आ गया है। बेटी को होस्टल में छोड़कर जब वह फाटक से बाहर आने लगे तो सोई हुई पिता की ममता उमड़ आई। मन हुआ, लड़की को अपने साथ लौटा ले जाएँ। चन्ना की ओर देखा—मुख पर प्यार का, व्यथा का भाव नहीं था। कुछ उलझ गया लगता था। बढ़ते-बढ़ते रुक गए। काश, लड़की एक बार मचलकर कहती—मैं यहाँ अकेली कैसे रहूँगी पिता जी...

लेकिन चन्ना कुछ बोली नहीं। खड़े-खड़े हाथ जोड़ दिए, जैसे किसी के निर्णय को स्वीकार कर लिया हो और जब धर्मपाल सईदा बीबी के साथ फाटक से बाहर लौटे, तो पिता के प्यार को वेदना ने जैसे रुद्ध कर दिया। सईदा बीबी की आँखों से दबे-दबे आँसू देखकर अनुभव हुआ कि वह कितने असह्य हैं। जिस मोह से डोलकर सईदा बीबी की आँखें भर आईं, वह उसी मोह से आते-आते बेटी को थपथपा भी नहीं पाए।

गाड़ी चलने पर सईदा बीबी कुछ स्वस्थ हुई तो धर्मपाल से बोली, "जमाईराज, बच्ची अन्दर-ही-अन्दर कुछ सोचती है। खुलकर बात नहीं करती। आते-आते जो वहाँ चुपचाप खड़ी रही तो क्या उदास नहीं हो रही थी?"

धर्मपाल ने सोचा—सईदा बीबी बच्ची की नहीं, उनकी बात कर रही है। कुछ बोले नहीं। शीला की याद हो आई। वह क्या उनके साथ कभी खुल पाई। उनकी उपेक्षा, उनकी निर्दयता, उनका मोह सबका सब वह बिना बोले, बिना उलाहने के झेल गई। लड़की भी क्या माँ जैसी नहीं होगी? और वह स्वयं कैसे हैं? लड़की को लौटती बार प्यार नहीं दे सके? धर्मपाल जब वापस घर लौटे तो पत्नी से बोले, "चन्ना होस्टल में क्या रहेगी? हम लोग वहीं चले जाएँ तो यहाँ का काम तो चलता ही रहेगा।"

श्यामा ने प्रतिरोध किया। यह क्या शाहजीवाली बात नहीं। वह भावुकता लौट-लौटकर आती है, "अकेले! अब वह छोटी नहीं। उसे कुछ सीखना भी है या नहीं। कुछ दिन की बात है। बाद में लड़कियों से हिल-मिल जाएगी। हास्टल में लड़कियाँ क्योंकर रहती हैं, इसे क्या आप नहीं जानते?"

धर्मपाल ने अधिक कुछ कहा नहीं। श्यामा ने सोचा—ख़याल आया तो आ गया, नहीं तो कौन अधिक लगाव उन्हें लड़की से है। अपने आप समझ जाएँगे।

और सचमुच कई दिन तक धर्मपाल ने चन्ना को पत्र नहीं लिखा। कभी उसका पत्र आता है तो श्यामा पढ़कर उन्हें दे देती है।

आज दिन में चन्ना का पत्र आया तो सुरेश की बात जानकर श्यामा को सन्तोष हुआ। लड़का अच्छा है। कितना विनीत है, पर शोख भी। जब रामनाथ कलकत्ते लौटे तो श्यामा से बोले थे—"भाभी, चन्ना भी लाहौर जा रही है। सुरेश मिल आया करेगा, कोई पराई बात नहीं।" सुरेश को श्यामा ने भी पराया नहीं माना। गुलमर्ग क्लब में घंटों उसकी बातें सुनकर वह अघाती नहीं थी। और जब छुट्टियों के बाद सुरेश वापस लाहौर पहुँचा तो चाची को पत्र डालने में आलस्य नहीं किया। सुरेश ने सोचा था, चाची कितनी समझदार और स्नेहमयी है। और उसकी अपनी माँ, उन्हें तो खोने के सिवाय और किसी चीज़ की चिन्ता ही नहीं। चाची पढ़ी-लिखी हैं। किसी भी विषय पर बात कर सकती हैं। और उसकी आशा के अनुकूल चाची ने उसके पत्रों का उत्तर देने में देर नहीं की थी। और जब पहली बार उन्होंने उसे चन्ना से मिल आने को लिखा तो सोचकर जाने क्यों वह झिझका। लड़कियों से वह खुला हुआ है, पर चन्ना का व्यवहार न जाने कैसा है। चाची के साथ बातें करते-करते वह कभी चन्ना की ओर देखा करता था तो वहाँ उसे उपहासजनक हँसी के सिवाय और कुछ न दीखता था। पर उस दिन चन्ना को होस्टल छोड़कर जब सुरेश वापस लौटा तो चाची चन्ना से फीकी हो गई लगती थी। चन्ना कितना मीठा बोलती है। व्यवहार में कोई झिझक नहीं, अटक नहीं। ऊपर से आते ही कहा, "आज तो आपके साथ ख़ूब घूमूँगी।" और लापरवाही से पहने हुए रेशमी कपड़े क्या बुरे लग रहे थे? चाची कहती थी कि बोलती कम है, पर वह तो रास्ते-भर बात-पर-बात करती और हँसती रही, और अन्त में फिर आने का निमंत्रण।

धर्मपाल शाम को घर लौटे तो श्यामा ने चाय के बाद सदा की तरह और पत्रों के साथ चन्ना का पत्र भी आगे कर दिया। "पिता जी कैसे हैं? माँ तुम उनकी कोई बात नहीं लिखतीं..." और बस। इसके बाद, इसके बाद चन्ना कुछ नहीं लिख सकी। कभी से उन्होंने क्या इतनी मीठी बात नहीं सुनी? "पिता कैसे हैं माँ..." धर्मपाल का मन हुआ, बेटी को लिखें तुम कैसी हो मेरी बेटी—कैसी हो?...मैंने तुमसे कभी पूछा नहीं—कभी जाना नहीं बेटी, तुम कैसी हो? धर्मपाल पत्र की लिखावट देखते रहे। सामने बैठी पत्नी की ओर देखा। जो आज वह सोच रहे हैं, उसे क्या वह समझेगी? जो चन्ना ने लिखा है, उसे क्या उसने समझा है? नहीं-नहीं...

श्यामा एकाग्र होकर अपनी बुनाई करती जा रही है। धर्मपाल ने पत्र पढ़कर मेज़ पर रख दिया। दिल में आया कि पत्नी से कहें कि सचमुच में तुम चन्ना की माँ नहीं हो।

47

धर्मपाल उन दिनों लाहौर पहुँच गए। दो दिन रहे। दुपहर को चन्ना पिता के साथ बाहर गई तो रात को हास्टल नहीं लौटी। धर्मपाल किसी मित्र के यहाँ ठहरे थे, जो परिवारसहित उसी सुबह किसी विवाह के निमंत्रण से चले गए थे।

रात को चन्ना को साथ लिए जब वह आए तो कोठी सुनसान पड़ी थी। नौकर-चाकरों को सोने के लिए छुट्टी देकर धर्मपाल ने चन्ना के साथ ऊपर के कमरे में प्रवेश किया। सादा-सा कमरा, पूरी सुविधाएँ। उन्होंने कोट उतारते-उतारते ताली चन्ना को दी और बोले, ''बेटी, मेरे कपड़े निकाल दो।''

उनके मस्तक पर चिन्ता और थकान के चिह्न थे। चन्ना ने बक्स खोला। सब कुछ तरतीब से रखा हुआ था। सूट, कमीज़ें, कोट, मोजे, रूमाल—यह सब किसी ने सहेजा था। दिन-भर पिता के साथ घूमते-फिरते ऐसा लग रहा था कि आज उसमें और उसके पिता में ऐसी निकटता है, जिसके बीच और कोई नहीं। लेकिन कपड़े निकालते-निकालते जैसे माँ बीच में आ खड़ी हुई। चन्ना ने कपड़े निकालकर पलँग के किनारे रख दिए और लौटकर बक्स बन्द किया।

चन्ना ने चाबी दुबारा पिता को लौटाई नहीं। उठाकर तकिये के नीचे रख दी। सामने की खिड़की के परदे उठाए, नीचे देखा, अन्धकार था। फूलों का कोई रंग नज़र नहीं आ रहा। साथ की कोठी में रोशनी है, पर झुटपुटे से घिरा-घिरा, दबा-दबा हुआ रेडियो का स्वर...

ऊपर देखा, अँधेरी रात थी और अँधियारे पर टँके तारे चमकते हुए भी जैसे प्रकाश की आशा नहीं बँधा पा रहे।

चन्ना ने मुड़कर देखा, पिता पहले की मुद्रा में बैठे थे, चुपचाप। दिन-भर वह कितनी बातें करते रहे? कैसे रहती हो? क्या पढ़ती हो? कितनी सहेलियाँ हैं? क्या नाम है? कितना घूमती हो? और जवाब सुन-सुनकर वह हँसते रहे थे।

चन्ना पिता के पास आ खड़ी हुई, ''पिता जी, कपड़े बदल डालिए।'' धर्मपाल ने चन्ना की ओर देखा नहीं, कपड़े लिए और साथ के छोटे कमरे में चले गए। चन्ना ने कमरे में इधर-उधर नज़र डाली। कैबिनेट पर परिवार का चित्र पड़ा है। पति-पत्नी। स्त्री के अधरों पर मुस्कराहट है, पति के मस्तक पर गर्व है और बच्चे...लगता है परिवार का परिवार एक ही तार में बँधा हुआ है। चन्ना का अपना घर सामने आया—माँ, पिता और वह—तीनों अलग-अलग, उखड़े-उखड़े से। धर्मपाल आए, लम्बे ढीले कोट में वह पहले से दुबले लग रहे थे।

''बेटी, जाकर तुम भी कपड़े बदल लो।'' धर्मपाल ने शायद कुछ और सोचते हुए कहा।

चन्ना खिलखिला पड़ी, "पिताजी, होस्टल से कुछ साथ लाई ही नहीं थी, कपड़े कहाँ से बदलूँगी।"

चन्ना ने अपने ढीले हो गए बालों को बाँधते-बाँधते पिता की ओर देखा। मुखाकृति से किसी रहस्य को पहचानने का ज्ञान उसे न भी हो, पर चेहरे पर उभरते भावों को तो वह महसूस कर सकती है। इस अपरिचित गृह में यह बोझिल वातावरण। वह चाहती है, पिता उसे कुछ कहें, कुछ तो बड़ा समझें। वह क्या अभी तक निरी बच्ची है?

"पिता जी, आपने बाला देखी? मेरे साथ खड़ी थी। वही तो है। उसी के कमरे में तो रहती हूँ।"

धर्मपाल उसी तरह तकिये के सहारे झुके रहे, कुछ बोले नहीं। चन्ना ने हाथों से बालों को पीछे डाला और आकर अपने बिस्तर पर लेट गई। चाहा कि पिता की ओर न देखे, पर बार-बार दृष्टि उन्हीं की ओर उठ रही है। यह कमरा जिसे कभी देखा नहीं, वह लोग जिन्हें वह जानती नहीं, और उसके अपने पिता जिनके पास इतने साल रह लेने पर भी दूर रही। कभी-कभी धुँधले-से वह दिन दीखते हैं, जब वह बात-बात पर पिता के कन्धों पर झूल जाती थी और फिर एकाएक उसे और सईदा बीबी को नीचे के कमरों में भेज दिया जाता था। उसके बाद पिता के निकट, पिता के समीप, किसी लाड़-प्यार की बात उसे याद नहीं आती। बिजली के प्रकाश पर छाया हुआ क़ीमती सुन्दर शेड, और उसके आसपास घूमते हुए किसी पतंगे की फड़फड़ाहट...

चन्ना ने आँखें मूँद लीं। धर्मपाल उठे। चन्ना ने आवाज़ सुनी। सोचा—वह पानी पीएँगे। पर पिता तो बक्स के पास जाकर झुक गए। बक्स खुलने की आवाज़, फिर बन्द होने की। धर्मपाल वापस आकर सिरहाने के सहारे बैठ गए। चन्ना ने आँखें खोलीं। कुछ क्षण बाद लगा, पिता जैसे पृष्ठ उलट रहे हैं। फिर वही, फिर वही आवाज़—अख़बार पढ़ रहे हैं? चन्ना ने करवट ली, आँखें जबदरदस्ती बन्द नहीं रह सकीं। पिता के हाथों में काग़ज़ थे—काग़ज़ों पर काली स्याही में उर्दू के अक्षर। जिज्ञासा हुई। सहज-सहज उठी और जाकर पिता के पास बैठ गई। कुछ बोली नहीं, केवल देखा। धर्मपाल और हाथों में काग़ज़। एक बार क़लम से लिखे शब्दों को देखा और सामने बैठी बेटी की ओर देखा। किसी गीली स्मृति की लहर आकर अन्तर से टकरा गई। जी हुआ, बहुत कुछ कह दें, बहुत कुछ, सब कुछ।

"चन्ना, यह तुम्हारी बड़ी माँ के लिखे काग़ज़ हैं।" चन्ना के हाथों ने काग़ज़ को थामा, और आँखें पिता की आँखों से जैसे जकड़ गई हों। यह काग़ज़ उसकी माँ के लिखे हैं, उसकी माँ के...किसके? उसकी अपनी माँ के...और यह उसके अपने पिता हैं—अपने हैं।

पीले-से काग़ज़ की पहली लाइन अपने आप बोल रही है—"कितनी अँधेरी सुनसान रात है, वह अभी तक लौटे नहीं..."

धर्मपाल की आँखें किसी दर्दीली याद में डूब गईं। सुनसान रात में प्रतीक्षा करती शीला—लेकिन वह कभी नहीं लौटे...नहीं लौटे...

चन्ना ने पिता को देखा, ऐसी ही रातों में माँ उनकी प्रतीक्षा में बैठो रह जाती होगी। और उसके बाद की बात तो वह जानती है। माँ के रहते पिता नई माँ ले आए थे, और आज उसी माँ के लिखे काग़ज़ वह उसे दे रहे हैं। पिता की निर्दयता चन्ना के दिल से उठकर आँखों में उभर आई। तो उसी माँ की बेटी चन्ना ने पिता की ओर देखा। इस बार आँखों में जिज्ञासा नहीं थी, सन्देह था। और उस सन्देह की ओट में कितना बड़ा अभियोग था, इसे धर्मपाल के अतिरिक्त और कौन जानेगा? धर्मपाल ने अनुभव किया कि उनसे जवाब माँगनेवाली दो आँखें उनकी बेटी की नहीं, उस पत्नी की थीं जिसे उन्होंने ठुकरा दिया था।

चन्ना ने मन की दौड़ से पिता के साथ नई माँ को देखा तो रुखाई-सी दृष्टि वापस पन्नों पर लौट गई। चन्ना ने पिता के हाथों पर से पन्ने उठा लिए और बिना कुछ कहे अपने पलँग की ओर लौट गई।

उस दिन बेटी का पत्र पढ़कर पिता को लगा था कि वह उसके प्रति उत्तरदायी हैं और वह उत्तरदायित्व उन्हें निभाना है, वह निभाएँ। चलते-चलते जब श्यामा उनका बक्स बंद कर रही थी तो उन्होंने लालाजी की बैठक से कुछ काग़ज़ लाकर उसे बक्स में बन्द करने को दिए थे। श्यामा को लिखावट देखकर आश्चर्य हुआ था, ''यह उर्दू में लिखे काग़ज़, किसके हैं...''

श्यामा ने उन्हें उलटकर देखा।

''कुछ नहीं, चन्ना के हैं, उसे ही दे दूँगा।''

धर्मपाल ने स्वयं काग़ज़ पढ़े हैं और उस पढ़ने में उन्होंने कितना जाना है, कितना सहा है, कितना पश्चाताप किया है, यह वही जानते हैं, कोई और नहीं।

और जब वह बच्ची के पत्र से भीगकर लाहौर के लिए तैयार हुए तो एकाएक ख़याल आया कि यह पन्ने उन्हें चन्ना को दे देने हैं। चन्ना कुछ बोली नहीं—एक तीख़ी नज़र, और बस। अचानक मन में आया कि लड़की को होस्टल छोड़कर वापस श्यामा के पास लौट जाएँ।

धर्मपाल ने उसी तरह लेटे-लेटे आँखों पर हाथ रख लिया, जैसे बिजली का प्रकाश उन्हें बुरा लग रहा हो। चन्ना ने देखा और नहीं देखा। बराबर पन्ने पढ़ती रही—

''आज सुबह जगी तो सोच रही थी कि रात की ख़ूबसूरती दिन की आँखों में क्यों नहीं उतर आती। शायद इसलिए कि आसमान पर चाँद नहीं होता, सितारे नहीं होते और आँखों पर प्यार का वह परदा नहीं होता, जिस पर सितारों की गुँथी लड़ियाँ शरमा जाती हैं, वह शबनम नहीं होती, जिस पर से धरती की गोद खिलखिला जाती है।''

"...कभी-कभी लगता है कि इन चार दीवारों ने बाँध रखा है, जिनसे बँधकर एक दिन मैं दुलहिन बनकर यहाँ आई थी। उन्हें वह वायदे, वह यादें अब भूल गई हैं। लेकिन ससुर जी के कुछ बोल जो आज भी कानों में गूँजते हैं—मुझे बाँधे हैं, नहीं तो...नहीं तो आज मैं यहाँ नहीं होती।"

"...अब गाँव जा रही हूँ। क्यों ऐसा लगता है कि अब लौटकर नहीं आऊँगी। घर...घर की दीवारों से ममता नहीं जाग रही। यह घर छोड़ जाऊँगी, जहाँ ज़िन्दगी के लिए आँखो नें मीठे और सुनहले ख़्वाब भरकर एक दिन आई थी। वह थोड़े-से महीने कैसे आए, कहाँ गए, कहाँ खो गए..."

"...नई बहू को उस दिन देखा था। पढ़ी-लिखी, अच्छी लगती है। लेकिन सोचती हूँ, उनके पल-पल बाद बदलनेवाले मन को समझने की, परखने की बारीक़ी बहू में नहीं। अपने से बाँधकर उन्हें रख सकती है, लेकिन उनका मन नहीं। जिनका छोटे से छोटा उतार-चढ़ाव पहचानने की समझ मुझे थी, उसे भी उन्होंने कितनी जल्दी झकझोर डाला, और उन सब बातों के लिए नई बहू कितनी छोटी और अनजान लगती है..."

चन्ना काग़ज़ों को समेटकर जब उन्हें सिरहाने तले रखकर लेटी तो पिता सो गए लगते थे। जिस माँ को उसने देखा नहीं, उस माँ का रंग-रूप इतनी निकटता से उसके हृदय पर चित्रित हो गया कि वह आज के बाद कभी सोचेगी नहीं कि उसने माँ को देखा नहीं।

काली रातों में, फ़र्क के दिनों में जो सौन्दर्यमयी नारी चाँद-तारों के रोज़-रोज़ के सफ़र को देखती हुई एक दिन वापस गाँव लौट गई थी, वही तो उसकी माँ थी। वही तो शाहनी की बेटी थी। और वही तो पिता की पत्नी थी। चन्ना को लगा कि पिता के व्यवहार की कटुता इन सम्बन्धों से झर रही थी। वह उसकी माँ थी, वह पिता की पत्नी थी और उस पत्नीत्व के नाते को उन दोनों की बेटी बनकर वह जाँचेगी?

उसके दिल में पिता उतरे, बिलकुल साफ़। जैसे एक दिन पिता ने माँ से आँखें फिरा ली होंगी, क्या उसी तरह आज पिता उससे भी तो मिलने नहीं आ गए? और वह क्या उनसे शिकायत करेगी? कैसी शिकायत, किसकी शिकायत? माँ की? पिता से कुछ कहने के बजाय, चुपचाप मूक भाव से अपने को पन्नों पर लिख जाने का इतना बड़ा ज्ञान माँ में था तो क्या पिता को एक उलाहना देने की समझ न होगी। पर अधिकार की डोर कट जाने पर उसने प्यार और दुलार की दुहाई नहीं दी। जैसे मन में कहती हो कि तुम उस अधिकार की बात नहीं समझ सके, जिसने हम दोनों को बाँधा था। कितना बड़ा विश्वास था उस पर मेरा, लेकिन तुमने उसे तोड़ डाला। तुमने तोड़ने के पहले कहीं कुछ जोड़ लिया है तो मेरे टूटने की बात तुम नहीं समझोगे।

नींद कहाँ चली गई। और वह किसी नए घर में, नए स्थान में...खुली खिड़की से तेज़ हवा आ रही है, परदे उड़ रहे हैं...

चन्ना उठी, धीरे-से खिड़की बन्द की। धर्मपाल जैसे तकिये के सहारे अधलेटे थे, वैसे ही सो गए थे। कम्बल पैरों तले पड़ा था। चन्ना ने दबे-दबे कम्बल खींचा और पिता को ओढ़ा दिया। क्षण-भर देखा, पिता की आँखों पर हाथ था, घुँघराले बाल अपने से ही लिपटे पड़े थे। मन में आया कि नई माँ के होते हुए भी क्या पिता अकेले नहीं? और अकेलेपन की बात लेकर बँधा-बँधा मन खुल गया। आँखें माँ के लिए रोईं, अपने लिए रोईं, फिर पिता के लिए।

चन्ना ने आँखों पर रखे हाथ को छुआ और पिता की आँख खुलते ही एक लम्बी हिचकी लेकर ज़ोर से रो पड़ी। पिता कुछ बोले नहीं, केवल लड़की के सिर पर हाथ फेरते रह गए...

शीला ने अपनी माँग और अधिकार को एक बार फिर अलग रखकर पिता और पुत्री को मिला दिया था। काग़ज़ सिरहाने तले पड़े थे। और पिता पुत्री एक-दूसरे को थामे, भीगी आँखों से निहार रहे थे। आज इतने वर्षों के बाद भी शीला बेटी द्वारा पति को उलाहना न दे सकी, नहीं दे सकी...अगले दिन धर्मपाल वापस लौट गए। होस्टल के फाटक पर चन्ना पिता से मिली। धर्मपाल ने बेटी को प्यार किया और चन्ना ने उमड़ते-से मन को रोककर पिता के हाथ का चुम्बन लिया। धर्मपाल ने अन्दर बैठे कार में से हाथ निकालकर लड़की के सिर पर फेरा, ''अच्छा'' और कार स्टार्ट कर दी।

''पिता जी, फिर कब आएँगे?'' गला भर्राया हुआ था।

''जल्दी आऊँगा चन्ना, बहुत जल्दी...'' और कार चल पड़ी। धर्मपाल ने मुड़कर देखा, बच्ची खड़ी-खड़ी हाथ हिलाकर उन्हें बिदाई दे रही थी। कार ओझल हो गई। एक गीला उछाल आया, चन्ना ने आँखें पोंछीं और कमरे की ओर चल पड़ी।

48

मुर्गे ने पहले की ही तरह बाँग दी, दिन वैसे ही निकला। कुओं पर वैसे ही बैल जुते, किसानों ने वैसे ही तहमद कसे और हुक्का हाथ में ले खेतों पर चल दिए। केवल दिन कुछ बदल गया था, वह भी शाहजी के लिए, जिन्होंने कल काला बिल पास होने की ख़बर कचहरी के हरकारे से सुनी थी। साहब ने हमदर्दी से उन्हें इसकी इत्तला दी थी और आख़िर में घी के दो टीन भेजने को भी लिखा था।

आज पहली बार शाहजी को यह माँग अनुचित लगी। सरकार के घर में डिप्टी साहब उनकी आवाज़ तक नहीं पहुँचा सके, और क़लम के ज़ोर से आज वह पहले

से हल्के हो गए। लेकिन इस छोटी-सी बात के लिए न तो वह सचमुच नहीं करेंगे। मुनीम को बुलाकर झटपट घी इकट्ठा करने को कहा और धीमी आवाज़ में हरकारे का माथा सीधा करने की रकम भी मुनीम जी को बता दी। मुनीम जी ने मन-ही-मन सोचा—कितना दिमाग़ पाया है शाहजी ने। शहर तक पहुँचते-पहुँचते हरकारे को कहाँ-कहाँ ठहरना है और क्या-क्या ख़बर देनी है, इसे शाहजी ख़ूब समझते हैं। और आज वह हरकारे को अपने असामियों से यह कहने देंगे कि ख़बर सुनते ही शाहजी सोच में पड़ गए।

ऊपर पहुँचे तो घर को देखकर लगा कि अब वह ऊँची शानवाले इसके दिन गए। वह रंग, वह रौनक, अब सचमुच रौनक नहीं थी।

बूढ़ी चाची महने और कमज़ोर सईदा बीबी...सीढ़ियाँ चढ़ते-चढ़ते शाहजी की टाँगों में पहले का-सा ज़ोर नहीं रह गया। ऊपर पहुँचे तो चाची ऊन के आसन पर बैठी माला फेर रही थी, राम, राम, राम, राम...उसकी आँखें बन्द थीं, पर शाहजी की आहट सुनकर चाची ने सिर का कपड़ा ज़रा नीचे कर लिया था...राम-राम... शाहजी ने चाची को देखा। वह इतनी बूढ़ी हो चुकी है, यह उन्होंने पहले नहीं सोचा। और चाची जो किसी ख़ास मजबूरी से ही, किसी के देखे-सुने गुरुद्वारे या ठाकुरद्वारे जाती थी, आज अपने आप बैठी माला फेर रही थी। जाने किस दिन आँखें बन्द हो जाएँ। इस नाम के सिवाय उसका अपना और कौन है? कोई बाल नहीं, बच्चा नहीं। यह विचार आते ही शाहजी की आँखों के आगे अँधेरा छा गया। लगा कि यह हालत साम्ने बैठी चाची की नहीं, उनकी अपनी है। आज उन-सा अकेला कौन है? एक लड़का होता तो आज उन्हें ढाँढस बँधाता, इस बूढ़ी अवस्था में सहारा देता।

शाहजी अन्दर जाकर लेट गए। सरकार ने उनकी कमर तोड़ डाली है। क्या पहले की ही तरह वह बढ़-चढ़कर उठ सकेंगे? उठेंगे तो किसके लिए? ज़िन्दगी-भर की कमाई उनके किस काम आएगी? यही कि मरने पर कोई आग देनेवाला न होगा।

जिस धक्के का उन्हें इतने दिन से इन्तज़ार था वह लगा, उसके साथ उनका रुपया डूबा और रुपए के साथ ही उनकी शक्ति, उनका बल।

दोपहर के बाद शाहजी उठकर बाहर आए तो शाम हो गई थी। इतनी उदास शाम शाहजी के जीवन में शाहनी के मरने के बाद आज ही आई। टन-टन बैलों की घंटियों की आवाज़ आज दिल से टकरा रही है। नीचे उतरे तो चौधरी बैठे थे। मगर शाहजी जब तख़्त पर बैठे तो माथे पर दो-एक बार हाथ फेरा, जैसे कुछ फ़ैसला कर रहे हों। और फिर कुछ बँधी-बँधी आवाज़ में बोले, ''चौधरी, क़ानून तो कई बनते और बिगड़ते हैं, पर अफ़सोस होता है कि मेरे बाद कौन यह सब सँभालेगा।''

चौधरी ने हुक्के की नली मुँह से निकाली और गम्भीरता से बोले, ''शाहजी, अल्लाह ख़ैर करे, धियानी तब तक पढ़ निकलेगी।''

जो बात आज शाहजी के दिल में अटक रही है, उसी से चौधरी उसे सुलझाना चाहते हैं। शाहजी क्षण-भर रुके, फिर ज़रा गला साफ़ करके बोले, ''चौधरी, बच्ची पढ़ने गई है तो पढ़कर ही आएगी। हाँ, कभी नारोवालवालों की ख़बर नहीं आई। फ़ैसले के बाद कृपाराम ने ऐसा मुँह मोड़ा कि शाहनी के पूरा होने पर भी उनमें से कोई नहीं आया।''

लड़की की बात छोड़कर आज शाहजी ने कृपाराम को क्यों याद किया, यह चौधरी जल्दी नहीं समझ सके।

''शाहजी, बाद में दिल तो फीके पड़ ही जाते हैं।''

शाहजी ने चौधरी को आगे बढ़ने नहीं दिया। बोले, ''चौधरी, लाख दिल फीके पड़ जाएँ, पर ख़ून तो एक ही है। मुक़दमा हुआ तो हुआ, पर इसी से क्या आपस का रिश्ता छूट जाएगा?'' चौधरी ने मन-ही-मन कहा, शाहजी को उस रिश्ते की याद बहुत देर से आई। दो पीढ़ियों से लड़ते-लड़ते आज क्या कहने-भर से रिश्ता जुड़ जाएगा।

शाहजी के दादा कर्मशा और कृपाराम के दादा धर्मशा दोनों भाई थे। धर्मशा को उनकी विधवा मौसी ने गोद ले लिया था। मौसी छोटी उम्र में विधवा हो गई थी, लेकिन रुपया-पैसा कम न था। उसके लाड़-चाव में धर्मशा ने खाने-पीने और नाच-गाने में ख़ूब धन गँवाया और जब वह मरे तो उनके लड़के रामशा की अगणित कोशिशों पर भी ज़मीनें क़र्ज़ में नीलाम हो गईं। एक घर बचा रहा, जिसके अन्दर रहकर धर्मशा ज़िन्दगी-भर नए-नए मन्सूबे बाँधते रहे, पर पिता के कारण हाथ से निकली ज़मीन को वह नहीं लौटा सके। आख़िर शाहजी के पिता कान्हेशा की ओर नज़र गई और अटक गई। इतनी ज़मीनें...क्या उनका हक़ नहीं बनता? और जब रामशा मरे तो उनके लड़के कृपाराम ने कचहरी ही जाकर छोड़ा। सालों मुक़दमा चलता रहा। भाईबन्दी से कहते तो शाहजी आदमी बुरे न थे। उन्हें भाइयों से हमदर्दी थी, लेकिन उनकी इन उलटी-सीधी चालों से उनका ऐसा जी कटा कि वह मुक़दमा लड़ने को तैयार हो गए। कृपाराम ने हाईकोर्ट तक अपील की, लेकिन क़िस्मत लौट-लौटकर शाहजी के यहाँ आई। उस दिन से लेकर आज तक कभी दो परिवारों का सामना नहीं हुआ। कृपाराम अभी जीवित हैं और उनका लड़का भागा अच्छा जवान निकला है।

''शाहजी, आप रिश्ते की बात कहते हैं, उन्हें लिहाज होता तो शीलो के ब्याह में पहुँचते। 'सुरगों' में बास हो शाहनी का—उसके मरने पर ही कब आए थे। भाईबन्द ख़ुशी में शामिल न हों पर गमी मौत में तो आएँ।''

''चौधरी, तब क्या उनकी आनेवाली हालत थी? मुक़दमे की चोट बुरी होती है...'' शाहजी को उनका पक्ष लेना अच्छा नहीं लगा। कुछ वजनदार वकील की तरह

सोच में पड़ गए तो शाहजी बोले, "चौधरी, मुक़दमा लड़ा गया तो पैसे के लिए। जब आदमी न रहे तो पैसा किस काम का..."

पैसे का नुक़सान आज शाहजी को आदमी की क़ीमत बता रहा है। कुछ और मतलब तो नहीं शाहजी का, चौधरी यह सोच ही रहे थे कि शाहजी ने कहा, "चौधरी, भागा और कृपाराम यहाँ आकर रहें तो क्या बुरा है। मैं हूँ सो कब तक चलूँगा?"

"शाहजी, धियानी अनजान नहीं। वह काम सँभालने पर आए तो पूरी शाहजी की बेटी है।"

"चौधरी, पर लड़की क्या जायदाद सँभालेगी, जो ख़ुद पराई जात है। कल को शादी-ब्याह होगा, अपने घर जाएगी।" इसका जवाब चौधरी क्या दें? और शाहजी मन में सोच रहे हैं कि देखते-देखते आज हज़ारों रुपयों पर पानी फिर गया है, तो क्या अपने ही भाईबन्द बुरे हैं? आज खोकर ही शाहजी को उनसे सहानुभूति हुई है, जो आज तक उनसे कुछ पा न सके।

रात को शाहजी ने जब चाची से यह बात चलाई तो चाची और पास बैठी सईदा बीबी एकाएक कोई जवाब नहीं दे सकीं। घर में आनेवाले कल को घर के मालिक वे होंगे और लड़की...

घर में किसी की ज़रूरत थी तो लड़का गोद लेते, जब शाहनी ज़िन्दा थी। वह पाल-पोसकर उसे बड़ा करती तो वह इस घर को घर समझता। मगर आज वह पीढ़ियों के बैरी कृपाराम और उसका लड़का भागा और लड़की जिसके इस घर में प्राण हैं, वह उनका मुँह ताका करेगी...

उस रात सईदा बीबी को नींद नहीं आई। चाची महरी भी देर तक बैठी रही और शाहजी जब सोए तो सपने में देखा, कृपाराम और भागा हवेली की ड्योढ़ी में खड़े हैं और भागा उनके पैर छू रहा है...

चाची महरी ने सब कुछ सोचा तो उत्साह न जता सकी। देर तक सईदा बीबी और आंशा से बातें होती रहीं, लेकिन घर के मालिक को कौन समझाए?

शाहजी ने भाई को ख़त लिखाने में देर नहीं की और जब शाहजी का लिखा ख़त कृपाराम की आँखों ने पढ़ा तो लगा कि उसके एक-एक शब्द में लक्ष्मी झाँक रही है। शाहजी के कोई लड़का नहीं। जो वह सालों मुक़दमा लड़ने पर न कर सके, वह आज अपने आप हो रहा है। कृपाराम ने गर्व से सिर ऊँचा किया। यह उनका नहीं, उनके ख़ानदान का मन्तक था जो दो पीढ़ियों के बाद फिर उठा। अपनी पत्नी बिन्दी की याद आई। आज होती तो देखती कि उनकी भी मालिक ने सुनी। वह उम्र-भर पिसती रही और बाद में जब कृपाराम ने उसका गहना-गुट्टा भी मुक़दमे में लगा दिया तो ऐसी पड़ी कि उठी नहीं। कृपाराम ने अपने लाड़ले बेटे भागे को बुलाकर

ख़त पढ़ाया तो भागे के ओठों पर हँसी फैल गई। ख़ुशबूदार तेल से चुपड़े बालों को झटकाया और गले पर बँधे सस्ते-से रेशमी रूमाल को उतारकर हाथ से घुमाते-घुमाते कहा, ''मेरे बापू अब तो घी-शक्कर खा। शाह की आँखें बन्द होते ही शहर के शहर नए बसा दूँगा।''

बूढ़े कृपाराम और उसके लड़के ने शाहजी के ख़त पर अमल करने में देर नहीं की। कई पट्टियाँ पढ़ानेवाले होते हैं, कल को शाह का मन बदल जाए तो! कृपाराम और उनका लाड़ला भागा दूसरे दिन मुँह-अँधेरे ही नारोवाल से चल पड़े। साथ में कुछ सामान न था। बिंदो के गले की पतली-सी गानी थी जो अब भागे पहने फिरता था। कृपाराम ने इस पर कभी एतराज नहीं किया। जब-जब उसकी नज़र बेटे के गले पर जाती, दिल से एक आह उठती। दिल कहता—लड़का तो राजा बनने लायक है, और आसपास के कुछ बूढ़े कहते—''भाई कृपाराम, भागा तो दूसरा धर्मशा है। वही चेहरा है, वही बातचीत और वही ख़र्चने-खाने की आदत।'' सुनकर कृपाराम ख़ुशी से फूल जाते। क्यों न हो? है तो धर्मशा का ही ख़ून जो ज़िन्दगी-भर लहरे-बहरे कर गया और भागे ने भी अपने पिता के इस ममता-भरे नियंत्रण में अपने को जी भरकर ढाला। तीन-चार उर्दू की किताबें पढ़ने के सिवाय उससे कुछ ज़्यादा नहीं सीखा गया और उसके बाद तो दिन-भर तालाब में मछलियाँ, शाम को कबड्डी और रात को चौकड़ी...

जिस ग़रीबी ने उसके पिता को नम्र कर दिया था, उसी ने लड़के को शेर बना दिया। कौन था जो गाँव में उससे ग़म न खाता हो। दिन-दहाड़े किसी की गाय-भैंस खोल लाना, कुएँ की माल चुरा लाना, शरारती लड़कों को लेकर खेत उजाड़ना, यही उसका काम था और इधर जबसे दाढ़ी निकली थी, छेड़छाड़ भी शुरू हो गई थी।

भागे ने पिता के लिए भाड़े का टट्टू किया और साथ हो लिया। आज उसके क़दमों में ज़ोर ही नहीं, उत्साह भी था। ऐसे तनकर चल रहा था, जैसे ब्याहने जा रहा हो। ''भागे, शाह से ठीक-ठीक बात करना। बड़े जी का है। बाद में तो काबू कर लेंगे...''

''ओ बापू फिकर न कर, मैं अकेला ही काफ़ी हूँ। अभी कुछ देर तो घी-मक्खन खाएँगे, बादामों की शरदाई चढ़ाएँगे, डंड पेलेंगे और फिर पुत्तर को समझूँगा...''

शाहजी नाते-रिश्ते की बात कर रहे थे, लेकिन ख़ून-ख़ून में फ़र्क़ है। कृपाराम लड़के की बात पर ममता से मुस्कराए। इतना मजा उन्हें ज़िन्दगी-भर न आया था। ब्याहने गए तो घोड़ी पर चढ़े थे, पर आज तो घोड़े पर सिर्फ़ वह ही नहीं, उनके साथ उनकी तक़दीर भी बैठी थी। घोड़ी का एक-एक क़दम उनमें जान डाल रहा था, उमंग भर रहा था और दुपहर ढलते-ढलते जब शाहजी की हवेली की ऊँची माउंटी उन्हें नज़र आई तो बूढ़े कृपाराम को लगा कि वह सामने दिखनेवाली शाहजी की हवेली नहीं, उनकी ज़िन्दगी की मंज़िल है, जिस पर पहुँचने के लिए वह मुक़दमे

लड़कर ख़ाकशार हो गए। भागे की छाती दुगुनी हो गई। बाप की ओर देखा और मन-ही-मन हँसकर कहा, ''बुड्ढे, तुम भी चार दिन की बहार ले लेना, फिर तो बस मैं ही मैं।''

गाँव में घुसते ही कुछ जाट लड़कों से सामना हुआ। बुड्ढे को कौन देखता, लेकिन यह लाल तहमद लगाए, नथुने फुलाए, गले में सोने की गानी डाले रांझा-सा बना कौन है? आँखें ऐसी हैं, जैसे फुंकार रही हों...

कृपाराम और भागे ने जब ड्योढ़ी में पाँव रखा तो शाहजी तख़्त पर बैठे आराम कर रहे थे। भागे के पैरीपौना बुलाते ही उठकर बैठ गए और जाकर कृपाराम के गले लगे। इतने साल के बाद शाहजी को ऐसी ठंड पड़ी कि आँखों में पानी उतर आया और कृपाराम ने तब तक शाहजी को बन्धन से नहीं छोड़ा, जब तक उसकी अपनी आँखों में आँसू नहीं आ गए और भागे खड़ा-खड़ा देखता रहा, जैसे कह रहा हो—'ओये बापू, ख़ूब मिला है तू...'

चाची महरी और सईदा बीबी को पहली नज़र में ही बुड्ढा तो दिल का काला लगा और लड़का शोहदा। भागे के कपड़े, उसके हुँकारे और उसका बीच-बीच में इशारों से बापू को देखना, चाची को बिलकुल नहीं सुहाया। कपड़ों पर तो शाहजी की भी दृष्टि गई थी, पर दिल में सोचा—राह पर आ जाएगा। क्या खाया-पहना होगा अब तक। कृपाराम के सिर पर ज़रूर अभी तक ख़ानदानी पगड़ी मौजूद थी, जो अनायास इस बात की याद दिलाती थी कि किसी अच्छे ख़ानदान की शायद अब निशानी बाक़ी रह गई है। दोनों को खाना परोसते-परोसते चाची ने उनका उठना-बैठना भाँप लिया। नज़र भूखी थी। रोटी पर मक्खन और शक्कर देखकर बूढ़े का मुँह भर आया। जल्दी से लुकमा तोड़ा और क़तार में लगी दूध-दहीवाली हाँड़ियों की ओर ललचाई नज़र से देखा। चाची का माथा ठनका, बूढ़े की नीयत वहीं लगी हुई है। बड़ी-सी रोटी ऊपर सेंकी और काफ़ी मक्खन रखकर बूढ़े की थाली में डाल दिया। इसका जी भर जाए, नहीं तो कल ढोर-डंगरों का दूध आधा हुआ समझो। भूखों ने कहीं कुछ देखा हो तब न। लड़का ऐसा है, जैसे खाने-पीने पर मर रहा हो; और खा-पीकर, डकार मारकर जब दोनों उठे तो चाची ने अपनी बूढ़ी आँखों से भी देखने में ग़लती नहीं की कि उठते-उठते लड़के ने बूढ़े को कोहनी मारकर आँख से संकेत किया।

रात को चाची सईदा बीबी से बोली, ''सईदा बीबी, देखा है शाहजी का भाई-भतीजा! लड़का तो पूरा 'फिरतू' (उचक्का) है। पता नहीं शाहजी ने किसके सीखे-सिखाए यह मलामत साथ लगा ली है। कल बच्ची को मुंशी से चिट्ठी लिखवा आना, और हाँ सईदा बीबी, इन दोनों बाप-बेटों का ख़याल भी रखना। इनका कुछ पता नहीं।'' कहते-कहते चाची ने आले में रखी चाबियाँ उठा लीं और मुँह सईदा बीबी के नज़दीक़ लाकर बोली, ''कहीं शाहजी की कुछ और मरजी न हो...''

49

छुट्टियों में अब थोड़े ही दिन रह गए हैं। चन्ना ख़ुश है कि अब घर जाएगी, पर उससे यह फ़ैसला नहीं हो पाता कि वह पहले गाँव जाए या माँ के पास। चन्ना ने पिता को नए रूप में पहचाना है। माँ का पत्र तो आता ही रहता है। उस दिन सुरेश मिला था, कहा था कि चाची ने छुट्टियों में आने को कहा है। चन्ना ने उत्साह दिखाकर कहा था—"हाँ-हाँ, ज़रूर। आपकी भी तो हमारे साथ ही छुट्टियाँ होंगी।"

और मन में सोचा था कि किसी भी पत्र में माँ ने उसे आने-जाने के बारे में कुछ नहीं लिखा। माँ जानती है कि गाँव ही जाऊँगी, पर क्या पिताजी को उसकी प्रतीक्षा नहीं होगी? सईदा बीबी का भी पत्र आया था। लिखा था—"शाहजी के कोई भाई-भतीजा आए हुए हैं, पर चाची को वह सुहाते नहीं। चाची कहती है कि मुझे उनकी नीयत अच्छी नहीं लगती। बच्ची, अगर हो सके तो कुछ दिन के लिए चक्कर लगा जाओ।"

चन्ना को पढ़कर चाची महरी पर हँसी आई। कितनी शक्की है चाची। नाना के भाई-भतीजा आएँ तो चाची को क्या? जाएगी तो वह पहले पिता के पास ही। आज कॉलेज से लौटी तो बाला उससे क्लास में कह गई थी कि शाम को उसे कहीं जाना है। कमरे का ख़याल रखना।

चन्ना अन्दर आई। मेज़ पर बाला के पत्र पड़े थे। झट ख़याल आया कहीं उसका कोई पत्र न हो। किताबें मेज़ पर रखकर नोटिस बोर्ड देखने गई तो उसका पत्र था। लिफाफे पर माँ की लिखावट थी। चन्ना ने चलते-चलते पत्र खोला। माँ ने लिखा है कि कुछ दिनों से तुम्हारे पिताजी की तबियत ठीक नहीं। सुबह तुम्हें पूछ रहे थे। छुट्टी होते ही चली आना। सुरेश भी आ रहा है। उसके साथ भी आ सकती हो।

चन्ना वापस कमरे में लौटी। देर तक लाइब्रेरी की किताब पढ़ती रही। कॉमन रूम से रेडियो की आवाज़ आ रही थी। हवा तीख़ी लग रही थी। चन्ना ने किताब रख दी और उठकर खिड़की बन्द कर दी। निश्चिन्तता की साँस ली। माँ की चिट्ठी का ध्यान आया। उसमें सोच की क्या बात है? पिता अस्वस्थ ही तो हैं। कुछ-कुछ अँधेरा हो गया है। बाहर हवा तेज़ है। चन्ना ने बिस्तर पर बैठते-बैठते कम्बल ओढ़ा। बरामदों में चहल-पहल कम हो गई है। होस्टल में कहीं बाहर से लड़कियों की आवाज़ आ रही थी। सामने के किसी कमरे में ग्रामोफ़ोन बज रहा है, पर चन्ना को लग रहा है कि होस्टल में ऐसी ख़ामोशी उसने पहले कभी नहीं जानी। लेकिन यह ख़ामोशी होस्टल में नहीं, उसके अपने कमरे में है। सब कुछ शान्त है। कोई आहट नहीं, और वह तकियों के सहारे लेटी हुई है। उसके हाथ-पैर निश्चल पड़े हैं। उसकी आँखें छत की ओर देखते-देखते कब मुँद गईं, वह नहीं जान सकी।

बाला जब रात को लौटी तो चन्ना को सोया पड़ा देख ठिठक गई। एक बार हाथ से छूकर कम्बल ओढ़ा दिया।

चन्ना ने जब आँखें खोलीं तो वह वैसी ही लेटी हुई थी। रात बीत गई है, ऐसा तो नहीं लग रहा। आज उसने बाला की पुकार की प्रतीक्षा नहीं की। बाला की ओर देखने से पहले अपनी आँखों को भी हाथों से नहीं छुआ। वर्षों का अभ्यास होने पर भी बाँहें ऊपर नहीं उठीं। बाला जब शाल ओढ़कर टेबल लैम्प के निकट पढ़ने बैठी तो उधर नज़र गई। चन्ना रात की तरह ही लेटी थी। सिर्फ़ आँखें खुली थीं। विस्मय से उठकर चन्ना के पास आई। स्नेह से पूछा, "क्या बात है, क्या जी अच्छा नहीं।"

"अच्छी तो हूँ, बाला दीदी!"

बाला ने लौटते-लौटते थपकी दी और आकर फिर पढ़ने बैठ गई। सुबह भी चन्ना जल्दी नहीं उठी। बाला जब कॉलेज के लिए तैयार हुई तो चन्ना को लेटा देखकर पूछा—"कॉलेज नहीं जाओगी..."

"जाऊँगी, अगले पीरियड में..."

बाला पढ़ने के विषय में गम्भीर है। चन्ना के यह रंग-ढंग उसे अच्छे नहीं लगते। पर आज कुछ कह नहीं पाई। दुपहर ढलने को आई। चन्ना अब भी उठी नहीं थी। देर बाद कपड़े पहनकर तैयार हुई तो जाने क्यों, एक बार फिर माँ का पत्र पढ़ा।

कुछ क्षण पत्र हाथ में लिये खिड़की के पास खड़ी रही। कुछ लड़कियाँ आ-जा रही थीं। कुछ लॉन में खड़ी धूप ले रही थीं। चन्ना ने चाबी से आलमारी खोली। कुछ नोट निकालकर किताब में रखे और ताला बन्द कर दिया। मेज़ पर पड़े पैड पर चार-छः लाइनें लिखीं और बाहर हो गई। ताँगा लिया और स्टेशन पहुँची। गाड़ी छूटनेवाली थी। आकर डिब्बे में बैठी तो एकाएक जैसे विश्वास नहीं आया कि इतनी जल्दी में वह होस्टल से यहाँ पहुँच गई है। ख़ाली मन से लम्बा प्लेटफ़ार्म देखती रह गई। वही रातवाली शून्यता। हल्के से झटके से गाड़ी रुकी। कुली, सामान, नीले कपड़ों में गार्ड। एकाएक ध्यान आया कि उसने टिकिट नहीं लिया। सामने की सीट पर बैठे युवक को देखा, हाथ में कोई किताब थी। चन्ना उठकर बीचवाली सीट पर बैठ गई। युवक ने किताब बन्द नहीं की। उँगलियों में थामे-थामे उसकी ओर देखा। क्या उसमें मैत्री का भाव है?

चन्ना ने किताब में से रुपए निकालकर आगे करते हुए कहा, "ज़रा टिकट ला सकेंगे आप! लाहौर में ले नहीं सकी।"

युवक ने विस्मय-भरी नज़र से देखा। बात कुछ ठीक-ठीक समझ में नहीं आई, "आप कहाँ का टिकट लेना चाहती हैं?" चन्ना ने बताया और उदासीनता से किताब में आँखें गड़ा दी।

बलवन्त टिकट ले आए। बैठते हुए अपनी देश-विदेश की अनुभवी आँखों से पहचाना कि लड़की छोटी है, लेकिन उसकी आँखें नहीं।

गाड़ी रफ़्तार से चली जा रही है। स्टेशन आ रहे हैं, जा रहे हैं। चन्ना वैसे ही बैठी है। बलवन्त की जिज्ञासा बीच-बीच में किसी पत्रिका या अख़बार की ओट में से उठकर लड़की तक पहुँच जाती है। कोई बड़ा स्टेशन है शायद। बलवन्त ने चाय मँगवाई। स्टेशन पर शोर है, गाड़ियों की आवाज़। चाय की उठती हुई सुगन्ध ने जैसे चन्ना को वापस लौटा लिया। कुछ स्फूर्ति दी। प्लेट उठाकर कहा, ''आप लीजिए न!'' निःसंकोच स्वर।

चन्ना ने हाथ मुँह की ओर बढ़ाया पर जैसे किसी ने ज़ोर से पीछे लौटा दिया। विवशता से बलवन्त की ओर देखा, जैसे कहती हो—''मैं नहीं ले सकूँगी।''

''क्यों, लीजिए न एक प्याला...''

कठिनता से कुछ थोड़ा ले पाई।

''आप क्या घर जा रही हैं?''

''जी!'' और इसके आगे कुछ नहीं।

''सामान साथ नहीं?''

''जी नहीं।''

बातचीत किसी भी तरह आगे नहीं बढ़ पाई। गाड़ी फिर चल पड़ी। चन्ना ने चाय के लिए धन्यवाद नहीं दिया। चुपचाप जाकर खिड़की पर बैठ गई। गाड़ी के साथ-साथ खेत आगे चले जा रहे हैं और तार के खम्भे, पुल के नीचे बहता हुआ दरिया, नाला। पर आज पानी को देखकर चन्ना की आँखें तरल नहीं हो रहीं और किसी चौड़े पाट को देखकर गाँव की याद भी नहीं आ रही। गाड़ी की लाइन के साथ-साथ खेलते हुए कुछ मटियाले रंग के बच्चे...

सूरज डूबने को है। अलग-अलग दीखनेवाले वृक्ष मिलकर फैली हुई स्याही की तरह लग रहे हैं। अंधकार में सरसराती हवा खिड़की से अन्दर आ रही है। चन्ना के ऊपर कोई शाल नहीं। बलवन्त गर्म कपड़ों में है। अब तक डिब्बों में कई और लोग आ चुके हैं। बलवन्त चाहते हैं कि खिड़की बन्द करने को कह दूँ और अपना कोई गर्म कपड़ा ओढ़ लेने को कहूँ, लेकिन झिझक। गाड़ी दौड़ रही है, आकाश दौड़ रहा है और सितारे दौड़ रहे हैं।

बलवन्त अपना सामान सँभाल रहे हैं। स्टेशन आनेवाला है। दूर बिजलियाँ दीख रही हैं। सर्दी चन्ना के कपड़ों में से रुक नहीं रही। गाड़ी की चाल धीमी हो रही है। डिब्बे में हलचल। चन्ना किताब हाथ में लिए नीचे उतरी। बाहर निकलने लगी तो टिकिट...चन्ना वापस लौटी, जल्दी-जल्दी कुली बलवन्त का सामान उठाकर चलने को तैयार था, बोली, ''वह टिकिट...''

''चलिए...''

चन्ना साथ चल पड़ी। बाहर आई। ड्राइवर ने बलवन्त को सलाम किया और सामान मोटर में रख दिया गया। बलवन्त बोले, ''आइए।''

''मुझे घर पर छोड़ दीजिएगा...'' चन्ना ने कहा था।

''कहाँ... ?''

''दो कचहरी रोड।''

दो कचहरी रोड—बलवन्त मन में विस्मय कर रहे हैं। यह तो जिनकी कोठी है, उन्हें वह जानते हैं। कितनी बार क्लब में मिल चुके हैं, पर यह क्या उनकी लड़की है? फाटक खुला। मोटर अन्दर आ गई...कुछ मोटरों की क़तार पहले ही खड़ी है। आज क्या है... ? यह सर्दियों की रात का सन्नाटा। कुछ लोग निमंत्रित हैं। कार रुकी, रुकते ही सूझा, पिता पूछेंगे किसके साथ आई हो? बोली, ''आप ज़रा रुकें, पिताजी से मिलकर जाएँ।'' कहते-कहते चन्ना बरामदे में पहुँची। पिताजी कहाँ होंगे? वह जाकर लिपट जाएगी। यह...यह क्या? नीचे की बैठक का खुला दरवाज़ा...चन्ना ने क़दम उठाया, परदे को थामा और सब कुछ थमा रह गया। मौसी की बाँहों में माँ मूर्च्छित पड़ी थी। क्या माँ...गई...पर आगे...पिता का लम्बा-चौड़ा शरीर ढका हुआ था।

धर्मपाल अब नहीं रहे। उनकी पत्नी मूर्च्छित पड़ी है। बिना रोए, बिना हिले-डुले उनकी लड़की बैठी है। सजी-सजाई उनकी विशाल कोठी खड़ी है...पर आज वह नहीं हैं। इन सबके स्वामी नहीं। कल वह इस समय बिस्तर पर थे। श्यामा पास बैठी थी और आज...आज वह सुडौल देह! मोहक रूप, ग़ौर वर्ण सब क्या हो गए? धर्मपाल को बुखार तीन-चार दिन से था, पर कल सुबह अचानक लेटे-लेटे छाती में तीख़ा दर्द उठने लगा और शाम होते-होते अगणित डॉक्टर उपस्थित थे। पर वह बेख़बर हो गए।

इन्जेक्शन दिए जा रहे हैं। पर असह्य पीड़ा से धर्मपाल जैसे स्वयं टूट रहे हैं और उस टूटने में दीर्घकाल से जीवन के बुने हुए तागों में एक नहीं बच पाएगा। दो-एक बार उनकी खोई-खोई आँखें पत्नी की ओर उठीं और द्वार पर जाकर रुक गईं। क्या उनमें किसी की प्रतीक्षा है?

शाम हो गई...सूरज डूब रहा है...डूबता जा रहा है...मौसी कुछ चिन्तित-सी अन्दर आई। डॉक्टर खड़े थे। धर्मपाल की ओर देखा और देखकर कुछ समझना बाक़ी न रहा। जब दुबारा ऊपर गई तो श्यामा की पीठ पर हाथ रखकर धीरे-से बोली—''बहू, गीता का पाठ करो!'' श्यामा की आँखों में अपनी और पति की ज़िन्दगी उतर आई। शायद पति अच्छे हो जाएँगे। लेकिन श्यामा नहीं जानती कि मौसी ने उसे गीता का पाठ करने को पति के स्वास्थ्य के लिए नहीं कहा। उसकी उम्मीद अब मौसी को नहीं। वह तो इसलिए कि दुनिया से चले जानेवाले के प्राण

इस माया-मोह के बन्धन से हमेशा के लिए...श्यामा के मुँह से ठीक-ठीक बोल नहीं निकल रहे। डॉक्टर बराबर इन्जेक्शन दिए जा रहे हैं...

मौसी फिर अन्दर आई, पीछे नौकर थे। हाथों में चावल, अनाज से भरा थाल। ''बहू, दान करवाओ, बेटे के हाथ से छुआ दो...'' श्यामा ने एक बार डॉक्टरों की ओर प्रार्थी आँखों से देखा और थाल पकड़कर पति के हाथ से छुआ दिया। धर्मपाल ने आँखें खोलीं—मानो इस स्पर्श ने उन्हें किसी दूर देश जाते-जाते लौटा लिया। यह वही हाथ है जो ज़िन्दगी-भर वह पकड़े रहे, पर आज...आज तो वह छूटता है।

धर्मपाल ने कुछ कहना चाहा—पर ओंठ हिलते-हिलते उनकी पुतलियाँ फिर गईं। और उनके साथ-साथ ही श्यामा की आँखें अन्धी हो आईं। दुनिया वैसी की वैसी पड़ी रह गई। मगर हर रोज़ आ-आकर जानेवाली मीठी रात धर्मपाल के लिए वहीं की वहीं खड़ी रह गई। देखते-देखते अच्छी-से-अच्छी शैया पर आराम करनेवाली देह नीचे उतर गई। कई स्वर गूँज उठे। इन संस्कृत के श्लोकों को धर्मपाल कभी जीते जी नहीं समझे, अब क्या समझेंगे...पर इन्हीं में उनकी मुक्ति है। उसके नाम के बिना कोई पार नहीं उतरता। मोह, माया, पुत्र, स्त्री सब झूठ। जब अपनी देह ही झूठ हो गई तो उसके बाद राम-नाम सत्य है...राम-नाम सत्य है...राम...नाम...सत्य...है...

50

चन्ना ने खिड़की में खड़े होकर शून्य मन से बाहर देखा। दिन बुझ गया था। घर ख़ामोश था। अभी-अभी स्टेशन से जगदीश को लेकर कार आई थी। इसके बाद हिचकियों से भरा माँ का स्वर। फिर शायद वह बेहोश हो गई थीं। कल मरघट से लौटकर चन्ना ऊपर आई तो फिर नीचे नहीं उतरी। माँ को कोई होश नहीं था। पिता के दो-तीन मित्रों ने उन्हें सँभाल रखा था। लकड़ियों पर अब अर्थी रख दी गई तो न जाने क्यों कई नज़रें एक साथ चन्ना की ओर उठ गई थीं।

आज वह लड़का होती तो पिता को आग दे सकती। कई दूर के नाते-रिश्ते सलाह कर रहे हैं कि मृत को आज कौन आग दे? जो आज आग देगा, वही कभी श्यामा का अपना कहलाने का अधिकारी होगा। और चन्ना उनकी एकमात्र सन्तान होकर भी आज चुपचाप पराई-सी खड़ी है। माँ को होश आया। मौसी ने कहा, ''बहू तुम्हीं कह दो—नाम ले दो लड़के का।''

श्यामा फूट-फूटकर रो दी, ''मौसी, मैं कुछ नहीं जानती, कुछ नहीं जानती...''

लालाजी के किसी चचेरे भाई के पोते ने लड़के का कर्त्तव्य निभाया—नाते-रिश्तों की ऊँची-ऊँची सिसकियाँ और अगणित मित्रों के दबे-दबे आँसुओं के बीच

आग हल्की हो गई। चन्ना देखती रही—देखती रही—ऊँची लपटों में से जैसे आवाज़ आ रही थी, देखो, देखो मैं जल रहा हूँ, जल रहा हूँ...

लपटें ठंडी हो गई थीं, लेकिन राख को जैसे अब भी धरती अपनी ओर खींच रही थी। "अब भी धरती से मोह है, अब भी धरती से मोह है" कह-कहकर ऊँची राख की ढेरी धरती पर पड़ी जा रही है।

फिर वहाँ से लौटना। बुरी हालत में माँ को कार में लिटा दिया। कुछ स्त्रियाँ साथ बैठीं। वह एक ओर खड़ी रही थी, किसी ने उससे कुछ कहा नहीं, वह किसकी कार में बैठी, कुछ याद नहीं। घर पहुँचे तो बरामदे में एक क्षण खड़ी रहकर सीधी ऊपर चली गई। रात तक उसके पास कोई आया नहीं। किसी काम से मौसी ऊपर आई तो लड़की को खिड़की में खड़ा देखा। रोते-रोते बोली, "चन्नो, नहा-धो लिया न वहाँ से आकर?"

"नहीं।" चन्ना ने मौसी की ओर देखा।

"नहीं?—हैं-हैं..." मौसी जो कहना चाहती थी, ठीक-ठीक नहीं कह सकी। बोली, "रक्खी को ऊपर भेजती हूँ बेटी! नहा-धो, कपड़े बदलो। किसी ने छींटा भी लिया था या नहीं..."

"नहीं..."

मौसी नीचे उतर गई। दीवार के साथ लगी श्यामा बराबर रोती जा रही है। उसके हाथों की चूड़ियाँ उतर गईं। सिर का सिन्दूर पुँछ गया। मौसी चाहने पर भी चन्ना की कोई बात नहीं कह सकी। अपना अपना ही है, नहीं तो क्या आज लड़की ऊपर बैठी होती और माँ नीचे।

रक्खी ऊपर गई। गर्म पानी रखा और पूछा—"चन्नो, तुम्हारे कपड़े कहाँ हैं..."

"नहीं हैं..."

"तो पहनोगी क्या?"

चन्ना ने कोई जवाब नहीं दिया। रक्खो ने नीचे जाकर मौसी को भेजा। "चन्नो कपड़े कहाँ हैं...जल्दी-जल्दी नहा-धो डालो, सर्दी है..."

"मौसी, मैं कपड़े नहीं लाई।" चन्ना का स्वर ठंडा था। मौसी ने श्यामा का सूट निकाला और गुसलखाने में रखकर बोली, "आओ बेटी, नहा लो..."

चन्ना ने दरवाज़ा बन्द करते-करते सुना, मौसी कह रही थी, "बेटी सिर भी धो डालना..."

चन्ना नहाकर आई। बालों में से पानी की बूँदें चू रही थीं। इसके बाद चन्ना कहाँ लेटी, कैसे सोई, नहीं जानती। सुबह जब जागी तो सिर के नीचे पड़ा हाथ बिल्कुल ठंडा था और बाल नीचे आ जाने के कारण दुख रहे थे।

आनेवालों का ताँता बँध गया। दुपहर को नन्दू ऊपर आया। बेटी को देखकर एक बार फिर आँसू बह आए। बोला, "बेटी, रामलाल साहब बुलाते हैं।"

"चलो।" चन्ना उठी। नीचे पहुँची तो रामलाल जी लालाजी की बैठक के सामने खड़े थे। देखकर चन्ना ने हाथ जोड़े। रामलाल को जानने में देर नहीं लगी कि लड़की की आँखें सब कुछ देख लेने पर भी धुली नहीं।

"आओ बेटी अन्दर।" चन्ना उनके साथ बैठक में आई और जाकर निढाल-सी बैठ गई। रामलाल कुछ बोले नहीं। नौकर को आवाज़ देकर कहा, "बेटी के ओढ़ने के लिए कुछ लाओ।" नौकर शाल लाया।

चन्ना के हाथों पर शाल रखते हुए गहरे स्नेह से बोले, "चलो बेटी..." चन्ना उनके संग कार में बैठी। धर्मपाल जी के ऊँचे दफ़्तर के सामने कार धीमी हो गई। रामलाल ने बेबसी से देखा, द्वार पर दरबान खड़ा था, लेकिन आज वहाँ का मालिक कहाँ था?

रामलाल कोठी पहुँचे तो उनकी पत्नी कुन्ती ने आगे बढ़कर लड़की को प्यार किया और रुँधे गले से बोली, "बेटी, धैर्य ही रखना चाहिए..."

चन्ना ने धीरे-से चाची से अपने को अलग कर लिया। रामलाल पत्नी को संकेत करके बोले, "कुन्ती, चाय के लिए कह दो।"

कुन्ती ने चाय के प्याले बनाकर एक पति की ओर और एक चन्ना की ओर कर दिया। चन्ना ने घूँट भरते-भरते जैसे कुछ याद करने का प्रयत्न किया और रामलाल की ओर देखकर बोली, "चाचाजी, उस दिन गाड़ी लेट हो गई थी।"

"हाँ बेटी!" रामलाल ने पत्नी की ओर देखा जैसे आँखों ही आँखों में कह रहे हों कि अब लड़की खुल जाएगी। चन्ना ने दूसरे प्याले के लिए चाची की ओर हाथ बढ़ाया। चाची को आशा बँधी कि अब वह स्वस्थ हो जाएगी। और चाय का दूसरा प्याला लेते हुए बोली, "चाची, कुछ खाने को दो।" चाची ने बात आगे नहीं सुनी और नौकर की प्रतीक्षा किए बिना कुछ लाने को चली गई।

चाची ने लाकर प्लेटें मेज़ पर रख दीं। बिना अनुरोध के चन्ना खाती चली गई।

"चाचाजी, पिता जी बहुत दिनों से तो बीमार नहीं थे..."

"नहीं बेटी!" रामलाल ज़रा झिझके।

"माँ ने लिखा था, उनका जी अच्छा नहीं।"

रामलाल के आगे मित्र का चेहरा घूम गया। कंठ रुँध गया। चन्ना रुकी नहीं, बोली, "चाचाजी, एक दिन पहले मुझे ख़बर मिल जाती तो उनसे मिल पाती..."

चाची ने मुश्किल से आँसू रोके।

"चाची, मैं उसी रात लेटे-लेटे जान गई थी, अब पिताजी मिलेंगे नहीं..." फिर बोली थी, "चाची, पिताजी ने क्या मेरे लिए कुछ कहा नहीं?" धर्मपाल ने सचमुच कुछ न कहा था, लेकिन चन्ना का मन रखने को चाची ऐसा क्योंकर कहेगी। चाची के बदले रामलाल बोले, "बेटी, उन्हें तुम्हारा इन्तज़ार था, दरवाज़े की ओर उनकी आँखें बार-बार उठती थीं..."

चन्ना को यही तो सुनना था, यही तो...पिताजी की जो दृष्टि उसको देखने के लिए द्वार पर जाकर रुक जाती थी, उसे तो वह जानती है—जानती है। शाम को चन्ना रामलाल के साथ घर लौटी तो आँखों में फीकापन नहीं था। नीचे माँ के पास न रुककर सीधे ऊपर चली गई। कई बार घर में पिता की कल्पना करने पर भी उसे पिता होस्टल के फाटक पर तो खड़े दिखाई दिए। वह उसे झुककर प्यार कर रहे हैं। वह पूछ रही है—"पिताजी, फिर आप कब आएँगे?"

"जल्दी ही चन्ना!"—नीचे कार की आवाज़। वही कार है, वही हॉर्न है। खिड़की में से नीचे देखा, कार में से माँ के भाई उतर रहे थे—और पिता—उसके पिता कहाँ थे...? कहीं नहीं। कमरा ख़ाली था। सामने खूँटी पर उनकी सफ़ेद जर्सी पड़ी थी...नीचे लटकती हुई बाँहें जैसे कह रही थीं—कहाँ हैं वह बाँहें, जो हमसे लिपट जाती थीं।

जगदीश आए और बहन से मिले। बहन को विधवा वेष में देखकर उनका कलेजा फटा जाता था। सर्दियों की लम्बी रोने-धोनेवाली रात के बाद घर-भर ने उनका एक नया रूप देखा। उनकी दृष्टि घर-भर को भाँप रही थी, उसमें नियंत्रण था और रौब भी। काम-काज का हिसाब-किताब, धर्मपाल जी के काग़ज़, बैंक की चिट्ठियाँ...चन्ना अभी मामू से मिली नहीं थी। रात को उसने खिड़की में से उन्हें उतरते देखा था और कुछ देर बाद मौसी जब ऊपर आई तो बोली, "बेटी, नीचे उतरकर मामू से मिल आओ।"

चन्ना ने कोई उत्तर नहीं दिया, लेकिन नीचे वह उतरी नहीं। और जगदीश ने न जाने क्यों भेद-भरे स्वर में बहन से पूछा—"लड़की आ गई थी? उसे देखा नहीं।"

"क्या देखोगे? मैंने ही उसे नहीं देखा, तब से ऊपर ही है..." इस छोटी-सी बात से बहन ने भाई को बहुत कुछ समझा दिया।

दुपहर को जब किसी बहाने जगदीश ऊपर गए तो चन्ना खिड़की के निकट पड़े सोफ़े पर लेटी हुई थी। उसके कपड़े स्वच्छ थे और लेटने में जगदीश को लगा कि अधिकार का गर्व था। चन्ना ने हाथ जोड़े और सरलता से बोली, "आओ मामू!"

जगदीश सामने कुर्सी पर बैठे। चन्ना ने उन्हें देखकर सोचा कि वह उससे मिलने नहीं, उसको जाँचने आए हैं। "मामी कैसी है मामू और बेबी?"

"अच्छी है चन्ना!"

जगदीश को कुछ भी सुनने की उम्मीद हो, यह नहीं। उनकी बहन है कि बार-बार बेहोश हो रही है। आँखें उसकी रो-रोकर खुलती नहीं और यह...

और चन्ना नाख़ूनों पर मेहँदी के हल्के हो गए निशानों को देखती-भर रही, और जगदीश को जाने क्यों सोच हुआ कि चन्ना के हाथ में चमक रही अँगूठी बहुत क़ीमती है।

"क्या कॉलेज में छुट्टियाँ हैं?"

"जी!"

"गाँव कब तक जाओगी?"

चन्ना को लगा कि यह मामू नहीं, माँ पूछ रही है। और मन-ही-मन कुछ सोचकर बोली, "मामू, इस बार तो गाँव नहीं जाऊँगी।"

मामू कुछ देर सोचते रहे, फिर नीचे चले गए। पर जाते-जाते उनकी आँखें मानो कह रही थीं कि तुमसे समझूँगा...

चन्ना ने कह देने के बाद सोचा कि यह कहने का प्रयोजन कहाँ था, सिवाय इसके कि वह मामू को यह जताना चाहती थी कि घर मेरा है और तुम्हारा अधिकार केवल नियंत्रण-भर का है। लेकिन जल्दी ही जगदीश ने चन्ना को बता दिया कि उसका अधिकार बहुत बड़ा है और उस अधिकार के पीछे घर की मालकिन की शह है।

मुनीम जी से सवाल किए जा रहे हैं, जो इस परिवर्तन को ठीक तरह से सँभाल नहीं पा रहे। नौकरों को कम करने की बातें हो रही हैं। कारों को बेचने का इन्तज़ाम हो रहा है। कल माँ ऊपर आई थी, चेहरा मुरझा गया था, आँखें सूजी हुई थीं और ऐसा लगता था कि देह को उन्होंने छोड़ रखा है। और वह छूटी-छूटी देह श्यामा की नहीं, धर्मपाल की थी, जिस पर से स्वयं धर्मपाल का हाथ उठ गया था। माँ को इस रूप में देखकर चन्ना का जी न जाने कैसा हुआ। सोचा, वह सब कुछ समझते हुए भी माँ को दिलासा नहीं दे सकी। माँ ऊपर आई। सामने माँ के सोने का कमरा था। पलंग फीके और बेजान पड़े थे। यह बन्धन एक बार छूटता है तो क्या फिर नहीं जुड़ पाता? श्यामा के मस्तक में वह अगणित रातें एक क्षण, केवल एक क्षण के लिए सामने आ खड़ी हुईं और झकझोरकर नीचे गिर-गिरा गईं। जब श्यामा ने अपने को सँभाला तो चन्ना ने माँ को थाम रखा था।

माँ कुछ बोली नहीं। "माँ, क्या गाँव में ख़बर की?" माँ ने निर्दयतापूर्ण आँखों से चन्ना की ओर देखा। रूखी आवाज़ में बोली, "शायद नहीं..."

"क्या मुनीम जी ने लिखा नहीं?"

माँ ने बस देखा-भर और कुछ नहीं। पूछा, "गाँव कब तक जाओगी?"

चन्ना शान्त स्वर में बोली, "नहीं माँ, इस बार गाँव नहीं जाऊँगी।"

माँ के चले जाने पर चन्ना ने सोचा—उसके गाँव जाने पर इतना ज़ोर क्यों दिया जा रहा है? जिस बात को उसने इतने वर्ष यहाँ रहकर भी नहीं माना, उसी से तो वह आज उलझ रही है। कब उसने सोचा था कि यह मेरा घर है, पर पिता के मरते ही उसे लगा कि यह घर उसका भी है। कल क्रिया है। कोई न कोई तो शाहजी के यहाँ से आना ही चाहिए। औरतों में बातें हो रही हैं—"यह दरवाज़े पर गाँव है। हाय-हाय, लड़की अपनी नहीं, पर जमाई तो अपना था।" तहसीलदार की बहू जिसे अक्सर तुकी-बेतुकी सरकारी बातों की ख़बर रहती थी, ठोड़ी पर हाथ रखते हुए

क़ानूनी ढंग से बोली, "अरे आते क्यों नहीं? शाह तो पहुँचवाला है, पर सुनते हैं, अब वह बातें नहीं रहीं। पहले से कहीं हल्का हो गया है। सरकार ने काला चिट्ठा भेजा है शाहों के लिए।"

दूसरे दिन सुबह ही शाहजी पहुँच गए। आज न आते? उन्हें कुछ कहनेवाले उनके समधी-समधिन तो नहीं, पर लोक-जहान तो है। आज तो श्यामा को बुरा पड़ेगा। कहने को तो वह उनकी लड़की ही है।

शाहजी आए। आज उन्हें किससे मिलना था? श्यामा के पास गए तो उसको थपथपाते हुए स्वयं रो पड़े। वह उनकी ही तरह अकेली रह गई। एक लड़का ही होता?

गमी की रस्म शुरू हुई। श्यामा के न चाहने पर भी उसे शाहजी के यहाँ के क़ीमती कपड़े पहना दिए गए। सिर पर पशमीने का शाल ओढ़े हुए जब वह बेजान-सी कुछ बड़ी-बूढ़ियों के सहारे बैठी तो उसकी आँखों पर आँसुओं का परदा था। सबसे पहले जगदीश आए। आँखें बहन को इस वेष में न देख सकती थीं। मुँह नीचे किए बहन के आँचल में रुपए डाल गए। इसके बाद शाहजी—श्यामा को देखकर शाहजी को आज पहली बार मन में आया कि उनकी बच्ची ही भाग्यवती थी जो अपने पति के सामने चली गई। उसे यह दिन देखना ही न पड़ा। शाहजी पास आए। जब उनका हाथ श्यामा के आँचल की ओर गया तो काँप रहा था। स्त्रियों की नज़र शाहजी के हाथ की ओर थी कि लड़की की सौत को वह क्या दे रहे हैं। लेकिन शाहजी ने खुला नहीं दिया। एक बँधी पोटली थी, उसे आँचल में डाल शाहजी शीघ्रता से वहाँ से उठ गए। इसके बाद जात-बिरादरी देती-लेती रही। बात बन आई है, किसी तरह विधवा को आसरा देने की चाल है। जब सिर का साईं न रहे तो भंडार के भंडार भी बीत जाते हैं। एक ओर बैठे मुनीम जी बराबर हिसाब लिखते जा रहे थे। और श्यामा इन रंगीन कपड़ों में, जो वह आज के बाद कभी नहीं पहनेगी, जैसे दुलहिन-सी लग रही है। श्यामा अब युवती नहीं है। यौवन की सुकुमारता नहीं तो भी सुन्दरता अब तक चेहरे पर बनी है। ऊपर माथे तक ओढ़े हुए पशमीने का शाल! होते-होते काफ़ी देर हो गई। श्यामा की आँखों से बहते हुए आँसू चेहरे को धोते जा रहे हैं। कोई नहीं जो उसके आँसू पोंछकर कहे—"अब बस करो।" कहेगा कौन? अभागिन आज न रोए, जिसके सिर की सरदारी चली गई हो, जिसका सुख-चैन चला गया हो, जिसके माथे का सिन्दूर पुँछ गया हो, वह नहीं रोएगी? फिर कौन लड़का-बाला बैठा है जो रो-धोकर फिर कल रानी बन बैठेगी। रब्ब किसी दुश्मन को यह दिन न दिखाए।

बहुत-सी औरतों के समझाने-बुझाने पर भी चन्ना नीचे नहीं आई। शाहजी को तो अभी लौट जाना है। ऊपर गए। चन्ना उन्हें पहले की तरह ही मिली। "सईदा बीबी,

चाची महरी..." चन्ना पूछने जा रही थी कि सब कोई अच्छे तो हैं कि शाहजी ने धीमे-से कहा, "रुक बेटी, कोई देखता-सुनता क्या कहेगा। वहाँ की बात क्या ज़रूरी है? हाँ बच्ची, वक़्त पर पहुँच गई थीं तुम?"

"नहीं नाना!"

"बेटी, क़िस्मत में नहीं था तुम्हारे दर्शन मेला, नहीं तो कोई-न-कोई सबब बन ही जाता।"

चन्ना को सुनकर लगा कि यह सब पुरानी बातें हैं। "नानाजी, सईदा बीबी को भेज दें। छुट्टियों में यहीं रहूँगी। सईदा बीबी कब तक आ सकेंगी?"

शाहजी सईदा बीबी को भेजने के लिए फ़ौरन हामी नहीं भर सके। "बेटी, उसे यहाँ भेजना क्या ज़रूरी है?" शाहजी चाहते थे कि कहें, माँ से पूछ लो, पर नहीं कह सके। आज न जाने क्यों उनकी सहानुभूति बेटी से अधिक माँ की ओर थी।

"नाना, सईदा बीबी को कल-परसों तक ज़रूर भेज दें। दस-बारह दिन अकेली हूँ।"

"भेज दूँगा।" कहकर शाहजी जैसे चन्ना की परीक्षा लेते रहे। और "अच्छा बेटी!" कहकर शाहजी सदा की तरह बच्ची को प्यार कर नीचे उतर गए। अब उन्हें इस घर में रुककर क्या करना है!

और चन्ना आज उन्हें बिदाई देने नीचे नहीं उतरी। उसे बैठे-बैठे लगा कि नाना के घर से अलग भी वह कुछ है, और वह जो है उस घर की है, जो उसके पिता और माँ का घर है। आज उन दोनों में से कोई भी नहीं, लेकिन उनका घर तो है।

51

रोना-धोना, रिश्ते, दान-पुण्य के दिन बीत गए। धर्मपाल के न रहने पर भी धर्मपाल का घर नहीं बदला। लेकिन जो बदल गई थी वह थी श्यामा। श्यामा का अस्तित्व और उस अस्तित्व में उसका विधवा जीवन। दिन अब भी होता है, खिड़की में से आती हुई प्रात: की हल्की रोशनी उसकी रात की उनींदी आँखों को अलसाई थपकियाँ नहीं देती और रात को शैया की गरमाई उसे नधुर स्वप्नों में नहीं सुला देती। हर बार करवट के साथ उसे लगता है कि धर्मपाल अब नहीं हैं। उनकी आलमारी में, बक्सों में उनके कपड़ों के ढेर के ढेर पहले की तरह पड़े हैं। उनके सिरहाने टेबल लैम्प पड़ा है, जिसके प्रकाश में वह कभी-कभी रात को पढ़ा करते थे। उनकी किताबें, किताबों पर उनके हाथ की लिखी तारीख़ें, उनके हाथ की क़ीमती घड़ी अभी भी ड्रेसिंग टेबिल पर पड़ी है। हैंगर में लटका हुआ उनका वह सूट, जो अन्तिम बार उन्होंने पहना था और—और इन सब चीज़ों के साथ श्यामा,

जिसके लिए पति का दिन उसका दिन था। पति की रात उसकी रात थी, लेकिन जबसे वह लाहौर गए थे, आकर उससे पहले की तरह मिल नहीं सके—मिल नहीं सके। वह हैरान थी, बेटी से मिलकर क्या वह पति-पत्नी की निकटता को भूल गए थे? जिस दिन शाम को वह वहाँ से लौटे तो वह किस उत्सुकता से उनकी प्रतीक्षा कर रही थी। वह दो दिन, वह दो रातें उसे कितनी सूनी लगी थीं। कभी-कभी वह सोचा करती थी कि पहले कुछ वर्षों की तरह अब अधीरता न भी हो तो भी उसमें अब क्या प्यार की कमी हो गई? लगता, एक प्यास शान्त होकर, तृप्त होकर कहीं नीचे बैठ गई। धर्मपाल की आँखें बन्द होते ही उसके मन में अपने समग्र विवाहित जीवन का पश्चाताप छा गया था। वह बार-बार उसे सुझा रहा है कि पति की मृत्यु के बाद कोई सन्तान का आसरा उसके लिए नहीं रह गया और उस आसरे के रूप में उनके साथ बिताए जीवन की स्मृतियाँ अब हाहाकार करती रहेंगी।

लेकिन अगर आज वह स्मृतियाँ किसी सजीव रूप में उसके निकट खेलतीं और आँखों में गर्म-गर्म आँसू भरकर यह भी वह सोचने के बिना नहीं रह सकी कि इसमें शायद उसी की असमर्थता थी। अपने आगे बिछा हुआ एकाकी वैधव्य देखकर भी नहीं सोच पाती कि चन्ना ही अब एकमात्र उसकी सन्तान है, और उसी को देखकर अब उसे दिन काटने हैं। वह चन्ना को देखती है, लेकिन उसे महसूस नहीं कर पाती। लड़की उसकी नहीं, पर उसके पति की है। वह उसके पिता थे। ठीक नहीं सोच पाती कि शीला की मृत्यु ने उसकी बँधी-बँधी उलझन को साफ़ कर दिया या उसने अपने को समझा लिया था, कि जिस पति के आगे वह न चूकने पर भी चूक गई थी, उसे वह ख़ूब बाँधकर रखेगी। और उसने बाँधे रखा। कभी शीला की बात याद हो आती थी, "बहू, कहीं भी जाएँ, इनके साथ तुम्हारा जाना ही अच्छा है।" और उसने सचमुच पति को कभी अपने से अलग नहीं छोड़ा। और उस दिन जब वह लड़की से मिलकर लौटे तो गम्भीर थे। उनकी आँखें पत्नी को पहचान रही थीं, लेकिन किसी और आँखों से, और वह आँखें श्यामा ख़ूब जानती है कि चन्ना की थीं। कभी-कभी उसे आश्चर्य होता है कि पुरानी बातें याद करने पर भी उसे शीला के प्रति ईर्ष्या या डाह नहीं होता, केवल उसका सुन्दर-सौम्य चेहरा सामने आता है। वह स्वयं अगर शीला की जगह होती तो सौत से इस तरह बोल नहीं पाती, पर उसी सौत की लड़की को वह उस तरह नहीं देख पाती। जब तक धर्मपाल थे, उनके आसपास गुंजल बनकर पड़ी थी और उसे खोलकर देखने की क्षमता उन दोनों में से किसी में नहीं थी। लड़की जानती थी, घर-भर की स्वामिनी को, पिता की पत्नी को उसे माँ कहना ही है और श्यामा समझती थी कि पति के निकट लड़की का जो पिता का अधिकार है, उसे याद करके उसे बेटी कहना ही है। लेकिन धर्मपाल के न रहने पर वह बिन्दु कहाँ रह गया, जहाँ वे दोनों मिला करती थीं। उन अन्तिम दिनों के लिए जब पति की आँखें उसे पहले की तरह पहचानना भूल गई थीं, वह चन्ना को क्षमा

नहीं कर सकी, हालाँकि वह यह भी जानती थी कि लड़की ने प्रत्यक्ष पिता से कुछ कहा नहीं होगा। पिता से उसने चाहते हुए भी कोई ऐसी बात नहीं पूछी होगी, जिसमें माँ का नाम आया हो। लेकिन फिर भी श्यामा चन्ना की आँखों में छिपे किसी रहस्य के प्रभाव को जानती थी।

पिता के मरने के बाद वह किसी दिन भी माँ के पास नहीं आई। और अब वह पूर्ववत खाने पर मिलती है। वही कमरा है—चन्ना जानती है कि माँ का हाथ खाते-खाते क्यों रुक गया है? वह पिता की बात सोच रही है, लेकिन क्या वह भी उन्हीं की बात नहीं सोचती? उसे घर के होने में कोई फ़र्क़ नज़र नहीं आता। वह है, माँ है, माँ के भाई हैं, पर पिता नहीं—लेकिन दिन-रात, सुबह-शाम सब पहले की तरह हैं—फलों की क्यारियाँ वैसी ही हैं। फिर क्या है जो बदल गया है? वह प्रतिदिन समय पर खाने की मेज़ पर पहुँच जाती है। नींद आते ही सो जाती है। हवा वैसी ही चलती है। पेड़ झूमते हैं। उस दिन जब वह पिता को लकड़ियों में छोड़कर वापस आ रही थी तो भी वह यही कुछ सोच रही थी। उसने चिता में आग लगते देखी थी और तभी उसे लगा था कि वह सिर पटककर रो देगी, पर आग लगते ही ऊपर देखा—आसमान की छाया थी और नीचे धरती। वह खड़ी है, जितने आदमी अर्थी के साथ आए थे, वह सब खड़े हैं। सिर्फ़ पिता मर गए हैं। उसने माँ की ओर देखा था तो जाने क्यों, देखकर लगा था कि पिता के साथ शायद माँ भी मर सकती है। लेकिन वह मरी नहीं।

माँ को अब भी घंटों मामू के पास बैठे रोते देखती है। समझ नहीं पाती कि जैसे मैं समझती हूँ, माँ क्यों नहीं समझती? कभी-कभी खीज भी उठती है। चाहती है कि माँ को समझाऊँ, पर माँ की आँखें जैसे मौन भाव से कहती हैं कि तुम दूर हो, तुम दूर हो मुझसे...

और श्यामा चन्ना को देखकर सोचती है कि एक ही व्यक्ति था—फिर भी उसके नेह में, उसको देने में कितनी भिन्नता है। लड़की को उसने किसी भी दिन रोते नहीं देखा और यही तो जगदीश सोचते हैं। पहले-पहले वह चन्ना के विषय में कुछ भी कहने से झिझके, पर यह झिझक अधिक दिन नहीं चल सकी।

जगदीश ने बहन से सलाह की कि अब तीन कारों का क्या होगा? एक रहने दो। दो बिक जाएँगी तो अच्छा है। श्यामा ने रामलाल से बात की। वे बोले थे, ''दो-एक मित्र हैं, उन्हें भिजवा दूँगा। कल देख जाएँगे।''

आज सुबह कुछ आदमी आकर कारें देख गए थे। शाम को रामलाल अपने किसी परिचित को साथ लेकर आए। कारें बाहर खड़ी थीं और जगदीश रामलाल से बातें कर रहे थे। उनके युवक मित्र सुव्यवस्थित क़ीमती सूट में खड़े हैं। चन्ना लेटी हुई थी। नौकर आकर कह गया है कि चाय तैयार है, मालकिन आ गई हैं। चन्ना उठी, अपने को कुछ ढीला-सा जानकर बाँहों को खींचा और दुपट्टा लेकर नीचे

उतर गई। माँ पहले ही कमरे में बैठी थी। चन्ना चुपचाप जाकर बैठ गई। माँ कुछ बोली नहीं। "आज मामू किधर हैं माँ?"

"नीचे हैं। रामलाल जी आए हैं, कार के लिए। कोई मित्र साथ है।"

"कार का क्या होगा माँ?"

चन्ना बेख़बर नहीं है। माँ ने इस प्रश्न का उत्तर देने की आवश्यकता नहीं समझी। चन्ना ने फिर पूछा—"माँ, क्या कारें बिकेंगी?"

श्यामा ने मन-ही-मन में कुछ भाँपा और भारी आवाज़ से बोली, "हाँ।"

"अभी आती हूँ माँ!" चन्ना रुकी नहीं। नीचे उतर गई। दोनों कारों के पास मामू खड़े थे, चाचा थे और उनके साथ—उनके साथ बलवन्त थे।

चन्ना ने चाचा को प्रणाम किया और बलवन्त को भी। रामलाल जी थपथपाते हुए हँसे—"बेटी, इन्हें जानती हो?...यह हैं...यह हैं..."

"इन्हें मैं जानती हूँ, इनका नाम नहीं। पर इनके साथ ही तो मैं लाहौर से आई थी।"

रामलाल हँसे। बोले, "बेटी, मुझे बताया है बलवन्त ने..."

चन्ना ने मामू की ओर देखा—लगा कि उसके आने से पहले होती हुई बातचीत का क्रम टूट जाने से उन्हें अच्छा नहीं लगा। वह क्रम को फिर शुरू कर सकती है, "चाचाजी, क्या कार आप ले रहे हैं?" रामलाल व्यस्त होकर बोले, "नहीं, नहीं चन्ना, बलवन्त देखने आए हैं। क्यों बलवन्त, क्या ख़याल है?" रामलाल ने पूछते-पूछते एक बार जगदीश की ओर भी देखा। बलवन्त ने कुछ विचित्र ढंग से सिगरेट को उँगलियों में थमा और अनोखेपन से बोले, "मुझे पसन्द है।"

जगदीश ने सन्तोष की साँस ली। रामलाल को चन्ना ठीक-ठीक समझ सकी। उसे लगा कि बलवन्त के कहते ही उन्हें एक बार फिर ख़याल आया कि यह उनके मित्र की कार है, जो अब नहीं हैं।

"आइए चाचाजी, माँ इन्तज़ार कर रही हैं। आओ मामू, आप आइए न।" चन्ना ने बलवन्त से अनुरोध किया।

माँ जैसे उन्हीं की प्रतीक्षा में थी। बलवन्त और रामलाल ने नमस्कार किया। "आइए..." श्यामा के स्वर में विषाद में डूबी जड़ता थी और आँखें नीचे डाले-डाले वही प्यालों में चाय उँड़ेलती रही। वातावरण न जाने कैसा भारी-सा लग रहा था। श्यामा के मलिन रूप ने सबको मौन कर दिया। चन्ना चाय पीते-पीते कभी मामू की ओर और कभी बलवन्त की ओर देखती रही।

"भाभी, इनसे बात हो गई है। यह बड़ी कार लेंगे।"

श्यामा का हाथ जहाँ था वहीं रुक गया। दृष्टि ऊपर नहीं उठी।

चन्ना को माँ से सहानुभूति हुई। किसी अनदेखी भावना ने उसे गीला कर दिया। उसे पहली बार लगा कि वह अब तक माँ को ठीक-ठीक नहीं समझती रही। मामू

के चेहरे पर सन्तोष के चिह्न स्पष्ट थे और उन्हें देखते ही सोचा कि मामू ज़रूर माँ पर दबाव डालते हैं, नहीं तो कार बेचने की बात माँ कैसे कह पाती।

चाय ख़त्म हो गई। रामलाल उठते हुए बोले, "तो चलता हूँ भाभी..." भाभी कुछ बोली नहीं। बैठे-बैठे हाथ जोड़ दिए। चन्ना नीचे तक साथ आई और नमस्कार करते-करते बोली, "चाचाजी, इन्हें आप नई कार दिलवा दें। पिताजी की कार माँ के लिए रहेगी।" रामलाल ने आश्चर्य से पूछा, "बेटी, क्या भाभी ने तुमसे कहा?"

"नहीं," चन्ना ने उड़ती-उड़ती दृष्टि से मामू की ओर देखा, "माँ देना चाहती है या नहीं, मैं नहीं जानती; लेकिन मामू, पिताजी की कार कहीं बाहर नहीं जाएगी। अच्छा, चाचाजी..." फिर बलवन्त की ओर देखकर बोली, "नमस्कार, आप फिर भी कभी आइएगा।"

कार चल पड़ी। जगदीश फीके हो आए। चन्ना अनुरोध से कह रही थी, "आओ मामू, ऊपर चलें।"

52

आज सईदा बीबी आ गई। वह जल्दी आ जाती, पर चाची का जी कुछ अच्छा न था। इसलिए रुकी रही। सईदा बीबी श्यामा के पास गई और फ़र्श पर बैठकर शोक प्रकट करने के लिए ज़रा झुकी। चाची ने कहा था, मेरी ओर से श्यामा के गले लगना। श्यामा सिर ढके बैठी थी। ऊपर शाहजी के यहाँ का पशमीने का शाल था। सईदा बीबी ने कुछ कहना चाहा, पर कहने के पहले उसकी आँखें भर आईं। कोई दिखावा नहीं। श्यामा को उसने पूरे रंग में देखा था। और आज कहाँ है वह रास-रंग। तन पर गहना नहीं, सूने मटियाले रंग के कपड़े! शाल से सब कुछ ढका हुआ। जमाई बेचारी को अकेली छोड़कर चल दिए। श्यामा एक बार फिर विचलित हुई। सँभलकर बोली, "शाहजी तो ठीक हैं!" क्रियावाले दिन जब शाहजी उसके आँचल में बँधी पोटली डालकर उसके सिर पर हाथ फेरते-फेरते वापस लौटे थे तो उसको लगा था, वह हाथ शीला के पिता का नहीं...उसके अपने पिता का था, जो उसके दुःख में अधीर होकर काँप रहा था। सईदा बीबी ने आँखें पोंछते-पोंछते कहा, "अच्छे हैं बहन, उनके सुख के दिन गए। उनकी तो पिछली उम्र ख़राब हो गई। लेन-देन में नुक़सान हुआ, फिर यहाँ की बेफ़िक्री भी गई। जिस दिन ख़बर मिली, उनको देखा नहीं जाता था। क़िस्मत ने उन्हें तोड़ डाला है।" क़िस्मत का तोड़ना कैसा होता है—यह श्यामा से अधिक कौन समझेगा? मन में आया, उस दिन शाहजी रुपयों के साथ जो सोना उसके आँचल में डाल गए—क्यों? वह उनकी लड़की नहीं थी, जमाई उनका था, पर अब जो वह करते,

उसे क्या जमाई को देखना था। बोली, "सईदा बीबी, शाहजी उस दिन रुपयों के साथ इतना सोना दे गए..."

"बहन, वह दिन किसी पर न आए...न कोई दे, न ले। तुम्हें क्या बताना है। वह गोखरू हाथ में पकड़े शाहजी के हाथ काँपते थे। बोले, मैं किस मुँह से यह हाथ का गहना लड़की को दूँगा। फिर सोना गलवाया।" श्यामा ने अपनी बाँहें देखीं...अब यह सदा के लिए सूनी हो गई थीं। सईदा बीबी ने चन्ना को देखा—मन-ही-मन कुछ धक्का-सा लगा। लड़की दो दिन में पिता को भूल गई। उसका ख़याल था, वह मिलते ही रोकर कहेगी—"सईदा बीबी, पिताजी नहीं रहे।" पर वह तो कह रही थी, "सईदा बीबी, तुमने देर क्यों कर दी?"

"बच्ची, चाची बीमार थी।"

"चाची अब क्या ठीक होगी सईदा बीबी? वह तो बूढ़ी हो गई है।"

सईदा बीबी को यह निठराई लगी। लड़की चार-छ: महीने लाहौर क्या रह आई है कि सबकी प्यार-ममता भूल गई है। आहत-से स्वर में बोली, "बच्ची, लड़के-लड़कियों के लिए माँ-बाप, नाना-नानी, बहन-भाई कभी बूढ़े नहीं होते...अब जमाई की ही क्या उमर थी? नीचे बहन को देखकर आई हूँ, वह काया ही नहीं रही। उसका तो राज लुट गया है। बेटी, वैरी भी यह दिन न देखे..."

एकाएक दो बिस्तरों को देखकर पूछा, "क्या तुम और बहन यहाँ सोती हो..."

"नहीं सईदा बीबी, माँ नीचे सोती है..."

"नीचे?"

सईदा बीबी को लड़की के रंग-ढंग अच्छे नहीं लगे। इन ग़म के दिनों में लड़की माँ के साथ नहीं लग सकी। फिर जमाई के कमरे में अभी तो इतनी जल्दी रूह भी अपनी जगह नहीं छोड़ती। सईदा बीबी को लगा, यह सब शहर का असर है।

"बच्ची, जमाई से कोई बात हुई?" सईदा बीबी जानती है कि चन्ना देर से पहुँची थी, शाहजी ने उसे बताया था।

"नहीं"...चन्ना का रूखा स्वर।

"तुम्हें तार मिला था..."

"नहीं।"

"चिट्ठी।"

"नहीं..."

यह लाहौर की हवा है। नहीं तो क्यों लड़की को उसकी कोई भी बात अच्छी नहीं लग रही।

शाम हो गई। खिड़कियों से ठंडी हवा आ रही थी। चन्ना चाय पीने नीचे गई तो सईदा बीबी ने सन्देह से इधर-उधर देखा—सिरहाने तले कुछ किताबों के सिवाय और

कोई चीज़ न थी। किताबों को उलट-पुलटकर देखा और वहीं रख दिया। मन में आया—ऐसी पढ़ाई भी किस काम की। चन्ना ऊपर आई। मामू कारवाली बात से नाराज़ थे, और माँ ने प्रत्यक्ष रूप से किसी का पक्ष नहीं लिया, पर मामू की वह दृष्टि चन्ना किसी भी तरह सहन नहीं कर सकी। आज कुछ कहने को मन नहीं चाहा। कल वह मामू से साफ़-साफ़ कहेगी कि कार के रखने-बेचने में उनका कोई मतलब नहीं। चन्ना किताब लेकर बैठ गई। सईदा बीबी ने बिना आहट किए खिड़कियाँ बन्द कीं और कम्बल खोलकर चन्ना की बाँहों तक डाल दिया और एक तरह से ज़रा चद्दर उठाकर पास बैठ गई। किताब पढ़ती कितनी समझदार लगती है। पहले से रंग भी निखर आया है। ''बच्ची...'' चन्ना ने किताब से दृष्टि नहीं उठाई।

''कब तक की छुट्टियाँ हैं...''

''दो हफ़्ते की और...''

''बच्ची, चाची कहती थी, ज़िन्दगी के ही मेले हैं। हो सके तो मिल जाना...''

चन्ना ने किताब बन्द कर दी, ''सईदा बीबी, इस बार गाँव नहीं जाऊँगी।''

''सच है बच्ची, इस तरह जाना अच्छा तो नहीं लगता। कल को बहन ही इस बात का ख़याल करे। कोई क्या सोचेगा?''

सईदा बीबी ठीक-ठीक नहीं समझ पाई थी, चन्ना की बोलचाल ही बदल गई है। सईदा बीबी को चुप देखकर चन्ना बोली, ''सईदा बीबी, मुझे जाना होगा तो अपनी मर्जी से जाऊँगी, न जाना हो तो अपनी मर्जी से...''

सईदा बीबी झट सँभल गई। लड़की अब बड़ी हो गई है, फिर यह तो उसकी पुरानी आदत है। क्या इसीलिए लड़की उससे ठीक से नहीं बोल रही?

''क्यों नहीं बच्ची, तुम्हें कोई क्यों कुछ कहेगा, तुम्हारी मर्जी है...तुम अब क्या छोटी हो?'' इसके उत्तर में चन्ना ने कुछ कहा नहीं, किन्तु नर्म होकर बोली, ''सईदा बीबी, गाँव का हाल कहो...''

''बच्ची, तुम्हें शाहजी तो मिले ही होंगे। बच्ची, कृपाराम और उसके लड़के को शाहजी ने घर बुला लिया है। बूढ़े का तो कुछ नहीं—आज है तो कल नहीं, पर वह लड़का...बच्ची, किसी काम का नहीं। निरा फिरतू है। मैं तो बात नहीं करती, न अच्छी न भली, पर चाची से उसकी नहीं बनती।''

चन्ना को जैसे कुछ रस आने लगा है। वही गाँव की बातें। कुछ देर पहले जो सईदा बीबी उसे दूर-दूर सी लग रही थी, कुछ निकट आ गई।

''सईदा बीबी, चाची की किसी के साथ नहीं बनती, पर उस लड़के का क्या चाची से लेन-देन है? दिन-भर हवेली में रहता होगा?''

''नहीं बच्ची, न वह हवेली रहता है न घर। दिन-भर कालू फकीरे के लड़के, रक्खा लुहार और गुलजारी सुनार के साथ खे(धूल) खाता है। इन सबका सरदार है वह रमजाने का लड़का फैजू...'' फिर सईदा बीबी कहती गई, ''बच्ची, फैजू जवान

निकला है, पर ऐसी जवानी किस काम की...गाँव सिर पर उठा रखा है। वह कुछ पहले ही कम न था और जबसे वह अपना लाला दूल्हा आ गया है, कुछ न पूछो..."

"नानाजी कुछ नहीं कहते?"

सईदा बीबी ने लम्बी साँस भरी, "बच्ची, वह क्या कहेंगे? वह तो पता नहीं किस-किस चिन्ता में घुल रहे हैं। सरकार ने हुक्म निकाला है। जो कुछ भी दिया-लिया है, सब चला गया। यह कोई छोटा-सा धक्का नहीं बच्ची! हज़ारों जाएँगे या लाखों, पता नही। मन मारकर बैठ गए हैं। उधर जमाई...बच्ची...वह यहाँ का बड़ा गम करते हैं...'

"सईदा बीबी, क्या मामू अब यहीं रहा करेंगे?"

सईदा बीबी समझी—संकेत श्यामा के भाई की ओर था। "बच्ची, क्या पता? रह भी जाए। अब यहाँ भी कौन है?"

"क्यों?" चन्ना ने तीखे होकर पूछा, "मैं और माँ यहाँ नहीं..."

"क्यों नहीं बच्ची, पर पढ़ने चली जाओगी तो किसी को तो यहाँ रहना ही है।"

"सईदा बीबी पिताजी मुझसे लाहौर गए थे मिलने।"

"सच बच्ची, कब?"

"पिछले महीने।"

"बहन के साथ?"

"नहीं-नहीं सईदा बीबी, तुम नहीं समझतीं। वह अकेले गए थे।"

चन्ना इसके आगे सईदा बीबी को कुछ नहीं बता सकी। रात को सोई तो सईदा बीबी बैठी-बैठी लड़की का सिर सहलाती रही। हाथ-पाँव पहले से कुछ-कुछ दुबले लगते थे। कपड़ों पर नज़र गई। यह तो बच्ची का अपना सूट नहीं, शायद माँ का पहन रखा है और सोचते ही सईदा बीबी का दिल भय से भर गया। बच्ची के लाख-लाख सगुण हों...चाहे माँ ही है, पर विधवा का कपड़ा तन पर छुआना...क्या किसी ने मना नहीं किया? यही तो फ़र्क है। बच्ची को कोई उन्स नहीं तो माँ कौन-सी लाड़ लड़ाती है।

पता नहीं कब से यही कपड़े पहन रखे हैं। सिर धोने के लिए भी कह रही थी। बालों को छूकर देखा, बिलकुल रूखे थे। सोई पड़ी भोली-भाली लड़की को देखकर ममता उमड़ आई। उसे पता नहीं क्या हो गया, जो दिल में विचार लाई कि लड़की अपने पिता को भी नहीं रोई। नानी मरी थी तो ही क्या रोई थी, पर क्या उसे दिल में कम लगाया। और जमाई से भी लड़की को क्या कम ममता थी?

आज रात फिक्र में सईदा बीबी को नींद नहीं आई। कभी दो-एक बार आँख खुली तो जमाई की ही शक्ल सामने आई। सुबह उठकर कहा, "बच्ची, अपने नीचे वाले कमरे में ही सोया करो..."

"क्यों?" चन्ना के स्वर में, आँखों में जिज्ञासा थी। वह कल से देख रही है कि सईदा बीबी बार-बार पलंगों की ओर देखती है। सईदा बीबी जवाब देते-देते

कुछ झिझकी। और उस झिझक ने जैसे चन्ना के आगे सब कुछ खोल दिया। सईदा बीबी के जवाब की प्रतीक्षा करते हुए भी बोली, "हाँ सईदा बीबी, आज रात वहीं सोऊँगी..." फिर कुछ सोचते-सोचते सन्देह से बोली, "सईदा बीबी, अब माँ क्यों नहीं ऊपर सोती?"

सईदा बीबी ने दिल में सोचा—लड़की अभी क्या समझेगी। धीरे-धीरे सबूर आ जाएगा। मन को मार लेगी, पर अभी तो वह जगह उसे खाने को दौड़ती होगी।

"बच्ची, यही सोचती होगी कि ऊपर अकेले..."

और सईदा बीबी ने बच्ची को नहलाया, बाल छाँटे, पर पहनने को कपड़े? वह क्या बदलवाए? "बच्ची जो कपड़े पहनकर आई थी, वह भी तो कहीं न कहीं होंगे..."

"मौसी से पूछो, उसी ने मुझे यह कपड़े लाकर दिए थे।"

सईदा बीबी मौसी से धुले कपड़े ले आई। मन-ही-मन कई बार पीर-फकीर का नाम लिया और बच्ची के बालों में कंघा घुमाते-घुमाते बोली, "बच्ची, आज माँ से पूछ लेना। जब तक हो कुछ न कुछ तो पहनोगी ही। दो-चार कपड़े बदलने के लिए होने ही चाहिए।" चन्ना दुपहर में नीचे उतरी। अभी कुछ औरतें शोक प्रकट कर गई थीं, और श्यामा बुझे मन से दीवार का सहारा लिये बैठी थी।

"माँ, आज कुछ कपड़े ले दो, पहनने के लिए कुछ नहीं..."

"वह सब पहले कपड़े वह क्या हुए?" श्यामा की आवाज़ में झुँझलाहट थी।

"लाहौर पड़े हैं?"

"साथ कोई सामान नहीं लाई थी?"

"नहीं माँ, हाथ ही में कुछ रुपए लेकर आई थी।"

बिस्तर...बक्स...श्यामा को चन्ना की बात पर आश्चर्य हो रहा है।

"कॉलेज से ख़ाली ही स्टेशन पर चली आई थी।"

"क्या तार नहीं मिला था?"

चन्ना के चेहरे पर पहले का-सा भाव नहीं रह गया, "नहीं माँ, मुझे सिर्फ़ तुम्हारा पत्र मिला था। तुमने गाँव न जाने को लिखा था..."

"तो आई कैसे..."

"अपने आप माँ..." चन्ना माँ की ओर नहीं, कहीं और—कहीं और देख रही है। फिर बोली, "रात-भर पहले माँ मैं जान गई थी, कुछ बुरा होने को है। रात को लेटी तो करवट नहीं ले सकी। शरीर जैसे बेजान-सा हो गया था। सुबह उठी, तो लगा कोई बुला रहा है, घर की ओर बुला रहा है—क्लास में जाते-जाते पैर रुक गए और वहाँ से ताँगा लेकर स्टेशन आ गई। माँ, अगर मैं रात को चल देती तो एक बार पिताजी से मिल सकती—एक बार..."

श्यामा को अपने सामने बैठी चन्ना भूल गई। केवल उसके कहे शब्द कानों में आए—"पिताजी से मिल सकती...एक बार सिर्फ़ एक बार"—श्यामा रो पड़ी।

इतना गहरा उलाहना। लड़की की आँखें गीली नहीं, मगर यह आवाज़! श्यामा ने लड़की को खींचकर गले से लगा लिया और रोती-रोती बोली, ''चन्ना, शाम तक उनकी आँखें दरवाज़े की ओर लगी रहीं। उन्हें तुम्हारा इन्तज़ार था...'' और फिर एक लम्बी हिचकी के बाद बोली, ''चन्ना, वह इतनी जल्दी चले जाएँगे, मैंने कभी नहीं सोचा था...''

चन्ना ने माँ को जैसा अब देखा, वैसा कभी नहीं देखा था। माँ और बेटी, वह एक दूसरे की सगी नहीं हैं तो क्या? धर्मपाल तो दोनों के सगे थे। एक के पति, एक के पिता। चन्ना माँ की गोदी में मुँह डालकर ऐसा रोई, जैसा वह कभी नहीं रोई थी। बेटी का आलिंगन करके श्यामा इस तरह रोई, जैसे वह उसकी अपनी जाई बेटी हो...अपनी सगी बेटी...

53

जगदीश कारवाली बात को नहीं भूल सके। लड़की ने बनी-बनाई बात बिगाड़ दी और बहन कुछ बोली नहीं। जगदीश को इस बात की उम्मीद नहीं थी, किन्तु जब बहन ने चुपचाप इसे स्वीकार कर लिया तो जगदीश को लगा कि शायद बहन हो कार बेचना न चाहती होंगी। पर अगर वह उससे ही यह कह देती तो लड़की के सामने उन्हें नीचा न होना पड़ता। हर बार चन्ना के सामने होने पर उन्हें यह बात चुभती है।

श्यामा ने चन्ना का कहा मौन भाव से स्वीकार कर लिया था। उसके लिए पति की कार बेचने का विषय प्रिय नहीं था। फिर भी जगदीश की सलाह को टाल नहीं सकी थी। प्रतिवाद करने की शक्ति ही अब जैसे उसमें नहीं रह गई और जब चन्ना ने रामलाल को मना कर दिया तो जगदीश से सुनकर श्यामा को चन्ना के शब्द न जाने क्यों अच्छे लगे...''पिता की कार माँ के लिए रहेगी...''

आज दुपहर को चन्ना खाने के बाद धूप में बैठी तो सईदा बीबी बोली, ''बच्ची, आज बहन ने मुनीम को बुलाया है। तुम्हारे मामू उसे अब शायद रखेंगे नहीं। मौसी कह रही थी।''

''सईदा बीबी, यह बात माँ की नहीं, मामू की है।'' चन्ना कहकर पढ़ने में लगी। कुछ देर बाद नीचे उतरी तो मामू माँ के पास बैठे थे। जगदीश खुली तरह नहीं देख सके। चन्ना ने अनदेखा किया और माँ से बातें करती रही, ''माँ, अब कुछ दिन में चली जाऊँगी—कालेज खुलनेवाला है।''

श्यामा ने एक ठंडा निःश्वास लिया। कुछ दिनों से इस पतिविहीन घर में उसे यह लड़की जैसे कोई अनचाहा-सा आसरा लगने लगी है। भाई से उसे कम ममता

नहीं, लेकिन भाई पति की स्मृति के निकट नहीं लगता। वह उन्हें पिता के रूप में जानती है, जो उसके पति थे।

''चन्ना, चाहो तो तुम्हें मामू पहुँचा आएँगे।''

''माँ, मैं अकेली जा सकती हूँ।'' फिर ज़रा रुककर बोली, ''सईदा बीबी को साथ ले जाऊँगी...''

जगदीश ने अर्थ-भरी दृष्टि से बहन की ओर देखा।

''एक दिन रुककर लौट आएगी। माँ, वहाँ सब गड़बड़ रहती है। समझ में नहीं आता, सामान कैसे सहेजूँ—क्या करूँ?''

श्यामा इस बात से सहमत नहीं हो सकी। यह सब बिगड़ी हुई आदतें हैं। मौन रही और माँ के मौन का अर्थ चन्ना समझती है। और जगदीश मन-ही-मन सोच रहे थे कि यह बस नखरे हैं। बाहर मुनीम जी ने खाँसा तो जगदीश बोले, ''आओ मुनीम जी...'' मुनीम जी दरवाज़े पर जूता उतारकर अन्दर आए। बहू को नमस्कार करके बैठ गए। मुनीम जी के चेहरे पर विवशता का भाव था। कुछ-कुछ शोक था। वह सोच भी नहीं पा रहे थे कि मालिक के न रहने से इस घर से उनका पीढ़ियों का सम्बन्ध टूट जाएगा। जगदीश ने बात आरम्भ करने से पहले एक बार बहन की ओर देखा, फिर चन्ना की ओर। क्या वह इस लड़की से डरेंगे?

''मुनीम जी, बहन ने आपको इसलिए बुलाया है...'' मुनीम जी इस तरह सुन रहे हैं, जैसे कोई दंडपत्र सुनना हो। ''मुनीम जी, अब उनके न रहने से अधिक काम नहीं रह गया। जो थोड़ा-बहुत होगा, मैं देख लूँगा। मुनीम जी, बहन को कितना बुरा लग रहा होगा, यह तो आप समझते होंगे...'' मुनीम जी कहना चाहते हैं कि मालकिन को बुरा लगने से उनका कुछ नहीं बनेगा और भैया तुम क्या काम सँभालोगे? मालकिन कुछ देर चुप रही, फिर विषाद-भरे कंठ से बोली, ''मुनीम जी, आपने जो इस घर की सेवा की है, उसे मैं भूलूँगी नहीं।''

चन्ना अब तक चुपचाप बैठी सुन रही थी। बोली, ''माँ तुम्हारे याद रखने से मुनीम जी का क्या होगा?'' श्यामा ने तीख़ी नज़र से लड़की की ओर देखा। मामू के माथे पर बल चढ़ रहे थे।

''मुनीम जी, अभी क्या लेन-देन बहुत बाक़ी है?'' यह चन्ना पूछ रही थी। मुनीम जी को सहारा मिला। गला साफ़ करके बोले, ''हाँ बिटिया, लेन-देन तो बहुत है—मालिक न रहे, पर उनका कारोबार तो चल रहा है। जगदीश बाबू सब हिसाब—किताब देख चुके हैं।''

चन्ना ने माँ की ओर देखा, ''माँ, कारखाना चल रहा है, ब्रांचें चल रही हैं, दफ़्तर वैसे ही हैं, फिर मुनीम जी का काम तो कम नहीं हुआ।'' श्यामा चाहती है कि एक बार सख़्ती से लड़की का मुँह बन्द कर दे, पर कैसे? जगदीश अपने को

बस में नहीं रख सके। क्रोध से बोले, "काम चल रहा है या नहीं, उसमें तुम्हें दख़ल देने की ज़रूरत नहीं। और मुनीम जी रहेंगे या नहीं, यह मैं सोच सकता हूँ।"

निःसंकोच और बड़ी आँखों से चन्ना ने माँ को देखकर कहा, "माँ, मुनीम जी का काम मामू देख सकते हों तो देखें, लेकिन मुनीम जी कहीं नहीं जाएँगे, उनके बाप-दादा सब यहाँ थे। अब पिताजी नहीं हैं तो भी यह उनका घर है, फिर तुम तो हो माँ।"

चन्ना यह कह रही है कि माँ तुम तो हो, लेकिन जैसे माँ के होने में वह अपना होना बता रही है। मानो कहती हो, मुझे दख़ल देने की ज़रूरत है या नहीं, लेकिन मैं हूँ तो...

इसका उत्तर श्यामा क्या देगी ? पति की आँखें मुँदते ही उसने जाना कि वह जीते जी मर गई। लेकिन लड़की कहती है कि माँ तुम तो हो, उसे याद दिलाती है—माँ तुम तो हो। हाँ, वह है। लेकिन जगदीश—जगदीश से वह क्या कहेगी ? मुनीम जी ऐसे देख रहे हैं, जैसे उन्हें अपने फ़ैसले का इन्तज़ार हो। लेकिन बोलेगा कौन ? जगदीश आशा कर रहे हैं कि बहन कुछ कहेगी और जिस भाई को बहन का इतना ख़याल है, बहन उनका विरोध कैसे करे ?

"मुनीम जी, इस वक़्त जाइए। शाम को मामू आपका फ़ैसला कर देंगे।" मुनीम जी ने नमस्कार करते-करते आँखों में ही लड़की से कहा कि बेटी, फ़ैसला तो तुम्हें ही करना है, अब तुम्हीं से उम्मीद है।

और जगदीश ने चन्ना के मुँह से अपने फ़ैसला करने की क्षमता की बात सुनकर सन्देहात्मक दृष्टि से चन्ना की ओर देखा। वह उन्हें बना तो नहीं रही ? लेकिन उसके मुँह पर उपहास का भाव नहीं। गम्भीर स्वर से मामू को सम्बोधित करके बोली, "मामू, मुनीम जी को रहने दो। जो काम उनका है उसे करने दो।"

जगदीश इसका कोई जवाब नहीं दे सके, और दूसरे क्षण चन्ना माँ से कह रही थी, "माँ, दिन-भर फ़र्श पर बैठे-बैठे थक नहीं जातीं ? यह औरतें कब तक आती रहेंगी ?" चन्ना ने माँ के उत्तर की प्रतीक्षा नहीं की।

"माँ, कॉलेज खुल गया है। कल-परसों तक चली जाऊँगी। मामू मामी को यहाँ क्यों नहीं बुला लेते ? वहाँ अकेली क्या करेंगी ?" जगदीश को विश्वास नहीं आया कि यह चन्ना कह रही है। पत्नी के बारे में तो वह अपने आप भी सोच रहे थे। लेकिन बहन से कुछ कह नहीं सके। बहन कहेगी कि कुछ दिन के लिए भी...और इधर उषा उनके पत्र की राह देख रही होगी। जब वह आए थे तो मुन्ने की तबियत अच्छी न थी। और अब सोचने पर भी वह श्यामा से कुछ नहीं कह पाएँगे।

और चन्ना के कहते ही श्यामा को विचार आया कि भाई से उसने ऊषा की बात तक नहीं पूछी। बच्चा जाने कैसा है ?

"जगदीश, मुन्ना कैसा है ?" श्यामा के स्वर में स्नेह था।

‘‘मैं आया तो बीमार था बहन...’’

‘‘उषा को पत्र लिखा?’’

‘‘नहीं बहन...’’

श्यामा को पश्चात्ताप हुआ। बोली, ‘‘आज ही उसे पत्र लिखो। न जाने कितनी फिकर करती होगी।’’

जगदीश जब उठकर उषा को पत्र लिखने चले तो मन में चन्ना के प्रति कोई कटुता न रह गई। उन्हें लगा जैसे लड़की ने उन्हें आज अपने परिवार से मिला दिया हो। वह बहन से कहते झिझक रहे थे...और चन्ना माँ से कह रही थी, ‘‘माँ, मामी के आने से घर में कुछ रौनक हो जाएगी।’’

‘‘हाँ चन्ना!’’ कहते-कहते श्यामा मन में सोच रही थी कि वह भाई-बहन हैं, लेकिन दोनों के परिवार अलग-अलग हैं। जगदीश यहाँ रहकर भी इस घर का अंग नहीं, और उषा और मुन्ना...वह सैकड़ों मील की दूरी पर रहते हुए भी जगदीश के स्नेह की इकाई हैं...

54

चन्ना वापस होस्टल लौट आई है। सईदा बीबी साथ आई थी, एक दिन रुककर बाला को बच्ची की सब छोटी-मोटी चीज़ें सहेजकर चली गई। चन्ना आज सुबह सईदा बीबी को गाड़ी पर चढ़ा आई है। गाड़ी चलने से पहले सिर पर प्यार फेरने के अतिरिक्त चन्ना ने सईदा बीबी को कुछ नहीं करने दिया। अपने को यह सोचने का मौक़ा नहीं दिया कि जाते-जाते सईदा बीबी उदास लगती थी या नहीं। गाड़ी चलने लगी तो बोली, ‘‘सईदा बीबी, चाची से कहना, गर्मियों की छुट्टियाँ होते ही सीधी गाँव आऊँगी।’’

‘‘अच्छा बच्ची, खाने-पीने का ध्यान रखना...’’ और गाड़ी चल पड़ी। खिड़की में से बाहर निकली हुई सईदा बीबी की गोरी-गोरी बाँह चन्ना दूर तक देखती रही। गाड़ी चली गई। दूर तक जाती हुई रेल की पटरी, ख़ाली-सा प्लेटफ़ार्म। अब क्या सीधी होस्टल जाएगी। चन्ना बाहर निकली। ताँगा लिया और सुरेश के कॉलेज की ओर चल पड़ी। परसों यहाँ पहुँचते ही जो पहली बात चन्ना ने सोची थी, वह सुरेश से मिलने की थी। ताँगा दौड़ा जा रहा था। बीच-बीच में राहगीरों को चेतावनी देता हुआ, ‘‘ओ बचकर, ओ बुढ़िया, क्या आज ही मरना है। ओ वीरा, एक तरफ़ हो जा, घर माँ रोएगी।’’ ताँगेवाले की ठेठ व्यंग्यात्मक आवाज़। कभी-कभी घोड़े पर गालियों की भाषा में आशीर्वाद—‘‘ओ तुझे साँप लड़े...ओ तुझे ले जाएँ चोर...’’

चन्ना मन-ही-मन हँसी। यह आवाज़ गाँव की है। यह खुला संकोचहीन स्वर...इसमें शहर का मुलम्मा नहीं चढ़ा। उत्सुक होकर पूछा—"बाबा, कहाँ के रहने वाले हो?"

"वजीराबाद जिले के बेटी!" ताँगेवाला आगे की ओर देख रहा है, लेकिन पीछे बैठी लड़की को वह अपने अनुभव से पहचान रहा है।

"बाबा, क्या ताँगा ठेके पर चलाते हो..."

ताँगेवाले ने हाथ से पकड़ी सीधी की और उलाहना-सा देकर बोला, "हद की है बेटी, एक घोड़ा भी अपना न होगा।"

चन्ना ख़ुश होकर हँसी। यह सीधी मगर गर्वीली आवाज़ उन लोगों की है, जिन्हें वह जानती है, जिनमें वह पली है—जिनमें वह रही है। कॉलेज आने पर चन्ना ताँगा बाहर खड़ा करके अन्दर गई। सुरेश को ढूँढ़ने में मुश्किल नहीं। वह बरामदे में खड़ा कुछ लड़कों से बातें कर रहा था। "सुरेश!"

सुरेश चौंका। चन्ना यहाँ कहाँ? सुरेश के विस्मय पर चन्ना हँसी। साथ खड़े लड़के शरारत से मुस्कराए। वह खुलेपन से सुरेश को देखकर बोली, "छुट्टियों में आए नहीं, माँ पूछती थीं।"

"मैं मौसी के यहाँ देहली चला गया था, और पिताजी का पत्र आए बहुत देर हो गई। महीने-भर से अब तो चाची का पत्र भी नहीं आया।" सुरेश बोला था। पिताजी की बात क्या सुरेश नहीं जानता? चन्ना ने मन में सोचा—लेकिन कुछ कहा नहीं। "तो चलो सुरेश, मित्रों से क्षमा माँगकर।" चन्ना के साथ सुरेश बाहर निकल रहा है।

"अब किधर चलना है बेटी..." ताँगेवाला पूछ रहा था।

"बाबा, बाज़ार ले चलो। सुरेश कुछ खाने का सामान लेंगे।"

"चलिए।"

"चलिए नहीं, चलो।" चन्ना हँसी। आते ही उसने बातें शुरू कीं तो जी अपने आप छूट गया। और अब क्या दुबारा चलो से चलिएगा बनेगा?

इस हँसी पर सुरेश क्यों लजा गया, वह स्वयं नहीं जान पाया। चन्ना को सामान लेकर दिया—फल, मिठाई। होस्टल के गेट पर चन्ना उतरी। बोली, "सुरेश, ताँगेवाले को ख़ूब पैसे देना। यह सुबह से मेरे साथ था।"

सुरेश ने दो-एक पैकेट चन्ना के हाथ में दिए और चलते-चलते पूछा, "चाची तो अच्छी थीं?"

"हाँ।" चन्ना दुपट्टा ठीक कर रही थी।

"और चाचा जी...?"

चन्ना ने सिर हिलाया।

"वह अच्छे हैं?"

"नहीं, सुरेश..."

"क्यों?"

"सुरेश, वे तो अब रहे नहीं..."

"चन्ना..." सुरेश की आवाज़ चन्ना से कुछ पूछ रही थी, या उससे कुछ कह रही थी, वह नहीं समझी।

"चन्ना, तुमने बताया नहीं?" सुरेश की आवाज़ भारी थी। चन्ना चुप रही, कुछ बोली नहीं। फिर कुछ रुककर बोली—

"अच्छा सुरेश, फिर आओगे न?" और नमस्कार करके अन्दर चली गई। सुरेश जब ताँगे में बैठा, तो चाची के लिए सहानुभूति से आँखें भर आईं।

55

परीक्षाएँ समाप्त हो गई हैं। हँसी-खेल जैसे किसी सिर पर झूलते हुए आतंक से सहम गए थे। किताबें, किताबें और नोट्स। होस्टल का होस्टल गहरे अध्ययन में लीन हो गया था और आज लड़कियाँ लम्बी छुट्टियों के लिए अपने-अपने घर लौट रही हैं।

चन्ना तो कल ही गाँव चली गई थी। जाते-जाते माँ को पत्र लिख दिया था कि चिन्ता न करना। माँ के घर का जो कुछ बदलना था, बदल गया। अब गाँव भी देख लेगी। चिट्ठियों में लिखी काले बिलों की ख़बरें—भागे और उसके बूढ़े बाप की चाची के साथ खींचातानी।

चन्ना गाड़ी से उतरी। अभी तो आठ-दस कोस की कच्ची राह है। ताँगे में तो हिचकोले लगेंगे। पहले नाना को लिखा होता तो घोड़ा भेज देते। चन्ना कुछ देर अड्डे पर खड़ी रही। ताँगों की लम्बी क़तार और ताँगेवालों की सवारियों के लिए हाथापाई। दो ऊँचे लम्बे जाट किसी सवारी की बुगची लेकर खींच रहे हैं, "अरे कुछ होश कर...मुँह सवारी ने मेरी ओर किया और बैठेगी तेरे ताँगे में?"

"अरे तूने कब देखा किस सवारी का मुँह तेरे ताँगे की ओर था? पैसे उसने मुझसे ठहराए थे और बैठती वह तुम्हारे इस ढीले ताँगे में?"

"कुछ अकल से काम ले..."

और सीधा-सा कोई ब्राह्मण जो शायद किसी के नाते-रिश्ते के सिलसिले में यहाँ आया है, कुछ उलझन में है। विस्मय से कभी अपने सामान की ओर देखता है और कभी दोनों ताँगेवालों की ओर। वह तो अभी आकर ही खड़ा हुआ है। पैसे-वैसे ठहराने की बात तो वह इन्हीं के मुँह से सुन रहा है। कुछ और ताँगेवाले खड़े

तमाशा देख रहे हैं। एक हट्टा-कट्टा जवान हुक्का पीते-पीते व्यंग्यात्मक स्वर में बोला, "ओ बेली, तू ही छोड़ दे, कौन-सा शाह तहसीलदार है। ले-देकर ब्राह्मण की ही तो जात है न। घोड़ा दस कोस गैंडा मारेगा तो हथेली पर टका रखकर चलता बनेगा।"

"गुड़-गुड़"...हुक्कों के कश के साथ कहकहों की आवाज़ आई। बेली ग़ुस्से में था, लेकिन उससे झगड़नेवाला उसका साथी समझ गया। खींचातानी के साथ हाथ में आए हुए बुग्चे को बेली के ताँगे में फेंकते हुए हँसकर बोला, "लेजा इस गऊ को तू ही।" बेचारा ब्राह्मण जानता तक नहीं कि बिना किसी बात के उसको क्यों रगड़ा जा रहा है! एक और गोरा-चिट्टा ताँगेवाला अपने कमज़ोर घोड़े को थपथपाते हुए कह रहा है—"पुत्तर मेरे, तेरी शक्ल देखकर आज सुबह से कोई सवारी इधर नहीं आई—मैं चाहे कितना लम्बा शमला छोड़ूँ, मूँछों पर ताव दूँ, पर सवारी तो बेटा तुझे ही देखेगी।"

"ओए नत्थू, शमले की ज़रा कम तारीफ़ कर—पहले ताँगे का मुँह-माथा तो देख।"

चन्ना को हँसी आई। यह आवाज़ें हैं जो उसे बता रही हैं कि वह अपने इलाक़े के आसपास पहुँच गई है। सोचा—कोई अच्छा-सा ताँगा देखकर अब चल पड़े तो अच्छा है। एक ऊँचा-तगड़ा घोड़ा देखकर बात करनेवाली ही थी कि करमदीन का ताँगा देखकर रुक गई।

"मामू, अच्छे तो हो ना।"

"रख साईं को धियानी...घोड़ा नहीं आया?" करमदीन ने चन्ना का सामान ताँगे में रखते-रखते पूछा।

"नहीं मामू, ख़बर ही नहीं दी थी। मामू, ज़रा फजलदीन के यहाँ ले चलो।"

"फजलदीन कौन धियानी! वह डंगर डाकटर?"

"हाँ-हाँ।" चन्ना मुस्कराई। नाम ख़ूब है फजलदीन चाचा का—डंगर डॉक्टर! बाज़ार में होता हुआ ताँगा जब फजलदीन के घर पहुँचा तो ईंटों के पक्के घर के आगे कई गाय-भैंसें बँधी थीं। पिछवाड़े से होकर अन्दर गई तो चाचा फजलदीन की घरवाली निवाड़ की पीढ़ी पर बैठकर, रंगीन चर्ख़े पर महीन तार निकाल रही थी। चन्ना को देखा तो उठकर समसन की, "माँ बलिहारी जाय। चन्ना, सीधी लाहौर से आई हो?"

"हाँ चाची, चाचा किधर हैं? तबेले में कोई घोड़ा है? बिना ख़बर दिए चली आई। घर से घोड़ा नहीं आया, ताँगे में तो रात से पहले नहीं पहुँचूँगी।"

"चन्नो, तुम्हारा चाचा अपना घोड़ा तो साथ ले गया है। निक्कू पटवारी का घोड़ा है तबेले में—ज़रा बिगड़ा हुआ है। देख लो। अगर क़ाबू में आता हो तो ले जाओ।"

चन्ना को निक्कू पटवारी के पले हुए घोड़े को पहचानने में देर नहीं लगी। थपथपाया। ठीक है। छत के शहतीर के साथ लटकी हुई काठी घोड़े पर कसी और लगाम पकड़कर बाहर ले आई।

''चन्नो, कुछ खा-पी तो ले...रूखे मुँह...बनवारी के घर से मँगवा देती हूँ...''

''नहीं-नहीं चाची, वहाँ से कुछ नहीं। छाछ हो तो दो।'' चाची झटपट सामने पड़ी चाटी में से कोरा मिट्टी का प्याला भर लाई। ऊपर मक्खन तैर रहा था। ''चन्नो...,'' चाची कुछ हँसी, फिर जैसे शिकायत से बोली, ''तुम्हारे चाचा के लिए गुड़ की रोटी बनाई थी, मेरा ध्यान तुझमें ही लगा रहेगा। बनवारी की बहू से ही कहूँ नहीं तो दो रोटियाँ ही सेंक देती।'' चन्ना ने छाछ का बर्तन नीचे रखते हुए कहा, ''चाची, सेंकने तक तो नहीं रुकूँगी...बनी हो तो लाओ।''

चाची झिझकी—''छाछ-दूध का तो कुछ नहीं, पर रोटी तो चन्नो छू ही जाती है।'' चन्ना ने पैर रकाब में डाला और बोली, ''चाची, न देना हो तो, मैं चली...''

''सदके जाऊँ चन्नो...चीज़ें वारूँ सिर पर से...बात बनी हुई है। चन्नो, नहीं तो...''

चन्नो ने घोड़े की पीठ पर अपने को ठीक-ठीक सँभालते हुए उलाहना दिया, ''रहने दो चाची! अब तक तो साथ बैठकर खाती-पीती रही—अब क्या कोई नई बात है?''

चाची हँसी—सचमुच अब तक इस लड़की ने तो कुछ परहेज नहीं किया। कभी शाहजी इधर आते तो उनके लिए कस्तूरी तहसीलदार के यहाँ से खाना आता, पर धियानी तो हमेशा उसी के यहाँ की मक्के की रोटी खाती। एक-दो बार दबे-दबे शाहजी ने मना भी किया था, पर वह क्या माननेवाली है। वही बात शायद आज चाची को याद रह गई थी। चन्ना का उलाहना सुनकर चाटियों के पास पड़ी हुई कनाली में से दो बाजरे की मोटी रोटियाँ और मिट्टी के बरतन से थोड़ा-सा गुड़ निकाल लाई। चन्ना ने दुपट्टे का एक छोर आगे किया। चाची ने रोटी लपेट दी और अपनी पोटली को चन्ना के आँचल में डालकर बोली...''चन्नो, बहुत तेज़ न जाना, नया घोड़ा है, ज़रा सँभलकर ही...''

सामान को करमदीन के हवाले कर देखते-देखते चन्ना ने घोड़े को टालियोंवाली लम्बी सड़क पर डाल दिया। दोनों तरफ़ टालियों की क़तारें होंगी, कच्चा टिब्बा आएगा। उस टिब्बे के आगे फैले लम्बे-चौड़े खेत, खेतों में किसी पुराने ज़माने का अंधा कुआँ, जिसके मुँडेर पर कभी-कभी दिन में भी भूत नज़र आते हैं। इसके बाद टुंडे चौधरी का गाँव, गाँव के आगे रेतीला नाला—और नाले के पास अपनी ज़मीनें शुरू हो जाएँगी।

चन्ना तेज़ जा रही है जैसे घोड़े को बताना चाहती है कि सवार कमज़ोर नहीं। आज इतनी देर के बाद घोड़े पर चढ़कर उसमें नई स्फूर्ति आ रही है। हवा उसके

सिर पर से गुज़री जा रही है। टालियोंवाली चौड़ी राह दूर छूट गई है। वह मुँडेरे के साथ-साथ...घोड़े के पाँव ज़रा धीमे हो गए हैं। कहीं-कहीं कीकर का पेड़...बीचोंबीच बहती हुई आड़...

वह शहरों के ऊँचे-ऊँचे मकान और मकानों के पीछे तंग-गन्दी गलियाँ। लाख वहाँ बिजली हो, पक्की सड़कें हों, मोटरगाड़ियाँ हों, पर गाँव...यह दूर-दूर फैली हुई धरती की विशाल बाँहें—बाँहों की चूड़ियों की झंकार की तरह कुओं का मीठा स्वर और हरियाली से ढका हुआ धरती का तन...

सामने मिट्टी के कच्चे घर। टुंडे चौधरी का गाँव...चन्ना गाँव के अन्दर हो ली। कुछ अधनंगे बच्चे धूल में खेल रहे हैं। घोड़े पर उसको साफ़-सुथरे कपड़ों में देखकर उनकी कल्पना सुनी-सुनाई 'मेम' पर पहुँच गई। "मेम आई मेम आई..." चन्ना हँस पड़ी। कभी वह भी बच्चों की टोली में गाँव के बाहर इसी तरह खेला करती थी। एक ओर हटकर कुआँ चल रहा है। चन्ना ने पीपल के पेड़ के पास घोड़ा खड़ा किया और सावधानी से नीचे उतरी।

घोड़े की लगाम पकड़े हुए ज़रा आगे ले गई और चौड़ी-सी धार के पास जाकर खड़ा कर दिया। इधर-उधर देखा—बेरी के नीचे शायद चौधरी लेटे हुक्का पी रहे थे। पानी पी लेने के बाद घोड़े को पेड़ से बाँध आगे बढ़ी और "ख़ैर तो है न..." कहकर चौधरी से अभिवादन किया। चौधरी आराम से हुक्के का मजा ले रहे थे। हड़बड़ाकर उठ बैठे—"हाँ-हाँ-हाँ..." करते-करते लड़की को पहचान लिया, "ओहो, धियानी...आओ...आओ..." चन्ना चारपाई पर जा बैठी। "शहर से आई हो धियानी ?"

"हाँ चौधरी!"

"कोई साथ भी है ?"

"नहीं।"

"और घोड़ा..."

"वह पेड़ के साथ बँधा है..." चन्ना ने दुपट्टे के छोर से रोटियाँ निकालीं और चौधरी के आगे करके बोली, "खाओ चौधरी, राबियाँ चाची ने रास्ते में बाँध दी थीं।"

चौधरी ने कोई दिखावा नहीं किया। राबियाँ ने दूध में गूँधकर बनाई होंगी और यह बाजरे की रोटी उन्हें पसन्द है। सिर्फ़ एक कमी रह गई तो छाछ की। उन्होंने ज़्यादा न नहीं की और रोटी का आनन्द लेने लगे। चन्ना ने रोटी ख़त्म की और हाथों से पानी पिया।

चन्ना ने मुँह-हाथ धोया, बालों पर पानी का हाथ फेरा और दुपट्टे से ही पोंछ लिया। हल्का होकर बोली—"चौधरी, अब चलती हूँ...अँधेरा होने से पहले-पहले ही पहुँच जाऊँ तो अच्छा है।" सन्तुष्ट हो चौधरी को ख़याल आया कि उन्होंने न

तो लड़की से लस्सी-पानी पूछा और उल्टे उससे लेकर खाने बैठ गए। बोले, "धियानी, घोड़े पर छट है या काठी? छट है तो कुछ डाल दूँ..."

घोड़े को पेड़ से अलग करते-करते चन्ना मन-ही-मन हँसते हुए बोली, "चौधरी, घोड़े पर काठी है, चीज़ रखनी मुश्किल है। फिर मैं कौन-सी पराई हूँ? किसी और दिन आ निकलूँगी..."

चौधरी ने मन-ही-मन सुख की साँस ली और ख़ुश होकर बोले, "धियानी, बड़ा तगड़ा घोड़ा है! अपनी लड़की भी तो कम होशियार नहीं। हाँ, अब कितनी जमातें पढ़ गई हो..."

"बारह, चौधरी..." चन्ना ने गर्व से मुस्कराकर कहा और घोड़े को ले आगे बढ़ गई। चौधरी की "वाह ओ..." करके शाबासी देने की आवाज़ पीछे गूँजती रही।

गाँव के पहले चन्ना ने जब रेतीले नाले को पार किया तो शाम हो गई थी। पीपलवाले कुएँ से हवेली दीख रही थी। मटियाले घरों में से धुआँ उठ रहा था। आटे की मशीन अभी भी चल रही है—भप, भप, भप...कच्ची मसीत आ गई। तीन-चार बड़े-बूढ़े मसीत के बाहर बैठे हैं। एक हट्टा-कट्टा लड़का झाड़ियों में से अपनी कमीज़ उठाकर पहन रहा है। गले में सोने की चेन है।

चन्ना ने उसे कभी नहीं देखा। कौन होगा? गाँव के सब लड़कों को तो वह जानती है। चन्ना ने घोड़ा हल्का किया। भागे ने अब तक कुरता पहन लिया था और घोड़े पर किसी गोरी शहरन को देखकर अपने साथियों को आवाज़ दी—"अरे देखो यारो, हीर मुझे मिलने आई है—मुझे..." और अकड़कर हँसता हुआ घोड़े के सामने जा खड़ा हुआ। फैजू और लल्ला ने जब इधर नज़र मारी तो चन्ना घोड़े से उछलकर भागे के सामने खड़ी थी, और देखते-देखते लगाम खींचकर भागे के हाथ पर दे मारी। तेज़ निगाहों से क्षण-भर भागे की सुरमा-भरी आँखों को देखती रही और फिर घोड़े पर चढ़ते-चढ़ते बोली, "गाँव के नहीं लगते तुम...फिर कभी मुँह खोला तो याद रखना, छोड़ूँगी नहीं..." और सिर ऊँचा किए आगे बढ़ गई।

यह उसका गाँव है...उसका घर है...कौन है जो उसका सामना करे!

56

चन्ना सबसे मिली। नाना से, चाची से, छोटे नाना कृपाराम से, और उसके बेटे भागे से भी। चाची महरी ने बच्ची को बताने में ज़्यादा देर नहीं लगाई कि लड़के के लच्छन कैसे हैं। दिन-भर शरदाई और मगज घुटते हैं। हरे-नीले तहमद, कुरते की जेब से लाल-पीले रूमाल और रात-दिन चाची से लड़ाई-झगड़ा। चाची

मक्खन निकालने को होती है तो वह मट्ठा माँगता है। वह तेवर चढ़ाकर मट्ठा देती है तो वह ढीठों की तरह कहता है—मुझे जल्दी से दो रोटियाँ बनाके दे दे...और जल्दी पर चाची चिढ़ती है। कौन-सा मुँहजले को काम पर जाना है? वह रोटी मक्खन से चुपड़ती है तो कहता है—घी से चुपड़। वह रोटी तन्दूर पर लगाती है तो वह चूल्हे की खाएगा। वह चूल्हे पर लगाती है तो कहता है तन्दूर पर लगा। अन्दर घी डाल। शुक्र है, आज मुँहजले को रोटी खानी आई है। सारी उम्र इधर-उधर धक्के खाते गुज़ार दी। आज पराए सिर पर फुँकारने लगा है। चन्ना कुछ दिन यह लड़ाई-झगड़ा देखकर हँसती रही। एक-दूसरे को ऐसे जवाब दिए जाते हैं, जैसे पहले ही तैयार हों। चाची छाछ का कटोरा पकड़ाती है तो भागा देखते ही कहता है—"किसी और को देना पतली पानी छाछ।" हाथों से मक्खन डालती है तो कहता है—"देख सँभलकर डाल, कहीं तेरा दिल न घट जाय।"

आज सुबह चाची रसोई के सामने पाठ करने बैठी तो भागे ने अन्दर जाकर छाछ का कटोरा भरा, मूठ भर बूरा डाला और पी गया। चाची ने बरतन खड़कने की आवाज़ सुनी। वह रसोई के सामने बैठती ही इसलिए है कि कोई कुत्ता-बिल्ली मुँह मार जाय...और जब भागा डकार मारता हुआ बाहर निकला तो चाची ने झटपट आँखें खोलीं। कुछ कहने से पहले उठकर आई। अन्दर झाँका, चाँटी हिली हुई थी। जलकर बोली, "देख कहे देती हूँ, मेरी रसोई में पाँव रखा और दूध-दही के बरतनों को छुआ तो मुझसे बुरा कोई न होगा।"

भागा जाने को तैयार खड़ा था। लड़ाई से चूकनेवाला वह नहीं, "डरनेवाले कोई और होंगे। तू अच्छी कब थी जो तुझे अब बुरा होना है।" चाची को आग लगी। हाथ फैलाकर बोली, "देखो लोगो...अँधेर पड़ गया आज। अरे कभी उस कुलच्छनी माँ ने दही-मक्खन बरतनों में डाला हो तो तुझे भी छुए-अनछुए का पता हो...रोटी का टुकड़ा तुम्हें नसीब न था, आज आकर मुँह हिलाने लगा—मैं मट्ठा पिऊँगा...मैं शरदाई पिऊँगा, मैं बेसनी रोटी खाऊँगा...अरे तू जाकर धूल खा—धूल..." अब तक सईदा बीबी भी आ गई थी। चाची को सहारा मिला। कुछ और कहने को हुई ही थी कि भागे की आवाज़ आई—"धूल फाँको तुम और तुम्हारे कुछ लगते...बुढ़िया, कहे देता हूँ, फिर कभी मुझसे मुँह लगी तो जबान खींच लूँगा..."

चाची ने सुना तो कानों में जैसे नश्तर लग गया। घर का मालिक जिससे सिदक से बोले, गाँव में जिसकी उम्र का लिहाज हो, उसे यह मंगतो का पुत्तर कहे—"जबान खींच लूँगा!"

"अरे जबान जाकर खींच बाप की..." कहते-कहते चाची की अनुभवपूर्ण आँखों से छिपा नहीं रहा कि भागा नया प्रहार करने को तैयार है। सईदा बीबी से बोली, "जा ज़रा बच्ची को बुला ला...आकर देखे इसकी करतूतें..." सईदा बीबी के पैर उठाते ही भागे ने तीर फेंका—"अरे वह क्या देखेगी मेरी करतूतें...उसकी

करतूतें सारा गाँव जानता है...'' चाची की जबान के साथ हिलता हुआ हाथ नीचे लटक गया—''यहाँ तक पहुँचेगा?'' दिल में आया, चन्ना आकर समझे इसको। लेकिन जब चन्ना अन्दर से आई तो हाथ में कोई किताब थी और मुँह पर मुस्कराहट। बात कहाँ तक पहुँच चुकी है, वह नहीं जानती, पर दोनों के चेहरे भयानक लगे। भागे की बात का असर इतना था कि चाची की ज़बान एकदम कुछ कहने को नहीं खुली। और भागा अपनी तेज़ आँखों से ऐसे तरेर रहा था कि खा जाएगा।

''चाची, क्या बात है?'' बात पूरी होने से पहले चाची की आँखों में पानी उतर आया।

''क्या बात है मामू?'' चन्ना भागे को मामू पुकारने लगी है। रिश्ता ही ऐसा है। भागे ने कोई जवाब नहीं दिया। आग्नेय नेत्रों से एक बार चाची की ओर देखकर चन्ना का सामना किया।

''चाची, बात क्या है?'' चन्ना चाची की ओर मुड़ी। चाची दुपट्टे से नम आँखें पोंछकर एक लम्बी साँस लेकर बोली—''बच्ची, मेरा तो आज इसने मरन कर दिया है। कहता है जबान खींच लूँगा...'' कहते-कहते चाची का गला फिर भर आया, ''अँधेर पड़ गया बच्ची, तेरी माँ क्या, तेरी नानी तक लिहाज से बोलती थी; और मैं ही क्या किसी से बुरा बोलती हूँ। जहान पड़ा है, क्या इसके साथ ही मुझे दुश्मनी करनी है?'' अभियोग के साथ-साथ उसकी सफ़ाई भी थी।

भागा गरजा, ''इसी बुढ़िया से पूछो, बात-बात पर कहती है, शुक्र है कि यह खाना सीखा है, खाना सीखा है...'' भागे की आँखों में कहते-कहते ख़ून उतर आया। छाती पर हाथ मारकर बोला, ''कृपाराम का पुत्तर नहीं...'' भागा आगे क्या कहेगा, चाची को यह सुनने की ताब नहीं थी।

''अरे तू नहीं। उस नास होने का पुत्तर होता तो थाली में खाकर थूकता? अभी कह रहा था कि...'' चाची ज़रा रुकी—''कह रहा था कि बच्ची की करतूतें सारा गाँव जानता है।'' चाची ने चन्ना की ओर देखा, माथे पर अब भी बल नहीं थे। वह चुपचाप सुन रही है—''हाय-हाय, मेरी चाँद-सी लड़की कल यहाँ आई और आज... इसकी जबान में कीड़े न पड़ जाएँ...''

चाची अब जोश में आ रही थी। चन्ना अब तक समझ नहीं पाई थी कि सचमुच कसूर किसका है। चाची की जबान कैसी है, वह जानती है और भागे के रंग-ढंग भी...पर यह अन्तिम बात...

चन्ना को एकाएक लगा, जैसे दोनों इसी बात को लेकर एक-दूसरे पर वार कर रहे थे। उस दिनवाली बात सामने आई। एक बार भागे की ओर देखा—गँवार चेहरा। गहरी विरक्ति ने जैसे उसके सामने से चाची और भागे को खींचकर दूर कर दिया।

''तो इसमें क्या झूठ है? कहा है मैंने...और सौ बार कहूँगा, जो उस दिन घोड़े पर चढ़ी मुझे आँखें दिखाकर आई थी, यह न समझना उससे डर जाऊँगा...''

चन्ना ने पल-भर निगाह से भागे को देखा और शान्त स्वर में बोली, "जाओ मामू, तुम्हें जो कुछ कहना हो कहो, कोई रोकेगा नहीं। लेकिन अब तुम ऊपर नहीं रहोगे। खाना-पीना हवेली पहुँच जाया करेगा..."

भागे ने लाल-लाल आँखों से चाची और चन्ना की ओर देखा और अकड़कर नीचे उतर गया।

और चन्ना क्षण-भर न जाने क्या सोचती रही, फिर चाची से गाढ़े स्वर में बोली, "उठो चाची! कुछ खाने को दो, भूख लगी है।" चाची जिसे इस लड़ाई के बाद घंटों इसी मुद्रा में बैठे रहना था—आँखें पोंछकर उठ बैठी और चन्ना के आगे मक्खन भरी छाछ का कटोरा रखते हुए बोली—"बच्ची, तुम कुछ खाती-पीती नहीं। तुम्हारी उम्र की लड़कियाँ तो खाते-पीते अघाती नहीं।"

57

उस दिन की लड़ाई को न भागा भूला और न चाची। चन्ना भूली या नहीं, इसे वही जाने, लेकिन उस दिन की बात फिर उसने चलाई नहीं। भागा अब हवेली में रहने लगा है। खाने-पीने के लिए ऊपर नहीं आता। जो कुछ शाहजी और शाहजी के भाई को जाता है, वही भागे को भी। कभी उसकी थाल परोसते-परोसते चाची का मन होता है कि मत्था जले को रोटी, रोटी होके न लगे, 'मोहरा' होकर लगे। पर भागे की शक्ल-सूरत में कोई फ़र्क़ नहीं आया। अब भी हट्टा-कट्टा है और दिन-भर लड़कों के साथ घूमता-फिरता है।

उस दिन भागे ने जब लड़ाई की बात बापू को बताई तो बूढ़े के माथे पर चिन्ता की रेखाएँ खिंच गईं। इधर-उधर देखकर चौकन्ने स्वर में बोला, "बेटा, अच्छा नहीं हुआ। उस बुढ़िया से बनाकर ही रखता तो अच्छा था। शाहनी के मरने के बाद सब गहना-गट्टा उसी ने सँभाल रखा है, घर-भर की चाबियाँ उसके पास हैं...और हाँ, यह लड़की...मुझे तो यह भी पक्की लगती है।" भागे ने दिलासा दिया—"बापू, तू फिकर न कर। इस लड़की को जाने दे। बुढ़िया का सोए-सोए गला घोंट दूँगा। कुछ दिन ठहर जा..."

"कोई काम जल्दी में न कर बैठना..." बुड्ढ़े को सिर्फ़ घर की मालकियत लेने की फिकर है।

"बापू, तू बैठा-बैठा मजे से चिलम फूँक। सब ठीक हो जाएगा।" और सचमुच अब सब कुछ ठीक हो रहा है। भागे के दोस्तों की टोली लम्बी-लम्बी सलाहें करने में है। यही सब गाँव के वह बिगड़े हुए लड़के हैं जो बिल पास होने पर ख़ुशियाँ मनाने में सबके अगुआ थे और जो शाहजी के घर में शहर में पढ़ती हुई

लड़की का हुक्म-हासिल पसन्द न करते थे। इनमें से कालू फकीर का लड़का जेंदु, रक्खा लुहार, गुलजारी और फैजू—जो वर्षों मदरसे में चन्ना के साथ पढ़ते रहे थे, उनके साथ खेलती-कूदती लड़की आज ज़मीन पर पाँव न रखे!

उस दिन जब भागे को लानत देकर आगे चली गई थी तो टोली ने समझ लिया था कि अब इसके घमंड से टक्कर लेनी ही पड़ेगी। गुलजारी ने भागे की पीठ पर थपकी देते हुए कहा था—''यार, परवाह न कर। अच्छे-अच्छे तगड़ों को भी सीधा कर दिया है, यह किस खेत की मूली है। मुश्किल है यह तुम्हारे ताऊ की कुछ लगती है, नहीं तो मर-जानी को अभी बता देता।'' जेंदू में जो बचपन में माँ के मर जाने से शाहजी के घर ही पला था, अभी भी कुछ शरम-हया बाक़ी थी। बोला, ''यार, तुमने भी तो कुछ सोचा नहीं। सीधी घोड़े पर चढ़ी जा रही थी। उसे कुछ कहने की क्या ज़रूरत थी?''

रक्खे लुहार ने इसका प्रतिवाद किया, ''ओए चुप कर। बड़ा आया है उसकी तरफ़दारी करने। वह तेरी क्या लगती है? सच्चे रेशमी कपड़े पहनकर अपने को कुछ समझती होगी। शाह की आँखें बन्द होते ही तू देखना, इसको गाँव में टिकने दिया...'' भागा सबकी हमदर्दी के ज़ोर से मन-ही-मन कुछ फ़ैसला कर रहा है। फैजू चुप है। भागे ने चन्ना को आज देखा है, लेकिन उसने नहीं। उसकी आँखों के आगे बचपन का वह ज़माना आया जब चन्ना शाह के घर की लड़की होकर भी खेलने-कूदने में उनकी साथिन थी और आपस में लाख लड़ाइयाँ होने पर भी वह हमेशा उसी का पक्ष लिया करती थी। जब वह माँ के घर पढ़ने चली गई थी तो महीनों फैजू का दिल न लगा था और छुट्टियों में घर आई तो एक-दो दिन की झिझक के बाद फिर वही मित्रता हो गई थी। उसके बाद तो हर बार जब वह गाँव आती तो कुछ-न-कुछ फैजू के लिए लाती। फिर बचपन के बीत जाने पर उनका खेलना चाहे कम हो गया था, पर मित्रता नहीं। चन्ना के गाँव आने पर फैजू उसी तरह चाव से मिलने जाता और चन्ना हँसकर कहती—''कहो फैजू भाई, इस बार फ़सल कैसी हुई?'' बातचीत ठीकरियों और गुल्ली-डंडे से अब फ़सल पर पहुँच गई थी। बीच का वक़्त कितना जल्द गुज़र गया। वही दिन अच्छे थे। पर इधर दो-तीन साल शाहजी और फैजू के बाप में कुछ लेने-देने में मनमुटाव हुआ और महमूद अपने सिर पर झूलते हुए क़र्ज़ से इतना परेशान हुआ कि मुनीम जी से साफ़-साफ़ कह दिया कि शाहजी से कह दो, जो मन आए कर लें। मरने से पहले रुपया तो क्या एक फूटी कौड़ी भी न दूँगा।

शाहजी ने सुनकर कुछ कहा नहीं। जिसने एक बार जबान हिलाकर यह कह दिया, उसे शाहजी क्या समझाएँ? महमूद की खस्ता हालत दिन-ब-दिन उसका मुँह खोल रही है। कभी-कभी दारे में खड़ा होकर किसी के पूछने पर कहता है—''जाकर शाह को कह दे नीलश, मुक़दमा जो मन आए कर दे...मुझे अब परवाह

नहीं। फैजू भी बाप की हालत समझता है। कभी-कभी कोई शहर में स्याह हुआ परचा उसके हाथ आता है, तो पढ़कर उसे लगता है कि जिन ग़रीब क़र्ज़-तले दबे किसानों की बात उसमें लिखी है, वह ख़ुद उसका बापू है। और जिस शाह के वह कभी गुण गाते न थकते थे, उसी से उन्हें इतनी नफ़रत हो गई है। जब बिलों का शोर पड़ा था तो महमूद रोज़ शाम को खेत से लौटने पर कहता—''अल्लाह, वह क़ानून कल पास होता-होता आज ही हो जाय।'' और जब उसके पास होने की ख़बर गाँव में पहुँची तो महमूद लड़के की पीठ पर धौल लगाकर बोला, ''ओ मुँह मीठा कर, घी-शक्कर खा...अल्लाह ने आज मेरी सुनी...अल्लाह के घर देर है अँधेर नहीं—ओ पुत्तर, जा... आज जाकर मौज मना...''

फैजू भी इन बातों से अछूता नहीं बचा। शाह की चालें एक-एक करके उस पर खुलने लगीं और साथ ही शाह के घर के साथ मिली हुई चन्ना की मैत्री की भावना भी धुँधली पड़ती चली गई। फैजू की संगत ऐसी हुई कि गाँव सिर पर उठा लिया। शाहजी के हक़ कम हो जाने के साथ-साथ उनका रौब भी कम होता जा रहा है और पीढ़ियों के लम्बे-चौड़े हिसाब-किताब पर हमेशा के लिए लीक फिर जाने के बाद जवान छोकरों के बँधे-बँधे उल्लास इसी तरह फूट रहे हैं। गाँव में जो कमी थी, वह भागे के आ जाने से पूरी हो गई। जो कभी शाहजी की अच्छी-बुरी बात सुनकर भी हाँ में हाँ मिलाया करते थे, उनकी सहानुभूति अब इसी बाप-बेटे की ओर है।

उस दिन जब फैजू उठकर घर लौटा तो रास्ते-भर सोचता रहा कि भागे का चन्ना को उस तरह की खिचकर करना अच्छा नहीं था। कितनी लम्बी निकली है! किस फुर्ती से घोड़े पर चढ़ गई थी। अब तो पक्की शहरन हो गई है। और यह सब सोचते-सोचते फैजू जहाँ पहुँचा, वहाँ तक भागे की दोस्ती साथ नहीं दे सकी। शाहजी से चाहे उनका झगड़ा हो पर पक्ष उसका चन्ना की ही ओर था, और दूसरे दिन फिर जब मित्र-मंडली मिली तो वही चर्चा शुरू हुई। सबको जिज्ञासा थी कि चन्ना ने ज़रूर जाकर शाह से कहा होगा। लेकिन पूछने पर भागा बोला, ''मैं गया तो अकेली ही बैठी थी शाह के पास। मुझे देखते ही शाह ने कहा, 'बच्ची, यह भागा है। तुम्हारा मामा।' यार, मैं तो कुछ डर गया था। सोचा—अभी कुछ शाह से कहेगी, पर कुछ बोली नहीं।''

''उसको सीधा न समझ यार, उस बुढ़िया से तो कह ही दिया होगा...'' लेकिन बहुत दिनों तक मन-ही-मन इस भय से भागे ने कई बार छिपकर भी उनकी बातें सुनी हैं, पर कुछ हाथ-पल्ले नहीं आया। उस दिन की लड़ाई के बाद भी नहीं। अब वह नीचे रहता है, कभी नीचे-ऊपर जाते मेल हो जाता है तो कहती है, ''कहो मामू, कभी ज़मीनों पर जाते हो? ' भागा सिर हिलाता है कि ''नहीं'', पर समझ में नहीं आता कि उस दिन की लड़ाई के बाद भी वह...उसके साथ क्यों बोलती है।

आज चन्ना सुबह खा-पीकर बैठी तो चाची अटेरन लेकर बैठ गई। सईदा बीबी बच्ची के ही कपड़े-लत्तों को टाँका लगा रही थी। चाची बोली, ''बच्ची, ऐसी हवा चली है कि लोगों का वह मुँह-मुलाहजा ही नहीं रहा। असामी सीधे मुँह बात नहीं करते और जो थोड़ी-बहुत शर्म बाक़ी थी, वह इस बाप-बेटे ने गाँव में आकर ख़त्म कर दी है। पता नहीं लोक-जहान को क्या-क्या कहते फिरते हैं। कल कर्मसिंह की बहू मिली थी गुरुद्वारे...कहती थी, भागा कहता फिरता है कि अब शाहजी ने हमें बुलाकर अहसान नहीं किया। अब वह पहले से दिन नहीं रहे। अब तो शाह को अन्दर से खोखला ही समझो...''

चन्ना ने कहने के ढंग से समझा कि चाची ने अतिशयोक्ति नहीं की, पर सुबह-सुबह वही लड़ाई-झगड़े की बातें वह शुरू नहीं करना चाहती। कुछ सोचकर बोली, ''चाची, कहो तो आज दक्खिन वाली ज़मीन पर हो आऊँ...''

चन्ना की आशा के विपरीत चाची उत्साह से बोली, ''हाँ बच्ची, ज़रा दूसरों को भी डर-रौब रहता है। खड़े का ही खालसा होता है। शाहजी को कौन कहे, महीनों हो गए हैं घोड़ा बाहर निकाले—फिर जब से यह दोनों भागवान आए हैं, तबसे तो और भी...''

''अच्छा तो सईदा बीबी, ज़रा नवाब को आवाज़ देना, घोड़ा निकाले...'' चन्ना उठकर अन्दर गई। आज तो तन पर नए कपड़े थे। कोई और वक़्त होता तो शायद चाची कहती, 'बच्ची, वही कपड़े रखने थे—लोगों की नज़रें अच्छी नहीं। पर आज तो चाहती है कि असामी ही नहीं, लोक-जहान लड़की को देखे। यह न कोई सोचे कि शाहजी मुँह छिपाकर अन्दर बैठ गए हैं। नुक़सान हुआ है तो भी क्या? जिनके पास होते हैं उनके ही तो जाते हैं, जिसके पास होगा ही नहीं उसका जाएगा क्या?'

चाची ने सुख से लड़की की ओर देखा। अच्छा क़द निकला है। रूप की भी कमी नहीं—किस माँ की बेटी है। रब्ब करे बड़े-बड़े भाग लगें...जमाई के कर्मों में नहीं था अपने हाथों लड़की का काज सँवारना...

पर चन्ना को देखकर आज सईदा बीबी ने यह नहीं सोचा। जब वह घोड़े के लिए नवाब से कहने गई थी तो बोली—''नवाब, बच्ची जा तो रही है। किसी को साथ ले जाने के लिए मानेगी नहीं। पर लोगों की नज़रें आजकल...तुम जम्मीवाले रास्ते दूसरे घोड़े पर चले जाना।'' कोई बात तो नहीं, फिर भी नवाब ने हाँ में हाँ मिलाई। वह भी इधर-उधर की ख़बरें सुनता रहता है। पर ख़तरा लोगों का नहीं—भागे का है। चन्ना जाते-जाते शाहजी से बोली, ''नाना, ज़रा दक्खिनवाली ज़मीनों पर जा रही हूँ, देखकर आऊँगी...''

इस तरह ज़मीनों पर चन्ना का जाना कोई नया नहीं था, पर पता नहीं क्यों, शाहजी ने कृपाराम के सामने अधिक उत्साह नहीं जताया।

चन्ना घोड़े पर चढ़कर मदरसे की ओर हुई तो रास्ते में गाँव के कई बूढ़े-जवान मिले। कहती चली, ''कहो चाचा,'' ''कहो मामू, अच्छे तो हो।''

"हाँ बच्चो, तुम सुनाओ।" पर युवक दल को लगा कि शाहजी के घोड़े पर चढ़कर यह हेकड़ी दिखाई जा रही है। पंचा खड़ा-खड़ा जैदू को बता आया—आज ज़मीनों पर गई है शहरन और जैदू ने इस ख़बर का पूरा सदुपयोग किया—अपने यारों को इकट्ठा किया और बोला—"मौक़ा अच्छा है यार..."

भागे ने अपनी क्रूर मुद्रा में बताया कि वह तो ऐसे ही अवसर की ताक में था। यारों की टोली 'जम्मी' से नीचे उतर गई तो जैदू बोला, "यार, सकपकाएगी तो ज़रूर, पर आज उसको समझेंगे।" मौक़े की ताड़ में सबको ख़ुशी हो रही है, लेकिन सबमें से, किसी ने भी तो अब तक यह नहीं कहा कि वहाँ पहुँचकर आख़िर उससे टक्कर कैसे ली जाएगी? भागे के सिवाय कोई भी ऐसा नहीं जो इसकी कल्पना कर सके। और भागा मन में सोच रहा है कि आज ज़रूर उस दिन का बदला चुकाऊँगा। पकड़कर रेशमी परांदेवाली चुटिया घुमा दूँगा।

उत्तरवाले (चढ़दे) कुएँ पर पहुँचे तो जुती हुई ज़मीन से लाह बीबी के साथ खड़ी चन्ना दिखाई दे रही थी। फ़तेह ख़ाँ ज़रूर बाहर गया होगा। गुलजारी ने भेद-भरी नज़र से भागे की ओर देखा। लाह बीबी की ऊँची आवाज़ आई, "मेरी धी रानी, देखकर जी ठंडा हुआ। फिर भी आना चन्नो!" चन्ना वापस मुड़ रही थी। लपककर घोड़े पर बैठी तो जल्दी-जल्दी बेरियों के पीछे होती हुई तीन आकृतियाँ नज़र आईं और भागे का तहमद...बोली थी, "अच्छा लाह बीबी..."

चन्ना बेरियों के पास पहुँची तो घोड़ा हल्का कर लिया। फैजू का चेहरा उसे दिख गया था। पुरानी मित्रता के स्वर में बोली, "फैजू भाई, सुनाओ।" फैजू झटपट पेड़ के पीछे से निकल आया। जल्दी में सोच नहीं सका कि चन्ना से क्या कहेगा। अपने आप मुँह से निकल आया—"सुनाओ बहन!" और इसके आगे फैजू को किसी संकोच ने जकड़ लिया। भागे की दोस्ती ने नहीं, चन्ना के गम्भीर चेहरे और रंगदार कपड़ों ने। चन्ना ने उड़ते-उड़ते बेरियों पर नज़र मारी और बोली—"फैजू भाई, बाप तो ठीक है? इस बार तो रक्खेवाली ज़मीन भी छूट गई है—फ़सल अच्छी होगी..." फैजू क्या जवाब दे? ज़मीन तो शाहजी के पंजे से छुटी थी।

"हाँ, बहन..."

चन्ना को भागे की तमतमाती आँखें एक बार दिख चुकी हैं, "इस बार बापू से कहना तम्बाकू लगाएँ, भाव ख़ूब चढ़ा है फैजू भाई! अच्छे पैसे मिल जाएँगे।"

"अच्छा बहन..." चन्ना ने घोड़े को ऐड़ लगाते-लगाते चाहा कि फैजू से पूछे, "यहाँ कैसे?" पर चुप रही। घोड़े के क़दम उठाते-उठाते भागे की ओर संकेत करके बोली, "मामू शाम को नौशेरेवाले कुएँ पर जाऊँगी। तुम्हें चलना हो तो साथ-साथ चलेंगे।" कहकर चन्ना घोड़े को भगाती हुई खेतों के पार हो गई। भागे ने तरेरकर दोस्तों की ओर देखा। जैदू ने अपना बचाव सबसे पहले किया, "ओ फैजू, झूठे के पुत्तर, दो-दो तरफ़ मुँह मारते हो। तेरी कब की बहन बनी है..."

भागे का जी हुआ कि दो-एक धौल लगा दे, पर गुलजारी ने इशारे से रोका, ''ओए, अभी भी कुछ नहीं बिगड़ा, शाम के लिए तो कह गई है।''

जब जम्मी के पास चारों पहुँचे तो नवाब घोड़ा लिए आ रहा था। देखकर माथा ठनका। शाहजी के कुछ काम बता देने पर उसे देर तो बहुत हो गई थी। खिंची-खिंची आँखों से उनकी ओर देखा और घोड़ा भगाता हुआ आगे चला गया।

चन्ना घर पहुँची तो चाची के पूछने पर बोली, ''आज फ़तेह तो बाहर गया हुआ था। लाह बीबी मिली थी। कहती थी, घी जोड़ा हुआ है, कल-परसों देने आऊँगी।'' चाची ने अटेरन पर से सूत उतारते-उतारते कहा, ''क्यों नहीं बच्ची, दुनिया से लिहाज-शर्म तो नहीं उठ गया। फिर इनको कितनी भी छूट हो—शाह शाह ही रहेंगे—कुछ बचे-बचाएगा नहीं। जब चार पैसे हुए, घी-सेमियाँ खा लीं...नहीं तो ख़ाली पेट पड़े रहे...''

चन्ना ने चाची को इसका जवाब नहीं दिया। वह सईदा बीबी के पास चारपाई पर बैठते-बैठते सोच रही थी कि अब सचमुच ही क्या शाह शाह नहीं रहेंगे...

58

आज संक्रान्त थी। चाची महरी मुँह अँधेरे उठी। छत से नीचे उतरते-उतरते सोचा—बच्ची को भी जगा लें। वापस चन्ना की चारपाई के पास जा खड़ी हुई। दो-एक बार सिर पर हाथ फेरा और प्यार से बोली, ''बच्ची, दरिया चलोगी?''

चन्ना ने आँखें खोलीं और चाची से पहले चमकते हुए तारे देखे, ''इतनी रात में चाची?'' चाची स्नेह से हँसी, ''रात तो नहीं बच्ची, प्रभात हो गई है, मुर्गा कब का बोल चुका...''

''चाची, घोड़े पर चलोगी?'' चाची वैसे तो पैदल ही चलकर जाना चाहती थी पर बच्ची का प्रतिवाद नहीं किया, ''दरिया कौन-सा दूर है बच्ची...जल्दी नहा-धोकर आगे जोड़वाले गुरुद्वारे हो आएँगे। चन्ना, बहुत दिन हो गए हैं, प्रसाद चढ़ाने को कहा था।''

''अच्छा चाची!'' कहते-कहते चन्ना उठी।

''बच्ची उठो, पहरेदार से कहो कि नवाब को घोड़े के लिए आवाज़ दे...'' चन्ना उठी, चाची के साथ चौबारे से उतरी तो चाची ने रसोईघर खोलकर दूध, दहीवाले बरतन धोए। पीछे से केसरो बिलोएगी, पर इनका कुछ पता नहीं। बिना धुले बर्तन में ही डाल लें। चन्ना नीचे उतरने लगी तो सोचा, ड्योढ़ी की तरफ़से कौन ऊपर-नीचे के दरवाज़े खोलेगा। हवेली की ओर बनी हुई बैठक की ओर गई। आले

में लालटेन जल रही थी। ख़याल आया—शहर के घर में कितना फ़र्क़ है। बिजली की तेज़ रोशनी में रात को घर जगमगा उठता है, लेकिन यहाँ दीये और लालटेन की मद्धम लौ आँखों को भली लगती है। हवेली की सीढ़ियों में खुलता हुआ दरवाज़ा चन्ना ने धीमे से खोला। लालटेन की पीली बत्तियों की छाया में लिपटे पड़े मौन को जैसे वह भंग करना न चाहती हो। सहज-सहज दीवार पर हाथ रखते हुए सीढ़ियाँ उतरने लगी। यह क्या...कहीं से हौले-हौले बात करने की धीमी आवाज़ आ रही है। विस्मय से दो सीढ़ियाँ और उतरी—आले में हाथ पड़ा, जहाँ रात-भर दीया जल-जलकर बुझ गया था। अन्दाज़ से जाना कि दो-चार सीढ़ियाँ और हैं—

"बापू, एक न एक दिन तो बुढ़िया मरेगी ही। चाहे मेरे हाथ से और चाहे अपनी मौत—पर लड़की...जी तो आता है कि इस...को..." इसके बाद कोई शब्द नहीं...

"पुत्तर, कोई फिकर न कर। जब तक शाह का दम है, यह है। बाद में घर तो क्या, यहाँ के तिनके पर भी इसका हक़ नहीं। कोई क़ानून ही नहीं..."

चन्ना ने आले पर से हाथ उठाया।

"आज शाह मुँह अँधेरे नहाने चला गया है..."

चन्ना ने मुँह ऊपर कर लिया और दबे पाँव सीढ़ियाँ चढ़ गई। दरवाज़े की कुंडी चढ़ाई। लालटेन वैसी ही जल रही है। बाहर आई तो चाची हाथ में कच्ची लस्सी का लोटा लिये तैयार खड़ी है।

"बच्ची कहाँ थी? नवाब को आवाज़ नहीं दी?"

"नहीं चाची, नीचे उतरकर ही कह दूँगी"...

चाची के दुपट्टे तले पोटली थी, "बच्ची, तेरे कपड़े हैं..."

चन्ना के हाथ में लालटेन है। उसके पीछे-पीछे चाची उतर रही है, "सँभलकर बच्ची..." स्वभावानुसार चाची कुछ न कुछ कह रही है, लेकिन धीमे स्वर में।

'जब तक शाह का दम है...'

चन्ना का हाथ ड्योढ़ी के बड़े दरवाज़े पर है। कुंडा उठाया तो भारी आवाज़ हुई। बाहर चबूतरे पर दित्ता अपने पास लाठी रखे बैठा था। आवाज़ सुनकर झटपट उठ बैठा। "ख़ैर है न धियानी...चाची?" उसने पहचानकर कहा, "चाची, मैं निकाल देता हूँ। नवाब तो शाहजी के साथ गया है।" यह कोई नई बात न थी। शाहजी, अक्सर इसी वक़्त बाहर जाते हैं।

दित्ते ने हवेली का सदर दरवाज़ा खोला तो चन्ना पीछे-पीछे चली गई। ड्योढ़ी के बाद बैठक, बैठक के बाद वही कमरा—साथ-साथ चारपाइयों पर दोनों बाप-बेटे सोए पड़े थे। चन्ना जब दित्ते के साथ घोड़ा लेकर आई तो इस रास्ते नहीं लौटी। तबेले के पिछले दरवाज़े से बाहर निकल गई। दुबारा उन दोनों को देखने को जी नहीं चाहा। वह शायद चाची की आवाज़ सुनकर आँखें बन्द करके लेट गए थे।

दित्ते ने चाची के लिए घोड़े पर खेस डाला और चन्ना के चढ़ जाने पर चाची को सहारा देकर ऊपर चढ़ा दिया।

''चाची, ठीक हो न।''

''हाँ बच्ची!'' और कहते-कहते चाची ने अपने सूखे हाथों से आगे बैठी चन्ना को थाम लिया। उसे लगा कि आज उसे सहारा बूढ़े शाहजी का नहीं, इस लड़की का है जो उसके सामने जन्मी है, सामने पली है। और लगाम हाथ में थामे चन्ना सोच रही है रात के सुनसान अँधेरे में धीमे-धीमे भागे और भागे के बापू के शब्द। दिल में कहीं कुछ हुआ—भय, विरक्ति या घृणा...

चन्ना ने हाथ खींचा और घोड़ा रुक गया।

''क्यों बच्ची—राह सुझाई देती है न, अब लाली फटनेवाली है...''

चन्ना कुछ बोली नहीं।

''बच्ची!''

''हाँ चाची!'' इस बार आवाज़ साफ़ थी और घोड़ा चलने लगा था, लेकिन पहले से हल्की चाल से। एकाएक चन्ना सिहरी। अपना दुपट्टा चन्ना की पीठ पर फैलाते हुए चाची ने पूछा, ''सरदी तो नहीं बच्ची!''

''नहीं, चाची...'' चन्ना का दिल हुआ चाची की तरह अगर वह चाची को पकड़कर बैठी होती...

''जी तो करता है इस लड़की को...'' क्या वह डर रही है? चाची से बात करे?

अँधेरा कम हो रहा है। तारे आँख-मिचौनी खेल रहे हैं। वह सामने दरिया की ओर सूरज धीरे-धीरे आसमान के परदे पर तैरता आ रहा है। मीठी-मीठी हवा से खेत के खेत झूम रहे हैं। कुएँ चल पड़े हैं—इन सब पर क्या उसका कोई हक़ नहीं? कोई क़ानून नहीं...

''चाची...''

''हाँ, बच्ची...''

चन्ना बोली, ''चाची ठीक हो न?''

''हाँ-हाँ बच्ची...''

''चाची, पानी तो नहीं छलक रहा?'' एकाएक चाची को ध्यान आया, लोटा कहाँ है?

''ओ हो, श्रीराम! बच्ची, वह लोटा तो मैं चबूतरे पर ही भूल आई हूँ।''

चन्ना ने इसका कोई जवाब नहीं दिया। उसने चाची की बात सुनी ही नहीं। घोड़े के पाँव ऊँचे-नीचे हो रहे हैं। रात फीकी हो रही है और उस फीकेपन में चन्ना इस गाँव में, जिसकी मिट्टी के कण-कण की पहचान उसको है और जिस पहचान में उसके मन-प्राण बसे हैं, रहने के लिए कोई हक़, कोई क़ानून ढूँढ़ रही है। उसे अब इसको अपना कहने के लिए क़ानून की शरण लेनी पड़ेगी। चन्ना ने घोड़ा

रोका, नीचे कूदी और चाची के लिए अपना हाथ बढ़ाती हुई बोली, ''आओ चाची मेरे कन्धे पर हाथ रखो।''

चाची नीचे उतरी। झटपट कपड़े उतारे और दुपट्टा लपेटकर पानी में हो ली। चन्ना ने घोड़ा पेड़ से बाँधा और आकर रेत में बैठ गई। आज पानी को देखते ही उसमें कूद पड़ने को जी नहीं चाहा। वही ठंडी-ठंडी रेत है, जिसके स्पर्श से वह अपने आपको भूल जाती है—दरिया के पार वही बेला है, जहाँ वह हमेशा तैरकर जाती है—हिलती-डुलती बहती लहरें हैं, जिनसे वह वर्षों से परिचित है। फिर...

''चन्नो, नहाओगी नहीं?'' चाची ने पानी में से निकलकर पूछा।

''चाची, ज़रा सूरज ऊँचा होने दो...''

''अच्छा-अच्छा बच्ची...'' चाची ने कपड़े पहने। हाथ आगे कर बोली, ''जरा मुँह पर उबटन मल ले, दुपट्टे के पल्ले से बाँध लाई थी...''

चन्ना हाथों में लेकर मुँह पर मलने लगी। अब दिन निकल आया था। चन्ना को आज चाची के सामने नहाने में जाने क्यों संकोच हुआ। फिर स्वयं ही मन को समझाया और नहाने लगी। चन्ना नहा-धोकर कपड़े पहनने खड़ी हुई तो चाची ने गीले कपड़ों की पोटली बनाकर हाथ में ले ली।

''बच्ची, अब ज़रा गुरुद्वारे माथा टेक ही आएँ, रोज़-रोज़ कहाँ घर से निकला जाता है।''

चाची को चन्ना क्या इतनी-सी बात के लिए 'न' कहेगी? और उसने गुरुद्वारे के आगे जाकर घोड़ा रोका तो अन्दर पाठ हो रहा था। चाची ने भक्ति-भाव से माथा नवाया। चढ़ावा चढ़ाया, फिर उठकर चँवर डुलाया और ग्रन्थी जी के निकट जाकर बिनती की, ''भाई जी, लड़की के नाम का वाक निकालें।''

ग्रन्थी जी ने लड़की का नाम पूछा और चढ़ावा गोलक में डाल दिया। शीश नवाकर आँखें बन्द कीं, मन में गुरु का नाम लिया और गहरे आदर से रूमाल को ज़रा-सा समेटा और गुरु का 'वाक' निकाला। चाची इस तरह बैठी थी, मानो साक्षात् गुरु के मुख से 'वाक' सुनती हो।

ग्रन्थी जी ने प्रेम-भरे वैराग्य वाणी में गाया—''श्लोक महला—मन सुख-दुःख का खेत है, दुःख बीजे दुख खाई—दुख जमै—दुखिया मरे, हउमैं करत विहाई।''

चाची के मुँह की उत्सुकता किसी अनदेखी छाया में घुल गई। झोली में जुड़े हाथ जैसे ढीले होकर खुल गए। उदास भाव से माथा टेका, हाथ आगे करके 'प्रसाद' लिया और मन-ही-मन 'वाह गुरु' का नाम लेकर बाहर निकल आई।

यह कौन जानता है, किसके खेत में दुःख के बीज हैं—फिर वह तो पिछले कर्मों का फल है।

'दुःख विचि जमै, दुखि विच मेरे'... चाची को इन शब्दों से कोई आस नहीं बँधी। वह आज के दिन यह न सुनना चाहती थी।

रास्ते-भर दोनों में से कोई नहीं बोला। ग्रन्थी जी की प्रेमपूर्ण आवाज़ से निकले शब्द चाची महरी के दिल में किस तरह ऊपर-नीचे हो रहे थे, यह चन्ना नहीं जानती। चाची जब हवेली के दरवाज़े पर उतरी तो ड्योढ़ी में भागा शाहजी के साथ खड़ा था। शाहजी ड्योढ़ी से जाती हुई चोर सीढ़ियों में झरोखा निकालने के लिए बन्ते मिस्त्री से कह रहे थे। चाची ने देखा तो जी जल गया। लेकिन चन्ना के साथ ऊपर चढ़ते-चढ़ते उस जलन से ग्रन्थी जी के शब्दों का विषादमय परदा छिन्न-भिन्न हो गया और चाची ने नौकर-चाकरों के हाथ पर प्रसाद रखते-रखते मन में कहा, ''कोई बुरा शब्द नहीं निकला, वाह-गुरु जानी जान हैं—जो किसी के लिए बुरा बीज बोएगा, बुरा उसके अपने सामने आएगा। दुःख बीजे दुःख खाई...''

59

चन्ना आज बहुत देर तक नाना के पास बैठकर उठी तो मन कुछ भारी था। नाना के साथ बातें करते-करते उसे लगा कि नाना आज उससे खुल नहीं रहे। वह जैसे कुछ बात करना चाहते हैं, फिर रुक जाते हैं। वैसे तो जब से चन्ना इस बार गाँव में आई है, नाना को उसने सदा गम्भीर, किसी विचार में मग्न पाया है; और फिर अक्सर जब वह हवेली में ठहरती है तो नाना के पास छोटे नाना कृपाराम ज़रूर होते हैं और चन्ना को लगता है कि उसके बात चलाने पर भी नाना ज़मीनों के, उनके लाभ-हानि के विषय में उससे कुछ कहना नहीं चाहते।

नाना को शायद इतने बड़े हो गए नुक़सान की चिन्ता है। लेकिन उस चिन्ता को क्या वह नहीं समझ सकती। उसे आए कितने दिन हो गए हैं, लेकिन किसी दिन भी नाना पहले की तरह उसके साथ बाहर नहीं गए। किसी भी दिन उन्होंने पहले की तरह यह नहीं कहा, ''महरी, जो-जो बच्ची को अच्छा लगता है, वह बनाओ।'' हर बार गर्मियों की छुट्टियों में वह नाना के साथ छत पर लेटी हुई आधी-आधी रात तक बातें किया करती थी, पर इस बार नाना एक बार भी ऊपर नहीं आए। और आज जब वह चाची के कहने पर नाना से यह कहने आई कि छुट्टियाँ ख़त्म होने को हैं, कुछ दिन के लिए माँ के पास रुकूँगी तो एकाएक नाना कोई उत्तर नहीं दे पाए। चन्ना जानती थी कि वह कहेंगे—'बच्ची अभी कुछ दिन और रुको, घर में रौनक है...' लेकिन शाहजी ने एक लम्बा श्वास खींचा, कुछ सोचा—और माथे पर हाथ फेरते-फेरते बोले, ''बच्ची, माँ के पास जाना भी तुम्हारा ज़रूरी है, जमाई के साथ तो और बात थी।'' कहते-कहते अकारण शाहजी झिझके। चन्ना व्यस्त होकर बोली—''हाँ, नानाजी, माँ वहाँ अकेली है, कुछ दिन जल्दी जाती तो...'' शाहजी ने अपनी पुरानी आँखों से देखा—क्या लड़की सच कह रही है? माँ के साथ इसका

कितना नेह है, यह तो कुछ-कुछ वह भी जानते हैं। किन्तु शाहजी के स्वर की झिझक में से चन्ना साफ़ निकल गई।

"नानाजी, कहें तो कल तड़के चली जाऊँ..." चन्ना को लाड़ के-से स्वर में पूछते-पूछते यह जानने में कठिनाई नहीं हुई कि उसके यह कहने पर नाना के भारी निःश्वास में मोह की अधीरता नहीं, कुछ झटपट सुलझ जाने की सन्तुष्टि थी, "बच्ची, पानी चढ़ा हुआ है—बेड़ी से जाना ठीक नहीं, रेल से चली जाओ..." शाहजी की आवाज़ में सचमुच चिन्ता थी।

"नहीं नाना, दरिया से जाऊँगी। दुपहर होते-होते पहुँच जाऊँगी।"

"अच्छा बच्ची! महरी से कहो फिर, तुम्हारी तैयारी कर दे।"

सुनकर चन्ना का जी हुआ, रो दे—"महरी से कहो, तुम्हारी तैयारी कर दे," नाना का यह ठंडा, उत्साहहीन स्वर। और बस आगे कुछ नहीं—आँखों पर झीना परदा आ रहा है, लेकिन नहीं वह रोएगी नहीं। तख़्तपोश के एक ओर बैठे नाना के भाई कृपाराम इस क्षण उसकी ओर देखते हुए...चन्ना को पहली बार चाची की बात समझ में आई। वह झूठ नहीं कहती कि जबसे बाप-बेटा आए हैं, शाहजी वह शाहजी नहीं रहे—कोई दूसरे ही गए हैं।

चन्ना जिस नाना को जानती है, वह यह नहीं, वह यह नहीं। वह तो महीने-भर यहाँ रहकर चली जा रही है, नाना ने एक बार उसे स्नेह से थपथपाया नहीं। वह पहलेवाले लाड़-चाव, जाने से पहले हर रोज़ उसकी सलाह का बदलना...और जाते-जाते उसे एक रात के लिए रोक लेना...

वह नाना नहीं—नाना के बीच कोई और है, कोई और है—भागा, नहीं...चन्ना जब ऊपर जाने के लिए उठी तो उसके आगे घूरती हुई दो आँखें घूम गईं। जो आज उसके और चन्ना के बीच हैं—वह आँखें कृपाराम की हैं।

सीढ़ियाँ चढ़ते-चढ़ते रुके हुए रुदन का धुआँ चन्ना के गले में उठ रहा था। वह ऊपर जाकर चाची से कुछ कहने से पहले रो देगी—ऊपर पहुँची तो चाची आँगन में नहीं थी। चर्खे के पास पड़ी खाट पर लेटी तो उस रातवाली बात कानों में गूँज गई। क्या नाना इन सबसे अनजान हैं? क्यों उसने चाची को नहीं बताया, क्यों वह मन की बात किसी से नहीं कह पाती? क्यों नाना आज उसे ज़ोर देकर नहीं रोक सके?

चन्ना को एकाएक लगा कि इन सबका जवाब उसके पास है। अपने को झकझोरकर खाट पर से उठी, दुपट्टा ठीक किया और नीचे उतर गई। नाना उसी तरह बैठे थे—कृपाराम उसी तरह हाथ में हुक्का लिये। चन्ना ने हवेली की ड्योढ़ी पार की और सहज किन्तु दृढ़ स्वर में कठोर आँखों से कृपाराम की ओर देखते हुए बोली, "नाना, मैं अभी नहीं जाऊँगी। माँ के पास जगदीश मामू हैं, मैं रुकूँगी और सीधी यहीं से लाहौर जाऊँगी।" शाहजी एकाएक यह सब नहीं समझ सके। कोई जवाब नहीं सूझा। चन्ना ने तीक्ष्ण दृष्टि से शाहजी की ओर देखा। वह नहीं डरेगी

नाना से अब...जो ज़ोर देकर उसे कुछ कह नहीं सके—वह चाहे कितना भी ग़लत होता वह मानती, लेकिन बिना अधिकार के वह किसी भय को नहीं जानती।

नाना को देखते-देखते अनायास चन्ना को लगा कि आज वह कितने विवश हो गए हैं। जिनकी आवाज़ से लोग काँपते थे, उन्हें जैसे किसी ने आज जकड़ लिया है। वह उससे रुकने के लिए नहीं कह सके, जाने के लिए नहीं कह सके। क्या यह रुपयों का नुक़सान है, जो उन्हें इस तरह दबा गया है? लेकिन नहीं—आज भी उनके पास ज़मीनें हैं, कुएँ हैं। क्या चाँदी के ठीकरों के लिए इस तरह उदास, निराश हो जाएँगे। पर...यह सोचने की समझ तो नाना को भी है, फिर कौन-सा अभाव है? पिता के मरने पर कोई वृद्धा माँ से कह रही थी, "बहू, क़िस्मत की बात, नहीं तो यह लड़की लड़का होती तो बुरे वक़्त तुम्हारा कोई सहारा तो रहता..." क्या ऐसा ही सहारा तो नाना नहीं चाहते? अगर न चाहते तो भागे और उसके बूढ़े बाप को बुलाकर यह कहने के लिए यहाँ न रहने देते कि यहाँ के तिनके पर भी लड़की का हक़ नहीं। और आप चुपचाप बैठे हुए वह सब देखते जो उन्हें कभी पसन्द न था। कोई और वक़्त होता तो हवेली में क्या, भागे को नाना गाँव में न टिकने देते।

चन्ना जिस कठोर भाव से नीचे उतरी थी, वह अब न रह गया था। फिर भी अगर नाना में आज उसे आज्ञा देने की क्षमता नहीं तो वह जो ठीक समझेगी, करेगी।

कृपाराम की ओर देखते हुए बोली, "छोटे नाना, नानाजी का जी आजकल ठीक नहीं रहता तो तुम्हीं कभी-कभी ज़मीनों पर हो आया करो। असामियों को इस तरह ढील देनी अच्छी नहीं...जब तक मैं हूँ...मैं तो जाती ही रहती हूँ..." कहते-कहते चन्ना ने शाहजी को खुले भाव से देखा, जैसे कह रही हो—'नाना, जैसा तुम समझते हो, इतनी जल्दी अपना अधिकार नहीं छोड़ूँगी।' और चन्ना सिर ऊँचा किए हवेली के द्वार से इस तरह बाहर निकली जैसे आज उसे किसी से आज्ञा लेनी न हो, देनी हो। और माथे पर हाथ रखे शाहजी को कोई बहुत हल्की आवाज़ कानों में आई—कौन कहता है, यह लड़का नहीं...पर नहीं...यह क्षीण आवाज़ शायद शाहनी की थी, जो उन्हें चेता रही थी कि पराए लड़के से कहीं अधिक हक़ इस लड़की का इस घर पर है।

पर—काश, आज यह कहनेवाली जीवित होती।

चन्ना कब जाएगी, यह किसी को नहीं पता। छुट्टियाँ ख़त्म हो गई हैं, लेकिन बच्ची ने जाने की कोई बात नहीं की। उस दिन नाना से उसकी क्या बात हुई थी, यह चाची महरी न जानती हुई भी जान गई थी। शायद नवाब ने उसे बताया था। उस शाम जब उसने भेद-भरे स्वर में चन्ना से पूछा था कि बच्ची, नानाजी से क्या सलाह हुई तो उसने सरलता से कहा था, कुछ दिन ठहरकर जाऊँगी चाची। सईदा बीबी ने उससे कुछ पूछा नहीं, लेकिन बिना पूछे सब जान लिया और चाची से

बोली, ''चाची, अब किसी दिन न पूछना बच्ची से। जब मन में आएगा तब जाएगी। पूछा तो पता नहीं कब तक के लिए जिद चढ़ जाएगी।'' और उस दिन के बाद फिर किसी ने नहीं पूछा। कुछ दिनों से बेलेवाली ज़मीन का बरकत अली बराबर चक्कर लगा रहा है। उसे शाहजी ने ठेके पर ज़मीन दे रखी थी। पिछले दो-तीन साल से उसने तम्बाकू में अच्छे पैसे कमा लिए थे, और इस बैसाखी को उसका ठेका ख़त्म हो गया।

आज दुपहर में चाची जब चर्खा लेकर बच्ची के पास बैठी तो बच्ची से कुछ कहने के बहाने सईदा बीबी से बोली, ''सईदा बीबी, आजकल बरकता बड़े चक्कर काटता है, बड़ा राजी हो गया है। शायद शाहजी से ज़मीन का नया पट्टा करवाना चाहता है।'' कहकर चाची ने गम्भीरता से सईदा बीबी की ओर देखा।

''चाची, वह ज़मीन तो अपने हाथ ही रहे तो अच्छा है, ठेके से क्या पल्ले पड़ता है। फिर अब इनका कुछ नहीं। दस साल जोतकर कहने लगे—यह ठेके की नहीं, घर की ज़मीन है।''

चाची ने क्षण-भर के लिए चर्खे को घुमाना बन्द किया और सूत की तार को जोड़ते-जोड़ते बोली, ''हाय-हाय, क्या अँधेर हो गया है री! लेने-देने में कुछ भी होता रहे, पर कभी ज़मीन भी मालिकों के हाथ से निकली है।'' चाची के स्वर में तिरस्कार था। सईदा बीबी ने चाची का रुख जानकर विषय-परिवर्तन ही ठीक समझा। बोली, ''चाची, जुलाहे को बुलाकर वह मोटा सूत दे दो। कुछ खेस बना लेगा।''

चन्ना के हाथ में किताब थी। उस दिन छोटी बैठक की आलमारी में से उसने कई किताबें निकाली थीं। चाची ने बताया था कि यह सब बच्ची शीला की किताबें हैं चन्नो!

और तब से उन्हें पढ़ने के सिवाय चन्नो को और कोई काम नहीं। चन्ना ने किताब बन्द की और चाची ने मन-ही-मन सोचा कि कुछ तो असर हुआ बच्ची पर। सिर के नीचे किताब रखकर लेटते हुए कहा, ''चाची, बेलेवाली ज़मीन तो अच्छी है...''

''हाँ-हाँ बच्ची, क्या वह ज़मीन अच्छी नहीं होगी? यह तो दरिया रुख पलट गया है, बेले की हरी-भरी नर्म ज़मीन है...''

सईदा बीबी ने उठकर बच्ची के सिर तले सिरहाना रखते हुए किताब उठा ली और बोली, ''बच्ची, यह ज़मीन तो अब ठेके पर नहीं देनी चाहिए, बाक़ी मर्दों का काम मर्द जाने।''

चन्ना सईदा बीबी की ओर देखते हुए चाची से बोली, ''चाची, आज बरकत अली आए तो मुझे बताना, मैं बात करूँगी।'' चाची ने सुना और सोचा कि यह आवाज़ लड़की ने अपनी माँ से नहीं, नाना से ली है।

दुपहर को जब चन्ना बरकत अली से मिलने नीचे उतरी तो शाहजी और कृपाराम के साथ हवेली में भागा भी तख़्तपोश के एक ओर बैठा था। उसे आता देख शाहजी के मुख पर जाने कैसी असुविधा का भाव छलक आया। उसे शाहजी के पास बैठती देख कृपाराम ने छिपे-छिपे बेटे की ओर देखा।

''कहो बरकत चाचा, सब ख़ैरियत है न।''

''हाँ धियानी, तुम सुनाओ—अभी रहेगी न?''

''हाँ, बरकत चाचा! इस बार तम्बाकू लगाया है या मुंजी? पानीवाली ज़मीन है।''

''धियानी, इसीलिए शाहजी के पास आया था—ठेका ख़त्म हो गया है। है तो धियानी घरवाली बात, फिर भी काग़ज़ी काम अच्छा ही रहता है।''

चन्ना ने बरकत चाचा को देखा। उनके असामी कितने होशियार हो गए हैं। कभी नाना उन्हें बिना लिखा-पढ़ी सौ-दो सौ देकर हज़ार लिया करते थे, आज उन्हें काग़ज़ी काम का इल्म है।

चन्ना ने नाना के जवाब का इन्तज़ार नहीं किया। बोली, ''बरकत चाचा, इस बार वह ज़मीन ठेके पर देने का ख़याल नहीं। इस साल ठहर जाओ, नाना जब भी यह ज़मीन ठेके पर देंगे, पहले तुम्हारा हक़ रहा...''

बरकत अली को तीन-चार दिन के चक्करों के बाद यह सुनने की उम्मीद नहीं थी। सिर पर गाढ़े के साफे को ठीक करते हुए बोला, ''रब्ब बड़ी-बड़ी उमर करे बच्ची, शाहजी की, हम किसके सहारे हैं? मैं तो सोच रहा था कि इस फ़सल में कुछ पैसे बन गए तो सिर का बोझ कुछ हल्का करूँगा।'' बरकत अली ने शाहजी से क़रीब हज़ार रुपया अभी पिछली सर्दियों में लिया था। और काला क़ानून हो जाने से उसने ख़ुदा का लाख-लाख शुक्र किया था, पर इस वक़्त वह किसी भी तरह शाहजी को ज़मीन देने के लिए तैयार करना चाहता है, ''बच्ची, जो-जो हमने आड़े वक़्तों शाहजी से लिया हुआ है, अब भी हमारे जिम्मे है—चाहे कोई भी क़ानून बने—हम उसके देनदार हैं...''

शाहजी ने तकिए पर से सिर उठाया, जैसे बरकत को देखकर जानना चाहते हों, क्या वह सचमुच देनदार है?

चन्ना ने शाहजी के मुख पर फिर पुरानी रेखाएँ देखीं। उसे लगा कि नाना को ज़मीनों से अधिक अपने बहीखातों से ममता है।

''बरकत चाचा, बात पक्की रही। इस बार नहीं। जब कभी भी ज़मीन ठेके पर चढ़ेगी, वह तुम्हारे पास जाएगी और लेन-देन की बात जो है, उसका कोई ख़याल न करो। वह तो क़ानून हो गया। तुम लिहाज में वापस भी करो तो शाहजी वह लेंगे नहीं। फिर तुम दो भी तो क्यों दो।'' चन्ना चाहती थी कहे, उन पैसों का वायदा करके जो तुम कभी दोगे नहीं, तुम ज़मीन लेना चाहते हो! लेकिन वह क्यों कड़वा बोले...

सुनकर शाहजी कुछ बोले नहीं। कृपाराम ने एक आँख में ही सारा भेद भरकर भागे की ओर देखा और बरकत अली को लगा कि वह शाहजी से कुछ कहने से पहले भागे को राज़ी करता। यह लड़की कहाँ से टपकी। शाह ने तो अभी अपनी हाँ-ना कुछ नहीं की थी। शाहजी की ओर मुँह करके बोला, ''शाहजी, हुक्म करो...''

शाहजी के कुछ कहने से पहले चन्ना बोली, ''बरकत चाचा, मेरी और शाहजी की दो बातें नहीं।''

अगर दो थीं तो चन्ना ने नाना से यह कहकर एक करवा ली। उसका फ़ैसला है, ज़मीन ठेके पर नहीं जाएगी।

बरकत अली जब हवेली से बाहर निकल गया तो बूढ़ा कृपाराम गम्भीरता से चन्ना की ओर देखकर बोला, ''बच्ची, शाहजी की बातें शाहजी जानें, मुझे या तुम्हें ज़मीनों का क्या पता? किसको देना है किससे लेना है—यह सब तो शाहजी ही जानते हैं। फिर चन्नो, तुम तो अभी छोटी हो। मेरे लिए तो जैसी तुम वैसा भागा, पर...''

''क्यों नहीं...छोटे नाना, तुम तो ठीक ही कहते हो...'' फिर भागे की ओर देखकर बोली, ''मामू, किसी दिन शहर से जाकर कपड़े ख़रीद लाओ। अपने घर का पहरावा पहनो। यह जाट किसानवाले तहमद अच्छे नहीं लगते।''

कृपाराम ने जलती निगाहों से मुँह से धुआँ छोड़ा और भागे ने गले की कंठी दाँत में चबाते हुए घूरकर चन्ना की ओर देखा। बूढ़ा शाह सामने है, नहीं तो इसे जवाब देता...

चन्ना को जाट किसान का पहरावा कभी बुरा नहीं लगा। लेकिन नीले-हरे तहमद...आज नाना के पास भागे को गहरे गुलाबी तहमद में देखकर चन्ना का जी बिगड़ आया।

शाहजी कुछ बोले नहीं। मन में आया कि पूछें, तुम्हारी छुट्टियाँ कब ख़त्म होंगी, पर न जाने क्यों कुछ कह नहीं सके। जो लड़की उनके सामने अपनी मर्ज़ी से उनकी असामियों को हुक्म देती है, उनका फ़ैसला करती है—उसे वह न ही कुछ कहें तो अच्छा है।

चन्ना उठते-उठते बोली—''नाना, बेले की ज़मीन तो दरिया के किनारों से ऊँची है...इस बार दरिया का रुख़ और उत्तर की ओर हो गया तो वहाँ एक छोटा-सा बाग़ लगवा दो।''

शाहजी ने इस बार अपने भाई और भतीजे की ओर नहीं देखा, अपनी नातिन की ओर नहीं देखा...ज़माना हुआ, उनसे एक पहुँचे हुए फकीर ने कहा था—''बच्चा... कुएँ ख़ुदवाना, धर्मशाला बनवाना, लेकिन कभी बाग न लगवाना। जिनके बाग़ लगते हैं, उनके घर के बाग़ हमेशा के लिए सूख जाते हैं।''

60

चन्ना लाहौर आ गई। स्टेशन पर उतरी तो लगा जैसे गाँव से खींचकर गाड़ी ने उसे वहाँ लाकर खड़ा कर दिया है, जहाँ उसका कोई अपना नहीं। वही होस्टल होगा, शायद कमरा बदल जाएगा—वही लड़कियाँ...और चन्ना ने कमरे और लड़कियों की बात सोचते-सोचते एक बार भी किसी के साथ बाला को नहीं देखा। मन-ही-मन विस्मय हुआ कि छुट्टियों-भर में उसने एक बार भी निकटता से बाला को याद नहीं किया।

चन्ना होस्टल पहुँची तो कॉलेज का सब कुछ पहले की तरह ही था।

बाला ने देखा तो सस्नेह हाथ पकड़कर कहा, "चन्ना, कितनी देर कर दी। अच्छी तो थीं?"

"हाँ, जीजी..."

"फिर?" बाला सचमुच चन्ना के लिए चिन्तित थी, "माँ तो अच्छी थी।"

"हाँ दीदी..."

चन्ना के स्वर में न चिन्ता थी, न उत्साह था। कमरे में गई तो इस बार परदे बदले हुए थे, खिड़कियों में फूलदान नए थे। पर कमरा वैसा ही है। वही पत्थर की दीवारें, दीवारों पर छत, मेज़ पर किताबें। बन्द खिड़की को खोलकर देखा, वही चौखट है, जहाँ वह घंटों कुहनी टेककर नीचे आती-जाती लड़कियों को देखा करती थी।

रात को जब चन्ना बिस्तर पर लेटी तो सोचा—एक दिन में मिट्टी के कच्चे-पक्के घरोंवाले गाँव से यहाँ पहुँच गई। कल इस वक़्त वह चौबारे पर चाची और सईदा बीबी के पास लेटी थी। कुछ देर के लिए सईदा बीबी नीचे उतर गई थी तो चाची ने उससे कहा था—"बच्ची, तुम्हारे आने को मैं दिन गिना करती थी। कोई पता नहीं लगा तुम्हारे रहने का...बच्ची, इस घर में और कौन रहता है, जिसका मुँह देखना है। कल इस वक़्त चुपचाप हो जाएगी बच्ची..." कहते-कहते चाची का गला भर आया, "रब्ब के रंग हैं बच्ची...कभी इस ऊँची हवेली में अपने-परायों की रौनकें लगी रहती थीं और आज...बच्ची, घर का मालिक ही ऊपर नहीं आता। कहाँ शाहजी, कहाँ मेरी बच्ची शीलो—किसे पता था कि घर की यह हालत देखने को मैं रह जाऊँगी। जीती रहो...भगवान तुम्हें सुखी रखें बच्ची, अब मेरा भी क्या पता है? आज हूँ तो कल नहीं..."

चन्ना ने सुना और कोई जवाब नहीं बन आया। इसका क्या जवाब होगा? पल-भर के लिए अपने को सँभाला और रो पड़ी। चाची क्या झूठ कह रही है? धुँधले से परदों में से नानी उठी, नानी की बच्ची उठी और घुल-मिलकर चन्नो की आँखों से लिपट गई। एक नाना रह गए हैं...लेकिन कितने बेबस! अब तक जिस बेबसी

पर चन्ना को नाना से सहानुभूति न होती थी, उसी बेबसी में चन्ना ने देखा कि नाना कितने अकेले हैं! आज उनका कोई नहीं—कोई होता तो क्या वह अपने उस भाई को लिवा लाते, जिनकी पीढ़ियों तक से इस घर की बोलचाल नहीं थी। नाना के दुख की बात सोचकर आँसू छलक आए थे।

चाची ने लड़की को रोता देखकर दुपट्टे से अपने आँसू पोंछ डाले और सीख देकर लड़की से बोलीं—"बच्ची, तुम क्यों रोओ..." चाची यह कहते-कहते रुकीं कि रोएँ तुम्हारे दुश्मन फिर बोली थी, "चन्नो, यह आना-जाना तो दुनिया में लगा ही हुआ है...जमाई को ही देख लो, कभी सपने में भी न सोचा था कि ऐसी देह दो दिन में ही...सिर का साया चला जाना कोई कम बात नहीं बच्ची...मौत के आगे किसका बस चलता है?"

चन्ना ने रोते-रोते देखा, सचमुच अब उसके सिर पर किसकी छाया है? पिता को पिता समझकर शायद कभी वह रोई हो, लेकिन अपना सहारा...अपना सहारा समझकर नहीं। चन्ना ने चाहा कि रो-रोकर पुकारे—'चाची...चाची...' पर भरे कंठ से आवाज़ बाहर नहीं निकली। और चाची ने चन्ना के बहते हुए आँसुओं को देखकर मन-ही-मन सोचा—'अच्छा है, जाने से पहले जी तो हल्का हो गया है। इतने दिन हो गए हैं यहाँ आए, कोई सुख-दुख की बात नहीं...बस एक ही चुप...' और इसीलिए तो चाची आज बच्ची को साथ लेकर बैठी थी। और उस रात जब चाची सो गई तो सईदा बीबी बच्ची के पास आ बैठी—बच्ची की आँखें बन्द हैं, लेकिन वह सोई नहीं, यह सईदा बीबी जानती है। सईदा बीबी बोली—"बच्ची, कल सुबह जाते-जाते उन दोनों बाप-बेटों को पक्का कर जाना। पीछे कोई और झगड़ा शुरू कर दें। बच्ची, मैंने तो चाची से कहा नहीं, एक दिन लड़का मुझसे चाबियाँ माँगता था। उस वक़्त तो प्यार में टाल गई पर बच्ची, इनका कुछ पता नहीं..."

चन्ना ने सचमुच सईदा बीबी की बात समझी। सईदा बीबी बच्ची से कुछ सुनने को झुकी तो चन्ना ने उस दिनवाली बात बता दी और बोली, "सईदा बीबी, पीछे ध्यान ही रखना...चाची वक़्त-बेवक़्त बाहर जाए तो तुम साथ चली जाया करो।"

"बच्ची, चाची घर भी तो अकेला नहीं छोड़ती। नौकर-चाकरों से कब वह डरता है।"

"सईदा बीबी, यह सब झगड़ा किसलिए...?" चन्ना जानती है कि यह झगड़ा किसलिए है, फिर भी पूछती है। सईदा बीबी विचारपूर्ण आवाज़ में बोली—"बच्ची, कभी तुख़्म-तासीर नहीं बदलती। जिसके लिए झगड़ा पहले था, वह अब भी है। बच्ची, तुम इस घर की लड़की हो, पर किसी ने तुम्हें लड़के से कम नहीं माना और यही बात है जो उनका जी जलाती है। उनको बस चिन्ता है...ज़मीन की, रुपये-पैसे की..."

"हूँ!" चन्ना कुछ कहने के लिए नहीं सोच सकी, इसका फ़ैसला वह करना भी चाहे तो नहीं कर सकेगी। लेकिन इतने बोझ के साथ क्या वह वापस लाहौर लौट सकेगी?

चन्ना कुछ देर चुपचाप पड़ी रही और सोचकर बोली, "सईदा बीबी, नाना की बातें मैं तो समझी नहीं। अगर आज सचमुच उन्हें लड़के की ज़रूरत आ पड़ती है तो किसी अच्छे लड़के को गोद लेते..."

सईदा बीबी ने दाँतों तले जबान दबाई...

शाहजी को आज किसी पराए लड़के को अपना कहने की ज़रूरत आ पड़ी है? लो, और यह तो जैसे अपने को लड़के से कम समझ रही है। गले में न जाने कितनी कटुता घिर आई। माँ के घर में रहते हुए भी जिस घर को उसने अपना समझा हो... चन्ना कुछ कहना चाहती थी...पर नहीं बोल पाई। सईदा बीबी उस पर झुकी बैठी रही। सात सितारों का परिवार सिर पर आ गया। दित्ते की आवाज़ एक बार फिर रात के सन्नाटे में गूँज उठी—जागते रहना...चन्ना सो गई है—जागती है केवल सईदा बीबी... अभी पौ न फूटी थी कि चाची महरी उठी। सईदा बीबी से पूछा—"बच्ची की चीज़-बस्त सब तैयार हैं न।"

"हाँ, चाची..."

नौकर-चाकर लालटेन जला रहे थे। चाची का कहना है, जब लड़की घर से जाए तो उजाला रहे...रब्ब करे फिर वापस उजले घर में पैर रखे। सईदा बीबी को संकेत से एक ओर ले गई और जाने क्या सलाह करके बाहर चली गई।

चन्ना चौबारे से उतरकर आई तो सईदा बीबी ने कपड़े-लत्ते निकाले। कुएँ की दत में रखे हुए बड़े 'मोरे' में से घड़े भर-भरकर नहाने के लिए ताज़ा पानी निकाल दिया। तैयार होकर जूती में पैर डालते-डालते बच्ची बोली, "सईदा बीबी, अभी ज़रा नाना के पास होकर आती हूँ..." और नीचे उतर गई।

हवेली के खुले दरवाज़े पर बड़ी लालटेन जल रही थी। चन्ना अन्दर गई। नाना बिस्तर से उठने की तैयारी में थे। नवाब पास खड़ा पूछ रहा था—"शाहजी, आपके लिए भी घोड़ा तैयार करूँ?" शाहजी कुछ कहने को ही थे, बच्ची को देखकर रुक गए। बोले—"हाँ, आओ बच्ची!"

और साथ के कमरे में बाप-बेटे के कान खड़े हो गए। चन्ना पलंग पर नाना के पास बैठ गई। इधर-उधर देखा, अन्दाज़ से जाना कि बाप-बेटे पास न होने पर भी आसानी से उसकी बात सुन सकते हैं—स्वर ज़रा ऊँचा करके, "नाना, राह में कहीं रुकूँ न तो गाड़ी के वक़्त तक पहुँच जाऊँगी।"

"हाँ, बच्ची, अभी बड़ा वक़्त है...लाहौर तक तुम्हें आदमी छोड़ आएगा।"

"नहीं नाना, अकेले क्या, मैं डरती हूँ? अब तो बड़ी हो गई हूँ...नाना चाची बूढ़ी हो आई इस घर में उसकी उमर गुज़र गई है। अब उससे कोई लड़ाई—झगड़ा..."

शाहजी कुछ समझे नहीं। "बच्ची, उससे कौन करेगा लड़ाई-झगड़ा..."

"नाना, मामू को अगर यहाँ बुलाया है तो उसे घर के आदमी की तरह रहने के लिए कहो...घर का क़ायदा-चलन क्या अब कुछ नहीं रहेगा? आए दिन यह झगड़ा क्यों?"

भागे और उसके बाप के कान ही नहीं, आँखें भी खुल गईं।

"नाना, मैं सब समझती हूँ। जो कभी नहीं समझा, वह भी समझने लगी हूँ। आज घर को किसी लड़के की ज़रूरत है, लेकिन नाना, वह लड़का भागा है, यह मानने को जी नहीं चाहता..." शाहजी को यह सब सहन नहीं हुआ—लड़की ने उनकी बात भी खोलकर रख दी। 'घर को किसी लड़के की ज़रूरत है...' रूखे स्वर को भरसक सँभालकर बोले, "बच्ची, वह मेरे भाई और भतीजे हैं। मुझे उनकी कोई बात नहीं सुननी है..."

चन्ना ने नाना की ओर देखा—शान्त स्वर में बोली, "आपको नहीं सुननी है, पर मैं सुनाऊँगी। नाना, उन्हें तुम नहीं दीखते...उन्हें वह भाई नहीं दीखता, जो वर्षों के झगड़े को भूलकर उन्हें अपने घर लिवा लाया है। उन्हें यह हवेली दीखती है, ज़मीनें दीखती हैं। चाची के पास पड़ा नानी का गहना दीखता है, जिसके लिए कभी-कभी मामू का मन होता है कि बुढ़िया का गला घोंट दे..."

शाहजी ने अपनी सारी शक्ति समेटकर कठोरता से कहना चाहा 'बच्ची!' लेकिन जब उनकी आवाज़ निकली तो लगता था जैसे वह व्यथा के पूर्व में बह रही हो और शाहजी ने चन्ना के हाथ पर अपना काँपता हुआ हाथ रखकर बच्ची को देखा। कहा, "बच्ची, यह सब मुझसे मत कहो..." पर उनकी आँखें कह रही थीं—मैं यह सब जानता हूँ...

चन्ना को शायद अभी कुछ और कहना था, लेकिन नाना का पका हाथ छूकर, नाना की निरीह धुँधली आँखें देखकर कुछ बोल नहीं पाई। देर बाद जब नवाब अन्दर आया तो बोली, "ज़रा मामू और छोटे नाना को बुलाना..."

नवाब ने आवाज़ लगाई। भागे ने दो-एक बार करवट बदली—आँखों पर हाथ फेरा और नींद में थकी आवाज़ निकालकर बोला, "ओए कौन है, सुबह-सुबह।"

"बच्ची जा रही है, ज़रा अन्दर आना।" और भागे ने मन-ही-मन सोचा—जा रही है तो जाए, मरे—हमें कौन उससे गले मिलना है।

बाप-बेटे जब दोनों अन्दर पहुँचे तो चन्ना विनीत स्वर से बोली—"आओ छोटे नाना, आओ मामू...जो अभी मैं नाना से कह रही थी, वह तुमने सुन लिया होगा। छोटे नाना, उसमें ग़लत कुछ नहीं था।" छोटे नाना को इतनी जल्दी कोई ठीक-ठीक जवाब न सूझा। झूठ-मूठ की जम्भाई लेकर बोले—"बच्ची, मैं तो गहरी नींद में था... क्या बात है बच्ची..."

"छोटे नाना," बच्ची ने भागे को ऊपर से नीचे तक देखा—"तुम्हें जब नाना ने यहाँ बुला लिया है तो तुम्हें किस चीज़ की चिन्ता है यहाँ? छोटे नाना, मुझसे मत

डरो। इस घर से मुझे जो लगाव है, उसे शायद तुम नहीं समझोगे, लेकिन कभी यह मत भूलना कि इस घर से अलग मेरे पिता का घर भी है।'' और चन्ना ने न चाहते हुए भी कहा, ''और छोटे नाना, उस घर में ऐसी किसी चीज़ की कमी नहीं, जिसके लिए मुझे सईदा बीबी या चाची से चाबियाँ माँगनी पड़ें।''

छोटे नाना का मुँह अपमान से काला पड़ गया और उसे छिपाने के लिए उन्होंने जो दो-एक बार ज़ोर से गला साफ़ किया, तो सचमुच खाँसी का दौरा पड़ गया। शाहजी निर्बल भाव से पड़े-पड़े सब सुनते रहे। भागे ने आँखें तरेरकर चन्ना की ओर देखा और बोला...''हमें क्या ताऊ ने तुम्हारी फटकारों के लिए यहाँ बुलाया था...''

चन्ना हँसी—''मामू, इस हवेली में रहोगे तो तुम्हें कौन फटकार सकेगा, पर याद रखो, यहाँ रहने के लिए तुम्हें राह पर आना होगा। नाना के सामने तुमसे कहना नहीं चाहती थी, लेकिन ढंग से रहो, असामियों में अपनी इज़्ज़त बनाओ। मेरे लिए कुछ और मत सोचो, मैं तो हमेशा यहाँ आती ही रहूँगी...''

शाहजी यह सब सुन रहे हैं। एक मन है जो कह रहा है—यह सब कुछ उनकी नातिन के सिवाय और कौन कह सकता है—एक-एक शब्द नपा हुआ है, लेकिन एक दिल है जो कहता है कि शाह, दु:ख तो यह है कि यह लड़की है—लड़का नहीं।

ऊपर से चाची महरी और सईदा बीबी उतर आई। घोड़े बाहर तैयार खड़े थे। नवाब बोला, ''शाहजी, हुक्म करो। देर हो चुकी है।'' चन्ना ने चाहा कि नाना से कहे, ''आप न चलिए।'' लेकिन नहीं कह सकी। चन्ना ड्योढ़ी से बाहर आई तो आगे हसैना भंगिन खड़ी थी। सगुण के लिए।

चाची महरी और सईदा बीबी एक ओर हटकर खड़ी थीं, ताकि उनकी शक्ल बच्ची को हसैना से पहले दिखाई न दे। शाहजी घोड़े पर चढ़े, चाची ने मुँह मीठा करवाया और बच्ची का माथा चूमकर बोली—''चढ़ो बच्ची!''

''नहीं चाची, पीपलवाले कुएँ तक तो चलो।'' और सब साथ हो लिए। चाची और सईदा बीबी चाहती हैं कि बच्ची से कोई बात करें, लेकिन कंठ से बोल नहीं निकला। बच्ची चाहती है कि चाची और सईदा बीबी को आँखें पोंछते न देखे और हँसकर कोई बात करे, पर...

यह वही राह है, जिस पर से वह आती है और फिर चली जाती है। कालू फकीर की दीवार से मिली हुई कपास की सूखी-सूखी टहनियाँ और आगे रक्खे के आँगन में बैलों की जोड़ियाँ...कुआँ आनेवाला है—सबकी चाल धीमी हो गई है। लेकिन चलते हुए राह कब ख़त्म नहीं होती। नवाब की आवाज़ आई—''बस चाची, बच्ची को जाने दो अब...''

चाची की आँखों में फिर पानी भर आया। कसकर बच्ची को गले से लगाया, फिर लगाया। सईदा बीबी ने धीरे-से अलग किया—चन्ना ने बाँहें नीचे डाल दीं। सईदा बीबी कभी उससे गले नहीं मिलती। एक बार बच्ची को छाती से लगाकर वह

उसे इतनी दूर अकेले भेज दे—यह जैसे उससे सहन नहीं होता। बच्ची का माथा चूमकर बोली, ''चढ़ो बच्ची!'' चन्ना ने सईदा बीबी की ओर देखा और सईदा बीबी ने अपना दुपट्टा आँखों से लगा लिया। चन्ना सबकी ओर मुड़ी—''अच्छाऽऽ छोटे नाना, झुकती हूँ।'' छोटे नाना ने बड़ी मुश्किल से शब्द निकाले—''जीती रहो बच्ची!''

''अच्छा मामू,'' चन्ना भागे की ओर देखकर हँसी, ''मामू, तुम्हारे कपड़े ज़रूर भेजूँगी...''

चन्ना घोड़े पर चढ़ी, फिर हँसी और हाथ जोड़ दिए। सईदा बीबी को यह जानने में देर नहीं लगी कि बच्ची के हँसने में रोना कितना था। घोड़े चल दिए। ऊपर कहीं कोई तारा टिमटिमा रहा था। सामने भोर का उदास चाँद झाँक रहा था—चाची महरी ने भक्तिभाव से सिर नवाया—''वाह गुरु, मेरी बच्ची को तेरा ही आसरा है।'' और सईदा बीबी खड़ी घोड़ों को ओर देखती रही। वह जानती है, बच्ची एक बार पीछे ज़रूर देखेगी, लेकिन बच्ची तब पीछे मुँह करेगी जब उसे केवल आकृतियाँ नज़र आएँ, बहते हुए आँसू नहीं...

स्टेशन पर शाहजी ने बच्ची को प्यार फेरा—और हाथ फेरते-फेरते मन में आया—अब मेरे सिवाय बच्ची के सिर पर कौन हाथ रखेगा। उन्हें जमाई के न रहने से बच्ची पर इतना प्यार हो आया था या कुछ इस क्षण वृद्ध अवस्था में पुत्र न होने का ख़याल भूल जाने से, यह वह स्वयं नहीं जान सके।

गाड़ी चल पड़ी। छोटा-सा स्टेशन दूर छूट गया...और आज चन्ना यहाँ इस कमरे में है—वह गाँव की बात किससे कहेगी—कौन है यहाँ, जिसकी आँखें यहाँ बैठे उसका गाँव देख सकती हैं...

गाँव से लौटकर पढ़ने की किताबों को चन्ना ने अभी तक छुआ नहीं। वह लाइब्रेरी की किताबें हाथ में लेकर न जाने क्या सोचती रहती है। बाला कभी-कभी उसे इस मुद्रा में देखकर सोचती है कि वह ज़रूर घर की चिन्ता में है...लेकिन उसे चिन्ता कहाँ है? गाँव की नहीं...माँ की नहीं। चन्ना स्वयं आश्चर्य से सोचती है कि अपने, बिलकुल अपनों की चिन्ता दूर होते ही उससे छूट जाती है। जिन अपनों को वह सामने रहते स्नेह के बन्धन से पकड़े रहती है, उनसे दूर हटते ही वह उस निकटता को भूल जाती है। आते बार जो-जो वह नाना से कहकर आई थी, वह आज कितना सारहीन लगता है और भागे और उसके बापू के नाना के, पास रहने—न रहने का, अच्छा-बुरा समझने का अधिकार ही उसे क्या है? चन्ना ने हाथ की किताब मेज़ पर रख दी और काग़ज़ लेकर लिखने लगी।

''मन की गहराई में कितने परदे लिपटे रहते हैं, कोई नहीं जानता। जो ज्ञान कभी-कभी नीचे से ऊपर आता है, उसे परखने की शक्ति क्या सदा अपने में अधिक

होती है ? यदि होती है तो उससे अपने को जाँचना कितना कठिन हो आता है। और जिस अन्तर्दृष्टि से कभी-कभी दूसरों को भाँप लिया जाता है, वह अपने लिए शायद अंधी हो जाती है।''

...और उसे याद आया...उस गाड़ी में से किसी स्टेशन पर ऊँची-लम्बी औरत के साथ चलते हुए दो बच्चे देखे थे। उसे उस समय उन दोनों की आकृतियाँ एक-सी लगी थीं। उनके नन्हे-नन्हे पैरों में उसने मज़बूत धरती को रौंदते हुए चार क़दम देखे थे—और उनकी नंगी बाँहों के आगे बैलों की जोड़ियाँ...वह देर तक उन्हें देखती रही थी और जब वह सामने की लाइन पार करके पास के खेतों में विलीन हो गए तो चन्ना ने सोचा कि वह सचमुच धरती से उपजे लगते थे, उनका रंग धरती का रंग था। कभी उनके पसीने के ज़ोर से अंकुर के रूप में धरती करवट लेगी और अपने वक्ष को हरियाली के आँचल से ढाँप लेगी। चन्ना ने यह सब लिखने को हाथ उठाया तो शब्द उसकी सहायता नहीं कर सके। उसे लगा, वह उन दोनों को किसी तरह अब पकड़ नहीं पा रही, वह उन्हें बाँधकर शब्दों से रूप देगी और...और उन्हें सजीव कर देगी...

''अपना दर्द अपनी ही आँखों की राह से बह निकलता है, अपनी पीड़ा को अपने ही धैर्य से सह लिया जाता है। पिताजी की मृत्यु के बाद मैं क्या माँ का दुःख बँटा सकी ? कुछ कह नहीं सकी, कुछ कर नहीं सकी। कभी माँ के पास बैठा करती थी तो उनकी खोई-खोई आँखें जैसे मौन भाव से कहती थीं—तुम नहीं समझोगी चन्ना, तुम नहीं जान पाओगी कि किस तरह मैं जीकर भी आज मर गई हूँ...''

और सचमुच माँ मर गई है। उसका प्राणहीन स्वर, उसकी काली घनी पलकों से कहीं अधिक गहरी वेदना, और उस वेदना में से उठते हुए लम्बे निःश्वास पल-पल कहते हैं कि जो माँ कभी थी, वह अब नहीं है। उसकी उड़ी-उड़ी निगाह क्या देखती है। उसकी आँखें देखती हैं—पिता के प्यार को, जिसको उसने नारी बनकर जाना था और उस जानने में वह पिता से भिन्न कहाँ रह गई थी। इतने वर्ष एक साथ, एक राह पर, एक चाह से...आज उन सबसे अलग माँ का अस्तित्व कहाँ है...''

चन्ना ने लिखा हुआ पढ़ा और पढ़ते-पढ़ते सोचती है कि माँ की इतनी बात वह न समझती तो क्या लिख पाती ? फिर क्यों माँ नहीं जानती कि मैं उसका दुःख बँटा नहीं पाई। पिता तो मेरे भी थे, पर उस नाते को माँ शायद देखना चाहते हुए भी नहीं देख पाती। ममता और प्यार की सीमाएँ अलग-अलग होती हैं, लेकिन उसका रूप नहीं। पिता के खोने में जो मेरा खो गया है, उसे मेरे सिवाय और किसी ने सोचा नहीं और कभी मुझसे पूछा नहीं कि पिता के मर जाने से तुम क्या सोचती हो चन्ना ? क्या कभी तुम्हें भी दुःख होता है ? पर पिता की ही नहीं, कोई भी देह बिना मरे नहीं रह पाती—बिना धूल हुए नहीं रह पाती। फिर अन्तिम बिदा के बाद यह दुख-सन्ताप कैसा है—क्यों है ?

61

माँ का पत्र लेकर बलवन्त मिलने आए तो चन्ना उनसे मिली, उनके साथ बाहर गई, उनसे माँ की बातें पूछती रही। उन्होंने बताया कि वह कभी-कभी रामलाल जी के साथ मिसेज पाल से मिलने जाया करती हैं। वह अब पहले से बहुत अधिक दुबली हो गई हैं। जगदीश भी वहीं है। और फिर देर तक पिता के व्यापार के विषय नें कहते रहे कि मिसेज पाल या जगदीश की देख-रेख में अब कम्पनी की ब्रान्चों को चलाना कठिन है। कोई बहुत बहुत अधिक वेतन पर मैनेजर रखा जाए तो शायद चल सकता है। मैनेजर की जगह कोई अपना ही आदमी हो तो उचित है। न जाने चन्ना को क्यों लगा कि यह मैनेजर नियुक्त करने की बात बलवन्त उस तरह नहीं कह पा रहे, जिस तरह सचमुच वह कहना चाहते हैं। बलवन्त और उनके पिता का भी ख़ूब बड़ा कारोबार है। वह कई साल इसी सम्बन्ध में विदेश रहकर आए हैं।

''मैनेजर रहने से सब काम सँभल जाएगा बलवन्त जी!''

बलवन्त कार ड्राइव करते-करते कुछ देर चुप रहे, जैसे कुछ सोच रहे हों। फिर बोले, ''क्यो नहीं, कुशल अनुभवी मैनेजर विदेश तक की अगणित शाखाएँ सँभाल सकते हैं।'' चन्ना ने अकारण हँसते-हँसते मन में सोचा कि बलवन्त ने बात तो नहीं नहीं की, पर क्या कहीं वह अनुभवी मैनेजर बलवन्त ही तो नहीं!

''मिस्टर पाल का व्यापार दूर-दूर फैला है...''

''जी!''

चन्ना की 'जी' कहती है कि वह कुछ और सुनना चाहती है और बलवन्त न जाने धर्मपाल के किस हिसाब की बात सोच रहे हैं। धर्मपाल की मृत्यु के बाद उनके पिता रामलाल जी को बीच में डालकर पूरा का पूरा कारोबार लेना चाहते थे, लेकिन न जाने किन कारणों से रामलाल जी सहमत नहीं हो सके। बलवन्त ने कार रोक दी और अपनी मोहक मुस्कान बिखेरते हुए बोले, ''आइए, चाय तो पिएँगी आप...''

''जी!''

और बलवन्त बैरा को चाय के साथ कुछ कह रहे हैं और चन्ना मन में सोचती है कि बलवन्त के हल्के गेहुँआ रंग पर कपड़े ख़ूब जँच रहे हैं।

बलवन्त चाय का प्याला हाथ में थामते हुए बोले, ''आप छुट्टियों में घर तो नहीं आईं...''

''जी नहीं, गाँव चली गई थी।''

''गाँव...'' चन्ना ने चाहा कि कड़े शब्दों में प्रतिवाद करे, लेकिन चुप रही।

''असल मे गाँव...अपने यहाँ के गाँव बहुत पिछड़े हुए हैं...''

चन्ना ने बलवन्त के चेहरे पर देखा और जाना कि उन्होंने कभी गाँव देखा नहीं। जिसने उसे देखा ही नहीं, उसे क्या वह कहेगी कि मिट्टी के लिपे-पुते घर सुन्दर

होते हैं। बिजली की जगह सरसों के तेल के दीये भले लगते हैं। वह कुछ नहीं कहेगी। फिर क्या वह जानती नहीं कि बलवन्त यह बात करके कुछ और कहने के पहले भूमिका बाँध रहे हैं। वह बोली, ''माँ से कहिएगा, किसी दिन दो-एक छुट्टी होने पर आऊँगी।''

''हाँ, छुट्टी में तो आप आसानी से आ सकती हैं,'' बलवन्त हँसे, ''लेकिन इस बार टिकिट लेना न भूलिएगा।'' चन्ना भी हँसी, ''नहीं...इस बार तो आप साथ नहीं होंगे, गाड़ी में बैठने के पहले टिकट ले लूँगी।'' चन्ना ने बलवन्त की ओर देखा। इस बार होठों पर मुस्कराहट नहीं थी। बोली, ''उस दिन के लिए मैं आपको कभी भूलूँगी नहीं।'' बलवन्त चुप रहे, केवल आँखें कह गईं कि मैं ही क्या भूलूँगा ?

चाय ख़त्म हो गई। दोनों बाहर निकले तो कार में बैठते-बैठते बलवन्त बोले, ''पिक्चर...'' चन्ना मौन रही कि स्वीकार है। फिर चन्ना बोली, ''आप वापस कब लौट रहे हैं ?'' चन्ना घड़ी-भर बलवन्त की ओर देखती रही।

''क्यों ? कल सुबह।''

''कोई काम न हो तो अभी चलिए...''

''कहाँ ?''

बलवन्त जानते हैं कि वह घर के लिए कह रही है, लेकिन क्या यह सम्भव है ? घर...चन्ना की दृष्टि बलवन्त को खींच रही है। कुछ ठीक-ठीक न समझते हुए बलवन्त ने कार घुमाई। पेट्रोल डलवाया और कुछ जिज्ञासा, कुछ खिंचे-खिंचे से स्वर में बोले, ''होस्टल से कुछ लेंगी ?''

''हाँ...चलिए...'' चन्ना ने अभी तक सोचा ही नहीं था कि उसे होस्टल भी जाना चाहिए। फाटक पर पहुँचकर चपरासी से बोली, ''ज़रा बाला को बुला लाओ। कमरे में न होगी तो रीडिंग रूम में होगी।''

बाला आ गई। चन्ना परिचय करवाते हुए बोली, ''आप बलवन्त जी हैं, और आप हैं बाला दीदी। बाला दीदी, कुछ सामान दे दो। बलवन्त जी के साथ मैं घर जाऊँगी।''

हाथ में अटैची लिए बाला चन्ना को दुबारा छोड़ने आई तो बलवन्त ने उड़ी-उड़ी नज़र से बाला की ओर देखा, झुककर नमस्कार किया और चन्ना से हैंडिल घुमाते हुए कहा, ''आइए।''

कई माइलस्टोन निकल चुके हैं। सितम्बर की कँपाती-कँपाती हवा। सड़क के दोनों ओर छाए हुए अंधकार पर सितारे चमक रहे हैं। चन्ना चुप है। बलवन्त चुप हैं। थोड़ी देर बाद चन्ना बोली, ''बलवन्त जी, आप तो विदेश घूमे हैं...''

''जी, पाँच साल वहाँ रहा हूँ।'' इसके बाद फिर कुछ नहीं। चन्ना ने कुछ क्षण बात आगे बढ़ने की प्रतीक्षा की, फिर कोमल स्वर में बोली, ''जरा रोकिएगा। पीछे

लेटना चाहूँगी।'' बलवन्त ने व्यस्त होकर कम्बल खोला और चन्ना की ओर देखा कि वह कम सुन्दर नहीं।

बलवन्त दरवाज़े पर हाथ रखे सिगरेट पीते-पीते बाहर खड़े हैं। चन्ना अधलेटी है, ''कितनी दूर निकल आए हैं?''

''बीस के ऊपर।'' बलवन्त चन्ना को जाँच रहे हैं। उनका ज्ञान इस विषय में बहुत विशद है। नया सिगरेट जलाकर अन्दर बैठते हुए बोले, ''आप सो तो नहीं जाएँगी। आगे बाँध आएगा, बहुत सुन्दर है।''

''नहीं, सोऊँगी नहीं, पानी देखूँगी ज़रूर।'' चन्ना की आवाज़ में उत्साह था। बलवन्त ने कार तेज़ की, जैसे वह पलक झपकते वहाँ पहुँचना चाहते हैं। मोटर दौड़ी जा रही है। पास से दो लारियाँ गुज़र गईं। रफ़्तार कम हो गई। फिर तेज़ हुई और एक लम्बे पुल के किनारे खड़े हो गई। चन्ना बलवन्त के साथ-साथ नीचे उतरी। पतला-सा चाँद पानी में तैर रहा है। तारों की नाचती हुई परछाईं। चन्ना ने चारों ओर दृष्टि दौड़ाई। अंधकार ही अंधकार और इस अंधकार में चलती हुई दो आकृतियाँ...पत्थर के मज़बूत बाँध के नीचे से पानी जा रहा है। बलवन्त कह रहे हैं, ''देखिए इसके किनारे कितने साफ़-सुथरे हैं, मीलों तक इसी तरह बँधे लगते हैं।''

''आइए न, ज़रा आगे तक चलिए...''

बलवन्त सोच रहे हैं—उन्होंने चन्ना को ग़लत नहीं समझा था। उनका इतना अनुभव क्या व्यर्थ था?

इस निर्जन में रात की छाया तले चन्ना के साथ पानी को निरखना कम मीठा नहीं। पिता का प्रस्ताव भी याद हो आया। चन्ना पानी की धार को देख रही है, आगे-आगे...बिल्कुल सीधे और जहाँ तक उसकी दृष्टि जाती है, वह एक चमकती हुई पतली शुभ्र रेखा-सी लग रही है।

पानी की गति लहरों पर ताल दे रही है। चन्ना ने नीचे झुककर पानी को छुआ। बलवन्त आगे बढ़े, चाहा कि चन्ना के कन्धे पर हाथ रखकर कहें—''चलो, अब वापस चलो चन्ना...''

चन्ना कपड़ों समेत पानी में उतर गई।

''आप भीग जाएँगी...पानी गहरा है...''

चन्ना हँसी, ''आप कार में से अटैची उठा लाएँ। मैं नहाकर निकलूँगी।'' चन्ना का सब कुछ पानी में भीग गया है। बलवन्त नहीं समझ पा रहे हैं कि वह कार की ओर मुड़ें या न...डूब जाएगी...

पर मंत्रमुग्ध-से कार की ओर आए...अटैची केस लाकर किनारे पर रख दिया। चन्ना ऊपर की ओर आ रही है। गीले कपड़ों के झीनेपन में से उसकी देह दिख रही है। उसके चेहरे पर कोई संकोच नहीं। दुपट्टे से मुँह पोंछती हुए हँसी, ''देखिए किनारों को जकड़कर खड़ा यह पुल धार को खुलने नहीं देता...''

बलवन्त ने सिगरेट जलाया, ''सरदी नहीं लगी ?'' ''जी नहीं।'' चन्ना अटैची में से कपड़े निकाल चुकी है। बलवन्त सोच रहे थे, वह अब कपड़े बदलने में झिझकेगी—लेकिन चन्ना इसमें निपुण है। गाँव की लड़की खुले में कपड़े बदलना नहीं जानेगी ? पास की ओर मुँह करके चन्ना ने नया दुपट्टा अपने पर फैला लिया।

बलवन्त सोच रहे हैं कि वह शायद झुककर पाँव पोंछ रही है। उनकी आँखें कार की ओर हैं, पीठ चन्ना की ओर। उनके खड़े ही चन्ना ने गीले कपड़े डालकर अटैची को बन्द कर दिया और खड़े होकर बोली, ''चलिए।''

बलवन्त ने चाहा कि पूछें—'कहाँ ?' लेकिन चुप रहे। चन्ना ने अच्छी तरह कम्बल लपेटा और सुविधानुसार लेटते हुए बोली, ''ग्यारह बजे होंगे।''

''नहीं, कुछ देर है...'' बलवन्त ने कार फिर रफ़्तार से छोड़ दी। उन्हें अकारण जैसे क्रोध हो आया। वह सोच रहे थे, चन्ना उनके साथ बैठेगी, लेकिन वह चुपचाप आँखें मूँद लेट गई है। चन्ना ने आँखें बन्द कीं। इतनी रात गए नहाने से भी उसे सरदी नहीं लगी। नहाकर लगा जैसे पानी ने उसे स्फूर्ति दे दी हो। बन्द पलकों के अन्दर देखा—मज़बूत पुल...पुल के नीचे पानी और पानी में वह स्वयं खड़ी हुई।

जब बलवन्त ने पीछे देखा तो चन्ना ने संयत स्वर में पूछा—''बलवन्त जी, और कितनी देर है ?''

''कुछ ही देर है। आप तो सो गई थीं।''

''जी !'' चन्ना को लगा बलवन्त के स्वर में उलाहना था और वह उलाहना झूठ नहीं था। नर्म होकर बोली, ''आपको कष्ट दिया...''

''नहीं-नहीं,'' बलवन्त व्यस्त होकर बोले, ''कष्ट कैसा, मुझे तो लौटना ही था।'' बलवन्त सोच रहे हैं कि उसने स्वयं उनके साथ आने के लिए आग्रह किया था। कैसा आग्रह था ? फिर भी अस्वाभाविक नहीं...और उसके बाद उसने कोई झिझक नहीं दिखाई, नहाने से भी नहीं चूकी...और जब उसने उन्हें कपड़े लाने के लिए कहा था तो न जाने क्यों वह संकुचित हो आए थे। इतनी रात गए नहाने की ज़रूरत कहाँ थी ?

चन्ना के गीले कपड़े देखकर उन्होंने सोचा था कि वह सकुचाएगी, लेकिन उसने वहीं बैठे-बैठे कपड़े बदल डाले थे। वह इतनी भोली नहीं लगती कि यह सब न समझे, पर उसका स्वाभाविक स्वर सुनकर यह भी विश्वास करने को जी नहीं चाहता कि वह अनुभवहीन है। उनके पिता ने उस दिन उन्हें सुझाया था कि बेटा, अगर लड़की तुम्हें पसन्द हो तो सब काम ठीक हो सकता है—रामलाल जी के कहने से मिसेज पाल ज़रूर मान जाएँगी। और फिर तो तुम जानते हो अपना, अपना ही है और पराया, पराया ही है। चन्ना बलवन्त को इतनी अच्छी नहीं लग

सकी कि पिता को फ़ौरन हाँ कह देते। उन्होंने पिछले कई सालों में अच्छी से अच्छी महिलाओं से मेल-जोल रखा है, फिर जितनी सुन्दरता परखने का उन्हें अभ्यास है, उतना शायद ही किसी को हो।

पर क्या चन्ना इतनी सुन्दर है कि अनायास उसकी ओर खिंच जाएँ? पिता के कहने पर उन्होंने मन-ही-मन सोचा था कि वह अभी लड़की को जाँचेंगे। देश-विदेश की रंगीनियाँ...पर अब तो सचमुच वह कहीं रुकना चाहते हैं।

हवा कुछ पहले से अधिक ठंडी हो गई है। चन्ना ने कम्बल ठीक से लपेट लिया है, वह आँखें मूँदे पड़ी है। बलवन्त सामने देख रहे हैं। और कार उन दोनों को लिए दौड़ी चली जा रही है। सोचा हो सकता है आज की तरह उन्हें कभी ज़िन्दगी में एक साथ चलना पड़े...एक साथ।

62

शाहजी ने एक और ज़मीन ख़रीदी थी। उसका उन्हें कैसे ख़याल हुआ, उसके लिए पैसा कहाँ से आया, कोई नहीं जानता। केवल चाची कुछ दिन चारपाई से उठ नहीं सकी। शाहजी किस बात पर तुले हुए हैं, कुछ पता नहीं, नहीं तो इतने बड़े नुक़सान के बाद आज क्या कोई शाह ज़मीन ख़रीदता फिरे? यह सब किसके लिए होगा? चाची चाहती है कि शाहजी अपने हाथों सब फ़ैसला कर जाएँ। अपने भाई-भतीजे से उन्हें मोह है ही, तो कुछ ले-देकर उन्हें अलग करें। कहने से कुछ नहीं होता, पर दम का क्या पता है? इतनी ज़मीन-जायदाद, जिसका हक़ बनता है, उसके नाम करके सुर्खरू हों। पर पिछले हफ़्ते शाहजी ने क्या सोचकर हज़ारों की ज़मीन ख़रीद ली, यह उनके सिवा कोई नहीं जानता। चाची को न जाने क्यों लगता है कि इसके पीछे बाप-बेटे की कोई चाल है, नहीं तो यह वक़्त ज़मीनें ख़रीदने का है? मुंशी से चिट्ठी बच्ची को भी डलवा दी है। शाहजी को इसका लिहाज न हो, ऐसी बात तो नहीं, पर...आगे उसकी क़िस्मत।

शाहजी आज दुपहर को हवेली से निकले। सिर पर वही पुराना साफा था, पैरों में वही तिल्ले की जूती और गले में महीन मलमल का दुपट्टा। और आज शायद चाल में भी पुरानी शान और मज़बूती लौट आई थी। घोड़े पर उसी तरह तनकर बैठे, जैसे वह सरकार के काले क़ानून से पहले बैठा करते थे। आज वह नई ज़मीनों पर जा रहे हैं। उन्होंने हारते-हारते भी जीतकर बता दिया। इलाक़े में एक बार फिर उनकी पुरानी धाक जम गई है। लोग-बाग आपस में कहते हैं—"भई, तगड़े शाहों में एक हैं, नहीं तो आज कौन-सा शाह रह गया है जो फिर एक बार उसी रंग में आ जाए।" और शाहजी तो इस परिवर्तन को अच्छी तरह देख रहे हैं। ज़मीन की

रजिस्टरी करवाने जब कचहरी गए तो डिप्टी साहब से हँसकर बोले, "डिप्टी साहब, क़ानून बन गया है, लेकिन वह वक़्त फिर वापस आएगा। इतना उलटा क़ानून रब्ब का भी नहीं। फिर इसमें भी अंग्रेज़ की चाल है, जो अन्दर ही अन्दर ज़मींदारों को कमज़ोर करके जाटों को बढ़ावा देना चाहता है।"

शाहजी असल में तो जाटों की जगह किसी दूसरे शब्द का प्रयोग करना चाहते थे, पर उन्होंने कहना उचित नहीं समझा। डिप्टी साहब सचमुच शाहजी के यह ज़मीन लेने से हैरान हो गए थे। मुस्कराकर बोले, "शाहजी, आप जैसे शाहों के लिए कोई ज़माना नहीं बदला। आपकी वही पुरानी अमीरी है।" यही, यही तो शाहजी सुनना चाहते थे। कुछ भी बदलता रहे—शाह शाह ही है। शाहजी ने घोड़ा दारे की ओर मोड़ा तो नत्थू सुनार ने पैरी-पौना किया।

"ठीक हो न नत्थू..."

नत्थू झुका "आप ही की दया शाहजी..."

पुराने तबेले के सामने चौधरी हाथ में हुक्का लिये आ रहे थे, "पैरी-पौना शाहजी...आज किधर?" शाहजी ने सुबह चौधरी को बताया था कि आज वह नई ज़मीन पर जाएँगे। पर उसे याद नहीं रहा। हँसकर बोले, "चौधरी, तुम्हें बताना न बताना एक ही बात है, सुबह की बात दुपहर को भूल गए।" शाहजी आगे बढ़े। चौधरी से उनकी मित्रता कितनी पुरानी है। वह उनके सुख-दुख में, अच्छे-बुरे में हमेशा साथ रहा है। दारे में जाटों की टोली हुक्का पी रही थी। घोड़े की टाप सुनी। शाहजी को देखकर दो जाट उठ आए, "पैरी-पौना शाहजी, ज़मीन की मुबारक़ हो। सुना है, बड़ी अव्वल नम्बर है। कई तो उसमें कुएँ हैं..." दूसरे ने हुक्का मुँह से अलग करते-करते कहा, "क्यों न हो। सरकार कुर्सी पर बैठी कुछ करती रहे, पर शाह शाह ही है जी!" शाहजी ने चलते-चलते कहा, "सब कुशल है न।" और चलते-चलते पीछे से आवाज़ आई, "भई जिगरा हो तो ऐसा...अब भी शाह में कोई फ़र्क़ नहीं, वही चाल है..."

छोटे से मकान में बना हुआ ठाकुरद्वारा आ गया। देखकर शाहजी के मन में आया कि किसी वक़्त इसे ज़रूर बनवा डालेंगे। कभी पत्नी ने उनसे कहा था, 'शाहजी, गाँव में एक अच्छा ठाकुरद्वारा या गुरुद्वारा तो होना ही चाहिए।' गाँव से बाहर निकलकर खेतों में आए तो शाहजी ने भरी-भरी दृष्टि से इधर-उधर देखा। कुछ ज़मीनें उनके हाथ से निकल गई हैं। लेकिन फिर भी यह नहीं लगता कि वह पराई हो गई हैं। उनके पास ज़मीनें बँधे में पड़ी थीं, लेकिन जो कुएँ उन्होंने उनमें ख़ुदवाए थे, वह अब भी उनके हैं। यह गाँव भी उनका है। वह यहीं पले, यहीं बड़े हुए। एक बार अपनी युवावस्था में शाहजी ने अपने पिता से शहर जाकर रहने को कहा था। वे बोले थे—"बेटा, ख़ुशहाली देखकर अपनी आँखें न बदल लेनी चाहिए। जिस ज़मीन से तुम्हें, तुम्हारे बाप-दादों को रिजक मिला था, उससे पैसा

निकालकर तुम बाहर चले जाना चाहते हो...'' इस बात का जवाब शाहजी के पास नहीं था। शहर की उन्होंने बहुत-सी बातें सुन रखी थीं, पर अपना गाँव भी उन्हें कम प्रिय न था। इसके बाद वह कई बड़े-बड़े शहर घूमकर देख आए, लेकिन अपने गाँव से उनकी तुलना उन्होंने कभी नहीं की।

शाहजी गाँव से दूर निकल आए हैं। काला नाला आनेवाला है। वह ऊँचे-नीचे टिब्बों में से होकर जा रहे हैं। उन्हें याद आया—जब वह ब्याहकर आए थे तो उनके घोड़ों के पीछे-पीछे शाहनी का डोला था। इस थोड़े-से हिस्से की ऊबड़-खाबड़ ज़मीन पर चलकर कहारों ने शहतूतों के नीचे साँस लिया था। दुलहिन के साथ आई हुई धाय उनसे आकर हँसी-हँसी में बोली थी, ''दूल्हे राजा, मेरी लाडो तो सीधी-सादी नरम राहों के लायक है। उसको ससुराल जाने में इतने हिचकोले लगेंगे, यह तो तुम्हारे यहाँ के नाई-पुरोहित किसी ने भी नहीं बताया।'' शाहजी के चेहरे पर गर्व-भरी मुस्कान बिखर गई थी। अपने मित्रों की ओर देखकर ज़रा ऊँचे स्वर में बोले थे कि दुलहिन के कानों तक भी पहुँच जाए—''अम्मा, तुम मानो न मानो, यही रास्ते अच्छे लगेंगे एक दिन।''

यह क्या...शाहजी को चक्कर आया—जैसे किन्हीं मज़बूत बाँहों ने उन्हें जकड़ लिया हो। घोड़ा किस तरह रुका, वह कुछ नहीं जान पाए। एक बार सब-कुछ घूम गया—गाँव, ज़मीनें, शाहनी और बस...उनके मुँह पर कपड़ा बँध गया। साँस रुका और दो सख़्त प्रहारों ने उन्हें ज़मीन पर सुला दिया। पास सिर झुकाए शहतूत खड़ा था। दो आकृतियाँ शाहजी को वहीं छोड़ कहीं खेतों में विलीन हो गई थीं...घोड़ा हिनहिनाया। मूक आँखों से एक बार अपने सवार की ओर देखा और मुड़कर गाँव की ओर भाग चला। यह वही रास्ते हैं...वही रास्ते हैं...ज़माने से वही हैं, पर आज कहाँ हैं शाहजी और शाहनी...

63

चन्ना गाड़ी से उतरी। आगे भागा खड़ा था—''बच्ची, शाहजी...'' चन्ना ने आगे नहीं बढ़ने दिया, ''घोड़ा साथ है?''

''हाँ बच्ची,'' भागे की आवाज़ कठिनाई से निकल रही थी। वह चाह रहा है कि खड़े-खड़े ही बच्ची को सब हाल बता दे, लेकिन चन्ना ने कुछ पूछा नहीं। आज सुबह उसे तार मिला था—कि शाहजी पूरे हो गए। उसी समय चल पड़ी। गाँव से मिली पहली चिट्ठी पढ़कर उसे लगा कि अब नाना सँभल जाएँगे—अगर उन्होंने ज़मीन ख़रीदी है तो वह सचमुच सँभल गए हैं। रुपयों-पैसों और अपनी पुरानी आन का मोह उन्हें ज़रूर बाँधे रखेगा।

भागा कुछ कह नहीं पा रहा। चन्ना का घोड़ा उससे बराबर आगे जा रहा है। पर गाँव पहुँचने के पहले उसे बताना तो चाहिए ही बच्ची को...कई जाट लोग इसी रास्ते से गाँव की ओर जा रहे हैं। जोहड़ के पास औरतों की टोली आगे बढ़ रही है—चन्ना पास से होकर निकली तो किसी को पहचान नहीं सकी। भागे ने पीछे से आते-आते सुना—''यही थी शाह की धेवती—अँधेर हो गया, न सिर पर कपड़ा, न आँखों में आँसू...''

गाँव पहुँचते ही चन्ना ने जान लिया कि आज गाँव-भर हवेली पर जुट गया होगा। घरों के बाहर औरत-मर्द नहीं...हवेली के दरवाज़े तक घोड़ा नहीं जा सका। दूर तक राह भरी पड़ी है। चन्ना घोड़े से उतरी। अपने आप हाथ दुपट्टे पर चला गया। सिर ढँका और आगे बढ़ती चली गई। अन्दर से औरतों के हाहाकार की आवाज़ आ रही है। चन्ना ने ड्योढ़ी के अन्दर पाँव रखा तो एक साथ पछाड़ खाने की कई आवाज़ें आईं, जिनमें सबसे ऊँची आवाज़ शायद नाना के भाई कृपाराम की थी।

''हाय-ओ, मेरी तो बाँह टूट गई!'' अन्दर से किसी औरत का लम्बा स्वर आया, ''आज राजा मालिक आँखें बन्द किए क्यों सो रहा है? अब राजे से कौन कहे कि आँखें खोलो—देखो तुम्हारी उस बेटी की बेटी आई है, जिसके हाथों का चूड़ा भी अभी न उतरा था, जिसके रँगीले चर्खे पर अभी इने-गिने तार निकले थे...जिसकी पीढ़ी के आगे अभी पूनियों का ढेर पड़ा था...वह जवानी की भरी रात में मर गई। हाय-हाय, वह शाहनी की लाडो...हाय-हाय हाय...वह शाहजी की लड़कों-सी लड़की...ओ घोड़े के बाँके सवार...अब कौन घोड़े पर चढ़कर इन राहों से निकलेगा... हाय-हाय...घोड़ा सवार छोड़ आया...घोड़ा सवार छोड़ आया, हाय-हाय...''

चन्ना ने उड़ती-उड़ती निगाहों से देखा—अनगिनत लोगों में से चौधरी का आँसुओं से भरा चेहरा दीख पड़ा और उनके साथ ही थानेदार—निक्के ख़ाँ, नाना के पुराने मित्र बूटा सिंह, नहरों वाले रहम ख़ाँ और उनके पास ही चद्दर से ढके—नाना-नाना...नहीं-नहीं, नाना नहीं...उस तरफ़ जाने के लिए रास्ता किया जा रहा है। चौधरी ने कपड़ा उठाया—चन्ना देखने से पहले ही रो पड़ी। वही गोरा रंग, वही लम्बी देह। शाहजी का हाथ पकड़कर सिसककर रो दी—नाना एक बार, मेरे सिर पर प्यार...चौधरी कुछ कहना चाहते हुए भी नहीं कह पाए। निक्के ख़ाँ बोले, ''बच्ची, हौसला करो...''

और जब चन्ना उठी तो सचमुच जैसे उसे धीरज हो गया। कृपाराम गला और नाक साफ़ करते-करते बोले, ''बच्ची, सिर्फ़ तुम्हारे लिए रुके हुए थे।'' चन्ना समझी। उठती हुई हिचकी को दबाकर बोली, ''छोटे नाना, सब कुछ ऐसा करवाओ जैसा कभी हुआ न हो...'' यह आवाज़ चन्ना की नहीं, शाहजी की थी, यह अधिकार

और शोषण की अन्तिम बुझती हुई अभिलाषा थी। पीढ़ियों के लेन-देन के बाद बने हुए धनी-मानी परिवार की परम्परा पर आज शाहजी की मृत्यु के साथ हमेशा के लिए विराम आ गया।

चन्ना अन्दर गई। औरतों की भीड़ ने ऊँचे चीत्कार से घर गुँजा दिया—"अरी लाडो, आज तुम किसके पास आई—घर में घर का राजा नहीं।" दूसरा ऊँचा स्वर—"राजा उमर भोग के गया पर पीछे इस ऊँची हवेली में अब दीया कौन जलाएगा, ओ राजा, आज तुम पुत्र-पोतों वाले होते तो तुम्हें बाजे-गाजे के साथ छोड़ आते रामजी के घर...जहाँ सबको जाना है—हाय-हाय, राजा स्वर्गों को चला गया।"

ग्रामीण स्त्रियों के यह शब्द चन्ना को निरर्थक नहीं लगे। वह ख़ूब रोए जा रही है। आज वह सचमुच रोना चाहती है। हवेली में शाहजी के मृत शरीर को नहला-धुला दिया गया। बूटासिंह जब पानी डाल रहे थे तो एकाएक हाथ रुक गया। शाहजी की छाती पर जैसे उन्हें काले-काले दाग़ नज़र आए। उन्होंने प्रश्नात्मक दृष्टि से कृपाराम की ओर देखा और उनके देखते ही कृपाराम ने ज़मीन पर सिर पटककर कहा—"ओ मेरे भाई की यह राजाओं-सी देह, मेरी अभागी आँखों को यह सब देखना था।" और दहाड़ मारकर ज़ोर से रो पड़े।

बूटा सिंह समझे कि नहीं...घोड़े से गिरे से छाती पर निशान पड़ते हैं। उन टिब्बों पर से गिरकर कई लोग मर चुके हैं, पर शाह जैसा सधा सवार...

एकाएक उन्होंने सब कुछ साफ़-साफ़ देख लिया। थानेदार दूर नहीं...पर बूटा सिंह उठते-उठते रुक गए। उनकी अनुभवी आँखों ने देखा—शाहजी की साफ़-सुथरी देह...डॉक्टरी चीर-फाड़ में...और फिर शाह का मरना।

एक रात से लाश पड़ी है, किसी ने देखा नहीं? शाह का लड़का होता तो यह काले दाग़ किसी को मरकर भी काले पानी पहुँचा देते। आज कौन है इनका बदला लेनेवाला? वह कहें—सबूत मिलेगा, लेकिन शाहजी की मिट्टी ख़राब हो जाएगी... बूटासिंह ने भयभीत-से हाथों से नहलाया और कृपाराम से कठोर स्वर में बोले, "ज़रा चौधरी को आवाज़ दें..."

कृपाराम काँपे। लड़खड़ाते क़दमों से उठकर चौधरी को बुलाया तो साथ-साथ थानेदार निक्के ख़ाँ अन्दर आ गए। बूटासिंह समझ नहीं सके, क्या करें, किस तरह कहें, उनकी जबान हिलते ही क्या से क्या हो जाएगा? अर्थी तैयार पड़ी है, शाहजी को नहला दिया गया है—शाहजी का बदन उघाड़ दें...अकेले चौधरी होते तो पहले उनसे बात तो कर पाते...

बूटासिंह विमूढ़-से हो गए। चौधरी ने उनसे कुछ पूछा नहीं और कृपाराम से बोले, "बच्ची को इधर लाओ...और कितनी देर करोगे..." कहते-कहते चौधरी की आँखों से और आँसू बह आए।

बच्ची आई, साथ रोती-पीटती चाची। बूटासिंह के सोचने-सोचने में ही शाहजी का शरीर अर्थी पर रख दिया गया और स्वयं बूटासिंह ने हाथ दिया। क्या पता उनकी आँखों का भ्रम हो? कहीं ख़ून का दाग़ नहीं, रगड़ नहीं। वाह गुरु की—वाह गुरु ही जाने। शाहजी की अर्थी उठ गई। अपनों ने कन्धा दिया और ड्योढ़ी के दरवाज़े से बाहर निकल आए। अब फिर कभी इस द्वार से शाहजी अन्दर नहीं आएँगे। इतना ही सम्बन्ध था। अपने-पराए हो रहे हैं। उनके असामी सिर नीचे डाले साथ-साथ चल रहे हैं। कौन है जो इस समय कहता हो कि शाह ने किसानों से सूद ले-लेकर घर भरा था। शाह ने उमर-भर लोगों की मदद की, ख़ुशी-ग़मी में, अच्छी-बुरी में, सबका परदा रखा और आज वही शाह अपने गाँव में से, अपनी ज़मीनों में से आख़िरी बार अपने मित्रों के कन्धों पर चढ़ा जा रहा है। खेतों को चूमती हुई हवा हमेशा की तरह आज भी चल रही है। लेकिन उसमें साँस लेने का आज शाहजी का लम्बा दम बाक़ी नहीं रह गया। शाह का दम शाह के साथ चला गया। न कोई लड़का न लड़की, मगर फिर भी कोई देखे—शाह के ऊपर पड़ा हुआ दुशाला देखे, जिसका एक-एक तार शाह के अपने हाथों बनाई हुई माया की चमक की याद दिला रहा है। पर यह माया किसके साथ गई है? शाह ने लम्बी उमर भोगी, सब राग-रंग देखे, पैसे से मनमाने खेल किए, पर क़िस्मत उन्हें धोखा दे गई। ज़िन्दगी-भर उनके साथ परायों ने लहरें-बहरें कीं और आज उनके चले जाने के बाद उनके घर से उनके कुल का निशान हमेशा के लिए उठ गया। उनके बाप-दादों से बहते हुए रक्त का स्रोत सदा के लिए सूख गया। इतना धन-मान रब्ब सबको दे—पर ऐसा पीछा, भगवान किसी दुश्मन को भी न दे...इतनी दौलत आज किस काम आई? सब रब्ब के रंग हैं। किसी का बस नहीं, जो उसकी लिखी मिटा सके...

64

श्यामा ने शाहजी के मरने की ख़बर सुनी तो गाँव के लिए चल पड़ी। नन्दू के साथ दरिया के रास्ते गई। किनारे बेड़ी लगी थी। अल्लाह रक्खे का भतीजा साँई कई दिनों से सुबह-सुबह किश्ती पार ले जाता है। शाहजी के यहाँ खलकतें आ रही हैं अफ़सोस करने। श्यामा बैठी तो बोला, ''बड़ा जुल्म हुआ है बहन, इतनी जायदाद का मालिक। शाह के कोई लड़का-लड़की नहीं। एक लड़की थी वही न रही। एक धेवती है तो पढ़ी-लिखी, पर शाह के भाई-भतीजे का कुछ पता नहीं।'' श्यामा को शीला की याद हो आई। मन में आया कि चन्ना को शाहजी के भाई-भतीजों से क्या लेना-देना है?

श्याना घर पहुँची तो दुपहर ढल चुकी थी। उसे यह गाँव, गाँव की कच्ची राह, सब बड़ी अजीब लग रही है। आज से पहले उसने कभी यह सब नहीं देखा। ड्योढ़ी में औरतें ही औरतें थीं। दहलीज पार की तो चाची उठकर पास आ गई। आँखों पर विश्वास नहीं आया। क्या यह सचमुच वही श्यामा है? पीठ पर हाथ रखकर बोली, "आओ बेटी, तुम्हें भी यह दिन देखना था। शाहजी का वक़्त था पर मेरे जमाई राज..." श्यामा रो पड़ी। श्यामा चाची के साथ नीचे बैठी। औरतें विस्मय से देख रही हैं। आवाज़ें आईं—"रोना-धोना नहीं तो गले लगने में क्या है चाची!" पर चाची उलटी पड़ी—"बच्ची मना करती है तो भी तुम्हें चैन नहीं आता।"

"चाची, यह तो नया ही क़ानून है, कभी बिना रोने-पीटने के मौत सुनी है?"

चाची चूकी नहीं, "नहीं देखी-सुनी तो अब देख लो। मेरी बच्ची मना करे और तुम मानो न।" यों तो बिना रोने-पीटने के चाची को भी मौत फीकी-फीकी लगती थी, पर उस दिन जब शाहजी का संस्कार कर घर सब वापस लौटे तो चन्ना ने कहा, "चाची, रोना-धोना अब हो चुका। रोने-पीटने से अब नाना वापस नहीं लौटेंगे। रोना होगा तो एक पल भी यहाँ रुकूँगी नहीं।" चाची इस वक़्त लड़की को कैसे समझाए? फिर दुनिया को क्या जवाब दे? कोई कहेगा, चार दिन शाह को ठीक तरह रोई भी नहीं। पर चाची ने क्षण-भर सोचा—और औरतों से बोली, "यहाँ बैठकर शाहजी को कोई न रोए, उनका दीया-बत्ती नहीं हुआ, तो बाहर दिन पूजा होती रहेगी। जिसका सचमुच मन माने, वह उनके लिए पोथी-पाठ करे।"

चाची की कड़ी आलोचना हुई। पर वह टस से मस नहीं हुई। विलाप करने और छाती पीटने से क्या बनेगा?

शाम हुई, औरतें उठ गईं। चाची महरी श्यामा को लिए ऊपर आई। बच्ची बड़ी बैठक में सोई पड़ी थी। चाची ने बताया, "बेटी चन्नो का जी ठीक नहीं। कई दिनों से ताप आता है। तुम कुछ खा-पी लो तो घड़ी-भर उसके पास बैठना। बेटी, अन्दर ही अन्दर पता नहीं उसे कितना दुख है। उस दिन से चारपाई से उठी नहीं।"

श्यामा ने आज अपनी आँखों से देखा कि उस अपने घर से अलग भी चन्ना है। थोड़ा-बहुत खाकर जब वह चन्ना के पास पहुँची तो बैठक के आलों पर दीये जल रहे थे। चन्ना सोई पड़ी थी और सईदा बीबी पलंग के पास नीचे सिर झुकाए बैठी थी। वह शायद अभी-अभी रो चुकी थी। सईदा बीबी उठकर कुछ कहने को हुई तो चाची ने हाथ से बाहर आने का संकेत किया। धीमी आवाज़ में श्यामा से बोली—"बेटी, तुम बैठो, बच्ची अभी उठ जाएगी।" और सईदा बीबी को हाथ पकड़कर बाहर ले गई। कई दिन हो गए हैं, सईदा बीबी ने कुछ खाया नहीं। अब इनको कौन देखेगा? दिन-भर औरतें नहीं छोड़तीं। सईदा बीबी को खिलाते-खिलाते चाची बोली, "सईदा बीबी, बेचारी बम्बईवाली तो पहचानी नहीं जाती।

कुछ खा-पी लो सईदा बीबी, फिर केसरो को कहना, मर्दों को रोटी भिजवा दें'' सचमुच बम्बईवाली की वह पहली शक्ल ही नहीं रह गई।

अन्दर श्यामा बच्ची के पलंग पर एक ओर बैठी है। उसने हाथ लगाकर देखा, बदन गर्म था। उसकी नींद बेहोशी-सी लग रही है। श्यामा ने जगाना उचित नहीं समझा। वह बैठी-बैठी सोच रही है, क्या यही शाहजी का घर है, जहाँ आकर शीला वापस नहीं लौटी। उसे लग रहा है, जैसे यह अभी उस दिन की बात हो। कमरे में रोशनी नहीं, धीमी-धीमी दीये की लौ है। खिड़कियों पर परदे नहीं, फिर भी यह खुला हवादार कमरा बुरा नहीं लग रहा। नीचे फ़र्श पर पहाड़ी चाँदनी है।

चन्ना ने करवट ली और पुकारा—''सईदा बीबी!'' श्यामा ने आज पहली बार सुना, चन्ना की पुकार में कितनी व्यथा, कितना गीलापन था। उठकर सिरहाने आकर बैठी और माथे पर हाथ रखकर धीरे-से बोली, ''चन्नाऽऽ।''

चन्ना माँ के स्पर्श को नहीं तो आवाज़ को तो पहचानती है, लेकिन चन्ना ने आँखें नहीं खोलीं। श्यामा को हल्के प्रकाश में चन्ना का रंग एकदम पीला लगा। प्यार से फिर बुलाया—''चन्ना!''

चन्ना ने आँखें नहीं खोलीं, पर श्यामा का हाथ जब मस्तक से होता हुआ आँखों पर आया तो आँसुओं से भीग गया। चुपचाप मौन पड़ी रोती रही। श्यामा ने अपने दुख में बेटी के दुख को पहचाना। अपनी माँ नहीं, पिता नहीं, नाना-नानी नहीं, कोई भाई-बहन नहीं...श्यामा चाहती है कि किसी तरह लड़की को दिलासा दे। पर वह कहे क्या? केसरो दबे पाँव आकर साथवाले पलंग पर श्यामा का बिस्तर लगा गई। घर में से आवाज़ आनी बन्द, बिलकुल बन्द हो गई है। नीचे बड़े-बड़े लकड़ी के दरवाज़े भारी-भरकम शोर करके बन्द हो गए हैं। चन्ना उसी तरह पड़ी है। श्यामा उसके पास अधलेटी-सी बैठी है। हाथ में लालटेन लिए दासी अन्दर आई और खिड़की में दूध रख गई। दुबारा उसके हाथ में फलों की तश्तरी थी। लालटेन की लौ धीमी करके बोली, ''बहन, इस ओर आ जाओ, पैर दबा दूँ। ज़रा बदन सीधा हो जाएगा।''

श्यामा चन्ना के पास से उठना नहीं चाहती, पर उसका अंग-अंग टूट रहा है। दूसरे पलंग पर आकर लेटी तो सतकौर देर तक उसके हाथ-पाँव दबाती रही। आँख लगी थी, पर चन्ना के स्पर्श से जाग गई। तपता हुआ हाथ माँ के हाथ पर रखकर चन्ना ने हौले से कहा, ''माँ, इधर आओ मेरे पास।''

श्यामा को पति की याद हो आई। उठकर चन्ना के पास आई और हाथ से माथा सहलाने लगी। चन्ना ने सिरहाने से सिर उठाकर माँ की गोदी में डाल दिया और रोते-रोते बोली—''माँ, पल-भर भी नाना मेरी आँखों से नहीं उतरते।'' श्यामा क्या कहे? चन्ना को अपने साथ लगाकर रात-भर लेटी रही। चन्ना रोती है इस बड़े घर के लिए जो हमेशा के लिए ख़ाली हो गया है। जिस तार से उसका समूचा स्नेह,

ममता बँधी थी, वह आज छिन्न-भिन्न हो गया है। उसका जन्म इस घर में हुआ, वह पली यहाँ, उसने दुनिया की पहचान इस आँगन से आरम्भ की, हवेली की ऊँची-ऊँची बैठकों से लेकर गाय-भैंसों के बच्चे, छप्पर तक से मोह करना सीखा। फिर भी, फिर भी वह इस घर की लड़की नहीं। वह यहाँ आज कुछ नहीं रह गई।

नाना का संस्कार करके लौटने पर औरतें उसे घेरकर बैठ गईं थीं। "बच्ची कुछ मुँह लगाओ, गला गीला कर लो।" रो-रोकर चाची महरी बार-बार कह रही थी—जात-बिरादरी भूखी बैठी है। खाना कैसे खुलेगा? पर बार-बार हवेली की ओर देखकर चन्ना को लगा, उसका अधिकार अब यहाँ से उठ गया। जिस माँ की वह बेटी थी, वह यहाँ नहीं। जिस नानी से उसे लाड़ मिला था, वह नहीं, जिस नाना की वह धेवती थी, वह भी... फिर इस घर में वह किसकी कुछ लगती है? जिस घर में उसका अपना कोई नहीं रह गया, उस घर को वह कहेगी कि घर मेरा है? नहीं-नहीं... उसका यहाँ कुछ नहीं। जो कुछ था, जिसका भी था, वह सब नाना के साथ चला गया। लोग-बाग सहानुभूति से कहते हैं, "शाहजी के यहाँ कोई दीया जलानेवाला भी नहीं..." फिर वह क्या है? इस घर की क्या है? वह कुछ नहीं...कुछ नहीं।

65

श्यामा चन्ना को साथ लेकर लौट गई है। बच्ची का ताप नहीं उतरा, इसलिए चाची ज़ोर नहीं दे सकी। सईदा बीबी साथ जाना चाहते हुए भी नहीं गई। उसने जब बच्ची से पूछा तो चन्ना आँसुओं को कठिनाई से रोककर बोली, "नहीं सईदा बीबी, चाची के पास कौन रहेगा?" सईदा बीबी कुछ कह नहीं सकी। दुपट्टे से आँखें पोंछती हुई पास से उठ गई। क्रिया के चार दिन पहले चन्ना उठकर गर्म शाल ओढ़े आँगन में आई तो चाची से बोली, "चाची, ज़रा छोटे नाना को बुलाओ।" बुलाने पर कृपाराम की जगह जब भागा पहुँचा तो चाची को खटका हुआ, बच्ची को पीढ़ी देकर बोली, "बैठो बच्ची, मामू से बात कर लो।"

भागे को चाची ने आज पहली बार चन्ना का मामू करके माना। क्या करे अब? इस कर्मवाले को ही रहना है यहाँ पर।

बरामदे में एक ओर नमदे पर बिछी चद्दर पर श्यामा बैठी है।

"मामू, छोटे नाना के साथ पुरोहित जी को ज़रा ऊपर लिवा लाओ। क्रिया के लिए जो-जो कुछ करना-कराना है, चाची से सलाह कर लें..."

चाची अपना नाम सुनकर ज़रा इधर-उधर हो गई। श्यामा ने बेटी की बात करने के ढंग से जाना कि सचमुच वह इस घर की ही मालकिन लगती है। भागा चन्ना की बात सुनकर चुपचाप नीचे उतर गया। शाहजी के मरने के बाद न जाने वह बदल गया

लगता है। चाची भी कुछ समझ नहीं पाती। चन्ना ने चाची को बुलाकर कहा, ''चाची, छोटे नाना आते हैं तो सलाह कर लेना।''

श्यामा ने सुनकर सोचा कि चन्ना अपनी उम्र से बड़ी बात करती है। कृपाराम पुरोहित जी के साथ ऊपर आए तो चन्ना पास खड़ी केसरो से बोली, ''छोटे नाना के लिए यहाँ चारपाई डाल दो।'' प्रकट था कि बातचीत कुछ लम्बी होगी। कृपाराम और पुरोहित जी के बैठने पर चाची ने ज़रा दुपट्टा नीचा करके पास खड़े दास-दासियों को हट जाने का संकेत किया और चन्ना के पास पाटिये पर बैठते-बैठते बोली, ''पुरोहित जी, शाहजी के घर का चलन तो आप जानते ही हैं। शाहजी उम्र भोगकर गए हैं। उनका बूढ़ा होना चाहिए था पर उनका बूढ़ा...'' चाची कहने लगी थी कि उसका बूढ़ा क्या होगा, जिसके पीछे कोई बाल-बच्चा नहीं, पर कृपाराम को देखकर रुक गई। पुरोहित जी जानते हैं कि चाची क्यों रुकी? पर लाख मुकदमेबाजी रही हो, भाई भाई ही है। चाची की आशा के प्रतिकूल कृपाराम के माथे पर कोई तेवर नहीं चढ़े। कुछ विनीत स्वर में बोले, ''चाची, मुझे तो भाई की मौत ने सुध नहीं रहने दी, जैसा तुम कहो...''

चाची को अपने कानों पर विश्वास नहीं आया और श्यामा आश्चर्य से सुनती रह गई। जिस चाची को उसने दासी-सा समझा था, वह इतने बड़े घर की कर्ताधर्ता है! चाची पुरोहित जी से बोली, ''कल तक शायद गुसाईं जी हरद्वार से लौट आएँगे, जैसा कहेंगे, कर लेना। पर बूढ़ा करने के लिए मेरी तो समझ में बैठता नहीं।''

दीया-बत्ती न होने के कारण शाहजी के फूल कुल-गुरु गुसाईं जी ही डालने गए हैं। ऐसी कोई रीति नहीं, पर पता नहीं क्यों, चाची ने अकेले में गुसाईं जी को क्या समझाया-बुझाया और जब उन्होंने यह प्रस्ताव कृपाराम के सामने रखा तो वह दबे स्वर में बोले, ''गुसाईं जी, जो आप ठीक समझें।''

गुसाईं जी को हैरानी हुई। कृपाराम यह नहीं जानते? वह सब कुछ जानते हैं। जहाँ चाची भागे को या कृपाराम को इसलिए हरिद्वार नहीं भेजना चाहती कि कल को कोई ज़मीन-जायदाद का झगड़ा हो तो यह कहे—''शाहजी का मरना मैंने किया...''

कृपाराम इन दिनों क्षण-भर भी इस घर से दूर नहीं जाना चाहते। कुछ पता नहीं—कोई क्या बात निकाल दे? बूटासिंह का खटका उन्हें आज भी बना हुआ है। फिर इस बुढ़िया का भी ऐतबार नहीं, चाबी-ताला इनके पास है। कुछ इधर-उधर कर दें। उनके ओझल होते ही कुछ का कुछ हो जाए। उन्हें मन में विश्वास नहीं होता कि शाहजी अब नहीं हैं और वह और उनका बेटा यहाँ के मालिक हैं।

कुछ देर कोई कुछ नहीं बोला। चन्ना पता नहीं क्यों माँ की ओर देखती रही। फिर बोली, ''चाची, इसमें समझ न आनेवाली बात क्या है? नाना का लड़का नहीं तो उनका सब कुछ छोटे नाना करें...क्यों छोटे नाना...''

कृपाराम की आँखें फैल गईं। यही...यही तो वह सुनना चाहते हैं। ''बच्ची, मैं किस लायक हूँ। बाक़ी जैसे तुम कहो।'' चन्ना की समझ में नहीं आया कि छोटे नाना का ढंग क्यों बदल गया है। ''पुरोहित जी, आपको दान-पुण्य के लिए जो कुछ चाहिए, आदमी भेजकर शहर से मँगवा लीजिए। और...'' चन्ना रुकी, जैसे शब्दों को ऊपर आने के लिए कठिनाई हो रही है, ''और...छोटे नाना...'' चन्ना की आवाज़ कुछ-कुछ भारी थी, ''हलवाई को बुला लो, नाना का मरना ऐसा करो...''

चाची का ठोड़ी पर रखा हाथ नीचे लटक आया। कृपाराम को कुछ कहना नहीं सूझा। पुरोहित जी विस्मय से लड़की के मुँह की ओर देखते रहे। श्यामा बैठी-बैठी सोच रही है कि चन्ना अगर लड़की न होकर लड़का होती!

दूसरे दिन सुबह लिपाई-पुताई के बाद घर में कढ़ाई चढ़ गई। इतना मीठा बनेगा कि आसपास का कोई गाँव बाक़ी न रहेगा। दान के लिए कपड़ों का ढेर लग गया है। गाँव की कोई विधवा नहीं, जिसे रुपए न मिलेंगे। शाहजी के नाम में गायें-बछियाँ दी जाएँगी। गेहूँ, गुड़ और चावल बँटेंगे। दूसरे गाँवों में ब्याही गाँव की लड़कियों और उनके सास-ससुर को रुपए और मीठा जाएगा।

चाची दाँतों तले जबान दबाती है। बच्ची को यह सब कब का पता है। मुनीम जी भी कुछ कह नहीं पाते। चन्ना जो-जो बताती है, रुक-रुककर लिखते जाते हैं। और कृपाराम का जिया कि सब कुछ देखते जा रहे हैं। इतना रुपया लगा देगी यह लड़की? रजाइयाँ, दुलाइयाँ, खेस, चारपाइयाँ, बरतन पीतल और चाँदी के। अगर ऐसा बूढ़ा करना था तो...उन्हें पता है, कौन सलाहकार है उसका। वही बुढ़िया...नहीं तो शहर में रहनेवाली लड़की यह सब क्या जाने? पर कृपाराम और भागा कुछ नहीं कर सके। केवल देखते-भर रहे। उनका ख़याल था, शाहजी के आँख मींचते ही लड़की को काबू में कर लेंगे।

चन्ना चुप है। सब कुछ हो रहा है—वह इन बातों को ठीक-ठीक समझती है। वह स्वयं नहीं जानती। उसने कभी यह लेना-देना, दान-पुण्य अपने सामने देखा नहीं। फिर कैसे वह जान गई है। श्यामा देख रही है कि इतने साल शहर में रहने पर भी चन्ना गाँव की एक भी रीति-रस्म-रिवाज भूली नहीं। यहाँ, इस घर में वह उसे अपनी लड़की नहीं लगती।

क्रिया का दिन आ गया। पूजा-पाठ हो चुका। गुसाईं जी की निगरानी में पंडित जी जो पढ़ रहे हैं, वह चन्ना नहीं समझती। नाना की याद में दान-पुण्य में अनाज, गुड़ और गायें क्यों दी जा रही हैं, यह भी नहीं समझती। पर न समझते हुए भी इन सबका आयोजन उसने किया है।

वह कुछ न समझ पाए, फिर भी यह तो वह जानती है कि जो कुछ भी किया जा रहा है, जो कुछ भी हो रहा है—वह हमेशा से होता आया है। फिर कुल की पुरानी चाल से कुल के स्वामी को क्यों वंचित किया जाए? शाहजी स्वर्ग में पहुँचे हैं या

नहीं, वह नहीं जानती पर वह जहाँ भी गए हों...उनके जाने में बाधा नहीं। उनका पथ-प्रशस्त हो, उनकी आत्मा तृष्णा में न भटके, उनका जीव बिना दान-पुण्य के अपनी माया के आसपास न फिरे...ऐसा ही तो गुसाईं जी कर रहे हैं...

66

उस दिन रामलाल जी आए और देर तक भाभी से बातें करते रहे। बलवन्त के पिता योगराज का प्रस्ताव जब अनायास उन्हें मिला तो एकाएक विश्वास नहीं हुआ। चन्ना और बलवन्त एक दूसरे को जानते हैं, यह उन्हें पता है। पर इस बात के लिए वह इतनी जल्दी तैयार नहीं थे। सोचा—चन्ना की ओर से उत्साह न मिलने पर बलवन्त अपने पिता से न कह पाते। आकर जब भाभी से बात की तो श्यामा को विस्मय नहीं हुआ। वह जैसे पहले इसके लिए तैयार थी। उस रात चन्ना का बलवन्त के साथ आना भूली नहीं।

"भाभी, लड़की छोटी नहीं, फिर किसी-न-किसी दिन तो तुम्हें उसे ब्याहना ही है। लड़का देश-विदेश घूमा है। योगराज भी धनी आदमी है।"

श्यामा ने सोचपूर्ण मुद्रा में सिर हिलाया, "चन्ना से पूछ देखिए..."

रामलालजी ऊपर गए तो चन्ना लेटी कोई किताब पढ़ रही थी, "कहो बेटी, क्या पढ़ रही हो। कोई समय नहीं जब तुम्हारे हाथ में किताब न हो!" चन्ना ने किताब बन्द करके मेज़ पर रख दी और हँसते-हँसते बोली, "लीजिए अब आपसे बातें करूँगी।"

चाचाजी ने अपना अनुभव बरता। बहाने से बोले, "बेटी, तुम्हें और बलवन्त को मैं हमेशा हाथ में किताब लिए ही देखता हूँ।"

चन्ना को इस बात में कोई सार नहीं दीख पड़ा।

"चाचा जी, बलवन्त किताबें पढ़ते होंगे, विश्वास नहीं आता। आप शायद किसी कारणवश उनकी तरफ़दारी कर रहे हैं।" और हँस दी। रामलाल जी यह कब माननेवाले थे। फिर वह तो आज चन्ना का मन लेने आए हैं, "तरफ़दारी मैं क्यों करूँगा बेटी, सचमुच किताबों से उसे प्यार है।"

चन्ना हँसती-हँसती बोली, "मैं जानती हूँ चाचाजी, उन्हें क्या चीज़ पसन्द होगी। उन्हें अपने बिजनेस में दिलचस्पी है और क्लब में, किताबों की बात आपसे किसने कह दी ?" रामलाल न जाने क्यों लड़की के सामने झेंपे। चन्ना उन्हें बना तो नहीं रही। बोले, "अच्छा तो है बेटी, वह सचमुच अपने काम में कुशल हैं। बर्मा तक उसका कारोबार फैला है और अकेले ही वह पिता का हाथ बँटाता है। कई साल विदेश रहकर आया है, ख़ानदानी लोग हैं बेटी..." रामलाल ने आवाज़ को गम्भीर किया। क्यों न

वह सीधा ही पूछ लें ? लड़की अनजान तो नहीं ? "चन्ना बेटी, अब धर्मपाल जी तो नहीं हैं, आज योगराज जी ने तुम्हारे और बलवन्त के रिश्ते के लिए कहलवा भेजा था।"

रामलाल ज़रा रुके—क्या चन्ना शरमाएगी ? मगर शरमाएगी क्यों ? किताब को दुबारा उठाते हुए संकोचहीन स्वर में बोली, "चाचाजी, कहलवा भेजने में उनका क्या तात्पर्य है, मैं तो नहीं समझती। हाँ, बलवन्त से मेरी इतनी निकटता नहीं कि उनसे यह पूछ सकूँ..."

रामलाल ठीक-ठीक इसका अर्थ नहीं समझे। बोले, "बेटी, क्या बिना किसी बात के बलवन्त पिता से कहते ?"

"सो तो मैं नहीं जानती, चाचाजी, पिता से कहने से पहले वह शायद मुझसे कहते।" रामलाल ने बात आगे बढ़ानी उचित नहीं समझी। विषय-परिवर्तन करके बोले, "बेटी, अब जी तो अच्छा रहता है ?"

"हाँ चाचाजी, हो सका तो कल आपके यहाँ आऊँगी।" रामलाल उठते-उठते बोले, "चलता हूँ बेटी, नीचे भाभी के पास आया तो सोचा—तुम्हें भी देख आऊँ..."

रामलाल के आने में नयापन नहीं। उनके चले जाने के बाद चन्ना ने दुबारा किताब खोली। किताब के अक्षर तो उसे नहीं दिख रहे। अन्तर से उठकर अधरों पर मुस्कान फैल गई। वह मुस्कान रूप के गर्व की मुस्कान थी जो चुपके-चुपके उसे याद दिला रही थी कि यहीं तो नारी नारी होकर जीत जाती है। चन्ना ने इस विजय में से बलवन्त को देखा—वह आज भी उससे इतनी दूर थे कि यह सब सुन लेने पर भी चन्ना को अपने माधुर्य से हिला नहीं सके।

रात को चन्ना माँ के पास बैठी तो श्यामा ने सोचा—'आज बलवन्त के चेहरे ने चन्ना को विभोर कर दिया होगा। यहाँ बैठी है, लेकिन वह कहीं और है।' रामलाल जाते-जाते उससे कह गए थे—"भाभी, चन्ना से पूछ लेना, मुझसे वह क्या कहती ?" एक दिन श्यामा ने स्वतंत्र रूप से अपने आप धर्मपाल जी से बात कर ली थी, लेकिन आज लड़की के विषय में, मुख्यतः अपने को उत्तरदायी समझती है। फिर भी पूछेगी तो। श्यामा ने जगदीश के बच्चे की जर्सी बुनते-बुनते कहा, "चन्ना, आज रामलाल जी कुछ कहते होंगे।"

"हाँ माँ..." चन्ना ध्यान से जर्सी का नमूना देख रही है।

"तो फिर क्या निश्चय किया, चन्ना, उनसे कुछ कहने के पहले तुमसे पूछना भी तो ज़रूरी है।"

चन्ना ने मन में सोचा—माँ 'भी' के स्थान पर 'ही' का प्रयोग करती तो कुछ अर्थ निकलता। प्रत्यक्ष बोली, "माँ, कोई ऐसी बात नहीं, तुम पूछोगी क्या ? बलवन्त के लिए ऐसा कभी कुछ सोचा नहीं..."

श्यामा ने सन्दिग्ध दृष्टि से चन्ना की ओर देखा। क्या वह सच कह रही है ? फिर उसके व्यवहार का खुलापन सामने आया। हाथ की सिलाई नीचे रख दी और

कुछ सोचकर बोली, "चन्नो, तुम अब छोटी नहीं हो। पर क्या बलवन्त को ढील देनी अच्छी थी?" चन्ना माँ का अर्थ समझी या नहीं, इसका उसे ही पता है। सरलता से बोली—"माँ, ढील कैसी? क्या सुरेश के साथ मेरा व्यवहार कुछ दूसरी तरह का था?" श्यामा ने इसका उत्तर नहीं दिया, वह ऊन से सलाइयों पर सलाइयाँ चढ़ाते-चढ़ाते सोच रही है कि लड़की इस विषय में कभी इतनी सरल नहीं होती। चन्ना की आवाज़ का ठहराव कहता है, जो वह कह चुकी है, उसके पीछे किसी रहस्य की सम्भावना नहीं। उसकी आँखों में झिझक नहीं। फिर श्यामा क्योंकर कुछ और मान ले?

"माँ, अगर कहो तो अब चली जाऊँ। कब तक छुट्टियाँ लूँगी।" चन्ना का आज्ञा लेने का स्वर श्यामा को अच्छा लगा। "चन्ना, अब कमज़ोरी तो नहीं लगती? नहीं तो कुछ दिन और ठहर जाओ।" चन्ना ने क्षण-भर सोचा—और बोली, "माँ, हफ़्ते-भर तक जाऊँगी। तब तक बिलकुल ठीक हो जाऊँगी।"

श्यामा सहमत हुई, किन्तु मन में सोचा पहले जल्दी ही जाने की बात करके वह सप्ताह के बाद की सलाह कर रही है। क्या वह मेरा मन लिया करती है? और चन्ना सोच रही है कि एकदम जाकर क्या वह बलवन्त को यह सोचने का मौक़ा देगी कि मैं न करने की झिझक से जल्दी चली गई हूँ? वह बलवन्त से पहले की तरह मिलेगी और हँसकर पूछेगी—"बलवन्त जी, आप लाहौर कब जा रहे हैं?"

चन्ना आज सोने को उठी तो जी हल्का-हल्का लग रहा था। उसको सन्तोष है कि माँ से वह ठीक-ठीक बात कर सकी। लेकिन बलवन्त के नाम की निकटता जो कुछ घंटों से उसे घेरे हुए है, रात-भर उसके साथ सिमटी रही।

67

"जिस निर्वाण की बात ग्रन्थों में लिखी है, वह क्या सचमुच मोह से मुक्त होता है? मोह से विलग क्या किसी जीवन की कल्पना की जा सकती है? मोह की माया जीवन का पुनीत रूप नहीं रहने देती, तो क्या मोह की ही शक्ति जीवन का प्रसार नहीं करती? मोह को जाने बिना मोह से ऊपर उठ जाने की चेतना शायद स्वयं भगवान बुद्ध में भी नहीं थी। मोह में डूबकर उसके रुपहले किन्तु पतले डोरों को छूकर उन्होंने उस साधना की राह अपनाई थी, जो उन्हें ही नहीं उनकी मुक्ति को भी अमर कर गई। कभी बुद्ध की प्रतिमा देखती हूँ तो सोचती हूँ उनके मुख पर छाई भव्य शान्ति में तपस्या की साधना है। उसके साथ लिपटा हुआ सृष्टि का दुख-दर्द है, स्नेह-दुलार है, और दया और क्षमा है और है यशोधरा की सुन्दरता से उपजी वह रात, जिसने गौतम की आँखों को तरलता दी, प्रेम की सजलता दी, और उस दुग्ध फेन-सी शैया से उठकर उनके पीछे-पीछे छाया की तरह चलती हुई यशोधरा

के प्राणों की ममता—जो यशोधरा के वक्ष से उठकर असंख्य-असंख्य वर्षों तक बुद्ध के नाम के साथ विश्व-भर की हवाओं को चूमती हुई चली गई।''

चन्ना अपने अकेले कमरे में बैठी लिख रही है। और लिख लेने के बाद पढ़ा तो लगा कि उसने नहीं लिखा। वह कोई और चन्ना है, जो लिखती है। क्या वह यह लिख सकती है? अलमारी में पड़े बहुत-से पन्ने कह रहे हैं कि वह लिख सकती है। लेकिन उन कुछ क्षणों में जब सचमुच वह बिना सोचे-समझे लिखने बैठ जाती है, वह सोच भी नहीं पाती कि यह बिखरी-बिखरी भावनाएँ उसके हाथों से शब्दों में जुड़ जाती हैं।

उस दिन माँ से कह देने के बाद चन्ना जब बलवन्त से मिली तो व्यवहार में कोई भिन्नता नहीं थी। देर तक उनसे बातें करती रही। श्यामा कुछ देर उन दोनों के पास बैठकर नीचे चली गई। बलवन्त चन्ना को जैसे सन्देहशील आँखों से देख रहे हैं। जो रामलाल ने उनसे दबे-दबे शब्दों में कहा था, क्या वह सच था? सुनकर उनके पिता ने उनसे कहा था, ''बलवन्त, लड़की को तुम ठीक समझ नहीं सके।'' ठीक समझ न सकने का अर्थ पिता की आँखें कह रही थीं कि उसे अपने में उलझा नहीं सके। बलवन्त ने बैठे-बैठे सोचा कि वह चन्ना से पूछकर ही रहेंगे। कुछ देर चुप रहने के बाद बोले, ''चन्ना, रामलालजी जो कहते थे वह क्या सब सच था?''

चन्ना का जी हुआ, पूछे—उन्होंने क्या कहा था? फिर रुक गई। सिर हिलाया—''हाँ, बलवन्त जी!'' किन्तु न जाने क्यों खुलकर बलवन्त की ओर नहीं देख पाई। बलवन्त अप्रतिम-से मौन बैठे रहे। वह क्या लड़की को ज़ोर दे सकते हैं? पर चन्ना के स्वर की उदासीनता में उन्हें अहंकार-सा लगा। वह इतने कच्चे तो नहीं...

''चन्ना!'' बलवन्त का स्वर स्वर नहीं था, प्रश्न था। चन्ना कुछ बोली नहीं। ''चन्ना, क्या वह तुम्हारा स्वतंत्र मत था?''

''जी...'' चन्ना की 'जी' में बलवन्त ने अस्वीकृति का अधिकार देखा। तो क्या वही इसे पसन्द कर रहे थे? चन्ना बलवन्त के मस्तक पर उभरते तेवर देख रही है। वह जो भी कहेंगे—वह कहना-भर नहीं होगा, ''एक बात कहना चाहूँगा कि वह प्रस्ताव मेरा नहीं, पिताजी का था।'' बलवन्त को स्वयं अपनी आवाज़ अच्छी नहीं लगी।

''यह मैं जानती हूँ बलवन्त जी!''

''पिताजी मुझसे पूछ लेते तो अच्छा था। मैं कहीं और वचनबद्ध हूँ।'' बलवन्त चन्ना का गर्व तोड़ रहे हैं कि तुम्हारी ही अस्वीकृति नहीं, मैं भी विवश हूँ। चन्ना की आँखें इतनी भोली नहीं कि वह किसी की आँखों में बसी छाया न देख सकें। फिर भी प्रत्यक्ष बोली, ''मैं जानती हूँ बलवन्त!'' बलवन्त ने चाहा कि पूछे कि तुम क्या जानती हो? किन्तु अब तो वह वचनबद्ध है। चन्ना कुछ देर प्रतीक्षा करती रही कि बलवन्त कुछ कहेंगे, लेकिन वह बोले नहीं। किसी और जगह वचनबद्ध होने पर

क्या उसके सामने की यह असुविधा निरर्थक नहीं है? चन्ना बलवन्त के सामने बैठी है। वह कुछ और सोचने से पहले बोली, "बलवन्त जी, चलिए चाय तो पी लीजिए...माँ राह देख रही होंगी।" और जब चन्ना और बलवन्त श्यामा के पास पहुँचे तो श्यामा ने अर्थपूर्ण दृष्टि से लड़की की ओर देखा। मन में आया, सचमुच दोनों आते हुए भी साथ-साथ नहीं लग रहे हैं। और चाय का प्याला बलवन्त के आगे बढ़ाते-बढ़ाते श्यामा ने देखा कि सुन्दर, सुव्यवस्थित बलवन्त...चन्ना कदाचित इसके योग्य नहीं थी। और कोमल स्वर में बोली..."चन्ना तो दो-चार दिन में चली जा रही है। आप कभी-कभी आया करें।" बलवन्त को यह शब्द चन्ना की नीरस मुस्कानों से कहीं अधिक मीठे लगे। कृतज्ञता जताकर बोले, "ज़रूर आऊँगा।" और चन्ना मन-ही-मन हँसी—तो माँ चूकी नहीं, माँ क्या नहीं समझती?

बलवन्त जाने के लिए उठे। चन्ना उनके साथ नीचे तक आई। स्वर की गम्भीरता कम करने के प्रयत्न में बोली, "अच्छा बलवन्त जी, फिर छुट्टियों में आऊँगी तो मिलूँगी..." बलवन्त ने अब तक अपने को इस भटका देनेवाले परदे से छुड़ा लिया था। चन्ना के मिलने न मिलने से उन्हें कोई फ़र्क़ नहीं पड़ता। कार में बैठते-बैठते ज़रा-सा हँसकर बोले, "ज़रूर।"

चन्ना ने उनके नमस्कार का उत्तर दिया और सीढ़ियाँ चढ़ते-चढ़ते बलवन्त के मुख पर बिछी उपहासजनक मुस्कान उसकी आँखों के आगे उठती रही, गिरती रही। और दोनों के बीच में उभरकर आता हुआ बलवन्त का सुन्दर मुख, हल्के-से विषाद के साथ चन्ना से छिपे-छिपे कहता रहा कि तुम इसके अतिरिक्त और क्या ढूँढ़ती थीं?

चन्ना माँ के पास पहुँची तो श्यामा ने भरसक जिज्ञासा छिपाते हुए कहा, "चन्ना बलवन्त से क्या बात हुई?"

"हाँ माँ, बलवन्त कह रहे थे—वह कहीं और वचन दे चुके हैं।" चन्ना की आशा के विपरीत श्यामा की आवाज़ में झुँझलाहट उभर आई, "ऐसा कहने का प्रयोजन कहाँ था चन्ना! प्रस्ताव हमारी ओर से नहीं, उनके पिता की ओर से था।"

चन्ना ने जैसे एक लम्बी थकान के बाद कुर्सी पर बैठते-बैठते कहा, "माँ, यह क्या बलवन्त नहीं जानते, पर अपनी झिझक के लिए शायद यही अच्छा था। यह कह लेने पर उन्हें लगा था कि मेरी अस्वीकृति की कटुता को उन्होंने अपनी विवशता जताकर काट डाला है।"

श्यामा ने चन्ना के गम्भीर किन्तु थके-से चेहरे की ओर देखा। इतनी विचारशील कैसे हो गई है यह? बचपन में कितनी चपल थी। चन्ना अधलेटी छत की ओर देख रही है। और श्यामा अपने अनुभव से जान रही थी कि बलवन्त से कह देने का हल्कापन कुछ दिन उस पर बोझ बनकर छाया रहेगा। चन्ना ने देखा, माँ की आँखों में आज उसके लिए परिस्थितियों से उपजा स्नेह नहीं, सहानुभूति भी है। कभी वह माँ के प्यार को सन्देह से देखा करती थी, पर अब समझने लगी है कि पिता की मृत्यु

के बाद माँ के प्यार में पिता की बीती स्मृतियाँ भी घुल-मिल गई हैं और वह उसे कृतज्ञता से स्वीकार करेगी। पर इस स्वीकृति में सदा यह याद रखना क्यों आवश्यक है कि माँ अपनी नहीं है? इस पराएपन के लिए पिता से मान कर सकती थी, पर माँ से नहीं। स्नेह-जड़ित स्वर में बोली, ''माँ, जैसे-जैसे बड़ी होती जा रही हूँ, तुम्हें छोड़कर जाने में कष्ट होने लगा है।'' श्यामा क्या चन्ना को अपनी लड़की न समझकर इस बात का तिरस्कार कर सकती है? सचमुच माँ के-से स्वर में बोली, ''बेटी, तुम्हारे सिवाय और कौन है अब इस घर में, पर तुम्हें भी एक न एक दिन पराए घर जाना ही है।'' चन्ना दूसरे घर की बात नहीं सोच सकी, वह तो उसे शायद दिल में महसूस कर रही है। माँ की ओर देखकर बोली, ''माँ, कभी-कभी सोचती हूँ कि पिताजी को जाना ही था तो घर में मेरे छोटे भाई-बहन होते...'' श्यामा ने दर्दीला साँस खींचा और उमड़ती आँखों से चन्ना की ओर देखा और कानों से सुना कि वह कह रही थी,

''माँ, जो तुम थीं वह तो पिताजी के साथ थीं। तुम अब बहुत बदल गई हो।'' श्यामा रोती रही पति की याद में, आकृतिहीन, नामहीन बच्चों की याद में, जो कभी उसकी गोद नहीं भर सके। और चन्ना माँ के ऊपर झुकी-झुकी सोच रही है कि पति और बच्चों के बिना नारी कितनी सूनी लगती है—कितनी अधूरी लगती है...

68

बहुत तेज़ हवा चल रही है। पहाड़ के आँचल में एक छोटे-से बरामदे में चन्ना खड़ी है। छोटे-छोटे पहाड़ों की श्रृंखलाओं पर जैसे धूप भी हवाओं के साथ नाच रही है। धूप, छाया, धूप—धूप की चमक, प्रखर प्रकाश पर बादलों की मलिन छाया—आँखें दूर-दूर तक देखती हैं। साथ-साथ जुड़ी हुई पहाड़ों की कड़ियाँ हैं। हवा के साथ वह तो नहीं हिल रही, वह अचल खड़ी है। यह पहाड़ों के आँचल से सटी हरी घाटी जैसे उबलने लगी है। पानी—पानी, यह क्या है? चन्ना की विस्मय भरी आँखें खुली रह गईं। आकाश पर सूरज छिप गया और बादलों के पंखों पर बैठकर आकाश नीचे उतर रहा है। आकाश हिल रहा है, पहाड़ों के नीचे पृथ्वी डोल रही है। घाटी में से उठता हुआ पानी पहाड़ों से टकरा रहा है और उन टकराती हुई लहरों में से उठता हुआ फेन...घाटी के पार अब कुछ नहीं...पानी—असीम सागर है...चन्ना अपने उड़ते बालों को सहेज रही है। आसपास कोई नहीं, वह अकेली है—अकेली, पर वह क्या सामने सागर के आलोड़न में उठता हुआ लहरों पर नाचता हुआ चाँद—फैलता हुआ, हवाओं की तेज़ी झूम गई है—वेग कम हो गया है और चाँदी का गोला धीर गति से उन ऊँची उठती हुई लहरों में से ऊपर आ रहा है...

वह पूर्ववत् बरामदे में खड़ी है। आँखें चाँद पर हैं। हाथ एक-दूसरे से बँधे हुए और पैर धरती से थमे हुए हैं। और चन्ना अपनी शैया पर करवट ले रही है। पतली किन्तु गर्म रजाई को छूकर जान पाई है कि वह शैया पर है, बरामदे में नहीं है। वह कमरे में है। अचकचाकर आँखें खुल जाती हैं, पर आँखें बाहर का कुछ देखना नहीं चाहतीं। कमरा, कमरे को घेरे हुए दीवारें—दीवारों को ढके हुए छत...वह कहाँ है? उसकी आँखों पर वह झिलमिल करता चाँदी का पानी फिर गया है—वह कुछ और नहीं देख सकती—वह फेन, वह लहरें...और लहरों पर तैरकर ऊपर आता हुआ चाँद...

...और अपने से लिपटे हुए कपड़ों का स्पर्श उसे हवा से मिले पानी का आलिंगन लग रहा है। नर्म-नर्म सिरहाने में डूबा हुआ उसका सिर, उस सिर पर चाँद की छाया है और उस छाया तले लहरों में तैरती हुई उसकी पहली काया है।

चन्ना स्वप्न से जग गई। आँखें खोल दीं। बिजली जलाई। वही कमरा है, जहाँ वह सोई थी। पर सोने के बाद वह यहाँ नहीं थी, वह यहाँ नहीं थी...वह जहाँ थी, वहाँ से लौटी क्यों? चन्ना ने अपने दोनों हाथ आँखों पर रखे, धन्य हैं उसकी आँखें जो यह देख सकीं। वह स्वप्न देख सकी। पर वह स्वप्न कहाँ था? वह पहाड़ों की चोटियाँ...

चन्ना उठी, काग़ज़ पर उसके हाथ हिले—"वह पहाड़ों की चोटियाँ—वह विश्वास की ऊँचाई थी, जो एक के साथ एक को मिलाती चली गई थी। वह परिस्थितियों में घुली-मिली सन्देह की आँधी थी जो नीले स्वच्छ आकाश पर छाकर मुस्करा रही थी, उसके वेग से पहाड़, नदी हिले, आकाश नहीं टूटा, लेकिन किसी संचित श्रद्धा का स्रोत बह निकला। पर लहरों के आलोड़न से सत्य का कल्याणकारी रूप निकल आया। धीरे-धीरे उठता हुआ जल-थल-पृथ्वी सब पर छाता हुआ..."

तो क्या उसने सत्य के दर्शन किए हैं? उसमें सत्य को ढूँढ़ लेनेवाला ज्ञान नहीं है, उस ज्ञान में विचरनेवाली बुद्धि नहीं, फिर भी वह सत्य का अनुभव कर सकती है। उसे छू सकती है। उसमें तर्क से काट-छाँट करनेवाली बुद्धि नहीं, क्योंकि वह पुरुष नहीं...नारी की तरह भावनाओं में बह जानेवाली भावुकता नहीं, क्योंकि वह नारी से अधिक कुछ है...फिर वह क्या है? यह तो अभी तक वह नहीं जानती, शायद किसी दिन जानेगी। और अगर न भी जाने तो भी वह अपने विश्वास का आधार लेकर खड़ी रह सकती है। जीवन की लहरों में से, मथकर, निकल सकती है...उसमें जो अच्छा होगा, वह जीवित रहेगा...ऊपर उभर आएगा। क्या इसी तरह वह माता-पिता की बिखरी-बिखरी भावनाओं का एक जगह एकत्रित रूप नहीं है! माँ और पिता की शुभ-स्वच्छ भावनाओं से उसकी आत्मा मिली थी और उनकी सुन्दर क्षम्य दुर्बलताओं से उसे देह मिली, फिर वह दोनों को कल्याण का एक रूप देकर उनके प्रति अपनी कृतज्ञता प्रकट करेगी, अपनी क्षमता प्रकट करेगी। क्या वह स्वप्न था?

चन्ना और बाला का कमरा अब अलग-अलग हो गया है। इस प्रस्ताव से बाला को विस्मय हुआ। पर चन्ना ने कहा था, ''दीदी, अब मैं अलग रहना चाहती हूँ। फिर तुम्हारा भी फाइनल है, कब तक मेरे कपड़े सहेजती रहोगी?''

और बाला की हाँ-ना की प्रतीक्षा किए बिना चन्ना ने कमरा बदल लिया। कॉलेज जाते-जाते चन्ना बाला से बोली, ''दीदी, ज़रा सामान ठीक लगवा देना—आज रात को वहीं सोऊँगी।''

बाला को मन में अच्छा नहीं लगा। कमरा बदलने के लिए वह उसे मना तो न करती, पर चन्ना की उत्सुकता से धक्का-सा पहुँचा और जब रात को वह चन्ना के साथ उसके कमरे में गई तो उदास स्वर में बोली, ''चन्ना, आज वह कमरा बड़ा सूना-सूना लगेगा।'' बाला की आवाज़ में कोई दिखावा नहीं था, यह चन्ना ने भी जाना।

''मैं जानती हूँ बाला दीदी—पर नाना की मृत्यु के बाद मुझे लगता है, मैं बड़ी हो गई हूँ और मुझे बड़ा बनकर रहना चाहिए। तुमसे कपड़े निकलवाने, तुम्हारे कहने पर पहनने, तुम्हारे अनुरोध पर खाना...दीदी, यह सब बचपन की बातें हैं।'' एकाएक चन्ना का स्वर कोमल हो गया, ''बाला बहन, तुम्हारे बिना सहारे मैं एक दिन भी तैयार होकर कॉलेज नहीं जा सकी, अब जाना चाहती हूँ।''

बाला ने चन्ना को देखा, कपड़ों का कोई रंग मेल नहीं खा रहा। आज दिन-भर वह चन्ना का सामान अलग करती रही और शाम को जो कपड़े खूँटी पर टँगे थे, चन्ना ने पहन लिये। वह बड़ी बनना चाहती है, पर बन सकेगी? बाला कुछ नहीं बोली। कमरे की ओर देखती रही और सोचती रही कि इसमें चन्ना अलग किस तरह रहेगी?

बाला उदास भाव से चन्ना को जल्दी सो जाने को कहकर अपने कमरे में लौट गई। अकेला रहना उसे बुरा नहीं लगता, पर आज इतनी देर तक एक साथ रहते-रहते चन्ना का जाना उसे खटक रहा है। वह चन्ना के परिवर्तन को नहीं समझ पा रही है। चन्ना को गम्भीर तो वह कभी भी नहीं मानती थी, पर उसके सामने तो वह सदा हँसती रहेगी, जिद करेगी और कभी-कभी उलटी बातों पर उतरेगी तो हफ़्तों उसका नाक में दम कर देगी और अब घर से लौटने पर वह चन्ना को जहाँ-तहाँ लड़कियों में खड़ा देखती है। वह हँसी की बात पर सबसे अधिक हँसती है और न जाने कैसी-कैसी बातें सुनाकर लड़कियों को हँसाती है। अब तक अधिक लड़कियों से पहचान होने पर भी चन्ना की मित्रता बहुत कम से थी और अब वह घंटों लड़कियों की बातों में ही लगी रहती है। देखकर बाला को ईर्ष्या तो नहीं होती, लेकिन मन-ही-मन बुरा लगता है। कॉलेज में भी अब उसे वह लड़कियों के साथ घूमते देखती है, जो उसे कभी भी अच्छा नहीं लगा।

और चन्ना को अपने आप इस परिवर्तन का कोई ज्ञान नहीं। वह हमेशा अपने को अपना-सा ही समझती हो तो भी अपने आसपास के वातावरण को, लोगों को

कभी उसने अपना बहुत मित्र नहीं समझा। और क्या यही कारण नहीं कि वह उन सब लोगों को, उन सब परिस्थितियों को, जिनसे प्रत्यक्ष रूप से उसका कोई सम्बन्ध, कोई लगाव नहीं होता; ठीक-ठीक समझती है और यदि नहीं समझती तो शायद समझने का प्रयत्न करती है। वह कभी-कभी आश्चर्य से सोचा करती है कि उसे बहुत कम, लोगों से विरक्ति होती है शायद किसी से भी नहीं। उसे क्रोध न आता हो, यह बात नहीं, पर उसका उफान कभी असंयत शब्दों में नहीं निकलता। यह न जानते हुए भी वह जानती है। पिछले कई सालों से अधिक समय शहर में रहने पर भी वह अपने को गाँव से अलग नहीं मान सकी, जबकि स्पष्ट रूप से वह यह भी जानती है कि शहर ने उसके सीधे-सादे मन पर कई रंग चढ़ा दिए हैं।

गाँव में नाना को उसने केवल नाना ही नहीं, शाह समझकर भी देखा था। पिछले दो सालों में उसने साफ़ देख लिया था कि नाना, नाना कम रह गए थे और शाह अधिक, क्योंकि उनकी चौड़ी छाती के नीचे बिखरी हुई धीर-गम्भीरता को समय की आँधी निर्दयता से झकझोर गई थी और दान-दया में लिपटी हुई शाहजी की शोषण करनेवाली संज्ञा ऊपर उभर आई थी। पर क्या यह जानकर भी उसने नाना को कभी कम आदर और प्यार से देखा? नाना जो उसके निकट थे, वह उन्हें जानती थी, जो कुछ वह किसानों के लिए थे, उसे भी वह समझती थी।

और श्यामा को अपनी न जानकर भी वह कभी उसकी बात हल्केपन से नहीं सोच सकी। वह जानती है, उसने पिता की दुर्बलता को अपने हाथ से थाम रखा था, जहाँ अपनी माँ, अपने अधिकार के मोह में पिता के लिए सावधान नहीं रह पाई होगी।

चन्ना आज देर तक पढ़ती रही। प्रोफ़ेसर देव उस पर ख़ुश रहते हैं और शायद इसीलिए वह परीक्षा से पहले उनके विषय का अध्ययन कर लिया करती है। किन्तु परीक्षा में मिले अंकों को कभी उसने परिणाम का पुरस्कार नहीं समझा। चन्ना ने नींद का स्वागत करते हुए किताब बन्द की और कुछ गुनगुनाते शैया पर लेट गई। वह अब तक जानती ही नहीं थी कि अपने अकेले कमरे में कितना सन्तोष, कितनी शान्ति होती है।

चन्ना जिस मधुर भाव से सोई थी, वह आधी रात को छिन्न-भिन्न हो गया। रात के सन्नाटे में ऊँचे-नीचे टिब्बे और वहाँ घोड़े के पास औंधे पड़े नाना खड़े हो जाते हैं और भयानक स्वर में चिल्लाते हैं..."पकड़ो-पकड़ो..." नाना के पाँव लड़खड़ा रहे हैं। उनका मुख विकृत हो गया है, उनकी आँखें डरावनी हैं—"पकड़ो-पकड़ो।"

यह सन्नाटे को चीरती हुई आवाज़—भयानक आवाज़। नाना नीचे गिर गए हैं और पागलों की तरह छाती उघाड़कर कहते हैं—"लो देखो—देखो। यह घाव, देखो—देखो।"

और इसके बाद मिट्टी में सना उनका सिर—भय से चन्ना काँप रही है। वह कहाँ है? नाना...चन्ना को जागृति झकझोर देती है। उसकी आँखें खुलती हैं। अंधकार है। अंधकार में नाना...चन्ना जोड़ में नहीं, वह यहाँ है...यहाँ है।

चन्ना काँपते हाथों से स्विच दबाती है। उसका श्वास जल्दी-जल्दी चल रहा है। उसके पाँव काँप रहे हैं—उसे कभी भयानक स्वप्न नहीं आते। उसने एक नाना की ही मौत नहीं देखी। अन्दर की किन गहराइयों से स्वप्न उठते हैं, यह तो कुछ-कुछ उसे भी पता है, लेकिन यह क्या था...समझा-बुझाकर भी वह अपने को स्वस्थ नहीं कर पा रही वह दुबारा सिरहाने पर सिर रखना चाहती है। पर नहीं, नाना की वह पुकार—पकड़ो-पकड़ो...नाना मर चुके हैं...नाना अब बोल नहीं सकते...''देखो-देखो!''

वह इतनी दुर्बल नही है? नहीं...चन्ना को सर्दी लग रही है। वह डर रही है। वह चीख़ देना चाहती है। पर गला जैसे खिंचकर रह गया।

''सईदा बीबी...'' उसके ओठों पर शब्द रुक गए हैं...बाहर चौकीदार का फटा-सा स्वर—''माँ-माँ.. '' कमरे में कोई नहीं जो चन्ना की पुकार सुनेगा।

और ''कौन'' पूछकर जब वह द्वार खोलती है तो सँभलने से पहले चन्ना उसे धकेलकर शैया पर गिर पड़ती है।

''चन्ना...चन्ना...'' बाला की घबराई हुई आवाज़ और कुछ कह सकने से पहले चन्ना विवश-सी बिस्तर पर जा गिरी।

''पकड़ो-पकड़ो...'' बाला ने घबराहट से, भय से चन्ना की ओर देखा। द्वार बन्द कर दिया और वह उसके सिरहाने बैठ गई। बहुत देर तक जानने का प्रयत्न करने पर भी चन्ना से कोई थाह नहीं पा सकी। पर चन्ना की आँखें यहाँ नहीं, कहीं और खो गई लगती थीं और चेहरा किसी भयानक दृश्य में सिकुड़ा हुआ। बाला पास बैठी हुई चन्ना का सिर सहलाती रही। बाहर बरामदे में लड़कियों की हलचल शुरू हो गई। घड़ी ने टन-टन...पाँच बजाए और चन्ना ने धीमे स्वर में पूछा, ''बाला दीदी, क्या सुबह हो गई?''

''हाँ चन्ना, सच कहो, क्या बात है?'' चन्ना अब लेटी नहीं रही। उठकर बैठ गई और बोली, ''दीदी, बड़ा बुरा सपना था। सपने में नाना को देखा था...'' बाला की आधी चिन्ता दूर हो गई। क्या इसके लिए आधी रात को वह कमरे में अकेले नहीं सो सकी।

दुपहर को कॉलेज से लौटने पर चन्ना देर तक सोई। शाम को जगी तो गाँव चाची और सईदा बीबी को पत्र लिखा, ''चाची, आजकल रात को बुरे-बुरे ख़याल आते हैं। मुझे तुम चिट्ठी जल्दी लिखना। रोज़ इन्तज़ार करूँगी...'' और गाँव-भर के नाम अलग-अलग प्रणाम लिखकर चन्ना ने पत्र बन्द किया और काग़ज़ों पर लिखने बैठी—

"मैं इतनी दुर्बल हूँ, यह मैं कल रात से पहले कब जानती थी? इस तरह कमरा छोड़कर जाने में धीरज कहाँ था? यह तो शायद दुःस्वप्न था। इसे मैं मज़बूती से देख नहीं पाई। यदि कहीं नाना सचमुच इस तरह मरते तो...तो क्या करती...

"कौन जानता है, घोड़े से गिरने पर नाना उसी तरह चिल्लाए नहीं होंगे? और वह घाव... ?"

69

आज महीनों बाद सुरेश चन्ना से मिलने आया। चन्ना को प्रसन्नता हुई। "अच्छे तो हो सुरेश..." चन्ना से सुरेश को असंकोच की आशा नहीं थी।

"हाँ, आप तो अच्छी हैं?"

"हाँ सुरेश, गाँव चली गई थी। नाना के मरने पर फिर कुछ दिन माँ के पास रही।"

चन्ना सुरेश के साथ बाहर जा रही है। आज छुट्टी है। ताँगे में बैठते हुए सुरेश ने पूछा—"किधर चलेंगी?"

"कहीं भी। अच्छा चलो अपने कॉलेज।" चन्ना मुस्कराई, "आज वहीं चाय पिऊँगी।" सुरेश को हँसती हुई चन्ना कभी अच्छी नहीं लगती। कभी-कभी वह मन में सोचा करता है कि चन्ना के मुस्कराने में कुटिलता होती है। फिर क्या वह उसकी परीक्षा नहीं लेती। वह उसके साथ इतना खुला नहीं...भरसक उत्साह जताने का प्रयत्न करते हुए सुरेश बोला, "हाँ-हाँ, चलिए न।" नहर के किनारे खुला होस्टल, छुट्टी का दिन, फाटक से निकलते हुए असंख्य लड़के, ऊँचे कहकहे...

चन्ना सुरेश के कमरे में बैठी है और साथ सुरेश और उसके मित्र। विजय और राम सुरेश के मित्र हैं, किन्तु उनका आना उसे बहुत अच्छा नहीं लगा। सुरेश ने परिचय करवाया। चन्ना ने हाथ जोड़े और बोली, "आइए..." विजय और राम कच्चे नहीं। मगर बात क्या करें। चन्ना कुछ देर प्रतीक्षा में रुकी, फिर विजय से बोली, "सुरेश आपसे जूनियर हैं..."

विजय ने उत्साह से सिर हिलाया—"हाँ।"

"और आप?"

राम के उत्तर देने से पहले विजय बोले, "सीनियर।"

चन्ना हँसी, बोली, "यह तो पढ़ाई की बात है। वैसे आप में से कौन सीनियर है, यह तो बाद में ही पता लग सकेगा।" विजय और राम हँसे, पर सुरेश योग नहीं दे सके।

इधर-उधर की बातचीत से अध्ययन की बात निकली—चन्ना ने इतना सब पढ़ रखा है, सुरेश ने विस्मय से सुना और विजय को इतना अधिक पता है, यह चन्ना ने हैरानी से जाना। मन में सोचा कि वह उन लड़कियों में रहती है, जिन्हें किताबों से अधिक दिलचस्पी नहीं। और थोड़ा-बहुत पढ़कर वह सोच रही थी कि वह उन सबसे अधिक जानती है। कामन रूम में, क्लास के बाहर, खाने की जगह सर्वत्र दो ही विषय हैं—कपड़े...कपड़े में नई काट-छाँट। उसने कुछ चित्रकला और संगीतवाली लड़कियों से मित्रता बढ़ाने का प्रयत्न किया था, लेकिन कुछ ही दिन के सम्बन्ध में उसे लगा कि उनके निकट सितार और ब्रुश का प्रयोग परीक्षा विषय से अधिक नहीं है।

विजय चन्ना की बातचीत से प्रभावित होकर कह रहे थे—"देखिए मिस..."

चन्ना ने हाथ से रोका, "मिस नहीं, मेरा नाम चन्ना है।"

कहने के ढंग से सभी मित्र हँस पड़े। विजय बोले, "हाँ, तो यदि इस ओर रुचि हो तो आपको एक प्रोफ़ेसर मित्र से मिलाऊँ, वह स्वयं एक कुशल चित्रकार हैं।" चन्ना ने सिर हिलाया किन्तु कोई उत्तर नहीं दिया। बात बदलकर बोली, "सुरेश, चाय नहीं मिलेगी? तुम जानते हो, मैं इसीलिए तो आई थी।" सुरेश के संकेत पर राम बाहर चले गए। वापस आए तो साथ नौकर चाय ला रहा था। चन्ना के चेहरे पर सन्तोष के चिह्न थे, लेकिन वह चाय बनाने के लिए आगे नहीं बढ़ी। विजय से बोली, "अब तसल्ली से बातें सुनूँगी आपकी...और राम जी, आप चाय बनाएँ न..."

सुरेश की ओर देखते हुए बोली, "विजय जी, आप जानते हैं सुरेश आज कितने महीनों बाद मुझसे मिलने गए थे? क्या कुछ पढ़ाई में अधिक व्यस्त रहते हैं?"

विजय हँसे और साथ ही सुरेश भी, लेकिन चन्ना साफ़ देख रही है कि सुरेश के हँसने में खीझ है।

"मैं जानती हूँ, पिताजी के मरने की सूचना मैं इन्हें ठीक समय पर नहीं दे सकी थी, तभी से नाराज़ हैं यह।"

चन्ना के स्वर में गम्भीरता नहीं। विजय ने सोचा यह ढंग किसी के मरने की बात करने का तो नहीं। और चन्ना कह रही थी, "सुरेश, तुम्हें यह शिकायत अपनी चाची से होनी चाहिए थी न कि उनकी लड़की से।"

चाय का प्याला राम की ओर बढ़ाती हुई बोली, "बनाइए..." इस बीच कोई कुछ बोला नहीं और चाय ख़त्म हो जाने पर बोली, "विजय जी, वह आपके प्रोफ़ेसर क्या पास ही रहते हैं। इस वक़्त मिल सकते हों तो चलिए।" चन्ना उठी तो दुपट्टा ठीक किया, अपने बालों को छुआ और बाहर निकल आई।

प्रोफ़ेसर मित्रा ने यह नहीं कहा कि वह काम क्या है, लेकिन उनका संकेत किस ओर था, यह समझने में विजय को देर नहीं लगी। वह कुछ झिझके और उनकी झिझक को चन्ना ने जाना। प्रोफ़ेसर साहब ने तीख़ी दृष्टि से विजय को देखा, चन्ना को देखा—

''हूँ...'' एक लम्बी 'हूँ' उठकर उनके ओठों पर फैल गई। एक उपहासजनक हँसी थी। चन्ना ने प्रोफ़ेसर साहब की ओर देखा और न चाहते हुए भी बोली, ''जी, आजकल इन्हें बस एक यही एक काम है...''

जिस काम का नाम प्रोफ़ेसर साहब बचा गए थे, उसका नाम तो चन्ना ने भी नहीं लिया। लेकिन विजय समझे, सुरेश और राम समझे और साथ ही समझे प्रोफ़ेसर साहब।

मस्तक पर तेवर चढ़ाकर चन्ना की ओर तीख़ी नज़र से देखकर ज़रा हँसे और विजय को सम्बोधित करके बोले, ''तुम्हारी मित्र बात जल्दी समझती है।''

प्रोफ़ेसर मित्रा अपने बिगड़े स्वभाव के लिए प्रसिद्ध हैं। विजय डरे कि कुछ और चन्ना से न कह दें। शीघ्रता से बोले, ''प्रोफ़ेसर साहब, इनका अच्छा अध्ययन है और कुछ साहित्य में भी रुचि है...'' मित्रा साहब ने जिज्ञासा से देखा और उदासीनता से पूछा—''चित्रकला का कुछ ज्ञान है?''

''जी नहीं...'' चन्ना के कहने का ढंग विजय को अच्छा नहीं लगा, और मित्रा साहब इस उत्तर के साथ-साथ कुछ और जाँचते हुए बोले, ''क्यों?''

चन्ना क्या न जानने के लिए प्रोफ़ेसर साहब के सामने जवाबदेह है? स्वर को सँभालकर बोली, ''कोई रुचि नहीं, बस इतना ही...'' प्रोफ़ेसर साहब ने निर्दयता से विजय की ओर देखा और कहा, ''अगर रुचि नहीं तो क्या यहाँ अपनी मित्र के कपड़े दिखाने चले आए हो।'' विजय क्या कहें, कुछ समझ नहीं पाए। परिस्थिति सँभालने के लिए बोले, ''मुझे खेद है।'' लेकिन चन्ना ने यह सुना नहीं। प्रोफ़ेसर साहब की बात सुनकर उसे बुरा लगा हो, ऐसा कोई भी चिह्न उसके चेहरे पर नहीं। सहज स्वर में बोली, ''प्रोफ़ेसर मित्रा, मुझे आपसे मिलकर प्रसन्नता हुई है। हो सका तो फिर आऊँगी।'' कलाकार की आँखें तो कपड़ों से परे भी कुछ पहचान सकती हैं। प्रोफ़ेसर साहब ने आग्नेय नेत्रों से सबकी ओर देखा। चन्ना अब तक कुर्सी से उठ गई थी और हाथ जोड़ रही थी। ज़रा दूर आकर विजय संकुचित स्वर में बोले, ''मुझे सचमुच खेद है। आप कुछ और न सोचें। वह आर्टिस्ट हैं और कभी-कभी उनका मूड...''

चन्ना हँसी, ''विजय जी, आप कुछ चिन्ता न करें। मुझे बुरा लगा होता तो क्या मैं बिना कुछ कहे रहती?'' विजय ने मन में सोचा अगर सचमुच बिना कुछ कहे रह सकती! जिस तरह प्रोफ़ेसर साहब के प्रहारों का उत्तर देती रही...उसकी प्रशंसा तो मन-ही-मन वह कर रहे थे, लेकिन उसके बात करने का ठंडा और व्यंग्यात्मक ढंग!

चन्ना जब जाने के लिए बिदा लेने लगी तो स्नेह से बोली, "आपसे मिलकर सचमुच प्रसन्नता हुई है। इसके लिए मैं सुरेश को कृतज्ञता जताना नहीं भूलूँगी।"

और जब चन्ना और सुरेश दूर निकल गए तो विजय ने राम से कहा, "क्या सुरेश की बहन है?"

"शायद..." विजय ने बोलने से पहले शब्दों को मापा और अपने कमरे की ओर मुड़ते हुए कहा, "नहीं राम, सुरेश की बहन ऐसी नहीं हो सकती।" और चन्ना ताँगे में सुरेश से कह रही थी, "सुरेश, विजय तुमसे सीनियर है, लेकिन कितना संकोची है। बात करते-करते झेंप-सा जाता है।"

70

चन्ना लड़कियों के साथ क्लास से निकली। होस्टल की ओर जाते-जाते चपरासी ने आकर कहा, "आपसे कोई मिलने आए हैं। मिस साब..." चन्ना ने रजिस्टर माँगा— "बताओ..."

"मिस साहब, नाम तो नहीं लिखा।"

"ऐसा!" चन्ना आश्चर्य से लौट पड़ी। चपरासी साथ-साथ चलते हुए कुछ झिझककर बोला, "साहब, उन्हें तो लगता है लिखना नहीं आता।"

"यह कैसे हो सकता है..."

चन्ना विज़िटर रूम की ओर पहुँची तो बरामदे में कोई इस ओर पीठ किए खुली-खुली शलवार पहने खड़ा था। समझ नहीं पाई कि कौन हो सकता है। चपरासी ने आगे बढ़कर कहा, "लो साहब, वह आ गई हैं।"

युवक ने इधर मुँह किया तो चन्ना देखकर अचम्भित रह गई, "फैजू भाई!"

"हाँ बहन!"

चन्ना समझ नहीं सकी कि वह फैजू से कैसे मिले। हाथ पकड़कर बोली, "तुम कैसे आए भाई?"

फैजू ने संकोच से हाथ छुड़ा लिया और कुछ घबराकर बोला, "चाची ने भेजा है, रुक्का भी है।" फैजू ने इधर-उधर देखा—लड़कियाँ ही लड़कियाँ और चपरासी। चपरासी का मज़ाक़ का-सा स्वर वह भूला नहीं। "बहन, जहाँ रहती हो, वहाँ चलो तो बैठकर बात करूँ।" चन्ना हँस पड़ी, "फैजू भाई, वहाँ तो लड़कों को नहीं जाने देते।"

फैजू की समझ में शहर का यह क़ानून नहीं आया। दुविधा से बोला, "तो फिर?" चन्ना ने कुछ सोचकर बोली, "फैजू भाई, तुम यहाँ रुको, मैं अभी आई।"

चन्ना के जाते ही चपरासी बोला, "साहब, कुर्सी पर बैठ जाओ।" फैजू ने आँखें तरेरीं। वह चपरासी के सवाल-जवाब करने पर पहले ही खीझा हुआ था। कहाँ जाना है, किससे मिलना है, नाम लिखो...चपरासी देखने से पहचान गया था कि कोई देहाती है। मजा लेने के लिए फिर बोला, "साहब, थक जाओगे..."

शहर न होता तो फैजू चपरासी को इस मसखरी का जवाब हाथ से देता, पर देहाती लहजे में जलकर बोला, "बहुत न बोलो। मोम नहीं हूँ कि शहरियों की तरह खड़ा-खड़ा गल जाऊँगा।"

चन्ना को कुछ देर लगी। आती-जाती लड़कियाँ इधर देखती चली जाती हैं। कोई लट्ठे की सलवार, धारीदार हरी कमीज़ और गले में चाँदी का ताबीज पहने हैं। लड़कियाँ कुछ बात करती हैं, फिर खिलखिलाकर हँस पड़ती हैं। फैजू को इन शहरनों पर ग़ुस्सा आ रहा है। खुले सिर चन्ना वापस लौटी। "फैजू भाई, चाची ने कुछ दिया था?"

"हाँ बहन, पर वह सब कुछ तो मैं खेले की दुकान पर रख आया हूँ।"

"खेला कौन?"

"वह ज़ोरा सिंह का भाई। अनारकली में हलवाई की दुकान करता है..."

"अच्छा तो आओ फिर फैजू भाई, वहीं चलें..."

"बहन, वहाँ नहीं। यह रुक्का उसके सामने खोलने का नहीं।"

"अच्छा।" चन्ना को फैजू की इस गम्भीरता से हँसी आने लगी थी, पर रुकी और बोली, "चलो तो फिर बाहर ही चलें...आओ..." दोनों ताँगे में बैठे। फैजू को हैरानी हुई कि चन्ना ने बैठने से पहले भाड़ा तय नहीं किया। ताँगा चलते-चलते ही मुट्ठी में से रूमाल निकाल फैजू को देते हुए बोली, "फैजू भाई, अपने पास रख छोड़ो। मेरे पास कोई जगह नहीं..." फैजू ने रूमाल पकड़ा तो अन्दाज़े से जाना कि रुपए काफ़ी होंगे। चन्ना ने हवेली की बात न चलाकर गाँव की बात चलाई।

"कोई गाँव की नई ख़बरें..." और चन्ना सुनते-सुनते यह भी सोच रही है कि वह फैजू को ठहराए कहाँ। किसी होटल में नहीं जा सकती। वहाँ वह उसे संकोच में नहीं डालना चाहती। और खेले के यहाँ वह सो तो जाएगा ही, पर दिन-भर तो कहीं काटना है। पहले तो रुक्का ही वह अकेले में देना चाहता है। ताँगा सुरेश के होस्टल के सामने रुका। चन्ना जानती है कि सुरेश के कमरे में ले जाने से भी मुश्किल हल नहीं होगी, पर क्या करे?

"फैजू भाई, तुम ज़रा बैठो। चाचा का लड़का यहाँ रहता है, देखकर आती हूँ।" अन्दर गई। सुरेश उसे तलाश के बाद लाइब्रेरी में मिला, तो सारी बात समझाई। बोली, "सुरेश, कृपा करके उसकी बातचीत पर हँसना मत। विवश हूँ। अब तुम्हीं बताओ और कहाँ ले के जाऊँ?"

दोनों बाहर पहुँचे तो फैजू उसी तरह ताँगे में बैठा था। चन्ना ने धीरे-से कहा, ''सुरेश, उससे खुलकर बात करना तो उसकी झिझक कम हो जाएगी। पहली बार शहर में आया है।''

''आओ, फैजू भाई!'' नाम तो अभी चन्ना ने सुरेश को बताया ही नहीं था। सुनकर चौंकी। फैजू नीचे उतरा तो ताँगेवाले ने चन्ना से पैसे माँगे। चन्ना ने घबराहट से फैजू की ओर देखा और ताँगेवाले से बोली, ''पैसे भाई से माँगो न बाबा!''

फैजू ने शान से जेब में हाथ डाला। चन्ना से पूछा—''बहन, कितने देने हैं?'' चन्ना ने बताया और ताँगेवाले के हाथ पर पैसे रखते-रखते फैजू के दिल से सुरेश के कपड़ों से उपजा संकोच आधा रह गया। क्या हुआ, वह शहरी नहीं, पर चन्ना तो उसे भाई कहती है।

जब तीनों ने सुरेश के कमरे में प्रवेश किया तो कई आँखें उन्हें देखकर मुस्करा रही थीं। चन्ना बातचीत करके फैजू की नज़र से जैसे यह बचाती जा रही है। फैजू ने अन्दर बैठते हुए चन्ना को अर्थपूर्ण दृष्टि से देखा और सुरेश की ओर इशारा करके बोला, ''अपने ही हैं न।''

''हाँ-हाँ, फैजू भाई!''

और फैजू ने कमीज़ के अन्दर हाथ डालकर लम्बा रुक्का निकाला और कुछ गम्भीर आवाज़ से बोला, ''बहन, चाचा बूटासिंह की जबानी चाची को पता लगा था और एक दिन भागे ने भी मुझे बताया था कि...''

''क्या फैजू भाई... ?''

''बहन, पहले रुक्का पढ़ो।''

चन्ना ने रुक्का खोला—बहुत-बहुत प्यार के बाद चाची ने लिखवाया था, ''बच्ची, भागे की करतूत बूटासिंह से सुनकर मेरा तो कलेजा धक रह गया है। वह भी बड़ा-बूढ़ा है, कोई अनजान नहीं...बच्ची, वह आँखों का धोखा नहीं हो सकता। फिर फैजू ने तो अपने कानों भागे के मुँह से यह बात सुनी है बच्ची, यह तो अँधेर हो गया। सुनकर मेरा जी तो ठिकाने नहीं रहा। दिन-रात शाहजी की सूरत आगे घूमती है। उस राजे की ऐसी मौत हुई! बच्ची, बूटासिंह ने अपनी तरह से तो भला ही सोचा—पर इन बाप-बेटों का क्या बिगड़ा? बच्ची, वाह गुरु जानी जान है, मेरा तो इनको मुँह लगाने को जी नहीं चाहता। सोने से तुलनेवाला मालिक और उसकी ऐसी मौत! बच्ची, अब शोर कर क्या होगा। जो होना था, हुआ बच्ची मेरी! शाहजी तो दोनों हत्यारों को अपना समझकर यहाँ ले आए थे। क्या पता था कि साँप को दूध पिलानेवाली बात है।'' इसके बाद चाची ने चन्ना के लिए और कई बातें लिखी थीं, जिनमें से एक बात भी चन्ना के दिल तक नहीं आई। फैजू ने अन्दाज़े से देखा, चन्ना रुक्का ख़त्म कर चुकी होगी। गम्भीर आवाज़ में बोला, ''बहन, ताऊ बूटासिंह ने चाची को जोड़ मेले में बताया कि शाहजी को नहलाते हुए उसने उनकी छाती पर

नील पड़े हुए देखे थे। चाची ने इसका नाम नहीं लिया बहन! नाम लेती भी किसके सामने? फिर एक दिन ऊँचे-ऊँचे कमादों में बैठा था तो भागे की बात की भनक कान में पड़ी। कृपाराम से कह रहा था—'बापू, उन्होंने सब सफ़ाई से किया था। शाह के बदन पर ख़ून का दाग़ तक न था।' बहन, मैं तो सुनकर सन्न रह गया। भागे के साथ मेरा उठना-बैठना तो था ही, दूसरे दिन घी देने के बहाने हवेली गया तो चाची से कह आया। बहन, चाची तुम्हारे लिए बहुत रोती थी। कल मुँह अँधेरे नवाब रुक्का और चीज़ें दे गया था।''

चन्ना सुन रही है, कुछ सोच रही है। वह कहाँ है? सुरेश विस्मय से चन्ना की ओर देख रहा है। चन्ना ने पत्र पढ़ लेने के बाद आँखें फैजू पर गड़ाईं तो वहाँ से लौटाई नहीं। बिना हिले-डुले वह कुर्सी पर बैठी है। उँगलियों में थमा रुक्का...फैजू बोलता जा रहा है और चन्ना नहीं सुन रही है...

उसकी आँखों में रुक्के के लिखे शब्द गूँज रहे हैं और मन में वह स्वप्न। ''फैजू भाई, चाची मुझे यह सब-कुछ न कहलवा भेजती तो अच्छा था। नाना जैसे भी मरे, अब तो मर गए। चाची कब तक यह बातें सोचा करेगी। चाची ने जो कुछ सोचा...''

चन्ना ने इसके आगे कुछ नहीं कहा। सुरेश की ओर देखकर बोली, ''सुरेश, फैजू ने सुबह से कुछ खाया नहीं होगा। साथ ले जाकर कुछ खिला-पिला दो...'' फिर फैजू से बोली, ''फैजू भाई, चाची की भेजी चीज़ें भी ले आओ। खेले की दुकान से।''

फैजू दिल में सोच रहा है कि शहर में रहकर चन्ना पक्की हो गई है। नहीं तो शाहजी की बात सुनकर रो न पड़ती।

''बहन, खाने-पीने की क्या जल्दी है? पर खेले की दुकान से चीज़ें लानेवाली बात सही है।'' फैजू कुछ झिझका—''बहन, मैं अपने आप चला जाता हूँ। बाबूजी को तक़लीफ़ देने से क्या फ़ायदा?''

बाबूजी से फैजू का मतलब सुरेश से था। सुरेश सचमुच फैजू के साथ नहीं जाना चाहता। पर फैजू की बातों से चन्ना के नाना का जिक्र सुनकर उसे चन्ना से सहानुभूति हो रही है। व्यस्त होकर बोला, ''तक़लीफ़ कैसी, साथ-साथ चले चलेंगे...''

चन्ना की आँखें जैसे सुरेश से कह रही थीं कि तुम फैजू को कहीं भी ले जाओ, मैं अकेली बैठना चाहती हूँ।

सुरेश फैजू को लेकर बाहर निकल आया। आते-आते चन्ना से कुछ कह नहीं सका। वह गाँव को न पहचानता हो, फिर भी फैजू द्वारा बताई घटना की गुरुता तो जानता ही है। मन में सोच रहा है कि कितने सीधे और मूर्ख होते हैं देहाती। चन्ना के नाना को मरे महीनों हो गए हैं और आज उनकी मृत्यु का रहस्योद्घाटन किया जा रहा है।

कमरे में चन्ना चुपचाप बैठी है। यह सुरेश का कमरा है, वह यही नहीं सोच रही। वह फैजू की कही बातें सोच रही है। नाना मर गए या मार दिए गए, अब इतने महीनों के बाद इसका क्या प्रयोजन है? भागा और चाचा कृपाराम नाना से जीत गए, चाची से जीत गए, उससे जीत गए। एक दिन अधिकारपूर्ण गर्व से उसने कहा था—"देखो मम्मू, तुम्हें रहना हो तो ठीक से रहो। तुम्हें क्या यहाँ किसी से कुछ बाँटना है?" उस दिन चन्ना ने सोचा था कि वह नाना के सामने भी उनके भाई-भतीजे को दबा लेगी और आज चन्ना ने चाहा कि एक बार फिर पढ़े वह रुक्का, लेकिन उसे खोलने के लिए हाथ नहीं उठा। साथ के कमरे से ऊँचे कहकहों की आवाज़ आ रही है। कितनी निश्चिन्त हँसी है। और वह हँसी से कितनी दूर है आज। नाना की मृत्यु के बाद इस बार जब वह माँ के साथ लौट आई थी तो उसने अपने को समझाया था कि जो कुछ भी होता चला जा रहा है, उसे दुःख से रोकर अस्वीकार करने का प्रयत्न क्यों किया जाए। चन्ना शायद यह सोचते-सोचते भूल गई थी कि उसकी स्वीकृति या अस्वीकृति से कोई बात बनती और बिगड़ती नहीं। पर नहीं, यदि बिगड़ ही जाए तो क्या उसे सँभालने की क्षमता उसमें नहीं है?

सुरेश और फैजू जब लौटे तो शाम हो गई थी। "आओ भाई..." चन्ना का स्वर स्वयं संयत था। उतावली के से स्वर में बोली, "खोलो न फैजू भाई! देखूँ चाची ने क्या कुछ भेजा है?"

फैजू ने बारी-बारी से सब चीज़ें खोलीं। सुरेश के कमरे में देहात की मक्की की रोटियाँ, मिट्टी के कटोरे में रखा मक्खन, खोये की बर्फ़ी और हाथ की बनी सेमइयाँ खुल गईं।

"बहन, चीज़ें तो सभी पक्की थीं, इसीलिए चाची ने कनालियों में बाँध दी थीं।" सुरेश नहीं समझा। चन्ना बोली, "फैजू भाई, कच्ची-पक्की की क्या बात करते हो। मैं जानती हूँ, वह सेमइयाँ किसके हाथ की बनी हुई हैं। चाची पूजा-पाठ करके छूने का ध्यान रखती है। पर यह वह नहीं जानती, उसी की चीज़ों को मेरी सईदा बीबी कितनी बार छूती है।"

"हाँ-हाँ, सच कहती हो बहन! आती बार उसने तुम्हारे लिए कहा था—रात को हाथ-पैर धोकर सोया करें और अपनी परछाईं न देखा करो, रात को सपने में मन भटकता है बहन! सईदा बीबी ने बहुत-बहुत बार पक्का किया था।" सुनकर चन्ना को लगा, जैसे उसके सन्तप्त मन पर किसी ने फुहार डाल दी हो।

कुछ देर पहले वह भागे को मन में रखकर सोच रही थी कि क्या उस पैसे के ऊपर दुनिया में कोई चीज़ नहीं, जिसके लिए भागे और कृपाराम ने नाना को ठीक तरह मरने नहीं दिया? पर नहीं, सबसे बड़ी ममता...जिसे उसने खुले हाथों सईदा बीबी से पाया है। उसके लिए क्या वह कृतज्ञता नहीं जताएगी अपने को, अपनी उन

परिस्थितियों को, जिन्होंने उससे उसकी अपनी माँ छीनकर यह माँ दी—जिसने उसे पाला, जिसने उसका हाथ थामकर खड़ा किया, जिसने उसे बिना कुछ कहे यह समझाया कि पराए भी अपने हो सकते हैं। इतने अपने कि उनके सामने परायापन सिर झुका देता है। क्या वह कभी अपने मुँह से किसी से कह सकती है कि उसकी अपनी माँ नहीं थी। सईदा बीबी से अलग वह किस माँ को जानती है?

71

चन्ना को कुछ ख़याल आया। बोली, ''फैजू भाई, काला जूता लेना हो तो ले लो।'' गाँव के लड़कों को काले जूते का कितना मोह होता है, चन्ना यह जानती है। फैजू के कई बार इनकार करने पर भी चन्ना ने चर-मर करता जूता फैजू को दिलवा दिया। फैजू मन में सोच रहा है कि किस तरह वह गाँव में पहनकर निकलेगा। पूरा तहसीलदार लगेगा। शाम को बाज़ार में सुरेश और विजय मिले तो चन्ना विजय से उस दिन की तरह खुले मन से नहीं मिली। सुरेश से बोली, ''सुरेश, फैजू को बाइसकोप तो दिखला दो।'' फैजू और विजय को सुनकर न जाने कैसा लगा।

सुरेश तैयार हो गया। उसे दो-एक दिन में सचमुच फैजू ने अपने सीधेपन से मोह लिया है। गाँव की लम्बी-चौड़ी बातें, शाहजी, भागा और चन्ना जाने कितने ही विषयों पर उसने बाबू साहब से बातें की हैं। बोला, ''हाँ, चलो भाई फैजू, लाहौर आकर बाइसकोप नहीं देखोगे!''

फैजू कुछ-कुछ झेंप से मुस्कराता रहा। बाइसकोप तो वह देखना चाहता ही है, मगर झिझक के मारे कह नहीं पा रहा था। सुरेश और फैजू को जाने को उद्यत देख चन्ना बोली, ''फैजू जाओ, फिर मुझे वापस भी होस्टल पहुँचना है।'' फैजू तो मन में सोच रहा था कि चन्ना के साथ वह बाइसकोप नहीं देख सकेगा। पता नहीं, उसमें क्या उल्टी-सीधी बातें होती हैं। सुरेश की ओर देखकर बोला, ''बहन ठीक कहती है, पर अकेली जाएगी? कहो तो मैं खड़े-खड़े पहुँचा आऊँ।'' सुरेश और विजय हँसे।

''फैजू भाई, तब तक तो तुम्हारा बाइसकोप आधा ख़त्म हो जाएगा।'' चन्ना विजय की ओर देखकर बोली, ''फैजू भाई, मुझे विजय वहाँ तक पहुँचा आएँगे, तुम बेफ़िक्री से जाओ। कल सुबह कॉलेज आना। तुम्हें दुपहर की गाड़ी से चढ़ा आऊँगी।''

चन्ना ताँगे में विजय के साथ चल पड़ी। बोली, ''विजय, यह हमारे गाँव से आया है। देखिए गाँव के लोग कितने सीधे होते हैं?''

''आप तो सीधी नहीं।''

चन्ना हँसी, बोली—

''सच है कि सीधी नहीं हूँ, पर यह तो शहर का चेहरा है। परन्तु विजय जी, सीधेपन पर आज भी मेरी आस्था है।''

''किन्तु यह भी क्या ठीक है कि सीधापन सदा अच्छा ही होता है?''

चन्ना कुछ देर तक सोचती रही—''सीधेपन में सदा अच्छाई न भी हो पर विजय जी, उसकी बुराई भी मेरी और आपकी बुराई की तरह बुरी नहीं होती।''

''सीधेपन की बुराई से क्या आप बुराई को कम बुरा करके समझेंगी?''

''हाँ विजय जी, पर क्या कभी बुराई में भी भोलापन नहीं रहता? इसी लड़के की बात कहती हूँ। इसका पिता बहुत दिनों से हमारी ज़मीनों पर काम करता रहा है और यह लड़का बचपन से मेरे साथ खेलता आया है। मदरसे में पढ़ते-पढ़ते यह फैजू ही मेरा सबसे गहरा मित्र हुआ करता था। इसके बाद नाना के विरुद्ध जो गाँव में टोली बनी, उसमें यह सबका अगुआ था। उसके लिए मुझे इससे कोई शिकायत नहीं। नाना किसानों को ख़ूब बनाया करते थे और एक दिन समय ने इन्हें यह समझा दिया और इनके सामने नाना की दया और सहायता असली रूप में उभर आई। अब उनमें और उनके असामियों में पहले के से सम्बन्ध न रह गए थे। नाना के अपने कोई लड़का नहीं था, दूर के रिश्ते के भाई और उसके लड़के को अपने पास बुला लिया। उस लड़के भागे के आते ही फैजू को शह मिली। एक बार छुट्टियों में गई तो घर के रंग-ढंग ही बदले हुए थे। कुछ बिगड़ैल लड़कों को साथ लिए यह दोनों असामियों को उकसाया करते थे। फैजू की बात मैं समझती थी। इसके दादा के वक़्त में लिया हुआ क़र्ज़ अभी तक नाना के खातों में चलता जा रहा था। लेकिन भागे ने बात यहाँ तक नहीं रहने दी। मेरे वहाँ जाने पर उसने झगड़ा खड़ा करने के लिए कई तरकीबें लड़ाईं। दूर-दूर ज़मीनों पर मेरा पीछा शुरू हुआ। ऐसा करने से उनका क्या बन सकता था? एक दिन अपना इन्तज़ार करते कुछ लड़कों को छिपे हुए मैंने राह में देखा था। जाने क्यों, डरी नहीं थी। वहीं जाकर घोड़ा खड़ा किया और उनसे ज़मीनों की बातें करके आगे बढ़ गई। पर उन सबमें फैजू को वहाँ देखकर मुझे जो वेदना हुई थी, वह मैं जानती हूँ और उसके लिए मैं आज भी उसे क्षमा नहीं कर पाई। वह सीधा-सादा ग्रामीण है, तब वह अपनी ग़लती समझा हो या न समझा हो, पर भागे द्वारा ही नाना को मारने की बात सुनकर वह मेरे लिए यहाँ चिट्ठी लेकर आया है। कल वह मुझसे कह रहा था कि मेरा भागे के साथ उठना-बैठना था, पर वह ऐसा निकलेगा, ऐसी मुझे उम्मीद नहीं थी। विजय जी, आज नाना सामने नहीं, उनके मरते-मरते ही उनके मारने का समाचार फैलता तो यही फैजू भागे को घोड़े पर चढ़ाकर गाँव से रियासत बाहर छोड़ आता। मगर आज तो भागे को नाना की ज़मीन-जायदाद का मालिक देखकर फैजू उससे मित्रता नहीं रख पाया। कभी इन दोनों की गाढ़ी मित्रता थी यह सोचकर मैं आज इस पर क्रोध नहीं करती, पर क्या

इसी से मैं इसका व्यवहार भूल जाऊँगी कि एक बार मेरे विरुद्ध इसने भागे के साथ दोस्ती की थी और आज उसी भागे को फँसाने के लिए यह प्रयत्नशील है। यह भागे का अपराध जानकर भी मेरे सामने उसकी तरफ़दारी करता तो शायद मैं भागे को क्षमा कर सकती थी, लेकिन आज मेरे मन में दुविधा है। विजय जी, देखा आपने, फैजू सब-कुछ भूल गया है। उसके मन में यह सब दाव-पेंच नहीं और यहाँ आकर मुझे वह अपनी बहन से कम नहीं समझ रहा होगा। लेकिन मैं अपने सहज स्नेहमय व्यवहार के साथ भी उसकी उन बातों को दिल से निकाल नहीं पाई हूँ। ऐसे ही बुराई के सीधेपन की बात मैं आपसे कह रही थी। विजय जी, आज मैं उसे बहुत-सी चीज़ें ख़रीद दूँगी, पर उसका मन ऐसे किसी दिखावटी व्यवहार के बिना भी मुझसे कहीं अधिक स्वच्छ है।''

विजय चन्ना के इस तर्क को नहीं समझे। वह उस ग्रामीण के साथ स्वयं अपनी तुलना करके अपने को हल्कापन क्यों दे रही है। इसका अभिप्राय वह नहीं जान सके। चन्ना ने विजय से समय पूछा और न जाने क्या सोचकर बोली—''विजय जी, कुछ रुपए होंगे?''

''हाँ-हाँ।'' विजय इसका कुछ अर्थ नहीं निकाल सके। व्यस्त होकर बोले, ''आप अधिक चाहती हों तो...''

''नहीं, अधिक नहीं चाहिए मुझे।'' चन्ना की आवाज़ मीठी थी, ''विजय जी, एक घड़ी ख़रीदूँगी।''

विजय को विस्मय हुआ, पर अधिक कुछ पूछना जँचा नहीं। पूछने पर शायद चन्ना यह सोचेगी कि रुपयों के कारण विजय को जिज्ञासा है। ताँगा दूसरी ओर मुड़ा और घड़ियोंवाली दुकान पर रुका। चन्ना ने एक अच्छी घड़ी पसन्द की और विजय से बोली, ''आपको अच्छी लगती हो तो ख़रीदूँ?''

चन्ना को उनके निर्णय की प्रतीक्षा है, यह जानकर विजय को अचम्भा हुआ। बोले, ''हाँ-हाँ, मुझे तो पसन्द है, ले लीजिए न।'' विजय ने दुकानदार को संकेत किया। बिल बना। रुपए दिए गए और घड़ी का पैकेट विजय के हाथ में थमाते चन्ना बाहर निकल आई। विजय चन्ना के साथ बहुत खुले नहीं, फिर भी पूछना अनुचित नहीं लगा कि घड़ी किसके लिए ख़रीदी है? चन्ना भोलेपन से हँसी। बोली, ''विजय जी, वह नाना का भतीजा भागा—जिसकी बात मैं आपसे अभी कह रही थी न—उसी को भेज दूँगी।''

विजय को कुछ धक्का-सा लगा। अगर वह ग़लती नहीं करते तो अभी-अभी चन्ना डर से कह रही थी कि जायदाद के लिए भागे ने नाना को शायद किसी से मरवा दिया था। तो क्या वह हत्या का बदला उसे घड़ी भेजकर लेगी। विजय को कुछ असुविधा-सी हुई। उस दिन भी प्रोफ़ेसर मित्रा के साथ चन्ना की बातचीत उन्हें बहुत अच्छी नहीं लगी थी। पर उतने से ही चन्ना को उन्होंने बुरा नहीं समझ लिया

था। अपना-अपना ढंग ही तो है। पर यह कैसा ढंग है? विचित्र-से स्वर में बोले, "उसके साथ मित्रता रखने के कारण आप इस लड़के को क्षमा नहीं कर पाईं, तो क्या उस भागे से आपको कोई शिकायत नहीं?"

"ओह," चन्ना को जैसे विजय की यह बात अनावश्यक-सी लगी, "विजय जी, उन शिकायतों से इसका क्या सम्बन्ध? वह नाना का भतीजा है और उसे नाना ने एक दिन मुझसे अधिक सगा समझा था। यह मुझे भूलता नहीं..." चन्ना रुकी— "हाँ, यह बताइए, प्रोफ़ेसर मित्रा कैसे हैं?" विजय सोच तो कुछ और रहे थे पर प्रकट बोले, "अगले दिन मिले तो कहते थे कि तुम्हारी मित्र अच्छी थीं, पर बोलने का ढंग बुरा था।" चन्ना मुस्कराने-भर के लिए मुस्कराई। बोली, "नहीं, विजय जी, उस समय बोलने के अतिरिक्त मुझमें और कोई अच्छाई नहीं थी। मुझे प्रोफ़ेसर मित्रा अच्छे लगे, क्योंकि जो उन्हें बुरा लगा, उन्होंने छिपाया नहीं और मैं उन्हें अच्छी लगी, क्योंकि जो मुझे बुरा लगा था, उसे मैंने ऐसा करके बताया कि प्रोफ़ेसर साहब की कड़वी से कड़वी बात में भी मुझे अपमानित करने की क्षमता नहीं थी। बस, इससे अधिक और कुछ नहीं।"

ताँगा होस्टल के सामने आ खड़ा हुआ। चन्ना नीचे उतरी और हाथ जोड़ते हुए बोली, "धन्यवाद विजय जी, आपको कष्ट दिया। फिर किसी दिन मिलिएगा।"

विजय ने हाथ जोड़े और ताँगेवाले से अपने होस्टल की ओर जाने को कहकर शिथिल भाव से फैलकर बैठ गए। मन में सोचा—चन्ना जितनी निर्दयता से अपने को जाँचती है तो क्या उतनी ही निर्दयता से दूसरों को नहीं जाँचती होगी? आपस के मित्र भाव में, सहज भाव में किसी को जाँचना ही क्यों आवश्यक है?

72

सरदी की गहरी रात। चन्ना टेबल लैम्प को अपनी शैया की ओर घुमा रही है। आज वह पढ़ेगी। बहुत-से नोटिस उतारने हैं। दो फाइलें और पैन मेज़ पर रखे हैं। खिड़की के पर्दे नीचे डालते-डालते चन्ना रुकी—खिड़की खोली। बाहर कुहरे से घिरा अंधकार था। तारों की लौ पर धुंध छाई हुई थी और चाँद आकाश में नहीं था।

ऊपर तारों के लोक से धरती कैसी दिखती होगी? सर्दी और ठिठुरी हुई तीख़ी हवा चन्ना के बाल छूकर कँपा गई। सामने के कमरों में रोशनी है, पर धुँधली रात। चन्ना ने अपने को आँखों में भरकर देखा—उसकी आँखों में ज्योति है। पर क्या ज्योति से वह सितारों के वास्तविक रूप को देख सकती है। इसी तरह तो वह अपने मन पर छाई धुंध से सब कुछ नहीं देखती? और क्या धरती की तरह ही उसके अन्तर

की तह सिकुड़ी हुई नहीं? वह अपने से ऊपर उठती ही कब है? जबसे होश सँभाला है, वह अपनी आँखों से दूसरों को देखती रही है और अपने आपमें वह क्या कोई आदर्श है, जिससे उसे दूसरों को भाँपना है? नहीं, अपने को क्यों वह इस दृष्टि से देखती है? आसपास फैले हुए कुहरे की धुंध उसकी आँखों की धुंध नहीं। आज तक किसी से उसने व्यवहार में अन्याय नहीं किया, अनादर नहीं किया। सब कुछ ठीक-ठीक जान लेने पर भी वह कभी कटु नहीं बोली—फिर क्या है जिसके कारण वह अपने को नीचे से आँकती है? बचपन से लेकर अब तक याद करे तो वह अपनी समझ के विपरीत भी दूसरों को अपनी कटुता से बचाती चली आई है। वह स्वभाववश ही ऐसी मीठी, ऐसी कोमल नहीं कि गीलेपन का अभिनय करे तो इसमें उसका कोई अपराध नहीं। चन्ना ने एक लम्बा निःश्वास लिया। खिड़की में टेकी अपनी बाँहें उठाईं और परदे डालकर शैया पर बैठ गई। एकाग्र होकर नोट लिखने लगी। पन्ने के बाद पन्ने। जो कुछ भी परीक्षा के लिए होता है, उसे वह ऐसे पढ़ती है जैसे किसी और के लिए अध्ययन कर रही है। लिखते-लिखते चन्ना ने पेन नीचे रख दिया। विमूर्छित करते हुए नींद के प्रभाव में बाँहें फैलाकर अँगड़ाई ली। कितनी मधुरता है इन पलकों को चूमती हुई नींद में। अपने ऊपर कपड़ा खींचते-खींचते लगा—रात पर तो आज धुंध छाई है, फिर मधुरता क्या उसकी बाँहों में नहीं। एक दिन वह इन्हीं से किसी को बाँध लेगी। वह कैसा बन्धन होता है, इसे ठीक-ठीक नहीं जानती, पर उसके आकर्षण से क्या वह बेख़बर है?

दिसम्बर की ठिठुरती सुबह। दो हफ़्ते में छुट्टियाँ होंगी और वह फिर घर जाएगी। घर से क्या अब उसे कुछ अधिक मोह नहीं होने लगा! पिता जीवित थे तो छुट्टियों में भी जाने को अधिक उत्सुक नहीं होती थी और अब अक्सर वह घर की बात सोचा करती है। आज कॉलेज से लौटकर चन्ना ने माँ को लिखा कि इस बार वह सीधी आएगी। गाँव नहीं जाएगी। माँ ज़रूर आश्चर्य करेंगो, पर इस बार उसका जी नहीं मान रहा। क्या करेगी वहाँ जाकर। फैजू के हाथ उसने चिट्ठी भेजी थी कि चाची, तुम किसी की बात का ध्यान मत करो। नाना जैसे भी मरे, अब तो मर गए। मामू के लिए एक घड़ी भेज रही हूँ। चाची, जब आऊँगी तो सब देख लूँगी। यह अन्तिम वाक्य तो उसने केवल चाची का दिल रखने को लिख दिया था। मन में तो वह सोचती है कि अब उसे नाना के मरने को लेकर क्या बनाना-बिगाड़ना है? जब सब कुछ अपने आप ही बिगड़ता जा रहा हो तो वह उसे कैसे रोकेगी। फैजू के सब कुछ बताने पर उसे रात-भर यह विचार ज़रूर रहा था कि भागे को एक बार वह उस जगह पहुँचाएगी ज़रूर, जहाँ मरते हुए नाना की साँसें उसके साथ टकरावें। किन्तु दूसरे दिन सुबह जागते ही उसे लगा कि भागे के अच्छे-बुरे का उत्तरदायित्व उस पर ही है। यदि कुछ है भी तो वह उसे क्यों प्रकट करे? वह क्या कुरेद-कुरेदकर

उससे बातें पूछेगी और कहेगी कि यह सब तुमने नाना की उस जायदाद के लिए किया था, जिसकी अधिकारिणी मैं अपने को समझती थी।

यह पहली बार है चन्ना का गाँव जाने को मन नहीं हो रहा। माँ का पत्र आया—रामलाल जी शिमला जाने को कह रहे हैं। कुछ दिनों से सावित्री का जी अच्छा नहीं। उसका स्वास्थ्य सँभला तो तुम्हें वहीं से लेकर शायद चली चलूँ।

चन्ना ने पत्र पढ़ा तो उल्लास से जी उछला, कितना समय हो गया है उसे पहाड़ देखे? ऊँची चोटियाँ और उन पर ख़त्म होती हुई ऊँचाई। फिर सर्दियों में पहाड़ों पर बिछी बरफ़! काश्मीर की वह धवल दूध से नहाई चोटियाँ याद हो आईं। एक बार फिर देखेगी। वह पाँव-भर चौड़ी पहाड़ी पगडंडियाँ। उन पगडंडियों पर चढ़ने का उसको कितना अभ्यास हो गया था। बचपन के वह दिन याद आए, जब गाँव से शहर और शहर से गाँव जाने की प्रतीक्षा में दिन गिना करती थी। वह क्षण-भर में उँगलियों पर सप्ताह के रात-दिन उड़ा दिया करती थी। सईदा बीबी, आज सोमवार है। दिन-भर खेलूँगी—रात हो जाएगी, सो जाऊँगी, सुबह उठूँगी—मंगल होगा। फिर रात-भर सोऊँगी, सुबह तुम जगाओगी, बुधवार होगा।

छुट्टियाँ होने में अब एक सप्ताह है। पर वह बचपन की गति अब इतनी जल्दी दिन-रात नहीं बीत जाने देती।

आज इतवार है। बाला नहा-धोकर चन्ना के कमरे की ओर चली आई तो उसकी आशा के विपरीत वह जगी हुई थी। ''आज जल्दी कैसे चन्ना?'' बाला ने कुर्सी पर बैठते हुए पूछा। चन्ना बिस्तर से उठकर पास चली आई। हँसकर बोली, ''दीदी, अच्छे से कपड़े निकालकर दो, बाहर जाऊँगी।''

''कहाँ? किसी से मिलने जाना है?''

''हाँ।'' चन्ना ने सिर हिलाया। मुख पर हँसी थी। उल्लास था। ''बाला दीदी, प्रोफ़ेसर मित्रा हैं न, उनसे ही मिलने जाऊँगी।'' चन्ना की आँखों में शरारत की चमक थी। बाला ने गम्भीर बनने का अभिनय करते हुए कहा, ''चन्ना, आजकल कहाँ-कहाँ घूमा करती हो? सुरेश, परेश, मित्रा, दास, सन्याल, किन-किनसे मिलती हो? मालूम होता है...''

चन्ना ने हल्के से बाला के मुँह पर हाथ रखा और धीरे-से बोली, ''अभी कुछ मालूम नहीं होना दीदी—जब होगा तो तुमसे ज़रूर कहूँगी।''

बाला हँसी, ''तुम जानो चन्ना, कपड़े तो तुम्हें निकाल देती हूँ पर छुट्टियों के बाद यह सब नहीं हो सकेगा। पढ़ने की तुम्हें कोई सुध नहीं।''

''नहीं बाला दीदी, मैं रात को देर तक पढ़ा करती हूँ और देख लेना, पास ज़रूर हो जाऊँगी।''

चन्ना होस्टल से बाहर हो गई थी। प्रोफ़ेसर मित्रा अपने कलापूर्ण ड्राइंगरूम में अभी मोर्निंग कोट में बैठे हुए सिग्रेट पी रहे थे। परदा उठाकर चन्ना ने प्रवेश किया।

उसके आकस्मिक आगमन से प्रोफ़ेसर मित्रा अप्रत्यक्ष रूप से ज़रा चौंके। नमस्कार का उत्तर देते हुए बोले, "आओ, बैठो। कैसे आई मिस...मैं नाम भूल रहा हूँ..."

चन्ना ने कमरे को जाँचा—"उस दिन सुरेश के साथ आपसे मिली थी मित्रा साहब, आप मुझे भूले नहीं होंगे। मुझे यहाँ आना याद रह सका तो आपको मेरा नाम ज़रूर भूला नहीं होगा।" प्रोफ़ेसर मित्रा ने इसका कोई जवाब नहीं दिया। धुआँ उड़ाते हुए बोले, "कौन-सा ईयर है?"

"फाइनल।"

परदों पर चमकती धूप। चन्ना चुप है, प्रोफ़ेसर साहब चुप हैं। नौकर छोटी-सी मेज़ पर ट्रे रखकर जा रहा है। अतिथि को देखकर कुछ रुका—चन्ना जानती है, वह क्यों रुका है? सहज स्वर में बोली, "एक प्याला और।" नौकर प्याला रखकर चला गया।

चन्ना ने चाय बनाकर आगे की, "लीजिए।" प्रोफ़ेसर साहब देखते-भर रहे, जैसे कहने से पहले कुछ सोच रहे हों। तभी चन्ना बोली, "मित्रा साहब, छुट्टियों में शिमला जा रही हूँ, आप भी चलिए।" प्रोफ़ेसर साहब एकाएक पहचान नहीं सके कि लड़की का प्रस्ताव कैसा है। उन्होंने उससे अभी तक इनी-गिनी बातें की हैं। अधिक करने की आवश्यकता है, ऐसा भी वह नहीं सोच सके। उनके विद्यार्थी मित्रों में तो सचमुच अध्ययनशील और कला को समझनेवाले लड़के-लड़कियों की कमी नहीं। रूखे से स्वर में बोले, "निमंत्रण के लिए धन्यवाद देता हूँ, पर इस सुबह की सरदी में आने के लिए तो कोई कारण ढूँढ़ नहीं पा रहा हूँ..."

"उसके लिए चिन्ता न करें प्रोफ़ेसर साहब, आज ही की तरह फिर कभी मेरा मन हो आया तो ज़रूर आऊँगी। और आ जाने पर आप मुझे चले जाने के लिए कह सकेंगे, इसमें मुझे सन्देह है।"

प्रोफ़ेसर मित्रा मौन बैठे रहे। उन्होंने सचमुच उत्तर देना आवश्यक नहीं समझा। नया सिगरेट सुलगाने के बदले आँखें मूँदे सोफ़े पर फैल गए।

चन्ना ने प्याला मेज़ पर रखा और प्रोफ़ेसर साहब की ओर देखती रही। उनके साफ किन्तु पीलापन लिए रंग में से यौवन का धुँधलापन झाँक रहा था। उनकी उँगलियों की बनावट तीख़ी थी और उनकी देह लगती थी अपने निश्चित स्थान से छूट जाने पर किसी और सम्बल को थामे-थामे जी रही हो। वह सम्बल क्या...चन्ना ने एक बार अँगीठी के सामने बड़े से गमले में लगे फूलों की ओर देखा और बाहर निकल आई। कला और कला का प्रयोजन क्या इतना-भर ही नहीं। आजीवन रेखाओं से घुल-मिलकर भी क्या कलाकार अपने दायरे में ही उन फूलों के रूप में खिलकर नहीं रह जाता? किन्तु यह क्यों वह सोच रही है? उसने प्रोफ़ेसर मित्रा को जाना नहीं, उनकी कला को पहचाना नहीं, फिर क्या उनकी कला उनकी ही नहीं? कोई भी कला परखने की बुद्धि उसमें है?

चन्ना होस्टल आई। बहुत कम लड़कियाँ अपने कमरों में थीं। अपने कमरे की ओर जाते-जाते रमा मिली। पतली सुरुचिपूर्ण साड़ी, ढीले-ढीले बाल और मुँह पर हल्का-हल्का पेंट, आँखों में काजल की बारीक़ रेखाएँ।

रमा को देखकर आज चन्ना को लगा कि इससे अलग और लड़की की सुन्दरता कहाँ है? यही सौन्दर्य, यही प्रसाधन तो उसका स्वभाव है, फिर उसको बदल डालने का प्रयोजन कहाँ है?

क्या यह सब कुछ अपने आपको नहीं समझा रही? कहीं शंका है—चन्ना ने शब्दों का सहारा लिया—"नारी की सबसे बड़ी कला क्या नारी होने में नहीं? जिस कला ने मुझे यह स्वरूप दिया है, उस कला को यदि मैं जीवित रख सकूँ तो किसी और कृत्रिम कला का उपयोग ही कहाँ है? आज प्रोफ़ेसर मित्रा को देखकर लगा था कि चलते-चलते उनके हाथ से कुछ छूट गया है। और उस छूट जाने पर जिसे उन्होंने अपना दिलासा समझकर अपनाया है, वह क्या उनकी कला नहीं? पर नारी की कला सृजन की कला है—सृजन की राह अमरत्व की राह है। किन्तु नारी की कला जीवित रखने की है, जीवित रहने की नहीं। वह दूसरों को जीवन देने में बनी नहीं रह सकती...नहीं रह सकती। फिर उसके बिखरे हुए, बँटे हुए अस्तित्व में उसका अपना रूप कहाँ है? उसका केवल एक रूप उसके साथ रहता है, जो उसकी देह का रूप है, और उस रूप से अलग वह अपनी आत्मा के नैसर्गिक रूप की स्थापना कहाँ कर सकती है? कहीं नहीं। उसके पास जो कुछ भी है, उसे दे डालना है—फिर अपनी आत्मा का मोह ही उसके पास कहाँ है? उसे अपनी देह का मोह है, क्योंकि वह साधन है मानव की उस लम्बी कड़ी का, जिसके द्वारा वह दूसरों में अपने को जीवित रखती है।"

73

ठिठुरती रात। साँय-साँय करती तीख़ी हवा। टप, टप, ठप, ठप...चौकीदार के पाँव और लाठी की आवाज़। सरदी में भी जैसे घुटन-सी लग रही है। गाँव की रात ऐसी नहीं होती। वहाँ तो लगता है, गाँव आकाश से अधिक निकट है। पर कैसी बात है यह! एक ही धरती है, एक ही आकाश है, एक ही इन्सान है। उसी हाड़-मांस को ढँकने वाला क्या वेश ही उन्हें एक दूसरे से अलग कर देता है? अपने विशाल देश की बात उसने किताबों में पढ़ी, गीतों में पढ़ी है, पर समझ नहीं पाती कि यह समझाने की आवश्यकता कहाँ है कि तुम एक हो। जो एक है, जो अखंड है, वह खंड-खंड कब है। आजकल वह कई बिखरी-बिखरी बातें सुनती है। चुनाव में अलग-अलग नाम, नामों से लिपटे हुए धर्म...मत...पर सचमुच मित्रता है कहाँ?

पहले साल जब वह लाहौर आई थी तो विद्यार्थियों की विशाल सभा में एक दिन उसने आकाश को गुँजाते हुए नारे सुने थे—'भारत माता की जय...' आँखों में आँसू भर आए थे। देह काँपी थी। गला रुँध गया था। वह हवा में लहराता तिरंगा और तिरंगे को चूमती हुई असंख्य-असंख्य आवाज़ों में घूमती हुई एक ही वाणी—किसकी वाणी थी वह—जनवाणी थी, जिसमें हवा को गुँजा देने की शक्ति थी। वहाँ बैठे-बैठे लहराते हुए झंडे को देखकर उसकी आँखों ने कल्पना की थी, यह झंडा एक दिन लहराते हुए खेतों पर झूमेगा और उस धरती में से धरती के पुत्रों की आवाज़ उठेगी—'धरती माँ की जय', 'भारत माता की जय...'

उस दिन जब वह लौटकर आई थी तो साँझ तक वह दृश्य उसके मन पर छाया रहा था। वक़्ताओं के भाषण हिन्दू-मुस्लिम एकता पर सरकार से लड़ने के लिए, पर वह सब कुछ चन्ना नहीं समझी थी। एकता की बात क्या कृत्रिम नहीं। झगड़ा ही नहीं तो फिर एक हो जाने का प्रयत्न कैसा? पर आज वह एकता की बात समझती है। शहर में उसने यह सब कुछ देखा है। कुछ दिनों में जब-जब वह गाँव जाती है तो बड़े-बूढ़े उससे न जाने क्यों सन्देहशील स्वरों में पूछते हैं—"धियानी, फिर अंग्रेज़ की बात बताओ। शहर में क्या रंग-ढंग हैं। छापे में छपता है कि अंग्रेज़ हिन्दियों को राज नहीं देगा।"

सुनकर चन्ना को जैसे धक्का लगता है। राजनीति में उसकी कभी रुचि नहीं रही। फिर अंग्रेज़ द्वारा हिन्दियों को राज देने की बात सुनकर उसे जैसे पूछनेवाले को पहचानने की ज़रूरत पड़ जाती है। यह बात पूछनेवाला बाबा रहमू हिन्दू नहीं और वह सुननेवाली हिन्दू है। यही तो छापा कहता है, जो लाहौर से छपकर आता है। जिस बात को किसी ने जाना नहीं, वह बात छापा कहता है और जो छापा कहता है, वह क्या झूठ हो सकता है? रहमू बाबा वही है, वह गाँधी के चर्खे की बात जब नहीं जानता था तो भी जैना बीबी चर्खा कातकर, उसके तन के कपड़े के लिए खद्दर बनवाया करती थी। आज वह छापे में चर्खे की बात इस्माइल दर्जी द्वारा सुनकर चक्कर में पड़ जाता है कि अंग्रेज़ कहता है कि चर्खा हिन्दुओं का है।

वह मोटे-मोटे तारों का सूत, वही जुलाहे द्वारा बुना हुआ खद्दर। फिर खद्दर किसका है? चन्ना समझ नहीं पाती कि क्या कहे—क्या जवाब दे, पर इन बातों से कुछ नहीं बदलता। जो उसके लिए चौधरी चाचा हैं, जो आंशा बीबी है, जो राबयाँ है, उसके लिए छापा क्या कहता है। एक दूसरा छापा है जो कहता है, काले बिलों ने हमारी नींवें खोखली कर डाली हैं। इसमें अंग्रेज़ की चाल है जो चाहता है कि हिन्दू ख़ुशहाल न रहें। नहीं तो रब्ब के क़ानून को बदलने की किसमें ताक़त थी। जो पैसा देगा, क्या वह सूद नहीं लेगा? जिसकी ज़मीन होगी, क्या उसका हक़ नहीं होगा? यह हिन्दुस्तान है, रूस नहीं, फिर रूस में क्या ज़मीन जोतनेवाले सारे मुसलमान हैं? अंग्रेज़ मुसलमानों को सिर चढ़ा रहा है और हिन्दुओं की जड़ें काट रहा है।

किसान और ज़मींदार में न्याय का हक़ किसका है, इसकी समझ तो उसे आ सकती है, लेकिन हिन्दू-मुसलमान की अलग-अलग अख़बार में न्याय पक्ष किसका है, उसे समझने की बुद्धि उसमें नहीं।

चन्ना यह सब कुछ सोचते-सोचते कब सो गई, नहीं जानती। नींद तो दुःख और चिन्ता से परे है। संघर्ष राजनीति से परे है। पर नहीं, मन का संघर्ष तो सोई हुई आँखों पर भी उभर आता है।

चन्ना प्रतिदिन की तरह जागी। जितना सो जाना सुखकर है, क्या उतना सोकर जाग जाना नहीं? आँखें खोलते ही जैसे हर बार नया भान होता है और कोई चुपके से कान में कह जाता है—जागो, देखो तुम जीवित हो। पर आज जब चन्ना ने हाथ अपनी आँखों की ओर किए तो किसी भ्रम ने जैसे उसे रोक दिया। वह कब से इसी तरह जागती आ रही है, इसी तरह जागती आएगी, पर कभी ऐसी भी सुबह होगी...जब सब होंगे, आकाश पर पखेरू उसी तरह उड़ेंगे, हवाएँ उसी तरह बहेंगी, सूरज उसी तरह उगेगा? पर वह नहीं होगी, नहीं होगी...उसकी आँखें कुछ नहीं देखेंगी, उसके अन्दर अंधकार होगा और उस अंधकार में वह नहीं, दुनिया की दुनिया ख़त्म हो जाएगी। आज कुछ खिला हुआ नहीं रह सका। सुबह उठते ही, अपने न उठने के दिन को क्यों सोच डाला। क्लास में मन नहीं लगा। होस्टल लौटी तो माँ का तार आया पड़ा था। रात की गाड़ी से आ रही थी।

चन्ना गाड़ी आने के कई घंटे पहले स्टेशन पर पहुँच गई। प्लेटफ़ार्म...भीड़, औरतें, मर्द, बच्चे, बूढ़े, यह हलचल, यह कोलाहल, यह आगे जानेवालों की गति...वही गाड़ी है जो रोज़ आती है, रोज़ जाती है, लेकिन मुसाफ़िर बदल जाते हैं। मुसाफ़िर चढ़े जा रहे हैं, उतरे आ रहे हैं, उनमें से यह सोचने को कोई रुकता नहीं कि कल इस गाड़ी में वह नहीं होगा। उसे तो अपने लक्ष्य पर पहुँचने की लगन है। अपनी मंज़िल पर पहुँच की चाह है। फिर क्या चन्ना को ही सोचना है कि एक दिन वह नहीं होगी...एक दिन वह नहीं रहेगी...वह रहेगी कैसे नहीं? आज जो वह है, वह फिर भी रहेगी। मरने के बाद भी उतना ही जिएगी। जो जितना जी खोलकर जिएगा, वही तो मरने के बाद भी जीवन को जीवित रख सकेगा। वह आज है, और इस होने की वह श्रद्धा करेगी, निष्ठा देगी और देगी अपने को एक ऐसा स्वरूप जो स्वयं उसके जीने से होड़ लेगा।

आकाश को छूती हुई पहाड़ों की ऊँची चोटियाँ...उन पर आँख-मिचौनी करती पतली-पतली सर्दियों की धूप! और शृंखलाबद्ध जुड़े पर्वतों के घोर एकान्त को चीरकर जाती हुई छोटी-सी रेलगाड़ी। कभी इन्सान के क़दम किसी मुक्ति की आशा में हिमालय के इन गुरु शिखरों पर चढ़ते होंगे। बचपन में एक बार हवेली में नानी की गोदी में बैठकर महाभारत की कथा सुनी थी। नाना के तख़्तपोश पर गुसाईं जी

बैठे हुए थे। उनके आगे पड़ी चौकी पर नानी के हाथों की बड़ी फुलकारी बिछी थी और उस पर खुली हुई बड़े आकार की पुस्तक। एक ओर भक्ति-भाव से नत मर्द बैठे थे, दूसरी ओर ज़रा-ज़रा सा कपड़ा नीचे खींचे औरतें। आलों में लालटेन जल रही थीं और चौकी के दोनों ओर घी के दीये। नानी ने ओढ़ी हुई गर्म चद्दर को चन्ना पर डाल दिया था। हल्के-हल्के जाड़े के दिन। उसके पास चाची पार्वती भक्तिभाव से सिर झुकाकर बैठी थी। सुलक्खी ब्राह्मणी हाथ में तुलसीमाला फेरती जा रही है। गुसाईं जी का गम्भीर चेहरा—उन दिनों चन्ना को लगता था—गुसाईं जी के हाथ में सदा प्रसाद होता है और सचमुच वह जब भी साँझ को बाहर से लौटते तो बच्चों को किशमिश या बताशे बाँटते चले आते। गुसाईं जी का गहरा रौबीला, मगर मीठा स्वर। एक बार दालान में बहुत-सी स्त्रियों को उन्होंने सावित्री-सत्यवान की कथा सुनाई थी। सत्यवान की कितनी सुन्दर तसवीर खींची थी उन्होंने, और जब एक दिन सत्यवान ने वृक्ष के नीचे आँखें मूँद लीं तो इसके बाद की बात सुनकर स्त्रियों का समूह रो पड़ा था। चन्ना की आँखों में भी आँसू आए थे। उसके बाद कभी-कभी साँझ के समय छत पर डूबता सूरज देख अक्सर चन्ना की आँखों में चित्र घूम जाता है—वह सामने पश्चिम की ओर सावित्री चली जा रही है—चलती जा रही है और कल्पना में उसकी आकृति शायद जवीन्दे पटवारी की घरवाली से मिलती है, जो सुन्दरता के लिए गाँव-भर में प्रसिद्ध है।

गुसाईं जी ने ऊँचे स्वर में भगवान का नाम लिया। श्रोताओं के मस्तक नत हुए और महीने-भर से चलता पाठ आगे बढ़ा। द्रौपदी स्वयंवर, लाक्षागृह, बनवास—वह सब पीछे छूट गए हैं और गन्धारी...उसकी बात सुनकर चन्ना ने दो दिन पहले नानी से पूछा था—"नानी, नाना की आँखें न रहें तो तुम भी आँखों पर पट्टी बाँध लोगी?"

सुनकर शाहनी का जी धक रह गया था। कड़ी आवाज़ में बोली, "चन्नो, बात करने की अक्ल तुम्हें कब आएगी? तुम जितनी लड़कियों के तो हमारे वक़्तों में ब्याह हो जाते थे..."

चन्ना ने मन में सोचा था कि ज़रूर नाना की आँखों के कारण नानी को बात बुरी लगी है। गुसाईं जी आगे चल रहे हैं—पाण्डव द्रौपदी सहित हिमालय पर चढ़ रहे हैं। ऊँचे-ऊँचे पहाड़ बर्फ़ से ढके हुए...बीच-बीच में स्त्रियाँ श्रीराम-श्रीराम करती जा रही हैं—सत-भाग हैं जो गुसाईं जी ने उनके कानों में अमृत डाला, नहीं तो भगवान का नाम कहाँ सुनना था। द्रौपदी और युधिष्ठिर के पीछे-पीछे चढ़ता जा रहा कुत्ता। द्रौपदी बर्फ़ में गिर जाती है और गिरते-गिरते याचना करती है, "हे भगवान, मुझे बताते जाओ, यह मेरे किन पापों का फल है।" गुसाईं जी बोल रहे हैं और चन्ना नानी के हाथों की लच्छियाँ आगे-पीछे करती नींद का बहाना करके रो रही है। नानी की चद्दर से उसने मुँह ढक लिया है। कुछ देर बाद गुसाईं जी के रुकने पर चाची महरी पूछती है—"साहब, सईदा बीबी से कहूँ कि बच्ची को ऊपर ले जाए।" नानी शायद

संकेत करती है और चन्ना सुनकर नानी के गले की भारी जंजीरी कसकर पकड़ती है। वह क्यों ऊपर जाए? क्यों न सुने कहानी? गुसाईं जी जैसी कहानी कौन कहता है? नानी और सईदा बीबी तो बस सात भाइयोंवाली, आधे भाईवाली, पीरों का बकरा और दिल्ली का काजी—यही कहानियाँ बार-बार सुनाती है। चाची महरी इस प्रतीक्षा में बैठ गई है कि लड़की ज़रा गहरी नींद में सो ले। और चन्ना के कान गुसाईं जी के शब्दों पर हैं—"अर्जुन पूछते हैं—हे धर्मराज, मेरा क्या अपराध था..."

झटका लगता है। चन्ना कम्बल में से हाथ बाहर निकालती है वह गुसाईं जी... वह नानी—जाने कितनी पुरानी बातें हैं। आँखें खोलीं तो सामने की सीट पर गर्म कपड़ों में अच्छी तरह लिपटी माँ बैठी है। वह शिमला जा रही है—यह दुर्गम पहाड़ों की राह और उस पर साँप की तरह चक्कर खाती यह छोटी-सी रेल। पहाड़ों पर सूरज जैसे उनकी ओट में है। आर-पार पहाड़ों में झूलते लोहे के तार, कहाँ है वह बर्फ़ीले पहाड़ों पर चढ़ते हुए पाण्डवों का दृश्य...

लम्बी सुरंग के बाद गाड़ी स्टेशन पर खड़ी होती है। रामलाल जी की पत्नी शाल समेट रही है और रामलाल जी चन्ना के पास बैठते हुए कह रहे हैं—"बेटी, सरदी है। चक्कर तो नहीं आ रहे?" और इसके बाद वह तेज़ हवा की साँय-साँय में चाय का गर्म-गर्म प्याला।

रामलाल जी और उनकी पत्नी प्रसन्न है। रामलाल जी आज सबको शिमला छोड़कर कल बम्बई चले जाएँगे। आठ वर्षों के अध्ययन के बाद उनका एकमात्र लड़का कमल विदेश से लौट रहा है। आज उन-सा सौभाग्यशाली कौन है? केवल एक शंका उनके मन में उठती है कि हो सकता है, बेटा अकेला न हो...पर उनका मानने को जी नहीं चाहता। हो तो भी क्या आज वह कठोरता से अस्वीकार कर सकेंगे? इसका छिपा-छिपा संकेत उन्होंने पत्नी को भी कर दिया है। पर कुन्ती इतनी आसानी से मान जाएगी, उन्हें सन्देह है और इसीलिए शायद वह श्यामा और चन्ना के बहाने उसे शिमला छोड़कर स्वयं ही लड़के को लेने जाएँगे। कुन्ती इतनी पिछड़ी हुई नहीं कि बात न समझ सके, पर रामलाल जी यह भी तो जानते हैं कि एकमात्र पुत्र की लाड़-चाव की अभिलाषाएँ करते-करते कुन्ती ने जो इतने वर्ष प्रतीक्षा की है, उसे वह समुद्र पार के गोरे रंग के पीछे लुप्त न होने देगी।

कुन्ती गाड़ी की धीमी-धीमी रफ़्तार में पुत्र के स्वप्न देख रही है। अब वह जल्दी ही अपने बेटे से मिलेगी। यह आठ वर्ष—माँ की ममता की कितनी बड़ी परीक्षा थी यह। लड़ाई की ख़बरें...उसे रातों नींद नहीं आती थी। और कभी-कभी रेडियो द्वारा पुत्र के दो शब्द सुनकर मोह विह्वल होकर वह रो दिया करती थी।

श्यामा खिड़कियों के काँच से बाहर विस्फारित नेत्रों से देख रही है। गाड़ी इस गति से चल रही है कि दूर-दूर फैले दृश्यों में से किसी एक को भी अलग से देखकर श्यामा यह कल्पना नहीं कर सकती कि वह कौन-कौन से स्थल थे, जो कई बार

धर्मपाल जी के साथ शिमला जाते हुए उसने उनकी आँखों से देखे थे। शीला की मृत्यु के बाद कुछ महीने तक धर्मपाल उससे अजीब खिंच-से गए थे। और शिमला आते ही उसने उनमें परिवर्तन पाया था। आज वह दिन कहाँ है, पति कहाँ है? यह बर्फ़ीला सर्द शिमला अब उसे क्या लगेगा? उसकी सुन्दरता उसके अपने जीवन के उल्लास के साथ थी। पर वह रामलाल जी के अनुरोध को नहीं टाल सकी। पहले तो उन्होंने उससे बम्बई जाने को कहा था, पर फिर पहाड़ की सलाह क्यों बनी, वह नहीं जान सकी।

चन्ना के पास वह एक रात रुकी थी और कमरे में शृंगार के प्रसाधनों से अधिक उसे वहाँ काग़ज़ और किताबें ही दिखाई दी थीं। इस बार चन्ना के गाँव न जाने के निर्णय से उसे सचमुच अचम्भा हुआ। प्रिंसिपल के पूछने पर कहा था कि पढ़ने में बहुत अधिक कुशाग्र न होने पर भी वह अध्ययनशील है और वार्डन ने बताया था कि वह उन्हें शिकायत का मौक़ा न देने पर भी बिना रजिस्टर में नाम-पता दर्ज किए कहीं की कहीं घूमती रहती है। रावी पर जाना वह सप्ताह में कभी नहीं भूलती है।

श्यामा जानती है कि इन सब बातों में एक भी बात ग़लत नहीं, पर कहे तो क्या कहे वह लड़की से।

और चन्ना गर्म कम्बल में अधलेटी हुए सोच रही है कि अब वह अपने आसपास बुने एकाकीपन के जाल को छिन्न-भिन्न कर देगी। वह मित्र चाहती है, वह साथी चाहती है, वह हिल-मिलकर रहेगी। वह अपने को याद रखेगी तो दूसरों को भी भूलेगी नहीं। एक दिन उसने जाने किस विचार से द्रवित होकर लिखा था—''मैं अपनी शुभकामनाएँ भेजती हूँ, उन जीवन की राह पर चलते हुए राहगीरों को, जो अपने को स्वयं दिलासा देकर आगे बढ़ते हैं। जिनको किसी का सहारा नहीं होता, जिनको आँधी और तूफ़ानों में किसी की ओट नहीं होती, जिनके आगे उनका अपना विश्वास होता है और पीछे उनका धीरज...मैं उन्हें अपना प्यार भेजती हूँ, दुलार भेजती हूँ।''

अम्बर से बरसती हुई रुई के ढेर—दूर-दूर तक पहाड़ों पर मानो किसी श्वेतवसना देवी ने अपने पंख पसार दिए हों। हिमालय के किस विपुल धवल भंडार से निर्मल कोमल बर्फ़ीले कण...सहज-सहज ऊँची-नीची धरती पर वृक्षों की नंगी टहनियों पर बिछते चले जा रहे हैं। स्टेशन की लाल छत बिल्कुल सफ़ेद हो गई है। प्लेटफ़ार्म पर अधिक भीड़ नहीं। उतराई उतरते ही एक ओर रिक्शा कुली बैठे हैं। जलती हुई अँगीठी और हाथों में हुक्के। उनके साथ ही अपनी विचित्र-सी वेशभूषा भी होती। श्यामा और कुन्ती प्लेटफ़ार्म के प्रवेश द्वार पर रिक्शा में से उतरती हैं। रिक्शा कुली टन-टन घंटी बजाते रिक्शा क़तार में खड़ी कर देते हैं। कुन्ती और श्यामा लम्बे-बड़े कोटों में लिपटी हुई प्लेटफ़ार्म पर खड़ी हैं। गाड़ी आने में देर नहीं। कुन्ती

उत्सुकता से चढ़ाई की ओर देख रही है। चन्ना पीछे-पीछे घोड़े पर आ रही थी। स्टेशन पर लगी घड़ी में देखा, गाड़ी आने में दस मिनट हैं। घोड़े से उतरकर चन्ना ने हातों को संकेत किया, कोट झाड़ा और माँ और चाची के पास जा खड़ी हुई। बर्फ़ीली हवा तीखी लग रही है। पाँव सुन्न हो रहे हैं और सामने बैठे हातों के तन पर अजब गूदड़-सा लिपटा देख चन्ना को आश्चर्य हो रहा है। श्यामा सिकुड़ी-सी खड़ी है। इतनी सर्दी में वह सचमुच बाहर न निकलना चाहती थी, पर आज 'न' करने का मौक़ा ही कहाँ था?

टन-टन-टन.. पतला-सा घंटे का स्वर—लाइन, लाइनों पर पहिए घुमाती रेल प्लेटफ़ार्म पर आ खड़ी हुई। कुन्ती, श्यामा और चन्ना के साथ मंत्रमुग्ध-सी आगे बढ़ी। कम्पार्टमेन्ट में से रामलाल जी के साथ उनका सुन्दर, स्वस्थ बेटा उतरा। माँ के पैर छुए। श्यामा कमल के हाथ का चुम्बन लेती है और चन्ना अभिवादन करती है। कुन्ती भावातिरेक से कुछ बोल नहीं पा रही। यही उसका बेटा है, यही उसका पुत्र है...कितना बड़ा हो गया है! उसके गोरे रंग पर स्वास्थ्य की लाली है, लेकिन कुन्ती को लग रहा है कि बच्चा दुबला हो गया है। उसका लम्बा क़द...माँ सोच रही है कि जब पढ़ने विदेश भेजा था तो कितना छोटा था। कमल गम्भीर है। रिक्शाएँ चलने लगीं। रामलाल जी बोले, "चन्नो, चलो बेटी बैठो।"

"आप चलिए चाचाजी, आपसे जल्दी पहुँचूँगी घोड़े पर..."

ऊपर की चढ़ाई तक चन्ना रिक्शा के साथ-साथ चली आई है। ताज़ी-ताज़ी बर्फ़ पर घोड़े के पैरों के निशान बनते जा रहे हैं। रिक्शा के पहिये घूमते जा रहे हैं। ऊपर की बड़ी सड़क पर आकर चन्ना ने घोड़े को थपथपाया और रिक्शाओं से कहीं आगे निकल गई। रिज पर आकर होटल की ओर मुड़ने लगी तो 'जाकू' की चोटी पर दृष्टि गई। बर्फ़ अधिक गिर रही है। पहाड़ के साथ-साथ ऊपर जाती सड़क सफ़ेद है। उसके किनारे-किनारे लगा लकड़ी का जंगला। चन्ना ने घोड़ा ऊपर घुमा दिया। रास्ते के साथ-साथ ऊपर-नीचे कोठियाँ ठिठुरी-सी खड़ी हैं। कोई हलचल नहीं। घोड़ा तेज़ चल रहा है। ऊँची चढ़ाई के मोड़...एकाएक चन्ना घोड़ा रोक लेती है। यह नया घोड़ा ऊपर जा भी सकेगा? नहीं...यह घर लौटने का बहाना है। चन्ना को जिज्ञासा नहीं, इसरार इनकार करेगी। किन्तु चन्ना रुकी नहीं, घोड़े से उतरी। ज़रा आगे चलकर किसी क्लब का बोर्ड देखा और रिक्शा के शेड में जाकर घोड़ा बाँध दिया। अब वह पैदल ऊपर जाएगी। चन्ना सीधी चढ़ाई पर है। वह चल नहीं रही, दौड़ रही है। इस बर्फ़ीले दिन में कितनी स्फूर्ति है, कितना जीवन है। कुछ अंग्रेज़ स्त्रियाँ और पुरुष एक-दूसरे का हाथ थामे नीचे उतर रहे हैं। आकाश नीचे झुक गया लगता है और पर्वत की चोटी और भी ऊँची उठ गई है। चन्ना जाकू के शिखर पर हैं, सादा-सा मन्दिर, बन्द द्वार, हल्की-सी खटखटाहट, और पुजारी जी द्वार खोल देते हैं। आज के दिन इस शिखर पर कौन आ सकता है?

''आओ बेटी!'' पुजारी काला पटटू ओढ़े हुए हैं। अँगीठी जल रही है और दीपक के प्रकाश में हनुमान जी की प्रतिमा चमक रही है। चन्ना ठिठककर खड़ी है। पुजारी जी इस द्विधा को नहीं समझ रहे। ''बर्फ़ में कैसे आना हुआ बेटी?''

चन्ना के आने का कोई कारण न था। पुजारी जी पल-भर के बाद आगे बढ़े। प्रतिमा के चरणों को छूकर वापस लौटे और चन्ना के माथे पर टीका लगा दिया। चन्ना प्रणाम नहीं करेगी? कितनी चढ़ाई चढ़कर आई है। इस निर्जन में यह मन्दिर, यह पुजारी जी और उस देवता की प्रतिमा जिसे वह जानती नहीं। और जिसे उसने मूर्ति के सहारे बिना और कहीं देखा नहीं, फिर भी श्रद्धा है इसे। चन्ना को मन से इसका क्या उत्तर मिला, इसे वह शब्दों में नहीं सुन सकी। आगे बढ़ी, माथा नवाया। किसी कामना, किसी प्रार्थना को वह नहीं जानती। झुकी और उठी। युग बीते हनुमान हिमालय से संजीवनी ले गए होंगे, आज उस शक्ति को, उस बल को कौन है जो पूज रहा है। मानव की बुद्धि नहीं, तर्क नहीं न परम्परागत संस्कार। चन्ना प्रसाद पाकर जब द्वार के बाहर निकली, दूर-दूर तक देखा—ऊँचाई का आदर्श कितना पुनीत है, और उस आदर्श को स्थापित करने के लिए क्या इन्सान ने मन्दिरों के लिए ऐसे स्थल नहीं चुने थे? नीचे देखा—बर्फ़ में लिपटे पहाड़। पहाड़ों में छिपे-छिपे घर और दाहिनी ओर होटल की ऊँची इमारत। इमारत के अन्दर एक नई दुनिया है, बिजलियाँ, जगमगाहट, कपड़ों की चमक, मूल्यवान गर्म दुशाले, कोट और फर—नृत्य-संगीत...

चन्ना उतराई उतर रही है। बर्फ़ गिरनी बन्द हो गई है, पर अँधेरा छा-छा जाता है। तीख़ी हवा। चन्ना के पाँव आगे नहीं बढ़ पा रहे हैं। क्लब के पास आई। रिक्शा शेड में घोड़ा अब भी उसी तरह खड़ा था। पास बैठे रिक्शा-कुली हाथ-पाँव सेंक रहे हैं। चन्ना ने पाँवों को मुक्त किया और अँगीठी के ऊपर पाँव रखकर बोली, ''पहाड़ के रहनेवाले हो?''

''काँगड़े के।''

''सर्दी की आदत है न।''

''हाँ।'' एक प्रौढ़-से कुली ने सिर पर डाली बरसाती में से अजीब तरह सिर हिलाकर कहा, ''हाँ।'' उसकी आँखों में सन्देह है। उसकी आँखें क्लब के द्वार पर जाती हैं, शायद स्वामी को देखने। अंग्रेज़ उन्हें गर्म कपड़े देता है और तेज़ भगाता है। और देशी रिक्शा-कुली समझकर सहानुभूति जता देता है। आधा दोष उसके कर्मों का बताकर, आधा विदेशी शोषण पर डालकर आगे बढ़ जाता है। चन्ना को लगा उसके स्वर में वही दूरी थी, अवज्ञा थी जो अंग्रेज़ के नौकर में होती है, अंग्रेज़ के बैरा-खानसामा और आया में होती है। उसके गेहुँआ रंग के चेहरे पर कठोर और विकृत रेखाएँ थीं और ऐसा भाव था जो कह रहा था कि हम साहब लोगों के पास काम करते हैं, समझे। वह आठ-दस ठिठुरते हुए रिक्शा-कुलियों की टोली, उनमें

रक्त कहाँ है? यदि होता तो पहाड़ों की इस ऊँचाई पर क्या यह ऐसा दृश्य उपस्थित कर पाते? एक गोरी देह को रिक्शा में बिठाकर अपनी टाँगों को कसकर वह सुसज्जित रूप से भागते चले जाते हैं। चन्ना ने आग पर से पाँव खींच लिए। जूते पहने, कोट झाड़ा और घोड़े को लिये बाहर निकल आई। मन में सोचा—यह कैसी जकड़न है जिसने समूचे देश को एक जंजीर में बाँध रखा है? विदेशी सत्ता है, पर सत्ता को थामे हुए भी तो कुछ है! वह शायद हमारी अपनी पराधीनता है। उस पराधीनता की घुंडी स्वयं स्वदेशी के मन में है।

उस दिन जब वह देश में बने विदेशी होटल में पहुँचे तो रामलालजी के टेलीग्राम दे देने पर भी उनके रिजर्व कमरे किसी अंग्रेज़ पदाधिकारी को दे दिए गए थे और रामलाल जी ठीक-ठीक शब्दों में इसका प्रतिवाद नहीं कर सके। चन्ना बराबर उनके पास खड़ी थी और ऐसे मौक़े पर रामलाल जी के ठंडे दिमाग़ का रहस्य उसकी समझ में नहीं बैठ रहा था। अंग्रेज़ मैनेजर का बिगड़ा स्वर सुनकर चन्ना की तबियत हो रही थी कि झकझोरकर उसे ठीक राह पर ला दे। रामलाल जी ने दूसरे कमरों पर समझौता किया और सजे-सजाए गर्म कमरे में बैठते हुए बोले, ''बेटी, विजित और विजेता में इतना ही फ़र्क़ है।''

चन्ना ने इसका कोई उत्तर नहीं दिया था और रात को जब वह नर्म-नर्म, गर्म-गर्म शैया पर लेटी तो मुक्ता का ख़याल आया, जिसने कई बार जेल के सींकचे पकड़े थे। एक बार उसने उसे घर पर निमंत्रित किया था और देर तक समझा-बुझाकर बोली थी, ''चन्ना, इस पराधीनता में साँस घुटती है...''

चन्ना शायद तब पहले साल कॉलेज में आई थी। इसका प्रतिरोध तो उसने नहीं किया था, लेकिन समझ नहीं सकी थी कि वह घुटन कहाँ है, कैसी है? मुक्ता उसे समझाना चाहती थी, लेकिन विदेशी शोषण की कई बातें बताने पर भी चन्ना के मुँह का भाव नहीं बदला था। क्या ठंडा ख़ून है? और अन्त में मुक्ता ने उपहास से कहा था—''चन्ना, तुम्हारे पिता क्या करते हैं? क्या सरकारी पदाधिकारी हैं?''

चन्ना ने उसमें व्यंग्य अनुभव किया था, लेकिन सरलता से बोली थी, ''मुक्ता बहन, मेरे पिता व्यापारी हैं और मेरे नाना ज़मींदार।''

मुक्ता के अधरों पर मुस्कान फैल गई थी और गहरी विरक्ति से उसने कहा था, ''तभी तो! नहीं तो क्या यह सम्भव था कि इतनी बड़ी लड़की स्वाधीनता और पराधीनता के अर्थ नहीं समझती।'' चन्ना ने इस उपहास का कोई उत्तर नहीं दिया था। जो मुक्ता कह रही है, वह ऊँची बात है, यह तो वह जानती है, लेकिन उसकी ऊँचाई कहाँ है, कैसी है, उसको समझने की परिपक्वता उसमें तब थी कहाँ? पर आज, आज तो वह समझ रही है न!

चन्ना रिज पर आई। साँझ होने को थी। आकाश पर सूरज नहीं। घोड़े को दौड़ाती हुई होटल के सामने पहुँची। दूर से गन्ध आ रही है। तरह-तरह के भोजन, संगीत का मीठा स्वर, जरवन के बर्फ़ीले स्वर को छूता हुआ। चन्ना कमरे में पहुँची तो द्वार के आगे खड़े बैरा ने झुककर सलाम किया। दरवाज़ा खोला और बोला, "साहब लोग ऊपर चाय के लिए गए हैं। हुज़ूर भी जाएँगी?"

"नहीं।" चन्ना अँगीठी के पास कुर्सी पर बैठी और कॉफ़ी के लिए कहकर आँखें मूँद लीं। कुछ क्षण बाद, बैरा ने दबे पाँव आकर कॉफ़ी की ट्रे रख दी—"मेम साहब!" चन्ना ने आँखें खोल दीं। संकेत किया—प्याला बनाओ। चन्ना ने प्याला पकड़ा। दूसरे ब्वाय ने सलाम किया, "हुज़ूर आपको पूछ रहे हैं..."

"कह दो, अभी ऊपर नहीं आ सकूँगी..."

ब्वाय चला गया। चन्ना गर्म-गर्म कॉफ़ी पीती रही। आज वह ऊपर का दृश्य नहीं भूल सकेगी। ऐसी ही किसी एक चोटी पर उसका घर हो और वह उसकी स्वामिनी हो। इसके आगे चन्ना जाने क्या-क्या कल्पनाएँ करने को थी कि श्यामा, कुन्ती, रामलाल जी और कमल साथ-साथ नीचे लौट आए। माँ और चाची नए कपड़ों में थीं। कमल एक सुन्दर विदेश के सिले हुए सूट में। उसके मस्तक पर विदेश का उभार है। ऐसा ही चन्ना को लगा।

रामलाल जी चन्ना के सिर पर हाथ रखकर बोले, "बेटी, तुम थीं कहाँ? इस बर्फ़ में, इतने घंटे कहाँ रहीं?" श्यामा गम्भीर थी, किन्तु आँखों में आश्चर्य नहीं था। वह अब चन्ना को जानने लगी है। और साथ ही चाची बोल उठी, "बेटी, इस मौसम में, आख़िर तुम गई कहाँ थीं।" चाची चन्ना से कुछ कह रही है, लेकिन आँखें उसकी बेटे को प्रेम से निहार रही हैं और कमल जैसे परीक्षा की नज़रों से देख रहे हैं। चन्ना ने आदर से रामलाल जी का हाथ पकड़ा—"बैठिए चाचा जी, मैं तो ज़रा जाकू तक चली गई थी।"

"आज जाकू," रामलाल जी और कुन्ती एक साथ बोल उठे—"बेटी, इतने ऊपर अकेले..."

"घोड़ा दौड़ाते चली गई।" चन्ना का सहज स्वर था। कमल ने जैसे चन्ना को उपेक्षा से देखा हो। क्यों? यह वही जानते होंगे। सबसे अन्त में श्यामा बोली, "चन्ना, कपड़े बदल डालो। गीले नहीं लग रहे?" श्यामा ने क्या कमल के मन की बात नहीं कही? आते ही चन्ना को उन गीले-गीले से वस्त्रों में देखकर उन्हें उलझन-सी हो रही है। क्या इतनी बड़ी लड़की यह सब नहीं जानती।

चन्ना उठकर अन्दर गई तो रामलाल जी हँसते हुए बोले, "भाभी, चन्ना को इतने वर्षों से देख रहा हूँ, बिलकुल नहीं बदली। वही मनमानी करने की आदत।"

"फिर पहनने-ओढ़ने की कोई सुधि नहीं।" कुन्ती बोली। श्यामा ने कोई उत्तर नहीं दिया। कमल की ओर मुड़कर विदेश की बातचीत करने लगी। श्यामा के

गम्भीर व्यवहार में भी ऐसी कुछ बात है कि अक्सर युवक-युवतियाँ उससे खुलकर मिलते जाते हैं। उनका अध्ययन अच्छा है। आज वह चाहे कितना पुराना हो गया हो, फिर भी प्रभावित करने की योग्यता तो सचमुच उसमें है।

चन्ना वापस लौटी। इस बार कोट नहीं था, गर्म शाल ओढ़े थी। आकर हँसती हुई रामलाल जी के पास बैठ गई। बोली, "चाचा जी, आपके बम्बई जाने के बाद आधा शिमला देख चुकी हूँ।"

"भाभी और चाची को भी कुछ दिखाया?"

"नहीं चाचाजी, उनकी रिक्शा मेरे घोड़े के साथ नहीं दौड़ सकती।"

"बेटा, अपने घर के घोड़े की कोई बात नहीं। यह किराये के, इनका कुछ पता नहीं, बर्फ़ पर...फ़िसल..."

कमल न चाहते हुए भी यह बातचीत सुन रहे हैं। इसके बाद चन्ना ने कितनी ही गाँव की बातें बताईं। कितनी बार वह गिरी, कितनी बार उसने बिगड़े घोड़ों को सँभाला और कितनी बार गले-गले तक पानी में वह दरिया पार गई। अन्त में बोली, "चाचा जी, देहात में घोड़ा चलाना मुझे नवाब ने सिखाया था।"

श्यामा को यह देहात की बात अच्छी नहीं लगी। यह विदेशी होटल के सजे-सजाए कमरे...समुद्र पार की सभ्यता और वह छोटा-सा गाँव। कैसी बात करती है चन्ना?

रात को पश्चिमी संगीत के मीठे सुरों में खाना ख़त्म हुआ, थोड़े-से भारतीय गोरे लाल रंग में बुझे-बुझे से लगते हुए।

"माँ थकी हूँ, कमरे में जा रही हूँ।" चन्ना कमरे में लौटी, शैया पर बैठकर लिखने लगी—

"वह बर्फ़ीले धवल शिखर, मेरी आँखें धरती पर उतरी हुई उस चाँदनी को सौ बार चूम लें। मेरी आँखें इन गगन-विचुम्बित पर्वतों का सौ बार स्पर्श कर लें, जो गम्भीरता से सिर ऊँचा किए मौन भाव से, अपनी पीड़ा को तपस्या से धोकर जग के कल्याण के लिए सहस्र धाराओं में बह आते हैं। मेरी आँखें श्रद्धा से नत हों, उस हिमालय के चरणों में जिसके आलोड़न से गंगा और जमुना वेगवती होती हैं। मेरा प्रणाम हो हिमालय के उस देवता को जिसके पास आज भी संजीवनी है, जिसके पास जीवन के शत-शत स्रोत हैं। अमृत में छलकते हुए, अमृत में भरे हुए...

"जीवन ही अमृत है—कलश में भरा हुआ नहीं—पृथ्वी के इस छोर से उस छोर तक बहता हुआ—प्रणाम।"

खाने के बाद चन्ना ने खिड़की में बाहर झाँका—बर्फ़ की सफ़ेदी चाँदनी से होड़ ले रही थी। होड़ नहीं—वह तो दोनों घुल-मिल गई हैं। ऊपर आकाश की चाँदनी नीचे धुले हुए पर्वतों पर बरस रही थी और इन दोनों के आलिंगन से उठती हुई तीख़ी

हवा...पर ऐसी रात क्या सोने के लिए है? माँ और चाची बिस्तर में हैं। कल बर्फ़ गिरने के बाद आज बहुत अधिक शीत हो गया है। रामलाल जी खाने के बाद नीचे आए ही नहीं और कमल दुबारा ऊपर जाने को तैयार हो रहे हैं। और चन्ना क्या करेगी? बाहर शीत की चाँदनी, अन्दर अँगीठियों की उष्णता। खिड़की में पड़ा टेलीफ़ोन उठाया—"हैलो, इस वक़्त घोड़े मिल सकेंगे?" कुछ ठिठककर एक आंग्ल आवाज़, "मिल सकेंगे। कितना नम्बर कमरा?"

"पन्द्रह। धन्यवाद...धन्यवाद..."

चन्ना ने क्षण-भर कुछ सोचा—साथ के कमरे का द्वार धीरे-से खोला। वहाँ कोई नहीं, पर कमल शायद अन्दर होंगे। पत्रिका के पन्ने पलटते-पलटते कमल अन्दर से आए और चन्ना को देखकर कुछ विचित्र ढंग से अभिवादन करके बोले, "कहिए।"

चन्ना को लगा, वह जो कमल से कहने आई है, नहीं कह सकेगी। हँसकर बोली, "आप ऊपर जा रहे हैं?"

कमल ने अनोखेपन से कहा, "जी हाँ।" और इसके आगे कुछ नहीं। कुछ क्षण रुकी। कमल कुछ बोले नहीं। चन्ना उठने को हुई।

"आप कुछ लेंगी—चाय, कॉफ़ी?"

"जी नहीं, धन्यवाद।" चन्ना द्वार तक पहुँची। यह पहली बार है जब वह कुछ कहना चाहते हुए रुक रही है। क्यों? चन्ना मुड़ी और अनुरोधहीन स्वर में बोली, "पूछने आई थी कि आप घूमने चल सकेंगे?" कमल अपनी गम्भीरता तोड़ना नहीं चाहते, "कहाँ?"

"कहीं भी, रात अच्छी है।"

"नृत्य के लिए कह चुका हूँ..." और फिर अनचाहे ही कमल बोले, "पर आपके साथ चलूँगा।" चन्ना मुस्कराई, "तो चलें।"

कमल दूसरे कमरे से बड़ा कोट पहनकर लौटे। चन्ना उनके साथ-साथ सीढ़ियाँ उतर रही है—अपने साथ-साथ चलते हुए दो क़दम। कोनेवाले कमरे के आगे खड़ी महिला हैंडल घुमा रही है और सूट में लिपटी एक आकृति झुककर उसे बाँहों से थाम रही है। ऊपर से संगीत की ध्वनि आ रही है, जिसे चन्ना समझती नहीं। नीचे पहुँचे, फुर्ती से दो रिक्शा सामने आ खड़े हुए। "नहीं-नहीं," फिर कमल से, "आप पैदल चलेंगे या घोड़े पर?" कमल स्वयं सवारी के शौकीन हैं, लेकिन खाने के बाद तो...

"आप घोड़ा लेना चाहती हैं?"

"जी, जी!" चन्ना के स्वर में उतावली थी।

कमल जिस अभ्यस्त रूप से घोड़े पर चढ़े, चन्ना ने इसे अनदेखा नहीं किया। और वह जिस फुर्ती से कूदी, इसे कमल ने देखा। आधे फुट जमी बर्फ़ पर घोड़े की

टाप नहीं सुनाई दे रही है अभी सख़्ती से बर्फ़ जमी भी नहीं। छोटे शिमले की चौड़ी सड़क। कभी-कभी बन्द रिक्शाएँ पास से निकल जाती हैं। चन्ना और कमल साथ-साथ जा रहे हैं। इस धवल वातावरण को आँखों की भाषा के सिवाय और कौन भंग कर सकता है?

"आप यहाँ पहली बार आए हैं?"

कमल का संक्षिप्त-सा उत्तर, "पहली बार।"

"विदेश में आप कितने वर्ष रहे?"

"पाँच वर्ष।"

चन्ना ने अकारण घोड़े को ठोकर मारी। इसके बाद कुछ नहीं। गवर्नर की कोठी के सामने के मोड़ से चन्ना ने घोड़ा मोड़ा।

"क्यों, क्या वापस लौट रही हैं?"

"जी, यह राउंड तो बहुत लम्बा है। फिर उधर ऊँचाई अधिक है, सर्दी होगी।"

"आप नींद में न हों तो चलिए।"

चन्ना को सुनकर आश्चर्य हुआ। चाँदनी में चमकती कमल की आँखों में देखकर हँसती हुई बोली, 'नहीं, मैं नींद में नहीं। नींद में होती तो आपको साथ लेकर आती?" अब चन्ना ने घोड़ा तेज़ किया और जब कई चक्करों के बाद घाटी के खुले चौराहे पर रुकी तो कमल दूर थे। साँय-साँय...तीख़ी हवा। चन्ना नीचे कूदी। खड़े होकर दूर-दूर तक देखा, पहाड़ों के सिवाय कहीं कुछ नहीं। निर्जन, सुनसान...चन्ना किसी भय को नहीं जानती, फिर यह क्या है? इतनी अकेली रात...कमल पास पहुँचे। उन्होंने क्यों घोड़े को नहीं दौड़ाया। चन्ना नहीं समझी। घोड़ा हिन-हिनाकर ख़ामोश हो गया। चन्ना निष्पलक कमल की ओर देखती रही। वह नीचे उतरे। उनका साफ़ रंग, सुन्दर आकृति चाँदनी में चमक रही है। वह गम्भीरता के रहस्यमय आवरण में से मुस्कराए और धीमे स्वर में बोले, "आप इतनी तेज़ क्यों आ गईं..."

चन्ना हँसी—"नींद में नहीं थी, इसीलिए।"

कमल ने चन्ना की ओर देखा। उन्होंने क्या ऐसी बहुत-सी लड़कियाँ नहीं देखीं? उसके हँसने में भोलापन है और उसकी आँखों में बड़प्पन और खड़े होने में अभिमान नहीं, गरिमा है। जंगले का सहारा लिए खड़ी चन्ना के पास आकर बोले, "आप सचमुच निर्भीक हैं...' और हल्के से चन्ना के कन्धे पर हाथ रख दिया। चन्ना चौंकी नहीं, उनकी ओर झुकी और स्थिर भाव से उनके हाथ का चुम्बन लेकर मृदु स्वर में बोली, "आपके साथ यहाँ आना कभी भूलूँगी नहीं।"

कमल ने चाहा, चन्ना की तरह ही सहज भाव से उसे बाँहों में भर लें। आगे झुके, हाथ से चन्ना को थामा और चन्ना ने उनके आगे अपना हाथ कर दिया। कमल

की बाँह अपने आप ढीली हो गई और मधुरता में भीगकर चन्ना का हाथ चूमकर हल्के से बोले, ''चन्ना!''

उत्तर में चन्ना खिलखिलाकर हँस पड़ी। निःसंकोच। कमल के हाथ को इस तरह छूकर बोली कि वह जान नहीं पाए कि वह सचमुच उसका स्पर्श था, ''कमल जी, यही सोच रही हूँ—रात सुन्दर है, चाँदनी, मैं या आप...'' कमल की आँखों में प्रशंसा थी, प्यार था—''इतनी भोली हो? चन्ना!''

''नहीं कमल!'' कहते-कहते चन्ना ने क़दम उठाया और उछलकर रकाब में पाँव डालते हुए बोली, ''आइए न, लौटने में देर होगी...''

इस देर के लिए कमल अधिक चिन्तित न होंगे, यह चन्ना जानती है। तभी तो घोड़े पर चढ़कर कह रही है। कमल ने अनुसरण किया। पहाड़ों के साथ-साथ दो घोड़े दौड़ते चले जा रहे हैं। चाँद जैसे पर्वत की चोटी से जुड़ा हुआ है। कमल कुछ कह नहीं रहे। वह कुछ कहना नहीं चाहते। चन्ना चुप है। वह कहने के पहले कुछ सोच रही है, किन्तु एक-दूसरे की उपस्थिति में क्या अब निकटता नहीं? उतराई उतरकर अब वह रिज की सड़क पर हैं। सामने बेंचें पड़ी हैं, लेकिन बर्फ़ से लिपटी हुईं...

''चन्ना, कुछ देर के लिए रुको...'' कमल की आवाज़ उसे परिचित लगी। उनकी ओर देखकर स्नेहमय स्वर में बोली, ''नहीं कमल, इस मित्रता के क्षणों को भूलूँगी नहीं। कभी इससे आगे बढ़ सकी तो रुकने के लिए क्या हम दोनों में से किसी को भी अनुरोध करना होगा।''

घोड़े होटल के आगे खड़े हो गए। चन्ना और कमल साथ-साथ उतरे। होटल अब भी जगमगा रहा है। चन्ना कमल के कमरे में आई। रामलाल जी अँगीठी के आगे बैठे थे। पिता की तरह ममता से मुस्कराए और दर्शक की तरह भेदपूर्ण आवाज़ में बोले, ''कहाँ थे बेटा तुम लोग?''

कमल पूर्ण गम्भीरता से सोफ़े पर बैठ गए और चन्ना सदा की तरह हँसकर बोली, ''चाचाजी, जानते हैं आज कमल को राउंड लगवा लाई हूँ।'' कमल आँखों से हँसे और रामलाल जी हँसते हुए बोले, ''मैं जानता हूँ बिटिया! सर्दी में सोओगी भी या रात-भर राउंड के स्वप्न लोगी।''

चन्ना जाते-जाते रुकी। एक बार कमल की ओर देखा और फिर रामलाल जी पर झुककर धीरे-से बोली, ''चाचाजी, मैं जानती हूँ, स्वप्न की बात आप क्यों कह रहे हैं?''

और रामलाल जी के कुछ उत्तर देने के पहले शरारत से मुस्कराकर, ''गुड-नाइट, मधुर स्वप्न,'' कहती हुई बाहर हो गई।

रामलाल जी ने बेटे की ओर देखा—आँखों में कुछ था, जो कल तक नहीं था। बाहर धरती पर बिछी बर्फ़ को आकाश की चाँदनी चूम रही थी, पहाड़ मौन खड़े थे—लेकिन कहीं हलचल थी...

74

कुछ दिन बाद—

श्यामा ने धीरे-से चन्ना के कमरे में प्रवेश किया। वह अभी जगी नहीं थी। पास चाय की ट्रे पड़ी थी। श्यामा लौटते-लौटते रुकी, चाय का प्याला बनाया और माथे को छूकर बोली, "उठो बेटी, बहुत देर हो गई।" चन्ना ने हाथ ऊपर किए और आँखें खोल दीं। आँखों में मुग्ध भाव था। माँ को नमस्कार करके बोली, "माँ, तुम्हारी प्रतीक्षा में थी कि तुम जगाओगी तो उठूँगी।"

श्यामा उदासी से मुस्कराई, "क्यों?" चन्ना ने देखा नहीं।

"चन्ना, ज़रा बाहर जा रही हूँ। रामलाल जी के मित्र का सुबह के लिए निमंत्रण है।"

"क्या कमल भी जा रहे हैं, माँ?"

श्यामा कुछ देर लड़की को देखती रही, फिर उसके हाथ को छूकर बोली, "नहीं चन्ना, कमल नहीं जा रहे...मैं, तुम्हारे चाचा और चाची..."

"माँ..."

"हाँ चन्ना!"

"आज कमल के साथ घूमने जाऊँगी।"

"जाना बेटी!"

चन्ना ने हाथ बढ़ाकर चाय का प्याला तिपाई पर रख दिया। कुछ सुनने की आशा में श्यामा कुछ देर रुकी। फिर उठी तो चन्ना पूछ रही थी, "कब तक लौटोगी माँ?"

"दो घण्टे तो लगेंगे ही बेटी..."

"अच्छा माँ!"

श्यामा चली गई। धीमे से द्वार बन्द हो गया। चन्ना देर तक लेटी-लेटी सोचती रही—क्या?

जब कमरे से निकली तो गर्म कपड़ों में लिपटी थी। द्वार खोला। पहले कमरे में कोई नहीं था। परदा उठाया—कमल सो रहे थे। माँ सच कहती थीं कि कमल नहीं जा रहे।

चन्ना चुपचाप, मौन, अँगीठी के पास खड़ी रही। अँगीठी अब भी गर्म थी, लेकिन कोयलों पर राख की परतें थीं। भारी परदे, खिड़कियों पर लटक रहे हैं। पैरों के नीचे नर्म-नर्म कारपेट। टिक-टिक घड़ी चल रही है। कमल ने करवट ली। दूध-से स्वच्छ सिरहाने पर उनके बाल। चन्ना पास जाकर खड़ी हुई। पल-भर देखा। हाथ अपने आप ही कमल के बालों में चला गया—कमल ने आँखें खोल दीं। चन्ना ने हाथ नहीं उठाया। कमल की दृष्टि ने जैसे उस हाथ को जकड़ लिया।

"मैं सोचता हूँ—रात सुन्दर है, मैं कि आप..."

कमल कभी कल्पना करते थे, वह सुबह सोए-सोए करवट लेंगे, उनके सिर पर हल्का-सा स्पर्श होगा...क्या यही वह स्पर्श है? कमल कब तक इसी तरह लेटे रहे। चन्ना कब तक झुकी खड़ी रही? और जब यह मीठे क्षण समाप्त हो गए तो चन्ना का मुख कमल के हाथों में था। कमल ऊपर नहीं उठे। चन्ना नीचे नहीं झुकी। क्षण के बिखर जाने पर हँसती हुई बोली, ''घूमने नहीं चलोगे कमल!''

कमल ने अपने बालों में उँगलियाँ घुमाकर चन्ना की ओर देखा—मुख पर आकर्षित करनेवाला गाम्भीर्य। चन्ना पास पड़ी सीट पर बैठते हुए बोली, ''नाश्ते के लिए ऊपर चलोगे?'' कमल बार-बार चन्ना की ओर देख रहे हैं। ''यहाँ आओ चन्ना!'' कमल के स्वर में अनुरोध है। चन्ना उठी, हौले से हँसी और पास आ खड़ी हुई। कमल की आँखें जैसे ठिठककर रह गईं। पतला-सा कम्पन और दबाव भरे हाथों से चन्ना के हाथ अपनी ओर खींच लिए, और...

चन्ना की पलकों में विनय की मूर्च्छना थी। वह भूली नहीं और सिर हिलाकर अस्फुट स्वर में बोली, ''नहीं!''

आँखों में कोई अनदेखी छाया थी। कमल बढ़े नहीं—चार हाथ थम गए। बाहर की तीख़ी हवा रुक गई। घड़ी जैसे ठिठक गई, लेकिन नहीं—घड़ी चल रही है—चन्ना ने हाथ मुक्त कर लिए और कोमलता से बोली, ''कमल, जागते ही यहाँ चली आई थी। पन्द्रह मिनट में तैयार हो जाऊँगी। नाश्ते के लिए उधर ही आओगे न।'' और बाहर निकल गई।

कमल अब लेटे नहीं रहे। उठे तो मन में सोचा कि उन्होंने चन्ना से बहुत सुन्दर लड़कियाँ देखी हैं, पर ऐसा व्यवहार! झिझक नहीं, खुला व्यवहार, दूरी नहीं...चन्ना के कमरे में पहुँचे तो वह सीट पर बैठी थी। हाथ पर कोट लिये जाने किस सोच में फर सहला रही थी। कमल को देखते ही उठी नहीं, शान्त भाव से बोली, ''घोड़े पर चलोगे कमल... ?''

''हाँ।'' कमल सहमत हुए। नाश्ता करते समय कमल से विदेश की बहुत-सी बातें पूछती रही। कमल उत्तर दे रहे हैं, लेकिन उनकी दृष्टि कहाँ है? दोनों नीचे उतरे तो सुबह हुई न लगती थी। बर्फ़ गिरने को है। रिज पर देखा, शीत के कारण सिकुड़कर आकाश काला हो गया है। रिक्शों की भीड़, अंग्रेज़ स्त्री-पुरुष! यह भारत का नगर कहाँ लगता है? कोई-कोई सिर पर बोरी लिए, पीठ पर किलटा उठाए पहाड़ी दीख जाता है, या फिर पीठ पर भारी बोझ उठाए हातों। दोनों माल से दूर निकल आए हैं। इधर पहाड़ों की ऊँचाई बढ़ती जाती है। पिछले सप्ताह की बर्फ़ उसी तरह जमी है। कमाण्डर इन चीफ की कोठी—गोरखों का पहरा। मोड़ पर शेर के मुँहवाला चमकता-सा पानी का नल। जंगले के साथ बना हुआ छोटा-सा बगीचा बिना फलों का। घोड़े तेज़ दौड़ रहे हैं। कमल खींचकर हल्के होने के प्रयत्न में है, किन्तु न जाने क्यों चन्ना उसी रफ़्तार में भाग रही है। शायद घोड़े को काबू में नहीं

कर पा रही और तंग मोड़ पर घोड़े भिड़ जाते हैं। चन्ना उछलती है। अंग्रेज़ सँभलता है। चन्ना का घोड़ा जंगले से टकराया और बिजली की-सी तेज़ी से चन्ना ने घुमा लिया। चन्ना अब पहाड़ की तरफ़ है, लेकिन जंगले के नीचे खड्ड। पलक झपकते कमल पहुँचे। उन्होंने कुछ ही गज की दूरी से घोड़े के उछलते पाँव देखे थे। अंग्रेज़ उच्च पदाधिकारी लड़की की तेज़ी देखकर सचमुच ख़ुश हुए। जंगले के नीचे जो ख़तरा था, उससे वह अभिज्ञ नहीं थे और यह भी तो वह अनुभव कर रहे थे कि उन्हें अपने घोड़े को बचना उचित था, लेकिन उस समय सदा की तरह जैसे उन्हें इस बात की आशा थी कि आगे जो भी होगा, उनकी रफ़्तार के सामने स्वयं बचने का प्रयत्न करेगा। विनीत स्वर में आंग्लीय अन्दाज़ से बोले, "मुझे खेद है।" चन्ना ने तीख़ी दृष्टि से देखा और घोड़े को पुचकारती हुई बोली, "धन्यवाद।"

चन्ना और कमल आगे बढ़े। अगले चक्कर के पास फैलती हुई चढ़ाई के एक ओर बने हुए हवाघर के पास चन्ना नीचे कूदी। खम्भे के साथ घोड़े खड़े किए और बेंच पर बैठते हुए कहा, "आज ख़ूब बची।" कमल हँसे, "सचमुच सँभल गईं, नहीं तो जंगले की मज़बूती ही क्या थी।"

कमल ने सिगरेट जलाया और बोले, "तो आज मशोबरा पहुँचने का विचार नहीं?"

चन्ना न जाने अपने को कहाँ लौटाकर बोली, "हाँ, है तो।"

"तो फिर?" कमल कुछ और बात कहना चाह रहे हैं। ऐसा ही चन्ना को लगा। व्यस्त होकर बोली, "फिर लौट चलो कमल।" और यह कह लेने के बाद ही चन्ना को लगा कि वह भी यही कहना चाहते थे। सुबहवाली दृष्टि—"चन्ना..." कमल चन्ना के साथ नहीं, चन्ना के सामने हैं—उनके अधरों पर प्यार की तरलता थी, उनकी आँखों में मोह की सजलता थी। "कमल"...चन्ना का स्वर बहुत हल्का था। उस स्वर को कमल खोएँगे नहीं, अपनी ओर खींचकर बोले, "चन्ना..." चन्ना ने कमल की बाँह से लिपटे हुए आँखें ऊपर कीं। कमल की आँखों में मोह की उमड़न थी और उनके स्पर्श में...? कमल झुके—चन्ना की पलकें मुँदते-मुँदते खुल गईं। सिर झुका दिया। कमल क्या इसका सम्मान नहीं करेंगे? तीख़ी हवा से सर्द हो गए बालों को हाथों से छूते हुए बोले, "चन्ना, तुम्हें समझता नहीं हूँ, फिर भी क्या तुम्हारी इच्छा के विरुद्ध चलूँगा?"

चन्ना ने सिर उठाया नहीं। वह सब कुछ भूल जाना चाहती है, वह अपने को भूल जाना चाहती है। और कमल...सोच रहे हैं कि चन्ना उन्हें इतना अधिक क्यों जाँच रही है वह उनके हाथ में है, पर उनके पास नहीं। क्या है जो उन दोनों के बीच है? "चन्नाऽ," चन्ना बोली नहीं। "चन्ना!" वह अब भी मौन है।

"चन्ना!" इस बार कमल की आवाज़ उनके गले में काँप रही थी, उसमें माधुर्य है, रस है और माँग है। चन्ना इससे अनजान नहीं, पर इस माँग का अधिकार

दोनों में से किसके पास है? और इस अँधेरी बेला में चन्ना को लगा कि इन दोनों के जो बीच में है, वह स्वयं एक चन्ना है, नहीं तो उमड़ती उछलन को हाथों से रोक सकना सम्भव ही कब है? चन्ना ने सिर उठाया, आँखों में संकोच नहीं, लज्जा नहीं—कुछ दूरी, कुछ निकटता। कमल के कोट पर हल्के से हाथ फेरते हुए बोली, ''कमल, बर्फ़ गिरने को है। अब वापस लौट चलो।''

कमल कुछ बोले नहीं। चन्ना का हाथ थामे हुए बाहर आए और घोड़ा खोलते हुए बोले, ''नीचे के राउण्ड चलो न।''

चन्ना ने सिर हिलाया। कूदकर घोड़े की रास थाम ली और घोड़े सड़क पर दौड़ने लगे।

कमल और चन्ना जब श्यामा के कमरे में पहुँचे तो वह अकेली शैया पर लेटी कुछ पढ़ रही थी। कमल सामने सीट पर जाकर बैठे और चन्ना श्यामा के पास। ''कहाँ तक घूम आए कमल?''

''बस नीचे का राउंड चाची!'' कहते हुए कमल ने अर्थपूर्ण दृष्टि से चन्ना की ओर देखा। चन्ना की आँखें भटकी नहीं, स्थिर भाव से कमल की ओर देखती रहीं। श्यामा सामने खिड़की की ओर देखने का बहाना करके कमल की ओर हुई और इधर-उधर की बातें पूछती रही। चन्ना श्यामा की गोदी में एक हाथ टेककर बैठी है। कमल चाची से बातें कर रहे हैं, लेकिन चन्ना को देख रहे हैं। चन्ना कमल को देख रही है, लेकिन अपने से बातें कर रही है। श्यामा मन में सोच रही है कि चन्ना की दृष्टि बँध जानेवाली नहीं लगती। और कमल को देखकर आज उसे धर्मपाल की याद आ रही है, कभी इस बीत गए ज़माने के पार धर्मपाल कमल की तरह ही युवक थे और जब वह बम्बई में उसके पास आया करते थे तो उन दिन-रातों का मोल वह चाँदी-सोने से भी नहीं आँक पाती थी।

''कमल, अब कहाँ प्रैक्टिस करने का विचार है?''

कमल पत्रिका के पन्ने पलटते हुए बोले, ''बम्बई में चाची!'' और कह लेने के साथ-साथ उनकी आँखें जैसे चन्ना से कुछ पूछ लेना चाहती हैं। श्यामा ने कल्पना में अपना बम्बईवाला छोटा-सा घर देखा, जब वह स्कूल की मुख्य अध्यापिका थी। अनजाने में चन्ना की पीठ पर हाथ रखकर बोली, ''कमल, बम्बई अच्छी जगह है। वहाँ कई वर्ष रही हूँ।'' फिर बोली, ''कमल, अपने विवाह से पहले की बात करती हूँ।''

माँ का ठहरा हुआ स्वर सुनकर चन्ना ने जाना कि इस ठहराव के नीचे स्मृतियों की उथल-पुथल होगी।

श्यामा कहीं और देख रही है। चन्ना ने माँ की ओर देखा। मन में आया, क्या किसी दिन माँ भी मेरी तरह नहीं रही होंगी? माँ का रंग बहुत साफ़ नहीं, पर उसमें

अब भी तीखा आकर्षण है। पिता के मरने के बाद उस तीख़ेपन पर विषाद की छाया घुली-मिली रहती है, फिर भी कम सुन्दर नहीं लगती। माँ को देखते-देखते चन्ना को पिता याद हो आए। किसी आवेश से प्रेरित होकर आदर से माँ के दोनों हाथ उठाकर आँखों की ओर ले गई, जैसे उस स्पर्श से जानना चाहती हो, क्या यह वही हाथ हैं? श्यामा को चन्ना के नहीं, पति के हाथ दिखाई दिए और कमल की ओर विवश दृष्टि से देखते हुए अवश हाथों से चन्ना का मस्तक थपथपाया और सँभलते-सँभलते बेजान-सी होकर अधलेटी हो गई।

"माँ-माँ?"

"मुझे नहीं, पिता को पुकारो चन्ना!" धीमे से कहते-कहते श्यामा मूर्च्छित हो गई। "कमल!" चन्ना के पुकारने से पहले ही कमल उठकर पास आ गए थे। हाथ लगाकर देखा—आँखें बन्द थीं, "क्या पहले भी कभी..."

"हाँ, पिताजी के मरने पर..."

कमल तेज़ी से बाहर गए। लौटे तो हाथ में बैग था। साँस जाँची, कुछ सुँघाया—पीछे-पीछे कुन्ती का अधीर स्वर।

"चाची अब ठीक है माँ!" कमल का गम्भीर और संयत स्वर।

कुछ क्षण बाद श्यामा ने आँखें खोलीं—कमल दिखे, कुन्ती दिखी—"चन्ना कहाँ है कमल?" चन्ना माँ के साथ बैठी है। "माँ," चन्ना माँ की ओर बढ़ी—"माँ..."

श्यामा ने शिथिल-सा हाथ आगे किया और दुबारा आँखें मूँद लीं। कमल ने फिर कुछ सुँघाया और आज्ञा के से स्वर में बोले, "चन्ना, चाची के पास नहीं, इधर बैठो।"

चन्ना माँ के पास से उठी और उठते ही क्षण-भर के लिए पैर जड़ हो गए। कमल के संकेत पर कुन्ती बोली, "आओ बेटी, इधर बैठो।"

चन्ना भटके-भटके माँ की ओर देखती रही। कुन्ती बोल रही थी, "बेटा, मेरे साथ लौटी तो अच्छी-भली थी, अभी तो हम निमंत्रण से आ रहे हैं।" और चन्ना सोच रही है—उसने माँ के केवल हाथ-भर ही तो छुए थे।

बाहर बर्फ़ पड़नी शुरू हो गई है। कुन्ती चन्ना की ओर आई, और पास बैठते हुए पूछा—"बेटी, क्या कुछ पहली बात याद हो आई।"

"पता नहीं चाची!" चन्ना के स्वर में उलझन थी।

"माँ पानी लाओ ज़रा..."

कुन्ती ने मेज़ पर से पानी उठाया और कमल ने चम्मच से श्यामा के मुँह में डाल दिया। श्यामा हिली, लेकिन बोली नहीं—आँखें बन्द किए पड़ी रही। चन्ना ने यह देखकर भी उठने का प्रयत्न नहीं किया। कम्बल अच्छी तरह से समेटकर लेट गई और बिना प्रयत्न के कब तक सोती रही, कुछ पता नहीं। घंटों बाद जगी तो कमरे

में कमल और चाची नहीं थे और माँ की शैया पर दृष्टि डाली तो माँ नहीं थी। एक टेबल लैम्प के अतिरिक्त कोई दूसरी बत्ती नहीं जल रही थी। अँगीठी में जलते कोयलों की लाल किन्तु धीमी रोशनी थी और बाहर पहाड़ों की कठोरता को बर्फ़ अपनी निःशब्द कोमलता से ढाँप रही थी।

75

छोटी पहाड़ी के आँचल में लाल छतवाला अस्पताल। उत्तर की ओर लकड़ी के जंगले से घिरी कॉटेज। लोहे के पलंग पर कम्बलों में लिपटी श्यामा लेटी है। अँगीठी में आग जल रही है। नर्स अभी-अभी चार्ट भरकर गई है। रोगिणी दुर्बल है। उस दिन चन्ना और कमल के साथ बातें करते-करते जो श्यामा को दौरा हुआ तो हालत सँभली नहीं। कमल स्थिति की गम्भीरता समझकर उसी साँझ चाची को अस्पताल ले गए।

कॉटेज के साथ लगे दो और कमरे भी हैं। रात को कुन्ती यहीं सोती है और दिन में चन्ना। कभी माँ के नींद में न होने पर उनके पास बैठी रहती है और डॉक्टरों की उपस्थिति में अन्दर चली जाती है। कमल दिन में कई बार चक्कर लगा जाते हैं। चन्ना ने माँ की बीमारी के विषय में कोई अधिक चिन्ता नहीं दिखाई। उस दिन शाम को जब बैरा चाय लेकर अन्दर आया तो चन्ना ने नींद में से निकलते हुए पूछा—"और लोग साथ के कमरे में हैं?" बैरा ने झुककर धीरे-से कहा, "नहीं साहब!"

"माँ का जी अच्छा न था, देखो वे सब कहाँ हैं?"

बैरा ट्रे को ठीक करते हुए बोला, "आपके लिए कुछ कह नहीं गए।" चन्ना ने इससे कुछ समझा नहीं। चाय पीकर चुपचाप उसी तरह पड़ी रही। आज कितना सुनसान-सा लग रहा है। माँ क्यों मूर्च्छित हो गई थीं?

परदा उठाकर कमल और रामलाल जी एक साथ अन्दर आए। चन्ना ने बारी-बारी से दोनों को अभिवादन किया, लेकिन उठी नहीं। "माँ और चाची किधर हैं कमल!"

उत्तर रामलाल जी ने दिया। चन्ना के पास बैठते हुए बोले, "बेटी, तुम्हारी चाची भाभी के पास है। उन्हें अस्पताल भिजवा दिया है। बार-बार बेसुध हो रही थीं।" अब रामलाल जी ने कुछ और कहने के लिए बेटे की ओर देखा।

कमल इस बार डॉक्टरी आवाज़ में बोले, "चाची के हृदय की गति स्वस्थ नहीं थी चन्ना...यहाँ उनके लिए सुविधा भी नहीं थी। तुम गहरी नींद में थीं, इसलिए जगाया नहीं..." चन्ना ने कोई अधीरता प्रकट नहीं की। कोई उत्तर बन

नहीं पाया रामलाल जी फिर बोले, ''बेटी, वहाँ कमल सब इन्तज़ाम करके आए हैं। तुम जाना चाहो तो...''

कमल ने बीच में ही टोका—''नहीं चन्ना, चाची को अभी आराम की ज़रूरत है। तुम कल सुबह जा सकती हो।'' कमल की आवाज़ में आज्ञा थी, किन्तु चन्ना को जाने क्यों बुरा नहीं लगा। चन्ना की इस उदासीनता से रामलाल जी को बहुत अधिक विस्मय नहीं हुआ, किन्तु कमल कुछ समझे नहीं। पिता के चले जाने के बाद बोले, ''चन्ना, लगता है चाची को यह पुरानी बीमारी है।''

''मैं जानती नहीं कमल, पिताजी की मृत्यु पर उन्हें इस तरह के दौरे पड़ते थे।''

''रोग तो नया नहीं चन्ना!''

चन्ना कुछ क्षण चुप रही। सोचकर बोली, ''कमल, पहले की बात नहीं जानती। तब तक माँ को मैंने पहचाना ही नहीं था। पहले कभी सोचा भी नहीं था कि यह माँ है, पिताजी की मृत्यु के बाद माँ को मैंने ऐसा जाना है, जैसा कभी नहीं जाना; और माँ मुझमें जैसे पिताजी को देखती हैं...''

कमल ने मन में सोचा कि बहुत देर से पहचान की। श्यामा के हृदय की परीक्षा करने पर हालत बहुत अच्छी नहीं लगी। उन्हें विस्मय हो रहा है कि क्योंकर इस रोग से इतनी देर तक आँखें मूँदे रहीं।

दूसरे दिन सुबह चन्ना जब अस्पताल आई तो श्यामा नींद में थी। पास कुर्सी पर नर्स बैठी थी। कमल बाहर खड़े डॉक्टरों से कुछ परामर्श कर रहे थे। नर्स ने संकेत से दूसरा कमरा बताया, जहाँ कुन्ती अभी-अभी लेटी थीं। चन्ना अन्दर गई। अभिवादन करके उनके पास ही कम्बल से हाथ-पैर ढाँपकर बैठ गई।

कुन्ती ने एक बार फिर कल जल्दी में चन्ना को बिना जगाए अस्पताल आ जाने का कारण बताया और चिन्तित स्वर में बोलीं, ''बेटी, हैरान हूँ कि अचानक इस तरह...''

''चाची, रात कैसे रही...''

''बेचैन तो रही बेटी, दो-चार बार जागी तो, पर कुछ बोली नहीं।''

चन्ना दिन-भर अस्पताल में रही। शाम को कुछ देर के लिए रामलाल जी के साथ होटल की ओर गई और खाने के बाद वापस लौट आई। माँ की हालत में कोई परिवर्तन नहीं। ध्यान से कमल पास बैठे हैं। कई बार बड़े डॉक्टर आ चुके हैं। कमल से परिचय होने के कारण अस्पताल के डॉक्टर भी अधिक ध्यान दे रहे हैं। चन्ना ने हौले से द्वार खोला, माँ की ओर देखा—नींद में थीं। कमल गम्भीर मुद्रा में कुर्सी पर बैठे हैं और सफ़ेद कपड़ों में सीधी एड़ियों पर खड़ी नर्स। चन्ना दबे पाँव साथ वाले कमरे की ओर जाने को ही थी कि घूम गई। कमल उठे और धीरे-से बोले, ''चन्ना, चाहो तो माँ के पास बैठ सकती हो।''

चन्ना पलंग के पास कुर्सी पर बैठ गई। अँगीठी जल रही है। बाहर अँधेरा है। परदे, चिलमचियाँ, रोग-विनाशक गन्ध और ज़रा हटकर 'शिशु-विभाग' से आती हुई बच्चों के रोने की आवाज़।

श्यामा के करवट का प्रयत्न और नर्स के अनुभवी हाथों का स्पर्श। धीरे-धीरे दो आँखें खुलती हैं और श्यामा देखती है—पलंग के पास बैठे हुए कमल और चन्ना। कमल सजग है और चन्ना गम्भीर। उसकी दृष्टि मेज़ पर पड़ी औषधियों पर है और उनके उठाने से पहले ही श्यामा का हाथ कम्बल उठाता है। कमल चाची का हाथ देखते हैं और स्वर को भरसक स्वस्थ करके कहते हैं—"चाची, चन्ना को बुलाऊँ।"

"हाँ कमल..."

चन्ना उठकर पास आती है, "माँ!" श्यामा विस्फारित नेत्रों से देख रही है। क्या पहचान नहीं पा रही? नर्स कहना चाहती है कि रोगी पर बोझ मत डालिए।

"चन्ना!" श्यामा अपने खोए-खोए स्वर को जैसे पकड़ने के प्रयत्न में है।

"हाँ माँ..."

"कुछ खाया बेटी?"

चन्ना ने विस्मय से सिर हिलाया। याद नहीं आता, कभी आज तक माँ ने बचपन में उसके खाने-पहनने की चिन्ता की हो। कमल को चाची की आवाज़ दुर्बल नहीं लगी। वह इस परिवर्तन को समझते हैं। नर्स के पास जाकर धीमे से समझाकर कहा, "मेरा नाम लेना सिस्टर...डॉ. हिल को आने के लिए कहो।"

नर्स बिना कोई आवाज़ किए बाहर गई। कमल पलंग के निकट खड़े हैं।

"चन्ना, तुम्हारे पन्ने पढ़े थे, इतना क्यों सोचती हो?" श्यामा बेटी से पूछ रही है। चन्ना के पास कोई उत्तर नहीं। हल्की-सी मुस्कराहट। फिर कमल की ओर मुड़ी—"कमल, बहन तो यहाँ नहीं?"

"माँ आती ही होंगी चाची!"

श्यामा कुछ और सोच रही है—जीवन को इस तरह कुरेद-कुरेदकर उसमें चन्ना को बहुत अधिक उल्लास नहीं मिल पाएगा—"चन्ना...कमल!"

"हाँ माँ..."

श्यामा की आँखों में उसका अनुभव तैरता आ रहा है। चन्ना का हाथ पकड़कर कमल की ओर देखा—"कमल!"

कमल असमंजस में पास आए। श्यामा ने शिथिलता से उनका हाथ पकड़ा और पलक झपकते चन्ना सब कुछ समझ गई। माँ के हाथ से अपना हाथ खींचकर धीरे स्वर में बोली, "कमल, माँ का जी अच्छा नहीं..." श्यामा जैसे कष्ट से मुस्कराना चाहती है—"बेटी, मैं अच्छी हूँ...तुम कहो तो...।"

कमल का कर्तव्य किसी स्वप्न के आगे रुक गया है। वह दवा उड़ेलते-उड़ेलते जैसे ठिठककर फिर कार्य में लग गए हों।

क्या माँ निश्चिन्त होना चाहती है? पर क्या चन्ना माँ की निश्चिन्तता के लिए अपने को ठीक-ठीक नहीं पहचानेगी? स्वाभाविक स्वर में बोली, "नहीं, माँ..."

कमल पास खड़े हैं, यह क्या चन्ना नहीं जानती। श्यामा ने मूक भाव से एक बार चन्ना की ओर देखा, कमल की ओर देखा। कमल मज़बूत क़दमों से पास आए और हाथ से चाची को छूकर उनके मुँह से दवा लगा दी।

अगले ऊँचे-नीचे क्षणों में कोई कुछ नहीं बोला। डॉक्टर अन्दर आए, परीक्षा की और कमल के साथ बाहर गए।

"माँ!'

माँ उत्तर नहीं देती, केवल बेटी का आगे बढ़ा हाथ अपने शिथिल हाथ में थाम लेती है।

"माँ, कुछ दिन के लिए मामू को बुलाऊँ..."

"हाँ चन्ना..."

चन्ना माँ की ओर झुकी और कई क्षण अपलक उनकी थकी आँखों को देखती रही। उन आँखों में जो प्रश्न का उत्तर था, वह श्यामा ने समझा कि नहीं?

कमल द्वार खोलकर अन्दर आए। चन्ना ने सिर ऊँचा किया और एक बार उनकी ओर देखा, देखकर झुकी—माँ का बर्फ़-सा ठंडा माथा चूमा और चुपचाप दूसरे कमरे की ओर चली गई। वह कब सो गई, कुछ पता नहीं। जब लेटी थी तो मन में कहीं साथ के कमरे में पड़ी माँ के लिए चिन्ता नहीं थी। माँ के किए प्रश्न का उत्तर नहीं था। सिर्फ़ सर्दी लग रही थी और आँखों में विवश कर देनेवाली नींद उसे दूर किसी दूसरे लोक में खींचते लिए जा रही थी। तीसरे प्रहर किसी स्पर्श से खिंचकर उसकी आँखें खुलीं तो पास कमल खड़े थे, "चन्ना..."

"आओ कमल..." चन्ना के स्वर में कोमलता थी, आग्रह था।

"चन्ना, चाची अब नहीं है..." चन्ना ने प्रकाश में कमल की ओर देखा—और संयत स्वर में कहा, "कमल, वह शाल दे सकोगे?"

कमल तो डॉक्टर हैं, लेकिन इतना ठंडापन! चन्ना ने शाल ओढ़ा। केवल शैया से नीचे उतरते-उतरते हाथ आगे बढ़ाकर कमल का हाथ पकड़ लिया। कमल विवशता से बोले, "चन्ना, मुझे दुख है..."

चन्ना कमल के दोनों हाथ पकड़कर पल-भर देखती-भर रह गई।

अभ्यस्त और अनुभवी हाथों ने माँ को पलंग से उठाकर पहिएदार गाड़ी पर रख दिया। गाड़ी हिली तो चन्ना शिथिल भाव से कमल की ओर झुकी और उनकी बाँह छूकर बोली, "कमल, माँ पर भारी कपड़ा डलवाओ।"

कमल ने संकेत किया, ऊपर कम्बल पड़ गया और चन्ना के देखते-देखते गाड़ी कमरे से बाहर हो गई। श्यामा की मीठी देह सदा के लिए गर्मी और सर्दी से छूट गई। कमल दर्दीले मन से चन्ना को घेरकर बोले, ''चलो चन्ना...''

चन्ना ने चलते-चलते लोहे का ख़ाली पलंग देखा। तकिए अभी वैसे ही पड़े थे, जिन पर माँ का सिर था...और अपने बोझ को सँभालने का प्रयत्न करती हुई अनजाने में धीमे से अपने से कह पाई—चलो...चलो...

76

तार मिलने पर जगदीश शिमला पहुँचे तो बहन का संस्कार हो चुका था। स्टेशन पर उन्हें रामलाल जी मिले। होटल आए तो चन्ना कुन्ती के पास बैठी थी। जगदीश की आँखों का गीलापन ऊपर उमड़ रहा है। चन्ना ने अतिशय स्नेह से कहा, ''आओ मामू...''

जगदीश किसी तरह अपने को सँभालकर बैठे। उनकी आँखें पूछ रही हैं कि बहन कैसे इतनी जल्दी चल दी और गला रुँध आया। चन्ना शब्द ढूँढ़ रही है, कुछ कहने को। कुन्ती बोली, ''जगदीश वीर, धीरज धरो। उस घड़ी के लिए पछताती हूँ जब यहाँ की सलाह बनाई थी। यही सोचती थी कि तुम्हें क्या मुँह दिखाऊँगी?'' अब कुन्ती रोई और साथ ही जगदीश। आज कोई उनसे पूछे—एक ही बहन थी, जिसे वह बहन ही नहीं, माँ भी मानते थे।

''अन्त में कुछ कहा बहन ने...'' जगदीश का भरा कंठ। कुन्ती के कुछ कहने से पहले चन्ना बोली, ''मामू, तुमसे मिलना चाहती थी और कुछ घंटे पहले तुम्हारे लिए यही कहा था कि घर की देख-रेख करना।''

कुन्ती ने यह नहीं सुना था। संशय से चन्ना की ओर देखा। किन्तु चन्ना में कोई परिवर्तन नहीं। जगदीश यह सुनकर रो दिए। जिस घर में उनकी बहन नहीं, बहनोई नहीं, उस घर की वह क्या निगरानी करेंगे? कुछ देर बाद जगदीश स्वस्थ हुए तो रामलाल जी के साथ बाहर गए।

कुन्ती बोली, ''बेटा, बहन-भाई की ममता बहुत होती है। अन्त में भी वह भाई को नहीं भूली।''

चन्ना चुपचाप सुनती रही। कुन्ती अधिक से अधिक सहानुभूति जता रही है। धर्मपाल और श्यामा से उनका वर्षों से स्नेह सम्बन्ध रहा। धर्मपाल की मृत्यु के पश्चात् रामलाल जी ने किस तत्परता से उनके काम की, उनके परिवार की देख-रेख की, इसे श्यामा कभी जीते-जी नहीं भूली। अन्त में भी तो वह उनके साथ थी।

कमल तो डॉक्टर हैं, पर उन्होंने जिन तरह चाची की सेवा की, उसमें किसी गहरे स्नेह की छाया थी।

उस रात चन्ना के सो जाने के बाद श्यामा की हालत पल-पल बदल रही थी। डॉ. हिल कह चुके थे कि कुछ ही घण्टे शेष हैं। कमल सिरहाने से उठे नहीं। उन्हें लग रहा था कि वह अपना कर्तव्य निभा रहे हैं और उस कर्तव्य के बीच ही तो चाची का चन्ना से किया प्रश्न घूम रहा है। कमल ने क्या यह कभी सोचा था? पर यह सुनना उनके लिए विस्मयजनक नहीं था। चन्ना के उत्तर की उदासीनता अथवा कटुता को सोचने का मौक़ा कमल को उस रात नहीं मिल सका। रात्रि के मध्य में श्यामा को इन्जेक्शन देने के बाद वह कुर्सी पर बैठने लगे तो श्यामा की अधखुली आँखें देखकर फिर उठ बैठे। "चाची, चन्ना को बुलाऊँ?" लेकिन चाची तो उनसे कुछ कहना चाहती थी। "कमल, बुरा न मानना..." कमल जानते हैं कि चाची यह किसलिए कह रही है। आश्वसन के स्वर में बोले, "नहीं चाची, कुछ मत सोचो।"

और सचमुच अब सोचने की शक्ति ही श्यामा में कहाँ शेष रह गई थी? और फिर रात्रि के मौन प्रहरों में उनके और नर्स के हाथों में श्यामा स्वयं ही अपने तन से दूर चली गई। नर्स के लिए ऐसी रात में नयापन कहाँ था? और कमल तो स्वयं डॉक्टर हैं। चाची को अन्तिम बार हाथ लगाकर देखा और मुँह ढँक दिया।

चन्ना के साथ जब वह कॉटेज से बाहर निकले थे तो चन्ना का बोझ उनके हाथों पर था। फिर भी चन्ना के पैर तो स्वयं ही उठ रहे थे। कड़कड़ाती ठंड। चन्ना के ऊपर एक शाल है, बस। इस समय कहीं और जाना सम्भव नहीं। चन्ना को लिए वह डॉ. हिल के ड्राइंगरूम में आए। उनका नौकर दो कम्बल रखकर, जलती हुई अँगीठी तेज़ करके चला गया। कमल को लगा—चन्ना कहाँ है, यह वह जानती नहीं। बड़े सोफ़े पर दो कुशन रखकर बोले, "चन्ना, लेट जाओ।" चन्ना उड़ी-उड़ी दृष्टि से जलती हुई अँगीठी की ओर देखती रही। कमल की उपस्थिति का ज्ञान उसे है, ऐसा नहीं लगा। कड़कड़ाती सर्दी में कमल के पाँव ठंडे हो रहे हैं। चाची का ध्यान आया, "कमल बुरा न मानना..."

"चन्ना, सो जाओ।"

चन्ना की दृष्टि अँगीठी से हटकर कमल पर अटक गई। वही चेहरा, वही आँखें। कमल देर तक देखते रहे, पर चन्ना की आँखों में पहचान ही कहाँ है?

"चन्ना..."

"हाँ, कमल..." उत्तर देने पर भी चन्ना ने आँखें हटाई नहीं। कमल उठकर चन्ना के पास आकर बैठ गए। इस जड़ता को वह क्या समझें?

कमल ने चन्ना का सिर कुशन पर रखा। कपड़ा देते हुए चन्ना की ढीली बाँहें... अन्दर की ओर जब वह अपना हाथ लौटाने लगे तो उन्हें एकाएक लगा कि चन्ना

की उँगलियाँ उनके हाथों से उलझ गई हैं। वह जैसे कुछ पकड़ना चाहती हैं—हाथ पकड़कर चन्ना पर झुके—"चन्ना..."

"हाँ, कमल..." चन्ना क्या अभ्यासवश उन्हें उत्तर दे रही है? उसे कन्धों से पकड़कर ऊपर उठाते हुए बोले, "चन्ना..."

"कमल..."

चन्ना का दूर का स्वर और बस...इस बार कमल कुछ बोले नहीं।

सिर के नीचे कुशन रखकर ऊपर कम्बल ओढ़ा दिया। हाथ बालों से छू गया। क्या उन्हें चन्ना की अस्वीकृति याद नहीं? चन्ना की मुँदी आँखें...उसके मस्तक पर कमल का हाथ। कमल को लगा कि चन्ना की उस 'नहीं' ने उन्हें अभी भी पहले दिनों की हलचल से लौटाया नहीं। चाहा कि चन्ना को चूमकर कहें, "मैं जो हूँ चन्ना!"

लेकिन चन्ना नींद में है। यह वह चन्ना नहीं, जिससे वह माँग करना चाहते हैं। जिससे वह कुछ कहना चाहते हैं...चन्ना जागी तो अपने पास कमल को बैठे देख बोली, "कमल, क्या चाची को ख़बर कर दी..."

उस दिन के बाद कमल बहुत कम चन्ना के कमरे में आते हैं। इस ओर चन्ना का ध्यान गया है या नहीं, यह वही जानती होगी।

अब जाने की बात हो रही है। रामलाल जी और जगदीश हरिद्वार जाएँगे। कुन्ती ने चन्ना से पूछा था—"बेटी, तुम जाना चाहो तो..."

"नहीं चाची..." चन्ना के स्वर में निश्चय था। माँ को वह बिदा कर चुकी है। कल सुबह की ट्रेन से सब लोग यहाँ से चले जाएँगे। आज सुबह चन्ना जागी। वही माँ वाला कमरा है, लेकिन माँ नहीं, पर उसके न रहने पर भी परिवर्तन कहाँ है?

शाम को चन्ना नीचे उतरी। रिक्शा को संकेत से बुलाया और बोली, "बड़े राउण्ड की ओर चलो।" घोड़ों की क़तार देखकर लगा कि अब उसमें दौड़ाने की शक्ति नहीं। रिक्शा तेज़ जा रही है या धीरे, उसे कुछ महसूस नहीं हो सका। वह क्या देख रही है? कुछ नहीं। राह में कहीं रुकी नहीं, उतरी नहीं और जब रिक्शा होटल के आगे आकर खड़ी हो गई तो वह सीधी ऊपर चली गई। कमल मैनेजर के ऑफ़िस से बाहर निकल रहे थे। रिक्शा से उतरते चन्ना को देखा तो अचम्भा हुआ।

सब तैयारी हो गई। नाश्ते के बाद चन्ना ऊपर के कमरे में आई तो सोचने पर भी विश्वास नहीं आया कि वह माँ को यहाँ छोड़ जा रही है। कितना अच्छा कमरा था। वह फिर कभी यहाँ आएगी—रहेगी। पर माँ? सब लोग नीचे उतरे। बैरों ने झुककर सलाम किया। अंग्रेज़ मैनेजर ने सभ्यतावश हाथ मिलाया। नीचे रिक्शा तैयार थीं। एक घोड़ा भी। आज चन्ना ने उस ओर देखा नहीं। एक बार ऊँची चोटी पर दृष्टि गई और रिक्शा में बैठ गई।

कमल ने मन में सोचा—उन्हें लेने के लिए चन्ना उस बर्फ़ीले मौसम में भी घोड़े पर आई थी और आज—वही स्टेशन है, कुछ दिन हुए इसी प्लेटफ़ार्म पर श्यामा कुन्ती के साथ खड़ी थी। पर आज कहाँ है? आज जगदीश के पास उसकी केवल अस्थियाँ शेष हैं, और कुछ नहीं।

गाड़ी उन्हीं चक्करदार रास्तों से जा रही है। वही पहाड़ है, वही राह है, पर पहले वह ऊपर चढ़ रहे थे, अब नीचे उतर रहे हैं। सब चुप हैं, बीच-बीच में कुन्ती की धीमी-सी हिचकी की आवाज़ आती है। जगदीश बाहर की ओर देखते-देखते चुपचाप आँसू पोंछ डालते हैं। कमल किताब पढ़ रहे हैं। और चन्ना खिड़की में हाथ टेके बैठी है, और रामलाल जी बार-बार सिगरेट जला रहे हैं। अँधेरी सुरंगें...गहरे खड्ड और तीखी हवाएँ। शाम गहरी हो रही है। नीचे की गहरी घाटी के पार मद्धिम सी बिजलियाँ दिख रही हैं। चक्कर-वक्कर और छोटी-सी रेल स्टेशन पर आ खड़ी हुई। सामान उतरा। चित्रलिखित-से सामान के मालिक उतरे। वेटिंग रूम, चाय के प्याले। इंजिन की साँय-साँय। रामलाल जी ने घड़ी देखी और उदास स्वर में जगदीश से बोले, "गाड़ी का समय तो हो गया है।" जगदीश ने विवशता से चन्ना की ओर देखा। कुन्ती कुछ कहना चाहती थी कि रामलाल जी बोले, "आओ जगदीश!"

कुली सामान उठा रहे हैं—जगदीश नीचे झुके और काँपते हाथों से सफ़ेद कपड़े में बँधा घट उठाया। कमल उठकर खड़े हो गए। कुन्ती ने जगदीश की पीठ पर हाथ रखा। रामलाल जी ने अपने को कुछ रोक लेने के लिए बाहर की ओर मुँह कर लिया है। चन्ना उठकर जगदीश के पास आई—"मामू!" इसके आगे कुछ बोल नहीं पाई। घट को हाथ लगाकर आँखों की ओर ले गई। हाथ ने माँ की अस्थियों को छुआ...

इन माँ के फूलों के साथ क्या कुछ बिदा हो रहा है—पिता, बड़ी माँ, छोटी माँ और वह परिवार, जिसमें आज केवल चन्ना अकेली रह गई है। बिदा है माँ के फूलों को, जिन्होंने माँ को जोड़ रखा था, बिदा है—माँ की ही नहीं, चन्ना की भी...जिसके सिर पर अब माँ नहीं, पिता नहीं, भाई नहीं, बहन नहीं...

चन्ना की आँखों से उसका हाथ नहीं उठा। जगदीश और रामलाल जी चले गए और उन्हें छोड़ने कमल। कुन्ती ने चन्ना को सहारा देकर बिठाया और गीले-गीले मन से पानी दिया। वह लड़की से क्या पूछे, क्या कहे? कमल अन्दर आए। चन्ना को देख गले में जैसे कुछ अटककर रह गया।

खाना लगा। चन्ना ने खाने के प्रयत्न में बहुत कम नहीं खाया। वह जैसे चाची की नज़र से परे हट जाना चाहती है।

गाड़ी आ गई। कुलियों ने सामान उठाया। कुन्ती उठी और चन्ना के साथ वेटिंग रूम से बाहर आई। कुली बिस्तर लगा रहे हैं—तीन बर्थ...

चन्ना एक ओर खड़ी बाहर स्टेशन पर देख रही है। कुन्ती कपड़े लिए बाथरूम में गई। कुली खिड़कियाँ चढ़ाकर चले गए हैं और कमल चन्ना के पास आकर कह रहे हैं, ''बैठो चन्ना!''

''जी!'' चन्ना कुछ चौंककर संकोच से बैठते हुए कहती है, ''जी!''

''बेटी, कपड़े बदल डालो...''

''नहीं माँ...''

कुन्ती चौंककर कमल की ओर देखती है। चन्ना अनजाने में कुन्ती को माँ कह गई है। गाड़ी चल पड़ी। कुन्ती शायद सो गई है। अधलेटी चन्ना तकिए पर हाथ रखे बैठी है। कमल शिष्टाचारवश पूछ रहे हैं, ''लाइट की ज़रूरत तो नहीं?''

''जी नहीं...''

कमल बिजली बुझाते-बुझाते भी देखते हैं कि चन्ना ने नीचे लटके हुए पैर ऊपर नहीं किए, कपड़ा नहीं ओढ़ा। ''गुड नाइट।''

''गुड नाइट।''

अँधेरे में अपने जी को बँधाता हुआ सब धैर्य छूट गया। कमल देर तक खुली आँखों से चन्ना की ओर देखते रहे। वह उन्हें दिख नहीं रही, पर वह अभी तक हिली नहीं, यह तो वह जान रहे हैं। गाड़ी की खड़-खड़ करती आवाज़ को घेरे हुए अंधकार में चन्ना को मामू का चेहरा नज़र आता है—माँ-माँ...

माँ नहीं, पिता नहीं, ननिहाल में कोई नहीं, कोई नहीं। अब वह जाएगी कहाँ? घर जिसमें उसके सिवाय और कोई नहीं होगा। चन्ना ने हिचकी ली और रोती हुई सिरहाने पर झुक गई। कमल आवाज़ सुनकर बैठ गए। वह क्या करें? एकाएक चन्ना रोती हुई कमल के हाथ पकड़कर बोली, ''कमल, तुम माँ को नहीं बचा सके...नहीं बचा सके...अब घर में कोई नहीं...''

कमल यह सुनकर अपने आप भी हिल आए। ममता से चन्ना को बाँहों में घेरते हुए बोले, ''तुम मेरे पास रहोगी चन्ना...मेरे पास...''

''नहीं कमल...''

वही उस रातवाला स्वर। कमल की बाँहें ढीली हो गईं...कुछ कह नहीं पाए...न चाहने पर भी मन छोटा हो आया और हाथ चन्ना से अलग हो गए।

''कमल!'' चन्ना रो रही है, अपने हाथों से आँखें ढके। चन्ना को पास खींचते हुए कमल को लगा—वह चन्ना से आज कुछ चाहते नहीं, केवल उसे दिलासा-भर देना चाहते हैं।

कमल चन्ना को सहारा देते हुए उस पर झुके। कोई अधीरता नहीं, स्पर्श में वात्सल्य था, स्नेह था, जैसे किसी बच्चे को थपथपा रहे हों। चन्ना की हिचकियों की आवाज़ सुनकर कुन्ती जागी। कमल के पास चन्ना को देखकर ठिठक गई। बेटे की आँखों में कोई संकोच नहीं, झिझक नहीं। कुन्ती चन्ना की पीठ पर हाथ फेरकर

बोली, "जी न छोटा करो, बेटी! आओ, बिस्तर में लेटें।" चन्ना ने अपनी विवश आँखें ऊपर कीं और कमल का हाथ पकड़कर, सिर हिलाकर बोली, "नहीं चाची, मुझे सोना नहीं, मैं सोऊँगी नहीं।"

कमल ने नि:संकोच आँखों से माँ को संकेत किया और कुन्ती बिजली बुझाकर लेट गई। सुबह उठी तो बेटा उसी तरह बैठा-बैठा सो गया था और उससे लिपटी चन्ना अभी भी उसे घेरे हुए थी।

77

चन्ना घर आ गई। मामी मिली, देर तक रोती रही। श्यामा उसके लिए ननद ही नहीं, सास भी थी। वही उसे ब्याहकर लाई थी। क्या पता था कि वह जाएगी तो वापस लौटकर नहीं आएगी? वह कुछ दिलासे के शब्द चन्ना से कहना चाहती थी, किन्तु चन्ना उन्हें समझ रही थी कि मामी, मामू को धीरज बँधाना और समझाना कि जो माँ की इच्छा थी, वह पूरी करें। मामी पूछना चाहती है कि बहन कुछ कह तो नहीं गई? पर चन्ना से कैसे पूछें। आँसू बहाते हुए बोली, "चन्ना, अब यहाँ हमारा रहना... जिनके साथ हम यहाँ रहते अच्छे लगते थे, वही नहीं रहे तो..."

"नहीं मामी, माँ ने कहा था कि मामू ही घर की देखभाल करें।"

सुनकर मामी की आँखों से और आँसू छलके और साथ ही साथ निश्चिन्तता की साँस ली। चन्ना क्या यह सच कह रही है? माँ ने यह सब नहीं कहा था, पर जब घर में मामू के सिवाय और कोई रहनेवाला नहीं तो वह उन्हें अकारण चिन्ता में, उलझन में क्यों डाले। नौकर-चाकर रो रहे हैं। मौसी रो रही है और जान-पहचान, नाते-रिश्तेवाले शोक प्रकट करने आ रहे हैं। चन्ना उसी बैठक में नीचे फ़र्श पर बैठती है, जहाँ धर्मपाल की मृत्यु के बाद श्यामा बैठा करती थी। और शाम को लोगों के वापस चले जाने पर वह ऊपर आती है।

मामी पास आ बैठती है। और मामी के बच्चे सहमे-सहमे नीचे नौकरों के पास खेलते रहते हैं।

आज चन्ना साँझ गए ऊपर आई तो माँ के कमरे में बैठी। सब कुछ सहेजा हुआ है। उसमें नौकरों की सफ़ाई ही नहीं, घर की स्वामिनी के अभ्यस्त हाथों का स्पर्श भी है। इन दीवारों ने कितनी आकांक्षाएँ आशाएँ लिपटी होंगी, कितनी स्मृतियाँ बिछुड़ी होंगी। किताबों से भरी आलमारी पड़ी है, जो शायद माँ ने अपने विवाहित जीवन की समाप्ति पर अपना समय काटने को रख ली थी। माँ क्या कम शिक्षिता थी? पर पिता के रहते हुए उसका अध्ययन कहाँ था। नारी का व्यक्तित्व इधर-उधर

बिखरा हुआ नहीं होता। वह तो एक इकाई पर बैठ जाती है और उसी को अपने आँचल के तारों से घेर रखती है।

मौसी पट्टू ओढ़े अन्दर आई और व्यथामय स्वर में बोली, ''बेटी, खाना तैयार है।'' चन्ना उठी और नीचे उतर आई। मामी पहले से बैठी है। दो नौकर सदा की तरह खड़े हैं। चन्ना कुर्सी पर बैठी तो लगा कुछ भूल गया है। ''मामी, कूकू-मुन्नी कहाँ हैं...''

''नीचे खेल रहे हैं चन्ना...''

चन्ना नौकर से बोली, ''जग्गू, बच्चों को ऊपर ले आओ।''

मामी व्यस्त होकर बोली, ''देखो उन्हें गर्म कोट पहनाकर लाना। बहुत शैतान हैं, दिन-भर ऊधम मचाते रहते हैं।''

चन्ना को मामी का यह कहना अकारण अच्छा लगा। कूकू और मुन्नी ऊपर आए तो उनके संकोचहीन व्यवहार ने कमरे को सजीव कर दिया। खाने पर उनसे अधिक चन्ना हँसी और चन्ना के साथ-साथ माँ को मुस्कराते देख बच्चों को लगा कि घर-भर का दबा-दबा, बँधा-बँधा वातावरण खुल गया है। खाने के बाद मामी ने दोनों को थपथपाया और स्नेहमय स्वर से बोली, ''चलो बच्चो, अब बिछौने में।''

सुनते ही चन्ना को न जाने क्यों लगा कि वह आज बच्चों को अपने पास सुलाना चाहती है। ''मामी, यह रात को जागते न हों तो इन्हें आज मेरे कमरे में सोने दो।''

मामी भरसक उलझन को छिपाती हुई बोली, ''नहीं, नहीं, ऊपर ही सो जाएँगे।'' मामी के कहने की उलझन जानकर भी चन्ना उसे समझना नहीं चाहती और जब मामी उन दोनों को चन्ना के कमरे में लिटाकर लौटी तो लगा, चन्ना के घर का सूनापन हट गया। कूकू के रेशमी पतले बाल उसकी बन्द आँखों पर पड़ते हुए कितने प्यारे लग रहे हैं। और मुन्नी का भोला-भाला चेहरा।

चन्ना देर तक कोहनी के सहारे लेटे-लेटे देखती रही। फिर उठी, बच्चों का कपड़ा ठीक किया और अपने आप ही उनको थपथपाकर शैया पर लेट गई। क्या यही जीवन की सन्तुष्टि है। नहीं तो नाना को क्या अभाव था, माँ को क्या अभाव था? और वह स्वयं? उसे तो अभी उन दिनों की कल्पना करनी है, जब उसका स्वयं का परिवार होगा, परिवार होगा, वह होगी और...

चन्ना ने जागने से पहले बहन-भाई की किलकारियाँ सुनीं। कितनी मधुर, कितनी हर्षमय हैं यह आवाज़ें। उसने पल-भर के लिए आँखें खोलीं तो देखा, कूकू झुक-झुककर मुन्नी का रिबन खींच रहा था। मुन्नी पैर हिला-हिलाकर प्रतिवाद कर रही है, पर उसके अधरों पर हँसी है। चन्ना ने करवट ली तो मामी की धीमी आवाज़ सुनी। वह पास खड़ी धीरे-से कह रही थी, ''शोर मत करो बेटा, दीदी सो रही है। चलो अब नीचे...'' और दोनों की उँगली पकड़े बाहर चली गईं। आज एक रात-

भर में जो चन्ना ने जाना है, वह क्या अब तक उससे बेख़बर थी। दिन-भर सोचती रही कि नारी के निकट इन बच्चों के सिवाय और क्या होता है, जिसमें वह एकाकार हो जाती है। पति में तो शायद नहीं, उसमें घुलकर भी वह उन क्षणों को अपने बच्चों के रूप में अपने से अलग कर लेती है। पर कैसा अलग करना होता है वह? जीवन में कुछ भी अपने अस्तित्व को उस छाया से दूर नहीं देख सकती। वह, उसके बच्चे, उसका पति और बस। और हँसी से बँधा-बँधा परिवार। वह परिवार को सँभाल ले, या उसमें बिखर जाए। इसमें रस नहीं। चन्ना ऐसा सोचती, पर उस रस में अपने को भूल जाने की क्षमता यदि उसमें नहीं तो वह किस आदर्श के सहारे वर्षों नहीं, जीवन-भर यह याद रख सकती है कि वह पत्नी है, माँ है, और इन दोनों के कर्तव्य उसे निभाने हैं। इन दोनों से अलग क्या वह कुछ नहीं? माँ इतने वर्ष पिता के साथ रहते-रहते जब बिछुड़ गई तो उनके सामने, उसके आगे जीवन का कोई प्रयोजन नहीं रह सका। पिता के अभाव में उनका पूरा का पूरा अस्तित्व सूख गया—झर गया। माँ के बच्चे होते तो शायद वह इसे झेल जाती। वह भरे परिवार में स्वामिनी बनकर बैठेगी...

आज दुपहर में चन्ना आराम के लिए ऊपर आई तो मामी भी साथ थी। कुछ बच्चों की बातें होती रहीं। बच्चों की बातें जैसे दोनों को उस विषादमय वातावरण से खींच लाती हैं, जो आज घर-भर पर फैला हुआ है। मौसी ऊपर आई और बोली, "बेटी, गाँव से चाची आई है।"

चन्ना उठी और धीर गति से नीचे उतर गई। चाची दहलीज में खड़ी थी। बच्ची का माथा चूमा। बार-बार सिर पर प्यार का हाथ फेरा और चुपचाप फ़र्श पर बैठ गई।

"चाची, गाँव में सब ठीक हैं..."

"हाँ, बच्ची..."

"चाची, सईदा बीबी..."

"बच्ची, बहुत कहती थी आने को पर दोनों में से एक ही आ सकती थी।"

"चाची, मामू और छोटे नाना अच्छे हैं..."

चाची कहने के चेहरे पर गहरी विरक्ति का भाव आया। वह कुछ नहीं कहे तो अच्छा है।

"बच्ची, मेरी बेटी को क्या हुआ था?" चाची श्यामा की बात पूछ रही है। श्यामा मरकर चाची की बेटी बन गई है। चन्ना कुछ देर सोचती रही और स्नेह से चाची का सिकुड़ा हुआ हाथ पकड़कर बोली, "ऊपर चलो।"

चाची ऊपर आई। सीढ़ियाँ चढ़ते-चढ़ते चन्ना ने देखा कि अब चाची के पाँवों में पहले की-सी गति नहीं। चाची ऊपर आकर कालीन पर बैठी तो चन्ना बोली, "मौसी, किसी नौकर को भेजो, कुन्ती चाची के यहाँ से चाची के लिए खाना बनवा लाए..."

"बच्ची, मैं खाना खाकर चली थी। अब क्या दिन-भर खाना खाऊँगी। फिर देखती नहीं कि आज मैं खाना खाते अच्छी लगूँगी!"

''मौसी, तुम अभी भेज दो।'' मौसी नीचे चली गई। चाची ने मन में सोचा—लड़की कितनी सयानी हो गई है, सिर्फ़ क़िस्मत ने साथ नहीं दिया। एक माँ थी, वही रह जाती...

इस घर में वह खाना खाती थी जब शीला के साथ आई थी, पर चन्ना जानती है कि आज तो चाची नानी की जगह पर है। जिस लड़की का शोक करने वह आई है, क्या उसके घर का खाना खाएगी?

शाम को कुन्ती के साथ-साथ कमल आए। चन्ना तब ऊपर चाची के पलंग पर बैठी थी। चाची चाहती है कि कम-से-कम क्रियावाले दिन तक तो नीचे बैठे, पर लड़की को क्या कहे। बैठे-बैठे लड़की के हाथ-पाँव देखती रही। ''बच्ची, वहाँ शहर में दूध-घी कम खाती हो?''

''नहीं चाची...''

नौकर ने आकर कहा, ''माँ जी और छोटे साहब आए हैं...''

''ऊपर भेज दो...'' कह लेने के बाद चन्ना को कुछ सोचने का मौक़ा नहीं मिला। क्षण-भर के लिए चाची के दुपट्टे का आँचल पकड़े रही।

कुन्ती और कमल ऊपर आए। कमल ने अभिवादन किया और चन्ना बोली ''कमल, यह नानी है...'' कुन्ती ने आगे बढ़कर शोक प्रकट किया। चाची पल-भर के लिए झिझकी, पर फिर उसका अनुभव लौट आया। बोली—''बेटी, कुछ कहने की बात नहीं रह गई। जो भाग में है, उसे कोई रोक सकता है? शीला मेरी इस घर में आई थी तो लोक-जहान कहता था, ''लड़की का भाग जागे। बेटी, यह एक लड़की हुई, फिर उसका ऐसा कर्मोंवाला पाँव निकला कि जमाई के दूसरा ब्याह कर लेने पर भी घर में बच्चे की परछाईं नहीं पड़ी।''

चाची महरी कुन्ती को जानती नहीं, पर जिसे बच्ची चाची कह रही है, वह कोई मेल-जोलवाले ही होंगे। चाची ने कुन्ती से बातचीत करते-करते दो-एक बार कमल की ओर देखा और कुन्ती से पूछा, ''यह मेरा बेटा है?''

कुन्ती को प्रश्न करने का ढंग अच्छा लगा। प्यार से बोली—''हाँ जी, आपका ही बेटा है। अभी-अभी विदेश से लौटा है...''

चन्ना हँसी। चाची की ओर मुँह करके बोली—''चाची, जानती हो विदेश क्या... विलायत है। समुद्रपार।'' कमल मुस्कराए। चन्ना बोली—''चाची, यह बड़े डॉक्टर हैं।''

''अच्छा!'' चाची ग्रामीण सुलभता से बोली, ''बेटा, मुझे कोई दवा-दारू बताना, अँधेरे में अब कुछ दिखता नहीं।''

कमल मुस्कराए और विनीत स्वर में बोले, ''कल सुबह आपकी आँखें देख लूँगा।''

''जीते रहो बेटा!'' कहते-कहते चाची कुन्ती की ओर मुड़ी, ''बेटी, बेटे का ब्याह कर दिया...''

"नहीं जी, अभी तो पढ़कर ही आया है।" कुछ कहते-कहते कुन्ती रुक गई। कमल को जानने में देर नहीं लगी कि माँ क्यों झिझकी थी। गाड़ी की बात वह भूली नहीं होगी।

यह सुनकर चाची की आँखों में जो आया, वह चन्ना ने देखा। कमल से कुछ इधर-उधर की बात करना चाहते हुए भी नहीं कर पाई। इसके बाद चाची ने कई नाते-रिश्ते मिलाकर कुन्ती से उनका कुल-शील पूछ डाला। चन्ना सब समझती है, और क्या कुन्ती ही नहीं समझती? कुन्ती और कमल उठकर चले गए तो चाची बोली, "बच्ची, लड़का कितना बाँका है।"

चन्ना को जानते देर नहीं लगी कि चाची मन-ही-मन किस चीज़ की भूमिका बाँध रही हैं। जगदीश के बच्चों से उसे कोई अधिक दिलचस्पी नहीं, फिर भी दो-एक बार प्यार करके बोली, "बेटी, बच्चे ही घर का राग-रंग हैं।" बात बदलकर चन्ना ने कहा, "चाची, भागे का क्या हाल-चाल है?"

"अच्छा है बच्ची! निखट्टू को जोड़ा हुआ धन मिल जाए तो जो वह करता है, वही उसे भी करना है। एक तुमने हाथ की घड़ी भेज दी है, उसे पहनकर तो पाँव ज़मीन पर नहीं पड़ता।"

चन्ना हँसी, "अच्छा है चाची, तुम्हें घड़ियाँ-पल बतलाया करेगा।" चाची ने मुँह सिकोड़ा, "मुझे कौन से कचहरी के फ़ैसले करने हैं बच्ची, मेरा तो बात करने को जी नहीं चाहता।"

दूसरे दिन सुबह चाची नहा-धोकर पूजा करके माला फेर रही थी तो कमल आए। उनके साथ आँखों के विशेषज्ञ डॉ. बनर्जी थे। चाची को साथ लिये चन्ना आई। दोनों ने अभिवादन किया। चाची ने आशीर्वाद दिया। चन्ना बोली, "चाची, अब तुम आँखें दिखाओ।" फिर कमल की ओर देखकर बोली, "चाची की नज़र कमज़ोर हुई तो ऐनक लगेगी?"

चाची चौंकी। "न बेटा, इस उमर में मुझे शीशे का क्या करना है? न हुआ तो मैं लक्खी का बनाया दारू डाल लूँगी।"

"अच्छा चाची, आओ तो..." डॉक्टर बनर्जी ने आँखों की परीक्षा की। चाची से गोल-गोल चिह्नों के रूप में पढ़ाया। चाची की आँखें आख़िर तक ठीक गिनती कर रही हैं। डॉ. बनर्जी कमल से अंग्रेज़ी में बोले—"नज़र असाधारण रूप से अच्छी है। मैंने इस अवस्था में इतनी ठहरी हुई नज़र कभी नहीं देखी।" चन्ना हँसी और डॉक्टर बनर्जी से बोली, "लेकिन डॉक्टर, आपको कोई दवा ज़रूर देनी होगी, नहीं तो आपकी डॉक्टरी पर चाची को विश्वास नहीं आएगा।"

डॉक्टर बनर्जी ने परीक्षा समाप्त की और चाची ने ख़ूब-ख़ूब आशीर्वाद दिया। इस भाषा को डॉक्टर बनर्जी शायद नहीं समझे, पर आशीर्वाद तो समझे।

जाते-जाते कमल चन्ना से बोले, "आज शाम को शायद जगदीश और पिताजी लौटेंगे?" चन्ना ने सिर हिलाया, "हाँ।"

कमल और डॉक्टर बनर्जी चले गए। चाची बोली, "धन्य है माँ जन्म देनेवाली, जिनके ऐसे लड़के होते हैं। नहीं तो किसी को क्या पड़ी, मुझ बुढ़िया की आँखों के लिए इतनी तक़लीफ़ उठाए।" इस बार चन्ना हँसी नहीं, चाची की ओर देखती-भर रही। डॉक्टर बनर्जी के सामने कमल कितने भले लगते हैं।

शाम को चन्ना सादे से कपड़ों पर सफ़ेद शाल लिए रामलाल जी के घर पहुँची तो कमल लॉन में टहल रहे थे। "कमल, स्टेशन जा रही थी, सोचा—साथ-साथ चलेंगे..."

कमल ने खिंचती-सी आँखों से एक बार ऊपर से नीचे तक देखा, फिर एकाएक लगा—चन्ना के चेहरे पर पीलापन है, "क्या जी अच्छा नहीं चन्ना?"

"नहीं तो।"

"नहीं," कमल का स्वर कह रहा है कि वह सब जानते हैं। "होस्टल में खाना कैसा मिलता है?" कमल पूछ रहे हैं।

"बुरा नहीं..."

"तो फिर?"

"फिर कुछ नहीं कमल! घूमने चलोगे?"

कमल ने उत्तर नहीं दिया, कार की ओर बढ़े। चन्ना पास बैठी और कार नहर की ओर चल पड़ी। चन्ना सहज स्वर में बोली, "कमल, मेरी चाची को देखा?"

"हाँ चन्ना, वह सीधी-सादी हैं।"

"क्या कहते हो कमल! आज तक जितने भी ग्रामीण मैंने देखे हैं, उनमें से एक यही सीधी नहीं।" कमल न चाहते हुए भी हँसे।

"कमल, बाम्बे कब जा रहे हो?" चन्ना के स्वर में मित्रता है। चन्ना की ओर देखकर बोले, "चन्ना, कोठी के लिए लिखा हुआ है, उत्तर आने पर है।" कमल ने कार रोकी, नीचे उतरे। सामने चनाब की लम्बी-चौड़ी नहर। देखते ही चन्ना की आँखें ठंडी हो गईं।

कुछ गम्भीर होकर कमल चन्ना की ओर मुड़े। पूछा, "क्या अब बाम्बे पढ़ना चाहोगी?"

"क्यों कमल?" चन्ना उलझी, यह उसने अभी तक सोचा नहीं, पर सोच सकती है।

"यहाँ रहकर क्या करोगी?"

चन्ना क्या बताए! चुप रही। वह कुछ सोच रही है और कमल कह रहे हैं—"चन्ना, तुम्हें पढ़ना है। तुम वहाँ पढ़ सकती हो।" माँ और पिताजी के जाने के साथ मेरे जाने का क्या सम्बन्ध है? पर...कुछ देर ठहरकर बोली, "कमल, मेरे लिए, माँ के लिए, जो कुछ चाची और चाचा कर रहे हैं...करते रहे हैं, उससे मैं कृतज्ञता जताकर हल्का नहीं करूँगी। लेकिन कमल, यह मत सोचो कि पिताजी और माँ के

चले जाने से मैं इस घर से कुछ अलग हो गई हूँ। दरिया पार मेरा ननिहाल है। हरी-भरी ज़मीनें, ज़मीनों में कुएँ, वह सब मेरे हैं, मेरे हैं कमल! उन्हें क्या मैं छोड़ जाऊँगी? नाना के घर की बात तुम नहीं समझोगे।''

कमल को यह समझने में कठिनाई हुई कि चन्ना का गाँव और उसकी ज़मीन से क्या सम्बन्ध है?

''चन्ना, तुम कैसी बातें करती हो। उन ग्रामीणों में रहोगी? एक दिन कटना मुश्किल होगा।'' चन्ना ने मुस्कराते हुए कमल को उत्तर दिया—''कमल, मैं स्वयं ग्रामीण हूँ, मैं वहीं पैदा हुई, वहीं पली और आज भी मैं अपने इन कपड़ों के अतिरिक्त जो कुछ हूँ, ग्रामीण हूँ। तुम नहीं समझोगे कमल, उस मोह को...''

और घड़ी देखते-देखते बोली—''समय हो गया है कमल, गाड़ी आने में पन्द्रह मिनट हैं।'' कमल कार की ओर जाते-जाते चन्ना की ओर देख रहे हैं। क्या सचमुच ही देहात का रंग नहीं है!

रामलाल जी और जगदीश गाड़ी से उतरे। जगदीश के मुख पर मृतका बहन की छाया है और रामलाल जी के मस्तक पर थकान के चिह्न। चन्ना को मामू के लिए दुःख हुआ, पर एकाएक विचार आया—मामू की पीड़ा मामी के स्पर्श से धुल जाएगी, और वह प्यारे-प्यारे दो बच्चे।

जगदीश घर आए। वही सब कुछ है, किन्तु वह तो बहन के अवशेष तक भी गंगा में डाल आए हैं। रात को पत्नी की गीली आँखें देखकर उन्हें लगा कि वह शान्त हो चुके हैं। आज बहन नहीं रह गई, लेकिन उनकी याद सदा उनके साथ रहेगी।

चाची चार दिन रुककर चन्ना से बोली, ''बच्ची, अब मुझे जाने दो। सईदा बीबी को भेजूँगी। और बच्ची अपने इम्तहान के बाद कुछ धीरज से सोचना।'' चन्ना चाची के आशय को जानती है। चाची के चले जाने पर रामलाल जी अक्सर शाम को आकर जगदीश से कागज़-पत्रों के विषय में बातचीत करते हैं। चन्ना कभी-कभी सोचती है कि मनुष्य नाशवान है, लेकिन रुपया नहीं। वह जीने के साथ है, मरने के साथ है। चाची उसे समझाकर गई है कि बच्ची, तुम किसी के कहने-सुनने पर दस्तखत न करना। और हाँ, बेटी का गहना-गट्टा भी तो कहीं होगा?...चन्ना चाची से नहीं कह सकती कि ऐसी बातें न कहो। चाची ने कब-कब यह नहीं सोचा—पर उस सोचने से कुछ बनता नहीं। यह क्या वह नहीं जानती। चाची के जाने के दो दिन बाद सईदा बीबी आई। देखते ही प्यार के लिए बच्ची को छुआ नहीं। श्यामा के लिए सचमुच वह रोई। वह कितने साल बच्ची के साथ यहाँ रही, उसे क्या वह भूल जाएगी? कभी लड़की को लेकर ऊँची-नीची बात नहीं की। सईदा बीबी दुपहर तक मौसी के साथ बातें करती रही। शाम को चन्ना से मिली तो अपने स्नेह से उसे भिगो दिया। और रात तक बातों ही बातों में चन्ना से यह पूछना नहीं भूली

कि बच्ची, मदरसा कब खुलेगा। चन्ना का ध्यान कहीं और था। बोली, ''सईदा बीबी, अब तुम्हें गाँव नहीं जाने दूँगी। फिर यहाँ कौन रहेगा?''

सईदा बीबी बोली नहीं, चुप रही। पर दूसरे दिन कहा, ''बच्ची, जब मदरसा खुले तो तुम चली जाओ। दो-तीन महीने की ही बात है।'' चन्ना ने सईदा बीबी की ओर देखा। यही बातें हैं जो किसी की मृत्यु के बाद वापस जीवन की ओर खींच लाती हैं। उसे बहुत देर तक विपन्नता में भटकने नहीं देतीं। वह होस्टल चली जाएगी। फिर वही पुराना क्रम।

चाची महरी के कथनानुसार सईदा बीबी ने कुन्ती और उसके बेटे को देखने-जाँचने की जल्दी नहीं की। वह जब-जब घर पर आते हैं, सईदा बीबी न देखकर भी उन्हें देखती है, न जानने पर भी उन्हें जानती है। चन्ना से उसने कुछ पूछा नहीं, पर वह क्या लड़की को वर्षों से पाल-पोसकर इतना भी नहीं जानेगी। आज शाम को बलवन्त शोक प्रकट करने आए। कुछ दिन से बाहर थे। चन्ना उनसे पहले की तरह ही मिली। माँ की बातें होती रहीं। अन्त में बलवन्त बोले—''कमल कह रहे थे कि उन्हें हृदय का पुराना रोग था।''

चन्ना को लगा कि यह बात माँ के लिए नहीं, कमल के लिए कही जा रही है। प्रकट कहा, ''हाँ बलवन्त, कमल ने माँ के लिए बहुत कुछ किया, पर...'' क्या बलवन्त नहीं समझ रहे कि चन्ना यह उन्हें क्यों बता रही है? उठते-उठते बोले, ''अच्छा चलता हूँ, कोई काम हो तो कहिएगा। आप अभी यहीं रहेंगी न?''

''कह नहीं सकती, शायद रामलाल जी कहीं बाहर गए तो उनके साथ जाऊँगी।'' बलवन्त समझे। बरामदे से नीचे उतरते-उतरते बोले, ''कमल बाम्बे प्रैक्टिस कर रहे हैं न?'' स्वर में छिपा व्यंग्य था। चन्ना ने उत्साह जताकर कहा, ''जी!''

चन्ना रात को लेटी तो मन-ही-मन हँसी। बलवन्त ने क्यों सीधी-सादी बात नहीं की। किन्तु इसका उपाय कहाँ है? जिस बात को वह भूल गई है, उसे बलवन्त ही क्यों याद रख रहे हैं।

रामलाल जी और जगदीश मामू रुपए-पैसे का क्या फ़ैसला कर रहे हैं, चन्ना नहीं जानती। यदि जानती भी है तो उसे जानना नहीं समझती। जब तक मामू स्वयं उससे बात न करें, वह क्यों उनसे पूछे!

78

आज नए वर्ष का नया दिन है। कल की रात के साथ पिछला वर्ष बिदा हो गया। उसके साथ बिदा हो गए माँ और पिता। उसके साथ बिदा हो गए नाना। उसके साथ बिदा हो गए चन्ना के सिर पर से गुज़र जानेवाले मीठे और फीके

दिन, काली और उजली रातें और आज का प्रभात नया प्रभात है। समय उसके निकट से उसका उल्लास खींचता लिये जा रहा है। पर आज का उल्लास कल का उल्लास नहीं होगा। फिर जिसे दुःख मान लिया जाता है, उसमें कुछ उनींदी रातों के बाद क्या उतनी व्यथा, उतनी तीव्रता शेष रह जाती है?

बचपन में एक बार तीतर पकड़ लेने पर चन्ना ने उन्हें अपने पास सुलाना चाहा था। सईदा बीबी समझाती, ''बच्ची, उन्हें तंग मत करो। छोड़ दो, खेलते रहेंगे।''

''उड़ेंगे नहीं?''

सईदा बीबी न जाने क्यों झूट बोलना न चाहती थी। ''उड़ भी जाएँगे तो बच्ची, क्या है, फिर पकड़ लेना।'' चन्ना ने हाथ में तीतर पकड़े हुए कई बातें सोची थीं। उनको नर्म-नर्म उँगलियों से सहलाते हुए वह सईदा बीबी से बोली थी, ''सईदा बीबी, पानी पिऊँगी, पानी दो।'' और जब सईदा बीबी पानी लेकर लौटी थी तो चन्ना के हाथ में तीतर नहीं थे—पूछा, ''बच्ची, तीतर किधर हैं?''

''उड़ा दिए सईदा बीबी...''

सईदा बीबी को एकाएक विश्वास नहीं हुआ था, पर सचमुच तीतर वहाँ नहीं थे। चन्ना सोचकर उठी और उठते ही पास पड़े मोढ़े के नीचे से तीतरों का जोड़ा निकालकर हाथ में ले लिया। एक को गोदी में रख दूसरे पर हाथ फेरा तो पहला छत की ओर उड़, टकराया, उसके पंख फड़फड़ाए और अन्त में फ़र्श पर गिर पड़ा। उसकी आँखें मोती-मोती-सी जाने कैसी हो गईं। चन्ना ने जल्दी से हाथवाले तीतर को उसी मूढ़े के नीचे रखा और घायल तीतर को हाथ में लेकर उसका सिर देखा और ज़ोर से चिल्लाकर सईदा बीबी को आवाज़ दी। सईदा बीबी दौड़ी हुई आई। लड़की हाथ में तीतर लिए घबराहट में पैर मार रही थी। सईदा बीबी को देखते ही बोली, ''पानी लाओ सईदा बीबी, पानी...जल्दी लाओ...''

सईदा बीबी भागती हुई कटोरे में पानी लाई और चन्ना के हाथ से तीतर को लेकर बोली—''बच्ची, जाने दो। तुम्हें और तीतर मँगा दूँगी...''

चन्ना की आँखें फैल गईं, ''क्या हुआ सईदा बीबी?''

''बच्ची, उसमें अब जान नहीं...''

चन्ना ने देखा, कुछ सोचा और पास पड़े कपड़े से झटपट तीतर को ढाँप दिया। उसने बच्चों की टोली में तो सुना था कि जब किसी में जान नहीं रहती तो उस पर कपड़ा डाल दिया जाता है। सईदा बीबी मन-ही-मन मुस्कराई और तीतर को हाथ में लेकर बाहर चली गई। वापस आई तो चन्ना के हाथ में दूसरा तीतर सुस्त पड़ा था। इस बार बच्ची कुछ बोली नहीं। आहत दृष्टि से सईदा बीबी की ओर देखती रही। तीतर दो-एक बार फड़फड़ाकर मौन हो गया था। सईदा बीबी ने तसल्ली दी, ''बच्ची, कोई बात नहीं। कल फजल से कहकर और मँगवा दूँगी।'' चन्ना ने चुपचाप तीतर सईदा बीबी को वापस कर दिया। सईदा बीबी उसे

लेकर बाहर जाने को हुई तो बोली, "बच्ची, मूढ़े के नीचे इनका दम घुट गया है, अन्दर हवा कहाँ से जाती ?"

सईदा बीबी को चाची ने किसी काम में लगा लिया। लेकिन चन्ना देर तक वहाँ बैठी रही। मन रोने को होता था, पर आँखों में पानी नहीं उतरा। कभी-कभी सोचा करती है कि कभी वह उन क्षणों को पकड़ सकी तो ज़रूर कुछ लिखेगी। उसके दूसरे दिन तीतर का नया जोड़ा लेकर उन दो तीतरों को भूल गई थी। याद रखने पर भी उनकी जगह नए तीतरों ने ले ली थी। यह सोचने की तब उसे समझ ही कहाँ थी ? पर आज तो वह यह सोच सकती है कि जीवन में खोने और पाने का यही क्रम है। उन तीतरों को उसने यत्न से रखा, क्योंकि वह उन्हें अलग न करना चाहती थी और खो देने पर नए तीतर के जोड़े को उसने पहला जोड़ा ही जानकर स्वीकार कर लिया था।

बीते हुए दिन और आज के दिन में भिन्नता क्या है ? वही रात की अवधि है, वही सूर्य की परिक्रमा है। अपने सुख-दुख के ऊपर, हर्ष-विषाद के ऊपर वही उन्नत आकाश है। वही असीम प्रकाश है। आज इतने बड़े घर में सुबह वैसे ही होती है। जब माता-पिता थे तब भी सुबह वैसी ही होती थी और अगणित वर्षों पहले जब उनके पूर्वजों के पास यह ऊँचा भवन न होगा, तब भी वही क्रम रहा होगा। और जब कभी वह स्वयं भी इस घर में नहीं होगी, तब भी चाँद इसी तरह रात को मुस्कराएगा, तारे इसी तरह खिलेंगे। हर एक दिन एक-सा है और नहीं है। फिर क्यों किसी हास्य-रुदन की स्मृतियाँ लेकर आज की वास्तविकता को भूल जाएँ ? जो वास्तविकता है वह जीवन है, परिस्थितियाँ नहीं। परिस्थितियाँ क्यों जीवन को झुका दें ? क्यों जीवन की शक्ति को हरा दें ? जीवन अजेय है तो काल के क्रूर हाथों से मिट जाने पर भी वह बार-बार उठता है और उठकर क्यों जीता है ? यह उसकी विजय है, पराजय नहीं। पराजय जीवन में नहीं, जीवन को झेल न सकनेवाले उस अविश्वास में है, जो कहता है—जीवन में सुख नहीं, दुख है। जीवन में हर्ष नहीं, विषाद है।

जीवन मिट्टी नहीं, मिट्टी है इसको ढाँप लेनेवाला परदा, जो प्राणों से विलग होते ही धूल हो जाता है। फिर क्या है जो शेष रह जाता है ? आत्मा की ज्योति, कर्म की शृंखला, जो कहते हैं जन्म-जन्मान्तर तक फैलती चली जाती है।

कुछ दिन हुए चन्ना ने विवेकानन्द के प्रवचन पढ़े थे। एक वाक्य को, शब्दों के समूह को वह बार-बार पढ़ रही थी। वह केवल पढ़ ही नहीं रही थी, पढ़कर उसे अपने अन्तर की ओर खींच रही थी।

"कर्म...कर्म...कर्म...मृत्यु तक बस कर्म..." आज लिखते-लिखते इन शब्दों के अर्थ इतने गहरे उसके हृदय में उतर रहे हैं—"लेकिन कर्म, कर्म है क्या ? कर्म का अस्तित्व क्या आदर्श से भिन्न नहीं। आदर्श कल्याणकारी है। जीवन को ऊँचे

खींचता है, पर क्या उसके बोझ से जीवन दब नहीं जाता? जो जीवन है, जो शक्ति है, उसे किसी के सहारे खिंचने की आवश्यकता ही कब है? वह स्वयं आगे की ओर दौड़ता और अनजाने में ऐसी राह बनाता है जो आदर्शों के सहारे बनी हुई न होकर भी स्वयं एक आदर्श होती है। आदर्श पर चलने का ज्ञान, आदर्श को मानने की चेतना ही क्या आदर्श का आधा सौन्दर्य नहीं खींच लेते? जो आदर्श के लिए किसी आदर्श को ढूँढता है, वह अपने स्वच्छ, निर्मल जीवन की गति को कड़ियों से बाँध लेता है।''

चन्ना ने क़लम नीचे रखी और पास पड़ी किताब उठाते हुए सोचा कि क्या सचमुच किसी आदर्श पर उसकी आस्था नहीं है, और वह शायद उस आस्था को नहीं जानती। आदर्शों में बिना श्रद्धा के क्या जीवन में संयम और धीरज आ सकता है? चन्ना को यहाँ आए महीना से कुछ अधिक हो गया है। कॉलेज खुलते ही वह चल पड़ी थी। सईदा बीबी के संकेत को उसने आज्ञा मान लिया था। केवल चलते-चलते सईदा बीबी से कहा था—''सईदा बीबी, अब तुम गाँव न जाना। जाओगी तो मैं यहाँ छुट्टियों के बाद लौटूँगी नहीं।''

सईदा बीबी चुप रही थी। लड़की ने उसकी आज्ञा मानी है तो उससे मनवा भी सकती है। मामू के पास बैठे हुए उसने मुनीम जी को बुलाकर कहा था—''मुनीम जी, आप सदा की तरह अपना हिसाब-किताब रखेंगे, और माँ की जगह अब मामू उसकी देख-रेख करेंगे।'' एक साथ मुनीम जी से हिसाब रखने की बात और मामू की देख-रेख की व्यवस्था क्या जगदीश नहीं समझे थे? किसी तरह क्रोध को छिपाकर बोले, ''मुनीम जी की देख-रेख तो मैं करूँगा और मेरी देख-रेख शायद तुम रखोगी?'' चन्ना बुरा नहीं मानी। बोली, ''मामू, तुम्हारी देख-रेख मैं क्यों करूँगी और फिर करू भी ली तो तुम्हें उसमें असुविधा नहीं होगी।''

जगदीश को यह अच्छा नहीं लगा था। वह पैसे पर अपना नियंत्रण चाहती है। और जगदीश क्या यह नहीं समझते कि घर की सत्ता अनायास उनके हाथ में आ गई है। इस खींचा-तानी में कौन जीतेगा? चन्ना पैसे को कुछ समझती है और कुछ नहीं भी समझती। यहाँ आकर उसने मुनीम जी को लिखने के बजाए मामू को पत्र लिखा था—रुपए भेजने को। वह व्यवहार की बात क्यों भुलाए। यदि वह इतना भी न समझे तो क्यों उसने मामू से कहा था कि माँ तुम्हारी देख-रेख में घर छोड़ गई है। जो उसने कहा है उसे निभाएगी, लेकिन इतनी ढीली नहीं कि किसी की अनधिकार चेष्टा को सह ले।

आने से एक दिन पहले वह कमल से मिलने गई थी। वह चुप थे, गम्भीर थे। वह बोली, ''कमल, कल जा रही हूँ, कॉलेज खुल रहा है...''

कमल चुप रहे।

''कमल, क्या चाची और चाचा तुम्हारे साथ चले जाएँगे?''

"अभी कुछ ठीक नहीं।"

कमल उत्तर देने के लिए उत्तर दे रहे हैं। चन्ना कुछ देर कमरे की ओर देखती रही। घर तो पहले भी चाची का अच्छा रहता था, लेकिन इस कमरे का परिवर्तन तो विदेश से कमल के आगमन के साथ हुआ है और इस सुन्दर सजे कमरे में कमल कितने विचित्र लग रहे हैं। यह कमरा, इसकी आधुनिकता उन्हें दूर का रंग दे रही है। कमल ऐसे लग रहे हैं, जैसे वह यहाँ नहीं, कहीं और हैं, जहाँ को याद यह कमरा उन्हें दिला रहा है। चन्ना को ध्यान आया, शिमले में पहले दिनों में वह किस तरह होटल के विदेशी वातावरण में डूबे रहते थे और कुछ अंग्रेज़ युवक-युवतियों में बैठे वह देश के नहीं, विदेश के लगते थे। और फिर जब वह चन्ना के ग्रामीण और नगर के अजीब मिश्रित व्यवहार की ओर अनजाने में ही उतर आए थे तो उनकी कठिनाई देखकर कभी-कभी चन्ना मन-ही-मन हँसा करती थी।

कमल चन्ना की ओर नहीं, अँगीठी पर रखे किसी विदेशी तैल-चित्र की ओर देख रहे हैं। बात आगे बढ़ाने के लिए चन्ना बोली, "कमल, गाँव में अस्पताल खोलेंगे?"

कमल को असमय यह उलटा प्रश्न अच्छा नहीं लगा। रूखेपन को छिपाते हुए बोले, "नहीं चन्ना!" और बस।

कुर्सी से उठकर चन्ना पास आई और प्यार से बोली, "चलो कमल, आज मेरे घर चलो।" कमल इसका उत्तर न देकर बोले, "चन्ना, छुट्टियाँ कब होंगी?"

"चार महीने बाद, कमल!"

"बाम्बे आओगी?"

चन्ना ने चाहा कि झूठ बोल दे, लेकिन नहीं बोल सकी। "नहीं कमल, छुट्टियों में मैं गाँव जाऊँगी।"

कमल ने निर्दयतापूर्ण आँखों से चन्ना की ओर देखा और व्यंग्यात्मक स्वर में बोले, "गाँव-गाँव, क्या गाँधी के प्रभाव में हो?"

चन्ना हँसी, "क्या गाँधी के कहने से मैं अपने गाँव को पहचानूँगी कमल, अपने गाँव को तो में अपनी आँखों से देख सकती हूँ।"

कमल ने इसका कोई उत्तर नहीं दिया। छिपी-छिपी उपेक्षा से एक बार चन्ना की ओर देखा। चन्ना ने सोचा—विदेश का रंग अब छूटेगा नहीं...और यह सोचते ही न जाने क्यों चन्ना कमल की कुर्सी पर झुकी और आग्रह से बोली, "आओ कमल, घर चलें।"

"घर तो रोज़ ही आता हूँ चन्ना!"

"नहीं कमल, आज जो तुम घर देखोगे—वह रोज़ जैसा नहीं होगा।" कमल के साथ चन्ना जब घर आई तो इतने बड़े भवन में कोई-कोई बिजली ही जल रही थी। देखते ही कोई अशुभ-सा विचार चन्ना को छू गया। कमल के साथ वह नीचे

नहीं रुकी। सीढ़ियों से ऊपर चढ़ गई। दाहिनी ओर बने कमरे की लाइट जलाकर बोली, "कमल, यह देखो दादाजी की बैठक है—कितने पुराने ज़माने की लगती है। यह भारी चमकीला फर्नीचर, तीख़े रंगों के चित्र और बीच का सबसे बड़ा चित्र दादाजी का।"

कमल ने दृष्टि दौड़ाई। मन में सोचा—यह ज़मानों से ख़ाली पड़ा हुआ कमरा लगता है। चन्ना बाहर बरामदे में निकली, बन्द द्वार खोला और कमल के बिलकुल निकट होकर बोली, "कमल, यहाँ बचपन में मैं रहा करती थी और मुझसे पहले मेरी बड़ी माँ।"

लम्बा-चौड़ा कमरा, बड़ी-बड़ी खिड़कियाँ, खिड़कियों पर परदे...दो बड़ी-बड़ी आलमारियाँ और बिना तरतीब के पड़ी गद्देदार कुर्सियाँ...दीवारों पर कोई चित्र नहीं। फ़र्श पर मटमैला हो गया कालीन।

कमल सहानुभूति से चन्ना की ओर देख रहे हैं या कमरे की ओर। कमरे से निकलती हुई सीढ़ियाँ चढ़ते हुए चन्ना बोली, "कमल, घर तो बहुत बड़ा था लेकिन..." अब चन्ना रुकी और ऊपर के द्वार पर पहुँचकर बोली, "कमल, यह है छोटी माँ और पिताजी का कमरा।" सुन्दर पलंग, भारी क़ीमती परदे, सिरहाने पड़ी काश्मीरी काम की कैबिनेट, आराम के लिए रखे गए भारी सोफ़े...

चन्ना बैठते हुए बोली, "आओ कमल, पिताजी की मृत्यु के बाद माँ चाहने पर भी यह कमरा नहीं छोड़ सकीं।" कुछ और कहते-कहते न जाने क्यों चन्ना को लगा कि वह कमल से अनावश्यक बातें कर रही है। इस घर से लगी हुई माँ और पिता की स्मृतियाँ क्या कमल पहचान रहे होंगे? चन्ना की आँखों में अपरिचय घना हो आया। कुछ और बात करने को ही थी कि कमल स्नेहमय स्वर में बोले, "चन्ना, रुकी क्यों? बोलो न..."

चन्ना भीग आई, "कमल, कभी-कभी सोचती हूँ, बड़ी माँ अच्छी, प्यारी होंगी। इसलिए नहीं कहती हूँ कि वह मेरी अपनी माँ थीं। उनके पत्रों को पढ़कर लगता है कि उनका अध्ययन कितना गहरा था और पकड़ कितनी तेज़ थी। केवल जो नहीं था उनके पास, वह अपने अधिकार की माँग नहीं थी।"

कमल यह सुन रहे हैं, लेकिन कुछ और सोच रहे हैं। पैरों की आहट के बिना सईदा बीबी ऊपर आईं। चन्ना द्वार पर देखकर बोली, "सईदा बीबी, आओ न।" सईदा बीबी मन-ही-मन साथ-साथ बैठे चन्ना और कमल का मिलान करती आई और स्वभाववश चन्ना का सिर सहलाकर बोली—"बच्ची, तो फिर कल पक्की सलाह है न...?"

"सईदा बीबी..."

"बच्ची, पढ़ाई कर लोगी तो तुम्हें ही फ़ायदा है। पढ़कर घर-बार सँभालना, ज़मीनें सँभालना।"

सईदा बीबी चन्ना को कितनी छोटी समझती है। उसके बात करने के ढंग से चन्ना ही नहीं, कमल भी मुस्करा पड़े। सईदा बीबी ने कमल का मुस्कुराना देखा और बोली, ''बच्ची, इन्हीं से पूछो, कितना पढ़कर आए हैं।''

''सईदा बीबी, इस बार इम्तहान देकर आऊँगी तो फिर कहीं नहीं जाऊँगी। तुम हज़ार ज़ोर लगाना...'' सईदा बीबी हँसी। जाने को उद्यत हुई, ''बच्ची, तुम बैठो। मैं ज़रा तुम्हारी चीज़-बस्त देखूँ।'' कहते-कहते नीचे उतर गई।

कमल चन्ना की ओर देखकर बोले, ''सईदा बीबी के सामने तुम कितनी छोटी लगती हो चन्ना!''

और इस सहज वार्तालाप में कुछ और ही है जो मीठी झिझक बन रहा है।

''चन्ना!'' चन्ना ने आज तक इतनी मिठास अपने नाम में नहीं जानी। ''कमल!'' कमल ने आज तक चन्ना के स्वर में ऐसा कम्पन नहीं जाना। इन दोनों नामों को पुकारने के अतिरिक्त और कौन-सी बात है जो वह कर सकते हैं? कमल के मन में आँधी गुज़र गई। चन्ना के दोनों हाथ पकड़कर अपनी ओर खींचते हुए बोले, ''मैं तुम्हें अपने साथ लेकर जाऊँगा चन्ना!''

चन्ना खिलखिला दी। बोली, ''नहीं कमल, तुम मुझे साथ नहीं ले जा पाओगे।'' हौले से हाथ अलग कर लिये और क्षण-भर अपलक कमल की ओर देखती रही। यह सुन्दर चेहरा भला लगता है। पर भला लगने में वह निकटता कहाँ है, जिसके बन्धन में चन्ना के हाथ निकलेंगे नहीं, बँध जाएँगे। एक दिन चन्ना ने कमल के हाथ चूमे थे। पर उस चुम्बन ने उसे अधीरता नहीं, सन्तुष्टि दी थी। उसके बाद ही चन्ना को लगा था कि कमल के साथ उसकी मित्रता रह सकेगी। जिस मुग्ध भाव से वह अब आपस में मिलते हैं, वह क्या मित्रता से अधिक भी कुछ है? चन्ना के उत्तर से कमल को लगा कि वह उसके आग्रह को आग्रह न समझने का अभिनय करती है। नहीं तो यह कहने की आवश्यकता क्यों थी कि तुम मुझे नहीं ले जा पाओगे कमल।

कमल और चन्ना खाने को बैठे हैं। जगदीश भी अपने परिवार सहित हैं। जगदीश कुछ अधिक गम्भीर हैं। चन्ना खाते-पीते निःसंकोच कमल की ओर देखती हुई बातें कर रही है, और कमल यह देखने में चूक नहीं रहे कि चन्ना के खाने में छुरी-काँटे से अधिक उँगलियों का प्रयोग है। चन्ना भी यह जानती है कि कमल का ध्यान बीच-बीच में उसके हाथों की ओर क्यों उठ आता है।

चन्ना मामू और मामी की ओर देखती है। वह दो नहीं लगते। दो भिन्न-भिन्न दिशाओं से आकर एक बिन्दु पर मिल गए। दो राहें हैं जो अब एक हो गई हैं। साथ ही दो बच्चे बैठे हैं जो पिता की उपस्थिति में बँधे-बँधे अचंचल हो गए हैं। यह चारों एक परिवार के भिन्न-भिन्न अंग हैं, पर एक ही तार में बँधे हुए। गृहस्थी का सन्तोष वह मामू और मामी की आँखों में देख रही है। पर मामी की तरह क्या ऐसी सहज

पारिवारिक भावना उसमें है? वह भी क्या ऐसे ही अपने परिवार के साथ-साथ किसी अधिकारयुक्त छाया के आसपास लिपटी बैठी होगी? मामी माँ के अतिरिक्त और क्या है? पत्नी है, पर उसकी इन दोनों संज्ञाओं में समन्वय है। वह माँ है और बस यह उसका परिवार है, जिसके बनाने में ही वह अपना सब कुछ लगा देगी। इस लगा देने में कितना सुख है, इसकी कल्पना क्या चन्ना नहीं कर सकती? जहाँ सुख और हर्ष को छूनेवाली एक सीमित सीमा है, वहाँ निश्चय ही सन्तोष है और जहाँ सन्तोष है, वहाँ निरुद्देश्य भटकने की सम्भावना नहीं। पर इसी तरह अपने परिवार के मध्य में बैठे हुए वह अपने हाथों बनाए परिवार से अपने को अलग नहीं समझेगी? भिन्न नहीं मानेगी? उसमें, उसकी भावनाओं में एकरस तारतम्य कहाँ है?

चन्ना एकाएक मामू के स्वर से लौटी। जगदीश पूछ रहे थे—"चन्ना, कोई नौकर साथ ले जाओ, तुम्हें पहुँचा आएगा।"

"नहीं-नहीं, मामू, मैं चली जा सकती हूँ।"

खाना खा चुके। चन्ना ने मामू और मामी को रात के लिए अभिवादन किया। बच्चों को थपथपाया और कमल के साथ ऊपर के ड्राइंगरूम में आ बैठी। नौकर आकर कॉफ़ी की ट्रे रख गया। चन्ना ने क्षण-भर कुछ सोचा—फिर तिपाई अपनी ओर खींची और प्याले में कॉफ़ी उँडेलकर प्याला कमल की ओर बढ़ा दिया। कमल चुपचाप कॉफ़ी पीते रहे।

"अब चलूँगा।' उनकी आवाज़ चन्ना को पहले की-सी नहीं लगी। उसमें जैसे अधिकार था, रूठा हुआ मान था।

अनुरोध से बोली, "नहीं कमल, कुछ देर रुको। कल तो जा ही रही हूँ।" कमल ने एक बार उपेक्षा में भटके हुए प्यार से चन्ना की ओर देखा। इस बार उनकी आँखों में अभिमान था मस्तक पर गर्व की रेखाएँ थीं, जो बिना शब्दों के भी कह रही थीं कि मैं सब समझता हूँ।

चन्ना उठी, कमल की ओर झुकी। कमल के केशों में से उठती हुई सुगन्धि ने उसे एकबारगी विभोर कर दिया। मीठा स्वच्छ श्वास खींचकर बोली, "कमल, हम दोनों एक दूसरे को ठीक-ठीक नहीं जानते। इतना ही जानते हैं कि तुम स्नेह से कहते हो—चन्ना, मैं तुम्हें साथ लेकर जाऊँगा और मैं तुमसे कहती हूँ कि कमल, तुम मुझे नहीं ले जा सकोगे।"

कमल शान्त भाव से उसी तरह बैठे रहे। चन्ना फिर बोली, "कमल, कुछ और मत सोचो। कल मेरे जाते ही तुम जान लोगे कि यह सब कुछ नहीं था। तुम्हारे स्नेह में मेरी परिस्थितियों के लिए सहानुभूति है और मैं शायद अपने इन अकेले दिनों में तुम्हें मित्र समझने लगी हूँ।" चन्ना पल-भर को हँसी, "नहीं तो कमल, हम दोनों में समता कहाँ है? मैं जो हूँ उससे अधिक बदलूँगी नहीं कमल..." अब चन्ना ने कमल के गम्भीर मुख पर देखा। वह शायद किसी बात का प्रतिवाद करना चाह रहे थे।

"चन्ना..."

"कमल!" चन्ना ने अपना हाथ कमल के मुख पर से छुआकर लौटा लिया—"कमल, झूठ नहीं कहती। यह अधीरता मित्रता के नएपन के लिए है, नहीं तो आज यह दूरी की बात करते-करते भी मैं तुमसे दूर क्यों नहीं बैठी रह सकी।" चन्ना ने कुर्सी पर टेका हाथ उठाकर कमल के कन्धे पर रख दिया। उनके गले में लिपटी टाई जैसे मुस्करा दी हो...और चन्ना को अपने हाथों में लिए हुए कमल की आँखें जैसे हँस रही हों कि मित्रता और सहानुभूति से भिन्न तुम और किस नाते की बात करती हो।

चन्ना मन में उलझती रही कि जीवन-भर ऐसी आश्रय की छाया के लिए दुविधा क्यों? किन्तु यह आश्रय...क्या है? क्या अपनी ओर घिरती कमल की बाँहें नहीं...पर चन्ना ने मस्तक उठाया। कोई उलझन नहीं थी, सब स्वच्छ था। कमल मुस्करा रहे थे। उनकी आँखों में देखकर चन्ना शरारत से हँसी और भोलेपन से बोली, "कमल, मैं शायद तुमसे प्यार करने लगी हूँ..."

कमल खिलखिलाकर हँस दिए। यह श्यामा और धर्मपाल के जाने के बाद पहली खिलखिलाहट थी जो उनके कमरे को गुँजा गई। बोले, "यह तो मुझे कहना चाहिए था।"

"तुम कैसे कहोगे कमल, और वह भी चाची से बिना पूछे..." कमल का हाथ पकड़कर चन्ना विनोद से बोली, "चलो कमल, तुम्हें देर हो रही है, चाची राह देख रही होंगी। कुछ और सोच लेंगी तो अनर्थ हो जाएगा।"

विनोद से कहते-कहते चन्ना कमल के साथ बाहर निकली। सीढ़ियाँ उतरते कोई कुछ बोला नहीं। अन्तिम सीढ़ी पर कमल ठिठके। इस बार उनकी आँखों के पीछे कोई प्रश्न नहीं था। सहज भाव से चन्ना का आलिंगन किया और बोले, "कल स्टेशन पर मिलूँगा चन्ना..." और कार स्टार्ट करके चल दिए।

उनके स्वर में कल की दूरी नहीं, आज की निकटता थी। आज की दूरी थी, कल की निकटता नहीं। जिस चन्ना को उन्होंने आज जाना है, उसे वह कल न जानते थे और जिसे वह कल तक अपने निकट देख रहे थे, आज वह उनसे दूर हो गई थी। आज ही नहीं—वह शायद सदा के लिए दूर हो गई थी और जिस चन्ना को उन्होंने निकट से आज पहचाना है, उसे क्या वह हमेशा इसी तरह जानते रहेंगे...और सीढ़ियों से लौटते-लौटते चन्ना सोच रही थी कि आज कमल से ठीक बात कर सकने के कारण उसका दिल हल्का हो गया है, किन्तु शैया पर आँखें मूँदते उसे लगा कि कमल उससे सचमुच ही अलग हो गए हैं। दो अलग राहें थीं, पर उन अलग-अलग राहों की खोज किसने की थी?

कमल ने?

नहीं...

चन्ना ने...

79

चन्ना पढ़ने में व्यस्त है। रामलाल और कुन्ती के पत्र आते हैं। कुन्ती पत्र समाप्त करके कोई न कोई बात कमल की ज़रूर लिखती है—कमल अभी यहीं है, बम्बई जाते हुए मुझे मिलकर जाएगा, या कमल का पत्र तुम्हें मिला होगा। चन्ना पढ़कर विचित्र ढंग से मुस्करती है। इन सब बातों में चाची का संकेत किस ओर है, क्या वह नहीं समझती? कमल का कोई पत्र उसे नहीं मिला। गाँव में सब कुछ पूर्ववत चल रहा है। चाची महरी का भी कभी-कभी रुक्का आता है।

चन्ना ने कॉलेज से लौटकर किताबें मेज़ पर रखीं। वह आजकल गम्भीरता से पढ़ती है। परीक्षा होने में कुछ ही दिन हैं और इस बार वह सफल हो जाना चाहती है। इस बार घर से लौटकर चन्ना आई तो लगा कि अब वह मामू को क्या समझती है? मामू को कभी वह शिकायत का मौक़ा नहीं देगी, पर मामू उसे किसी बात के लिए ज़ोर दे सकेंगे, ऐसा तो वह नहीं समझती। कभी-कभी कमल की बात सोचती है। वह उसे आज्ञा देने की क्षमता रखते हैं, ऐसा वह नहीं समझती। उस दिन जैसा उसने कुछ कहा था, वह उन्होंने चुपचाप स्वीकार कर लिया था। पर उस स्वीकृति में तर्क नहीं, कुछ और था। आगे बढ़ती-बढ़ती मित्रता कभी शब्दों से नहीं रुकती। उसको रोकनेवाला था चन्ना के मन का परिवर्तन, जिसके ऊपर उठने से पहले कमल उसे अनुभव कर रहे थे और इस परिवर्तन को क्या वह आरम्भ से ही नहीं जानती थी? आपस के आकर्षण में एक-दूसरे का ज्ञान कहाँ था? जिसे सचमुच मित्रता कहा जाता है, वह कहाँ थी? शिमला में कई दिन तक वे एक दूसरे को दूरी से देखते रहे थे। एक रात खाना खाने जब दोनों ही एक मेज़ पर बैठे रह गए थे, तो किसी न किसी तरह बातचीत बढ़ाने के प्रयत्न में कमल ने अपनी पारखी आँखों से चन्ना की ओर देखा था और देखते रह गए थे। उसके भारी गर्म कपड़ों के अन्दर तक उनकी दृष्टि गई थी और जब वहाँ से लौटी तो उसमें रस था और रस की वह सुगन्धि थी, जो चलते हुए श्वासों को ओत-प्रोत कर देती है। और चन्ना ने कमल में ऐसा कुछ देखा था, जो बलवन्त में नहीं था, सुरेश में नहीं था। कमल की गम्भीरता उसे कितनी अच्छी लगी थी, लेकिन जिस पर सचमुच चन्ना ने अपने को खड़ा करना चाहा था, वह जैसे छूने से पहले उससे खिसक गया था। और आज उन क्षणों से दूर होकर भी वह इतना भी नहीं जान सकती कि सचमुच वह क्या था, जिसे छूना चाहती थी। उस दिन स्टेशन पर जब चाची और चाचा के साथ कमल उससे मिले तो उनके व्यवहार में पहले का-सा असमंजस नहीं था। हँसकर बोले "चन्ना, बम्बई जाती बार रास्ते में तुमसे ज़रूर मिलूँगा।" चाची ने अर्थपूर्ण ढंग से रामलाल की ओर देखा था और चन्ना ने उत्तर दिया था, "ज़रूर कमल, प्रतीक्षा करूँगी।"

उस दिन होस्टल में पहुँचकर चन्ना को लगा था कि वह सहारे की कल्पना से अब छूट गई है। चाची और चाचा कितने स्नेहशील हैं, पर उनके स्नेह में उसके साथ मिली हुई उनके बेटे के भविष्य की कल्पना है। आनेवाले दिन कुन्ती ने स्टेशन पर चन्ना को दुलारकर कहा था—"बेटी, कुछ ही महीने की बात है, फिर तो तुम्हें अलग नहीं रहने दूँगी।"

चन्ना ने बिना उत्तर के एक बार चाची की ओर देखा था और रामलाल की ओर मुड़कर बोली थी—"चाचाजी, कभी-कभी मामू से मिलने घर चले जाया करें...अकेले मामू का भी जी लगेगा नहीं..."

जगदीश पास खड़े थे। रामलाल बोले—"क्यों नहीं बेटी, क्या कुछ पराई बात है?" और चन्ना आज महीने-भर के बाद कमरे में लेटकर सोचती है कि पराई बात नहीं तो अपनी बात कहाँ है?

चन्ना आज होस्टल से लौटी। पढ़ने की थकान और कुछ खो देने की-सी भावना थी मन में। कुछ देर लाइब्रेरी के सामने खड़ी लड़कियों से बातचीत की और वापस कमरे में लौट आई। हाथ में शॉल लेकर कॉलेज के फाटक से बाहर हो गई। चन्ना विजय के होस्टल पहुँची तो वह टेनिस कोर्ट में थे। चपरासी ने आकर चिट दिया तो तेज़ी से सुरेश कमरे की ओर आए। बरामदे में चन्ना खड़ी थी। शाल कन्धों पर नहीं, हाथ में था। विजय ने अभिवादन किया—"आइए न, आज सुरेश तो नहीं है..."

चन्ना उनके साथ चलती हुई बोली, "मैं तो आपसे मिलने आई हूँ विजय जी..." विजय विवश-से अपने कमरे की ओर चले। आसपास मेज़ पर, बिस्तर पर, सब ओर किताबें ही किताबें थीं। विजय चन्ना के निकट कुर्सी खींचकर बैठते हुए बोले, "आप तो छुट्टियों में शिमला गई हुई थीं न।"

"जी!"

"प्रोफ़ेसर मित्रा कह रहे थे, जाने से पहले आप उनसे मिली थीं।"

चन्ना ने इस बात पर अधिक ध्यान नहीं दिया। शान्त स्वर में बोली, "विजय, माँ के साथ शिमला गई थी, लेकिन अकेली लौट आई।"

"क्यों?"

"माँ तो अब नहीं है। वहीं बीमार हुई और वहीं बीत गई।"

विजय दुखित होकर बोले—"बहुत दुःख है..." चन्ना दीवार पर लगे चित्र की ओर देखती रही।

"इस बार परीक्षा देंगी?"

"हाँ विजय!" विजय पूछना चाहते थे कि तैयारी अच्छी है, पर नहीं पूछ सके। कुछ देर बाद चन्ना बोली, "घर में भाई-बहन हैं विजय?"

"हाँ, छोटी बहन है और माँ है।"

''पिता ?''

''नहीं।'' कहते-कहते विजय की आँखों में पिता की कोई तसवीर नहीं उतरी। जब से होश सँभाला है, उसने माँ को ही देखा है—उसकी विधवा माँ धनदेवी जिसने अपने पति दीनानाथ के मरने पर छः साल के लड़के विजय को और चार महीने की लड़की पुष्पा को यत्न से पाल-पोसकर बड़ा किया है। धनदेवी के पास कुछ ज़्यादा पैसा नहीं था, लेकिन सोने की कमी नहीं थी। दीनानाथ पहले आढ़त की दुकान पर थे। बाद में उन्होंने ठेकेदारी शुरू कर ली थी, जिसकी बरकत से ही धनदेवी के पास इतना जेवर बच गया था कि वह अपने लम्बे वैधव्य जीवन में विजय और पुष्पा को शिक्षा दे सकी।

''माँ कहाँ रहती हैं?''

''जेहलम।'

''और बहन...''

''बहन भी वहीं रहती है। पिछले वर्ष मैट्रिक पास की थी। माँ उसे अधिक पढ़ाने के लिए मानी नहीं। अब तो उसके विवाह की चिन्ता है।''

चन्ना ध्यान से सुनती रही, कुछ बोली नहीं। विजय चाय के लिए कहकर आए तो चन्ना ने पूछा—''विजय, एम.ए. के बाद क्या करोगे?''

विजय गम्भीर होकर बोले—''माँ नौकरी के लिए कहती है। मैं पढ़ाई जारी रखना चाहता हूँ, पर माँ के पास अब पैसा बहुत नहीं है।''

माँ और माँ के अर्थाभाव की बात विजय ने आज चन्ना से ही क्यों की है? उनके अनजाने में ही यह बात उनके मुँह से निकल गई है और कह लेने के बाद वह कुछ संकुचित-से हो गए।

चन्ना कुछ कहते-कहते रुकी। कुछ और ही सोचकर बोली—''परीक्षा के बाद कहीं और न जाना हो तो बहन के साथ लेकर मेरे यहाँ कुछ दिन रुको। गर्मी वहाँ भी कभी नहीं होती, पर अच्छा लगे तो रुकना।''

विजय मौन बैठे सोचते रहे कि प्रोफ़ेसर मित्रा को भी तो चन्ना ने शिमले का निमंत्रण दिया था। विजय चन्ना को साथ लिए होस्टल पहुँचा आए। नमस्कार कर चन्ना अन्दर जाने लगी तो कृतज्ञता जताकर बोली, ''धन्यवाद विजय, कभी-कभी मिल जाया करो।''

लौटती बार विजय बहुत कुछ सोचते रहे। चन्ना का प्रोफ़ेसर मित्रा के यहाँ जाना आज उन्हें पहली बार अखरा और प्रोफ़ेसर साहब का भी चन्ना के विषय में बातचीत करने का ढंग उन्हें अच्छा नहीं लगा। शिमले के निमंत्रण की बात में क्या वह अतिशयोक्ति नहीं कर रहे थे? आज चन्ना उन्हें निमंत्रण देकर गई थी तो उसमें वह किसी और अर्थ को टटोलें?

चन्ना सीढ़ियाँ चढ़ते-चढ़ते रुकी। वार्डन सन्देहात्मक स्वर में पूछ रही थी, "बेटी, इतनी देर तक कहाँ थीं।" चन्ना ने सन्देह को पूरा-पूरा जाँचकर हँसते हुए उत्तर दिया—"विजय से मिलना था, वहीं गई थी।"

चन्ना जानती है कि अब विजय के नाम की पूरी पड़ताल होगी। वार्डन ने मन-ही-मन कार्यवाही का फ़ैसला किया और बोली, "बेटी, तुम्हारे नाम का तार आया पड़ा है।"

चन्ना जल्दी-जल्दी ऑफ़िस की ओर मुड़ी। चपरासी से लेकर तार पढ़ा। कमल रात की ट्रेन से आ रहे थे। गाड़ी आने में आध घंटा बाक़ी था। चन्ना कमरे में गई। तैयार हुई। इस बार हाथ में शाल नहीं, कन्धों पर कोट था। चन्ना रजिस्टर में नाम लिखकर वार्डन के कमरे में आई। "कब तक लौटोगी? किसका टेलीग्राम है, चन्ना, कौन आ रहे हैं?"

चन्ना क्षण-भर असमंजस में खड़ी रही। कुछ सोचकर बोली, "मिसेज रुद्रा, घर से तार आया है। कमल आ रहे हैं।"

"अच्छा..." मिसेज रुद्रा ने चश्मा ठीक किया और रजिस्टर के आगे हस्ताक्षर किए और रात को होस्टल के बाहर जाने की आज्ञा प्रदान कर दी।

'धन्यवाद' कहकर चन्ना बाहर निकली। ताँगा लिया। प्लेटफ़ार्म पर पहुँची तो गाड़ी आ चुकी थी। एक बार अपार भीड़ को देखा, कम्पार्टमेंट के आगे से निकलती हुई बढ़ गई। दूर से लम्बी आकृति देखकर ठिठकी। कमल हाथ में सिगरेट थामे ऊँचाई से प्लेटफ़ार्म की भीड़ को देख रहे थे। चन्ना निकट पहुँची।

"कमल..." हाथ का सिगरेट फेंककर कमल नीचे आए और मुस्कराते हुए चन्ना का हाथ पकड़कर बोले, "बहुत देर कर दी। टेलीग्राम समय पर मिला?"

"हाँ कमल..." चन्ना कमल के साथ अन्दर आ बैटी है, "चाची और चाचा तो ठीक हैं, कमल?"

"ठीक हैं चन्ना..."

"और मेरा घर कैसा है कमल... ?"

कमल ने चन्ना को पल-भर देखा, "ठीक है चन्ना!" कमल इस विषय में कुछ आसानी से कह नहीं पाए।

"सईदा बीबी वहीं है?"

"वहीं है।"

कमल जैसे चन्ना को यह कहते-कहते टटोल रहे हैं। बिजली की रोशनी में वह पहले से अधिक पीली लग रही है। उसके मस्तक पर चिन्ता की रेखाएँ हैं और आँखों में कुछ ऐसा है, लगता है वह थकी है।

"चन्ना, दुबली दीखती हो?"

चन्ना का जी हुआ रो दे, पर सँभलती हुई मलिन-सी हँसी हँसकर बोली "अच्छी हूँ कमल!" चन्ना को कोई बात नहीं सूझ रही। कमल घड़ी की ओर देख रहे हैं—"आध घण्टा और है चन्ना, तुम्हें लौटने में देर तो नहीं होगी?"

"नहीं कमल!" चन्ना की ऐसी आहत दृष्टि कमल ने पहले भी देखी है। "चाचा और चाची कब तक बम्बई जाएँगे?"

"दो-तीन महीने बाद..."

चन्ना का आज जी क्यों भरा आ रहा है?

"कमल..."

कमल को लगा जैसे चन्ना कहना चाहती है, मुझे देर हो रही है...

"चन्ना, अब लौट जाओ..."

चन्ना खिड़की के बाहर देखती रही और जब आँखें कमल की ओर आईं तो उनमें पानी की चमक थी। "चन्ना!"

चन्ना कुछ बोली नहीं—गीली चमक गालों पर बह आई।

"चन्ना..."

चन्ना चुपचाप रोती रही। कमल चाहते हैं कि चन्ना को पकड़कर कहें—'रोती क्यों हो चन्ना?' पर चन्ना उन्हें इतनी निकट नहीं लग रही। कुछ बोल नहीं पाए। साथवाले डिब्बे से नौकर उतरकर आया—"हजूर, बिस्तर लगेगा..."

कमल ने चन्ना की ओर देखा, फिर नौकर की ओर। फिर गम्भीर स्वर में बोले—"दयाल, सामान उतार दो। रात-भर यहीं रुकेंगे।"

दयाल साहब से कुछ पूछ नहीं सका। कुलियों के साथ लौटा तो चन्ना ने आँखें पोंछीं। कमल बोले—"आओ चन्ना!" चन्ना बिना विरोध किए नीचे उतर आई। सामान टैक्सी में लगा तो चन्ना बोली—"कमल, ज़रा होस्टल ले चलो। वार्डन से कहना होगा।"

टैक्सी होस्टल के गेट पर पहुँची तो बड़ा लोहे का फाटक बन्द था। कमल के साथ चन्ना नीचे उतरी। गोरखे ने गेट खोलने से पहले पूछा—"स्टेशन से आ रही हैं मिस साब!"

"हाँ..."

कमल रुके। "चन्ना तुम जाओ, मैं यहीं रुकता हूँ।"

"नहीं कमल, आओ न।"

चन्ना और कमल बरामदे में पहुँचे।

"चले आइए।" वार्डन की अधिकारपूर्ण आवाज़। वार्डन कुर्सी पर बैठी लड़कियों की डाक देख रही थीं।

"आप मिसेज रुद्रा हैं।"

कमल ने अभिवादन किया। "और आप हैं कमल..." मिसेज रुद्रा ने एक ही दृष्टि में सब कुछ जान लेनेवाली नज़र डाली।

"मैं आज इनके साथ रहूँगी, यही कहने आई थी।"

"हूँ!" मिसेज रुद्रा ने रजिस्टर में से होस्टल से बाहर रहने का आज्ञापत्र निकाला, अधिकार से हस्ताक्षर किए और चन्ना के हाथ में थमा दिया। "धन्यवाद!" चन्ना और कमल अभिवादन करके बाहर आ गए।

चन्ना ऊपर गई और कमल खड़े-खड़े सिगरेट सुलगाते हुए सोचते रहे कि चन्ना को साथ लेकर किस होटल में जाएँगे।

चन्ना ऊपर से उतरी। साथ जमुना हाथ में अटैची लिए आ रही थी। कमल साथ-साथ चले आए और फाटक की ओर मुड़ते हुए चन्ना इससे बेख़बर नहीं रही कि बरामदे के अँधेरे कोने में खड़ी दो आँखें उन्हें झाँक रही हैं।

जगमगाते बड़े होटल के सामने आकर टैक्सी खड़ी हो गई। कमल अकेले ही उतरे। उतरकर अन्दर गए और कुछ ही क्षणों बाद कमरे देखकर वापस लौट आए। उनके साथ-साथ चन्ना ऊपर चढ़ रही है। तीन कमरों का सूट। दयाल ने सामान रखवाया। बैरा ने आकर सलाम किया और पूछा—"हजूर, खाना ऊपर ही लेंगे।"

"हाँ," कमल चन्ना से कह रहे हैं, "चलो चन्ना..."

"नहीं कमल, मैं ऊपर नहीं जाऊँगी। यहीं भिजवा दो, कोई भी गर्म चीज़।" कमल चन्ना का निश्चय जानकर चले गए। चन्ना ने कुछ थोड़ा-बहुत खाया, कॉफ़ी पी और जब कमल लौटे तो वह बिस्तर पर थी। दयाल ने कपड़े निकालकर साहब को दिए। बैरा को सुबह के लिए ज़रूरी आदेश देकर विदा किया और छिपी-छिपी दृष्टि से चन्ना के कमरे की ओर देखकर बाहर निकल गया। यह सब तैयारी किसके लिए है? वह मन-ही-मन सोच रहा है। आजकल ज़माना बदल गया है। माँ-बाप से पहले बच्चे होशियार हो जाते हैं।

कमल ने सिगरेट को पैर तले रौंदते हुए बालों को सहलाया और चन्ना के द्वार पर आकर शिष्टाचारवश कहा, "सो गईं चन्ना?"

"नहीं कमल, आओ।"

कमल ने अँगीठी के पास पड़ी कुर्सी पर बैठते हुए कहा, "चन्ना, आजकल पढ़ती अधिक हो।"

"नहीं कमल, आजकल पढ़ सकती हूँ, तुम क्या ऐसा सोचते हो?"

कमल कुछ और तरह की बात करना चाहते थे, विषय बदलकर बोले, "माँ किसी दिन तुमसे मिलने आएगी चन्ना!"

"आने से क्या होगा कमल..." स्वर में कहीं कोई छिपा दर्द था।

"चन्ना, क्या माँ से रूठ गई हो?"

चन्ना ने सिर उठाया, "नहीं कमल, किसी से रूठती नहीं हूँ। जिनके निकट मेरा अधिकार था, उनसे कभी मैं नहीं रूठी। याद नहीं कभी माँ से, पिता से मैंने मान की चाह की हो कमल! अब सोचती हूँ, पिताजी से ही कुछ कह पाती।"

कमल चन्ना की ओर देखते रहे। चन्ना छत की ओर देखती रही। घड़ी चलती जा रही है।

होटल में शोर कम हो गया है। कभी-कभी दूर चीनी के बरतनों की, दरवाज़े खोलने और बन्द होने की आवाज़ आ रही है। चन्ना की आँखें बन्द हैं। कमल उसकी ओर देखते हुए सोच रहे हैं कि वह पहले से दुर्बल हो गई लगती है। सिगरेट अँगीठी में फेंका और उठने से पहले एक लम्बा निःश्वास लिया। चन्ना ने आँखें मूँदे-मूँदे ही कहा,

"कमल, यहाँ आओ।" स्वर में संकोच नहीं, कम्पन नहीं। कमल उठकर पास आए। चन्ना ने हाथ बढ़ाया, लेकिन आँखें नहीं खोलीं।

"बैठो कमल!"

"क्या जी अच्छा नहीं चन्ना?"

चन्ना ने भीगी आँखें खोलीं और मूँद लीं।

चन्ना ने कमल का हाथ खींचकर सिर पर रख लिया और दूसरे हाथ को हाथ से थामे पड़ी-पड़ी रोती रही।

"चन्ना, चन्ना..." किन्तु न तो चन्ना हिली और न आँखें ही खोलीं। केवल कमल का हाथ पकड़े रही। कमल उसी तरह देर तक बैठे रहे। कमल का हाथ अब भी उसने छोड़ा नहीं। कमल उसके चेहरे पर देख रहे हैं। कोई तीख़ापन नहीं—पागल बना देनेवाला सौन्दर्य नहीं। भोलेपन से मिला दर्द है, जिसने देह के आकर्षण तक को घुला दिया है। कमल सोच रहे हैं—अगर ऐसा कुछ हो तो क्या वह आज की तरह शान्त बैठे रह सकते हैं? उनकी आँखों में बारी-बारी से विदेश की कई स्मृतियाँ घूम गईं, जो विदेश में उनके लम्बे प्रवास के साथ स्मृतियों के रूप में लिपटी हुई थीं। कितनी भिन्नता है? चन्ना कम सुन्दर नहीं, पर आपस के परिचय ने जैसे उन्हें बता दिया है कि उसकी सुन्दरता उनके लिए नहीं। पर क्यों नहीं? कमल की आँखों में एकान्त का मोह उभर आया। गाँव के हवा-पानी ने रंग को निखार डाला है। मुँह पर निमंत्रण नहीं। कमल इस समय निमंत्रण की छाया तक को पकड़ सकते हैं—लेकिन कुछ है जो उन्हें आगे बढ़ने नहीं दे रहा। उन्हें रोक ही नहीं रहा, स्वयं भी रुक गया है। चन्ना का व्यवहार कभी संकोचशील नहीं था, पर उस खुलेपन में भी कहीं अटक थी।

"कमल..." कहते-कहते चन्ना ने आँखें खोल दीं। कमल उसी तरह बैठे थे।

"कमल, अब तुम सोओ। रात बहुत बीत गई।" कहते-कहते चन्ना ने धीरे-से अपना हाथ अलग कर लिया। कमल उठना चाहते हुए भी उठ नहीं पाए। क्या चन्ना का यह स्वाभाविक स्वर भी अस्वाभाविक नहीं?

कमल की आँखों में दुविधा है जो चन्ना के जागने से पहले नहीं थी। चन्ना ने कम्बल अलग किया और मृदु-मृदु बोली, ''चलो कमल, अब मैं तुम्हें पहुँचा आऊँगी।'' कमल उठे और चन्ना के साथ बीच का कमरा पार कर गए। चन्ना ने कम्बल उठाया और सिरहाने पर हल्के से हाथ फेरकर कहा, ''लेटो कमल।'' कमल लेटे। चन्ना पास बैठी। बोली, ''कमल, तुम्हें रोका, आज दिन-भर से उदास थी। कमल, उदासी से मन छूटना चाहता नहीं। अच्छे-बुरे को चुपचाप स्वीकार कर लिया करती हूँ। पर ऐसा मान लेना बड़ी बात है कमल! मैं शायद एक करके मानती नहीं, झेल लेती हूँ पर जो खो गया हो, दूर हो गया हो, उसके लिए आँखें भर आती हैं।'' चन्ना कुछ रुकी फिर बोली, ''कमल, घर में एक माँ ही रहती तो अच्छा था।''

कमल सुनकर सहानुभूति में भीगे, ''चन्ना,'' कुछ कहने को थे, पर क्षण-भर चन्ना कमल की आँखों में झाँकती रही, ''जानते हो कमल, चाचाजी, चाची माँ को शिमला क्यों ले गए थे?''

''नहीं...''

''मैं जानती हूँ, वह चाची को बम्बई ले जाना नहीं चाहते थे।''

कमल की आँखें कह रही हैं, क्यों? चन्ना शरारत से मुस्कराई। कम्बल को छूकर बोली—''चाचाजी सोचते थे, तुम विदेश से विवाह करके लाओगे और चाची देखते ही बखेड़ा करें।'' कमल बोले नहीं, पर उनके दबे-दबे लम्बे साँस को क्या चन्ना नहीं सुन सकती? कमल पर झुककर बोली, ''कमल, सच कहो, वहाँ से अकेले क्यों लौट आए?''

कमल के मस्तक पर अभिमान लौट आया। चन्ना की ओर देखकर बोले, ''अकेले आना तो सचमुच नहीं चाहता था, पर...चन्ना, मैं माँ को जानता हूँ।'' चन्ना स्नेह से हँसी, ''तो तुम माँ से डरे कमल, तुम वहाँ विवाह करते कमल...''

कमल की ''नहीं'' में जैसे कोई कह रहा हो, ''हाँ।''

''अब करोगे?''

कमल उलझे, बोले, ''चन्ना, अब वापस तो वहाँ नहीं लौटूँगा।''

चन्ना प्यार से बोली, ''कमल, तुम कमल नहीं हो। क्या माँ की ममता तुम्हें अपनी राह नहीं सुझाने देती अथवा अपना मन पहचानने की तुममें क्षमता नहीं?''

कमल ने सिर उठाकर कुछ सोचते हुए कहा, ''चन्ना, माँ की मैं एकमात्र सन्तान हूँ। पिताजी से नहीं डरता, डरता हूँ तो माँ के प्यार से। जब विदेश जाने लगा था तो माँ ने वचन लिया था—वह सब कितना अर्थहीन है, यह समझता हूँ, फिर भी माँ को निराश करना...''

चन्ना बीच में ही बोली, ''तो माँ के लिए त्याग कर रहे हो?''

कमल को यह व्यंग्य लगा। मन में सोचा—क्या सचमुच ही यह बात नहीं? जूलियन के पत्र उन्हें बराबर मिलते रहते हैं, और वह उसे ठीक-ठीक उत्तर नहीं दे पाते। क्यों? चन्ना के लिए? नहीं, माँ के लिए? शायद...

चन्ना मुस्कराई, "कमल, तुम त्याग किसे कहते हो? किसी के लिए अपनी इच्छा की बलि दे सकते हो या माँ ने तुम्हारा साहस खींच लिया है, या उस विदेशी सौन्दर्य में तुम्हें बाँधने की कुशलता नहीं होगी..."

कमल की पलकों में जूलियन की धुँधली-धुँधली मृदुलता घूम गई। कभी उसकी ओर से 'नहीं' नहीं थी कमल को बिदा करते हुए भी उसने उदास स्वर में कहा था—"कमल, मैं तुम्हारी प्रतीक्षा करूँगी।" कमल निःसंकोच स्वर में बोले, "नहीं चन्ना, इसका अपराध उस पर नहीं, मुझ पर है।" कमल की इस विशालता में क्या चन्ना किसी अपरिचिता के लिए उमड़ आए प्यार को नहीं देख सकी?

हल्के-हल्के कमल के हाथ को सहलाती रही। फिर बोली, "कमल, पत्र आता है?"

कमल का मन कह रहा है—क्या यह पूछने की बात है?

चन्ना ने कुछ सकुचाकर कहा, "नाम क्या है?"

इस बार कमल हँसे, "नाम जानकर क्या करोगी चन्ना? उसका नाम जूलियन है।" चन्ना खिलखिलाकर हँस पड़ी। "सचमुच तुम गम्भीर हो कमल, इतने दिन तक शायद अकेले में नाम लिया करते थे...जूलियन, जूलियन..."

कमल लजाए। चन्ना के कहने का ढंग तो ऐसा नहीं। चन्ना कुछ क्षण हँसते-हँसते कमल की ओर देखती रही। फिर गम्भीरता से बोली, "कमल, क्यों इन झगड़ों में पड़ते हो। चुपचाप माँ के कहने से विवाह करो। माँ भी कोई अशिक्षिता तो नहीं ढूँढ़ेगी।"

कमल चन्ना के कहने को टटोल रहे हैं।

चन्ना कमल के आस-पास यत्न से कम्बल लपेटते हुए बोली, "अच्छा कमल, तुम अब जूलियन के स्वप्न देखो, मैं तो सोऊँगी। गुड नाइट।"

कमल ने जाते-जाते चन्ना का हाथ पकड़ा। चन्ना विस्मय से मुड़ी, "क्या है कमल!"

कमल चन्ना को अपलक देखते हुए बोले, "चन्ना, मुझसे विवाह करोगी।"

चन्ना ने कमल को गहरी दृष्टि से देखा। पास बैठकर कुछ देर सोचती रही। फिर मृदु कंठ से बोली, "नहीं कमल!"

कमल चाह रहे हैं कि उनके बिना पूछे चन्ना उनसे कहे कि वह क्यों "न" कर रही है, पर वह मौन रही।

उठते हुए उत्तेजनाहीन स्वर में चन्ना बोली, "तुम्हारी बात सुनकर पिताजी की बात याद हो आई है। वह छोटी माँ को ब्याह लाने पर भी बड़ी माँ को भुला नहीं

सके। कमल, मैं जानती हूँ यह तुम नहीं कह रहे, चाची तुममें कह रही है। माँ भी कुछ इसी तरह की बात करना चाहती थी। उस दिन की बात तुम भूल गए...कमल, अच्छा कमल, सो जाओ। सुबह जल्दी उठाऊँगी।'' चन्ना ने हल्के से कमल के माथे पर उँगलियाँ छुआईं—''गुड नाइट।''

''चन्ना, सुबह नहीं, मैं कल रात की गाड़ी से जाऊँगा।''

कमल का बँधा-बँधा स्वर।

''कल तुम्हारे साथ जाकर कुछ सामान ख़रीदूँगी।'' कहते-कहते चन्ना कमरा लाँघ गई। कमल लेटे-लेटे सोचते रहे कि क्या सचमुच ही चन्ना ऐसी है या वह चातुर्य से अपने को ऐसा दिखाती है। कमल का स्वभाव कम कड़ा नहीं, पर चन्ना जैसे उनके अभिमान को एकबारगी ठंडा कर देती है। चन्ना के लिए आज भी उनके मन में दो बातें हैं—एक चन्ना है जो उन्हें लगता है, उन्हें बढ़ावा देती है। एक चन्ना है, उन्हें आगे बढ़ते-बढ़ते रोक लेती है। जूलियन को उन्होंने कितने निकट से जाना था, उनके सिवाय और कौन जान सकता है? पर उसके लिए क्या माँ मानती? कमल सोए तो स्वप्न में उनके निकट चन्ना नहीं, जूलियन खड़ी थी। उसकी आँखें ही नहीं, उसकी बाँहें, उसके अधर संकोचहीन थे और बेझिझक उनकी ओर उठ रहे थे। सहस्त्र-सहस्त्र मीलों तक फैले हुए समुद्र की दूरी कहाँ थी? उनमें और जूलियन में ऐसी निकटता थी, जो देशान्तरों की परिधि पर मुस्करा रही थी।

80

कमल चले गए। चन्ना उन्हें स्टेशन पर छोड़ आई थी। उस रात सोचती रही कि किसी को ढाँढस बँधाने को कहना कितना उपहासजनक है। कमल उसे कितने असमर्थ लगे। माँ की गहरी मगर ठंडी ममता क्या प्यार के तूफ़ान को वचन-भर से रोक सकती है? कमल क्या जूलियन को इसी कारण भुला सकेंगे कि उनकी माँ की इसमें सहमति नहीं। और चन्ना सोचती है कि सचमुच ही माँ को अपना आदर्श समझते हैं? जिस वचन को वह आज अर्थहीन समझते हैं, उसे किस आस्था से वह निभाते चले आ रहे हैं। वह व्यवहार और नीति की बात जानती है। पर ऐसे आज्ञा पालन को नहीं जानती जो बिना श्रद्धा के माँ के आदर्श के सामने घुटने टेक देता है। यदि वह कमल की जगह होती तो माँ के सामने जूलियन को लाकर खड़ा कर देती। और यदि वह जूलियन होती तो—चन्ना मन ही मन मुस्कराती है। क्या डॉक्टर कमल को इस तरह अपने को छोड़ आने देती? इस तरह के चलाऊ मामलों को वह सहन करती?

देर हुई, एक बार गाँव के रामदित्ते पटवारी और उसकी बीबी गोमा का झगड़ा उठ खड़ा हुआ था। रामदित्ते का आना-जाना जीवनदास की विधवा सरस्वती के यहाँ था और गोमा ने पति के विरुद्ध कम बखेड़ा नहीं उठाया, जिसके पुरस्कारस्वरूप मुँह-अँधेरे रामदित्ते की मार गोमा पर पड़ती। रामदित्ता हाथ चलाता और गोमा जबान। कुछ मुँहलगे लड़के ही बाहर आते-आते रामदित्ते और गोमा के क़िस्से गाते, जिसके आगे आए दिन नई तुक इस प्रकार जुड़ती चली जाती—"आसमान पर चाँद की चाँदनी है—और तारों की लौ है। ऐसे में गोमा लसूढ़े के नीचे बैठी अपने पटवारी की राह देख रही है।"

और गोमा का ढोल, सिर पर लम्बा शमला छोड़े, सरस्ती की ड्योढ़ी से निकल रहा है। "अरी ओ सरस्ती, जीवनदास तो स्वर्ग में बैठा है, पर तेरे सिर की सरदारी नहीं गई।"

पटवारी रामदित्ते चरमर-चरमर जूती पहने घर आया। देखकर गोमा ने छाती पीट ली और ऊँचे स्वर में बोली, "ओ बागों की ओट में खड़ी मेरी माँ, तू मुझे देखकर न रो। लड़कियों के दुख ही ऐसे हैं।"

चन्ना ने एक दिन दरिया जाते-जाते कुछ बच्चों के मुँह से यह टप्पे सुने थे। सुनकर वह हँसी थी और अन्तिम दो लाइनें हृदय को छू गई थीं। पति से लड़-लड़कर, मार खा-खाकर अब गोमा थक गई है। जो कुछ भी है, उसने स्वीकार कर लिया है और वह अपनी जन्म देनेवाली माँ को दिलासा देती है कि माँ, तू मुझे देखकर न रो। लड़कियों के दुख ही ऐसे होते हैं।

यह केवल लड़कों की तुकबन्दी ही नहीं थी। यह गोमा की अपनी आवाज़ थी। किस तरह वह रात को न सो सकने के कारण पेड़ तले बैठी-बैठी पति की प्रतीक्षा करती थी। चाची महरी ने एक दिन, पूछने पर चन्ना को सारी बातें बताई थीं। और यह भी कहा था कि एक दिन गोमा हवेली में शाहजी के पास आकर ख़ूब रोई थी और शाहजी ने यही कहा था कि "बेटी, मैंने रामदित्ते को बहुत समझाया है, पर अब तू ही सब्र कर।"

यह सुनकर चन्ना को अच्छा नहीं लगा था। दुपहर को रामदित्ते के यहाँ जा निकली। रामदित्ते धूप में खेस ओढ़कर सोए थे और गोमा आँगन में बैठी चर्खा कात रही थी। चन्ना को देखकर पीढ़ी देकर बोली, "आओ बेटी, आओ।"

"कैसी हो मासी?" गोमा ने लम्बी आह भरी और हाथ की पूनी उँगलियों में थामते हुए बोली, "बेटी, जो दम बीत जाए। मेरा क्या अब कोई जीना है? मुझे तो मौत आ जाए तो अच्छा है" फिर रामदित्ता की चारपाई की ओर हाथ से संकेत करती हुई बोली, "चन्नो जो इस उम्र में इसने मेरे साथ की है, वह मैं ही जानती हूँ।"

रामदित्ते ने करवट ली। यह उठने की तैयारी थी। औरत जात इस पढ़ी-लिखी लड़की के भी कान भरने लगी, रामदित्ते ने मुँह से खेस उतारते-उतारते जम्हाई ली और उठकर बैठते हुए बोले,

"ओह हो, आ बेटी चन्ना!" गोमा ने मुँह दूसरी ओर कर लिया। वह शक्ल न देखे तो अच्छा है। चन्ना बोली—"मामू, यह मामी की तुमने क्या हालत बना दी है?"

रामदित्ते चुप रहे। उनकी चुप्पी ने गोमा को मौक़ा दिया। क्यों न दिल का गुबार निकाल ले। आँसू आने में देर नहीं लगी। ऊँची सिसकी भरकर बोली, "बेटी, अब भी तेरा आँसू लगता है तो कह इसे कि मुझे 'मोहरा' दे डाले, और उस राँड को ला बसाए इस घर में।"

चन्ना बोली, "मामी, तुमसे सचमुच जिया नहीं जाता, तो मामू को जहर तुम दे डालो।"

रामदित्ते भौंचक्के रह गए थे। गोमा रोते-रोते ठिठक गई। उस दिन चन्ना शाहजी के पास आकर ख़ूब बोली थी, "नाना, उसे तुम सब्र के लिए क्यों कहते हो? मैं तो कहती हूँ ऐसे मर्द को वह..."

शाहजी जानते थे, वह कोई कड़ी बात कहेगी। बीच में ही हँसकर बोले थे, "बेटी, तुम नहीं जानती। वही गोमा है, बैठी-बैठी रामदित्ते को सौ अच्छा-बुरा कहती है, पर कोई दूसरा कहेगा तो उसके अगले-पिछले गिन डालेगी।"

चन्ना नाना की बात समझी थी, पर उस रात सईदा बीबी से उसने कहा था, "सईदा बीबी, जो हक़ न समझे उसके सामने दिन-रात रोने से क्या? गोमा ही को देखो, सह सकती हो तो जाकर सरस्ती को घर ले आए, नहीं तो अपने पटवारी को जहर दे दे।"

सईदा बीबी ने बच्ची को हाथ से मना करते हुए कहा, "न बच्ची, यह कहने की बातें हैं? तुम अभी छोटी हो। अपनी छाती पर सौत देखनी या जिसके साथ उम्र काटी हो, उसका बुरा सोचना बड़ा मुश्किल है। नहीं तो औरत की राह किसने बन्द की है।"

सईदा बीबी ने मन में सोचा कि बच्ची अभी कितनी भोली है। जिस आले ख़ाँ ने उसकी जवानी ख़राब कर दी, उसे भी आज तक वह भूली नहीं।

चन्ना आज बैठी-बैठी सोचती है, जो सईदा बीबी कहती थी वह ठीक हो सकता है। ठीक हो, पर इन दोनों बातों से तो उलझन हल नहीं होती।

चाची महरी का रुक्का आता रहता है। अब जाने क्यों भागे की शिकायतें कम हो गई हैं। शायद चाची का मन भर गया है या फिर लड़के को किसी न किसी तरह क़ाबू कर लिया होगा।

चन्ना आज अपनी सहपाठिन रत्ना के साथ पिक्चर गई। आई तो दरबान ने विजिटर्स-रजिस्टर बताया। सुरेश पिता के साथ मिलने आए थे। मन में आया, अच्छा नहीं हुआ। इस समय तो नहीं—कल सुबह सुरेश के होस्टल जाऊँगी।

श्याम के देहान्त की ख़बर रामनाथ को कलकत्ता पहुँची थी। इधर काम के सिलसिले में आना हुआ तो सोचा—लड़की से मिलते जाएँ। धर्मपाल से उनकी अच्छी मित्रता थी और श्यामा भी तो कभी कॉलेज के दिनों में कुछ समय के लिए उनके काफ़ी निकट थी। ज़माना पीछे छूट जाता है। आज वह सोच भी नहीं सकते कि धर्मपाल से श्यामा के विवाह कर लेने पर वह कितनी हलचल में से गुज़रे थे।

सुबह चन्ना ने एक-दो पीरियड अटैंड किए और सुरेश के होस्टल की ओर चल पड़ी। होस्टल के कड़े नियम हैं, पर वह न उन्हें मानती है न तोड़ती है। उसे जहाँ जाना होता है, जाती ही है। होस्टल पहुँची तो कोई शोर नहीं था। विद्यार्थी कॉलेज में थे। कुछ लड़के शायद देर से तैयार होने के कारण बरामदों से भागे चले जा रहे थे। चन्ना के देखते-देखते मामूली सूती कपड़ों में पतला-दुबला लड़का हाथ में किताबें लिए पास से निकल गया। चन्ना दूर तक उसे देखती रही और उसके ओझल होते ही न जाने क्यों चन्ना का मन द्रवित हो गया। उसका दुबला आकार, पीतवर्ण और सरदी के मौसम में सूती कपड़े।

चन्ना सुरेश के कमरे में पहुँची। किवाड़ भिड़ा था, खोला और अन्दर देखा तो कुर्सी पर रामनाथ बैठे थे। लड़की को देखते ही उठ बैठे। सिर पर हाथ फेरकर पास बिठाया और देर तक बातें करते रहे। बोले, ''बेटी, धर्मपाल तो गए ही थे, भाभी रहती तो घर बन रहता।''

धर्मपाल के व्यापार के विषय में पूछताछ करते रहे। चन्ना को बताया कि इसकी निगरानी रखना अब जगदीश के बस का काम नहीं। चन्ना ने मन में सोचा—'मामू नहीं तो मैं तो कर सकती हूँ।' पर रामनाथ का ध्यान तो उधर नहीं गया? लड़की के व्यापार करने की बात चन्ना के अतिरिक्त और कौन सोच सकता है। चन्ना दिन-भर रामनाथ के साथ ही रही। शाम को उनके साथ बाज़ार गई। वहाँ से लौटी तो ढेर-सी चीज़ें पास थीं। रामनाथ क्या मित्र की लड़की को अपनी लड़की से कम समझेंगे? उससे विदा लेते उसको थपथपाकर बोले—''बेटी, मुझे कोई दूसरा मत समझना। सुरेश यहीं है। कोई ज़रूरत हो तो दो शब्द मुझे लिख देना।''

सुनकर चन्ना ने सिर झुकाया। रामनाथ चन्ना के हाथ में रुपए देते हुए बोले, ''बेटी, धर्मपाल या भाभी होती तो तुम्हारी चिन्ता नहीं थी। अब तो...कुछ महीनों बाद फिर आऊँगा बेटी! कभी-कभी पत्र अवश्य लिख दिया करो।''

चन्ना ने प्रणाम किया और रामनाथ आशीर्वाद देकर चले गए।

चन्ना कमरे में आई तो मन में सोचा, स्मृतियाँ कब अस्तित्वहीन होती हैं? किस स्रोत से निकलकर ये कहाँ से कहाँ बह जाती हैं। कुछ है जो उन्हें आगे से आगे खींचता चला जाता है। नहीं तो जन्म-मरण की सत्ता ही क्या है? एक की समाप्ति के बाद भी उसकी स्मृतियाँ किसी दूसरे रूप में जीवित रहती हैं।

आजकल पढ़ाई के दिन हैं। लड़कियाँ पढ़ाई में व्यस्त हैं। गीतों और ग़ज़लों की आवाज़ें कम हो गई हैं। सुबह–शाम लारेंस गार्डन की सैर बन्द हो गई है। आज दिन की पढ़ाई के बाद चन्ना जब चाय पीकर डाइनिंग हॉल से लौटी तो थकान–सी लगी। पैदल ही यूनिवर्सिटी की ओर निकल आई। लड़कों और लड़कियों की टोलियाँ घूम रही थीं। सुन्दर–सुन्दर लड़कियाँ, सलज्ज मुस्कानें और सीर्द के परदों में से निकलकर बहती हुई हवाएँ। कितना उल्लास है चेहरों पर। परीक्षा की निकटता भी शाम को फीका नहीं कर सकी। दाईं ओर के मोड़ पर प्रोफ़ेसर सचदेव मिले। अकेले देख आश्चर्य हुआ। प्रोफ़ेसर साहब ने गम्भीरता से कुछ मुस्कराते हुए कहा—''कहिए मिस पाल, आज किधर।''

''जरा घूमने निकली थी।''

''जल्दी न लौटना हो तो चलिए।''

चन्ना ने कोई आना–कानी नहीं की। साथ–साथ हो ली।

''मिस पाल, आप इस बार कॉलेज के इलेक्शन में खड़ी नहीं हुई?''

''नहीं प्रोफ़ेसर साहब, इनमें मेरी कुछ अधिक रुचि नहीं है।''

''राजनीति में आपकी रुचि है?''

चन्ना को लगा प्रोफ़ेसर साहब ने राजनीति का शब्द कुछ धीरे–से, कुछ रहस्यपूर्ण ढंग से कहा।

''नहीं, प्रोफ़ेसर साहब, अधिक नहीं। हाँ, इस बार परीक्षा के बाद अध्ययन करूँगी।'' प्रोफ़ेसर साहब ने चलते–चलते छिपी दृष्टि से चन्ना की ओर देखा, जैसे जानना चाहते हों कि क्या सचमुच अध्ययन के बाद राजनीति में वह दिलचस्पी ले सकती है?

चन्ना ने विषय बदला। सिर पर झूलती हुई परीक्षा, परीक्षा में आनेवाले प्रश्नों की सम्भावना। यह सब वह प्रोफ़ेसर साहब से पूछती रही। कॉफ़ी हाउस के सामने से होकर निकले तो प्रोफ़ेसर साहब ने आग्रह से कहा, ''आइए मिस पाल!'

जिस टेबिल की ओर प्रोफ़ेसर साहब मुड़े, वहाँ अपने कॉलेज की सुनीता, लाहौर प्रसिद्ध मिस बनर्जी और साथ ही दो युवक थे। एक की पीठ इधर थी। प्रोफ़ेसर साहब को देखकर तपाक से स्वागत किया—''आइए–आइए न मिस...''

''आप हैं मिस पाल!'' प्रोफ़ेसर साहब ने परिचय करवाया। सुनीता मुस्कराई और मिस बनर्जी ने अपने ढीले–ढाले बालों से ढके सुन्दर मुखड़े को गर्व से चन्ना की ओर घुमाया। चन्ना ने युवकों को अभिवादन का उत्तर देते–देते देखा, इस ओर पीठ किए जो बैठे थे, वह विजय थे। कुछ आश्चर्य–सा हुआ। ''नमस्कार, विजय!'' विजय ने चन्ना को इस प्रकार देखा जैसे चन्ना को यहाँ

देखने की उन्हें कोई उम्मीद नहीं थी। कॉफ़ी के प्यालों पर बातें होती रहीं। कोई विशेष बात न थी, पर चन्ना को लगा, जैसे कोई सांकेतिक भाषा प्रयोग की जा रही है और कॉलेज में पढ़नेवाले युवक-युवतियों का लहजा प्रोफ़ेसर साहब से मित्रता का था।

वहाँ से लौटने लगे तो प्रोफ़ेसर साहब किसी काम से यूनिवर्सिटी रुके। सुनीता और मिस पूर्णिमा बनर्जी उन दोनों युवकों के साथ लौट गई। विजय और चन्ना दोनों टहलते हुए जा रहे हैं। विजय आज कुछ चुप हैं। ''विजय, प्रोफ़ेसर को सचमुच जानते हो?''

''हाँ...'' विजय ने सिर हिला दिया। चन्ना कुछ सोचती हुई बोली, ''विजय, परीक्षा के बाद बहन को लेकर आओगे न?''

''कुछ निश्चय नहीं।'' विजय ने रुखाई से कहा और जल्दी-जल्दी क़दम उठाने लगे। चन्ना ने सुरेश का हाल पूछा और अन्त में होस्टल के पास पहुँचकर बोली, ''विजय, तुम्हें कष्ट हुआ। मैं तो ज़रा घूमने निकली थी तो प्रोफ़ेसर साहब मिल गए।''

विजय चले गए तो चन्ना के मन में आया, किसी के प्रति विरक्ति या उपेक्षा प्रकट करनी ही क्यों आवश्यक है? क्या विजय को उसका वहाँ जाना अखरा था या शायद प्रोफ़ेसर साहब के कारण? पर इन सबके लिए विजय को सोच करने की आवश्यकता क्यों है? और विजय लौटते-लौटते सोच रहे हैं कि चन्ना को उन्होंने जैसा समझा था, वह वैसी नहीं। उस रात को जब वह चन्ना को होस्टल छोड़कर वापस जा रहे थे तो कुछ ही देर बाद उन्होंने ताँगे में अकेले चन्ना को कहीं जाते देखा। अजीब-सी जिज्ञासा हुई, ज़रा हटकर एक ओर हो लिये और अन्त में वह स्टेशन पर उतरी तो उनके जी पर से जैसे बोझ उतर गया। अब तक न जाने वह क्या-क्या सोच रहे थे। इस तरह चन्ना का अकेला जाना उन्हें सन्देहात्मक लग रहा था। वह रेस्टोरेंट में कुछ देर बैठे चाय पीते रहे। मन में सोच रहे थे कि चन्ना को जाँचने का उन्हें क्या अधिकार है? पर...कुछ देर बाद जब वह बाहर निकले तो जाते-जाते ठिठक गए। सुन्दर, स्वस्थ युवक के साथ चन्ना बाहर निकल रही थी। टैक्सी का दरवाज़ा खुला। युवक ने धीरे-से चन्ना को हाथ दिया और बोले, ''चलो चन्ना।'' विजय उस दिन लौटे तो रास्ते-भर सोचते रहे कि उन्हें पहले ही दिन से चन्ना का व्यवहार जँचा नहीं। प्रोफ़ेसर मित्रा झूठ नहीं कहते थे।

साइकिल का पैडल मारते-मारते उनके कानों में उस टैक्सी की आवाज़ टकराती रही थी, जो उस अपरिचित युवक के साथ चन्ना को लेकर तेज़ रफ़्तार से आँखों से ओझल हो गई थी।

उस दिन के बाद कई बार वह अपने मन को समझा चुके हैं कि चन्ना के निकट उनका कोई ऐसा अधिकार नहीं, जिससे वह उस पर नियंत्रण रख सकें, पर आज

भी प्रोफ़ेसर साहब के साथ उसे देखकर वह अपनी उपेक्षा नहीं छिपा सके। बार-बार मन में आता है कि चन्ना के संकोचहीन व्यवहार को वह पहले दिन ही पहचान गए थे। पर विजय यह नहीं जानते थे कि उसके दिल का कोई ऐसा भी कोना है, जिसके अन्दर उन्होंने चन्ना को उससे कहीं अच्छा, कहीं ऊँचा मान लिया था, जितना हल्का वह उसे आज मान रहे हैं।

81

अब तक छोटे नाना भी ड्योढ़ी में बिछी चारपाई पर आ बैठे थे। भागे ने एक बार पिता की ओर देखा। उस नज़र को पहचानना चन्ना के लिए कठिन नहीं था। भागे को अन्दर जाते न देख चाची के साथ बैठी सईदा बीबी से बोली—

''सईदा बीबी, तुम्हीं देती जाओ। ध्यान रखना, किसी का रह न जाए। क़तारों की क़तारों को परोसनेवाले बार-बार पूछ रहे हैं। पूछ ही नहीं रहे, जबरदस्ती अनुरोध कर-करके घी भी उड़ेल रहे हैं। आज के दिन क्यों कोई कम खाए? खा-पीकर टोली उठी। बीच में से आवाज़ें आईं—''धियानी, सिर्फ़ शाहजी की जगह तुम हो। एक यही फ़र्क़ है, और कोई नहीं। अल्लाह शाह की रूह को चैन दे और तुम्हें बड़े-बड़े भाग लगाए।''

अब कुछ जाटों ने गाढ़े के मोटे साफे ठीक किए और जाने को उद्यत हुए। सईदा बीबी ड्योढ़ी में बोरियों में से हर एक को गुड़-शक्कर देकर बिदा कर रही है और कृपाराम चुपचाप तीख़ी आँखों से यह सब देख रहे हैं। लड़की है—क्या उसके बाप का घर है जो लुटा रही है! इसके आने की ज़रूरत क्या थी? पर उस बुढ़िया ने रुक्का लिखवा दिया होगा। सचमुच चन्ना की परीक्षा ख़त्म होते-होते जब वह मामू को अपने पहुँचने का दिन लिख चुकी थी कि चाची महरी की चिट्ठी आ पहुँची—'बच्ची, आजकल असामियाँ बहुत बिगड़ी हुई हैं। लड़के और लड़के के बाप को कोई कुछ समझता नहीं, तो उनके हाथ-पल्ले क्या डालेगा? वाड़ी शुरू होनेवाली है तो तुम आ जाओ। लोग तुम्हारा डर-खतरा मानेंगे।''

चन्ना ने मामू को पत्र डाल दिया कि गाँव जा रही हूँ। सईदा बीबी को वहीं भेज देना, और अपने आप गाँव रवाना हो गई।

शाम को पहुँची। रात-भर सईदा बीबी ने गाँव की, घर की, छोटी-बड़ी ख़बरें सुनाते-सुनाते उसे सोने नहीं दिया और आज वह इन्तज़ाम में लग गई। भागा, मुँह-अँधेरे ही पारवाली ज़मीन का बहाना करके चला गया। चन्ना को सईदा बीबी ने भी बहाने की बात कही, पर चन्ना कुछ बोली नहीं।

उस दिन आते ही वह पहले हवेली में गई थी। कृपाराम देखकर भौंचक्के रह गए थे। चन्ना ने उनकी चारपाई पर बैठते हुए कहा, ''छोटे नाना, अच्छे तो हो ?'' जवाब में कृपाराम को बराबर खाँसी ही आती रही थी। चन्ना ने बैठे-बैठे ही नाना के तख़्तपोश पर नज़र डाली थी, चद्दर मटमैली पड़ी थी। तख़्त पर चाँदनी नहीं थी, गावतकिये पर तेल का दाग हो चुका था। एक ओर जहाँ कभी शाहजी की चाँदी की दवात रखी रहती थी, पीतल की बदरंग दवात थी। आज शाहजी की क़लम कहाँ थी ? चन्ना का मन हुआ कि रो दे, पर किसी तरह अपने को रोककर ऊपर चली गई।

सुबह नीचे उतरी तो तबेले में दो भैंसे जुगाली कर रही थीं। बाक़ी खूँटे ख़ाली पड़े थे। नवाब से बोली, ''मामू, और ढोर क्या चरने गए हैं ?'' नवाब ने भेद-भरी आवाज़ में उत्तर दिया—''धियानी, जो कुछ है यही है। तुम्हारे पीछे-पीछे दर्जनों बिक चुकी हैं। सरकारे दो सेरे कहते-कहते भी रियासत पहुँचा आए हैं।''

''वह मंगली गाय...?'' चन्ना ने कुछ झिझककर पूछा।

''वह भी...'' नवाब ने चन्ना की दृष्टि बचाते हुए उत्तर दिया। चन्ना ने एक लम्बा साँस भरा और नवाब की ओर भरपूर देखते हुए पूछा—''कोई ज़मीन का सौदा नहीं किया ?''

नवाब चुप रहा। वह क्या कहे धियानी से ?

''मामू!'' चन्ना के स्वर में आज्ञा थी।

''हाँ, धियानी...'' नवाब ठिठककर बोला।

''कौन-सी ज़मीन ?''

''पत्तनवाली।''

चन्ना को इस बार लम्बा श्वास नहीं आया। चुपचाप हवेली से बाहर निकली और ऊपर चढ़ गई। सईदा बीबी चर्खे के आगे बैठी थी और चाची ठाकुरद्वारे गई हुई थी।

सईदा बीबी ने ध्यान से बच्ची को देखा और पीढ़ी देकर बोली, ''बैठो बच्ची!''

चन्ना बैठते ही बोली—''सईदा बीबी, एक कटोरा छाछ तो दो, गर्मी है,'' फिर बोली थी, ''सईदा बीबी, मैं आज खेतों पर जाऊँगी।''

''बच्ची, अभी कुछ दिन ठहरो, दो-एक दिन आराम कर लो।''

''नहीं,'' चन्ना के स्वर में फ़ैसला था, ''सईदा बीबी, पत्तन की ज़मीन कितने में बिकी थी ?''

छिपाने की कोई सूरत नहीं रह गई। धीमे से बोली, ''बच्ची, तीन हज़ार की।''

क्रोध से चन्ना का गला जलने लगा, ''तुम और चाची कुछ बोलीं नहीं।'' सईदा बीबी निरुत्तर थी। चन्ना नीचे उतर गई। नवाब की आवाज़ आ रही थी, ''भागेशा, धियानी सरकारे का पूछ रही थी।''

चन्ना के नीचे पहुँचते-पहुँचते भागे ने जवाब दिया, ''क्यों, सरकारे पर क्या धियानी का 'लाढ़ा' चढ़ेगा?''

चन्ना ने सुना और क्षण-भर ठहरकर अन्दर चली गई। भागा हवेली के ही एक आले में पड़ी तेल की बोतल से हथेली में तेल डाल रहा था। चन्ना जाकर तख़्तपोश की मैली चद्दर का कोना उठाकर बैठ गई। कृपाराम ने खाँसा और भागे ने जेब में से कंघा निकालकर बालों में फेरना शुरू किया।

देखकर चन्ना का मन हुआ हाथ से कंघा झटक दे। पर पूछा, ''छोटे नाना, ज़मीनों का क्या हाल-चाल है? असामी कुछ देते रहे... ?''

कृपाराम ने गला साफ़ किया, ''बच्ची, जो थोड़ा-बहुत आ जाए, वही बहुत है। अब पहली बातें तो नहीं।''

''यह तो ठीक कहते हो, छोटे नाना!'' फिर भागे से बोली, ''मामू, तुम सुनाओ। पत्तनवाली ज़मीन कितने में बेची?'' भागे ने कंघी जेब में रखी और बालों पर हाथ फेरता हुआ उद्दंडता से बोला, ''जिसकी ज़मीन हो, वह एक बार नहीं सौ बार बेचेगा।''

''सच है मामू, बात तुम ग़लत नहीं कहते हो।'' चन्ना के कहने में न क्रोध था, न व्यंग्य। केवल भागे आँखें तरेरकर चन्ना की ओर देखता रहा। उसे कोई परवाह नहीं। अब वह मालिक है। चन्ना ने वह नज़र देखी और कुछ देर वहीं बैठे-बैठे नवाब से इधर-उधर की बातें करती रही। दुपहर को जब वह ऊपर से उतरी तो हाथ में एक पोटली थी। सावन सुनार के पास पहुँची। वह अकेला बैठा-बैठा हुक्का पी रहा था। चन्ना ने इधर-उधर चौकन्ना होकर देखा और बोली, ''सावन चाचा, कुछ ज़रूरत पड़ गई है। यह गहने रखो और रुपए मुझे दे दो। रुपया तुम्हारा वापस लौटाऊँगी, न हुआ तो गहने तुम रखना।''

सावन सुनार ने एक बार सावधानी से चन्ना की ओर देखा। गहने तौलकर अन्दर रख लिये और रुपए गिनकर चन्ना के हाथ में दे दिए।

चन्ना नवाब को लिए जब पत्तनवाली ज़मीन पर पहुँची तो आमों के नीचे नौशेरावाला रुलदू चारपाई पर बैठा था। गद्दी पर कोई न था और बैल अपने-आप घूमते चले जा रहे थे। नवाब ने ज़रा आगे बढ़कर आवाज़ लगाई। रुलदू व्यस्त होकर उठा और चन्ना को देखकर मन-ही-मन विस्मित होता हुआ बोला, ''आओ धियानी, कैसे आना हुआ?''

चन्ना चारपाई पर बैठ गई। रुलदू को बैठने के लिए कहते-कहते रुक गई। रुलदू ने गद्दी पर से अपना साफा उठाया और लापरवाही से ढीले-ढाले फेर देते हुए बोला, ''सब सुख साँद है न।''

''हाँ रुलदू चाचा, क्या भागे ने यह ज़मीन तुम्हारे पास बँधे रखी है?''

''नहीं धियानी...'' रुलदू चाहते हुए भी बहुत ज़ोर से नहीं बोल सका। चन्ना ने बातचीत का गुर पलटा, ''चाचा, स्टाम्प तो लगवाया था?''

"नहीं।"

"तो लेन-देन दस-पाँच आदमियों के सामने करना था।"

रुलदू भी चूका नहीं—"धियानी, शाहों के घर से हमें क्या बेएतबारी है।"

"हूँ!" चन्ना ने बड़े-बुजुर्गों की तरह 'हूँ' की और नवाब की ओर देखकर बोली, "खड़ी फ़सल का सौदा भी साथ था?"

"साथ था।" रुलदू गर्व से बोला।

"कितनी क़ीमत दी थी..."

रुलदू को जवाब देने में कुछ कठिनाई हुई—"जितनी भी थी धियानी, अब तो दे दी गई।" चन्ना को लगा, यह कहकर रुलदू ज़मीन पर अपना स्वामित्व जताना चाह रहा है।

"क्या पाँच सौ में ली थी?"

"गजब करती हो धियानी, गिन के पूरे तीन हज़ार दिए थे।"

चन्ना हँसी—"नहीं चाचा, तुमने दो हज़ार दिए होंगे।" रुलदू को झट ख़याल आया, धियानी को चाहे भागे ने ही बता दिया हो। सच्चा होकर बोला, "धियानी, वही बात हुई न, हज़ार खड़ी फ़सल और दो हज़ार को खेत।" चन्ना को रुलदू के सीधेपन से ख़ुशी हुई। बोली, "बैठो चाचा, एक बात सुनो। शाहजी तो नहीं हैं, पर ज़मीन बेचने का हक़-अख़्तियार न मेरा है न भागे का। तुमने रजिस्टरी करवाकर नहीं ख़रीदी तो भागा, अगले साल फिर तुमसे रुपया माँगेगा। वह न माँगेगा तो मैं कचहरी चढ़ूँगी। रुलदू चाचा, तुम्हीं बताओ कल को घर की ज़मीनें, घर के नौकर-चाकर अन्दर-ही-अन्दर बेचने लग जाएँ तो क्या मैं या भागा इसे चुपचाप मान जाएँगे?"

रुलदू, जिसकी सारी उम्र शाहों की दयादृष्टि पर बीती थी, ज़ोर से प्रतिवाद नहीं कर सका। किसी तरह बोला, "पर धियानी, मैंने तो रुपए दिए..."

"रुपए तुमने दिए रुलदू चाचा, पर तुमसे क़ानून की बात कहती हूँ। तुम हर साल भागे को रुपए देते रहोगे, फिर भी बिना मेरी 'हाँ' के ज़मीन न भागे की बनेगी और न तुम्हारी।" अब चन्ना के अधरों पर कुटिल मुस्कान फैल गई। यह शाहों की ख़ानदानी मुस्कान थी, जो वर्षों से किसानों के सीधेपन से खेलती आई थी।

रुलदू ने सोच में माथे पर हाथ रखते हुए कहा, "बच्ची, ज़मीन के लिए मैं तो उसके पास न गया था। उसका यार फैजू ही इधर-उधर सौदा करता-फिरता था।"

चन्ना ने सुनकर न जाने मन में क्या सोचा, केवल नवाब से आँखें नहीं मिलाईं। नम्र होकर बोली, "देखो चाचा, तुम्हारे भले की बात कहती हूँ, जो चीज़ तुम्हारी नहीं, वह आज भी तुम्हारी नहीं, कल भी तुम्हारी नहीं। तुम्हारा नुक़सान

नहीं चाहती। तुमने ज़मीन की जुताई की है, फ़सल कटने पर आधी तुम्हारी और चाचा, तुम जितना मुँह माँगो, दूँगी।''

रुलदू के चेहरे पर एक रंग आता था, एक जाता था। ज़िन्दगी की एक हसरत थी, अपनी ज़मीन के रंग देखने की, वह हाथ में आकर जा रही है। फीके गले से बोला, ''धियानी, किसी से सलाह कर लेने दो।''

चन्ना सलाह का मतलब जानती है। आज जो हवा चल रही है, उससे क्या रुलदू ही अछूता रहेगा। हँसकर धीमे स्वर में चन्ना बोली, ''चाचा, ज़रूर सलाह करो। मैं ज़मीन वापस लेना चाहती हूँ। पर तुम्हारे नुकसान का ऐवज देकर मैं तो आज ही रुपया लेकर आई थी।''

रुपए का नाम किसान के लिए क्या है, यह क्या चन्ना नहीं जानती? रुलदू के चेहरे पर इस बार ज़मीन का मोह नहीं, रुपयों की चमक उभर आई। सोचा—मौक़ा न हाथ से जाए। ढीला-सा होकर बोला, ''धियानी, मैं तो हज़ारों के नीचे आ गया और भागे शाह का तो सौदा हो गया।''

चन्ना संकेत समझी। अधिक रुपया निकालकर बोली, ''रुलदू चाचा, यह है रुपया। तुम्हें शिकायत न रहे, खड़ी फ़सल का एक हिस्सा तुम देना, तीन तुम्हारे रहे।''

रुलदू किसी तरह अपनी प्रसन्नता छिपाकर बोला, ''धियानी, तुम कुछ और मत समझना। इस कुएँ की मरम्मत करवाने में मैं चार-पाँच सौ के नीचे आ गया था।''

चन्ना जानती है कि किस-किस मरम्मत पर पाँच सौ रुपया लग सकता है। और पाँच सौ देती हुई बोली, ''यह लो चाचा! हाँ, कोई न कोई काग़ज़ तो तुम्हें भागे ने दिया ही होगा।''

रुलदू इतने रुपए देखकर भूल गया। अभी कुछ देर हुई, उसने इस बात के लिए इनकार किया था। बोला, ''एक है तो स्टाम्पवाला काग़ज़, घर पर पड़ा है और वैसा ही भागे के पास है।''

''हूँ! चाचा, ज़रा तुम नवाब के पीछे बैठ जाओ। दीवान के यहाँ चलकर अँगूठा लगा देना।''

रुलदू ने तहमद के किनारे रुपया बाँधा और कूदकर नवाब के पीछे जा बैठा। एक बार कुएँ की ओर नज़र डाली, बैलों की जोड़ी कुएँ के आसपास घूम रही थी। उसकी अपनी ज़मीन में अपने बैल। देखते-देखते अपना मज़बूत हाथ रुपयों की गड्डी पर चला गया। उसे लगा, यह रुपए की गरमी मरने से पहले की गरमी है, जो देखते-देखते उसके पाँवों के नीचे से उसकी अपनी ज़मीन खिसका ले गई है, जो उसकी अपनी थी।

खेतों की दाईं मुँडेर के साथ-साथ शाह की धियानी घोड़े पर गर्व से बैठी चली जा रही है। उसने सौदा बुरा नहीं किया, पर इतना रुपया तो उसके हाथ की मैल है।